타인의 구두

SOMEONE ELSE'S SHOES

타인의 구두

SOMEONE ELSE'S SHOES

조조 모예스 장편소설

이나경 옮김

다산
책방

JWH에게 바칩니다

차
례

타인의 구두

1

샘은 천천히 밝아지는 천장을 올려다보며 의사의 조언대로 숨쉬기 연습을 했다. 새벽 5시의 상념이 거대한 먹구름처럼 응집되어 떠오르는 것을 막고 싶었다.

'여섯을 세면서 들이쉬고, 셋을 세면서 참다가, 일곱을 세면서 내쉬기.'

난 건강해. 샘이 소리 없이 되뇌었다. 가족도 건강하고. 개는 복도에 오줌 싸는 버릇을 고쳤고. 냉장고에는 먹을 것이 있고. 아직 직장도 있잖아. 샘은 '아직'이라고 한 것을 살짝 후회했다. 직장 생각을 하면 속이 다시 쓰려왔기 때문이다.

'여섯을 세면서 들이쉬고, 셋을 세면서 참다가, 일곱을 세면서 내쉬기.'

부모님도 살아 계시다. 감사 다이어리에 넣을 일인지는 솔직히 잘 모르겠지만. 으, 일요일에 만나면 어머니는 샘이 늘 남편과 함께 시어머니에게만 간다고 쓴소리를 할 것이 분명하다. 작은 잔에 따른 셰리주와 부담스러운 디저트 사이 언젠가 튀어나올 그 쓴소리는 죽음이나 세금, 뽑아도 턱에 자꾸 자라나는 털처럼 피할 수 없다. 샘은 예의 바르게 미소를 짓고 어머니를 달래는 자신의 모습을 떠올렸다. '엄마, 어머님은 50년이나 함께 산 남편과 사별하셨잖아요. 한동안은 좀 외로우실 거예요.'

'하지만 그분이 살아 계실 때도 넌 항상 시어머니만 찾아갔잖니?' 어머니의 대답이 들리는 듯했다.

'그랬죠. 시아버지가 편찮으셨으니까요. 필이 아버지 돌아가시기 전에 가급적 자주 뵙고 싶어 했어요. 댄스파티라도 하려고 놀러 간 게 아니에요.'

어머니와 가상의 말다툼을 또 시작한 것을 깨달은 샘은 신문 기사에서 읽은 대로 그 생각을 차곡차곡 접어 머릿속 상자 안에 넣은 뒤 뚜껑을 덮으려고 했다. 하지만 뚜껑이 닫히지 않았다. 샘은 머릿속으로 말다툼을 자주 했다. 회사의 사이먼, 어머니, 전날 계산대에서 새치기한 여자를 상대로. 실제로 그런 말을 입 밖에 내는 일은 없었다. 꾹 참고 말 뿐이었다. 그리고 심호흡을 했다.

'여섯을 세면서 들이쉬고, 셋을 세면서 참다가, 일곱을 세면서 내쉬기.'

난 전쟁 지역에서 사는 것도 아니잖아. 샘이 생각했다. 수도에서는 깨끗한 물이 나오고 부엌에는 먹을 것이 있어. 폭발이나 총격도 없고. 굶지도 않아. 그것만 해도 어디야. 하지만 전쟁 지역에 사는 가련한 아이들을 생각하니 눈시울이 붉어졌다. 걸핏하면 눈물이 났다. 캣이 호르몬제를 처방받으라고 계속 말했지만, 아직 월경도 있었고 이따금 호르몬성 여드름도 났다(정말 억울한 일이었다). 어쨌든 병원에 갈 시간이 없었다. 지난번에는 진료 예약을 하려고 전화를 걸렸더니, 2주 안에 예약할 수 있는 의사가 한 명도 없다고 했다. '죽을병에 걸렸으면 어째?' 이렇게 생각한 샘은 병원 직원과 가상의 말다툼을 시작했다.

하지만 현실의 샘은 이렇게 말하고 말았다. "아, 좀 오래 기다려야 하네요. 별거 아니겠죠. 어쨌든 고마워요."

오른쪽을 슬쩍 봤다. 필이 자고 있었다. 자면서도 괴로운 표정을 짓고 있었다. 샘은 손을 뻗어 필의 머리를 쓰다듬고 싶었다. 그러면 필이 놀라서 벌떡 일어나 불행한 표정을 짓겠지. 샘이 무슨 잔인한 짓이라도 한 것처럼.

샘은 두 손을 모으고 편안하고 차분한 자세를 취해봤다. 휴식이 잠만큼 좋은 것이라고 하지 않나. 뇌를 비우고 몸에서 긴장을 풀자. 팔다리에 힘을 빼자. 발끝부터 머리까지. 발을 축 늘어뜨리자. 그 느낌이 발목을 따라 무릎으로, 골반으로, 배로…….

아, 젠장. 샘의 머릿속에서 이런 소리가 들려왔다. 5시 45분이었다. 어차피 일어나야 했다.

"우유가 없어." 캣이 말했다. 캣은 냉장고 안을 비난하듯 노려보고 있었다. 우유가 나타나기를 기다리듯이.

"가게 좀 갔다 올래?"

"시간 없어." 캣이 말했다. "머리 말려야 하니까."

"음, 나도 시간이 없는데."

"왜?"

"네가 일일 이용권을 사 준 스포츠센터에 갈 거야. 바디웍스. 내일이면 기한 만료거든."

"1년 전에 준 거잖아! 게다가 엄마 출근하는 길이면 거기서 두 시간밖에 못 있고."

"조금 늦게 출근한다고 말해놨어. 사무실 바로 옆이고. 시간이 없어서 이렇게 됐다." 샘은 항상 시간이 없었다. "너무 피곤해"와 함께 시간 없다는 말을 주문처럼 되뇌었다. 하지만 시간은 누구에게나 없었다. 모두 피곤했다.

캣이 눈썹을 치켜떴다. 캣에게 자기 관리는 필수였다. 생활비와 주거, 식사 등 생존의 기본 조건보다 자기 관리가 더 중요했다.

"내가 계속 말하잖아, 엄마. 안 쓰면 소용없다고." 캣은 점점 골반과 차이가 나지 않는 엄마의 허리를 보면서 대놓고 공포에 질린 표정을 짓고는 냉장고 문을 닫았다. "으. 아빠는 왜 우유 한 통 못 사러 나가는지 모르겠어."

"쪽지를 써봐." 샘이 물건을 챙기며 말했다. "오늘은 아빠 기분이 나아질지 모르니까."

"그럼 내 엉덩이에선 원숭이가 튀어나올지도 모르겠네."

캣은 열아홉 살 소녀만 할 수 있는 걸음걸이로 주방에서 나갔다. 몇 초 뒤 헤어드라이어가 요란하게 돌아가는 소리가 들렸다. 캣이 샘의 방에서 가져간 거였다.

"어쨌든 이제 우유는 안 마신다면서." 샘이 위층에 대고 외쳤다.

헤어드라이어가 잠시 멈추더니 대답이 들려왔다. "엄마 짜증나."

샘은 서랍 안쪽에서 수영복을 찾아 검정 운동 가방에다 쑤셔 넣었다.

샘이 젖은 수영복을 벗고 있는데 멋진 엄마들이 들어왔다. 외모가 화려하고 마른 여자들이 주위를 에워싸더니 샘의 존재는 싹 무시한 채 떠들어대며 탈의실의 텁텁한 적막을 채웠다. 샘은 왕복 수영 스무 번으로 잠시 얻었던 평정심이 수증기처럼 날아가는 것을 느꼈다. 이곳에 온 지 한 시간이 지났는데, 그제야 원래 이런 곳을 좋아하지 않는다는 사실이 떠올랐다. 탄탄한 몸을 과시하는 사람들과 구석으로 움츠러드는 자신 같은 사람들 사이의 괴리가 싫었다. 샘은 그 스포츠센터 앞을 숱하게 지나치며 들어오기를 망설였었다. 그런 여자들을 보고 마음이 상하느니 오지 않는 편이 나을 것 같았다.

"나중에 커피 마실 시간 있어, 니나? 스페이스 NK 뒤에 생긴 예쁜 카페에 가볼까 하는데. 포케를 판대."

"좋아. 그런데 11시에는 일어나야 해. 교정 때문에 리오니를 치과에 데려가야 하거든. 임스는?"

"어머, 좋지. 수다 떨 시간이 필요하니까!"

그들은 완벽하게 커트한 머리에 명품 운동복을 입고 모여서 커피 마실 시간이 있는 여자들이었다. 운동 가방도 샘처럼 가짜 마크 제이콥스가 아닌 명품이었다. 루프나 트리스라는 이름의 남편들이 고급 식탁에 두툼한 보너스가 든 봉투를 척척 던져놓는다고 했다. 이 여자들은 진흙 한 점 튀지 않은 오프로드용 차량을 몰았다. 하루 종일 카페 앞에 차를 이중주차 해놓고서 바쁜 바리스타에게 아이가 칭얼거리니 베이비치노°를 달라고 요구하고는 지시대로 정확히 만들어주지 않으면 혀를 찼다. 그들은 새벽 4시에 잠에서 깨 전기 요금을 걱정하지 않았다. 번쩍이는 정장 차림으로 경멸하는 표정을 감추지도 않는 새 사장에게 아침마다 인사하는 게 지겹다고 느낄 일도 없었다.

그들에게는 한낮까지 파자마 바지를 입고 앉아서 아내가 이력서를 다시 내보라고 할 때마다 핼쑥해지는 남편도 없었다.

샘은 그런 나이가 됐다. 지방이나 미간의 주름, 불안은 사라지지 않으면서 안정적인 직업이나 결혼 생활의 행복, 꿈 등은 모두 손쉽게 미끄러져 나가는 나이.

"올해 르메르디앙 가격이 얼마나 올랐는지 다들 모르지." 한 여자가 말했다. 그 여자는 허리를 숙이고 비싸게 염색한 머리카락을 수건으로 말렸다. 샘은 그 여자에게 닿지 않으려고 몸을 비틀어야 했다.

"그러게! 크리스마스 때 가려고 모리셔스에 예약하려고 했는데. 평소에 가던 빌라가 40퍼센트나 올랐어."

"말도 안 돼."

그렇다. 정말 말도 안 된다고 샘은 생각했다. 당신들 참 힘들겠다. 샘은 2년 전에 필이 개조하겠다며 사들인 캠핑카를 떠올렸다. "주말을 해변에서 보낼 수 있어." 필은 신이 나서 말하며 여전히 집 앞을 막고 있는, 커다란 해바라기가 그려진 대형 밴을 바라봤다.

◇   카페에서 부모를 따라온 아이들에게 제공하는 음료.

필은 뒤쪽 범퍼를 교체한 뒤로 아무것도 하지 않았다. 그가 '대재난의 해'를 겪은 이후, 캠핑카는 집 앞에 버티고 서서 그들이 무엇을 상실했는지를 날마다 상기시켰다.

샘은 창백한 피부를 수건으로 감추며 팬티를 입었다. 중요한 고객과 네 차례 회의가 있는 날이었다. 30분 뒤, 인쇄 물류팀의 테드와 조엘과 만나서 회사에 꼭 필요한 계약을 따내야 했다. 샘은 회사에서 살아남기로 결심했다. 모두 함께 살아남아야만 했다.

그러니까 마음을 편안히 갖자.

"올해는 몰디브에 갈까 봐. 거기 가라앉기 전에."

"어머, 좋은 생각이네. 거기 좋던데. 가라앉는다니, 아까워라."

어떤 여자가 샘을 밀치고 지나가더니 사물함을 열었다. 샘처럼 머리칼이 짙은 갈색이었다. 샘보다 서너 살 어릴지 몰라도 몸을 보니 날마다 고강도 운동과 수분 공급, 각질 제거를 하는 사람이었다. 온몸에서 고급스러운 향이 풍겼다.

샘은 파리하고 늘어진 피부에 수건을 꽁꽁 싸매고 머리를 말리러 갔다. 돌아와 보니 모두 가고 없었다. 샘은 안도의 한숨을 내쉰 뒤 축축한 나무 벤치에 털썩 앉았다. 구석에 놓인 따뜻한 대리석 침대에 누워 30분쯤 쉬고 싶었다. 그런 생각을 하니 문득 기분이 좋아졌다. 조용한 곳에서 편안하게 30분간 누워서 쉬다니.

등 뒤 사물함에 걸어둔 재킷에서 휴대전화가 울렸다. 샘이 전화기를 꺼냈다.

준비됐어요? 밖에 있어요.

샘이 메시지를 보냈다.

네? 프램프턴스는 오늘 오후잖아요.

사이먼이 말 안 했어요? 10시로 바뀌었어요. 빨리요…… 지금 가야 해요.

공포에 떨며 샘은 휴대전화를 확인했다. 23분 뒤 첫 회의가 있다는 말이었다. 샘은 앓는 소리를 내며 바짓가랑이에 다리를 끼워 넣고, 벤치에 놓인 검정 운동 가방을 집어 들고는 주차장으로 달려 나갔다.

그레이사이드 인쇄 솔루션이라고 적힌 지저분한 흰색 밴이 시동을 켠 상태로 화물 출입구에서 기다리고 있었다. 샘은 체육관용 슬리퍼를 신고 종종걸음으로 달려갔다. 슬리퍼는 다음 날 반납할 생각이었지만, 중범죄라도 지은 듯 죄책감이 들었다. 머리칼은 아직 젖은 채였다. 샘은 숨을 조금 헐떡였다.

"사이먼이 샘을 노리는 것 같던데." 샘이 밴에 올라타는데 테드가 말했다. 테드는 샘에게 자리를 내주느라 앞쪽으로 옮겨갔다. 테드에게서 담배 연기와 올드 스파이스의 향이 났다.

"노리는 게 확실하죠."

"그 사람 조심해요. 제너비브에게 회의 시간을 전부 다시 확인해봐요." 조엘이 운전대를 돌리며 말했다. 중요한 날을 위해 준비한 듯 레게머리를 깔끔하게 묶은 모습이었다.

"합병 후로 예전 같지 않죠?" 큰길로 나설 때 테드가 말했다. "날마다 달걀 껍데기 위를 걷는 기분이야."

대시보드 위에는 설탕이 묻은 빈 종이봉투가 두 개 있었다. 테드가 아직 따뜻한 커다란 잼 도넛이 든 봉투를 샘에게 건넸다.

"이거 먹어요." 그가 말했다. "챔피언의 아침 식사를 해야죠."

샘은 도넛을 먹어서는 안 된다고 생각했다. 칼로리가 수영으로 태운 칼로리의 두 배는 돼 보였다. 캣이 못마땅하게 내쉬는 한숨 소리가 여기까지 들리는 것 같았다. 그러나 샘은 망설이다 도넛을 입에 집어넣고, 따뜻하고 달콤한 위로에 눈을 감았다. 가능한 한 즐거움을 포기하고 싶지 않았다.

"제너비브가, 그 사람이 전화하면서 또 정리해고 이야기를 했대요." 조엘이 말했다. "제너비브가 사무실로 들어가니까 화제를 바꾸더래요."

'정리해고'란 말이 덫에 걸린 나방처럼 사무실 여기저기서 파닥였다. 그 단어가 들릴 때마다 샘은 속이 죄어왔다. 샘까지 일자리를 잃으면 어떻게 될지 상상도 할 수 없었다. 필은 의사가 처방한 우울증 약을 먹지 않았다. 그것 때문에 졸리다는 핑계였다. 거의 매일 11시까지 자면서 말이다.

"그럴 리야 있겠어요." 테드가 확신 없는 투로 말했다. "샘이 오늘 계약을 따낼 건데. 그렇죠?"

두 사람 다 샘을 보고 있었다. "그래요." 샘이 말했다. 그리고 좀 더 긍정적인 목소리로 덧붙였다. "따내야죠!"

샘은 작은 손거울을 보며 화장을 하다가 조엘이 과속방지턱을 넘을 때마다 속으로 욕을 하며 손에 침을 묻혀서 얼룩을 지웠다. 여러 상황을 감안할 때 머리 모양은 그다지 나쁘지 않았다. 샘은 서류 파일을 훑어보며 모든 수치를 확인했다. 모든 것에 자신만만했던 시절, 회의실로 들어서며 스스로 유능하다고 느꼈던 시절이 어렴풋이 기억났다. '힘내라, 샘. 그때로 돌아가자고.' 샘은 다짐했다. 그리고 슬리퍼를 벗고 구두를 꺼내려고 가방에 손을 넣었다.

"5분 후 도착입니다." 조엘이 말했다.

샘은 그제야 비슷하게 생긴 운동 가방이 자기 게 아닌 걸 깨달았다. 그 가방에는 편안한 검정 구두, 보도를 달리고 인쇄 계약을 협상하는 데 적당한 그 구두가 들어 있지 않았다. 대신 아찔한 붉은색 악어가죽으로 된 크리스찬 루부탱 슬링백 구두가 들어 있었다.

샘은 구두 한 짝을 꺼낸 뒤, 끈이 달린 낯선 모양을 멍하니 봤다.

"어이쿠." 테드가 말했다. "첫 회의는 스트링펠로스°에서 하나?"

샘이 허리를 숙이고 가방을 뒤졌다. 나머지 구두 한 짝과 청바지, 깔끔하게 갠 샤넬 재킷이 나왔다.

"어머." 샘이 말했다. "내 가방이 아니네. 엉뚱한 가방을 가져왔어. 돌아가야 되겠어요."

"그럴 시간 없어요." 조엘이 전방만 주시하며 말했다. "벌써 아슬아슬한걸요."

"하지만 내 가방이 있어야 하는데."

° 런던의 클럽.

"미안해요, 샘." 그가 말했다. "나중에 돌아가요. 운동하러 갈 때 신었던 신발은요?"

"회의에 슬리퍼를 신고 갈 순 없어요."

"거기 있는 구두는요?"

"농담 말아요."

테드가 구두를 집어 들었다. "일리 있는 말이야, 조엘. 이건 샘에게 그다지…… 안 어울려."

"왜요? 내게 '어울리는' 건 뭔데요?"

"뭐. 평범한 거요. 샘은 평범한 걸 좋아하잖아요." 테드가 잠시 멈췄다가 말했다. "실용적인 거."

"저런 구두를 보고 뭐라고 하는지 알잖아요." 조엘이 말했다.

"뭐라는데요?"

"서 있을 때 신는 구두가 아니라고."

둘은 서로 쿡쿡 찌르며 웃었다.

샘은 테드에게서 구두를 빼앗았다. 반 사이즈 작은 구두였다. 그래도 신고 스트랩을 잠갔다.

"잘됐네." 샘이 발을 보며 말했다. "콜걸 같은 구두를 신고 프램프턴스에서 프레젠테이션을 하게 되다니."

"최소한 고급 콜걸이긴 하네요." 테드가 말했다.

"뭐라고요?"

"있잖아요. 5파운드에 빨아주는 거 말고……."

샘은 조엘의 웃음소리가 잦아들기를 기다렸다. "음, 고마워요, 테드." 그녀는 창밖을 내다보며 말했다. "기분이 훨씬 좋아졌어요."

샘의 예상과 달리 회의 장소는 사무실이 아니었다. 물류 부서에 문제가 있어서 그들은 화물 적재 구역에서 프레젠테이션을 하게 됐다. 마이클 프램프턴이 그곳에서 망가진 유압시스템을 감독한다고 했다. 샘은 발에 닿는 찬 바람을 느끼며 하이힐을 신고 걸었다. 페디큐어를 하지 않은 것이 마음에 걸렸다. 2009년 이후로 페디큐어라고는 한 적이 없었다. 발목이 자꾸 삐끗거렸다. 이런 신발을 신고 어떻게 정상적으로 걷나 싶었다. 조엘 말이 옳았다. 신고 다니는 용도가 아니었다.

"괜찮아요?" 모여 있는 사람들에게 다가가던 중에 테드가 물었다.

"아뇨." 샘이 중얼거렸다. "젓가락을 밟고 걷는 기분이에요."

지게차가 앞에서 커다란 지류 상자를 옮기고 있어서 돌아가야 했다. 샘이 비틀거렸다. 지게차가 내는 경고음이 동굴 같은 공간에서 귀가 먹먹할 정도로 울려댔다. 주위의 남자들이 전부 고개를 돌려 샘을 봤다. 그리고 구두를 내려다봤다.

"안 오는 줄 알았습니다."

마이클 프램프턴은 음침한 요크셔 사람이었다. 어떤 대화에서도 자신이 가진 권력을 알리고 상대에겐 그 권력이 없음을 넌지시 확인하는 부류였다.

샘이 간신히 웃어 보였다. "정말 죄송합니다." 그리고 밝은 목소리로 말했다. "또 회의가 있어서⋯⋯."

"차가 막혔어요." 조엘이 동시에 말하고는 서로 어색하게 마주 봤다.

"샘 켐프입니다. 지난번…….."

"기억해요." 프램프턴이 말하고 시선을 내렸다. 그는 작업복 입은 청년과 파일 내용을 훑어보며 2분이나 이야기를 나눴다. 샘은 어쩔 줄 모른 채 서서 그 주위 남자들이 슬금슬금 던지는 호기심 어린 눈길을 의식했다. 부적절한 구두가 발 위에서 방사능 경고등처럼 반짝였다.

"좋아요." 프램프턴이 이야기를 마치더니 말했다. "우선 프린텍스 측에서 아주 경쟁력 있는 조건을 제시했다는 점을 말해두죠."

"음, 저희는…….." 샘이 말했다.

"그리고 그레이사이드가 더 큰 회사에 잡아먹혀서 융통성이 없어질 거라던데요."

"꼭 그런 건 아닙니다. 이제 저희 쪽엔 용량과 품질 그리고…….. 신뢰성이 생겼죠."

그렇게 말하던 샘은 살짝 자괴감이 들었다. 모두 샘을 보고 남의 구두를 신고 온 중년 여자라고 생각하는 것 같았다. 샘은 회의 내내 말을 더듬었고 대답을 헷갈려 했다. 그리고 얼굴을 붉히며 구두에 꽂힌 모두의 시선을 의식했다.

마지막으로 샘은 가방에서 파일을 꺼냈다. 몇 시간을 들여 고치고 정리한 가격이 적혀 있었다. 파일을 프램프턴에게 건네려고 다가가는데, 구두 굽이 어딘가에 걸려 발을 헛디뎠다. 발목을 접질리자 날카로운 통증이 다리를 내달렸다. 샘은 찡그린 표정을 미소로 바꾸고 파일을 건넸다. 프램프턴은 샘에게서 시선을 거두더니 파일을 내려다보고 페이지를 넘겼다. 샘은 절뚝이지 않으려고 애쓰며 천천히 제자리로 돌아갔다.

한참 만에 프램프턴이 고개를 들었다. "다음엔 주문량이 상당할 겁니다. 그래서 확실히 납품일을 맞출 수 있는 회사와 계약해야 합니다."

"프램프턴 씨, 저희는 전에도 납품일을 지켰습니다. 그리고 지난달에는 그린라이트사와 비슷한 카탈로그 작업을 했습니다. 그쪽에서는 품질에 크게 만족했고요."

프램프턴이 얼굴을 온통 찡그리며 물었다. "거기서 한 작업 좀 볼 수 있어요?"

"물론입니다."

샘은 파일을 뒤지다가 그린라이트의 카탈로그가 밴의 대시보드 위에 놓아둔 파란 파일 안에 있다는 게 불현듯 기억났다. 필요 없을 줄 알았던 것이다. 그걸 가져오려면 화물 출입구로 나가서 남자들의 시선을 받으며 주차장을 걸어가야 했다. 샘은 의미심장한 표정으로 조엘을 쳐다봤다.

"제가 가져다드리죠." 조엘이 말했다.

"밴에 다른 샘플도 있어요?" 프램프턴이 말했다.

"음, 클락스 사무용품과도 비슷한 작업을 했습니다. 사실, 지난달에 꽤 여러 가지 카탈로그 작업을 했죠. 조엘, 혹시……."

"됐어요. 내가 직접 가서 보지." 프램프턴이 걷기 시작했다. 그렇다면 샘도 함께 가야 했다. 샘은 그 옆에서 조금 뻣뻣한 걸음걸이로 걸음을 옮겼다.

"우리에게 필요한 건." 프램프턴이 주머니에 손을 찔러 넣으며 말했다. "빠르게 움직이는 인쇄 파트너요. 융통성 있는 곳. 발 빠른 곳이라고나 할까."

그가 성큼성큼 걸었다. 그 순간 샘은 울퉁불퉁한 바닥에 다시 발목을 접질려 헉 소리를 냈다. 무릎이 꺾이려는 찰나, 조엘이 팔을 내밀었다. 샘은 넘어지지 않기 위해 그 팔을 잡아야 했다. 프램프턴이 그들을 알 수 없는 표정으로 바라보았고 샘은 어색한 미소를 지었다.

그가 조엘에게 중얼거리는 것을 샘은 얼굴을 붉히며 들었다. 프램프턴이 그레이사이드 인쇄 측에 마지막으로 한 말이었다.

"저 여자, 취했나?"

2

니샤 캔터는 러닝머신 위에서 맹렬하게 달렸다. 귓전에 음악이 쿵쾅거리고 다리는 피스톤처럼 움직이며 바닥을 쳤다. 니샤는 늘 맹렬히 달렸다. 억울함과 젖산이 뒤섞여 터지는 처음 1킬로가 가장 힘들었다. 2킬로째 니샤는 정말이지 화가 났다. 3킬로째 되자 머리가 맑아지기 시작했다. 갑자기 몸에 기름을 칠한 듯, 영원히 달릴 수 있을 것 같았다. 그리고 다시 화가 났다. 달리기를 즐기기 시작하는 순간, 멈추고 다른 일을 해야 하니까. 니샤는 달리기가 싫었지만 제정신을 유지하려면 달려야 했다. 이 망할 도시에 오기 싫었다. 사람들이 죄다 보도에 나와 느릿느릿 돌아다니는 바람에 제대로 달릴 수 있는 곳은 이 싸구려 체육관뿐인 곳. 투숙 중인 호텔 내 고급 스포츠센터가 보수 중이라, 니샤는 이곳으로 안내를 받았다.

기계는 이제 마무리할 시간이라고 했고, 니샤는 기계를 팍 꺼버렸다. 망할 기계에게 이래라저래라 지시받고 싶지 않았다. '아니, 마무리는 안 해.' 니샤가 이어폰 한쪽을 빼는데 전화벨이 울렸다. 손을 뻗어 휴대전화를 집어 들었다. 칼이었다.

"여보……."

"저기요."

니샤가 고개를 들었다.

"전화는 꺼야죠." 젊은 여자가 말했다. "여기선 정숙해야 해요."

"그럼 나한테 말도 하지 말아요. 너무 시끄럽네요. 그리고 이렇게 가까이 서지 말아요. 그쪽 땀이 묻을지 모르니까."

여자가 입을 살짝 벌렸다. 니샤는 전화를 귀에 댔다.

"니샤, 여보. 뭐 하고 있나?"

"체육관에 왔어. 자기. 점심때 만나는 것 맞지?"

칼의 버터처럼 미끄러운 음성은 니샤가 늘 사랑하는 것 중 하나였다. "그럼. 하지만 호텔에서 보도록 하지. 서류를 가지러 돌아가야 해서."

"그러자." 니샤가 반사적으로 말했다. "뭘 시켜놓을까?"

"어. 아무거나."

니샤는 얼어붙었다. 칼은 "아무거나"라고 말하는 법이 없었다.

"미셸의 화이트 트러플 오믈렛으로 할래? 아니면 구운 참치?"

"좋아. 그거면 되겠군."

니샤는 침을 삼켰다. 차분한 목소리를 유지하려고 노력했다. "몇 시가 좋을까?"

칼이 잠시 말을 멈추고 옆의 누군가에게 말하는 소리가 작게 들렸다. 니샤의 심장이 쿵쾅거리기 시작했다.

"정오가 좋겠군. 하지만 천천히 와. 서두를 필요 없어."

"그럴게." 니샤가 말했다. "사랑해."

"나도, 여보." 칼이 대답했고 전화가 끊어졌다.

니샤는 꼼짝 않고 섰다. 달리기와는 전혀 상관없이, 귀에서 맥박이 세차게 뛰었다. 잠시, 머리가 터질 것 같았다. 심호흡을 두 번했다. 그리고 휴대전화에 다른 번호를 입력했다. 곧바로 음성사서함으로 연결됐다. 뉴욕과의 시차를 기억해 낸 니샤는 욕을 중얼거렸다.

"마그다?" 니샤가 땀이 묻은 머리카락을 걷어 올리며 말했다. "캔터예요. 그 남자에게 연락해요, 당장."

고개를 들자, 폴로셔츠와 싸구려 반바지를 입은 스포츠센터 직원이 다가와 있었다. "고객님, 여기서는 통화하실 수 없습니다. 규칙……."

"비켜요. 가서 바닥 청소나 해요. 여긴 세균이 득실거린다고요." 니샤는 그를 밀치고 다른 직원에게서 수건 한 장을 낚아챈 뒤 탈의실로 향했다.

탈의실에 사람이 가득했지만, 니샤 눈에는 아무도 안 보였다. 두근거리는 가슴을 안고 통화 내용을 머릿속으로 계속 되짚었다. 결국 그날이 왔다. 정신을 차리고 대응할 준비를 해야 하는데 몸이 이상하게 축 늘어지며 손 하나 꼼짝할 수 없었다. 잠시 벤치에 앉은 니샤는 멍하니 앞만 봤다. '난 할 수 있어.' 니샤가 떨리는 손을 보며 혼잣말했다. '이보다 더한 일도 겪어냈으니까.' 니샤는 수건에 얼굴을 묻고서 떨림이 멈출 때까지 숨을 들이쉬었다. 그리고 등을 곧게 세우고 어깨를 폈다.

26

니샤는 한참 만에 일어서서 로커를 열고 마크 제이콥스 가방을 꺼냈다. 누군가가 로커 옆 벤치에 가방을 놓아둔 것을 본 니샤는 그 것을 밀어 떨어뜨리고 자기 가방을 놓았다. 샤워. 샤워가 급선무였 다. 겉모습이 가장 중요하니까. 그때 다시 전화가 왔다. 두어 명이 쳐다봤지만, 니샤는 무시하고 벤치에서 전화기를 집어 들었다. 레 이였다.

"엄마? 내 눈썹 사진 봤어?"

"뭐, 아들?"

"내 눈썹. 사진 보냈잖아. 봤어?"

니샤는 휴대전화를 귀에서 떼고 메시지를 넘겨 아들이 보낸 사진 을 찾았다. "아들, 눈썹 멋있어." 니샤는 아들을 달랜 뒤 전화기를 다시 귀에 댔다.

"엉망이야. 기운이 빠져. 돌고래를 이용하는 사업에 관한 프로그 램을 봤는데, 재주 부리고 어쩌고 하는 돌고래들이 나왔어. 죄책감 이 들었어. 멕시코에서 그런 곳에 가서 돌고래랑 같이 헤엄쳤잖아. 기억나? 너무 미안해서 방에서 나갈 수가 없길래 눈썹을 정리했는 데 엉망이 됐어. 나 이제 90년대 마돈나처럼 됐어."

한 여자가 근처에서 머리를 말리기 시작했다. 니샤는 잠시 그 드 라이어를 손에서 빼앗아 죽을 때까지 내리칠까 싶었다. "아들, 잘 안 들려. 잠깐만."

니샤는 복도로 나갔다. 심호흡을 했다. "눈썹은 완벽해." 니샤가 입을 다문 아들에게 말했다. "멋있어. 그리고 90년대 마돈나는 너 무 섹시하잖아."

니샤는 웨스트체스터의 자기 방 침대에 다리를 꼬고 앉은 아들의 모습을 떠올렸다. 그 애는 어릴 때부터 늘 그렇게 앉았다.

"멋지지 않아, 엄마. 큰일 났다고."

탈의실에서 여자 하나가 나오더니 니샤의 앞을 지나갔다. 발에 플립플롭 슬리퍼를 끼우고서 고개를 숙인 채 싸구려 재킷을 입고 서둘러 나갔다. 여자들은 왜 똑바로 서지 못할까? 어깨를 축 늘어뜨리고 머리를 거북처럼 목에 쑥 집어넣은 그 여자 모습에 니샤는 곧바로 짜증이 났다. 피해자 꼴을 하고 다니면서 남에게 피해를 입으면 왜 놀랄까? "그럼 집에 오면 눈썹을 다듬자."

"정말로 보기 싫구나."

"아냐! 아냐, 멋있어. 그런데 아들, 이제 정말 끊어야 되겠다. 하던 일이 있거든. 엄마가 전화할게."

"여기 시간으로 3시 지나서 전화해. 잠도 자야 하고, 마음 관리 시간이란 게 있거든. 정말 바보 같아. 마음을 너무 써서 여기 오게 되었다는 걸 모르나 봐. 마음을 챙기라고 난리야."

"그래, 아들. 그 시간 끝나고 전화할게. 사랑해."

통화를 마친 니샤가 바로 다시 전화를 걸었다. "마그다? 마그다? 내 메시지 받았어? 이 메시지 받으면 바로 전화해 줘. 알겠지?"

니샤가 음성 메시지 녹음을 마치는데 문이 열렸다. 체육관 직원이 들어오더니 전화기를 들고 있는 니샤를 봤다.

"고객님, 죄송하지만……."

"그만. 됐어요." 니샤가 으르렁거리자 직원은 도중에 입을 다물었다. 그 무엇도 눈치 볼 것 없는 40대 미국 여성으로 사는 데는 몇 가지 장점이 있었다. 그 직원도 그것을 알고 있었다. 그걸 확인하고 나니 아주 오랜만에 기분이 좋아졌다.

니샤는 샤워를 하고 체육관에 비치된 열악한 제품을 몸에 바른 뒤(하루 종일 몸에서 기차 화장실 냄새를 풍기게 됐다) 젖은 머리카락을 묶고 안전하게 발밑에 수건을 깔고서(탈의실 바닥을 보면 구역질이 났다. 떨어진 각질과 사마귀라니!) 마그다가 답을 보냈는지 열여덟 번째로 확인했다.

가슴속에서 부풀어 오르는 거대한 분노와 불안 덩어리를 억누르기가 점점 어려워졌다. 니샤는 옷걸이에서 실크 블라우스를 꺼내 입으면서 따뜻하고 축축한 살갗에 그 흐느적거리는 옷감이 들러붙는 것을 느꼈다. '대체 마그다는 어디 간 거야?' 니샤는 앉아서 휴대전화를 다시 확인한 뒤 청바지와 구두를 꺼내려고 가방에 손을 뻗었다. 가방 안에 손을 넣고 한참 만에 잡힌 것을 꺼내보니, 아주 낡고 두툼한 굽이 달린 못난 검은 구두 한 짝이 나왔다. 니샤는 잠시 손을 보며 눈을 깜빡이다가 작게 비명을 지르며 구두를 떨어뜨렸다. 수건에 손을 닦은 뒤 천천히 가방을 열어 안을 들여다봤다. 자기 가방이 아니었다. 가짜 가죽에 비닐 덮개는 이미 벗겨지기 시작했으며, '마크 제이콥스' 금속 표식은 둔한 은색으로 바래 있었다.

니샤는 벤치 밑을 살폈다. 그리고 뒤도 살폈다. 성가신 여자들은 대부분 돌아간 뒤였다. 문이 열린 사물함 서너 개만 보일 뿐, 가방은 보이지 않았다. 다른 가방은 없었다. 그 가방은 니샤의 것과 비슷했다. 같은 크기, 같은 색. 손잡이까지 비슷했다. 하지만 니샤의 가방은 분명 아니었다.

"내 가방을 누가 가져갔지?" 니샤는 혼잣말하듯 중얼거렸다. "대체 누가 가져간 거야?" 탈의실에 있던 여자들이 멍한 표정으로 그녀를 쳐다봤다.

"아냐." 니샤가 말했다. "아냐 아냐 아냐 아냐 아냐. 오늘은 안돼. 지금은 안 된다고."

안내 데스크의 직원은 눈도 깜빡하지 않았다.

"CCTV는 어디 있죠?"

"고객님, 여성 탈의실에는 CCTV가 없습니다. 설치가 불법이죠."

"그럼 내 가방을 누가 훔쳐 갔는지 어떻게 찾죠?"

"도난당하신 것 같진 않아요, 고객님. 말씀을 들어보니, 가방이 그렇게 비슷하면 실수로 바뀌 간 것 같은데……."

"내 샤넬 재킷과 크리스찬 루부탱이 직접 만든 주문 제작 하이힐을 '실수로' 가져갔다고 생각해요? 평소에……." 니샤는 가방 안을 들여다보고는 눈살을 찡그리며 말했다. "…… 프라이마크°에서 산 옷을 입는 사람이?"

직원의 안면 근육에는 미동도 없었다.

"입구 CCTV는 확인할 수 있지만 본사의 승인을 얻어야 합니다."

"시간 없어요. 여기서 마지막으로 나간 게 누구죠?"

"그런 기록은 보관하지 않아요, 고객님. 전부 자동으로 처리되니

◇　아일랜드의 패스트패션 브랜드.

까요. 기다리시면 매니저님에게 연락해서 오시라고 할게요."

"드디어 매니저가 나오네! 매니저는 어디 있죠?"

"피너 지역에서 직원 교육 중이에요."

"아, 제발 좀. 운동화라도 줘요. 여기 운동화는 있어요? 차까지만 가면 되니까."

니샤는 창밖을 내다봤다. "차는 어디 있지? 차가 어디 갔죠?"

니샤가 안내 데스크로에서 돌아서서 전화를 걸었다. 응답이 없었다. 직원이 카운터 밑에서 비닐 봉투를 꺼내 카운터 위에 내려놨다. '페인트 말리기'에 관한 두 시간짜리 테드 강연을 들어야 하는 사람처럼 지루한 표정이었다. "슬리퍼는 있습니다."

니샤는 직원과 슬리퍼를, 다시 직원을 번갈아 봤다. 직원은 무표정이었다. 결국 니샤는 그것을 집어 들고는 짜증이 나서 낮게 으르렁거리며 발에 끼웠다. 니샤가 밖으로 나가자 "미국인들이란!"이라고 중얼거리는 소리가 들려왔다.

3

"신경 쓰지 말아요. 아직 세 군데나 남았잖아요." 테드가 친절하게 말했다.

다음 회의 장소까지 모두 아무 말도 없었다. 샘은 밴을 타고 가는 20분 동안 비참한 심정이었다. 그나마 남아 있던 자신감이 죄책감에 밀려나고 있었다. 그 사람들이 자신을 어떻게 생각할까? 밴을 향해 절뚝거리며 돌아갈 때 믿을 수 없다는 눈빛으로 비웃음을 감추지도 않던 남자들의 표정이 여전히 생생했다. 조엘은 어깨를 두드리며 프램프턴은 재수 없는 놈이고 어쨌든 지불도 늘 늑장을 부리니 결국 잘된 일이라고 했다. 하지만 조엘의 위로를 들으면서도 샘은 중대한 계약을 놓쳤다는 말에 입술을 일그러뜨리는 사이먼의 모습이 눈에 선했다.

'여섯을 세면서 들이쉬고, 셋을 세면서 참다가, 일곱을 세면서 내쉬기.'

조엘이 주차장에 차를 세우고 시동을 껐다. 그들은 엔진이 꺼지는 소리를 들으며 번쩍이는 건물을 올려다봤다. 샘의 사기는 바닥에 떨어진 상태였다.

"이 회의에 슬리퍼를 신고 가는 건 정말 안 좋겠죠?" 한참 만에 샘이 말했다.

"네." 테드와 조엘이 동시에 말했다.

"하지만⋯⋯."

"있잖아요." 조엘이 핸들에 몸을 기대며 샘 쪽을 봤다. "그 구두를 신을 거면 당당하게 신어야 해요."

"무슨 말이에요?"

"음, 아까는⋯⋯ 어색한 것 같았어요. 지금도 어색한 표정이고요. 그 구두 주인인 것처럼 보여야죠."

"주인이 아닌 걸 어떡해요."

"자신감을 보여요. 그 구두를 딱 신고 오늘 큰 건을 계약한 사람처럼 말이에요."

테드가 입을 꾹 다물고서 고개를 끄덕였다. 그는 햄 덩어리 같은 팔로 샘을 쿡 찔렀다. "맞아요. 힘내요, 샘. 턱을 들고, 가슴을 펴고, 활짝 웃어요. 할 수 있어요."

샘이 가방을 들었다. "사이먼에겐 그런 말 안 할 거잖아요."

테드가 어깨를 으쓱였다. "사이먼이 그 구두를 신으면 하겠죠."

"그래서 이 건에 가능한 최저 가격은⋯⋯ 4만 2000입니다. 하지만 페이지 수를 바꾸고 표지를 흑백으로 교체하시면 그 가격에서 800을 낮출 수 있습니다."

인쇄 전략을 설명하던 샘은 이사가 자기 말을 듣고 있지 않다는 것을 깨달았다. 그 순간 어색해진 나머지 말을 더듬었다. "그, 그럼 어떻게 생각하십니까?"

이사는 아무 말도 하지 않았다. 이마를 문지르더니 어정쩡히 으음 하는 소리를 냈다. 캣이 어릴 적, 그 애가 끊임없이 조잘거리는 말을 대충 듣던 샘이 그랬듯이.

'오, 이런. 놓치겠어.' 노트에서 고개를 들고 보니, 이사가 샘의 발을 빤히 보고 있었다. 부끄러워진 샘은 무슨 말을 하던 중인지 잊을 뻔했다. 그런데 다시 보니 그는 멍한 표정을 짓고 있었다. 집중하지 못하고 있는 쪽은 그였다. "그리고, 물론, 앞서 논의한 대로 8일 안에 납품할 수 있습니다."

"좋습니다!" 그는 백일몽에서 깨어난 사람처럼 외쳤다. "그렇군요, 네."

이사는 여전히 샘의 발을 보고 있었다. 샘은 발을 살짝 옆으로 기울이고 발목을 뻗었다. 그는 황홀한 표정으로 샘의 발을 계속 바라봤다. 건너편에서 조엘과 테드가 눈빛을 교환했다.

"그럼 이 조건이면 되겠습니까?"

이사는 손가락을 펴며 잠시 샘과 눈을 마주쳤다. 샘이 화사하게 미소 지었다.

"어…… 네. 좋습니다." 그는 발에서 눈을 떼지 못했다. 시선이 샘의 얼굴로 올라갔다가 다시 구두로 내려왔다.

샘은 서류 가방에서 계약서를 꺼내면서 발을 굽혀 구두 스트랩이 천천히 발뒤꿈치로 내려가게 했다. "그럼, 계약서를 쓰실까요?"

"그럽시다." 이사가 펜을 들더니 내용을 보지도 않고 서명했다.

"아무 말도 하지 말아요." 안내 데스크를 지나가던 샘은 정면에 시선을 고정시킨 채 테드에게 말했다.

"아무 말도 안 해요. 그렇게 계약만 따내면, 오리발을 신고 다녀도 뭐라 안 한다고요."

다음 회의 내내 샘은 발이 보이도록 내놓았다. 존 에지먼트는 발에 시선을 오래 두지는 않았지만, 그 구두를 신었다는 사실만으로 샘을 재평가하는 것이 분명했다. 이상한 일이지만, 그 구두는 샘도 자신을 재평가하도록 만들었다. 샘은 고개를 꼿꼿이 들고 그의 사무실에 들어갔다. 매력을 발산했다. 계약 조건을 양보하지 않았다. 또 한 건의 계약을 따냈다.

"불붙었어요, 샘." 밴에 올라타며 조엘이 말했다.

그들은 제대로 점심시간을 갖고(사이먼이 온 뒤로 못 했던 일이다) 커피숍에 앉았다. 해가 비쳤다. 조엘은 지난주에 데이트를 하던 중 여자가 잡지에서 오린 웨딩드레스 사진을 보여주며 어떠냐고 물었다고 했다. "'염려 말아요. 정말 좋아하는 사람에게만 보여주는 거예요'라고 했다니까요." 테드는 코로 커피를 뿜었고 샘은 옆구리가 결리도록 웃었다. 그러다 마지막으로 웃은 것이 언제인지 기억도 나지 않는다는 사실을 깨달았다.

니샤는 블라우스 위에 목욕 가운을 걸치고 슬리퍼를 신은 채 스포츠센터 앞 찬 바람 부는 보도 위를 종종걸음치고 있었다. 피터의 휴대전화에 메시지를 아홉 개나 남겼지만, 그는 전화를 받지 않았다. 심상치 않았다. 너무나.

"피터? 피터? 어디 있죠? 11시 15분까지 대기하라고 했잖아요! 당장 여기로 와요!"

마지막으로 전화를 걸자, "없는 전화번호입니다"라는 기계의 자동 안내음이 흘러나왔다. 니샤는 시계를 확인하고 큰 소리로 욕설을 내뱉은 뒤 주머니에 손을 넣어 호텔 카드 키를 꺼냈다. 잠시 그것을 보다가 스포츠센터로 돌아갔다.

사물함 앞에 있던 가방이 아직 벤치에 있었다. 당연했다. 그걸 누가 가져가고 싶을까? 니샤는 그 안을 뒤지다 자기 것이 아닌 옷에 손이 닿자 눈살을 찌푸렸다. 비닐 봉투에 든 젖은 수영복을 꺼낸 니샤는 또 눈살을 찌푸린 뒤 벤치 위에 던졌다. 옆 주머니에 살그머니 손을 넣자 젖은 10파운드짜리 지폐 세 장이 나왔다. 지폐를 쥐어본 것이 얼마 만인지 기억나지 않았다. 돈은 변기 솔보다 비위생적이라고 기사에서 읽은 적이 있었다. 니샤는 몸을 후드드 떨고는 돈을 주머니에 넣었다. 탈수기 위에 있는 비닐 봉투를 하나 뜯어낸 뒤 손에 감았다. 그 상태로 가방 손잡이를 쥐고 안내 데스크를 지나 밖으로 나갔다.

"고객님, 가운을 가져가시면……."

"알아요. 하지만 이 나라가 얼어 죽을 만큼 추운데, 난 옷을 잃어버렸다고요." 니샤는 가운을 꼭 여미고 벨트를 묶은 뒤 걸어 나갔다.

우버 때문에 손님이 줄었다고 끊임없이 징징거리면서도, 여섯 명이나 되는 택시 기사가 목욕 가운을 입은 여자는 무시하고 지나쳤다. 한 기사가 멈춰 창문을 내리고 니샤의 옷차림에 관해 뭐라고 하려고 했지만, 니샤가 먼저 손을 들어 제지했다. "벤틀리 호텔이요. 그리고 됐어요. 고마워요."

5분도 안 걸렸지만 택시비는 9파운드 80실링이었다. 니샤는 당황한 도어맨의 시선을 무시하고 호텔로 들어갔다. 그리고 고개를 돌려 쳐다보는 손님들은 보지 않고서 로비를 가로질러 승강기로 갔다. 남편은 정장 차림이고 부인은 덜렁거리는 겨드랑이 살을 드러내는 드레스를 입은 중년 부부가 (아마 어딘가 시골에서 '휴식'을 하러 온 모양이다) 이미 타고 있었다. 니샤는 팔을 밀어 넣어 닫히던 문을 열었다. 승강기에 탄 후 문 쪽으로 돌아섰다. 아무 일도 일어나지 않았다. 니샤는 뒤를 한 번 봤다.

"펜트하우스." 니샤가 말했다.

니샤가 한 손을 흔들었다. 그들이 빤히 보기만 하자, 다시 흔들었다.

"펜트하우스요. 버튼." 니샤는 결국 이렇게 덧붙였다. "부탁해요." 여자가 손을 뻗어 조심스레 버튼을 눌렀다. 승강기가 올라가기 시작했다. 니샤는 배를 죄어오는 긴장감을 느꼈다. '힘내, 니샤. 넌 해결할 수 있어.' 니샤가 되뇌었다. 승강기가 흔들리며 멈추자 문이 열렸다.

펜트하우스 스위트룸으로 들어가려던 니샤는 넓은 가슴과 충돌했다. 남자 셋이 앞을 가로막았다. 니샤는 눈앞에 벌어진 일을 믿을 수 없어 몸을 움츠렸다. 가운데 있는 아리가 A5 크기의 봉투를 내밀었다.

"무슨……." 니샤가 말하며 밀치고 지나가려고 했지만, 그가 몸으로 막아섰다.

"못 들어오시게 하라는 지시를 받았습니다."

"말도 안 되는 소리 말아요, 아리." 니샤가 그에게 손을 내저었다. "옷이 있어야 해요."

아리는 처음 보는 표정을 지었다. "캔터 씨가 당신은 출입 금지라고 합니다."

니샤는 웃어 보이려고 했다. "바보 같은 소리. 내 물건만 가져갈게요. 내 꼴 좀 봐요."

아리는 모르는 사람 같았다. 그의 얼굴에서는 니샤를 안다는 사실, 15년간 니샤의 경호를 맡았다는 사실이 전혀 느껴지지 않았다. 두 사람은 함께 농담을 나누던 사이였다. 아니, 그의 짜증스러운 아내 안부까지 묻던 사이였단 말이다.

"죄송합니다."

아리는 허리를 굽히더니 니샤의 뒤에 있는 승강기 바닥에 봉투를 내려놓았다. 그리고 그녀를 돌려보내기 위해 버튼을 눌렀다. 니샤는 하늘이 무너지는 느낌이었다. 순간 기절할 것 같았다.

"아리! 아리! 이럴 순 없어요. 미친 짓이야! 난 어쩌라고?"

승강기 문이 닫히기 시작했다. 아리가 돌아서더니 뒤에 선 남자와 눈빛을 교환했다. 그가 니샤 앞에서 지은 적 없는 표정이었다. 하지만 니샤에겐 평생 익숙한 표정이었다. '여자들이란.'

"내 핸드백만이라도 내놔…… 제발!" 니샤가 외치는데 문이 닫혔다.

"그 멋진 실력을 잊지 못할 거예요." 조엘이 운전대를 쾅 치며 말했다. "대박 멋졌어. 저 안에서 보여준 걸음걸이도. 당찬 걸음걸이. 샘이 앉기도 전에 에지먼트가 사인을 하려고 했다니까요."

　　"샘 다리에서 눈을 못 떼던걸." 콜라 한 캔을 들이킨 테드가 조심스레 트림을 하며 말했다. "내가 간헐적 생산에 관해 말한 건 한 마디도 안 들었어."

　　"샘이 시켰으면 부인을 내놓는다 해도 사인했을걸요." 조엘이 고개를 저었다. "장남이든, 뭐든."

　　"아니, 8만 2000에 계약한 게 맞죠?" 테드가 말했다.

　　"맞아요." 샘이 말했다. "돌아가는 상황을 보고 갑자기 9만으로 올리고 싶어지던걸요."

　　"그냥 고개만 끄덕였다니까!" 조엘이 외쳤다. "그냥 *끄덕끄덕*! 작은 글씨는 보지도 않았어요! 사이먼이 뭐라고 할지 기대되네요!"

　　"브렌다가 몇 달째 새 푸조를 사고 싶다는데, 마지막 이 건도 성공하면 계약금을 걸어야지." 테드가 콜라를 주욱 마시더니 캔을 두툼한 손으로 찌그러뜨렸다.

　　"샘이 해낼 거예요. 엔 푸에고라고요."

　　"뭐라고?"

　　"불붙었다고요."

　　"그렇지. 다음은 누구지?" 테드가 파일을 훑어봤다. "아. 새 거래처네. 어…… 프라이스 씨라는군. 샘, 큰 건이에요. 액수가 커요. 집사람 새 차는 여기서 나오겠네."

샘은 화장을 고치고 있었다. 입을 꼭 다물고 거울을 본 뒤 잠시 생각하다 가방에 손을 넣어 샤넬 재킷을 조심스레 꺼냈다. 재킷을 들고 크림색 모직과 흠잡을 데 없는 실크 안감을 보면서 고급스러운 향을 들이마셨다. 잠시 안전띠를 풀고 재킷을 입었다. 살짝 끼었지만, 무게와 감촉이 달콤했다. 고급 옷은 감촉부터 다르다는 걸 누가 알았을까? 샘은 거울을 움직여 꼭 맞는 어깨와 각진 옷깃이 목을 감싸는 모습을 확인했다.

"지나친가요?" 샘이 남자들을 돌아보며 물었다.

조엘이 샘을 보고 말했다. "지나치긴요. 딱 샘의 옷인데. 멋있어요, 샘."

"정신을 쏙 빼놓아요." 테드가 말했다. "하이힐 끈을 늘어뜨리는 거, 또 해요. 그러니까 사람들이 정신줄을 놓아버리던데."

샘이 거울을 보면서 옷매무새를 살짝 다듬었다. 낯선 느낌에 적응하고 있었다. 자신이 모르는 사람처럼 보였다. 그러다 문득 미소가 사라진 얼굴로 남자들을 돌아봤다. "내가…… 여성 연대를 무너뜨리는 걸까요?"

"네?"

"정장 입은 남자들을 이기는 거 말이에요?" 테드가 말했다.

"그러니까, 성性을 무기로 쓰고 있으니까요. 이 구두, 결국 섹스잖아요?"

"내 여동생은 직원회의가 너무 길어지면 생리통을 핑계로 중단시킨다던데. 남자들이 허둥지둥 나가버린대요."

"집사람은 클럽에 들어가려고 브라 끈을 내놨어요." 테드가 말했다. "난 솔직히 뿌듯했어."

조엘이 어깨를 으쓱였다. "내가 보기에는 활용할 수 있는 자원을 쓰는 거예요."

"여성 연대는 잊어버려요." 테드가 말했다. "내 새 차를 생각해 줘요."

도착했다. 샘이 밴에서 다리를 하나씩 내밀며 내렸다. 좀 더 꼿꼿이 섰다. 이제 그 구두를 신는 것에 좀 더 자신감이 생겼다. 발목을 접질리지 않도록 좀 더 신경 써서 걸었다. 사이드미러로 헤어스타일을 확인한 뒤 발을 내려다봤다.

"나 괜찮아요?"

남자 둘이 샘을 보며 활짝 웃었다. 테드는 윙크했다. "아무도 못 당하겠어요. 프라이스 씨는 끝났네."

안내 데스크 앞으로 걸어가며, 샘은 대리석 바닥을 울리는 하이힐 소리를 즐겼다. 안내 데스크의 직원은 샘의 재킷과 구두를 보고서 샘이 원하는 것은 무엇이든지 좀 더 잘 들어주려고 고개를 살짝 숙였다. 이런 구두를 매일 신는 여자로 사는 걸 상상하자고 샘은 생각했다. 대리석 바닥만 잠시 밟으며 사는 걸 상상해 보라고. 페디큐어가 고급 구두와 어울리는지 말고는 걱정거리 없이 사는 모습을 상상해 보라고.

"안녕하세요." 샘은 자신의 목소리에서 그날 아침과는 다른 자신감과 편안함을 느꼈다. "그레이사이드 인쇄 솔루션에서 프라이스 씨를 만나러 왔어요." 샘은 그런 여자였다. 성공을 확신했다.

직원이 화면을 살피며 키보드를 두드린 뒤 투명 플라스틱 케이스에 명찰 세 장을 능숙하게 넣은 뒤 건넸다. "저쪽에서 기다려주시면 위에 연락하겠습니다."

"고맙군요."

'고맙군요, 라니. 왕족이라도 된 것처럼.' 샘은 로비 소파에 조심스레 앉아 발목을 모은 뒤 재빨리 립스틱을 확인하고 머리를 매만졌다. 이 계약도 따내리란 걸 느낄 수 있었다. 조엘과 테드는 뒤에서 미소를 주고받았다.

대리석을 밟는 발소리가 들렸다. 샘이 고개를 드니 몸집이 자그마하고 피부가 갈색인 50대 여자가 소파로 다가오고 있었다. 검은 머리는 깔끔하게 커트하고, 화려하고 아름답게 재단한 네이비블루 정장에 크림색 실크 티셔츠를 입고서 납작한 구두를 신은 차림이었다. 샘이 고개를 들고 그 여자 뒤를 보는데, 여자가 손을 내밀었다.

"안녕하세요. 그레이사이드 인쇄에서 오셨죠? 미리엄 프라이스입니다. 올라갈까요?"

샘은 곧 착각했다는 것을 깨달았다. 테드와 조엘을 돌아보니 얼어붙은 표정이었다. 그들도 그제야 미소를 지으며 벌떡 일어나더니 인사를 얼버무렸다. 세 사람은 미리엄 프라이스를 따라 로비를 가로질러 승강기로 갔다.

10분 뒤 샘은 미리엄 프라이스가 배짱이 있는 사람이란 걸 알게 됐고, 한 시간 뒤에는 그 배짱이 얼마나 센지 알게 됐다. 그녀의 주장에 따르면 수익은 제로에 가까울 지경이었다. 미리엄은 체구는 작았지만 차분하고 확고했다. 샘은 희망이 사라지는 것을 느꼈다. 조엘과 테드는 어깨를 늘어뜨리고 있었다.

"작업 기간이 14일이라면, 6만 6000 이상은 안 됩니다." 미리엄이 다시 말했다. "마감에 가까워질수록 운송비가 높아지니까요."

"6만 6000이 왜 어려운지 설명드렸죠. 고광택 마감을 원하시면, 인쇄기를 별도로 사용해야 해서 시간이 더 걸립니다."

"그쪽에서 인쇄기를 보유하고 있는지 여부는 우리 문제가 아니죠."

"저희 쪽 문제도 아닙니다. 실행 조건일 뿐이죠."

미리엄 프라이스는 말문이 막힐 때마다 미소를 지었다. 불쾌하지 않은 미소였다. 하지만 그녀가 협상을 주도한다는 의미의 미소이기도 했다. "그리고 말씀드렸듯이, 저희 쪽에서 실행하려면 더 높은 운송료가 필요합니다. 이동 시간을 줄여야 하니까요. 자, 이 일이 어려우시면 어떤 대안을 찾을 수 있는지 지금 알고 싶군요."

"어렵지 않습니다. 단지 이런 분량의 인쇄 작업에는 시간이 더 필요하다는 사실을 설명드리는 겁니다."

"전 그걸 가격에 반영해야 하는 이유를 설명드리는 거죠."

불가능의 벽에 부딪힌 느낌이었다. 샤넬 재킷을 입고 땀을 흘리던 샘은 그 새하얀 안감에 땀자국이 날까 봐 살짝 불안해졌다.

"저희 팀과 잠시 의논 좀 하겠습니다." 샘이 테이블에서 일어나며 말했다.

"천천히 하시죠." 미리엄이 의자에 기대며 미소를 지었다.

테드가 담뱃불을 붙이더니 짧고 다급하게 빨아댔다. 샘은 팔짱을 꼈다가 풀기를 반복하면서 지나치게 좁은 공간에서 계속 후진 중인 밴을 멍하니 보고 있었다.

"그런 가격으로 계약하면 사이먼이 노발대발할 텐데." 샘이 말을 꺼냈다.

테드가 담배꽁초를 밟았다. "계약을 못 하고 가도 사이먼은 노발대발할 거예요."

"어쩌지." 샘이 발을 꼼지락거렸다. "으. 구두 때문에 죽겠네."

그들은 잠시 입을 다문 채로 서 있었다. 다들 할 말이 없었다. 어떤 결정에도 책임지고 싶지 않았으니까. 마침내 밴의 시동이 꺼졌다. 그리고 그들은 운전자가 문을 열 공간이 없다는 사실을 깨닫는 모습을 지켜봤다. 그때 샘이 말했다. "화장실에 가야겠어요. 안에서 봐요."

샘은 변기에 앉아 휴대전화를 꺼냈다. 그리고 메시지를 보냈다.

여보. 잘 지내고 있어? 외출은 좀 했어?

잠시 기다리자 답장이 왔다.

아직. 좀 피곤해서. X

티셔츠와 운동복 바지 차림의 남편이 소파에서 일어나 휴대전화를 집어 들지도 못하는 모습이 눈에 선했다. 인정하기는 싫지만, 그가 집에서 나가면 누가 갑자기 커튼을 전부 열어젖혀 햇빛이 들어오는 것처럼 숨이 트였다.

샘은 일어나서 물을 내리고 옷매무새를 고쳤다. 문득 구두를 신고 재킷을 입은 것이 마음에 걸렸다. 바보 같은 생각이었다. 남의 옷을 잠깐 입는 것이 무슨 대수라고. 샘은 손을 씻고 거울을 봤다. 이전의 자신감은 전부 빠져나가고 없었다. 마흔다섯. 지난날의 슬픔과 불안과 불면을 얼굴에 새긴 여자가 보였다. '기운 내자, 아줌마.' 샘이 잠시 후 다짐했다. '밀어붙이는 거야.' 문득 언제부터 자신을 '아줌마'라고 부르게 된 걸까 의아해졌다.

화장실 한 곳의 문이 열리더니 미리엄 프라이스가 샘 뒤로 다가왔다. 그들은 손을 씻으며 거울에 비친 서로의 모습에 예의 바르게 목례했다. 샘은 어색함을 감추려고 애썼다. 미리엄 프라이스는 괜히 머리칼을 쓰다듬었고, 샘은 할 일이 없어 립스틱을 다시 발랐다. 뭐라고 하면 미리엄 프라이스에게 계약을 체결할 확신을 줄 수 있을지, 자기 회사가 얼마나 훌륭하고 프로다운지 슬쩍 내비쳐 계약 액수에 합의할 수 있을지 궁리했다. 미리엄은 살며시 특유의 차분한 미소를 지었다. 무슨 말을 할지 고민하지 않는 것이 분명했다. 샘은 화장실에서 자신이 무능하다는 느낌이 든 건 처음이라고 생각했다.

미리엄 프라이스가 아래를 내려다보더니 감탄했다. "와, 구두 예쁘네요."

샘이 미리엄의 시선을 따라 발을 내려다봤다.

"정말 화려하군요."

"사실 이건……." 샘이 말을 멈췄다. "멋지죠?"

"한번 봐도 될까요?" 미리엄이 구두를 가리켰다. 그리고 샘이 벗어 준 구두를 쥐더니 불빛 아래서 돌려가며 예술품이나 고급 와인을 감상하듯 살폈다. "루부탱이죠?"

"네…… 에."

"빈티지인가요? 루부탱이 이런 걸 만든 지 오래됐는데. 실은, 이런 구두는 처음 봐요."

"어…… 아, 네. 맞아요."

미리엄이 굽을 손끝으로 쓰다듬었다. "그 사람은 대단한 장인이죠. 그 사람의 구두 한 켤레를 사느라 네 시간 동안 줄을 선 적도 있었어요. 미친 짓이죠?"

"아…… 그럴 리가요." 샘이 말했다. "전 그렇게 생각하지 않아요."

미리엄은 구두 무게를 가늠해 보고, 좀 더 살피더니 아쉬운 표정으로 도로 건넸다. "제대로 만든 구두는 언제 봐도 알 수 있죠. 말은 제 말을 듣지 않지만, 뭘 신는지 보면 그 사람을 알 수 있어요. 전항상 뭘 신을지부터 정해요. 지금 이 구두는 프라다예요. 현실적인일 처리가 필요한 날이 될 것 같아서 플랫슈즈를 신었지만, 솔직히그 구두를 보니 하이힐이 부럽군요."

"저도 딸한테 그렇게 말해요!" 샘이 미처 생각하기도 전에 말이튀어나왔다.

"제 딸은 운동화만 신어요. 구두가 지닌 주술적인 힘을 모르는 모양이에요."

"아, 제 딸이랑 똑같네요. 커다란 닥터마틴 부츠만 신거든요. 정말 아무것도 모른다니까요." '주술적'이란 말의 의미가 석연치 않았던 샘이 말했다.

"있잖아요, 샘. 샘이라고 불러도 되죠? 이런 협상은 답답하기만 하네요. 우리 다음 주에 만날까요? 남자들 빼고 우리끼리 이야기합시다. 그러면 양쪽 모두 만족할 계약을 할 수 있을 거예요."

"그게 좋겠네요." 샘이 말했다. 샘은 구두를 다시 신으며 숨을 들이쉬었다. "그럼…… 원칙적으로로는 합의했다고 봐도 될까요?"

"아, 그렇죠." 미리엄의 미소는 따스했고 같은 편이라는 느낌을 줬다. "궁금한 게 있는데…… 그 재킷은 샤넬 건가요?"

4

니샤는 벤틀리 호텔 로비의 푹신한 장밋빛 소파에 앉아 있었다. 사람 몸통 크기만 한 화병에 산더미처럼 꽂힌 극락조화 옆에서 통화 중이었다. 니샤의 음성이 높아지자 주위 손님 몇몇이 가운 차림의 여자를 흘끔거렸다.

"칼, 이러지 마. 나 로비에 있어. 내려와서 이야기 좀 해." 메시지 녹음이 끝났다. 니샤는 곧바로 다시 걸었다. "칼, 받을 때까지 계속 걸 거야. 18년이나 함께 산 아내를 이렇게 대접하는 건 아니지." 메시지 녹음이 끊어지자 니샤는 또다시 전화를 걸었다.

"니샤?"

"칼! 나…… 샬럿? 샬럿인가요? 아뇨. 전화를 넘겼군요. 칼과 통화하고 싶어요. 그이를 바꿔줘요."

"정말 죄송하지만, 그럴 수 없습니다. 니샤."

샬럿의 음성은 명상 앱처럼 차분했다. 그 음성 어딘가에서 은근한 우월감이 느껴진 니샤는 발끈하다 퍼뜩 깨달았다. '뭐지? 저 여자가 날 니샤라고 불렀어.'

"캔터 씨가 회의 중이니 방해하지 말라고 직접 지시하셨습니다."

"아뇨. 회의에서 나오라고 해요. 방해하지 말라고 했든지 말든지 상관없어요. 난 그 사람 아내라고요. 듣고 있어요? 샬럿? 샬럿?"

전화가 끊어졌다. 그 여자가 먼저 전화를 끊은 것이다.

니샤가 고개를 들고 보니 근처 소파에 앉은 사람들이 빤히 쳐다보고 있었다. 니샤도 그들이 눈썹을 치켜뜨면서 뭐라고 중얼거리며 고개를 돌릴 때까지 마주 봤다. 불현듯 온몸에 코르티솔이 번졌다. 누군가를 죽이거나, 어딘가로 달려가거나, 소리를 지르고 싶어졌다. 그중 무엇을 가장 원하는지는 알 수 없었다. 자신이 어떤 차림인지 떠올린 니샤는 싸구려 가운과 슬리퍼로는 아무것도 할 수 없다는 사실을 깨달았다. 펜트하우스에 둔 옷들이 생각났다. 니샤는 그것들을 영영 잃어버릴지도 모른다고 생각하자 모성애에 가까운 감정을 느꼈다. 내 소중한 아이들.

로비 맞은편에 의류 매장이 하나 있었다. 니샤는 휴대전화를 주머니에 넣고 걸어갔다. 예상대로 끔찍한 품질의 옷에 터무니없이 비싼 가격을 붙여 파는 곳이었다. 니샤는 작은 매장 안에 울려 퍼지는 참담한 음악을 무시하려고 애쓰며 옷걸이를 빠르게 뒤져 최대한 덜 번쩍이는 재킷과 구두를 집어 들었다. 사이즈가 적힌 상자를 확인하며 240밀리미터의 베이지 구두를 골랐다. 옷과 구두를 계산대에 올려놓는 니샤를 젊은 여자 직원이 어딘가 불안한 표정으로 보고 있었다.

"펜트하우스에 청구해 줘요." 니샤가 말했다.

"네, 캔터 부인." 직원이 말한 다음 전화를 걸었다.

"구두를 신어봐야 되겠어요. 스타킹을 신고. 새 걸로 주세요."

"우선 확인을……." 직원의 말이 뚝 끊겼다. 니샤가 고개를 들고 직원의 시선을 따랐다. 호텔 매니저 프레데릭이 매장에 들어와 있었다. 그는 니샤에게 미소를 짓더니 몇 발자국 앞으로 다가왔다.

"죄송합니다, 캔터 부인. 캔터 씨에게 아무것도 청구하지 말라는 지시를 받았습니다."

"네?"

"부인께서 캔터 씨 계좌로는 청구할 권한이 없다고 하십니다."

"우리 계좌거든요." 니샤가 차갑게 말했다. "공동 계좌예요."

"죄송합니다."

프레데릭은 니샤의 얼굴을 응시하며 꼼짝도 하지 않았다. 침착한 태도와 완벽한 어조였다. 니샤는 주위 모든 것이 무너지는 듯했다. 가슴에서는 낯선 당혹감이 일었다.

"알다시피 우린 부부 사이예요. 즉, 그 사람 계좌가 내 계좌란 뜻이죠."

그는 아무 말도 하지 않았다.

"프레데릭, 내가 여기 온 지 얼마나 됐죠?" 니샤는 그에게로 다가가 소매라도 붙잡고 싶었지만 꾹 참았다. "남편이 제정신이 아닌 것 같아요. 내 옷도 내주지 않아요. 옷도! 내 꼴을 봐요! 입을 것은 장만하게 해줘야죠."

매니저의 표정이 아주 조금 누그러졌다. 그는 마음이 아프다는 듯 얼굴을 살짝 찡그렸다.

"아주…… 확실한 지시를 내리셨습니다. 정말 죄송합니다. 제겐 권한이 없습니다."

니샤가 얼굴을 감싸 쥐었다. "어떻게 이런 일이."

"그리고 죄송하지만……." 프레데릭이 말했다. "나가주셔야 되겠습니다. 가운 때문에…… 다른 손님들이……."

그들은 서로 빤히 봤다. 그 순간을 이용해서 계산대 직원이 물건을 재빨리 치웠다. "18년이에요, 프레데릭." 니샤가 천천히 말했다. "우리가 알고 지낸 세월이 18년이라고요."

긴 침묵이 흘렀다. 그제야 그는 정말로 당황한 표정을 지었다. "저기." 매니저가 한참 만에 입을 열었다. "차를 준비해 드리겠습니다. 어디로 가시겠습니까?"

니샤는 그를 보고 입을 열다가 고개를 저었다. 문득 낯선 감각이 들었다. 모래 늪이 발을 빨아들이는 것처럼 어둡고 불길한 느낌이 온몸을 덮쳤다. "가…… 갈 곳이 아무 데도 없어요."

이윽고 그 감각은 사라졌다. 니샤는 버틸 생각이었다. 참지 않을 작정이었다. 팔짱을 끼고 구두 진열대 옆 작은 버들고리 의자에 앉았다.

"아뇨, 프레데릭. 난 아무 데도 안 가요. 이해해 줘요. 칼이 만나러 내려오기 전까지 여기서 기다리겠어요. 가서 그 사람을 데려와요. 이 모든 게 말도 안 되는 일이잖아요."

아무도 입을 열지 않았다.

"안 되면 밤새워 있겠어요. 가서 그 사람을 데려와요. 대화로 풀고, 내가 어디로 갈지, 아니, 가야 할지 정하겠어요."

프레데릭이 니샤를 잠시 보더니 작게 한숨을 내쉬었다. 그가 뒤를 돌아보자 경비원 둘이 매장으로 들어와 기다렸다. 모든 시선이 니샤에게 쏠렸다. "소동을 일으키고 싶지 않습니다, 캔터 부인."

니샤가 빤히 쳐다보았다. 경비원 둘이 앞으로 나섰다. 한 걸음씩. 감탄스러울 정도로 깔끔한 동작이었다.

"말씀드렸듯이." 프레데릭이 말했다. "캔터 씨께서 매우 강조하신 일입니다."

5

"오늘 멋있었어요." 그들이 복도를 지나가는데, 마리나가 하이파 이브를 하자며 손을 들었다. "샘의 활약이 대단했다고 조엘한테서 들었어요."

발가락에 감각이 없어진 샘은 차에서 슬리퍼로 갈아 신었다. 발 뒤꿈치는 다음 날 운동화를 신어도 절뚝일 정도로 아팠다. 그래도 샘은 자신감이 충만했고, 말할 때마다 입가에 낯선 미소가 떠올랐 다. 무적이 된 것 같다가도 마음이 놓이면서 기운이 쭉 빠지기를 반 복했다. '내가 해냈어. 계약을 따냈어. 이게 전환점일 거야. 이제 모 든 게 잘될 거야.' 샘은 어색했지만 마리나의 손을 마주 쳤다. 평소 에는 하이파이브를 하는 성격이 아니었다.

"테드가 그러던데, 이따가 다 같이 한잔하러 간대요. 36인치 바지 를 입은 이후로 한 번에 이렇게 많은 계약을 따내긴 처음이랬어요. 함께 갈 거죠?"

"어…… 그럼요! 가죠. 우선 집에 연락 좀 해보고. 화이트호스 펍 이죠?"

샘은 자리로 돌아가서 집에 전화를 걸었다. 필은 신호음이 여섯 번 들리고 나서야 받았다. 전화기가 바로 앞 커피 테이블에 있었는데도.

"여보, 좀 어때?"

"괜찮아." 그때만큼은 샘도 그 풀 죽은, 다 포기한 것 같은 목소리를 듣고 싶지 않았다. 그래도 애써 미소를 지었다. "있잖아. 오늘 정말 좋은 하루였어. 계약을 많이 따냈어. 회사 사람들이랑 퇴근 후에 축하하러 펍에 갈 건데, 당신도 함께 가면 어떨까 해서. 테드도 올 거야. 당신 테드 좋아하잖아. 마리나도 오고. 당신이랑 마리나가 노래방에서 19금 노래 「강물의 섬들」을 불렀잖아, 기억하지?"

필이 고민하고 있는지 잠시 침묵이 흘렀다.

"한두 잔만 하자. 함께 외출한 지가 벌써 한참 전이잖아? 오랜만에 축하할 일이 있으니 좋을 거야."

'그러자고 해.' 샘이 침묵 속에서 다그쳤다. 캣은 아빠가 매일 방전 상태 같다고 했다. 샘은 그 상태에서 벗어나게 할 방법이 있을 것이라고, 같이 외출을 하거나 이벤트를 하면 필이 다시 움직이기 시작할 거라고 생각했다.

"좀 피곤해, 여보. 난 그냥 여기 있을래."

'하지만 당신은 아무것도 안 했잖아!'

샘은 눈을 감았다. 한숨 소리를 감추려고 했다. "그래. 이거 계산만 마치면 집에 갈게."

통화를 마친 지 채 1분도 안 지났을 무렵 휴대전화가 다시 울렸다. 캣이었다. "어떻게 됐어?"

오늘이 얼마나 중요한 날인지 기억하는 딸에게 애정이 솟구쳤다. "정말 잘됐어. 고맙다. 계약 네 건 중에 세 건을 따냈는데, 전부 큰 건이야."

"이야! 잘됐다. 잘했어, 엄마. 운동을 한 덕분일 거야!" 캣이 목소리를 낮췄다. "아빠는 뭐래?"

"아, 펍에 오라고 했더니 그럴 기분이 아니래. 퇴근하면서 먹을 걸 사 갈게. 집에…… 7시 15분쯤 갈 거야. 참, 스포츠센터에 들러서 물건 좀 돌려주고."

"왜 퇴근해?"

"저녁 준비해야지?"

"엄마. 펍에 가. 몇 달 동안 외출 한번 안 했잖아. 오늘 큰 계약을 했다면서. 엄마가 무슨 살림만 하는 주부야?"

"글쎄. 네 아빠를 혼자 두기가 싫어서 그래……."

"가. 엄마도 스트레스 좀 풀어. 뒤치다꺼리 다 안 해도 돼."

캣은 샘에게 알았으니 염려 말라고, 아빠가 식사를 거르지 않게 하겠다고 다짐했다. 자신은 열두 살이 아니라 열아홉 살이라고. 아빠도 토스트에 콩 통조림 정도는 얹어 먹을 수 있다고! 여자들이 항상 감정노동을 도맡아야 하는 건 아니라고! 캣은 실제로 그런 역할을 맡아본 적 없는 사람답게 확신을 담아 강조했다. 샘은 전화를 끊었다. 우울한 남편이 멍한 표정으로 앉아 있는 그 거실 말고 다른 곳에서 저녁을 보낸다면 좋겠다는 생각이 들었다.

샘은 서류 작업을 마치고 컴퓨터에 숫자를 입력하며 만족스럽게 0을 더했다. 그러면서 혼자 콧잔등을 찡그리고 고개를 끄덕였다.

그러다가 살짝 춤을 추었다. 의자에서 엉덩이를 들썩이며 머리를 흔들었다. '그렇지. 여기 92를 입력해. 총액을 구하면. 0을 붙여야지. 하나 더. 또 하나 더.'

"펍에 간다. 펍에. 펍에." 샘은 조그맣게 "오오. 예"라고 덧붙였다.

샘은 펜을 찾아 몸을 돌리다가 깜짝 놀랐다. 사이먼이 앞에 서 있었다. 그가 얼마나 서 있었는지는 알 수 없었지만. 태연한 척하는 표정을 보니 승리의 의자 댄스를 지켜본 모양이었다.

"사이먼." 샘이 정신을 차리고 말했다. "오늘 계약 내용을 입력하던 중이었어요."

"흐음." 사이먼이 무표정하게 샘을 봤다. "우리가 필턴스랑 베터케어와 계약했단 말은 들었어요."

또 그 미소가 떠올랐다. 어쩔 수가 없었다. "할런 앤드 루이스도요. 네." 샘이 그를 정면으로 마주 봤다. "지난번보다 높은 수익이 날 거예요." 그렇게 말하던 샘은 그가 "우리"라고 말한 것을 깨달았다. 계약에 자기가 무슨 관련이라도 있다는 듯이. 넘어가자. 샘이 생각했다. 계약을 누가 따냈는지는 모두 다 알아. 그리고 숫자는 거짓말을 하지 않아.

"마감 기한도 연장시켰……."

"프램프턴스는 어떻게 됐죠?"

"네?"

"프램프턴스와는 어째서 못 한 겁니까?"

샘은 그날 거의 25만 파운드어치 계약을 따냈다. 그런데 단 하나 놓친 작은 건을 따지다니? 샘은 허를 찔려 말을 더듬었다. 사이먼이 문틀에 기대서서 한숨을 쉬었다. "얘기 좀 하죠."

"네? 왜요?"

"마이클 프램프턴 쪽에서 전화를 받았어요. 당신이 취한 상태로 왔다던데."

샘은 믿을 수 없는 심정으로 그를 봤다. "그 말을 믿어요? 아, 제발 좀."

사이먼은 주머니에 손을 넣고 사타구니를 앞으로 슬쩍 내밀었다. 그는 여자들과 이야기할 때 자주 버릇처럼 이런 자세로 서 있곤 했다.

"어이가 없네요. 취하긴요. 출근 전에 일이 좀 있어서 남의 하이힐을 신어야 했는데 바닥이 울퉁불퉁해서……."

"그건 뭐죠?" 샘은 발을 가리키는 그의 손가락 때문에 말을 멈췄다. "발에 신은 게 뭡니까?"

샘은 그가 가리키는 쪽을 내려다봤다. "아…… 슬리퍼요?"

"그걸 신고 회의에 가진 않았겠죠. 프로답지 못한 신발이군요." 그는 반짝이는 끈 매는 구두를 신고 있었다. 유행에 맞추어 끝이 살짝 뾰족했다. 샘은 미리엄 프라이스의 말을 떠올렸다. 사이먼의 구두는 그에 대해 필요한 모든 정보를 알려줬다.

"당연하죠, 사이먼. 제가 하려던 말은……."

"우리 회사를 대표하려면 말입니다. 이제 우버프린트까지 대표하고 있으니 예전과는 전혀 다르단 사실을 유념해요. 최대한 프로답게 행동하도록. 언제나. 슬리퍼 따위를 신은 채 돌아다니지 말고."

"사이먼, 제가 하려던 말은, 전……."

"이럴 시간이 없군요, 샘. 이젠 예전의 회사가 아닙니다. 앞으로는 좀 더 프로답게 행동하길. 당신이 취한 상태였다는 클라이언트의 불평을 듣거나, 당신이 발에 뭘 신고 있는지 걱정할 여유가 없습니다. 오늘 당신 때문에 난 매우 불편한 입장이 됐습니다."

"하지만 난…… 취한……." 샘이 입을 열었지만, 사이먼은 이미 돌아서서 나간 뒤였다.

샘은 입을 살짝 벌린 채 그가 있던 자리만 보고 있었다.

그러다 입을 꾹 다물었다. 사이먼이라면 갑자기 되돌아와 프로답지 못한 표정을 짓고 있다고 나무랄 것 같아서.

"그자는 특급 개새끼야." 테드가 턱살이 흔들릴 정도로 고개를 저었다. "인간쓰레기라고."

샘은 그 대화에 너무 충격을 받아서 그냥 퇴근하려다 말았다. 스포츠센터에도 들러야 했으니까. 하지만 샘이 크림색 샤넬 재킷을 가방에 넣는데 마리나가 지나가다가 절대 바로 퇴근하면 안 된다고 했다. 회비도 다 걷었다고. 가방은 아침에 돌려주면 된다고. "저 새끼 때문에 하루를 망치지 말아요. 그게 바로 저 새끼가 바라는 거니까. 가요, 샘. 딱 한 잔만 해요."

그렇게 샘은 10년 넘게 알고 지낸 동료, 다시 말해 가족 같은 사람들에게 둘러싸여 화이트호스 앞까지 갔다. 샘은 그들의 파트너와 아이들, 반려동물의 이름을 알았고, 무슨 병을 앓는지도 알았다. 생일 케이크를 구워 오기도 했다. 하지만 우버프린트가 인수한 뒤 처음 생일 파티를 했을 때, 모두 모여 "생일 축하합니다" 노래를 부르는데 사이먼이 들이닥쳐서는 이럴 시간이 있냐고 따졌다. 여기가 유치원인 줄 아냐고.

"필은 좀 어때요?" 마리나가 샘 앞에 화이트 와인을 한 잔 더 놓고는 앉았다. "새 직장은 구했어요?"

샘은 필 이야기를 하고 싶지 않았다. 그래서 곧 달라질 거라고 확신하는 사람처럼 밝은 표정으로 "아직요!"라고 외치고 화제를 바꿨다. "참, 오늘 아침에 무슨 일이 있었는지 상상도 못 할 거예요."

마리나가 입을 딱 벌렸다. "어디 한번 봐요." 샘이 이야기를 끝내자 마리나가 말했다. 샘은 의자 밑에서 가방을 집어 들어 구두를 꺼냈다.

"이걸 돌려주러 먼저 갔어야 하는데." 샘이 말했다. "내일 꼭 돌려줄 거예요."

마리나는 제대로 듣지도 않고 말했다. "어머, 이걸 신고 하루 종일 있었어요? 전 다섯 발자국도 못 뗐을 거예요."

"나도 그랬어요. 하지만 마리나, 하루 신고 있으니까 적응됐어요. 계약을 따낸 건 이 구두를 신은 덕이라니까요."

"지금은요?"

샘이 멍하니 마리나를 봤다.

"파티에 이런 흉한 슬리퍼를 신고 오다뇨! 이걸 신어요! 보고 싶다고요!"

마리나가 구두가 예쁘다고 감탄하는데 ("이 구두의 가격이 우리 집 주택담보대출금이랑 맞먹을 거예요!") 회계팀 레니가 무슨 이야기냐고 물었고, 조엘이 곧바로 설명하자 동료들이 모두 구두를 신고 한 바퀴 돌아보라고 외쳤다. 와인을 세 잔 마신 샘은 나중에 고생할 거라는 위장의 경고에도 불구하고 모델처럼 뽐내며 걸었다. 동료들이 환호하며 박수갈채를 보냈다.

"하이힐을 매일 신어야 되겠어!" 테드가 말했다.

"그래요. 남자들도 신는다면 우리도 그러죠." 마리나가 그에게 땅콩을 던지며 말했다.

음악 연주가 시작됐다. 펍 안은 조그만 댄스플로어 공간을 놓고 경쟁하는 사람들로 가득했다. 또 한 주간 살아남은 것을 축하하는 직장인, 동료에게 내심 마음이 있어 알코올에 의지해 말을 걸어보려는 남녀, 집에서 보내는 주말의 부담과 두려운 침묵을 조금이라도 미뤄보려는 사람들. 마리나가 샘의 손을 잡았다. 정신을 차리고 보니 둘은 사람들 틈에 서 있었다. 양팔을 들고 음악에 맞춰 손뼉을 치며 중년다운 몸짓으로 춤을 추고 있었다. 하지만 그들에게는 아무것도 상관없다는 마음가짐에서 오는 자신감이 있었다. 쿵쿵거리는 음악 소리가 혈관에 흐르는 동안 사람들 틈바구니에서 춤을 추고 모든 것을 내려놓는 것은, 내일이면 반드시 찾아올 힘들고 어두운 시간에 대한 도발 행위였다. 샘은 춤을 추며 눈을 감고 종아리가 당기는 느낌, 단단한 바닥에 하이힐이 닿는 느낌을 즐겼다. 강하고 당당하며 섹시해진 느낌이었다. 머리카락이 얼굴에 들러붙을 때까지, 땀방울이 등줄기에 흐를 때까지 춤을 췄다. 조엘의 손이 샘의 허리에 닿았다. 그가 샘의 손을 잡아 위로 들어 올리자 샘은 빙그르 돌았다. "오늘 그 구두 신으니까 정말 멋져요." 샘이 돌 때 조엘이 귓전에 속삭였다. 샘은 웃으며 얼굴을 붉혔다.

얼굴이 붉게 달아올라 어지러운 상태로 자리에 앉을 때 그 남자가 나타났다.

"어머, 샘을 따라왔나 봐요." 남자가 샘 앞에 서자, 마리나가 중얼거렸다. 키가 크고 검은 제복을 입은 근육질의 몸을 보니 진지하게 살아가는 사람 같았다. 남자가 샘을 훑어봤다.

"음…… 안녕하세요?" 그가 아무 말도 하지 않자 샘이 피식 웃으며 말했다. 구두 때문에 정말로 성적 매력이 생긴 건가 싶었다.

"이게 필요할 겁니다." 남자가 서류봉투를 건넸다. 그리고 샘이 무슨 말을 하기도 전에 돌아서더니, 땀을 뻘뻘 흘리며 빙글빙글 도는 사람들 사이로 사라졌다.

6

집이 여러 군데 있으면 필요한 물건이 반드시 다른 곳에 있다는 문제가 생긴다. 마찬가지로, 친구가 전부 부자면 그들이 반드시 외국에 가 있다는 문제가 생긴다. 니샤는 런던에 사는 친구가(그들을 친구라고 부를 수 있다면 말이다) 셋 있었다. 자동응답 메시지에 따르면 올리비아는 버뮤다의 별장에 가 있었고, 카린은 미국에서 가족을 방문 중이었다. 니샤가 전화를 걸었지만 두 사람 다 받지 않았다. 시차 탓이었다. 니샤는 최대한 아무렇지 않은 목소리로 전화해 줄 수 있는지 묻는 메시지를 남겼다. 전화를 끊고 난 니샤는 그들이 정말로 전화를 걸어 온다면 뭐라고 해야 할지 모른다는 사실을 깨달았다.

앤절린 머서는 두 번 이혼한 경력이 있었다. 두 번째 이혼할 때에는 남편이 유모와 자다가 걸렸다. 그녀라면 적어도 니샤의 상황에 공감해 줄 것 같았다. 앤절린은 다정하게 인사하더니 니샤가 당황스러운 처지를 간결하게 설명하고 돈을 조금 송금해 줄 수 있는지 묻는 동안 경청했다. 앤절린은 여전히 매끄러운 목소리로 칼이 제

임스에게 상황을 설명했으며, 미안하지만 개입하고 싶지 않다고 했다. "한쪽 편을 드는 것 같잖아." 앤절린은 상냥한 목소리로, 자신이 누구 편인지를 분명히 밝혔다.

니샤는 칼이 무슨 '상황'이라고 했는지 묻고 싶었지만 마지막 남은 자존심 때문에 그러지 않았다. "이해하지. 걱정시켜서 미안해." 니샤가 차분히 말했다. 그리고 할머니가 듣는다면 당장 성경을 찾으러 달려갈 정도로 과감하고 극단적인 욕설을 세 가지 내뱉었다.

니샤는 더 이상 친구를 찾지 않았다. 돈독한 사이인 여자 친구가 없었다. 학창 시절, 니샤는 여학생들 사이의 복잡 미묘한 관계를 깊이 불신하게 됐다. 여자들의 우정은 지나치게 열렬했고, 크고 작은 폭발이 자주 일어나며, 알 수 없는 이유로 땅이 갈라지는 느낌을 안겨줬다. 고향을 떠나 도시에서 새출발을 하던 시절, 니샤는 너무 긴장해서 줄리애나 이외에는 아무에게도 속내를 드러내지 않았다. 그리고 줄리애나를 잊고 살았다. 어떤 일은 너무 마음 아팠으니까. 여자들이란 칭찬이나 고민을 화폐처럼 교환하는 존재였다. 비밀을 털어놓으면 이해한다는 듯 미소를 짓고는 그것을 무기로 이용했다. 남자들은 예측 가능했다. 니샤는 예측 가능한 것이 좋았다. 특정한 방식으로 행동하면 남자는 통제 가능하도록 반응했다. 그 규칙은 배울 수 있었다.

그리고 돈 많은 남자의 아내라면 누구나 아는 사실이 있었다. 어렵게 얻은 평온에 다른 여자들이 경쟁자나 위협물이 될 수 있다는 사실. 칼과 갓 결혼했을 때, 니샤를 경멸하던 여자들(캐럴과 시녀들)이 있었다. 칼이 그렇게 예측 가능하고 명백한 실수를 저지르다니 실망스럽다던 여자들이었다. 하지만 니샤는 칼의 아내로서 한 치의 빈틈도 보이지 않았다. 그의 세상을 완벽하게 익히고 들어가 약점을 보이지 않았다. 니샤는 칼의 첫 결혼과 그 친구들의 결혼 생활이 파괴되는 과정을 지켜봤다. 새로운 아내들의 세심한 무표정과 달콤한 말의 의미를 이해했다. 그들이 저마다 자기 남편과 자기 입장에만 충실하다는 것도 알고 있었다.

그렇다. 니샤는 유능했다. 다만, 마흔이 되자 새로운 위협물이 나타난 것뿐이다. 바로 젊은 여자들이었다. 유효기간의 냄새를 맡고 표적미사일처럼 날아드는 여자들. 탄탄하고 젊은 몸에 애교가 넘치고 적극적이며 잃을 것도 없는 여자들. 실망이나 분노를 느끼지도 않고 모든 역할을 다 담당하는 피로에 짓눌리지 않은 여자들. 니샤는 그 위협에 맞서 더 좋은 아내가 되는 법을 배웠다. 탐스러운 머리칼에 최고급 세럼과 크림으로 피부를 가꾼 니샤는 열 살은 더 젊어 보였다. 날마다 운동을 했고 매주 손톱을 다듬었고 보름마다 제모했고 매달 머리칼 연장을 했으며 해마다 보톡스를 맞았다. 니샤는 고급 란제리를 입고서 남편 방에 싱싱한 꽃을 꽂고 그가 가장 좋아하는 와인을 쟁여뒀다. 늘 대기상태였다. 그의 농담에 웃고 그의 연설에 박수 치고 그의 동료들 비위를 맞추고 그의 우월함과 강한 정력을 언제 어디서나 넌지시 강조했다. 니샤는 남편의 셔츠와 바지를 바꿔주었고 비서보다 먼저 이발소 예약을 했으며 가장 좋아하는 요리와 와인을 대령했다. 집안 문제가 남편의 앞길을 가로막지 않도록 했다. 그 무엇도 놓치지 않았다. 니샤는 여성의 의무라고들 하는 일을 전담했다.

그토록 노력했건만 그걸로는 충분하지 않았던 모양이다.

니샤는 주위에 있는 현금인출기를 찾아 네 군데를 헤맸다. 하지만 기계들은 남은 카드를 삼키거나 내뱉으며 굵직한 글자로 은행 직원에게 문의하라고 지시했다. 하지만 문의하지 않아도 알 수 있었다. 니샤는 런던에 올 때마다 5년간 이용했던 고급 부티크 망갈에 갔다. 그러나 두툼한 알렉산더 맥퀸 코트를 미처 입어보기도 전에, 매니저 니겔라가 나오더니 몹시 죄송하지만 캔터 씨가 그날 아침에 계좌를 닫았으므로 신용카드 없이는 판매할 수 없다고 했다. 매니저는 그렇게 말하는 동안 니샤의 가운을 흘끔거리면서 자기도 모르는 유행 아이템인지 가늠하는 눈치였다.

니샤는 커피숍에 앉아 다른 손님들의 호기심 어린 눈초리를 무시하며 궁리했다. 입을 옷과 지낼 집, 변호사가 필요했다. 돈이 없으면 셋 중 그 무엇도 구할 수 없었다. 레이에게 송금을 부탁할 순 있었지만 그러면 돌이킬 수 없는 상황을 인정하는 셈이었다. 니샤는 아들을 끌어들이고 싶지 않았다. 아직은. 그 애가 올해 겪은 일들을 생각하면 도저히 그럴 수 없었다.

"여보세요?" 니샤가 휴대전화를 들었다.

"저예요. 정말 죄송해요, 사모님." 마그다가 소리 죽여 말했다. "제 전화가 끊어져서 남편 전화로 걸었어요."

"그 남자랑 통화했어요?"

"네. 제가 전했어요. 그 남자가 어디서 만날지 곧 전달하겠다고 했어요. 사모님께 직접 전화하지 않겠대요. 혹시 모르니…… 그래서 이렇게 오래 걸린 거예요."

진심으로 미안해하는 목소리였다.

"언제 전화한대요? 마그다, 도움이 필요해요. 지금 난 아무것도 없어요."

"한 시간 안에 한댔어요."

"난 지금 정말로 목욕 가운을 입고 있어요. 칼은 내 물건을 내놓지 않을 거예요. 옷 좀 보내줄 수 있어요? 그리고 내 보석을 페덱스로 보내요. 현금도. 참, 노트북도⋯⋯."

"이건 딴 얘긴데요, 사모님." 마그다가 훌쩍이는 소리에 니샤는 살짝 몸을 떨었다. "캔터 씨가 절 해고했어요. 아무 잘못도 안 했는데 절 해고했대요."

니샤는 마그다를 위로해야 한다고 생각했다. 하지만 머리에 떠오르는 건 '젠장 젠장 젠장'뿐이었다.

"가사도우미가 절 집에서 내보내더니 캔터 씨가 해고했다고 했어요. 어째야 할지 모르겠어요. 레니의 병원비가⋯⋯."

"집에도 못 들어가요?"

"네! 지하철을 타고 남편 직장까지 가서 전화기를 빌렸어요. 제가 나오기 전에 전화기도 빼앗아 갔거든요. 평소처럼 오전 7시에 출근했는데, 7시 15분에 쫓겨났어요. 다행히 사모님 전화번호를 외우고 있어서 전화할 수 있었어요."

니샤는 휴대전화에 저장된 모든 번호를 적어둬야 한다고 생각했다. 칼은 니샤의 휴대전화도 곧 정지시킬 게 분명했다.

"돈이 필요해요, 마그다. 변호사도 필요해요."

마그다는 울기 시작했다. "정말 죄송해요, 사모님. 사모님 보석도, 사진도, 아무것도 챙기지 못했어요. 제가 뭐든 치우려고 하면 신고할 거라고, 절도죄라고, 이민국에 신고할 거라고 했어요. 절 문 밖으로 쫓아냈어요! 사모님……."

"알겠어요, 알겠다고요. 그럼, 그 사람한테서 연락이 오면 바로 전화해요. 어디서 만날지 알아야 하니까. 정말 중요한 일이에요."

"그럴게요, 사모님. 정말 죄송해요." 마그다는 흐느꼈다. 니샤의 머릿속이 울리기 시작했다. 전화를 끊어야 했다.

"걱정 말아요. 알겠어요? 걱정 말아요. 이 일을 해결하면 마그다 를 다시 고용할 거니까. 알았죠?" 그런 일이 가능할지는 알 수 없었 지만, 마그다를 달랠 수는 있었다. 마그다가 고맙다고 외치는 소리 가 수화기 너머로 울리는 와중에 니샤는 전화를 끊었다.

주위 사람들의 시선을 더 견딜 수가 없어졌다. 니샤는 남의 시선 에 익숙했다. 늘 관심을 끌었으니까. 하지만 그건 날씬하고 아름다 운 상류층이었기 때문이다. 반면에 지금 받는 시선에는 동정심과 경계심, 심지어 반감이 섞여 있었다. '정신 나간 여자가 가운 차림 으로 뭐 하는 거지?' 입을 옷을 구해야만 했다.

두유 라테를 들고 앉아 있던 내내 니샤는 길 건너 상점에 일부러 눈길을 주지 않았었다. 그러나 이것저것 따질 상황이 아니었다. 니 샤는 일어나서 가운 주머니에 휴대전화를 넣고 길을 건너 '세계 고 양이 재단' 자선 매장으로 향했다.

그 냄새라니. 세상에, 그 냄새라니. 상점 안의 공기조차 가난과 부족한 미적 감각, 절망을 상징하는 퀴퀴한 냄새를 풍겼다. 니샤는 걸어 들어가다가 뒤로 돌아 다시 밖으로 나와서 자동차가 가득한 브롬프턴 로드의 비교적 상쾌한 공기를 들이마셨다. 잠시 기다리며 평정을 찾은 뒤 되돌아갔다. "겨우 몇 시간만 참으면 돼." 니샤는 숨죽이고 중얼거렸다. 몇 시간만 입을 옷을 구하면 됐다.

청록색 머리칼에 술통처럼 퉁퉁한 여자가 니샤를 보더니 살짝 도전적인 말투로 "어서 오세요"라고 했지만, 무시했다. 모든 것이 싸구려 같았다. 옷걸이에 걸린 블라우스와 나일론 상의, 스웨터에는 손도 대기 싫었다. 옷걸이 두 개를 사이에 두고 선 노파가 사이즈와 상태에 집중하느라 얼굴을 찡그린 채 구두를 고르고 있었다. '저런' 여자가 사는 옷을 입어야 했다.

'겨우 몇 시간만 참으면 돼.' 니샤는 다짐했다. '난 할 수 있어.'

니샤는 손톱 끝으로 옷을 뒤지다가 사용감이 거의 없는 재킷과 26인치로 보이는 바지를 발견했다. 재킷은 7파운드 50펜스, 바지는 11파운드였다.

"집 문이 잠겨 못 들어가는군요?"

니샤는 청록색 머리를 한 여자와 대화하고 싶지 않았지만 억지로 미소를 지어 보였다. "비슷해요."

"입어볼래요?"

"아뇨." 니샤는 무뚝뚝하게 말했다. '아니, 입어보고 싶지 않아. 저 지독한 악취가 나는 커튼을 단 탈의실에는 들어가고 싶지 않다고. 누가 입었는지도 모르는 퀴퀴한 싸구려 옷가지랑 같은 취급을 받고 싶지 않아. 그치만 남편이 중년의 위기를 겪느라 나를 괴롭혀

서 이혼하려고 하는데 가운을 입고 싸울 수는 없다고.'

"기프트 에이드° 양식을 작성할 건가요?"

"기프트 에이드요?"

"그러면 자선단체가 세금도 환급받을 수 있거든요. 이름과 주소만 적으면 돼요."

"지…… 지금은 주소가 없어요." 진실을 말한 니샤는 충격을 받았다가 정신을 차렸다. "실은 있어요. 뉴욕 5번가에."

"그렇다면 그렇겠죠." 여자가 작게 키득거렸다.

니샤는 물건값을 내고 잔돈은 됐다고 손사래를 쳤다. 하지만 곧 마음이 바뀌어 잔돈을 받았다. 잔돈을 달라는 말에 직원이 '흠' 하고 헛기침을 했다. 니샤는 옷에서 가격표를 뗀 뒤 바지를 입었다. 카운터에 놓인 재킷을 든 다음, 목욕 가운은 벗어서 바닥에 버리고 밖으로 나갔다.

마그다가 벤틀리에서 멀지 않은 곳이라고 하면서 호텔 한 곳을 예약해 줬다. 타워 프리마베라 호텔. "사모님이 핸드백을 도둑맞아서 신용카드를 쓸 수 없다고 안내 데스크에 말했더니, 한참을 의논하고는 괜찮다고 했어요."

"아, 다행이네." 어쩐지 중고 의류의 냄새가 목구멍에 들러붙는 것 같았다. 니샤는 두드러기가 날 것 같은 느낌에 시달렸다. 냄새를 맡으면 그 실제 입자가 몸에 흡수된다는 내용을 읽은 적이 있었다.

◇   영국의 자선단체에 물건을 기부한 뒤, 수익이 창출되면 소득공제로 돌려받을 돈까지 기부하는 제도.

그렇게 생각하니 토악질이 나오려 했다. 니샤는 옷감이 살갗에 닿지 않도록 소매를 자꾸 잡아당겼다.

"하지만 카드가 없으면 미니바를 사용하지 못한대요."

"상관없어요. 샤워하고 전화만 몇 통 하면 되니까."

긴 침묵이 흘렀다.

"또…… 드릴 말씀이 있어요, 사모님."

니샤는 휴대전화의 지도를 확인하고 걷기 시작했다. "뭔데요?"

"거긴…… 캔터 씨가 가시는 그런 호텔이 아니에요."

마그다는 정말 죄송하지만, 그달에 건강보험이 어쩌고 해서 잔고가 없었다고 했다. "140달러짜리예요. 하지만 방에 전기주전자가 있어서 차를 끓일 수 있어요. 그리고 쿠키도 있대요. 쿠키를 좀 더 갖다달라고 했어요. 시장하실 것 같아서요."

니샤는 정신이 없어서 화낼 여유도 없었다. 뭔들. 그래서 마그다에게 고맙다고 하고 전화를 끊었다. 최소한 지금은 마그다가 자신에게 연락을 할 수 있다고 생각하면서. 칼이 만약, 아니 언젠가 전화를 정지시킬 테니.

끝도 없이 걸어야 했다. 마그다는 지도를 보고 거리를 가늠하는 능력은 없었다. 니샤가 커다란 슬리퍼로 회색 보도를 탁탁 치며 걷는 사이에 먹구름이 하늘을 뒤덮었다. 결국 런던에서만 내리는 차갑고 심술궂은 비가 부슬거리기 시작했다. 니샤는 잠시 걸음을 멈췄다가 체념하고 가방에서 구두를 꺼냈다. 적어도 깨끗한 양말 한 켤레는 들어 있었다. 양말을 신은 니샤는 얼굴을 찡그리며 투박하고 낡은 검정 구두에 발을 넣었다. 꽤 잘 맞았지만 오래 신어서 남은 윤곽선이 있었다. '깊이 생각하지 말자.' 니샤는 다짐했다. '이건 내가 아니야.' 재킷의 싸구려 천이 어깨에 들러붙었다. 니샤는 문득 몰려드는 감정을 밀어냈다. 낯선 구두가 골반 움직임마저 바꾸는 바람에 걸음걸이도 변했다. 니샤가 가는 건물 앞에는 언제나 차가 대기하고 있었건만, 낯설어진 도시에서 차도 없이 걷고 있으니 정처 없이 헤매는 느낌이 들었다. "정신 차려." 니샤는 걸으면서 자신과 감히 눈을 마주치는 사람이 있으면 노려보며 중얼거렸다. 필요한 것을 손에 넣은 뒤 그날 저녁에는 펜트하우스로 돌아갈 작정이었다. 아니면 다른 펜트하우스로 가든가. 칼이 그 일의 대가를 톡톡히 치르게 할 생각이었다.

호텔은 싸구려 자주색 벽돌로 지은 조그만 현대식 건물이었다. 자동문 위에는 번쩍이는 플라스틱 간판이 달려 있었다. 그 앞에 다다른 니샤는 걸음을 멈추고 호텔 이름을 재차 확인했다. 니샤가 고개를 들고 보니, 축구 유니폼을 입은 남자가 맥주 캔을 들고 나와 있었다. 코끝까지 치켜든 감자칩을 여물통 앞 돼지처럼 먹는 여자가 옆에 있었는데, 그녀에게 그 남자가 뭐라고 외쳤다. 여자는 니샤 옆을 지나가면서 빅맥이 먹고 싶다고 소리를 질렀다.

안내 데스크의 직원이 니샤의 방에 관해 설명했다. 미니바를 쓰면 안 된다고, 미안하지만 카드를 받지 못해서 그렇다고 서너 번 반복해서 말했다.

"원래 예약을 안 받으려 했어요." 직원이 말했다. "하지만 오늘은 손님이 별로 없고, 손님 친구가 워낙 상냥하고 손님 걱정을 많이 해서 어쩔 수 없었죠. 가방을 도둑맞으셨다니 유감이에요."

"고마워요. 오래 있진 않을 거예요."

니샤는 승강기 버튼을 만지고 싶지 않아서 망설이다가 4층을 눌렀다. 한 번 건드려도 듣지 않자, 한 번 더 꾹 누르고 손가락을 소매에 서너 번 문질렀다. 고객 전체에게 멀미를 일으켜 기절시킬 작정으로 디자인한 게 분명한, 기다란 소용돌이무늬 카펫을 밟으며 복도를 걷다 414호실에 도착해 문을 열었다. 그리고 얼어붙었다. 좁은 방 안에 더블베드가 낡은 가짜 우드 장식장과 마주 보고 있었다. 그 위에는 평면 TV가 있었다. 카펫과 커튼은 청록색과 갈색이었다. 담배와 합성 방향제 냄새 밑으로 시큼한 락스 향이 깔려 있었다. 범죄 현장을 청소하고 남은 냄새 같았다. 여기서 무슨 끔찍한 일이 있었을까? 겉보기에 깨끗한 욕실에는 샴푸와 린스가 벽에 고정되어 있었다. 여기 고객에게는 그것조차 믿고 맡길 수 없다는 듯이.

니샤는 재킷을 벗어 침대에 던진 뒤 싸구려 비누로 얼굴과 팔을 깨끗이 씻었다. 얇고, 살짝 거친(세탁은 된 것처럼 보이는) 수건을 확인한 뒤 그걸로 닦았다. 거울을 보니 스포츠센터에서 샤워한 뒤 머리를 하나로 묶은 맨얼굴 그대로였다. 분하고 지쳐 열 살은 늙어 보였다. 침대 가장자리에 앉아(호텔 침구를 생각하니 온몸이 떨렸다. 자외선 램프를 비추면 무엇이 나타날까?) 니샤는 마그다의 전화를 기다렸다.

"눈에 띄지 않고 사람이 많아서 시선을 끌지 않는 곳이라고 해요. 아리가 알아낼까 봐 그 사람이 걱정하고 있어요. 영국 펍에서 만나고 싶대요."

"펍이요. 좋아요." 니샤는 그 끔찍한 구두를 고쳐 신느라 펍 앞에서 걸음을 멈췄던 기억이 났다. "화이트호스. 화이트호스에서 만나자고 전해줘요. 그런데 그 사람을 내가 어떻게 알아보죠?"

"그 사람이 사모님을 알아요. 사모님을 찾아갈 거예요. 오후 8시부터 거기 계시랬어요."

"오늘 밤 8시요? 네 시간 남았군요. 좀 더 빨리 못 오나요?"

"8시랬어요. 사모님이 원하는 걸 가지고 갈 거예요. 펍 안에서 기다리세요. 그 사람이 찾아갈 거예요."

니샤는 카펫을 뚫어지게 보다가 입을 열었다. 자신감을 약간 잃은 목소리였다. "그 사람을 믿어도 될까요, 마그다? 그 사람한테 뭐가 있는지는 확실히 알고 있나요?"

잠시 침묵이 흘렀다.

"거기로 간다고 했어요, 사모님. 그 사람이 그렇게 말했어요."

그 작은 방에서는 열여섯 걸음이면 침대 주위를 돌 수 있었다. 1348보를 걷고 나서 니샤는 멈춰 섰다. 칼이 무슨 짓을 했는지, 무슨 짓을 하려고 하는지 파악이 되자 심장이 두근거리고 온갖 생각이 줄줄이 떠올랐다. 사업상의 적들에게 칼이 얼마나 가차 없는지, 오랜 세월 맺은 관계도 얼마나 눈 하나 깜빡 않고 베어내는지 니샤는 지켜봤다. 절친한 사이로 지내며 근사한 곳에서 함께 식사하고 기사를 빌려주거나 밤늦게까지 코냑을 마시고 농담을 주고받으며 지내던 사람을, 칼은 순식간에 삭제해 버렸다. 그는 필요에 따라 사람을 골랐다가 버리곤 했다. 그러고 나면 그들의 이름조차 기억하지 못 하는 것 같았다. 칼은 주차위반이나 법적 문제, 고용 심판원을 걱정하는 일이 없었다. 사람을 고용하는 건 살면서 "성가신 일"을 처리하기 위해서라고 그는 늘 말했다.

니샤는 그의 아내인 자신이 순식간에 바로 그 성가신 일로 전락했다는 것을 깨달았다.

누가 허리에 밧줄을 감아 죄는 것처럼 니샤의 배 속이 점점 죄어왔다. 걸음을 멈출 때마다 숨을 제대로 쉴 수 없었다. 공기가 폐 깊숙이 닿지 않는 것 같았다. 마실 것이 필요했지만, 물은 마시고 싶지 않았다(그 수도관에 뭐가 사는지 알고?). 마그다가 전화할까 봐 생수를 사러 나갈 수도 없어 고민 끝에 인스턴트커피를 마시기로 했다. 주전자에 물을 세 번이나 끓이고 나서야 마시기 안전하다는 느낌이 들었다(「모닝 쇼」 프로그램에서 호텔 주전자에 속옷을 삶는 손님이 있다는 것을 본 적이 있었다. 그 후로 니샤는 악몽을 꿨다).

그리고 레이에게 뭐라고 해야 할까? 레이도 결국에는 알게 될 일이었다. 사람은 변하게 마련이라고, 앞으로 함께 살 수는 없지만 엄마 아빠는 여전히 서로 사랑하니 어쩌니 하는 헛소리를 지어내야 할 것이다. 칼은 아마 변호사를 시켜 자기 입장문을 쓸 것이다. 니샤는 용감한 얼굴로 동의하는 척해야 한다. 레이가 감당할 수 있도록, 모든 상황을 쉽고 가볍게 만들어야 한다.

대체 누굴까? 그것이 의문이었다. 새로운 생각이 떠오를 때마다 머릿속에 북소리가 둥둥둥 울렸다. 니샤는 지난 몇 달간 위험신호를 울렸던 여자들을 떠올렸다. 조금 지나치게 관심을 보인 여자, 자선단체 만찬에서 칼의 팔에 슬쩍 손을 얹었던 여자, 립글로스를 잔뜩 바른 입으로 농담을 속삭이던 여자. 여자들은 늘 있었다. 니샤는 그들을 매의 눈으로 지켜보며 살폈다. 뭔가 이상하다는 낌새는 있었지만 누구 때문인지는 알 수 없었다. 혹은 언제나(가끔은 짜증 날 정도로) 호색적인 칼이 갑자기 평소보다 자주 피곤하다고 한 것도 미심쩍었다. 니샤가 아침마다 그에게 의무적으로 해준 일이 즐겁지는 않았지만 중단되니 더욱 불안했었다. 니샤는 칼에게 왜 그러는지 묻지 않았다. 자신은 졸라대는 여자가 아니었으니까. 하지만 화려한 속옷을 새로 샀다. 그가 지난번 출장을 마치고 돌아왔을 때 먼저 나서서 칼이 거부하지 못할 기술을 쓰기도 했다. 그러자 그가 피곤하다고 하는 횟수가 줄었다. 당연했다. 하지만 땀에 범벅이 되어 그를 안고 있어도 뭔가 다른 느낌이 들었다. 어딘가에서 불협화음이 윙윙거렸다. 니샤는 알고 있었다. '아, 알고 있었던 것이다.' 그래서 결국 보험을 찾자는 생각이 들었다.

다행히 그렇게 했다.

니샤는 배가 고팠다. 특별한 일은 아니었다. 니샤는 성인이 된 이후로 늘 배고팠다(그러지 않고서야 그런 몸매를 유지할 수 있을까?). 하지만 그날은 종일 아무것도 먹지 않았다. 니샤는 플라스틱 전기주전자가 놓인 쟁반 위에서 정체불명의 크림 같은 것이 든 싸구려 쿠키 두 봉지를 발견했다. 수상쩍은 심정으로 봉지를 살폈다. 탄수화물을 하도 오랫동안 적으로 여겼더니, 지금만큼은 이것을 먹어야 한다고 스스로를 설득하기 힘들었다. 아, 정말 필요한 건 담배였다. 5년간 담배를 잊고 살았는데 이 순간 담배 생각이 너무나 간절했다.

자신을 달래기 위해 니샤는 다시 주전자에 물을 세 번이나 끓여서 홍차를 우려 마셨다. 그리고 속을 쥐어뜯는 듯한 배고픔을 견딜 수 없었기에 작은 봉지를 뜯어 쿠키를 입에 넣었다. 희멀건 쿠키는 퍽퍽하면서 동시에 끈적거렸다. 하지만 니샤가 먹어본 음식 중에서 가장 맛있는 것 같았다. 세상에, 정말 맛있었다. 쓰레기 덩어리일 텐데도 너무나 맛있었다. 니샤는 눈을 감고서 작은 쿠키 두 개를 음미하다 쾌감에 작게 탄성을 질렀다. 그리고 두 번째 봉지에 든 쿠키도 먹었다. 봉지 안에 남은 부스러기를 손바닥에 털어냈다. 봉지를 완전히 찢은 뒤 안에 묻은 가루를 핥았다. 그리고 텅 빈 봉지는 휴지통에 던졌다.

니샤는 앉아서 시간을 확인했다.

그리고 기다렸다.

니샤는 영국 펍에 가본 적이 있었다. 코츠월드에 드넓은 사냥터를 가지고 있으며 "맥주 한 잔 비우는" 영국 전통을 따르면 즐거울 것이라고 여긴 칼의 동료와 함께였다. 펍 건물은 역사책에서 튀어나온 것처럼 기둥이 가득했고 천장은 기우뚱했으며 장작 연기 냄새가 배어 있었다. 밖에는 손으로 그린 귀여운 그림이 있는 오래된 간판과 장미로 에워싸진 문이 있었다. 사장은 모두의 이름을 알았고 개도 들어오게 해줬다. 트위드 옷을 입은 개들은 치아 상태가 좋지 않으며 목소리가 큰 남자들 발치에 앉아 있었다. 주차장에는 진흙투성이 구닥다리 차와 주말여행을 온 사람들이 타고 온 깔끔한 포르쉐나 벤츠가 뒤섞여 있었다.

펍 직원이 네모나게 썬 치즈와 정체불명 고기로 만든 작은 갈색 파이를 담은 작은 접시(공용 접시의 박테리아 조사 결과가 궁금했다……윽)를 내놓았고, 니샤는 그것을 오물거리는 시늉을 했다. 생수는 미지근했다. 왁자지껄 주고받는 농담에 미소를 지어 보이던 니샤는 따라간 것을 후회했다. 하지만 언제든지 칼의 곁에 있는 것이 니샤의 원칙이었다.

니샤가 들어간 펍은 그런 곳이 아니었다. 니샤의 고향 고속도로변 길가에 있던 바와 비슷했다. 여자들은 민소매에 짧은 반바지를 입고 남자들은 후터스˚를 부러워하며 거기에 온 것처럼 구는 술집이었다. 화이트호스에 들어가자마자 니샤는 사람들과 소음의 물결에 휩싸였다. 몇 데시벨 높은 소리로 쿵쿵거리는 음악 사이에서 사람들은 서로를 향해 맥주 냄새 섞인 입김을 뿜으며 외쳐댔다. 사람들을 뚫고 지나가던 니샤는 저녁 7시 30분인데 이미 취해 주위에서 어정거리는 남자들을 피하려고 몸을 움츠렸다.

니샤는 어딘가 구석에 조용히 앉아 있고 싶었지만 자리는 이미 차 있었다. 빈 테이블이 생기자마자 사람들이 차지하려고 밀치는 모습이 근육질 남자들이 하는 자리 뺏기 게임 같았다. 니샤는 담배를 피우러 나갈까 생각하며 문 옆 입구에서 기다리다가 "남는 거 한 대" 있는지 묻는 남자들에게 고개를 저었다. 사람들을 살피던 니샤는 자신을 알아보고 고개를 끄덕일 남자를 기다렸다.

마그다 남편 친구의 친구를 통해 연결된 남자였다. 나라마다 연

˚ 민소매에 짧은 바지 유니폼을 착용한 젊은 여성이 주로 서빙을 담당하는 미국의 레스토랑 체인.

줄이 있다고 했다. 마그다가 최소한으로 개입하도록 니샤가 6주 전에 대포폰으로 직접 그 사람과 연락을 취했었다(마그다는 엮지 말아달라고 사정했다. '전 아무것도 모르는 게 나아요, 사모님. 말썽에 휘말리고 싶지 않아요'). 그리고 지난주에 그는 뒷조사가 당황스러울 정도로 쉬웠으며 니샤가 "실망하지 않을 것"이라고 했다. 니샤는 그에게 현금과 칼이 2년 전 두바이 공항에서 사고 싶다고 말해놓고는 너무 취해서 잊어버린 파텍 필립 시계를 보냈다.

남자를 외모로 알아보려는 시도는 무의미했다. 그곳에 모인 건달은 죄다 군인 머리에 목이 두꺼워 똑같아 보였다. 그곳에서 취하지도, 사방에 침을 뿜어대지도 않는 건 그 사람뿐일 테니 니샤는 그를 알아볼 거라고 여겼다.

"한 대 있어요, 예쁜 누나?" 젊은 남자가 등장했다. 흰 폴로셔츠와 운동복 바지를 입었는데 바지 사타구니가 무릎까지 처져 있고 붉게 달아올라 번들거리는 뺨을 보면 술을 한참 마신 듯했다.

"아뇨." 니샤가 말했다.

"누구 기다려요?"

니샤는 그를 훑어봤다. "네. 그쪽이 꺼지길 기다려요."

"우와아아!" 다시 보니 젊은 남자 한 무리가 그와 함께였다. 전부 불콰해진 얼굴의 남자들이 서로 쿡쿡 찔러대며 괴성을 질렀다.

"멋진데. 난 멋진 여자가 좋아." 남자가 잘 알지 않냐는 듯 눈썹을 치켜뜨며 말했다. 그걸 칭찬이랍시고. "미국인이죠?"

니샤는 그를 무시하고 몸을 살짝 틀어서 돌아섰다.

"어어, 재수 없게 굴지 말고. 한잔 살게요, 예쁜이. 뭐 마셔요? 보드카 토닉?"

"한잔 사달라고 해요, 양키 누나."

니샤는 계속 고개를 돌리고 있었다. 시큼한 싸구려 애프터셰이브 냄새가 났다. "됐어요. 어서 가서 놀아요."

"당신 없인 안 놀래요…… 어서, 예쁜 누나. 한잔 살게요. 지금 혼자……."

남자가 니샤의 팔에 손을 얹자, 니샤가 홱 돌아서서 쉿소리로 외쳤다. "꺼져. 건드리지 마."

그러자 친구들의 우와와아! 소리가 조금 더 격해졌다. 니샤는 짜증이 났다. 상대를 놓치지 않도록 집중해야 했다.

젊은 남자가 얼굴을 굳히며 노려봤다. "무례하게 굴 건 없잖아."

"아니. 있는 것 같아." 니샤가 대답했다. 그리고 그들이 부루퉁한 표정으로 뒤를 두어 차례 돌아보면서 펍으로 되돌아가는 사이 구겨진 재킷 차림으로 창문에 기대 친구와 이야기를 하던 땅딸한 중년 남자에게 다가갔다.

"실례지만 혹시 남는 담배 있나요?" 니샤는 그에게 상냥하게 미소 지었고 남자는 곧바로 무장해제됐다. 아무 말 없이 담뱃갑을 급히 찾았다. 그는 신사답게 담배에 불을 붙이며 니샤의 손에 자신의 손이 닿지 않도록 주의했고, 니샤는 또 미소로 보답했다. "저기, 나중에 피울 거 두어 개비 더 줄 수 있을까요? 집에 두고 나오는 바람에." 남자는 담뱃갑을 통째로 건네며, 자신은 또 사면 된다고 했다. "친절한 분이군요." 니샤가 말하자 남자의 귓불이 붉어졌다.

화가 난 니샤는 담배를 급하게 피우면서 시큼한 연기와 몇 분간의 할 일을 즐겼다. 그는 대체 어디 갔을까? 니샤는 담배꽁초를 발 뒤꿈치로 밟아 껐다. 빨리 좀 와. 니샤가 속으로 재촉했다. 밤중에 혼자 술집에 나온 게 얼마만인지 기억도 나지 않았다. 니샤는 이런 사람들로부터 차단되어 살았다. 평소 옷차림을 하고 있었다면 코흘리개 녀석이 다가오지도 않았을 것이다. 평생 피하려고 노력해 온 것이 바로 이런 상황이었다.

니샤는 시계를 본 뒤 손을 주머니에 쑤셔 넣었다. 그리고 무엇을 입고 있는지 기억하고는 "으윽" 소리를 내며 재빨리 손을 꺼냈다.

9시 15분, 니샤는 세 번째로 펍을 돌았다. 점점 더 떠들썩해지는 손님들을 밀치고 누가 있는지 좌우를 살폈다. 밖으로 나가니 구두를 다 벗어 던진 젊은 여자가 담배를 권하면서 니샤의 머리칼이 아름답다고 칭찬했다. 니샤는 상냥한 표정으로 고맙다고 인사했다. 담배가 필요했다. 니코틴 때문에 이튿날 두통이 심할 것 같았다.

니샤가 기다리는 동안 펍 안은 점점 더 미쳐 돌아갔다. 목소리는 높아졌고 밀치며 지나가는 사람들의 잔에는 알코올이 넘쳤다. 회사원들이 작고 끈적이는 댄스플로어에서 춤을 추기 시작했다. 니샤는 시키지도 않는데 스스로 창피한 짓을 하는 인간들을 보고 놀라움을 금치 못했다. 10시 45분이 되니 옆문이 잠겼다. 사람들이 중앙 출입구로 빠져나가기 시작했다. 그들은 웃고 발을 헛디뎠다. 그리고 담배를 피우거나 마구 키스를 하면서 택시를 기다렸다. 그 사람은 아직이었다.

"폐점 시간인가요?" 니샤는 회사에서 축하 파티를 하러 온 아시

아계 청년에게 물었다.

"네, 맞아요." 남자가 고개 숙여 인사하며 말했다. "11시가 다 됐죠?" 그는 헐렁한 티셔츠를 입은 빨간 머리 남자 어깨에 팔을 둘렀고 둘은 노래하며 걸어 나갔다.

니샤는 믿을 수가 없었다. 고개를 돌려 안을 들여다봤다. 바는 텅비었고, 직원이 테이블을 닦으며 의자를 쌓고 있었다. 그를 놓친 걸까? 그 사람이 왔는데 니샤가 모를 수는 없었다. 그럴 리는 없었다. 니샤는 욕을 중얼거리며 호텔로 돌아갈 준비를 했다.

펍에서 나온 지 겨우 몇 분 지났을 때, 뒤에서 사람들이 야유하며 젖은 보도를 밟는 소리가 들렸다. 어이! 양키 누나! 뒤를 돌아본 니샤는 그를 곧바로 알아봤다. 아까 그 남자가 작은 무리에서 고름 가득한 종기처럼 툭 튀어나왔다. 아, 젠장.

니샤가 걸음을 재촉했지만 그들도 빨랐다. 곧 따라잡힐 것 같았다. 갑자기 아드레날린이 솟구치며 귓전에서 맥박이 뛰었다. 니샤의 머릿속에 떠오른 생각은 그런 상황에 처한 모든 여자와 다를 바 없었다. 거리는 어두웠고 근처엔 아무도 없었으며 가로등과 자동차가 있는 큰길까지는 100~200걸음 더 가야 했다. 니샤에겐 아리도, 개인 경보시스템도, 손가락 사이에 끼울 열쇠도 없었다. 남자가 다가오고 있었다. 직감으로 알 수 있었다.

세 걸음, 두 걸음. 남자가 거리를 좁히는 것이, 뜨거운 입김을 내뿜는 것이 뒷덜미에 느껴졌다. 남자의 팔이 뒤에서 서툴게 감아오는 순간, 니샤는 재빨리 쪼그려 앉아 몸을 낮췄다. 뒤쪽 발로 체중을 옮겨 돌아서며 오른쪽 팔꿈치로 남자의 사타구니를 쳤다. 크라브 마가˚ 사범이 알려준 방법 그대로. 남자가 보도에 주저앉으며 내는 고음의 비명과 놀란 친구들이 달려오며 외치는 소리가 들렸다. 욕설. 이게 무슨 지랄이냐는 고함.

그러나 취한 그들이 방금 일어난 일을 제대로 파악하기 전에 니샤는 어두운 뒷골목을 내달렸다. 수천 번의 지루한 러닝머신 운동에서 얻은 힘을 전부 발에 싣고서. 그날만큼은 아름다운 수제 쿠튀르 하이힐이 아니라 못난 싸구려 플랫슈즈를 신은 것에 감사를 느끼며.

호텔에 다 도착해 머리가 빙빙 돌던 니샤는 달리는 도중에 중고 재킷의 얇은 주머니에서 휴대전화가 떨어졌다는 것을 알게 됐다.

니샤는 욕을 하며 돌아섰다. 거리의 취객을 무시하며 온 길을 되짚어 갔다. 보도를 다 훑었지만 아무것도 없었다. 당연했다. 시내 길거리에서 휴대전화가 얼마나 버틸 수 있을까? 니샤는 깜빡이는 가로등 밑에 서서 눈을 감고 그날의 불운이 아직 남았을까 생각했다.

"마그다! 런던에는 화이트호스가 여섯 군데나 있어! 그런 말은 왜 안 했죠? 방금 검색해 보고 알았어요. 그 사람은 다른 곳으로 간 모양이에요!"

니샤는 안내 데스크에 있는, 목소리가 부드러운 나이지리아인 직원에게서 휴대전화를 빌렸다. 마그다가 전화를 받자 니샤는 모서

˚   이스라엘 군대에서 개발한 자기방어 무술.

리에 위치한 자판기 옆에 서서 그의 불안해하는 눈초리를 무시하며 말했다.

"네? 하지만 그 사람이 전화했는데!"

"전화했다니 무슨 소리에요?"

"두 시간 전에 사모님께 전달했다고 연락했어요. 일이 생겨서 저한테 늦게 전화했고요."

"나한테 안 줬어요. 길이 엇갈린 거에요!"

"아뇨. 아니에요, 사모님. 그 사람은 화이트호스에 갔어요. 사모님이 무슨 옷을 입고 계신지 알려줬어요. 금요일 복장이잖아요? 전부 적어놔서 알아요. 그 사람이 구두를 보고 사모님을 알아봤대요."

"뭐요?"

"루부탱이요. 사모님 나이에 검은 머리, 키가 167 정도인 여자가 너무 많았대요. 그래서 사모님을 찾기 제일 좋은 방법을 알려줬죠. 그 구두는 세상에 한 켤레뿐이니까요. 그렇죠? 아주 눈에 띄는 구두잖아요. 확실히 하려고 사진도 보내줬어요. 금요일에는 사모님이 운동한 뒤에 머리를 하고 곧장 하카산에 저녁 드시러 가실 건데, 캔터 씨가 그 구두를 신으라고 했다고 말씀하셨잖아요."

"하지만…… 그 구두를 도둑맞았어. 오늘 아침에 도둑맞았어요."

두 사람 사이에 침묵이 흘렀다.

"……그 구두를 안 신으셨다고요?"

마그다가 무슨 말을 하는지 깨달은 니샤는 휴대전화를 꽉 쥐었다.

"어머나. 그 사람이 대체 누구한테 그걸 준 거죠?"

7

40대에 겪는 숙취에는 보복의 느낌이 강하다. 마치 독극물이라도 마신 것 같았다. 불만을 느낀 신체가 온 신경 말단에 성난 신호를 보내는 듯했다. '네 나이가 몇인 줄 알아? 제정신으로 한 짓이냐고, 응? 아직 그렇게 놀아도 될 정도로 젊은 줄 알아? 그렇다면, 맛 좀 봐라.' 눈을 꾹 감고 햇살과 주방에서 들려오는 굉음을 견디던 샘은 신경계와 가상의 말다툼을 벌이는 중이었다. 샘은 그날 하루와 반갑게 포옹해야 했다. 아니, 적어도 조심스레 손끝으로 건드리며 눈물을 찔끔거리기라도 해야 했다.

"즐거웠지?"

새틴 점퍼에 커다랗고 투박한 검은 부츠 차림으로 나타난 캣이 들뜬 표정으로 테이블에 커피를 내려놓았다.

"그…… 그런 것 같아."

"똑바로 앉아. 안 그러면 흘릴 거야."

샘은 두통에 작게 신음하며 몸을 세웠다. "아빠 어디 있니?"

"아직 자."

"지금 몇 신데?"

"9시 반."

"어머, 개는……."

"내가 산책시켰어. 우유도 더 사 왔고. 어제저녁 아빠가 남겨둔 설거지도 했어. 엄마 금 귀걸이 빌려도 돼? 모피 농장 반대 시위에 갈 건데, 거기서 무슨 일이 있으면 내 링 귀걸이가 떨어져 나갈까 봐."

샘의 시선이 딸에게로 향했다. "절대 못 빌려준다고 한 거? 잠깐. '떨어져 나갈까 봐'라고 했니? 응?"

"가짜 금을 하면 귀가 가려우니까. 자, 엄마. 커피 마셔."

샘이 커피를 한 모금 마셨다. 생명수 같았다. "협상할 줄 아네. 취약한 순간에 공격하라."

"좋은 선생님한테 배웠잖아." 캣이 환히 웃었다. "고마워, 엄마. 간수 잘할게."

샘은 문득 조엘을 떠올렸다. 허리에 닿던 손길과 그 특유의 미소. 마리나의 음성이 귓전에 울렸다. '조엘은 샘에게 다정해.' 샘은 얼굴을 붉혔다. 얼굴이 뜨거워지는 것이 알코올 탓인지, 당황한 탓인지, 호르몬 탓인지 의아했다. 어쨌든 소파에서 일어났다. "재미있게 놀고…… 아, 시위라고 했니? 대…… 대체 뭐 하는 거야?"

"시위하지! 경찰이랑 조금 대치하는 것뿐이야. 엄마도 잘 지내!"

"잠깐만…… 그거 문신이니?"

문이 쾅 닫혔다. 딸은 가고 없었다.

필은 침실에서 인간 소시지빵처럼 이불을 돌돌 감고서 꼼짝도 하지 않았다. 방 안 공기는 유난히 탁하고 답답했다. 샘은 잠시 서서 남편을 지켜봤다. 잘 때조차 이맛살을 찡그린 그는 무의식적으로도 방어 자세를 취하는 것처럼 양손을 턱에 붙이고 있었다. 남편을 향해 소리를 지르고 싶을 때가 있었다. '나는 하루 종일 누워서 남에게 다 맡기고 싶지 않은 줄 알아? 생활비랑 지독한 상사 걱정도, 개 산책도, 장보기도, 항상 머리카락이 쌓이는 계단 청소도 남에게 맡기고 싶지 않은 줄 아냐고? 나라고 모든 책임을 내던지고 싶지 않은 줄 알아?' 한때는 명랑하고 의욕적이었고 샤워하면서 노래를 부르고 불시에 키스를 하던 사람이, 사랑하는 직장과 더욱 사랑하는 아버지를 동시에 잃은 경험을 극복하지 못해 구부정한 자세와 겁먹은 표정으로 지내는 것을 보면 끔찍이 슬퍼지기도 했다. '아버지를 돕지 못했어, 샘.' 그는 밤마다 돌아와 분필처럼 창백한 얼굴로 말하곤 했다. 몇 주 전 필은 그 나이가 되니 저격수 사이를 걷는 기분이라고, 좋아하던 사람들이 총에 맞아 쓰러지는데 아무것도 할 수 없고 다음 차례가 누군지도 알 수 없다고 했다.

"그건 좀 우울한 시각이네." 샘이 말했다. 말하면서도 도움이 될 것 같진 않았다. 필은 대답이 없었다.

샘의 집 앞에는 녹슨 캠핑카가 서 있었다. 잡초와 가시덤불이 무성히 자랐다. 또 지나가는 차들이 던진 테이크아웃 음식 포장지도 쌓여 있었다. 반면 철길 가에 있는 앤드리아의 작은 주택 앞은 늘 완벽했다. 자갈을 간 집 앞에는 잡초가 자라지 않았다. 일렬로 세워둔 토기 화분은 날마다 정성스럽게 물과 비료를 준 덕분에 철마다 예쁜 꽃을 피웠다.

샘이 문을 두드렸다. 변태 스토커도 세일즈맨도 아님을 알리는 특별한 노크였다. 잠시 후 문이 활짝 열렸다.

"어어, 꼴이 엉망이네." 앤드리아가 명랑하게 말했다. 샘은 앤드리아의 사라진 눈썹과 여전히 유령처럼 창백한 얼굴을 향해 눈썹을 치켜떴다. "어서 들어와. 커피는 네가 끓여. 왜 이러는지 모르겠는데, 우유 냄새에 자꾸 속이 메슥거려."

추위를 잘 타는 앤드리아가 늘 손뜨개 담요와 부드러운 숄로 덮어두는 소파에 둘은 무릎을 올리고 앉았다. 앤드리아는 긍정적이고 쾌활한 것을 좋아해서 모든 색깔이 과감했다. 앤드리아가 사랑하는 붉은 털 고양이 머그스가 둘 사이에 앉아 황홀한 표정으로 쿠션을 문지르며 가르랑거렸다.

"그래서 무슨 일인데?" 앤드리아가 말했다. 파란 눈과 색깔을 맞춘 부드러운 파란색 두건을 머리에 쓰고 있었다. "전부 다 이야기해 줘."

"큰 계약을 세 건이나 따냈는데, 새 상사가 술 마시고 나갔다고 몰아세웠어. 그래서 정말로 엄청 취했지." 샘이 말했다.

"잘했네. 불량한 행동은 안 했어?"

샘은 조엘을 떠올렸지만 그 기억은 밀어냈다. "아니. 하이힐을 신고 춤을 너무 춰서 오늘 아침에 발이 퉁퉁 부은 것 말고는."

"으. 불량한 생활이 그립다. 밖에 나가서 꽐라가 되는 꿈을 꾸고 일어났는데 숙취가 없으면 아쉽다니까."

"내 숙취 가져가. 진심이야. 공짜로 줄게."

그들은 중학교에 입학한 첫날에 만났다. 앤드리아는 샘을 만나자마자 오렌지 흉내를 냈고(얼굴 전체를 구겼는데 이상하게 신빙성이 있었다) 체육 교사 아들이 남긴 키스 자국을 보여줬다. 오래 친구로 지낸 세월 동안 둘은 딱 한 번 멀어졌었다. 열여덟 살 때 앤드리아가 혼자 놀러 갔을 때였다. 그 후로 둘은 다시는 다투지 않기로 암묵적으로 합의했다. 앤드리아는 샘을 속속들이 알았다. 샘이 좋아한 모든 남자, 모든 슬픔, 지나가는 생각 하나하나까지. 앤드리아는 평생 샘과 끊임없이 대화한 상대였다. 샘은 앤드리아와 만나고 나면 어딘지 모르게 마음이 회복되는 느낌이었다.

"필은 일어났어?"

"아직."

"약 이야기는 다시 해봤어?"

샘이 앓는 소리를 냈다. "안 먹겠대. 우울증 약을 먹는 순간 공식적으로 정신병이 생긴 것처럼 느껴진다나."

"그래봐야 우울증이잖아, 샘. 말도 안 되는 소리야. 누구든지 도움이 필요할 때가 있어. 이…… 이거랑 같잖아. 다만, 필은 젖가슴이 아니라 머리가 문제지."

샘이 필의 병에 대해 솔직히 말할 수 있는 상대는 앤드리아뿐이었다. 그가 미울 때도 있다는 이야기. 그가 나아지지 않을까 봐 두렵다는 이야기. 언젠가 나아지더라도 이 일로 그를 너무 미워하게 되어 예전 감정이 돌아오지 않을까 봐 두렵다는 이야기. 그에게(그리고 앤드리아에게) 생긴 일이 예고도 없이 땅이 꺼져버린 것처럼 느껴져서 세상 그 무엇도, 그 어떤 행복도 확신할 수 없게 됐다는 이야기.

"너는 어때?" 샘이 화제를 바꾸려고 물었다.

"아, 그냥 피곤해. 이번 주에 「ER」을 다 봤어. 사람들이 죽어나가는데 나는 살아 있으니까 기분 좋더라."

"마지막 검사 결과는 좋은 거지? 나아지는 거지?"

"그럼. 이제 한 번만 더 검사하면 숨 좀 돌릴 수 있어. 참, 머리가 다시 자란다." 앤드리아가 두건을 들어서 살짝 자란 머리칼을 보여줬다.

샘이 다가가서 머리를 쓸었다. "잘됐다. 「매드 맥스」의 퓨리오사 같아."

"뭐, 내가 원래 샤를리즈 테론이랑 비슷하잖니."

작은 방 안에 잠시 침묵이 흘렀다. 그들은 토끼처럼 뒷다리를 올리고 잠든 머그스를 부드럽게 쓰다듬었다.

"참. 나 직장에서 잘렸어." 앤드리아는 고양이에게서 고개를 들지 않고 말했다.

샘이 그 말을 알아듣는 데 잠시 시간이 걸렸다. "뭐?"

"물론, 병이랑은 상관없어. 그냥 구조조정으로 내 자리가 없어진 거야."

"그럴 순 없지! 안 그래도 힘든데!"

"뭐, 그러더라고. 퇴직금을 조금 받았어. 그러고 끝이야."

"그래도. 그럼 이제 어떻게 살아?"

앤드리아는 어깨를 으쓱였다. "모르겠어. 몸이라도 팔까 싶더라." 앤드리아는 샘을 보고 힘없이 웃었다. "다음 주에 실업수당을 알아봐야지. 반쯤 죽어가는데 뭐라도 받을 수 있을 거 아냐."

"그러지 마." 샘이 말했다. "농담이라도 그런 소리는." 손을 뻗은 샘이 앤드리아의 손을 부드럽게 잡았다.

"괜찮을 거야." 앤드리아가 말했다. "어떻게든 되겠지."

"내가 도와줄게."

"저축도 있어."

"거의 다 썼다고 했잖아."

"넌 기억력이 너무 좋아." 앤드리아가 말했다. "어쨌든, 쪼들리긴 너도 마찬가지인걸."

"정말 뭐라도 할 수 없을까? 고소할까? 변호사를 구해서?"

"사람 짓밟는 게 전문인 법무팀이 딸린 대기업인걸. 그리고 솔직히 말하면, 지금은 다른 거랑 싸울 기운이 없어." 앤드리아는 고양이에게서 눈을 떼지 않고 말했다. 샘은 더 대꾸할 수 없었다. 그들은 잠시 각자의 생각에 잠긴 채 말없이 고양이를 쓰다듬었다. 고양이가 인간과의 접촉이 지나치다고 판단해 소파에서 내려갈 때까지.

"참. 재미있는 이야기가 있어."

앤드리아가 고개를 들었다. "빨리 해봐, 샘. 세상에. 30분째 우울한 이야기만 하더니 이제야 좋은 이야기가 있다고?"

샘은 앤드리아에게 루부탱 하이힐과 프램프턴부터 미리엄 프라이스 이야기까지 한 다음, 서류봉투를 주고 간 잘생긴 남자 이야기를 덧붙였다.

"그거 어디 있어? 그 남자가 준 거."

"아…… 가방에 있을걸?" 샘이 가방을 뒤져 봉투를 꺼냈다. 봉투에는 메모리스틱이 들어 있었다.

"뭘까? 신나는 내용이 들어 있을지도 모르잖아. 스위스 은행 계좌라든가. 우리 인사부에 폭탄을 터뜨릴 미국 국방부 암호라든가. 옛날 나이지리아 왕족의 보물이라든가. 한번 보자. 어서." 앤드리아가 소파에서 일어나 책상 위에 있는 노트북에 손을 뻗었다.

"바이러스 프로그램 같은 게 있으면 어쩌지? 네 컴퓨터에 바이러스를 퍼뜨리고 싶진 않은데."

앤드리아가 어이없다는 표정을 지었다. "지금 나한테 컴퓨터 바이러스 따위를 걱정할 여유가 있을 것 같아?" 샘에게서 메모리스틱을 받은 앤드리아가 컴퓨터에 끼웠다. 둘은 나란히 앉아 화면을 봤다.

"국방부 암호면 예전 시어머니부터 조준할 거야." 앤드리아가 신이 나서 말했다. "조그만 미사일 하나만. 핵미사일로. 너무 큰 건 말고."

화면이 깜빡이며 켜졌다. 둘은 조용해졌다. 해상도 낮은 화면 속에서 두 몸뚱이가 미친 듯이 꿈틀거리는 것을 몇 초 동안 보던 앤드리아가 먼저 입을 열었다.

"어…… 샘? 정확히 뭔지는 모르겠지만…… 합법적인 건 아닌 것 같아."

"그래서도 안 되지."

둘은 홀린 듯 눈을 떼지 못하고 좀 더 말없이 지켜보며 겁에 질렸다. 입이 딱 벌어졌다.

"저 남자 왜 저래…… 어머, 저런. 아냐, 그만 그만 그만."

"저 남자…… 이걸 네게 준 남자야?"

"아냐! 훨씬 젊은 사람이었어. 그리고 저렇게…… 으웩."

"저 여자가 남자한테 뭘 하는 거니? 꺼, 꺼! 메슥거린다."

그들은 노트북을 덮고 잠시 말없이 앉아 있었다. 앤드리아가 샘을 보더니 고개를 저었다.

"요즘은 이런 게 유행이니? 마음에 드는 사람이 있으면 페니스 사진 대신에 봉투에 포르노를 담아서 주는 거야?" 앤드리아는 몸을 떨었다. "세상에. 아파서 데이트를 못 해 다행이다 싶네."

그곳은 고급 정장 차림의 사람은 보이지 않는 허름한 주거지역이었다. 그래도 부동산에서는 "활기찬" 내지는 "신흥 주자"라고 설명하는 런던 지역이었다. 염소 복장을 한 남자나 흩날리는 주황색 가운을 입고 탬버린을 흔드는 힌두교인을 봐도 이상하지 않은 곳이었으므로 아리 페레츠를 지나치는 사람들도 그를 눈여겨보지 않았다. 어차피 아리는 신경 쓰지 않았을 것이다. 그는 휴대전화 화면에서 움직이는 붉은 점에 차츰 가까워지는 파란 점에 집중하고 있었다. 그는 우체통 옆에 서더니 한 발자국 앞으로 나아갔다가 뭔가 찾는 듯 발 주위를 둘러봤다. 그리고 고개를 숙이고 근처 산울타리 밑과 낮은 벽돌담 위를 살피며 계속 자기 휴대전화를 확인했다. 엎드린 뒤 휴대전화 손전등을 켜 주차된 차 아래도 살폈다. 더 가까이 다가가 자동차 밑으로 손을 넣어 휴대전화를 꺼낸 뒤 먼지를 떨어냈다. 일어나서 바지를 턴 아리는 주위를 살폈다. 그는 걸기 싫은 전화를 걸어야 하는 사람처럼 큰 한숨을 내쉬었다. 그리고 전화를 걸었다.

"전화기를 찾았습니다. 그분은 없습니다. 문제가 생긴 것 같습니다."

8

한밤중에 문득 떠올랐다. 첼시에 저택이 있었다. 결혼 생활 중 칼은 부동산을 충동적으로 사고팔았다. 계속 보수공사를 하고 있던 그 저택에서 지낸 적은 없었다. 전날의 혼란 속에서 니샤는 그곳의 존재를 잊고 있었다. 하지만 당면한 문제를 해결하는 동안 지낼 곳이 필요했다. 그곳 상태가 어떻든 타워 프리마베라 호텔보다는 나을 것 같았다. 오전 2시 14분에 문득 그 저택이 떠오른 니샤는 안도감에 어지러울 정도였다.

니샤에게 열쇠는 없었지만, 거기서 일하는 사람들이 있다면 문을 열어줄 것 같았다. 그러지 않으면 문을 따고 들어갈 생각이었다. 세상 어느 경찰도 자기 집에 들어가는 주인을 막을 리 없었다. 니샤는 누워서 다음 일을 계획했다. 그 집에 자리를 잡고, 변호사를 구하고, 가방을 찾은 뒤, 칼에게 본때를 보일 작정이었다. 그렇게 생각하며 마음을 진정한 니샤는 7시까지 선잠을 잔 뒤, 샤워하고 전날 입었던 옷을 입은 다음 숙박비에 포함된 아침 식사를 하러 식당으로 내려갔다.

"단품 요리가 없다니, 무슨 말이죠?"

니샤가 노려보자 직원은 어이없다는 듯 눈을 깜빡이더니 돌아갔다. 니샤가 20년간 조식 뷔페를 먹지 않은 데는 백만 가지 이유가 있었다. 조식 뷔페는 가장 저렴한 식재료를 썼다. 뜨거운 전등 아래 기름진 달걀이 놓여 있고, 금속 쟁반에는 허연 소시지들이 미끄러졌다. 모르는 사람들이 스테인리스스틸 그릇 위로 몸을 숙이며 체모나 피부 세포를 떨어뜨렸다. 악몽이 따로 없었다.

배가 고파지기 전까지는 말이다.

그 순간의 배고픔은 니샤가 늘 느끼던 약간의 허전함이 아니었다. 온몸이 떨리고 어지러워 음식 말고는 아무것도 생각할 수 없게 하는 새로운 허기였다. 니샤는 북적이는 식당, 의자가 비닐로 싸여 있고 벽에는 열두 가지 언어로 적은 "좋은 아침입니다!"라는 문장으로 뒤덮인 샛노란 회의장에 서 있었다. 그런 불쾌한 분위기에도 위장은 금방이라도 튀어 나갈 짐승처럼 으르렁거리며 니샤를 할퀴었다.

니샤는 토마토 두 개와 스크램블드에그라고 주장하는 노란 덩어리, 해시 브라운 두 개를 담았다. 바나나(적어도 거기는 아무도 손댈 수 없으니까)를 하나 집어 들고 밀봉된 치즈 몇 개를 주머니에 넣었다. 니샤는 자신을 째려보던 오른쪽 남자가 얼굴을 붉히며 돌아설 때까지 노려봤다. 그리고 접시를 식당에서 가장 구석 자리로 가져간 후 앉아서 무료 신문을 보는 척했다.

먹는 동안 니샤는 머릿속으로 계획을 곱씹었다. 자리를 잡고 나면 돈이 필요했다. 변호사를 구할 때까지는 돈을 좀 빌려야 했다. 누구에게서 돈을 빌릴 수 있을까 궁리했다. 친구라고 할 만한 사람은 전부 칼의 지인이라는 사실에 당혹감이 밀려들었다. 줄리애나가 잠시 떠올랐지만, 15년 넘게 연락도 없이 지낸 친구였다. 어쨌든 줄리애나에게는 돈이 없었다. 마그다가 말한 사람, 보험을 제공하기로 했던 사람도 사라지고 없었다.

커피를 마시던 니샤는 점점 당황스러워졌다. '어쩌다 이 지경이 된 걸까?' 눈을 감고 심호흡을 했다. 칼의 거만하고 넓적한 얼굴이 떠올랐다. 아마 정장 차림으로 에그베네딕트를 먹고 있겠지. 상황을 역전시키면 기분이 어떨지 생각했다. 니샤는 그보다 더한 상황도 이겨냈다고 작게 중얼거렸다. 이번에도 이겨낼 거라고.

눈을 다시 뜬 니샤 앞에 주방 직원이 무표정으로 서 있었다. "다 드신 쟁반은 쓰레기통으로 가져가 치우세요."

니샤는 여자를 3초간 빤히 보면서 마음속의 분노를 슬쩍 내비쳤다. 그리고 길게 숨을 들이쉰 뒤 쟁반을 들고 등을 꼿꼿이 세운 채 여자를 지나쳐 쓰레기통으로 걸어갔다.

니샤는 남은 동전 몇 개로 버스를 탔다. 앞자리에 앉아 주위의 승객을 무시했다. 첼시 브리지에서 내린 뒤, 작은 광장을 향해 10분간 걸어갔다. 괜찮은 지역 같았다. 줄지어 선 흰 건물, 작은 부티크와 적당한 커피숍이 있었다. 화원에서는 아름답게 꽂은 파란 수국을 팔았다. 니샤는 집에 들어가면 그 수국으로 식탁을 장식한 뒤 근처 뷰티 살롱에 어떤 관리를 예약할지 생각했다. 당장은 마사지가 급했다. 어쨌든 적당한 곳이었다. 당분간 그곳에서 지낼 수 있었다. 드디어 작은 광장에 들어선 니샤는 평화로운 분위기와 잘 차려입은 아이들을 데리고 지나가는 유모들, 닥스훈트를 데리고 산책하는 노파의 모습에 만족했다. 적어도 그곳은 기본을 아는 곳이었다. 기름지고 시끄럽고 떠들썩한 호텔과는 전혀 다른 삶의 질을 보장하는 곳이었다.

그리고 57번지가 나왔다. 대문 앞에 선 니샤는 부동산에서 알려준 내용을 어렴풋이 떠올렸다. 칼의 기준으로는 소박한 집이었지만 위치 때문에 고른 것이었다. 니샤는 그 집의 사진을 보면서 고개를 끄덕이고 미소를 지으며 예쁘다고 했었다. 칼이 부동산을 살 때마다 그랬으니까. 칼은 잠귀가 밝아 차가 다니지 않는 곳, 가급적 자기 소유의 토지로 에워싸인 곳에서 살고 싶어 했다. 베이지색 블라인드와 정면 정원에 잘 가꾼 장미를 본 니샤는 건물 공사가 끝난 것에 만족했다.

건설회사 이름이…… 배링턴? 벌링햄? 기억을 더듬는 니샤 앞에서 현관문이 열리더니 어떤 여자가 나왔다. 인테리어 디자이너라고 여긴 니샤는 앞으로 다가갔다. 그런데 어린아이 둘이 연달아 뛰어나왔다. 여자는 문 앞에 선 니샤를 보고 잠시 기다렸다. 둘은 서로 영문을 몰라 어색한 미소를 지으며 멍하니 마주 봤다.

"무슨 일이시죠?" 니샤가 움직이지 않자 여자가 먼저 말문을 열었다. 깡마른 몸매에 자연 갈색과 금색이 섞인 직모 머리칼의 여자는 직장에 다니지 않는 부유한 엄마들이 즐겨 입는 고급 캐주얼 의류 차림이었다.

니샤는 여자의 뻔뻔한 태도에 놀랐다. "어…… 내 집에서 뭘 하고 계시죠?"

여자가 눈을 깜빡였다. 살짝 웃으며.

"여긴…… 내 집인데요?"

"그럴 리가요. 우리가 3년 전에 산 집이에요. 증명할 서류도 있어요."

여자가 몸을 굳혔다. "우린 넉 달 전에 샀어요. 나도 변호사의 이메일을 갖고 있어요."

그들은 서로를 빤히 봤다. 아이들이 동그란 눈으로 엄마를 올려다봤다.

"이상한 일이네." 여자가 미친 사람을 상대라도 하듯 아이들을 뒤로 감췄다. "주소를 착각한 모양이네요. 돌아가 주세요."

"57번지 맞죠." 니샤가 말했다. "내 집이에요."

"당신 집이 아니에요."

"맞아요."

두 여자는 너무나 터무니없는 대화라는 듯 냉랭하게 실소했다. 여자는 니샤의 저렴한 옷과 구두를 보더니 정신병원에서 갓 퇴원한 위험한 사람을 상대하는 것처럼 겁먹은 표정을 지었다.

"누구시죠?" 여자가 긴장한 목소리로 물었다.

"니샤 캔터라고 해요."

"아!" 여자가 갑자기 안도하는 목소리로 말했다. "캔터! 맞아요! 저희에게 이 집을 매도한 분이군요."

"하지만, 우린 팔지 않았어요." 니샤가 말했다. "내 서명이 필요했을 텐데. 남편이……."

니샤는 칼이 무슨 짓을 했는지 퍼뜩 깨달았다. "어머, 이런."

발밑이 기우뚱거리며 빙빙 돌기 시작했다.

"저…… 괜찮아요?" 여자의 태도가 살짝 누그러졌다. 여자가 앞으로 나와 니샤의 팔을 잡으려고 했지만 니샤가 바로 팔을 치웠다. 좋은 시절에도 누가 만지는 게 싫었는데, 동정심을 그대로 드러내는 사람이 만지는 건 더욱 싫었다.

"넉 달 전이라니." 니샤가 고개를 저었다. "역시."

"저, 변호사와 의논하시는 게 좋겠어요. 하지만 이 집은 확실히 우리 거예요. 변호사 서류와 토지등기서류가 있어요. 안에서 가져올 수 있어요. 혹시……."

"아. 아뇨. 그 말 믿어요." 니샤가 말했다. 허를 찔린 기분이었다. 그가 몇 달간 계획한 일이었다. 니샤는 신음을 내면서 무너지지 않으려고 기를 썼다.

"괜찮아요? 혹시 무슨……."

여자가 말을 맺기도 전에 니샤는 돌아서서 버스 정류장을 향해 빠르게 걸어갔다. 그들 시야에서 벗어나기 전까지 따갑게 와닿는 세 쌍의 눈초리를 느끼며.

"엄마? 왜 이렇게 일찍 전화했어? 그리고 왜 수신자 부담으로 전화했어?"

"일어나 있을 줄 알았지. 넌 밤잠이 없잖아. 어떻게 지내니?"

"그럭저럭."

니샤는 눈살을 찌푸렸다. 10대 언어로 "그럭저럭"은 기뻐 날뛰는 상태에서 '방금 유튜브에서 자살하는 방법 열두 가지를 검색했어' 상태에 이르기까지 온갖 의미를 다 지니고 있었다.

"오늘은 어땠어?"

"그럭저럭."

니샤는 망설였다. 하지만 미룰 수 없었다. "아들, 부탁할 게 있어."

니샤는 화면에서 나는 소리를 들었다. 아이가 이어폰을 끼고 멀리 있는 팀원에게 소리를 질러대는 온라인 게임을 하는 모양이었다.

"돈 좀 송금해 줘."

"뭐? 뭐?" 아이는 무슨 소린가 싶었는지 두 번 말했다.

"저…… 아빠 생일 선물을 사고 싶은데, 우리 공동 계좌에서 출금된 걸 알리고 싶지 않아서." 니샤가 자연스럽게 말했다. "아빠가 돈 문제에 관해서는 꼼꼼한 거 알잖니."

"엄마 카드 쓰면 안 돼?" 아이는 집중하지 않는 말투였다. 멀리서 폭발음이, 이어서 총성이 들렸다.

"어…… 어제 백을 도둑맞았어. 휴대전화랑 카드를 다 잃어버렸지 뭐야."

"아, 저런! 어느 백?" 레이가 갑자기 집중하며 말했다. "보테가 베네타 백은 아니지?"

"응, 아냐. 그냥…… 오래된 거. 네가 아는 건지도 모르겠다."

"아. 다행. 음…… 어떻게 하면 돼? 송금하는 법을 몰라. 사샤! 총! 왼쪽에!"

니샤가 방법을 알려주자 레이는 온라인으로 돈을 송금했다. 은행 송금을 모험과 비슷하다고 느끼는 아들의 태도에, 니샤는 아들에게 지금껏 실용적인 일을 거의 시키지 않은 것을 깨닫고 죄책감을 느꼈다. 레이가 500달러를 송금했다. 니샤는 의혹을 일으키지 않고 보낼 최대한의 액수가 그 정도라고 판단했다.

"뭘 살 거야?"

대답에 잠시 시간이 걸렸다. "아빠한테? 그…… 글쎄. 음…… 여러 가지 생각 중이야."

"아니. 백 말이야. 새로 살 거." 레이 목소리가 낮아졌다. "가을 겨울 신상 생로랑이 귀여워. 대각선으로 누빈 중간 사이즈 크로스 보디 백.《보그》최신호 46페이지에 나왔어. 그거 메면 멋질 거야, 엄마."

갑자기 활기를 띠는 아들 목소리에 니샤는 미소를 지었다. "찾아볼 게, 아들. 멋지겠다. 고마워. 그리고 다 정리되면 돈은 바로 보낼게."

짧은 침묵이 흘렀다.

"그럼…… 집엔 언제 와?"

"금방 가, 아들. 금방."

"사샤는 8일에 간대. 걔가 가면 여기 못 있어. 착한 애는 걔만 남 았어. 다른 애들은 전부……."

"알아. 엄마가 곧 갈게. 약속해. 사랑해."

아이는 게임으로 돌아갔다. 니샤는 전화를 끊고서 안도의 한숨을 푹 내쉬었다. 사흘 더 잠잘 곳과 먹을 것이 생겼다. 적어도 숨 쉴 시 간은 벌었다. 니샤는 침대에 앉아서 레이와 대화할 때 온몸을 감쌌 던 포근함이 다시 굳어가는 것을 느꼈다. 좋다. 저 끔찍한 욕실에서 이를 닦자. 그러고 나서 가방이 돌아왔는지 스포츠센터에 가보자. 그리고 끝내주는 변호사를 찾자.

"가방을 가지고 온 사람은 없는데요."

거기까지 걸어오는 데 52분이 걸렸다. 짜증으로 가득 찬 니샤는 땀에 절어 도착했다. 재킷 때문에 목이 가려웠다. 게다가 직원의 말투에는 어딘가 성의가 없었다.

"음, 그럼 어쩔 건가요? 그 가방에는 샤넬 재킷이랑 크리스찬 루부탱 구두가 있었어요. 가방 자체도 마크 제이콥스 제품이라니까요."

여자는 '와, 당신이 나가기만 하면 뒷담을 할 거예요'라는 무표정을 지어 보였다. 그리고 미소 아닌 미소를 지었다.

"정말 죄송합니다, 고객님. 하지만 탈의실 분실품에는 책임을 지지 않는다는 안내문이 벽에 붙어 있어요. 모든 고객님에게 사물함을 잠그고 소지품에 주의하라고 조언하고 있죠." 사람을 바보 취급하는 말투에 니샤는 주먹을 휘두르고 싶었다.

"사건 기록부에 적어둘게요." 여자가 덧붙였다.

"사건 기록부요?"

"보통은 사소한 부상을 적어두는 장부예요. 하지만 여기에 써두면, 가방이 돌아올 경우 직원이 고객님에게 연락을 드릴 수 있죠. 연락처를 알려주시면 가방이 다시 나타날 때 연락드릴게요."

"다시 나타날 때"라는 말을 들은 니샤는 '다시 나타날' 가망이 없다는 뜻이라는 걸 알았다.

"음, 그렇다면 굉장히 도움이 되겠군요." 니샤가 말했다. "내가 연락할게요. 그쪽 고객 응대 교육 책임자가 누군지 몰라도, 추천도 할 겸." 니샤는 바꿔서 가져간 가방을 들고 오지 않아서 다행이라고 생각하며 나왔다.

니샤는 레이의 돈을 출금해 값싼 충전식 휴대전화를 사고 슈퍼마켓에서 휴대전화 충전 쿠폰을 산 뒤 오후 3시에 호텔 와이파이를 이용해 리오니 휘트먼에게 전화를 했다. 잠시 잡담을 나누고 그녀의 인스타그램 최신 게시물을 칭찬하는 척한(리오니는 관심을 갈구했다…… 남편의 요트를 타고 있어도 비키니를 입고 엉덩이를 드러내야만 하는 사람이었다) 니샤는 실력 좋은 이혼 변호사를 추천해 줄 수 있는지 물었다. "내 비서 때문에요." 니샤는 목소리를 낮췄다. "상황이 너무 안 좋아서 도와주고 싶네요. 참 착한 사람이라 지켜주고 싶어요."

"어머, 직원에게 참 친절하네요." 리오니가 말했다. "난 마리아 남편이 떠났을 때 마리아를 견딜 수가 없었어요. 그 여자는 너무 우울해했고 자꾸 벽장에 숨어서 울었죠. 솔직히, 해고할 뻔했다니까요. 온 집 안 분위기를 해치니까."

"뭐, 좋은 비서는 돌봐줄 가치가 있으니까요." 니샤는 켕기는 심정으로 마그다를 떠올리며 미소를 지었다. 번호를 받아 적은 후 가능한 한 빠르게 전화를 끊었다. 리오니의 음성에서 앤절린 머서가 지금 벌어지고 있는 일에 대해 언질을 줬다는 낌새는 없었지만, 리오니는 1인 방송국이나 다름없으니 빨리 움직여야 했다.

뉴욕의 저명한 이혼 변호사 솔 로언스타인이 전화를 받았다. 주말이었지만 니샤는 그가 전화를 받을 줄 알았다. 그의 목소리는 번지르르하고 매력적이었다. 이혼을 앞둔 성난 아내들의 이야기를 많이 들어본 사람답게 감미롭고 믿음직한 어조였다.

"그럼 어떻게 도와드릴까요, 캔터 부인?"

니샤는 상황을 최대한 노골적으로, 그러나 냉정하게 설명했다. 하지만 자신이 하는 말을 듣고 있자니 불현듯 눈이 따끔거렸고 분노와 억울함에 목이 메었다.

"천천히, 천천히 말씀하세요." 그의 부드러운 말조차 니샤를 화나게 했다. 칼이 자신을 그런 여자로 전락시켰다. 남편이 떠났다고, 이런저런 짓을 했다고 울부짖는 여자로.

"하지만 이럴 순 없어요." 니샤가 말을 맺었다. "아니, 이럴 순 없다고 생각해요. 우린 부부 사이였어요. 20년 가까이! 날 빈손으로 내쫓을 수는 없어요. 난 그 사람 아내니까요!"

그는 그들의 자산 규모를 물었고 니샤는 기억나는 대로 말했다. 뉴욕의 복층 아파트, 로스앤젤레스의 주택, 햄프턴스의 저택, 요트, 자동차 여러 대, 전용기, 상가 건물 여러 채. 그의 사업체 가치도, 그가 하는 일도 정확히 알지 못했지만 아는 대로 설명했다.

솔 로언스타인은 잠시 후에 이 모든 것이 작은 불편에 불과하다는 듯, 확신에 차서 말했다. 그런 재판의 수수료라면 아무리 과묵한 사람도 입이 열릴 터였다.

"그렇군요. 음, 당장 처하신 상황에 도움을 드리기 위해 우선 공동명의 계좌 접근을 요구해야 합니다. 캔터 부인, 다행히 런던의 이혼법은 세계에서 가장 공정합니다. 절반은 아니더라도, 지난 18년간의 부군 수입 중 상당 부분을 얻게 되실 겁니다."

니샤는 손으로 얼굴을 감싸 쥐었다. "로언스타인 씨 말씀을 들으니 정말 마음이 놓이네요. 스트레스를 얼마나 받았는지 몰라요."

"확실합니다. 그리고 이 불운한 사건을 해결하는 동안 계실 곳을 장만해야죠. 자, 영국에 부동산이 있으십니까?"

"있었어요." 니샤가 말했다. "그런데 그 사람이 팔아버린 모양이에요."

"아. 안됐군요. 보통 판사들은 여성을 가정에서 쫓아내기를 꺼리는데 말입니다." 그가 말하면서 메모하는 소리 뒤로 뉴욕의 무례한 사이렌이 울렸다. 그 소리에 이상하게 집이 그리워졌다.

"그럼, 부군의 경호원이 드렸다는 이혼 서류 말입니다. 첫 페이지를 읽어주실 수 있습니까?"

니샤는 변호사가 내용을 파악하는 동안 꿈꾸는 심정으로 앉아 있었다. 그리고 상황이 정리되면 무엇을 할지 생각했다. 레이를 데려와야 했다. 아이를 런던에서 잠시 지내게 할 수도 있었다. 이혼 소식이 전해지면 갑자기 전화를 걸 구실을 찾아내 뒷이야기를 주고받을 구경꾼만 가득한 미국으로 돌아갈 마음은 없었다. 그렇다. 니샤는 레이와 앞으로의 일을 계획하며 런던에서 지낼 생각이었다.

"캔터 부인?"

니샤는 정신을 차렸다.

"이것이 받으신 서류입니까?"

"네." 니샤가 말했다. "다른 이혼 서류는 없어요."

그가 탄식했다. "이건 미국 이혼 서류 같습니다. 미국에서 작성해 온 모양이군요. 미국의 이혼법은 상당히 다릅니다."

"무슨 말씀이시죠?"

"은행 계좌 접근을 요구하기 어려울 겁니다. 1984년 이혼법 3조를 적용하기에는 부인께서 영국과 관련이 충분치 않아 보입니다. 영미간 이혼 판결 집행은 까다롭기로 악명 높죠. 법정 명령을 시도해 볼 수 있지만, 부군이 미국으로 가버리시면 집행할 수 없습니다.

법률 서신을 보낼 순 있지만…….."

"칼은 평생 법률 서신에 신경 쓰지 않았어요. 잘 모르실 거예요, 로언스타인 씨. 칼은 법이 자기한테는 적용되지 않는다고 생각해요. 20년간 옆에서 지켜봤는데, 그 사람은 항상 자기 하고 싶은 대로 하면서 살아요. 마치…… 과시하듯이. 지는 꼴은 절대 보이지 않아요."

솔 로언스타인이 한숨을 푹 쉬었다. "그렇다면 전망이 좋지 않습니다. 고액 자산을 보유한 의뢰인이 많은데, 보통 이렇게 진행됩니다. 남편(유감스럽게도 주로 남편이니까요) 자산을 전부 케이맨 제도나 리히텐슈타인의 역외거래로 처분하면, 부인은 공식적으로 존재하지 않는 재산 절반에 대한 권리를 주장하게 됩니다. 그러느라 남편을 찾아 전 세계를 돌아다녀야 하고요. 그리고 또 문제가 있는데…….."

"그게 뭐죠?" 니샤는 현기증을 느끼며 물었다. "다른 문제가?"

"음, 돈이 없으면, 제게 수임료를 지불할 수 없다는 겁니다."

니샤가 얼어붙었다. "전 돈이 많아요. 돈은 지불할 거예요."

"이런 수준의 재판은 상당한 현금 수임료를 받아야 시작할 수 있습니다."

"하지만 지금은 아무것도 없는걸요. 그 사람이 전부 막아버렸어요. 말씀드렸잖아요."

"정말 유감입니다, 캔터 부인. 수임료 없이는 할 수 있는 게 없습니다. 그 점을 해결할 수 있으시면 기꺼이 맡아드리겠습니다. 그 이상은 지금으로선 할 수 있는 게 없습니다. 제값을 하는 변호사라면 모두 마찬가지일 겁니다."

니샤는 말문이 막혔다. 한순간, 울음이 터질 것 같아서 두려웠다.

로언스타인이 잠시 기다렸다가 침묵을 깼다.

"부인의 소득 수준을 가진 분들 사이에서는 이런 수법이 드문 경우도 아닙니다, 캔터 부인. 남편은 부인을 철저하게 괴롭혀 뭐든 합의하게 만들려 하죠. 이 경우도 그런 듯합니다. 불가피한 경우 경찰을 찾아가실 수 있습니다. 미국 대사관이라든가."

"경찰은 개입시키고 싶지 않아요!" 니샤가 얼굴을 감싸 쥐었다. "이해가 안 되네요." 그리고 낮게 중얼거렸다. "왜 이러는지 이해가 안 돼요."

로언스타인이 한숨을 쉬더니 나직이 말했다. "제 경험으론, 비서를 살펴보는 게 좋습니다."

"비서요?" 니샤는 오싹한 기분이 되었다. "하지만……."

"젊고 예쁩니까?"

반짝이는 피부에 완벽하게 빗어 넘긴 머리를 하나로 묶은 샬럿이 떠올랐다. 니샤가 사무실로 들어갈 때마다 짓는 건조한 미소도.

"비서는 남편의 모든 필요 사항과 욕구, 움직임을 다 압니다. 돈이 어디로 흘러가는지도 알죠. 캔터 부인, 이런 말씀을 드리게 되어 무척 죄송하지만, 대다수의 경우 해답은 거기에 있습니다. 부디 문제를 해결하시길 바랍니다. 제가 언제든지 도와드리겠습니다."

"수임료를 구하면 말이죠." 니샤가 말했다.

"수임료를 구하시면 말입니다."

시간당 800달러를 청구하지만 이 통화로는 돈을 한 푼도 받지 못하는 사람이라면 으레 그렇게 하듯이, 그는 전화를 불쑥 끊었다. 합성섬유 침대 시트 위에 앉은 니샤는 적막 속에서 한숨을 푹 쉬었다.

9

샘은 가라앉지 않는 두통을 달고 오후 3시 30분에 귀가했다. 개
는 방광 비우기가 간절한 듯 고통스러운 표정으로 눈을 부릅뜨고
달려 나왔다. 외투를 벗지 않고 케빈에게 목줄을 채우던 샘은 거실
TV 소리에 짜증이 솟구쳤다. 일어나서 15분간 개 산책을 시키는
게 정말 그렇게 힘들까? 그럴까? 그것 말고 다른 집안일은 하나도
돕지 않는 걸 다 아는데.

"케빈 산책시켰어?" 샘은 답을 알지만 조심스레 물었다.

"아." 필은 개에게 그런 것이 필요하다는 사실이 놀랍다는 듯, 샘
을 돌아보며 말했다. "아니."

샘은 잠시 기다렸다.

"앤드리아는 어때?" 필이 물었다.

"나아지고 있어. 제발 그래야지."

앤드리아의 고통에 자신이 더욱 괴롭다는 듯, 필은 땅이 꺼져라
한숨을 쉬었다. 그리고 샘에게 힘없이 웃어 보이고는 TV로 시선을
돌렸다. 그 미소를 보면 샘은 서글프기도 했다. 하지만 그날은 소리

를 지르고 싶었다.

"내가 케빈 데리고 나갈게." 필의 시선이 TV로 돌아가자 샘이 말했다.

"그래." 필은 그게 당연하다는 듯 말했다. "당신은 코트도 입고 있네."

샘은 귓전에 낮게 울리는 분노를 느끼며 집을 나섰다. '네 남편을 그렇게 오래 혼자 두면 안 돼.' 샘의 어머니가 말했었다. '그러니까, 남자가 가장 노릇을 못 하면 힘들거든. 자기가 불쌍하다고 여길 수밖에 없어.'

'그 나이대의 남자는 굉장히 연약합니다.' 그들의 지역 보건의가 말했다. '남녀 중 여성이 훨씬 더 강하죠.' 보건의는 샘이 그 말을 칭찬으로 여길 거라고 생각하는 것 같았다.

'엄마, 요새 좀 우울하지.' 딸이 말했다. '호르몬제 같은 거라도 먹어야 하지 않을까?'

'아니. 난 더 강하지 않아. 우울하지도 않아.' 샘은 그들에게 외치고 싶었다. '그냥 지친 것뿐이라고. 하지만 나도 다 포기하고 하루 종일 소파에 드러누워 지내면 이놈의 삶이 다 무너져 내릴 테니까.'

샘은 이웃집 앞에서 어정거리며 그 집 쥐똥나무 밑을 자꾸 킁킁대는 케빈을 꾸짖었다. 하지만 그 무엇도 가엾은 케빈의 잘못은 아닌데 싶어 마음이 안 좋아졌다. 쪼그리고 앉아 녀석의 퉁퉁한 목덜미를 쓰다듬으며 속삭였다. "미안, 정말 미안해." 고개를 들고 보니 72번지에 사는 제드가 저 여자가 드디어 미쳤구나 하는 표정으로 샘을 바라보고 있었다.

*

집에 들어가고 싶지 않았던 샘은 운하까지 걸어갔다. 팔짱을 끼고 걷는 커플을 무시했고 자전거로 길을 막는 사람들을 향해 얼굴을 찡그렸다. 캣은 그날 오후에 일을 했다. 카페, 배달, 서빙 등 여러 가지 아르바이트를 하는 모양이었다("엄마, 임시직 선호 경제에 잘 맞잖아. 하나의 일자리에만 의존하지 않아도 된다고"). 집으로 가면 샘은 답답하고 기운 빠지는 거실에서 필과 함께 앉아 있거나 모두가 샘의 책임이라고 생각하는 148가지 집안일 중 하나를 시작해야 했다. 그러면 몇 분 안에 분노를 누르지 못하고 폭발할 것 같았다. 그리고 우울증은 누구 탓도 아니니 샘 자신을 미워하게 될 것 같았다. 샘은 우울증에 걸린 적이 없어서 아무것도 하기 싫은 마음을 이해하지 못하는 것이라고 자신을 설득했다. 아니, 모든 의욕을 상실했달까. 어쨌든 케빈을 산책시키면 뭐라도 하는 느낌이 들고, 그날의 걸음 수도 늘어났다.

샘은 철학 선생님의 질문을 떠올렸다. '매일 내리는 결정 중 정말로 하고 싶어서 하는 건 몇 가지나 되나요? 또 그걸 안 하면 일어나는 결과를 피하기 위해서 하는 일은 몇 가지인가요?' 그즈음 샘이 하는 행동은 전부 어떠한 결과를 막기 위한 거였다. 걷지 않으면 뚱뚱해졌다. 개를 산책시키지 않으면 복도에 오줌을 쌌다. 샘은 매일 매 순간 유용한 행동을 하도록 훈련되어서, 잠재의식 속에서 계산하지 않고 하는 일은 없는 것 같았다.

남자들도 더 나아지는 사람, 생산적이고 쓸모 있는 사람이 되어야 한다는 내면의 목소리를 끊임없이 듣고 있을까? 필은 행복하던 시절에도 욕실 벽에서 덜렁거리는 수건걸이나 세탁기에 들어 있는 양말 더미, 바닥에 떨어진 음식 부스러기, 온 가족이 식중독으로 죽기 전에 닦아야 하는 냉장고에 신경 쓰지 않았다.

샘은 멍하니 조엘은 뭘 할지 생각했다. 그가 스스로 새 화장지를 꺼내 걸면서 명랑한 표정으로 '당신을 위해 화장지를 끼웠어, 여보'라며 생색을 내지 않는 모습을 떠올렸다. 환상 속의 남자처럼. 그 전날 그와 춤춘 것이, 허리에 닿은 그의 뜨거운 손이 기억난 샘은 얼굴을 붉혔다. '조엘은 샘에게 다정해.' 마리나가 말했고, 샘은 그가 해준 상냥한 말을 머릿속으로 세다가 정신을 차렸다.

샘은 빠르게 달려오는 자전거 앞에서 케빈을 낚아챘다. 남자는 벨을 울리며 휙 지나가면서 욕을 내뱉었다(그에게 소리치고 싶었지만 자전거 탄 사람이 항의하던 여자를 수로에 밀어 빠뜨렸다는 기사를 읽었던 터라 가만히 있었다). 그리고 고급 스포츠센터에 가방을 돌려주지 않았다는 사실을 깨닫고 화들짝 놀랐다. 주인이 명품 옷을 분실했다고 경찰에 신고했을까? 샘은 남은 하루 동안 해야 할 일을 떠올렸다. 아버지의 처방약을 받아 부모님 집에 가지고 가서 그들이 얼굴도 못 본다고 불평하지 않도록 차를 한잔하고, 위층 계단참에 쌓인 빨래를 처리한 뒤, 냉동실 문이 안 닫히니 성에를 녹이고, 일주일 내내 옆으로 밀어둔 청구서를 살펴봐야 했다. 시간을 확인했다. 가방은 월요일 출근 전에 가져가기로 했다. 이미 꽉 찬 하루 일정에 또 한 가지 일거리가 추가됐다.

문득 앤드리아가 떠올랐다. 몇 달째 심연을 들여다보는 것 말고는 온종일 아무 일도 없는 친구가. 그러자 샘은 불평을 하는 것에 죄책감을 느꼈다.

휴가가 필요했다. 이렇게 생각하자마자 캠핑카가 기억났다. 샘은 고개를 푹 숙인 채 집으로 터덜터덜 걸어갔다.

캠핑카. 샘은 그 차를 볼 때마다 자기도 모르게 한숨을 내쉬며 옆에 그려진 커다란 해바라기를 노려봤다. 2년 전 필이 직장 친구(아직 직장이 있던 시절이다)에게서 그 캠핑카를 사서는 함께 여행을 갈 생각에 들떠서 돌아왔다. "조금만 보살펴 주면 돼. 칠을 다시 하고 범퍼를 갈고 실내를 수리할 거야. 엔진 상태는 좋아. 이런 건 지붕을 잘 살펴야 해. 물이 새는지." 필은 열 살 때 텐비에서 일주일간 가족 여행을 한 것 말고도 캠핑카 경험이 더 많이 있는 사람처럼 덧붙였다.

샘은 처음에는 소리 없이 분노했지만(어떻게 자신에게 상의도 없이 저축에서 3000파운드를 써버릴 수 있는지?) 그의 남해안 휴가 계획에 차츰 설득당했다. "유럽 대륙으로 넘어갈 수도 있어. 그럼 좋겠지, 새미? 남프랑스에서 일광욕도 하고. 별을 보면서 자는 거 어때?" 필은 샘을 끌어안으며 귓가에 속삭였다. 샘은 모기에 물리고 구덩이에 쪼그리고 앉는 캠핑장 변기를 써야 하는 남프랑스에서의 휴가에 헛웃음을 터뜨리기도 했다. 그들은 모험에 익숙했다. 화장실에 다녀오면 신발 끈을 빨아야 하는 모험조차도.

필은 엔진을 수리하고 자동차 안전 검사를 통과시킨 뒤 뒤쪽 범퍼를 제거하고 인터넷 옥션에서 교체할 범퍼를 찾을 생각이었다. 그때 그의 아버지가 암 진단을 받았다. 필은 직장 일과 부모님 돌보기 말고는 다른 일을 할 시간이 없어졌다. 방사선 치료와 억누른 감정이 뒤섞인 지독한 3개월이 지나자 필은 정리해고를 당했고 캠핑카는 잊혔다.

"오늘 오후에 캠핑카 좀 손보면 어때?" 몇 주에 한 번씩 샘은 그렇게 제안했다. 실질적인 문제 해결과 신선한 공기가 그를 되돌려주기를 바랐다. 그는 처음에는 물론이라고, 여유가 생기면 하겠다고 고개를 끄덕였다. 하지만 시간이 지나면서 샘이 그 이야기를 꺼내면 필은 겁에 질린 표정을 지었다. 샘은 그 말을 안 하는 게 마음 편했다. 그래서 내부구조 4분의 3을 제거하고 범퍼를 떼어낸 캠핑카는 집 앞에서 녹슬어 갔고, 세금고지서는 꼬박꼬박 날아왔다. 그 차의 몸집을 보면 샘은 휴가와 더 나은 삶, 여행을 꿈꾼 것이 후회됐다.

케빈은 샘의 기분만큼 푹 꺼진 뒤쪽 타이어를 킁킁거리더니 갑자기 다리를 들고 오줌을 갈겼다. 샘은 불쑥 케빈처럼 하고 싶었다. 바지를 내리고 바퀴 쪽으로 다리를 들고서 그 물건에게 느끼는 혐오감을 과감히 표현하고 싶었다. 경악한 이웃들이 창문으로 내다보며 수군대는 모습을 떠올리면서 샘은 쪼그리고 앉아 미소를 지었다. 그리고 케빈에게 잘했다고, 아주 잘했다고 칭찬했다. 안으로 들어가던 샘은 그날 처음 웃은 것을 깨달았다.

"펩은 어땠어?" 필이 소파에서 일어나 앉았다. 케빈은 방광이 늘어나 괴로웠던 것을 싹 잊고 45분 만에 보는 남자에게 반가워서 달려들었다. 필은 개의 귀를 쓰다듬었다.

"펍? 아. 좋았지. 좋았어."

필은 잠시 샘을 보더니 슬픈 자의식을 얼굴에 떠올렸다. "못 가서 미안해. 그냥…… 너무 피곤해서……." 그의 목소리가 잦아들었다.

"알아."

"ㅁ 안해." 필은 가만히 고개를 숙였다. 그 모습을 본 샘은 할 일을 제쳐두고 그의 옆에 앉았다. 손을 잡고 잠시 필의 어깨에 머리를 기댔다.

10

    니샤는 그 지독한 구두를 신고 화이트호스 펍 두 곳을 더 찾아서 불결한 런던 거리를 걸어갔다. 두 곳 모두 도둑맞은 구두에 대해서는 모른다고 했다. CCTV를 달아놓은 한 곳은 녹화 내용을 재생하는 법을 아는 직원이 아무도 없었다. "매니저가 있을 때 다시 와보세요." 여자는 매니저가 자기보다도 관심 없을 거라는 말투로 어깨를 으쓱였다. 칼이 한 짓에 생각이 엉키고 굳어버린 데다가 분노와 자기 몫을 되찾겠다는 결심이 점점 강해지면서 니샤는 이틀 동안 잠을 거의 못 잤다.

    6시 30분에 문을 여는 아침 뷔페에 젖은 머리를 하나로 묶고 간 니샤는 커피 두 잔을 빠르게 들이켜며 꼬르륵거리는 위장을 무시했다.

    드디어 벤틀리 호텔이 보이자 니샤는 걷는 속도를 늦췄다. 실크 해트를 쓴 도어맨이 택시에서 짐을 내리며 지친 얼굴을 한 여행객에게 인사하는 모습을 보며 니샤는 프레데릭이 자신을 출입시키지 말라고 지시했는지 궁금했다. 어차피 상관없었다. 그를 바로 지나쳐 들어가 로비에 앉아서 꼼짝하지 않을 생각이었다.

니샤는 지독한 재킷의 매무새를 고치고 시계를 봤다. 7시 37분. 칼이 정장을 차려입고 책상에 앉아 신문 경제면을 확인하며 커피를 기다릴 시각이었다. 설탕 두 스푼을 넣은 블랙으로. 그 커피를 누가 대령할까? 느닷없이 의문이 들었다. 샬럿일까? 니샤가 가장 아끼는 검정 실크 가운을 걸치고? 탱탱하고 젊은, 표리부동한 얼굴에 성교 후의 만족감을 드러내는 미소를 장착하고서? 니샤는 멈춰 서서 이를 악물고 그에게 할 말을 복습했다. '칼, 이혼은 해. 내 몫만 원할 뿐이야. 당신이 내게 줘야 할 것만 받겠어.' 당당하게, 위엄 있게 말할 생각이었다. 아니면 그냥 불알을 걷어차든가.

니샤는 심호흡을 하고 문 쪽으로 두 발자국 걸어갔다. 그때 도어맨 옆에 서서 이어폰을 낀 채 입술도 거의 움직이지 않으며 부하 한 사람과 신중하게 대화하고 있는 아리를 발견했다. 목덜미를 단 한 번 빠르게 가격해 사내를 쓰러뜨리던 아리. 그가 의미하는 바는 하나뿐이었다. 그들은 니샤가 다시 찾아오리란 것을 예상하고 있었다. 그에게 들키기 전에 니샤는 재빨리 호텔 옆 골목길로 피했다. 호텔 옆문 앞에서 주방 직원 둘이 계단에 앉아 담배를 피우며 커피를 마시고 있었다. 니샤는 그들 가까이 서서 담배에 불을 붙였다. 도로 쪽을 등지고 서서, 지린내와 상한 음식 냄새를 들이쉬지 않으려고 애쓰면서.

도어맨이라면 몰라도 아리는 통과할 수 없었다. 지난 10년간 자신을 지키는 일로 보수를 받은 사람에게 쫓겨나는 일은 어쩐지 더 굴욕적이었다. 한 남자가 담배를 급하게 피우면서 호기심 어린 눈으로 흘끔거리다가 대화를 이어갔다. 니샤는 어떻게 할까 궁리했다. 방수 파카를 입은 여자가 고개를 숙이고 지나가더니 그들 사이에 난 문으로 들어갔다. 그리고 외국어로 열심히 통화하는 여자도 들어갔다. 머리를 땋고 롱패딩을 입은 세 번째 여자가 니샤 앞에 섰다. "들어가려고 기다리나요?"

니샤가 고개를 들었다.

"담배 냄새 풍기면서 들어가면 안 돼요. 프레데릭이 싫어하니까. 여기요." 여자가 핸드백에서 스프레이를 꺼내더니 니샤가 싫다고 하기도 전에 싸구려 머스크 향을 뿌려댔다. 니샤는 화학약품 냄새에 눈을 질끈 감고 콜록거렸다. 스프레이를 가방에 넣은 여자가 말했다. "자, 신입이에요? 날 따라와요."

아리가 골목 끝에 나타났다. 반대편을 보고 선 채였다. 니샤는 순간적으로 여자를 따라 호텔 뒷문으로 들어갔다. 좁은 통로를 따라서 급히 움직이는 웨이터와 세탁물이 담긴 이동식 카트를 미는 사람을 지나쳤다. 세균 덩어리 시트 더미에 닿고 싶지 않아서 카트가 지나가도록 벽에 딱 붙었다.

"여긴 처음이에요?"

니샤는 등 뒤를 확인하며 고개를 끄덕였다.

"서류 가져왔어요?"

"서류요?"

"국가 보험 번호는요?"

니샤가 고개를 저었다.

"괜찮아요. 새 여권을 기다린다고 해요. 별로 캐묻지 않으니까.

안 그러면 이깟 돈을 주고 사람을 어떻게 쓰겠어요?" 그 여자는 재미있다는 듯 건조하게 웃었다. "이름이 뭐죠?"

"니샤요."

"난 재스민이에요. 그렇게 걱정스러운 표정 짓지 말아요! 잡아먹지 않으니까! 자. 필요한 물건을 먼저 줄게요. 그리고 샌드라에게 같이 가요. 당번표 담당이니까."

사물함이 가득한 방이었다. 음식물과 고되게 일한 몸이 남긴 냄새로 공기가 텁텁했다. "어이! 지우베르투! 쓰레기는 내다 버려야지! 내가 너희들 뒤치다꺼리하고 돈 받는 줄 알아?"

키가 작고 강단 있는 몸에 니코틴으로 피부가 누레진 남자가 슬그머니 들어오더니 비린내를 강하게 풍기는 폴리스티렌 상자를 집어 들었다. "목요일까지 두 탕을 뛰래요. 재스민, 이러다간 정말 쓰러질 거라고요."

재스민은 으르렁거리는 듯한 소리를 냈고 지우베르투는 나갔다. "직원이 부족해요." 재스민이 사물함을 열고 가방을 넣으며 말했다. "아주 난리였어요. 브렉시트 이후로 호텔에서 직원이 40퍼센트나 나갔어요. 40퍼센트나! 어디서 왔어요?"

"뉴욕이요."

"뉴욕! 미국인은 드문데. 돈 내는 미국인만 오지. 자, 사이즈 몇이에요? 8? 10? 참 말랐네요." 재스민은 유니폼 더미를 뒤져 검은 상의와 바지를 꺼냈다. "자기 옷을 입어도 되지만, 여기서 주는 유니폼을 입는 게 나아요. 어떤 날은 오물이 잔뜩 묻은 걸 벗어 던지고 다시 내 옷을 입는 게 그렇게 고마울 수가 없거든요. 그런 쓰레기를 붙이고 집에 가고 싶지는 않죠."

개어놓은 옷가지를 들고 선 재스민은 원피스를 아무렇지도 않게 벗더니 검은 바지와 상의를 입었다. 그녀는 문 뒤쪽 작은 거울로 자기 모습을 확인하고는 니샤를 돌아봤다.

"어서요! 어물쩍거릴 시간 없어요! 15분 전까지는 올라가야 아침이 남아 있을 거라고요."

니샤는 뭐가 뭔지 알 수 없었다. 하지만 당분간은 재스민 곁에 있는 것도 괜찮을 것 같았다. 니샤는 옷을 입고(다행히 세탁한 냄새가 났다) 빈 사물함에 소지품을 넣은 다음 재스민을 따라 복도로 나갔다.

니샤는 시장하지 않았지만 지난 며칠간 음식이 있을 때 먹어둬야 한다는 걸 배운 뒤라서 재스민을 따라 주방을 지나갔다. 재스민이 나이 어린 동료들과 인사를 나눴다. "어떻게 됐어, 나이절? 어머니는 퇴원하셨니? 다행이다…… 카티아! 네가 말한 거 봤어! 죽는 줄 알았어! 왜 나한테 무서운 영화를 보라는 거니? 난 지켜줄 남자도 없잖아!" 재스민은 편안하게 웃었고 세상이 자기 것인 양 문을 지나 걸어갔다. 니샤는 어지러웠다. 들어가는 곳마다 아리가 길을 가로막을 것 같았다. 하지만 피로에 찌든 얼굴로 자기 일에 집중하는 사람들이 빠르게 지나쳐 갈 뿐이었다.

"자, 뭘 좋아해요? 이게 일찍 오면 좋은 점이지. 미넷의 페이스트리가 있잖아. 아이고, 여기서 일하기 전까진 45킬로그램밖에 안 나갔는데." 재스민은 니샤에게 접시를 건네더니 건포도 빵, 초콜릿 빵, 크루아상이 놓인 커다란 쟁반을 가리켰다. 니샤는 건포도 빵을 하나 집어서 베어 문 순간 깨달았다. 사흘간 먹은 음식 중 최고였다. 가볍고 촉촉하고 섬세한 버터 향이 느껴지는 진정한 프랑스 빵. 오븐에서 갓 꺼내 따뜻했다. 며칠 만에 머리에서 현기증이 사라졌고 쾌감이 몰려왔다.

"맛있죠?" 재스민은 두 개를 집어 들더니 눈을 감고서 음미했다. "5시 30분부터 정신없이 하루를 시작해요. 딸을 깨워 옷을 입히고 학교 가는 날이면 도시락을 싸고 페컴의 엄마 집에 데려다준 뒤에 버스를 두 번 더 타고 여기까지 오는데, 이 빵을 생각하면 힘이 나요."

"아, 맛있네요." 니샤는 빵을 오물거리며 말했다.

"미넷은 천재라니까. 알렉스만큼 잘한다니까요!" 불이 활활 타오르는 스토브 앞에 선 하얀 요리사 복장을 한 호리호리한 남자가 재스민을 향해 고개를 돌리더니 끄덕였다. "다 먹었어요?"

니샤도 고개를 끄덕였다.

"좋아요. 갑시다." 종이 냅킨으로 입을 닦은 재스민은 주방 반대편 문으로 가다가 걸음을 멈췄다. 니샤에게 "머리를 좀 매만져요"라고 하더니 미처 말리기도 전에 손을 뻗어 묶은 머리를 정리해 줬다. 재스민은 문을 밀고 나간 뒤 복도를 빠르게 걸어가 왼쪽으로 돌아서서 작은 사무실 안에 들어갔다.

"오늘부터 일하게 된 니샤예요. 서류는 우편으로 올 거예요."

"아, 다행이다." 당번표에 이름을 적어 넣던 붉은 머리 여자가 고개도 들지 않고 말했다. "오늘 병가가 네 명이야. 트레이닝이 필요해요?"

"트레이닝 필요해요?" 재스민이 니샤에게 물었다.

"그…… 렇겠죠?" 니샤가 말했다.

"할 수 없군." 붉은 머리가 말했다. "좋아요, 재스민이 요령을 알려줘요. 두 가지 일을 하는 동안 내가 재스민이 맡은 객실로 올라갈게요. 2시까지 객실 열여섯 개를 치워야 하고, 얼리 체크인이 두 개 있어요. 목록은 여기. 이름이 뭐랬죠?"

니샤가 머뭇거리다가 말했다. "어니타요."

"좋아요, 어니타. 12시에 배지 받으러 다시 와요. 아픈 데나 다친 데, 알레르기는 없어요? 돌아와서 이 서류를 작성해요. 지금은 시간이 없으니까."

"니샤라고 하지 않았어요?"

두 사람이 니샤를 봤다.

니샤는 문득 줄리애나가 떠올랐다. 그래서 침을 꿀꺽 삼켰다. "내 생각엔…… 어니타가 손님들이 발음하기 쉬울 것 같아서요."

붉은 머리가 어깨를 으쓱였다. "그럼 어니타로 해요. 자, 가서 짐 챙겨요, 재스민. 표백제가 정말 부족해요. 미안해요. 오늘은 가능한 곳은 힘으로 닦아요. 침구에 쓰려면 표백제를 아껴야 해요."

"힘으로 하라니. 사람 힘은 떨어질 리 없는 줄 알지." 재스민이 중얼거렸다. 그들은 창고로 향했다.

10분 뒤에 니샤는 재스민을 따라 객실 청소용 이동 카트를 밀며 3층의 카펫 깔린 복도를 지나고 있었다. 보는 손님마다 자기 정체를 알아볼까 봐 어쩔 줄 몰라 하던 니샤는 손님들이 지나칠 때마다 눈에 띄지 않으려고 고개를 숙였다.

"왜 그래요?" 세 번째 손님이 지나갈 때 재스민이 돌아봤다.

"네?"

"손님에겐 항상 인사를 해야죠. 회사 정책이에요. 손님이 벤틀리 가문의 일원인 것처럼 행동해야 해요. 6층과 7층에선 손님 이름도 불러야 하고요."

니샤와 칼은 7층 스위트룸을 썼다. 직원들이 자기 이름을 아는 것에 너무 익숙해서 그 인사가 정책이라는 생각은 해본 적 없었다. 니샤는 다음 손님, 독일인 부부를 지나치며 "안녕하세요"라고 중얼거렸다. 그들은 형식적인 인사를 건네더니 승강기로 걸어갔다.

재스민은 이동 카트를 339호실 앞에 세우고 두 번 노크하더니 응답을 기다리며 파일을 훑었다. "하우스키핑입니다!"

아무도 대답하지 않자, 재스민은 카드 키를 이용해 문을 열고 니샤가 들어올 때까지 기다렸다. 스위트룸의 10분의 1 정도 크기의 객실이었다. 흐트러진 침대가 가운데에 있었는데, 시트는 침대 위에 놓인 아침 식사 쟁반에서 떨어진 가루와 남은 음식으로 엉망이었다. TV에서 뉴스가 흘러나왔다. 빈 와인병과 잔 두 개가 옆에 있었다.

재스민이 잰걸음으로 들어가서 TV를 껐다. "자. 욕실부터 시작해요. 나는 침대 시트를 벗길 테니. 보통 객실 한 곳을 20분 동안 치워야 해요. 안 그러면 늦어요. 그리고 오늘 아침에는 추가로 할 일이 있으니까 서둘러야 해요."

그때까지 니샤는 실제로 뭔가 하게 될 줄 몰랐다. 그저 유니폼을 입고 건물 안으로 사라져 스위트룸으로 갈 방법을 찾을 거라고 어렴풋이 생각했던 것이다.

하지만 재스민이 파란 걸레를 들고서 빤히 보고 있었다. "어려울 것 없어요. 자기 집 욕실처럼 치우면 돼요. 다만 더 깨끗이!" 재스민이 소리 내어 웃더니 라텍스 장갑을 끼고는 무슨 세균이 있는지 아는 것처럼 재빨리 침대 커버를 벗겼다.

니샤는 욕실에 서서 얼어붙었다. 세면대에는 정체불명의 짧은 털이 있었고 변기 뚜껑에는 물기가 있었으며 바닥에는 젖은 수건이 있었다. 수건 하나에는 옅은 갈색 자국이 나 있었다. 니샤는 그것이 화장품 자국이기를 간절히 바랐다. 바로 나가버리고 싶었지만, 당분간 그 호텔에 있으려면 이 방법 뿐이었다. 니샤는 심호흡을 두 번하고 장갑을 낀 뒤 세면대를 닦기 시작했다. 세면대에 눈길을 주지 않으려고 노력하면서.

반쯤 하고 있는데 재스민이 들어왔다. "이제 교체를 해야지! 화장지 교체해 봤어요? 화장지를 끼우고 가장자리를 접어요. 쓰던 화장지는 카트에 다시 올리고. 자, 병은 내가 하죠."

재스민이 샴푸와 바디로션이 남은 병을 전부 쓰레기봉투에 넣더니 복도로 사라졌다. 그 순간 니샤가 변기를 마주했다. 변기 시트에는 노란 얼룩이 말라붙어 있었고 안에는 또렷한 갈색 자국이 남아 있었다. 남은 아침 식사가 불길하게 솟구치는 것이 느껴졌다. '아, 세상에, 이럴 수는 없어.'

"어서 끝내요!" 옆방에서 재스민 목소리가 들렸다. "7분 남았어요." 니샤는 변기 솔을 잡고 시선을 돌린 채로 변기 안을 대충 문지르기 시작했다. 자기도 모르게 헛구역질을 두 번 했다. 울지 않으려고 손을 멈춰야 했다. 잠시 변기 속을 들여다봤는데 갈색 얼룩이 아직 있었다. 니샤는 변기 솔을 거기 대고 밀다가, 물이 위로 튀자 비명을 지르고 말았다. '당신을 죽이고 말 거야, 칼.' 니샤가 소리 없이 말했다. '돈이랑 멍청한 비서 일은 용서할 수 있어도, 이건 절대, 절대로 용서 못 해.'

변기 시트를 올리고 닦는 동안 니샤는 또 헛구역질을 했다. 일손을 멈추고 얼굴을 닦았다. 눈물이 줄줄 흘렀다. 그 순간만큼 인류가 증오스러웠던 적은 없었다. 니샤가 그렇게 말했다면 그건 보통 일이 아니란 뜻이었다.

고속버스에서 내린 열아홉 살의 어니타는 항만공사 버스터미널 주위의 고층빌딩을 둘러보며 잠이 덜 깬 눈을 깜빡였다. 처음 찾아간 42번가 근처의 좁고 낡은 3성급 호텔에 일자리가 있었다. 10주간 호텔 청소 일을 한 어니타는 부유한 가정의 가사도우미 일자리를 구할 수 있었다. 끝을 알 수 없는 10주 동안 어니타는 구역질 나는 욕실과 청소 중인데도 방에 앉아 흘끔거리는 남자 투숙객, 빈대가 득실거리고 얼룩진 침구와 바닥에 쏟아진 음식물과 독한 화학약품을 겪어냈다. 그리고 그 가정에서 18개월을 지낸 그녀는 그 가족의 친구가 경영하는 소호 갤러리의 안내 데스크에서 일하게 됐다. 검은 스웨터와 바지를 입고서 첫 고객에게 인사하는 순간 어니타는 니샤가 됐다. 그리고 청소 일로는 다시 돌아가지 않기로 맹세했다.

그다음 두 시간 동안 그들은 객실 열한 개의 청소를 마쳤다. 매트리스를 들어 올려 침구를 정리하고 가구를 돌려놓고(투숙객이 테이블과 암체어를 옮기는 이유는 뭘까?) 청소기를 돌리는 일은 중노동이었다. 한쪽에는 사용한 콘돔이, 한쪽에는 핏자국이 난 시트가 있었다. 니샤는 두 번 모두 헛구역질을 했다. 눈에서는 눈물이 끊이지 않고 흘렀다. "인간은 짐승이야." 재스민은 매트리스에서 시트를 벗기며 중얼거렸다. "체크인을 하는 순간 야만인으로 돌변한다니까." 그녀는 새 매트리스 덮개를 구하러 가면서 헛기침을 했다.

재스민이 곁에서 잡담도 하고 가끔 콧노래도 부르는 사이, 니샤는 끝까지 해내자고 되뇌었다. 곧 끝날 거라고. 칼에게 어떻게 복수할지 여러 가지로 생각했다. 빠르고 자비롭게 죽이는 방법은 쓰고 싶지 않았다. 11시, 휴식 시간이 되자 모두 작은 탈의실에 모였다. 짙은 화장을 한 안내 직원 티퍼니와 벨보이가 작은 나무 의자에 앉아 전자담배를 피웠다. 만나는 사람 거의 모두가 밖에서 담배를 피우거나 전자담배를 뻐끔거렸다. 니샤는 벨보이에게서 담배를 받으며, 시큼한 담배 연기가 더 지독한 인간의 냄새를 잠시 잊게 해주는 것에 감사했다.

"괜찮아요, 니샤? 말이 없네." 재스민이 찻잔에 차를 더 채워 건네며 말했다. "잘하고 있어요. 속도는 좀 더 내야겠지만, 아주 잘하네." 니샤가 고개를 들었다. "그 손톱은 오래 못 갈 거예요. 2005년쯤에 매니큐어 바르길 그만뒀어요. 이런 일을 견디려면 철판을 붙여야 할걸."

니샤는 손톱을 내려다봤다. 라텍스 장갑을 꼈지만 끝없이 닦고 문지르는 바람에 아름다운 진홍색 끝이 벗겨져 있었다. 살갗에 땀이 말라붙는 것이 느껴졌다. 하루만 이러고 나면 스위트룸에 들어갈 방법을 찾을 테니 다시는 여기 안 올 거라고 생각했다.

그사이 주위에서 사람들 이야기가 들려왔다. 밝고 주장이 강한 재스민은 활력의 원천이었다. 뭐든지 재미있다는 듯 자주 웃었다. 평소라면 짜증 난다고 여겼겠지만, 그날 니샤는 그 모습이 고마웠다. 지난 48시간 동안 사람과의 접촉이 너무 없었던지라 평범한 대화를 듣는 것이 기쁠 정도였다. 직원들은 버스 노선, 취소된 보조금, 가정사에 관해 이야기했다. 니샤는 별로 말하지 않았다. 할 말이 없었으니까. 그들에게 그녀는 그저 어니타, 다음 날 출근을 할지 안 할지 모르는 임시 근로자에 불과했다.

2시 점심시간에는 알렉스가 만든 샌드위치를 받았다. 아침 식사 때 주방에 있던 남자였다. 니샤는 타워 프리마베라에서 본 싸구려 빵에 속을 넣은 샌드위치가 아닐까 했지만, 예쁘고 부드러운 사워도 빵에 치즈, 고급 햄과 양상추가 들어 있었다. 그는 귀한 손님에게 하듯이 예의 바르게 샌드위치를 건넸다. 니샤는 보통 샐러드를 먹었지만, 아침에 일하고 나니 너무 배가 고파 고개를 숙이고 샌드위치를 한 입 크게 베어 물었다.

"알렉스는 음식이 영혼을 위한 거래요. 그래서 높은 사람들 말을 무시하고 손님에게 파는 샌드위치랑 똑같은 걸 만들어줘요." 재스민이 우물거리며 말했다. "난 알렉스를 존경해요." 니샤는 또 크게 한 입 베어 물면서 자신도 그를 존경할 것 같다고 생각했다.

"재스민? 저…… 펜트하우스는 언제 해요?"

"펜트하우스요? 아, 아뇨. 거긴 까다로워서 나처럼 오래된 사람이 가요. 호텔에서 믿는 사람을 보내요. 참, 그놈들은 팁을 절대 안 줘요. 가봤자 별거 없어요."

니샤는 눈을 깜빡이다 샌드위치에 집중했다.

그리고 6시. 허리가 쑤시고 어깨가 끊임없이 결리며 더는 못하겠다고 버틸 때가 되어서야 일과가 끝났다. 재스민은 딸에게 전화를 걸어서 가는 길이라고, 할머니에게 스튜 좀 남겨달라고 전하라고 부탁한 뒤, 오늘 저녁에는 버스가 어서 오기를 바랐다. 그때가 되자 재스민의 걸음걸이에는 조금 힘이 빠졌다. 웃음도 조금 줄어들었다. 니샤는 꼼짝할 기운이 없었다. 있는지도 몰랐던 근육이 아팠다. 그 지독한 재킷을 입고 나무 벤치에 앉아 호텔까지 돌아갈 기운을 어떻게 내야 할까 궁리했다. 택시를 잡아야지 하다가 현금이 없다는 사실이 기억났다.

"어디까지 가요?" 문 뒤 작은 거울을 보던 재스민이 전문가처럼 천천히 확고한 손놀림으로 립스틱을 다시 바르며 물었다.

"어…… 타워 힐이요." 니샤가 말했다.

"괜찮네. 하지만 이런 밤 시간에는 하이웨이가 엄청 밀리거든요. 일요일에도. 알렉스가 그쪽에 사는데 버스로 거기까지 한 시간이 걸린대요."

"걸어가요." 니샤가 말했다.

"끝까지? 대단하네. 그래서 그렇게 말랐구나! 내일 봐요?"

내일. 내일은 무슨 일을 하게 될까? 니샤는 너무 피곤해서 생각도 제대로 할 수 없었다. "그럼요." 가장 쉬운 대답이라 그렇게 말했다. "잠시만요." 재스민이 나가려는데 니샤가 말했다. "돈은요?"

"돈?"

"오늘 일당이요."

재스민이 시무룩한 표정을 지었다. "일당으로 안 줘요. 전에 일하던 곳은 어땠어요? 에이전시랑 임시직은 주급을 받아요. 샌드라에게 이야기하면 설명해 줄 거예요. 당장 쓸 돈은 있죠?"

공포에 질린 니샤의 표정을 봤는지, 재스민의 표정이 누그러졌다. "정말 쪼들리는군요?"

니샤는 말없이 끄덕였다. 재스민이 걸음을 멈추고 핸드백에 손을 넣었다.

니샤는 재스민을 빤히 쳐다봤다. 홈쇼핑으로 산 재킷에 싸구려 운동화를 신은 여자에게 돈을 받고 싶지 않았다. 자신이 그보다 더 가난하다고 인정하고 싶지 않았다.

재스민은 니샤를 가만히 보더니 20파운드짜리 지폐를 꺼내 내밀었다. "보통은 안 이러는데…… 니샤가 마음에 들어요. 오늘 열심히 일했잖아요. 잘 챙겨 먹어요. 한동안 이 일을 안 했으면, 오늘 굉장히 힘들 거니까." 니샤는 지폐를 받고는 뚫어져라 바라보았다.

재스민은 작게 흠 소리를 냈다.

"그럼 내일 봐요." 잠시 후 재스민이 이렇게 말하면서 미소를 지었다. "니샤를 믿어요. 그리고 다음에는 담배 냄새 풍기지 말고 와요, 알았죠?"

가방을 어깨에 멘 그녀는 휴대전화를 귀에 대고 나머지 손으로는 향수를 어깨 주위에 뿌려대며 나갔다.

    니샤는 호텔로 돌아가기 전, 베일리 스트리트의 화이트호스에 들렀다. 얼굴이 불콰한 노인 몇 명이 구석에 있을 뿐 거의 비어 있었다. 카펫이 구두 밑창에 들러붙었다. 잃어버린 하이힐 한 켤레를 찾는다고 하니, 바텐더는 대놓고 웃었다.

11

회사 파산. 당분간 휴업. 샘은 운동용품 가방을 어깨에 메고서 그 안내문을 읽었다. 그리고 바깥세상이 재정 살해 현장을 목격하지 못하도록 신문지로 덮어놓은 유리문 안을 들여다봤다.

쌀쌀한 날씨에도 민소매 상의를 입고 구릿빛 팔근육을 드러낸 청년이 옆에 서더니 요란하게 욕을 했다. "이제 막 등록했는데!" 그는 샘 탓이라는 듯 항의했다. "1년 치 회비를 냈다고요!"

그가 계속 욕을 하며 주차장을 가로질러 성큼성큼 걸어가는 모습을 보면서 샘은 가방을 어떻게 주인에게 돌려줘야 하나 생각했다. 회사로 가방을 도로 가져갔다가 퇴근한 뒤에 고민해야 하다니 속이 상했다. 그때 샘이 1분이라도 늦으면 잘못한 일 목록에 추가하려고 기다릴 사이먼이 떠올랐다. 샘은 가방을 어깨에 더 단단히 메고 지하철역으로 향했다.

얼마 전까지만 해도 샘은 일이 즐거웠다. 매일 아침 휘파람을 불며 일어나거나 퇴근할 때 온 세상 기쁨에 동참하는 느낌을 받는 정도는 아니었지만, 매일 만나면 반가운 동료들과 12년간 꽤 잘해온 일에 조용히 만족하고 있었다. 모든 회사에는 샘 같은 사람이 있었다. 매사를 차분하고 매끄럽게 관리하고 야근이 필요하면 나서며 특별히 자존심을 세우거나 과한 칭찬을 듣지 않고도 성과에 만족하는 사람들이 있었다. 그사이 샘의 연봉은 세 번 인상됐다. 큰 액수는 아니었지만 회사가 자신을 소중히 여긴다고 느낄 정도는 됐다.

사이먼이 등장한 날 모든 것이 바뀌었다. 책상조차 기대를 저버린다는 듯, 그는 실망감을 감추지 않고 냉랭한 표정으로 그레이사이드 인쇄의 사무실을 돌아다녔다. 그는 샘과의 첫 회의 때 자꾸 말을 잘랐다. 샘이 하는 말이 전부 어딘가 틀렸다는 듯 고개를 젓기도 했다.

무슨 말인지 앞으로는 더 명확하게 설명하세요.

일주일이면 될 일을 열흘씩 잡아먹는 이유가 뭡니까?

우버프린트는 모든 일에서 최고가 되기 위해 노력하는 걸 알고 있죠?

그럼 이전 책임자는 이곳 경영 방식에 만족했던 건가요?

그가 하는 말 한 마디 한 마디가 샘의 집중력, 일정, 심지어 시간 엄수 능력까지(샘은 지각하는 법이 없었다) 결함이 있다고 암시하려는 계산에서 나온 듯했다.

처음에 샘은 당당히 맞서려고 했다. 조엘은 어딜 가나 사이먼 같은 자가 있으니 개인적인 감정으로 받아들이지 말라고 했다("영역 표시를 하려고 뻐기는 거예요"). 하지만 사이먼이 너무 가혹하게 굴자 샘도 그의 면전에 서면 당황해서 사무용 다이어리를 뒤지거나, 회의에서 그가 말을 자를 것을 예상한 나머지 말을 미리 더듬게 됐다. 아침에 집을 나서는 샘의 가슴을 무겁고 힘겨운 감정이 짓눌렀다. 도착하면 무슨 일이 생길지 상상하는 일을 그만두려고 샘은 출근길에 팟캐스트나 부드러운 음악을 듣는 습관을 들였다. 매일 아침 샘이 들어서면 유리 벽 사무실에 앉은 사이먼이 보란 듯이 시계를 보고는 한쪽 눈썹을 치켜떴다. 5분 일찍 출근해도 마찬가지였다. 그는 저녁 늦게 샘에게 메시지를 보내 칼링 건의 수익을 개선하기 위해 뭘 했냐고, 정원 가구 카탈로그 페이지가 들러붙는 건(샘이 휴가를 내서 하딥이 담당하던 때 딱 한 번 있었던 일이지만, 사이먼은 그 점에는 관심이 없었다) 아닌지 확인했냐고 묻곤 했다.

두 달이 걸려서야 샘은 사이먼이 남자들에게는 그러지 않는다는 사실을 깨달았다. 그는 남자들과는 미소를 지으며 잡담을 나눴다. 문제가 생기면 항상 다정한 통보로, 즉 퇴근 후에 한잔하면서 해결하자는 말로 처리했다. 젊은 여자들에게는 바짝 붙어 서서 주머니에 삐딱하게 손을 넣고는 성기를 가리키는 자세로 그들의 가슴을 빤히 보며 싱글거렸다. 디 같은 여자들은 마주 웃고 시시덕거리다가 화장실에서 짜증을 냈다. "더러운 놈. 지겨워 죽겠어." 아무하고도 대화하지 않지만 두뇌가 계산기보다 빨리 움직이는 회계팀 베티와 남들이 뭐라고 하든지 신경도 안 쓰고 하고 싶은 말을 하는 마리나를 제외하면 샘이 회사에서 제일 나이 많은 여자였다. 사이먼은 그런 샘이 관심을 가질 가치가 없는 존재라고 판단한 듯했다. 기운 빠지는 일이었다.

옛날이라면 샘은 이 모든 일을 필에게 털어놓았을 것이다. 그러면 필은 샘을 달래주고, 위로해 주고, 대처할 방법을 제시했을 것이다. 샘은 특별히 괴로웠던 날 저녁에 그 이야기를 꺼낸 적이 있었다. 하지만 필은 아내에게 와인을 따라주는 대신, 머리를 감싸 쥐더니 아무것도 감당하지 못해서 미안하다고 했다. 그의 연약한 모습에 샘은 너무 놀라 곧바로 괜찮다고, 아무것도 아니라고 했다. 좀 기분이 처지는 하루였던 것뿐이라고. 그리고 다시는 그런 이야기를 꺼내지 않았다.

테드, 조엘, 마리나가 샘을 하루하루 버티게 해줬지만 사이먼이 괴롭힐 때 개입하거나 샘의 편을 들어주는 사람은 없었다. 물론 사이먼은 둘만 있을 때 가장 부정적인 말을 했다. 샘의 자리를 지나가면서 중얼거리곤 했다. 세상에, 책상을 저 꼴로 해놓고 무슨 일을 하는지. 듣는 사람이 있으면 그는 주로 샘을 무시했다. 샘에게는 어쩔 도리가 없었다. 필이 실직 상태고 저축이 바닥났으니, 샘의 봉급 밖에 믿을 것이 없었다. 샘은 고개를 숙이고 최선을 다했다. 그리고 가슴을 짓누르는 돌덩이를 무시하며, 사이먼이 언젠가 지루해져 다른 사람을 괴롭히기를 바랐다.

"사이먼이 그쪽으로 가요." 마리나가 비밀 정보를 건네듯 조심스레 책상에 커피를 내려놨다. 샘은 두려워졌다.

"또 뭐지?" 샘이 물었지만 마리나는 이미 가고 없었다.

샘은 운동용품 가방을 책상 밑에 넣은 뒤 의자 등받이에 핸드백을 걸고 앉아서 컴퓨터를 켰다.

몇 초 만에 사이먼이 살짝 꽉 끼는 바지에 벨트를 번쩍이며 다가

왔다. 말 안 듣는 아이 때문에 중요한 회의에서 빠져나온 교장 같은 태도였다.

"무광택지를 쓰면 색상이 어떻게 보일 거라고 피셔스 측에 경고를 하지 않은 이유가 뭐죠?"

"네?"

샘은 너무 빨리 몸을 돌리다가 팔꿈치로 커피를 쳐서 쏟을 뻔했다.

"그쪽의 새 부동산 브로슈어 4000부가 나왔는데, 무광택지 색상 품질 때문에 전화해서 고함을 치고 있어요."

"무광택지를 원한다고 했어요. 비용을 줄인다고. 테드랑 제가 예전과 달라 보일 거라고 경고했습니다."

사이먼은 그럴 리 없다는 표정을 지었다. "마크 피셔는 아무 말도 못 들었다던데. 이제 우리가 비용을 부담해서 전부 다시 찍으라는군요. 죄다 그렇게 칙칙하고 어두워 보이면 아무도 집을 사지 않을 거라고."

"마지막 회의에서 피셔 씨에게 색감이 전혀 다를 거라고 했어요. 클리어실스 카탈로그를 예로 보여드렸고요. 피셔 씨는 보지도 않고 괜찮다고 했어요."

"그럼 피셔 씨가 거짓말을 하는 거로군?" 사이먼의 목소리에 경멸이 가득했다.

"기…… 기억을 잘못하신 거겠죠. 하지만 전 분명히 기억해요. 기록도 했고요. 비용 절감이 더 중요하다고 했어요. 피셔 씨 마음이 바뀐 건 우리 잘못이 아니에요, 사이먼. 게다가 이런 문제로 의뢰인과 연락하는 건 디자이너 일이죠. 저…… 전 그쪽에서 요청한 사항을 잘 모르는 것 같아서 개입한 것뿐이에요."

"음, 서맨사. 당신의 개입은 도움이 되지 않았어요. 이제 그쪽에서는 모든 게 우버프린트의 책임이라고 믿고 있으니까요. 그리고 정말로 심각한 결과가 초래되기 전에 해결할 방법을 찾아요."

그는 홱 돌아서더니 샘이 항의하기도 전에 사라졌다. 샘은 코트를 벗을 시간도 없었다. 긴 한숨을 내쉬며 의자에 털썩 앉았다.

왼쪽 팔을 소매에서 빼내는데, 이메일이 도착했다. 샘은 몸을 숙여 이메일을 열었다.

기죽지 마요. 저자에게 당하지 말고. x

샘이 고개를 들고 조엘 쪽을 보니, 조엘이 열 발자국 건너 물류팀 책상 위로 얼굴을 내밀고 있었다. 그의 미소에 샘은 얼굴을 붉혀야 할지 울음을 터뜨려야 할지 알 수 없었다.

점심시간. 샘이 점점 다급하게 보낸 메시지를 넉 달 동안 무시하던 건축업자가 불쑥 전화하더니 다음 주부터 담 공사를 시작하겠다고 알렸다. 6월에 백미러를 미처 못 봤던 노인이 담을 망가뜨렸었다. 보험으로 처리된다는 말에 샘은 안도의 한숨을 내쉬었다. 작은 담 하나가 그렇게 비쌀 줄 누가 알았을까?

샘은 직원 휴게실에 앉아서 집에 전화를 걸었다. 사이먼이 절대 찾지 않는 곳이었다(그는 커피 잔 주인이 정해져 있고 전자레인지가 설치된 그곳이 자기 수준에 안 맞는다고 여기는 모양이었다). 샘은 이틀 된 빵으로 만든 참치 옥수수 샌드위치를 먹었다. 식감이 좋지 않았다. 어쩌면 사이먼과의 마찰 때문에 그렇게 느껴지는 것일 수도 있었다.

"여보, 잘 있었어?" 샘이 억지로 밝은 목소리를 냈다. "어때?"

"괜찮아." 필이 풀 죽은 소리로 말했다.

TV 소리가 들려왔다. 화장을 짙게 한 여자들이 시사 문제를 토론하는 화면을 멍하니 보는 필의 모습이 떠올랐다.

"음…… 데 패리에서 드디어 연락을 했어. 다음 주 월요일에…… 드디어! 담 공사를 한대. 그러니까 캠핑카를 치워야 해."

"캠핑카를? 어디로?"

"난 모르지. 도로 쪽으로?"

"하지만 세금을 안 냈어."

"음, 세금을 내야 되겠네. 거기 세워두면 담 공사를 할 수 없어. 아니면 차고가 있다는 당신 친구한테 잠깐 맡기든가."

"아. 걔들한텐 부탁 못 할 것 같아."

샘은 잠시 눈을 감았다.

"만난 지도 한참 된걸. 그러면 좀……." 필의 목소리가 잦아들었다.

"필. 여보. 어쨌든 캠핑카를 옮겨야 해. 옮길 방법을 찾아주면 고맙겠어. 나도 회사 일이 좀 바빠서."

긴 침묵이 흘렀다.

"좀 미룰 수 없을까? 지금 그건 못 할 거 같아."

그때 샘은 속에서 분노가 부글거리는 것을 느꼈다. "그거라니 뭐? 캠핑카를 고작 2미터 옮기는 거?"

"세금이랑 자동차 안전 검사. 그리고…… 어디 둘지도 모르겠어. 지금은 정말 감당 못 해."

"음, 당신이 해결해야 해. 공사하러 오니까."

"일주일만 미뤄. 생각해 볼게."

"안 돼, 필." 샘의 목소리가 높아지고 떨렸다. "미루지 않을 거야. 그 사람 부르는 데만 몇 달이 걸렸는데, 다른 일을 맡게 할 순 없어. 그리고 그 담은 위험해. 당신도 알잖아. 누가 거기 올라갔는데 담이 무너진다면 크게 다칠 거야. 우리 책임이 될 수 있어. 그러니까 그놈의 캠핑카 좀 치워. 그리고 각자 살자고, 응?"

긴 침묵이 흘렀다.

"그렇게 몰아세울 건 없잖아." 필이 우울하게 말했다. "난 최선을 다하고 있어."

"그럴까? 정말이야?" 마음속에서 울분이 터지자 샘은 막을 도리가 없었다. 입에서 말이 돌팔매처럼 튀어나왔다. "난 죽어라 일하면서 가장 노릇을 하고 앤드리아랑 캣이랑 오줌을 싸대는 개를 돌보고 사이먼 같은 망할 놈이랑 일하는데, 당신은 하루에 열여섯 시간을 소파에서 뭉개다가 남은 여섯 시간은 자잖아. 마지막으로 장 보러 간 게 언제였어? 케빈을 산책시킨 건? 부엌 바닥을 치운 건? 당신 자신을 불쌍해하는 것 말고 뭐라도 한 게 언제였어? 당신은 아무것도 안 하잖아! 징징거릴 뿐이지! 당신은 징징거리기만 한다고!"

침묵. 그리고 필이 말했다. "여덟 시간. 자는 건 여덟 시간이야."

"뭐?"

"하루는 스물네 시간이야. 소파에서 열여섯 시간이면, 나머지는 여덟 시간이라고."

"아, 제발 좀, 필. 내가 무슨 소릴 하는 건지 알잖아. 뭐라도 좀 해, 응? 당신이 슬픈 거 알고, 사는 게 힘들다고 느끼는 것도 알아. 사실 그렇지. 그럼, 내가 알지. 하지만 그냥 일어나서 살아야 할 때도 있다고. 몇 달째 나는 그러고 살았는데, 이젠 더 못 하겠어. 알겠어? 못 하겠다고!"

그때만큼은 샘도 필의 반응을 기다리지 않았다. 전화를 끊고서 두근거리는 가슴을 안고 벽만 바라봤다.

샘이 돌아서자 사이먼이 문 앞에 버티고 있었다.

"사이먼 같은 망할 놈이라." 그는 고개를 끄덕이고는 희미한 미소를 띠며 천천히 말했다. "재미있군요. 빌슨 건 액수를 재협상해야 한다고 알리러 왔는데. 본사에서 순이익이 충분치 않다고 해서 말이죠."

샘이 노려보는 동안 사이먼은 돌아서서 가버렸다. 귓전에서 맥박이 뛰는 걸 느끼며 무릎 위에 놓인 샌드위치를 본 샘은 저도 모르게 집어던졌다. 샌드위치는 벽에 닿아 터지더니 흘러내렸다.

7분 뒤 샘은 재킷 매무새를 고치고 일어났다. 키친타월을 뽑아서 카펫에 떨어진 옥수수 조각을 주워 담았다. 벽에 묻은 마요네즈와 버터는 걸레로 닦은 뒤 전부 쓰레기통에 버렸다.

12

"그럼…… 어떻게 할까요?"

"어떻게 하고 싶으시죠?"

필은 남자를 보며 함정 질문인가 생각했다. 가장 가까이 있는 의자에 앉으면 다급해 보일까? 이상하게 보일까? 하지만 침대처럼 생긴 데 눕는 건 더 별로였다. 게다가 누우면 곧 잠들 것 같아서 걱정이 됐다. 그는 늘 잠들었다. 그러면 미친 사람처럼 보일까?

남자는 필의 생각을 듣는 듯했다. "앉는 게 편한 분도 있습니다. 눕는 분도 있죠. 가장 편한 방법을 찾으시면 됩니다."

필은 망설이다가 라탄 소파 끝에 앉아 둘 사이에 빈자리를 남겼다. 남자는 필을 보며 기다렸다. 필은 일어나서 나가도 될지 궁금했다. 따지고 보면, 그걸 막을 사람은 없었다. 하지만 캣이 완강했다. 그 애 말을 거역하기는 이상하게 어려웠다.

"제가 말합니까? 아니면 선생님이 말합니까?"

"시작하셔도 됩니다. 그리고 함께 이야기하죠."

"뭐라고 해야 할지 모르겠어요."

긴 침묵.

"그럼, 무슨 일로 오셨죠, 필립?"

"필이요. 필이라고 부르세요."

"알겠습니다, 필."

필은 바닥을 내려다봤다. "담당 의사 선생님 때문에. 음, 사실 그분이 여기 데려온 건 아니에요. 하지만 우울증 약을 안 먹으려면 상담을 해보라고 했어요." 필이 머리를 긁적였다. "그리고 딸이요. 저를 걱정해요. 괜한 걱정이죠."

"그럼 오시는 게 내키지 않았습니까?"

"전 영국인이에요." 필이 웃어 보였다. "감정을 대수롭지 않게 여기죠."

"아. 전 반대 의견입니다." 코비츠 선생이 말했다. "영국인은 감정을 매우 중시한다고 생각합니다. 다만 그 감정을 편안하게 표현하는 데 익숙하지 않을 뿐이죠." 그가 미소를 지었다.

필도 어색하게 마주 웃었다. 그래야 할 것 같았다.

"처음에 담당 의사 선생님을 만나러 간 이유를 설명해 보시겠습니까?"

지난해 일어난 일을 이야기하라는 말을 들을 때마다 필은 가슴이 죄어드는 걸 느꼈다.

"짧게 이야기하셔도 됩니다. 부친께서 돌아가셨다고 하셨죠. 갑작스럽게 돌아가셨습니까?"

도저히 말할 수 없는 일들이 있었다. 그리고 아버지가 돌아가시기 전 몇 달은 필의 마음속에서 너무나 어마어마하고 어두운 부분이라, 그걸 다시 끄집어냈다가는 블랙홀에 빨려드는 작은 행성처럼 될 것 같았다. 거대하고 무시무시한 진공상태에서 도저히 빠져나올 수 없을 터였다.

필은 작게 기침했다. "음, 그렇기도 하고 아니기도 해요." 그는 자세를 고쳐 앉았다. "아버지가 75년간 건강하고 정정하셨다는 점에선 뜻밖의 일이었어요. 하지만 알고 난 다음에는 몇 달간 시간이 있었어요."

"암이셨나요?"

"네."

"두 분이 가까우셨어요?"

"어…… 네."

"유감입니다. 많이 힘드셨겠군요."

"어. 괜찮아요. 아버지는 잘 사셨어요. 그보다…… 어머니가. 아버지와 50년 동안 함께 사신 어머니가 걱정됐어요."

"그럼 모친께선 어떻게 지내십니까?"

그것이 문제였다. 낸시는 잘 지냈다. 아버지가 돌아가시고 6개월간, 필은 저녁때 어머니와 통화를 하려면 마음을 단단히 먹어야 했다. 낸시는 모든 대화를 떨리는 목소리로 시작했고, 작은 성취를 이야기했다. 서랍을 비운 것, 창고에서 물건을 치운 것. 그러다가 결국 무너지곤 했다. 그이가 너무 그립구나, 얘야. 필은 그 순간이 두려워졌다. 무기력과 슬픔, 그리고 그 무게를 조금도 감당할 수 없는 자신의 무능이. 그와 샘은 일요일마다 찾아가 낸시와 함께 펍에서 점심을 먹거나 식사 준비를 했고, 설거지를 하면서 잡담을 나눴다.

낸시는 남편 없이는 살지 못할 것처럼 수척해졌다. 혼자서는 관리비를 낸 적도, 자동차 수리를 한 적도, 외식을 한 적도 없는 사람이었다. 낸시는 식사와 외출에 흥미를 잃었다. 지난 몇 달을 곱씹으며 이랬다면 어땠을까, 놓친 것은 없었을까 하고 중얼거렸다. 필은 어머니에게 함께 살자고 해야 할까 고민했다. 낸시는 근본적으로 혼자 살 수 없는 사람 같았다. 그 말을 못 꺼낸 이유는 어머니가 지낼 방이 없어서였다.

그러다 느닷없이 모든 것이 변했다. 그의 어머니는 슬퍼하고 또 슬퍼하더니 어느 날 머리를 드라이하고서 립스틱을 발랐다. "곰곰이 생각해 봤는데, 내가 앉아서 울고불고하는 걸 리치가 원하지 않을 거다. 나 때문에 속상해할 것 같아. 차에 기름 넣는 곳 좀 알려주겠니?"

그렇게 모든 것이 변했다. 두 달 전 낸시는 지역 센터에서 매주 화요일마다 난민에게 빵 굽는 법을 가르치는 자원봉사를 시작했다. 필은 빅토리아 샌드위치 케이크 굽는 법을 배워야 하는 난민이 몇이나 될까 싶었지만, 중요한 것은 음식이 아니었다. "그들에게 할 일을 주고 공동체 활동을 하는 게 중요해. 그리고 케이크를 먹고 나면 다들 기분이 좋아지잖니? 그게 사실인걸."

낸시는 남에게 도움이 되니까 기쁘다고 했다. 난민의 이야기를 듣고 있으면, 이렇게 평화롭게 사랑받으며 산 것이 감사하다고 했다. 마늘이 "너무 이국적"이라서 오랫동안 먹지 않았던 그녀가 난민이 가져온 음식을 즐기기도 했다. "필, 솔직히 참 맵더라. 얼굴이 비트처럼 빨개졌어. 하지만 제법 맛있더라고."

필은 기뻐하면서도 삶을 헤쳐나가는 어머니의 능력을 지켜보는 게 이상하게 심란했다. 자신은 그럴 수 없었으니까. 밤이면 그는 아버지 침상 옆에 앉아 있는 꿈을 꿨다. 아버지는 앙상하고 투명한 손으로 필을 꽉 움켜잡았다. 산소호흡기를 쓴 아버지는 필을 맹렬히 노려보며 숨을 헐떡였다. 아들을 미워하는 눈빛이었다. 필은 눈을 감을 때마다 그 눈빛이 떠올랐다.

"어머니는 잘 지내십니다." 필이 말했다. "그러니까, 상황을 감안했을 때 말입니다."

"그렇군요." 코비츠 선생이 말했다. "인생에서 큰 사건이죠. 감당해야 할 일이 많습니다. 또 고민거리가 있습니까?"

음, 직장에서 잘렸고, 그러면서 아내는 나에 대한 모든 존경심을 잃었고, 딸은 내가 머저리라고 생각하고, 옷을 입거나 씻을 이유를 찾지 못하겠어요. 친구도 안 만나요. 나처럼 비참한 사람을 누가 만나고 싶겠어요?

피곤해서 외출도 못 해요. 그리고 집에 있으면 못 한 일이 생각나요. 플라스틱 용기를 씻는 게 어이없게 느껴져서 재활용품도 내다 놓지 못해요. 중국에서 1분에 수십억 조 톤의 이산화탄소를 배출하는데 닭고기 포장 용기를 씻어서 분리수거하는 게 무슨 소용인가요? 뉴스도 못 보겠어요. 이불 속에 머리를 파묻고 싶어지니까요. 홍수와 산불이 난 모습을 보면 아직 태어나지 않은 후손이 걱정돼서, 안전한 소파에 앉아 사람들이 2파운드를 벌기 위해 골동품을 사고파는 프로그램이나 알록달록한 옷을 입은 여자들이 다이어트나 드라마 이야기를 하는 프로그램만 봐요. 그런 걸 보는 이유는 침묵을 견딜 수 없기 때문이에요. 침묵을 못 견디겠어요.

그리고 아내가 지쳐서 내게 질려버린 것을 알아요. 하지만 도와 주려고 할 때마다 아내는 한숨을 쉬고 혀를 차요. 내가 서투르니까요. 전에는 날 사랑했는데 지금은 내가 쓸모없다는 표정만 짓고 있어요. 그래서 방해가 안 되려고 자는 척해요. 우리보다 똑똑한 딸은 들어와서 아빠, 이제 일어나, 하고 말하죠. 마치 10대 아이의 엄마나 보호자인 것처럼요. 하지만 딸애한테 설명할 수가 없어요. 잠만 자고 싶다는 걸. 머리에 떠오르는 건 침대뿐이고, 그 속에 기어 들어가고 싶은 마음으로만 가득하다는 사실을 하루에 한 번은 깨달아요. 제가 하는 일이라고는 모두 집에서 나가기를 기다렸다 위층으로 올라가서 모든 걸 잊고 몇 시간 더 잠드는 것뿐이에요.

의사는 식생활을 개선하라고 하지만, 솔직히 영양가 좋은 식사를 만들 힘이 없어요. 그래서 비스킷과 버터 바른 토스트를 먹어요. 그리고 허리가 점점 굵어지는 걸 보고서 저 자신을 경멸하죠.

"고민거리요?" 필이 말했다. "음. 이런저런 거요. 정상적인 것들이죠."

코비츠 선생은 노트 너머로 필을 봤다. 그때 테이블 위에 놓은 티슈 상자 두 개가 필의 눈에 띄었다. 날마다 그곳에서 몇 명이나 우는지 궁금했다. 코비츠 선생이 휴지통을 사이사이 비워 그곳이 세상에서 가장 슬픈 곳처럼 보이지 않도록 만들진 않는지 궁금했다. 자신도 소파에 누워 울어대면 의사가 어떻게 할지도 궁금했다. 하지만 문제는, 한번 시작하면 멈출 수 없으리라는 점이었다.

"정상적인 것들이요." 코비츠 선생이 생각에 잠겨 되풀이했다.

"흥미로운 개념이군요. 정상적인 것이 있다고 생각하세요?"

"음. 솔직히, 제가 불평할 게 뭐 있겠어요?"

필은 코비츠 선생에게 미소를 지었다. 불평할 게 뭐 있을까? 전부 한심했다. 대부분의 사람에 비해 필은 가진 것이 많았다. 몸도 꽤 건강했다. 대출이 많지만 집도 있었다. 아내가 있었다. 딸도 있었다. 언젠가 일자리도 다시 구할 것이었다. 무장 테러리스트에게서 달아나거나 물을 길으러 65킬로미터씩 걸어가지 않아도 됐다. 갈비뼈가 드러나지도 않았다. 굶주린 아이를 달래야 하는 상황도 아니었다. 게다가 이 남자는 라탄 가구에 티슈 상자를 올려놓고 뭘 하려는 건가? 이야기해 봐야 무슨 소용인가? 그런다고 아버지의 최후가 바뀌는 것도 아닌데. 샘에게 지운 부담이 덜어지는 것도 아니었다. 새 직장이 생기지도 않을 것이고, 딸이 동물원에서 괴상한 동물을 보듯 쳐다보는 눈빛도 사라지지 않을 터였다.

터무니없이 느껴졌다. 모든 것이.

"가봐야 되겠어요." 필이 일어나며 말했다.

"가신다고요?"

"선…… 선생님에겐 저보다 도움이 필요한 사람이 많을 거예요. 저…… 저는 아닌 것 같네요. 죄송합니다."

코비츠 선생은 필을 막지 않았다. 그저 보기만 했다. "좋습니다, 필. 다음 주 시간을 비워놓고 다시 오시길 기다리겠습니다."

"그럴 필요 없어요."

"아뇨, 있습니다."

필이 말리기 전 코비츠 선생이 일어나더니 문을 열어줬다. 그는 문을 연 채로 조용히 말했다. "다음 주에 만나길 바랍니다."

필이 집까지 걸어가는 덴 23분이 걸렸다. 그는 문을 닫고 개를 토닥인 뒤 무거운 발걸음으로 위층으로 올라가서 침대로 향했다.

13

 스포츠센터는 추후 공지가 있을 때까지 문을 닫는다고 했다. 니샤는 전날 저녁 퇴근길에 들러 안내문을 노려보면서 그것이 끝이라는 사실을 받아들였다. 그녀를 그녀답게 만드는 옷을 되찾을 수 없게 됐다. 구두가 왜 그렇게 마음에 걸리는지 알 수 없었다. 그가 마지막으로 준 선물이자 결혼 생활의 상징이기 때문일까. 칼은 굉장히 요란하게 구두를 꺼내 보였고, 니샤가 신은 모습에 감탄하며 중요한 여행에서 신으라고 했다. 칼이 니샤의 옷차림을 정하는 일은 흔했다. "그걸 입은 걸 보고 싶군. 당신이 그걸 입은 모습을 모두에게 보이고 싶어." 그러면서 니샤를 내쫓고 샬럿을 그 자리에 앉힐 계획을 짜느라 바빴다니? 자신을 갖고 놀았다는 사실을 알게 되면서 니샤는 혈관이 분노로 끓어오르는 것 같았다.

 "와, 속도가 붙었네!" 재스민이 욕실 문을 열고 감탄하는 표정으로 봤다. 분노가 니샤의 원동력이었다. 알람이 울리기도 전에 깨어난 니샤는 칼의 얼굴을 문지르듯 얼룩과 자국을 공격했다. 지난 일주일을 지워내듯 오염을 닦아냈다.

"좀 쉴래요? 아니면 나 커피 마시는 동안 객실 열두 곳을 더 할래요?"

재스민이 웃는 사이 니샤가 허리를 펴고 팔등으로 이마를 닦았다. "그러죠."

닷새째였다. 닷새 동안 오전 8시에 좁은 골목에 도착해 호텔에서 지급한 검은 옷으로 갈아입고 맛있는 페이스트리를 먹고 난 뒤 구역질 나는 객실을 청소하며 억울해했다. 그날 급료를 받을 것이었다. 그 이후에는 무엇을 해야 할지 알 수 없었다. 탈의실에서 오가는 잡담은 이민국의 단속과 추방 이야기로 가득했다. 한 번 일하고 나서 다시 보이지 않는 사람들도 있었다. 몇 주간 일하면서 남과 한 마디도 나누지 않고 투명 인간처럼 타인과의 접촉을 피하는 사람도 있었다. 눈에 띄지 않게 숨어서 근근이 살며 니샤처럼 다음 행보를 궁리 중인 사람들이 가장 많았다.

그런데 니샤는 다음 행보를 결정하지 못했다. 청소 일을 원하진 않았지만 날마다 스위트룸 근처에 갈 수 있고, 자기 물건을 되찾으려면 그것이 최선의 방법이었다. 스위트룸 가까이 올라갈 때마다 어떻게 들어갈까 생각하면서 가슴이 두근거렸다. 하지만 허가증이 없는 청소부는 6층과 7층에서 일할 수 없었다. 그들은 저렴한 객실을 맡았다. 출장을 오거나 인터넷 할인 사이트에서 예약한 이들이 하룻밤 묵는 곳이었다. 재스민은 서너 달은 일해야 고급 객실을 담당할 수 있는 경험과 신뢰를 얻을 거라고 했다.

니샤는 거기 들어갈 생각이었다. 하지만 방법을 강구할 때까지는 기다려야 했다.

"안녕, 아들." 니샤는 호텔 와이파이에 접속해(모두가 그렇게 했다) 2시에 레이에게 전화했다. 니샤와 재스민은 늦은 점심을 먹었다. 평소보다 이른 시각에 아들을 깨운 것이지만, 호텔 투숙 기간이 끝난 뒤라 다음엔 어떻게 해야 할지 알 수 없었다.

"엄마? 왜 이렇게 일찍 전화했어?" 아들은 졸음에 겨워 목소리가 잠겨 있었다.

니샤는 편안하게 웃으려고 노력했다. "아들, 부탁이 있어. 돈을 조금 더 빌려야 되겠네. 상황이 좀 복잡한데, 돌아가면 다 설명할게."

"돈을 더?" 레이가 침대에서 일어나는 소리가 들렸다.

"응. 500달러만 더. 오늘 송금할 수 있겠니? 지난번이랑 같은 곳이면 좋겠다."

"안 돼, 엄마."

"지금 안 해도 돼. 네게 방해가 안 되도록 일찍 전화한 거야."

"아니, 정말로 못 해. 아빠가 내 계좌를 닫아버렸어. 무슨 부정 거래가 있었대. 아빠가 말 안 했어?"

"뭐?"

"나 아무것도 못 사. 옷도, 게임도, 데오도란트도 못 사. 아빠가 필요한 물건은 샬럿에게 이메일로 보내래. 아빠 카드로 사서 보내준다고."

'오, 이런. 칼이 알아냈다.'

"다른 건 없니?" 니샤가 간절히 물었다. "예금 통장은? 예금 통장은 어떻게 됐어?"

"어. 그것도 막혔어. 아빠 정말 너무해. 지금 내 돈도 쓸 수가 없어. 아빠한테 말 좀 해줘, 엄마. 샬럿을 통해야만 아빠랑 말할 수 있어."

"그럴게, 아들. 엄마가 말해줄게. 미안하다. 나, 나중에 통화하자."

니샤는 통화를 마치고 낮게 신음을 흘리며 벤치에 털썩 앉았다. 건너편에서 재스민이 빅토르와 속닥거리고 있었다. 니샤가 고개를 드니, 재스민이 빤히 바라봤다. "괜찮아요, 니샤?"

"전남편이 계좌를 닫아버렸어요. 너무하네요."

재스민이 놀란 표정을 지었다. "전남편? 누군데요? 양육비도 안 주는 인간인가? 설마 니샤를 쫓아냈어요?"

"비슷해요."

"아이고!" 재스민이 외쳤다. "그럴 줄 알았어. 엄마가 전에 뭐랬는지 알아요? '이혼도 곱게 못할 남자와는 결혼하지 마라.' 내 전남편은 정말 좋은 사람이에요. 15일에 꼬박꼬박 자기 몫을 내죠. 그레이스를 꼭 만나고. 늘 고운 말을 쓰고. 뭐, 나한테 아직 감정이 남아서 그러는 건가 싶기도 해요." 재스민은 얼굴을 가리키며 어깨를 으쓱였다. "내가 좀 잊기 어렵잖아." 재스민이 그렇게 말하고 웃기 시작하자 니샤는 그 말이 농담인지 아닌지 알 수 없었다. "그 남자, 직장은 있어요?"

"칼이요? 그런 셈이죠."

"무슨 일을 하는데?"

"음. 수출입 같은 거요."

"어머, 내 친구 산자이랑 비슷하네. 그 친구는 사우솔 근처에서 창고를 운영해요. 컨테이너에서 떨어진 물건을 사서 상인들에게 팔

죠. 돈을 펑펑 쓰다가 갑자기 오줌 눌 깡통 하나도 없을 때도 있어
요. 니샤 가족은 뭐래요?"

"가…… 가족이랑 연락 안 해요."

"저런. 애는 있어요?"

"아들 하나요. 하지만 그 애는 뉴욕에 있어요. 자…… 잘 있어요."

"뭐, 그것만 해도 다행이네요. 그 애가 보고 싶겠어요. 생활비는
어쩌고?"

"오늘 주급 받는 날이죠?"

재스민이 시무룩한 표정을 지었다. "그렇긴 하지만, 택시 타고 루
이비통에 가서 쇼핑할 정도는 아닐걸요. 무슨 말인지 알죠?"

그 말이 옳았다. 퇴근 시간, 니샤는 일주일간 열 시간씩 일하고
서 잘 읽을 수도 없이 휘갈겨 쓴 급여 명세서와 425파운드가 든 봉
투를 받았다. 허가증 없는 청소부는 시간당 8파운드 50펜스를 받았
다. 50파운드는 유니폼값으로 빠져나갔다. 니샤는 그렇게 일한 대
가가 쥐꼬리만 한 액수라는 것을 믿을 수 없었다. 잠시 계산해 보니
아무리 싼 타워 프리마베라 호텔이라 해도 삶을 되찾기 전까지 지
낼 수는 없었다. 며칠 만에 지낼 곳이 없어질 것 같았다.

재스민은 니샤에게 허가증이 없어 다행이라고 했다. "그러면 건
강보험료도 떼어가고 긴급 세금법 따위도 적용되니까요. 솔직히 그
러면 실업수당이나 받는 게 낫다니까요."

"아." 니샤는 문득 떠올리고 주머니를 뒤졌다. "여기요. 미안해
요, 잊었네요." 니샤가 20파운드 지폐를 내밀자 재스민이 지폐와
니샤를 번갈아 봤다. 그리고 니샤의 손을 두드렸다. "괜찮아요, 니

샤. 다 정리되면 갚아요."

어쩐지 니샤는 더욱 비참해졌다.

5층에 헤어 컨디셔너와 보디로션을 추가로 가져다준 니샤는 그를 봤다. 짙은 화장을 한 젊은 여자가 고맙다는 인사도 없이 객실 문을 쾅 닫는 바람에 우울하게 승강기로 돌아가는데, 낯익은 형체가 복도를 걸어왔다.

아리였다.

심장이 멎었다. 니샤는 문 쪽으로 피하고 싶었지만 갖고 있는 카드 키로는 그 층 객실에 들어갈 수 없었다. 아리는 통화를 하느라 정신없었다. 구김 하나 없는 검은 정장을 입고 푹신한 카펫을 소리 없이 밟으며 전방을 주시하고 있었다.

"아니. 그분이 원하지 않아. 앞으로 차를 가져와서 기다려. 안 되면 주위를 돌아. 그분은…… 어디였지? …… 피커딜리에 2시 15분까지 도착하셔야 해. 샬럿이 주소를 알고 있어."

그가 다가오자 니샤는 온몸이 굳는 것 같았다. 숨이 턱 막혔다. 이동 카트를 안 가져온 것이 후회스러웠다. 그 뒤에 몸을 웅크리고 뭔가 찾는 척하다가, 아리가 다가오면 카트로 그를 칠 수도 있었다. 하지만 복도에는 그와 니샤뿐이었고, 달아날 곳이 없었다. 그가 다가오자 니샤는 눈을 감고 문 쪽으로 돌아서서 그 두툼한 손이 팔을 붙잡고서 으르렁거리기를 기다렸다. '여기서 대체 무슨 짓이야?'

숨이 막혔다. 그리고…… 아무 일도 없었다. 그의 발자국 소리가 지나쳐 갔다. 그는 전화에 대고 짧게 욕하더니 웃음을 터뜨렸다. 니샤는 잠시 기다리다가 눈을 뜬 뒤 고개를 천천히 돌렸다. 그는 빈손을 흔들며 통화하면서 복도를 계속 걸어갔다.

아리는 니샤에게 눈길조차 주지 않았다. 복도엔 니샤뿐이었지만 그는 보지 않았다. 그 순간 니샤는 깨달았다. 그 유니폼을 입고 있으면 보이지 않는 존재가 된다는 사실을.

25년간 모든 이의 시선을 집중시켰던 니샤 캔터는 싸구려 검정 상의와 나일론 바지를 입고 앞치마를 두르자 사라지고 없었다.

14

아리와 마주치는 바람에 니샤는 탈의실로 돌아온 뒤에도 머리가 지끈거리고 가슴이 두근거렸다. 그리고 뜻밖의 일이 또 일어났다. 재스민이 배가 아파서 좀 눕고 싶으니 420호실 청소를 마무리해 줄 수 있는지 니샤에게 물어본 것이다. "이러기 싫지만 죽을 것 같아서 그래요. 좀 누워야 되겠어요." 니샤는 걱정 말라고, 422호실도 청소하겠다고 말했다. 머릿속에서 불꽃이 터지는 소리 때문에 재스민의 감사 인사는 듣지 못했다. 재스민은 끙끙 앓으며 앞치마를 벗어서 옷걸이에 건 뒤 세탁실 옆 간이침대가 있는 조용한 방으로 향했다.

니샤는 재스민이 나갈 때까지 기다린 뒤, 재스민의 주머니를 뒤져 모든 객실에 들어갈 수 있는 카드 키를 찾아 재빨리 앞치마에 넣고 나왔다.

니샤는 420호실을 두 배 빠른 속도로 청소했다. 침대 시트를 벗기고 정리하고, 휴지통을 비우고 살균제로 푹 적신 걸레로 리모컨을 닦는 내내 머릿속은 쉼 없이 돌아갔다. 422호를 청소하면서 투숙 중에 거의 아무것도 손대지 않은 싱글 여성 손님들에게 고마워했다. 15분이 남았다. 니샤는 이동 카트를 밀고 승강기에 탄 뒤 잠시 망설이다가 카드 키를 보안 패드에 대고 7층 버튼을 눌렀다. 올라가는 동안 초조함이 더해갔다.

"하우스키핑입니다!" 니샤는 문이 열릴 때 머뭇거렸다. 차가운 목소리가 들려와서 승강기로 되돌아가게 될 줄 알았다. 하지만 빈 실내에는 침묵만 깔려 있었다. 잠시 서서 자기 것이었던 객실을 돌아보는 니샤는 이상하게도 여기저기 흩어져 있는 물건들이 낯설게 느껴졌다. 칼의 서류, 문 앞에 가지런히 놓인 슬리퍼, 그가 좋아하는 포도와 복숭아만 든 과일 그릇. 니샤는 책상 서랍에서 여권을 찾았지만 거기 없었다. 캐비닛 안 금고에 칼의 생일을 입력했지만 기계는 고집스럽게 뻑뻑거리며 열리지 않았다. 자신과 레이의 생일도 입력해 봤지만 마찬가지였다. 니샤는 욕설을 중얼거리며 허리를 폈다. 그리고 침실로 들어갔다.

침대는 이미 정리되어 있었다. 흐트러진 시트와 남은 술병, 흩어진 섹스 용품 등, 칼이 배신한 증거를 굳이 보지 않아도 되어 고마웠다. 니샤는 침대 쪽에서 고개를 돌리고 드레스룸으로 가서 문을 열었다. 전부 그대로였다. 그녀의 옷이 가지런히 걸려 있었다. 니샤가 그 방을 나설 때와 똑같았다. 잠시 서서 보던 니샤는 그리움에 한숨을 내쉬며 아이와 재회한 엄마처럼 클로에 무스탕 재킷에 뺨을 대고 자신의 향을 들이마셨다. 향수! 그것이 없으면 벌거벗은 느낌이었다. 니샤는 돌아서다 화장대에 놓인 낯익은 병을 발견하고 재빨리 주머니에 넣었다. 그때 그것이 보였다. 여성용 화장품. 니샤 것이 아니었다. 커다란 가방, 아이섀도. 니샤의 피부색에는 너무 밝은 파운데이션이 있었다. 브러시 옆에는 고데기가 있었다. 마음속 무언가가 돌처럼 굳는 것을 느끼면서 한 가지 생각을 떠올린 니샤는 옷장으로 돌아갔다. 그것이 있었다. 정장과 드레스 사이에, 니샤의 것이 아닌 옷이 있었다. 그것을 꺼냈다. 스텔라 매카트니의 지나치게 섹시하고 화려한 검정 드레스에 니샤의 검은 숄이 함께 걸려 있었다. 분노가 치밀었다. 그 여자에게 자신의 물건을 쓰게 하다니? 이 천박한 침입자의 옷을 자기 옷 사이에 걸다니? 바지 정장, 255밀리의 지미추 하이힐 한 켤레가 보였다. 펜트하우스에 다시 오면 뭘 해야 할지 몰랐던 니샤는 그 순간 분노를 주체하지 못하고 옷걸이에서 옷을 꺼내기 시작했다. 샤넬 정장, 밝은 빛깔의 롤랑 뮈레 드레스, 발렌티노 스커트. 가장 아끼던 물건을 옷걸이에서 한 아름 떼어내었다. 샬럿(샬럿이 분명했다! 그년 발이 그렇게 컸으니까)이 니샤의 물건을 걸치게 둘 순 없었다. 샬럿이 칼을 하루 종일 차지해도 상관없지만, 니샤의 옷을 걸치게 둘 수는 없었다. 니샤는 옷가지를 이동 카트 위에 쌓아 올렸다. 긴 무스탕 코트와 입생로랑 검정 벨벳 정장도 가져와서 올렸다. 그리고 분노에 뒤틀린 얼굴로 카트를 끌고 나와 승강기에 탄 뒤 버튼을 눌렀다. 그때만큼은 니샤도 소맷부리로 손가락 덮는 것을 잊었다.

세탁실 복도를 절반쯤 지나는데 재스민이 앞에 나타났다. 자기 눈을 못 믿겠다는 듯 옷 무더기를 재차 확인한 재스민은 팔짱을 꼈다. "이게 무슨……?"

"비켜요."

"니샤?"

"그 여자가 내 옷을 입고 있어요." 뚜껑이 열린 것처럼, 니샤는 지난 한 주간 쌓인 분노를 터뜨렸다. "내 옷은 절대 못 줘."

"무슨 소리예요? 이걸 어디서 가져온 거예요?"

니샤가 밀치고 지나가려고 했지만, 재스민이 막았다.

"펜트하우스요." 니샤가 쉿소리로 대답했다.

"펜트하우스에 갔다고요!" 재스민이 눈을 깜빡이더니 덧붙였다. "펜트하우스에서 옷을 훔친 거예요?"

"훔친 거 아니에요. 내 옷이에요."

"무슨 소릴 하는 거죠? 정신 나갔어요?"

니샤는 카트 손잡이를 놓고 재스민에게 다가갔다. "난 니샤 캔터예요. 칼 캔터의 아내. 그 인간이 지난주에 날 펜트하우스에서 내쫓고 계좌를 다 막았어요. 그래서 내 물건을 도로 가져온 거라고요."

재스민은 무슨 말인가 싶은 표정으로 니샤를 봤다. "펜트하우스 그 남자랑 결혼한 사이라고요?"

"네. 18년도 더 됐어요. 지난주에 나를 쫓아내기 전까지."

재스민은 머리를 살짝 저으며, 도저히 감당할 수 없다는 듯 양손을 들어 보였다. "옷을 가지러 거기 들어갔어요? 그런데 어떻게……."

"아무것도 못 챙기고 쫓겨났어요. 아무것도. 남의 옷을 입어야 했어요!" 니샤는 주머니에서 카드 키를 꺼내 돌려줬다. "자. 이거 받아요. 난 이제 다 찾았으니까."

"이러면 안 돼요."

"훔친 거 아니에요. 내 옷이라고요."

"니샤. 이러면 안 돼요. 참아요."

"미안해요, 재스민. 만나서 좋았어요. 참 고마운 사람이에요. 당신이 좋아요. 난 아무도 좋아하지 않는 사람이지만 당신은 좋아요. 하지만 내 물건은 가지고 가겠어요."

재스민이 작은 카드를 봤다. "아, 아니 아니 아니, 안 돼요. 방금 내 카드 키로 들어갔죠? 전부 내 이름으로 등록되어 있어요. 그 옷을 훔쳐 가면, 내가 한 짓이 돼요."

"당신이 한 짓이 아니라고 할게요. 전화하든가."

"니샤. 난 페컴에서 혼자 애 키우며 사는 흑인이에요. 니샤는 방금 내 객실 청소용 카드 키로 방에 들어가서…… 얼마나 되죠?…… 1만 파운드어치 옷을 가지고 나왔어요."

"정확히는 3만 파운드에 가까워요." 니샤가 말했다.

"방에 도로 갖다 둬야 해요. 니샤의 일은 나중에 해결해요. 이런 식으로는 안 되지."

"싫어요!" 니샤가 저항했지만 재스민이 팔을 붙잡았다.

"나한테 이러지 말아요. 이러면 우리 모두 큰일 나는 거 알잖아요. 난 이 일이 필요해요, 니샤. 꼭 필요하다고요. 그리고 여기까지 오느라 얼마나 고생했다고. 다른 사람들보다 두 배는 더 고생했어요. 당신은 모를 거예요, 네? 모르잖아요. 제발 내 인생을 망치지 말아요."

재스민의 음성은 단호했지만, 불안하게 느껴지기도 했다. 니샤는 조금 망설여졌다. 잘 알지도 못하던 사이였을 때 재스민이 20파운드를 건넨 일이 떠올랐다.

니샤가 앓는 소리를 냈다. "재스민, 부탁이에요. 내 상황이 어떤지 몰라서 이래요. 그 작자가 다 가져갔단 말이에요. 내 물건이 필요해요. 꼭."

"정말 상황이 그렇다면, 우리 같이 해결해요." 재스민이 나직이 말했다. "하지만 이렇게는 안 돼요."

둘의 눈이 마주쳤다. 그리고 니샤는 단념했다. 자신에게 잘해준 단 한 사람에게 그런 짓을 할 순 없었다.

"아아아아. 젠장!" 니샤가 외쳤다.

"알아요, 나도 알아. 자." 재스민이 서둘렀다. "가요. 물건이 없어진 걸 들키기 전에 돌려놓아야 해요. 젠장, 배도 안 아프네. 나에게 무슨 짓을 한 거죠?"

그들은 승강기 안에서 아무 말도 하지 않았지만, 재스민은 믿고 있던 모든 것을 되짚어 보듯이 니샤를 흘끔거렸다. 7층에서 승강기가 멈추자 둘은 시선을 교환했다. 하지만 웬 목소리가 들려왔다. 시끄러운 남자 목소리였다. 누가 방에 돌아왔다. 재스민은 순식간에 손바닥으로 버튼을 눌렀다. 문이 열리던 승강기는 지시 사항이 변한 것에 당황한 듯 머뭇거리더니 문이 다시 닫혔다. 두 사람은 다시 아래로 내려갔다.

둘은 6층에서 내렸다. 니샤의 머리가 빙빙 돌았다. "이제 어쩌죠?"

재스민은 이미 해결했다는 듯 손가락을 들었다. 그리고 워키토키의 버튼을 눌렀다. "빅토르? 부탁 하나 들어줄래요? 옷걸이가 열다섯…… 스무 개 필요해요. 비닐이랑. 그래요. 그래요. 최대한 빨리. 고마워요. 622호실 앞에 있어요. 다음에 도움 필요하면 내가 도와줄게요."

2분도 채 안 되어 슬픈 눈빛의 키 큰 리투아니아인인 빅토르가 옷걸이를 들고 달려왔다.

"옷을 여기 걸어요. 빨리. 빅토르, 도와줄 거죠?"

니샤는 시키는 대로 옷을 비닐 안에 걸었다. 셋은 말없이 움직였다. 옷걸이에 건 옷을 매만지고 작은 비닐 구멍에 철사 고리를 끼워 넣느라 니샤의 손가락이 얼얼했다. 일을 마치고 나자 커다란 옷 더미가 이동 카트 위에 쌓였다. 재스민이 그것을 승강기에 다시 싣더니 니샤를 불렀다. "마스크 써요. 고개 숙이고."

7층에서 문이 열렸다. 재스민이 니샤에게 승강기에 있으라고 손짓했다.

"하우스키핑입니다!" 재스민이 외쳤다.

스티브인가? 고개를 숙인 니샤에게는 보이지 않는 남자가 나타났다.

"뭐죠?"

"세탁물 가져왔습니다." 재스민이 카트에서 비닐로 포장한 옷을 한 아름 들었다.

"세탁물입니다." 스티브가 외쳤다.

서재 쪽에서 칼의 음성이 들렸다.

"무슨 세탁물? 시킨 적 없는데."

니샤의 심장이 멈췄다.

하지만 재스민이 한 걸음 나섰다. "부인께서 옷을 드라이클리닝 하신 모양이네요." 재스민이 니샤에게 중얼거렸다. "여기 있어요."

"부인? 프레데릭에게 그 사람이 내 방으로 아무것도 청구하지 못하게 하라고 지시했는데."

"얼마 전에 맡기신 것 같습니다. 고객님. 세탁이 이제 끝난 거지요."

칼이 성난 목소리로 말했다. "아무것도 청구하지 못하게 했으니 예약도 전부 취소했어야지." 재스민은 이미 사라졌다. 옷걸이를 옷장에 도로 거는 소리가 나더니 재스민의 목소리가 작게 들렸다.

"정말 죄송합니다. 고객님." 재스민이 침착하게 말했다. "세탁실과의 소통에 착오가 있었던 모양입니다. 전부 무료로 해드리겠습니다."

승강기에 탄 재스민이 남은 옷가지를 안아 들고 다시 내렸다.

"전부라고?"

"호텔 측의 실수니까요, 고객님. 전부 무료로 세탁해 드리겠습니다."

칼의 말투가 변하는 것이 느껴졌다. 칼은 무료를 좋아했다. 그는 무료 혜택이 자신의 정당한 몫이라고 여겼고, 세상이 자신의 가치를 알아주는 증거라고 받아들였다. 백만 달러가 있으면서도 누가 무료로 무언가를 준다면 그는 공짜로 사탕을 얻은 아이처럼 좋아했다.

"좋아요. 그 사람이 떠나기 전에 시킨 건 전부 취소하라고 내 파일에 적어둬요. 이런 일이 다시는 없었으면 좋겠으니까."

"물론입니다. 염려 마세요. 이해해 주셔서 감사합니다, 고객님. 다시 한번 죄송합니다."

재스민은 승강기에 탔다. 니샤는 칼이 나타날까 두려워 돌아섰다. 하지만 재스민이 버튼을 누르자 승강기는 이미 아래로 내려가고 있었다.

그 뒤로 재스민은 한 마디도 하지 않았다. 둘은 할당된 객실을 묵묵히 청소했다. 니샤는 놀라서 멍한 상태였다. 그동안 내내 펜트하우스에 돌아가면 어떻게 할까 궁리했는데, 그 결과란? 하나도 빠짐없이 전부 돌려주고 말았다. 마녀의 손에. 그리고 그 옷을 보고 분노에 눈이 멀어 더 쓸모 있는 것(보석이나 책상 서랍 안의 돈)은 챙길 생각도 못 했다.

휴식 시간이 필요했지만 니샤는 탈의실에 들어가고 싶지 않았다. 재스민이나 다른 사람의 질문을 견디기도, 좀 전에 일어난 일을 생각하기도 싫었다. 대신 주방으로 가는 통로를 걸었다. 주방장과 조리사들이 점심과 저녁 당번 사이에 전자담배를 피우거나 담배를 몰래 피우러 나가 오후에는 거의 비어 있는 공간이었다. 종일 아무것도 먹지 못한 니샤는 샌드위치가 남아 있는 테이블을 확인하러 갔다. 빵 부스러기가 남은 접시 말고는 아무것도 없었다.

부스러기. 니샤의 삶에서 남은 것도 그것뿐이었다. 니샤는 스테인리스 접시를 들어서 보다가 자기도 모르게 바닥에 내동댕이쳤다. 요란한 소리가 났다. 니샤는 돌아서서 세탁한 앞치마 더미도 집어서 바닥에 던졌다. 그리고 플라스틱 그릇도. 그릇이 스테인리스 작업대에서 튀어 올랐다.

"씨발 씨발 씨발! 난 이제 어쩌라고?" 니샤는 눈을 감고 주먹을 꽉 쥐고서 외쳤다. 마음속 깊은 곳에서 튀어나온 원초적인 비명이었다. 상체를 숙인 니샤는 무릎을 꿇고서 온몸을 끌어안았다.

한참 뒤, 숨을 헐떡이며 눈을 뜨자 누가 지켜보고 있었다. 돌아서서 보니 조리대 옆에 키 큰 남자가 서 있었다. 알렉스였다. 그가 팔짱을 끼고 조리대에 기대서 있었다. 아침 준비를 하느라 음식물이 튄 바지를 입고서.

"뭐요?" 니샤가 반항하듯 말했다. "왜요!"

그리고 니샤는 자신이 쏟아놓은 것들을 봤다. 일어나 잠시 서 있던 니샤는 앞치마를 집어 들어 개어놓았다. 짜증이 나서 내던지듯이. 여전히 분노에 얼굴을 찡그린 채, 플라스틱 그릇을 정리하고 쟁반도 치웠다. 묶었다가 흘러내린 머리카락을 뒤로 모아 묶으면서.

뒤를 돌아보니 알렉스는 여전히 쳐다보고 있었다. "왜요? 화난 사람 처음 봐요?" 니샤가 물었다. "당신 물건 치운다고요. 됐어요? 치우잖아요."

그의 표정은 변하지 않았다. 알렉스는 잠시 기다리더니 외국 억양이 강한 영어로 차분히 말했다. "당신은 참 아름다운 여성입니다." 그가 덧붙였다. "화가 많이 났지만. 참 아름답습니다."

니샤의 입이 떡 벌어졌다. 알렉스가 조리대로 돌아서더니 작은 팬을 들었다. 그 안에 오일을 두르고 능숙하게 달걀 두 개를 깨 넣었다. 그러고는 구석의 거대한 냉장고에 가더니 재료를 한 아름 안고 왔다.

니샤는 영문을 모르고 서 있었다. 그가 고개를 돌리더니 구석 의자 쪽으로 고갯짓했다. "앉아요."

니샤는 약간 조심스레 걸어가 쟁반을 끌어안은 채 앉았다. 알렉스는 말이 없었다. 그릇에 무엇인가를 넣더니 그 일을 날마다 하는 사람답게, 문신이 새겨진 팔뚝의 근육을 자랑하며 빠르고 효율적으로 섞었다. 그는 예리한 칼로 빠르게 허브를 다져서 던져 넣고 토스터에 손을 뻗어 완벽하게 구워진 토스트 두 조각을 꺼낸 다음 버터를 듬뿍 발랐다. 아래쪽 오븐에서 접시를 꺼낸 뒤 니샤에게 등을 돌리고 서서 그 위에 뭔가를 담았다. 그리고 다가와 접시를 건넸다. 에그베네딕트였다. 살짝 갈색이 되게 구운 브리오슈를 두 장 깔고, 반짝이는 노란빛 홀랜다이즈 소스를 곁들였다.

"먹어요." 알렉스는 그렇게 말하고 냅킨을 갖다주었다. 그는 고맙다는 인사도 기다리지 않고 작업대로 돌아가 빠른 손놀림으로 팬을 닦더니 설거지통으로 가져갔다. 그는 몇 분간 거기 서서 팬을 덜컥거리며 설거지했다. 니샤가 남은 에그베네딕트 한 조각을 반쯤 먹었을 때 그가 돌아왔다.

니샤가 평생 먹어본 것 중 최고의 에그베네딕트였다. 너무 맛있어서 마음이 누그러졌다. 아무 말도 할 수 없었다. 그저 우물거리며 올려다보는 니샤에게 그는 다 안다는 듯 고개만 살짝 끄덕이며 말했다. "좋은 음식을 먹으면 그렇게 화를 내기 힘들죠."

알렉스는 니샤가 다 먹기를 기다린 뒤 접시를 치웠다. 그리고 니샤가 인사도 건네기 전에 돌아서서 사라졌다.

15

샘이 들어갔을 때 아버지와 어머니는 사방에 신문지를 깔아놓고 바닥에서 일하고 있었다. 아버지는 온몸의 체중을 실어서 압축 장치를 눌러 종이 반죽에서 물을 짜냈다. 부모님 집 거실에는 늘 책과 신문 더미, 찾기 어렵다고 못 치우게 하는 잡동사니가 가득했다. 어머니는 구석에 있는 문서 파쇄기에 신문지를 넣느라, 아버지는 낡은 유아 욕조에 물을 붓느라 정신없었다. 파쇄기 소음 때문에 샘이 들어오는 소리가 들리지 않은 모양이었다. 샘은 신문지 사이를 지나가 허리를 숙이고 아버지 얼굴 앞에서 손을 흔들었다. 얼굴이 암갈색이 된 아버지의 머리에는 작은 종잇조각이 붙어 있었다. "왔니, 아가!" 아버지가 말했다.

어머니가 파쇄기를 중단시켰다. "종이 땔감을 만든다!" 실내에서 아무 소리도 안 나는데도 어머니가 큰 소리로 아버지의 말을 막았다. "네 아빠가 유튜브에서 유행하는 걸 봤단다. 지구를 살리는 일이라고!"

"《내셔널 지오그래픽》을 엉뚱한 데 넣어뒀네." 아버지가 외쳤다.

"아니야, 톰. 그걸 거기 둔 건 다른 화학약품이 들어가서야. 그걸 쓰면 침대에 물이 들 거야. 광택지니까. 그리고 굴뚝 청소부가 그러는데 연통에 콜타르가 쌓인댔어. 신문지만 써야 한대. 톰, 이 땔감에는 물기가 너무 많아. 마르는 데 몇 년은 걸릴 거야."

"나도 알아."

"그러니까 더 세게 눌러야지."

"당신이 해. 그렇게 잘하면."

"차를 끓일게요." 샘이 거실을 가로질러 주방으로 들어가면서 말했다.

그린피스 스티커가 붙은 주방 보드에는 빛바랜 옛날 사진이 붙어 있었다. 어지럽지만 나름의 질서가 있는 부모님 집 주방에 들어서면 샘은 마음이 편안해졌다. 꺼냈다가 그냥 둔 주전자와 양념통이 싱크대 위에 옹기종기 모여 있었다. 위생 상태가 점점 나빠져서 썩은 사과나 하루 동안 밖에 내놓은 요구르트도 눈에 띄었다. 샘이 져야 할 책임이 하나 더 늘어날 것이라는 경고였다. 그들은 가사도우미를 고용할 생각은 하지 않았다. 사회주의자인 그들의 신념에 위배되는 일이라고 했다. 하지만 샘이 일주일에 두 번 시간을 내 찾아가서 뒤치다꺼리하는 것은 당연하다 여겼다. 샘은 고무장갑을 끼고 더러운 요리 도구를 닦으면서 부모님 사이에서 땔감을 놓고 벌어지는 말다툼을 들었다.

"스무 번 가까이 눌렀어. 이 물이 다 어디서 나오는지 모르겠군."

"주전자 다 안 채웠지? 환경에 나쁘다." 어머니가 청바지에 손을 닦으며 들어왔다. 어머니는 자주색 스웨터 위에 회색 스웨터를 입고 있었다. 둘 다 팔꿈치에 구멍이 나서 흰 살갗이 동그랗게 드러났다.

"응, 엄마. 세 컵 분량만 넣었어요."

"점심때부터 했는데 땔감을 두 개밖에 못 만들었어. 이걸로 어떻게 따뜻하게 지낼지 모르겠다. 솔직히. 창고에 신문지가 하도 많이 쌓여 있어서 네 아빠에게 불나겠다고 말하던 중이야."

어머니는 그 말이 앞뒤가 안 맞는다는 걸 모르는 모양이었다. 샘이 설거지하는 사이 어머니는 차를 끓이면서 이런저런 깡통을 열어 보고는 케이크나 비스킷이 나타나지 않자 실망해서 한숨을 내쉬었다. 거실에서 샘의 아버지가 종이 반죽 벽돌을 누르며 이따금 투덜거리거나 욕을 중얼거리는 소리가 들려왔다.

"필은 잘 있니?"

'넌 잘 있었니'라고는 절대 묻지 않았다. 샘은 분노를 삭였다. 부모님이 필을 염려하는 건 좋은 일이었다. 사위를 싫어하는 사람도 많으니까. 감사해야 했다.

"음…… 비슷해요. 피곤하대요."

"아직 직장은 못 구했고?"

"응, 엄마. 구했으면 말했죠."

"엊그제 밤에 전화했는데. 캣이 말했니?"

"아뇨. 그 애는 잘 만나지도 못해요."

"그 애는 늘 열심이지. 크게 될 거야. 어쨌든, 우리가 보던 TV 프로그램 이야기를 하고 싶었는데, 제목은 모르겠다. 뭐라더라……? TV에서 봤어. 아 참, 캣이 네가 술 마시러 나갔다던데."

샘은 차를 천천히 조심스레 마셨다. "계약을 축하하려고 직장 사람들이랑 한잔했어요. 그냥 가볍게."

"음. 필이 저런 상태인데 혼자 두는 게 잘하는 일인지 모르겠다. 나라면 펍에서 술 마시느라 네 아빠를 혼자 두지 않았을 거야. 필이 좋아할 것 같지 않구나."

엄마는 직장에 다닌 적이 없잖아요. 샘은 말하고 싶었다. 가족이 길에 나앉지 않도록 돈을 번 적이 없잖아요. 한숨을 쉬면서 나를 쓸 모없는 존재로 취급하는 상사랑 일한 적도 없잖아요. 내가 투명 인간이 됐나 싶은 생각을 하면서 잠든 남자 뒤통수를 보며 누워 있던 적도 없잖아요.

"음." 샘이 조심스레 말했다. "자주 있는 일은 아니에요."

어머니는 식탁에 앉아 한숨을 쉬었다. "알잖니. 남자가 실직하면 아주 힘들다. 남자 자격을 잃은 것 같지."

"별로 평등하지 못한 말이에요, 엄마. 엄마는 양성평등을 믿는 줄 알았는데."

"음, 그냥 상식이 그렇단 거지. 남자들이…… 뭐라고 하지? …… 거세당한 느낌이라고. 네가 돈을 다 벌고 저녁에는 펍에 가면, 가엾은 필은 어떤 기분이겠니?"

"엄마는 아빠 없이 외출 안 해요?"

"북클럽에만 가지. 그건 리나 굽타가 늘 치질 이야길 하는데 그런 이야길 들으면 저 사람이 좀 불편해하니까. 솔직히, 『안나 카레니나』 토론에 치질약 이야기를 어떻게 집어넣는지 참 신기할 따름이야."

샘과 어머니는 잠시 이야기를 나눴다. 아니, 어머니가 이야기하는 동안 샘은 지구 환경 걱정, 자기밖에 모르거나 멍청하거나 짜증

나는 정치가에 대한 적개심, (죽어가거나, 중병에 걸렸거나, 이미 죽은) 이웃의 문제에 대한 어머니의 감정을 들어주는 익숙한 역할을 맡았다. 어머니는 스스로 최고의 사위라고 여기는 필("넌 필이랑 결혼해서 참 행운이야")에게 미치는 영향을 제외한 샘의 인생에 대해서는 무관심했다. 또 어머니와 아버지는 사람들 앞에서는 끝없이 애정을 과시하면서도 서로의 짜증 나는 점, 불편한 점, 약점을 샘에게 털어놓았다("저 사람은 이제 지도를 못 읽어." "네 엄마는 안경을 아무 데나 벗어놓는다. 그래놓고 내가 치웠다고 난리지! 눈이 나빠서 어디 뒀는지도 못 보면서.").

"그럼 필을 어떻게 할 셈이니?" 샘이 떠나려고 코트를 입는데 어머니가 말했다. 주방과 위층 화장실을 치우고 난 샘은 부모님이 제 기능을 하기 위해 먹어야 하는 복잡한 이름의 약을 보면서 서글퍼졌다.

"무슨 말씀이세요?"

"음…… 필이 기운 좀 차리게 해줘야지. 자신감을 갖게."

"자신감을 왜 그 사람이 가져요? 나도 없는데."

"농담으로 받지 마, 서맨사. 필은 네 내조가 필요해. 짜증 나더라도."

"할 수 있는 건 다 하고 있어요." 샘은 지친 내색을 감출 수 없었다.

"음, 더 노력해야 할 때가 있다. 네 아빠가 그 문제를 겪었을 때……."

"엄마, 말했잖아요. 아빠 페니스 문제는 알고 싶지 않다고."

"그 파란 알약을 구했잖니. 그리고 그 약을 너무 많이 먹는 바람에 세인즈베리 슈퍼에서 일어난 사건 말고는, 효과가 아주 좋았다.

네 아빠는 다시 자신감을 찾았고, 우린 둘 다 만족했어." 어머니는 잠시 생각에 잠겼다. "그러고 보니, 이제 저 고가 위의 테스코 슈퍼에 다녀야 하는구나. 가족이 쓰기에는 주차 공간이 너무 좁은데."

어머니는 샘의 팔을 잡았다. "얘, 내가 하려는 말은, 당분간 네가 힘들겠지만 필의 기를 좀 살려주면 결국엔 너희 둘 다 좋아질 거라는 거야."

어머니의 파란 눈이 쏘아대는 광선이 따가웠다. 어머니는 샘을 달래듯 미소를 지었다. "한번 생각해 보렴……." 그리고 고개를 돌렸다. "톰, 그놈의 기계로 뭐 하는 거야? 거실에 물 쏟아지는 소리가 여기서도 들리네. 내가 그런 것까지 다 해야겠어?"

샘은 집까지 짧은 거리를 걸어오면서 어머니의 말을 생각했다. 여성 잡지에서 쓰는 용어를 빌리자면, 샘과 필은 몇 달째 단절된 사이로 지냈다. 함께 밖에 나가지 않으니 개(산책을 안 시켰다), 딸(어디 있는지 모른다), 샘의 직장(그 이야기는 하고 싶지 않다) 외에는 화젯거리도 없었다. 어쩌면 정말로 샘이 좀 더 노력해야 할 때인 것 같았다. 자신의 피로나 도움의 결핍에 대한 분노를 잠시 잊는다면 돌파구가 보일 수도 있었다.

보도에서 잠시 멈춰 선 샘은 생각했다. 어머니의 조언을 진지하게 받아들이다니 놀라웠다. 그리고 아버지와 파란 알약이 떠올랐다. 샘은 그 상상을 지우기 위해 우체국까지 걸어가며 혼자 큰 소리로 노래를 불러댔다.

필은 소파에 앉아서 여러 부부가 낮은 천장과 창고 공간을 놓고 다투는 프로그램을 보고 있었다. 코트를 거느라 멈춰 선 샘에게 머리숱이 조금 줄어든 필의 정수리가 보였다. 2주 전, 필이 '미친 과학자'의 외모에 가까워지고 있기에 머리를 커트하라고 설득했다. 그 덕분에 그는 아는 사람의 모습으로 돌아왔다. 샘은 문득 둘이서 다리를 겹치고 소파에 앉아 있다가 필이 자기 정수리에 키스하던 시절이 떠올랐다. 내가 당신 기를 살릴 수 있을지도 모르지.

샘은 필이 좋아하는 치킨 파이와 매시트포테이토, 야채를 요리했다. 그리고 필이 TV 앞에서 식사하지 못하도록 식탁에 음식을 차렸다. 와인을 따고 한 잔씩 따랐다. 필은 불평하지 않았고, 이웃이 새로 산 차 이야기를 꺼내는 노력도 했다. 와인을 두 잔 마신 필은 샘이 기분이 어떤지 묻자 입을 꾹 다물었다. 누가 커튼이라도 친 것처럼 얼굴에서 표정이 사라지는 것이 보였다. 그래서 샘은 부모님이 종이 땔감을 만드는 이야기 따위를 늘어놓으며 침묵을 채웠다. 필은 관심을 보이려고 최선을 다했다. 주방 시계 소리가 요란했다.

"좋은 와인이네." 필이 말했다.

"그렇지? 할인해서 샀어."

"어, 잘…… 했네."

캣에게서 자기 면허증을 본 적 있는지 묻는 메시지가 왔다. 면허증이 어디로 갔는지, 플라스틱 카드는 어찌나 잃어버리기 쉬운지, 캣이 중요한 물건을 얼마나 자주 잃어버리는지 이야기하느라 잠시 활기 비슷한 것이 생기기도 했다. 그러다가 활기가 사라지고 주방 시계 소리가 다시 들리자 필은 10시 뉴스를 보기 위해 소파로 돌아갔다. 샘은 필의 상황을 감안할 때 저녁 식사만 해도 대성공이라고 생각했다.

샘은 필이 우울해질 내용이 TV에 나오지 않기를 바라며 설거지를 했다. 5센티가량 남은 와인병을 보다가 불쑥 집어 들고 재빨리 들이켰다. 샘은 시큼한 액체에 목구멍이 뜨뜻해지자 손등으로 입을 닦았다.

주방을 치운 샘은 2층으로 올라가 샤워하고 향수를 조금 뿌렸다. 욕실의 김 서린 거울에 비친 자기 모습을 봤다. 나이치고 그렇게 나쁜 외모는 아니었다. 목선이 보기 좋았다. 가슴도 보기 좋았다. 아직 처진 곳도 없었다. 섹시한 엄마들처럼 탱탱하고 날씬하진 않았지만, 모든 것을 감안할 때 그리 나쁘진 않았다. 그 구두를 신었을 때 기분을 생각해 봐. 샘이 자신에게 일렀다. 그 후 회의에서, 댄스 플로어에서의 느낌을 생각해 봐. 강인하고, 매력적이고, 아무도 막지 못하는 사람이 됐던 느낌을.

샘은 침대에 누워 필이 올라오는 소리를 기다리면서, 처음 이 집에 이사 왔을 때 그 계단을 뛰어올라 자신의 엉덩이를 잡던 필의 손길을 떠올렸다.

침실 문을 통해 필이 욕실에 들어가는 모습이 보였다. 그가 씻고 이를 닦고 재빨리 가글을 하는 소리가 들렸다. 아침에 보일러가 돌아가거나 바깥 대문이 열리는 소리처럼 익숙한 소리였다.

필이 옆에 눕자 침대 스프링이 잠시 삐걱거렸다. 한동안 그들은 등을 맞대고 잤다. 필은 코를 고는 바람에 모로 누워 자는 습관이 생겼다.

섹스한 지 11개월이 지났다.

어느 날 저녁 샘은 그 날짜를 계산해 봤다. 필이 마지막으로 펍에 간 날까지 거슬러 올라가야 했다. 직장 휴게실에는 남편 등쌀에 못 살겠다고 불평하면서 차라리 책 읽는 게 좋다고 농담하는 여자들이 가득했다. 샘은 독서가 지겨웠다. 섹스가 결혼 생활의 윤활제 기능을 했다. 바닥에 바지를 벗어놓는 것, 식기세척기에서 그릇을 꺼내지 않는 것, 주차위반 딱지를 뗀 것 등 사소한 문제를 섹스 덕분에 잊을 수 있었다. 섹스가 둘을 가깝게 했다. 말라붙은 과거의 잔상이 아니라, 바로 섹스가 둘의 자신감을 찾아주는 매개체였다.

샘은 잠시 생각하며 누워 있다가 소리 없이 몸을 뒤척여 필에게 팔을 둘렀다. 살갗이 따뜻했고, 좋은 비누 향이 조금 났다. 필이 움직이지 않자 샘이 조금 다가가 몸으로 그를 살짝 눌렀다. 필의 뒷덜미에 키스하고 뺨을 댔다. 필이, 그의 손길이 그리웠다. 필이 조금 움직이자 샘은 아주 작은 욕망을 느꼈다. 다리를 살짝 내밀어 필의 다리 사이에 밀어 넣었다. 그의 배를 문지르며 아랫배의 털을 건드리고, 아래로 더 내려가며 뻣뻣한 털을 만졌다. 될 것만 같았다. 성공할 것 같았다. 둘이 새출발을 시작할 수 있을 것 같았다. 샘은 다시 키스하고 그를 살짝 당겨 마주 보도록 했다. '나를 멈출 수 없어. 나는 강한 여자야. 난 섹시해.' 필 위로 올라타서……

필의 목소리가 어둠을 갈랐다. "미안, 여보. 오늘 밤은 내키지 않아."

칼에 찔린 느낌이었다. 침묵이 흘렀다. 샘은 꼼짝하지 않다가 남편의 사타구니에서 살그머니 손을 뗐다. 이불 밑에서 뒤로 물러나 똑바로 누웠다. 잠옷을 입지 않은 것이 후회스러웠다. 잠시 그들은 말없이 누워 있었다.

그때 필이 다시 말했다. "그래도 치킨 파이는 맛있었어."

필은 샘이 존재하지 않는 듯 행동한다면, 샘 인생의 또 다른 남자 사이먼은 젊은 직원들의 말을 빌리자면 그야말로 샘을 들들 볶았다.

직장에서 샘을 눈에 띄게 피하는 동료도 몇 명 있었다. 샘에게 걸린 주술이 옮겨간다는 듯이. 어쨌든 직장은 직장이었고, 그들도 근근이 버티는 중이다 보니 샘이 당하는 괴롭힘을 아무도 인정하려 하지 않았다.

조엘만이 예외였다.

휴게실에 가면 마음이 편치 않았고, 자리에 있으면 입에 음식을 베어 무는 순간 사이먼이 나타났다. 결국 샘은 차에서 점심을 먹기 시작했다. 차에 앉아 '마음이 편안해지는 클래식'을 틀고 샌드위치를 혼자 먹으면서 복잡한 생각을 피하려 했다.

"여기서 뭐 해요?"

샘이 깜짝 놀라는 순간 문이 열리더니 조엘이 바깥의 차가운 공기와 따뜻한 레몬 향을 몰고 들어왔다. 문을 닫는 그의 손에 주유소에서 산 치즈 샌드위치가 들려 있었다. 롱패딩을 입고, 단정하게 땋은 머리는 뒤로 넘겨 하나로 묶은 모습이었다.

"최소한 시동 켜고 히터는 좀 틀어요, 샘. 세상에, 얼어 죽겠네!"

"방금……."

"며칠 동안 샘이 점심을 어디서 먹는지 찾아다녔어요. 사이먼이 캐머런의 계약에 멍청한 프랭클린을 보냈대요. 어떻게 따냈는지는 도통 알 수 없지만. 그래서 커피 한잔하자고 샘을 찾아갔더니 없다는 거예요. 그런데 차창에 김이 서려 있기에……."

프랭클린. 젊고 자신만만한 태도와 번쩍이는 정장 차림에 늘 싱글거리는 프랭클린. 그런 거였다. 샘은 한숨을 내쉬었다. "지……지금은 여기가 좋아요."

조엘에게서 미소가 사라졌다. 조엘은 샘의 얼굴을 살폈다. "이 이야기 더 하고 싶어요?"

"아뇨." 샘은 그 이야기를 꺼내면 울 것 같았다. 그냥 우는 게 아니라 눈물을 펑펑 흘리며 코가 빨개지고 콧물을 흘리면서 흐느끼게 될 것 같았다. 그리고 그런 꼴을 조엘에게 보인다는 건 정말 최악이었다.

"아, 이런……." 조엘이 불만스럽게 고개를 저었다. "어제 예산 회의에서 사이먼이 샘을 힘들게 했다고 테드가 알려줬어요."

작은 차 안에서 조엘의 존재감이 너무 강렬했다. 샘의 허벅지에 너무 가까이 다가온 그 손등의 매끄러운 살결, 그에게서 풍기는 남성의 향기. 반짝이며 올라간 젖은 속눈썹. 그런 속눈썹을 가진 성인은 처음이었다. 그 속눈썹을 만지면 샘의 손끝에 뾰족한 자국이 하나씩 남을 것 같았다. 알고 지낸 지 8년째였는데, 그의 속눈썹이 그제야 눈에 띄었다.

샘은 문득 전날 밤 자신을 거부한 필을 떠올렸다. 그날 아침 수면 부족에 시달린 자신의 모습을. 늙고, 처지고, 거부당한 모습을. 조엘이 다정하게 구는 게 참기 힘들었다. 물론 그가 다정하게 구는 게 아니라 바보 같은 구두를 신고 흥분한 샘이 착각한 것일 수도 있었다. 조엘은 샘을 늙은 이모처럼 여길지 몰랐다. '불쌍한 샘을 돌봐 드리자.'

문득 샘은 조엘이 당장 차에서 나가야 한다고 확신했다. "아니." 샘이 말했다. "난 괜찮아요. 혼자서도 말이죠."

샘은 조엘을 보지도 않고 그렇게 말했다. 동정 어린 표정과 몸짓을 보고 싶지 않았다. "정말이에요. 잠깐 음악을 들으면서 쉬려던 참이에요."

잠시 뒤 조엘이 말했다. "그냥 샌드위치나 먹으면서 함께 있으려고 했어요."

"아뇨." 샘이 흘깃 보고 말했다. "치즈네. 치즈 안 좋아해요."

둘은 어색한 침묵 속에 앉아 있었다. '치즈를 안 좋아한다고?' 샘이 생각했다. '대체 언제부터?'

"알겠어요." 조엘이 잠시 후에 말했다. "그냥…… 확인하러 왔어요. 샘이 괜찮은지……."

"괜찮아요. 아무렇지 않아요. 확인할 필요 없어요. 다 큰 어른이니까!" 그제야 지독하게 어색한 미소를 지어 보이며 고개를 든 샘은 조엘의 표정을 보고 속이 죄어들었다. "정말이에요. 참 친절하네요. 하지만 이제 됐어요. 그만 가봐요." 의도한 것보다 더 냉정한 목소리가 나왔다.

조엘은 잠시 기다리더니 말없이 샌드위치를 들고 차에서 내렸다.

16

재스민이 쉬는 날이었다. 니샤가 당번표를 확인하니 사나흘간 다른 사람이 배정되어 있었다. 아마 재스민이 주말 내내 일하기 때문인 듯했다. 명랑한 대화가 그리우면서도 재스민이 없어서 다행이다 싶었다. 분노(그리고 죄책감)가 차오른 나머지 니샤는 터져버릴 것 같았다.

니샤는 화를 삭이며 일을 해냈다. 더러운 욕실을 치웠고, 화장지나 헤어 컨디셔너를 더 달라는 사람에게 인상을 찌푸렸다. 직원 태도에 관한 불만이 접수될 수 있다는 것을 알았기에, 니샤는 영어를 못하는 척하면서 살짝 위협적인 미소를 띠었고 짜증 나는 손님에게는 잠들었을 때 살해하러 갈 수도 있다는 분위기를 풍겼다.

니샤는 뉴욕 최고의 이혼 변호사 여섯 명에게 연락을 취했다. 그중 셋만이 전화를 받았고, 둘은 이미 칼과 관계가 있다는 것을 알게 됐다. 은행에 전화를 걸었다. 고객 관리 매니저 제프는 다시 연락하겠다고 약속했지만 감감무소식이었다. 네 차례나. 칼 때문에. 어떻게든 살아보려고 신용카드를 만들려고 했지만 영국에 주소가 없고 미국 신용카드 회사는 뉴욕의 집 주소로만 카드를 보내기 때문에 그조차 불가능했다. 그곳에서 니샤의 우편물을 전달할 리 없었다. 칼 때문에.

니샤는 레이에게 매일 전화해서 잡담을 나눴다. 점심은 뭘 먹었는지 묻고 그 아이 룸메이트가 모르몬교인임을 숨기는 것 같다는 이야기, 손톱 깨물기를 멈출 수 없어서 괴롭다는 이야기 등을 주고받았다. 니샤는 자기 가족에게 무슨 일이 생겼는지 도저히 설명할 수 없었다. 아들. 아름답고 연약한 아들. 그 애를 생각하면 8000킬로미터나 떨어져 있어도 가슴이 저리고 피가 흘렀다. 아이에게 곧 이야기해야 했지만, 곁에서 위로할 수도 없으면서 그런 상처를 남기는 게 두려웠다. 게다가 그 일이 바로 얼마 전이었다.

니샤는 무엇보다도 그 때문에 칼이 미웠다.

오후 휴식 시간 동안 니샤가 주방에 숨어 있을 때 알렉스가 함께 있었다. 그는 저녁 서비스를 준비하거나 구석에 앉아 너덜너덜한 책을 읽었다. 주로 음식에 관한 책이었다. 그는 니샤에게 말을 걸지는 않았다. 하지만 니샤를 보면 책을 내려놓고 조리대로 가서 허브를 곁들인 야생 버섯 오믈렛이나 치킨과 트러플 마요네즈를 넣은 샌드위치 토스트를 만들어줬다. 그는 분노의 지옥불 속에 선 사람에게 작은 호스로 물을 조금 뿌리는 것뿐이라는 듯한 태도로 그 요리를 니샤 앞에 내려놓았다. 알렉스는 늘 방금 일어난 것처럼 부스스한 머리칼에 눈은 피로에 절어 있었으며 몸에 지방이라고는 조금도 없어 보이는 사람이었다. 특별히 주의 깊게 살핀 건 아니지만 니샤에게는 사람의 체격이나 체지방 비율을 무의식적으로 확인하는 습관이 있었고 그는…… 날씬했다. 모든 셰프가 그렇듯 피로에 절어 있었지만(긴 근무시간과 주방의 지옥 같은 상황 탓에 남보다 노화를 두 배로 겪는 듯했다) 건강한 체격이었다.

"당신이랑 안 자요. 잘 알겠지만." 그가 특별히 아름답게 요리한 스테이크 샌드위치를 건넸을 때 니샤가 말했다.

그는 니샤를 가만히 보더니 재미있는 말을 들은 것처럼 조금 웃었다.

"알겠습니다." 그런 생각은 해본 적도 없다는 말투였다. 니샤는 그 대답에 부끄럽기도 하고 화가 나기도 했다.

밤이면 끔찍한 호텔 방에 누운 니샤의 머릿속에는 생각들이 실타래처럼 뒤얽혀서 떠올랐다. 눈을 뜨면 너무 피곤해 오직 분노의 힘으로만 벤틀리 호텔로 돌아갈 수 있었다. 새벽 2시에서 4시 사이, 들리는 것은 사이렌과 옆방에서 싸우는 소리뿐일 때, 니샤는 휴대전화를 들어 기억하는 몇 안 되는 전화번호 중 하나를 눌렀다. 줄리애나였다. 그러다 손을 멈추고서 자신이 쓴 메시지를 보다가 지우고 휴대전화기도 내려놓았다.

급료와 레이가 보낸 돈을 더해본 니샤는 호텔에서 지낼 날이 얼마 남지 않았음을 알게 됐다. 그리고 그날이 왔다. 타워 프리마베라에서 퇴실하라고 알려왔다. 6시 30분에 식당으로 가던 니샤는 안내데스크 직원과 마주쳤다. "참, 캔터 부인. 다음 2주간 컨퍼런스 때문에 호텔이 만실이랍니다. 죄송하지만 내일 아침 체크아웃해 주셔야 합니다."

"그럼 어디로 가죠?" 니샤의 말에 직원은 그런 질문은 처음이라는 듯 멍하니 쳐다보기만 했다.

걸어서 출근하던 니샤는 매일 아침 길에서 지나치는, 골판지 상
자 안에 사는 형체 없는 잿빛 얼굴의 남자들처럼 자신도 거리에서
지내게 될까 싶었다. 단 한 명도 니샤의 전화에 답하지 않았다. 지
난 18년간 사교 행사에서 옆자리에 앉았던 여자 중 단 한 명도. 소
위 친구라는 사람 중 단 한 명도. 칼 혹은 샬럿이 그들에게 모두 알
렸을 것이다. 니샤는 이제 불가촉의 존재가 됐다. 대서양 건너편에
서 그들이 나누는 굴욕적인 대화가 들리는 듯했다.

'음, 보통은 안됐다고 하겠지만, 워낙 쌀쌀맞은 여자라 솔직히 신
경이 안 쓰이네.'

'어머, 멀리사! 너무 재밌다!'

니샤는 템스강을 따라 걸으며 계획을 세워보려고 했다. 그 도시
가 싫었다. 앞창 와이퍼 너머로 흐릿하게 보이는 사람들을 태운 차
도 싫었다. 자전거를 피하며 욕설을 중얼거릴 때 멍하니 쳐다보는
사람들이 싫었고, 입을 꾹 다문 엄마와 아이들이 탄 사륜구동 차량
도 싫었고, 자신에게 야유하는 건설 인부들과 바 앞에 모여 행인을
훑어보는 약은 눈초리의 젊은이들도 싫었다. 니샤는 그 모든 것에
노출되어, 지저분하고 혼란스러운 우주에서 자유낙하를 하는 먼지
같은 존재가 되어버린 상황이 싫었다. 습한 냉기를 막기 위해 옷깃
을 세우고, 호텔의 분실물실에 가져다 놓아야 할 모직 머플러를 목
에 두른 채로 걸었다. 비록 자기 성찰에 익숙하지 못한 니샤였지만
평생 그보다 불행한 적은 없었다.

*

"이야기 좀 해요."

근무를 마친 니샤 앞에 재스민이 나타났다. 늘 입는 빨간 새틴 코트와 조깅 바지 차림에 체인 백을 메고 손톱에는 반짝이는 형광 파란색 매니큐어를 칠한 모습이었다. "화요일에 있었던 일이 머릿속을 떠나지 않았어요."

니샤는 사물함에서 재킷을 꺼낸 뒤 문을 쾅 닫았다. "내 물건을 돌려주게 만든 것 말인가요?"

재스민의 얼굴이 시무룩해졌다. "나한테 이러지 마요. 난 니샤의 적이 아니에요."

니샤는 궁금하다는 표정을 지었다. 하지만 재스민은 이미 복도를 걷고 있었다.

"어서 재킷 입어요. 우리 집에 갈 거니까." 재스민이 말했다.

그들은 두 대의 버스 중 앞의 것을 탔다. 덜컹거리는 버스 안에서 재스민은 니샤에게 그동안 어떻게 살았으며 무슨 일이 있었는지 물었다.

정말 얼마 전까지 펜트하우스에 살았어요? 정말로 펜트하우스에?

잠깐, 여기에 집이 있는데도 말이에요? 집이 있었어요? 집이 여러 채였다고요? 대체 몇 채나 있었어요?

매달 전 세계를 돌아다녔다고요? 그럼, 집이 어디였어요? 모두라니, 그게 무슨 소리예요?

어쩌다 그 옷을 전부 다 갖게 됐어요? 남편이 매주 돈을 쓰라고 줬어요? 얼마나요? 네에? 일은 안 했어요? 그건 일이 아니죠…… 쯧.

정말로 친구가 한 명도 연락을 안 했어요? 도와주지도 않고? 대체 어떤 인간들이죠(쓰라린 말이었다.)?

아들은 뭐래요(더욱 쓰라린 말이었다.)?

아니, 아들에게 언제 말할 건데요? 이것 봐요, 이런 일은 비밀로 할 수 없어요. 누굴 지키려고? 바람이나 피우는 남편 놈을?

그리고 그놈이랑 자는 년은 대체 누구죠? 아는 여자예요? 허. 그렇군. 그럼 그렇지. 어쩔 생각이에요?

재스민은 침착하게 대놓고 물었다. 자기 의견을 감추지도 않았다. 니샤는 이런(칼의 친구 아내들 사이에서 익숙해진 암호식 대화와 무의미한 미소, 곁눈질과는 너무 다른) 대화 방식에 놀란 나머지 마음속 분노가 누그러졌다. 그래서 솔직하게 대답하기 시작했다. 다른 여자들과 대화할 때처럼 저도 모르게 멍청한 대답을 하거나, 자신의 대답이 훗날 악용될까 염려하는 일 없이.

그들은 버스 정류장에서 내려 10분 동안 걸어가는 내내 대화에 몰두했다. 비가 내리기 시작한 것도 알아차리지 못했다. 그들이 지나가는 주택 지역은(재스민은 그곳을 단지라고 불렀다) 빈 보도가 가로지르는 굉장히 넓은 곳이었다. 주황색 가로등이 점점이 서 있었다. 니샤는 재스민을 잃어버리면 돌아가지 못하니 재스민 곁에 꼭 붙었다.

"비현실적인 이야기네." 재스민이 핸드백에 손을 넣으며 말했다. "별 이야길 다 들어봤지만, 이건 또 차원이 다른 이야기야."

재스민이 아파트 문을 열었을 때, 니샤는 그녀가 자신을 찾으러 버스를 두 번이나 타고 런던을 가로질러 왔음을 깨달았다.

*

아파트는 니샤가 가본 곳 중 가장 작은 집이었다. 벽이나 남는 공간에는 옷가지를 넣은 깔끔한 플라스틱 상자가 쌓여 있었고, 건조대에서는 빨래가 마르고 있었다. 문 뒤나 의자 위, 서랍장 등 곳곳에 옷이 있었다.

"그레이스?" 재스민이 니샤에게 작은 주방으로 들어오라고 손짓하더니 다시 밖으로 나갔다. "숙제했니?"

다른 방에서 TV 소리와 함께 목소리가 들려왔다. "했어."

"그냥 했어, 아니면 제대로 했어?"

"누가 왔어?"

"응, 니샤가."

니샤는 접이식 테이블 옆 의자에 앉아 재킷을 벗었다. 음식 냄새와 달콤한 머스크 향이 가득했다. 조리대에서 끓이는 고기 스튜 때문에 창문에 약간 김이 서려 있었다. 니샤는 그간 화학약품으로 청소한 호텔 방의 무미건조한 냄새에 얼마나 익숙해져 있었는지 깨달았다. 그리고 그날 밤 이후로 그 호텔에서 지낼 수 없었다는 사실도 기억이 났다. 벤틀리 호텔 세탁실 옆 침대를 쓸 계획을 세워두긴 했지만 들키지 않고 얼마나 지낼 수 있을지는 알 수 없었다.

"그레이스, 버릇없이 굴지 마! 나와서 인사해야지!"

열세 살 혹은 열네 살쯤 된 여자아이가 머리를 쏙 내밀었다. 그 애에게 니샤가 머뭇거리며 손을 흔들었다.

"어! 꽤 예쁘네."

아이가 들어가기 전에 재스민이 웃음을 터뜨렸다. "외교단에 들어가려고 교육을 받고 있어요."

"좋은 뜻으로 한 말이야! 지난번에 엄마가 데려온 그리스 아줌마
는 차에 치인 것처럼 생겼잖아."

"손님에게 그렇게 버릇없이 굴라고 가르쳤니?"

"미안." 그레이스는 전혀 미안하지 않은 말투로 말했다. "엄마랑
같이 일해요?"

"응."

"변기 청소하는 법 모르는 그 사람이에요?"

니샤는 잠시 생각했다. "그런 것 같아."

"시킨 대로 쌀을 넣었니?" 재스민이 냄비 뚜껑을 집어 들면서 물
었다.

"뚜껑 덮어서 아래 오븐에 넣어뒀어."

"다행이다. 배가 너무 고프네. 그레이스, 식탁에서 네 물건 좀 치
워."

서둘러 찬장에서 접시를 꺼낸 재스민은 거실로 가서 TV 옆에 작
은 식탁을 차렸다. 그레이스가 식기를 가져오던 중에 어찌할 줄 모
르고 앉아 있는 니샤를 할끔할끔 훔쳐봤다.

"미국 사람이죠?" 그레이스가 지나가며 물었다. "디즈니랜드에
가봤어요?"

"아들이 너만 할 때 데리고 갔는데, 별로 좋아하지 않았어."

"왜요?"

"그 애는 놀이기구를 좋아하지 않아서. 영화나 컴퓨터게임을 더
좋아해."

"남자애들은 다 컴퓨터게임을 좋아하잖아요. 엄마는 못 하게 해
요."

"엄마가 똑똑하네. 걔 상담의가 그러는데 게임은 마약이나 마찬
가지래."

"상담의가 뭐예요?"

"어…… 정신과 의사. 마음을 고쳐주는 사람."

"아들이 미쳤어요?"

니샤는 망설이다 이렇게 대답하며 미소를 지었다. "음. 아마 약
간. 우리 다 그렇지 않니?"

"아뇨." 그레이스가 대답하고 행주를 가져왔다.

실내에 작은 소파와 암체어가 있었는데, 그 위에는 모서리를 칼
처럼 예리하게 다림질한 침대 시트 더미가 쌓여 있었다. 그 옆에는
다리미판이 서 있었다. 그레이스가 잔과 물 주전자를 가져오자 재
스민은 세탁물을 니샤가 호텔에서 본 적 있는 비닐백에 넣어 하나
씩 테이프로 봉했다. 니샤가 벤틀리 로고를 빤히 봤다.

"한 번 쓰고 버리는 거라. 난 재활용하는 거라고 생각해요."

"내 옷이 많은 줄 알았는데 착각이었네요." 니샤가 말했다.

"아. 저건 내 옷이 아니에요." 재스민이 니샤에게 식탁에 앉으라
고 손짓하며 말했다. "다림질하고 수선한 거죠."

"네?"

"호텔에 안 나갈 때 하는 일이에요. 다림질이랑 수선."

니샤는 재스민을 빤히 봤다. 벤틀리에서의 일이 끝나면 샤워도
겨우 할 정도로 탈진 상태가 됐다. 그런데 또 일을 시작하다니, 상

상도 할 수 없었다.

재스민이 양고기 스튜를 식탁으로 가져오더니 그릇에 담았다. 기름지고 맛있는 냄새가 나는 스튜는 쌀밥과 야채 옆에서 김을 모락모락 피워 올렸다. 니샤가 2주 만에 처음 먹는 가정식이었다. 예전의 니샤라면 단백질과 섬유질을 머릿속으로 계산하며 밥은 밀어놓았을 것이다. 하지만 니샤는 밥을 맛있는 소스에 적신 뒤 열심히 퍼먹었다. 먹느라 바빠서 말할 새도 없었다. 나머지 두 사람이 절반도 먹기 전에 니샤는 접시를 깨끗이 비웠다.

"알렉스가 오늘 안 나왔어요?" 재스민의 말에 니샤가 고개를 들었다. "어서 더 먹어요."

니샤는 알렉스가 만들어주는 식사에 얼마나 의존하게 됐는지 모르고 있었지만, 재스민은 알고 있었다. 니샤는 잠시 기다린 뒤 스튜를 더 담았다. 재스민은 딸과 숙제랑 내일 학교 일을 이야기하며 니샤가 충분히 먹고(배가 아플 정도로 먹었다) 딸이 접시를 치우기를 기다렸다. 그리고 니샤에게 말했다.

"그래서, 어디에 살고 있어요?"

"호텔에서요. 하지만……." 니샤는 인정하기 싫었다.

"하지만 뭐요?"

한숨을 쉰 니샤는 머리 위로 두 팔을 들었다. "방을 비워야 해요. 어차피 거기 살 돈이 없어요. 물어보려고 했어요…… 벤틀리의 그 작은 방에서 살아도 되는지. 지난번에 배 아플 때 들어간 방 말이에요."

"아, 안 돼요." 재스민이 고개를 저었다. "거긴 야간 근무자들이

썼요. 밤새 사람들이 들락거려요. 두 시간이 한계일걸요."

"음…… 그럼 객실을 쓸 수 있을까요? 그냥, 저, 몰래? 그날 손님이 있는지 확인했잖아요. 시트 위에 누울 거예요. 5분 안에 다 정리할 수 있어요."

재스민의 표정을 보니 무슨 생각인지 알 수 있었다. "농담 말고. 어쩔 생각이에요?"

"모르겠어요."

재스민은 식탁에서 일어났다. "음." 잠시 뜸을 들이더니 말했다. "여기서 지내야 할 것 같네요." 이미 마음을 정한 말투였다.

"네?"

"여기 말고 갈 데가 있어요?"

"하지만 방도…… 많지 않아 보이는데요."

"그렇죠. 하지만 니샤는 방이 없잖아요. 그러니까요, 룸서비스나 5성급 마사지는 못 해줘요, 니샤. 달랑 침대 하나뿐이에요. 상황이 정리될 때까지. 당번이 아닐 때는 그레이스를 좀 봐줘요. 식사 준비도 좀 하고. 그걸로 갚아요. 참! 요리사가 있어서 요리할 줄 모르지 않다면요."

잠시 침묵이 흘렀다. 둘은 서로 마주 봤다.

"아, 안 돼. 설마."

니샤가 천천히 고개를 저었다.

재스민이 눈썹을 치켜떴다. 느닷없이 분위기가 바뀌더니 재스민이 웃음을 터뜨렸다. 니샤는 몹시 낯선 감정을 느꼈다. 뭐라고 말해야 할지 알 수 없었다. 무엇을 느껴야 할지도 몰랐다. 잘 알지도 못

하는 여자와 조그만 아파트에 앉아, 2주 전만 해도 죽어도 눕지 않았을 침대가 생긴 것에 감사하고 있었다. 그리고 그 여자는 니샤를 향해 웃고 있었다.

"오, 이런. 니샤는 참 특이해요." 재스민이 눈물을 닦으며 말했다. "정말 특이한 사람이라니까."

"내가 다 해결할 거예요." 니샤가 진심으로 말했다. "정말이에요. 계획을 세워서 그 인간에게 대가를 치르게 할 거예요. 전부 다."

"물론이죠." 재스민이 등을 기대고 앉았다. 정말 멋진 말을 들은 것처럼 여전히 웃고 있었다. "난 팝콘 들고 앉아서 구경할 거예요. 1열에 앉아서. 팝콘은 아주 큰 걸로 들고. 신난다."

남는 침대는 그레이스의 침대에서 75센티미터쯤 위에 있었다. 니샤는 전에 쓰던 사람이 스티커를 잔뜩 붙여놓은 낡은 파란색 2층 침대에서 어린이 애니메이션 「마이 리틀 포니」의 이불을 덮고 자야 했다. 니샤는 침대 옆에 놓인 옷장과 누군지 모르는 가수 포스터가 잔뜩 붙은 벽 아래에 위치한 책상으로 꽉 채워진 작은 방을 멍하니 봤다. 책상에 앉아 있던 그레이스가 니샤에게로 고개를 돌렸다.

"2층 침대에서 네 물건 좀 치워라." 재스민이 손짓하며 말했다.

그레이스는 입을 꾹 다물고 불만을 표시했다.

"오래 안 있을 거야." 니샤가 달래듯 말했다.

낯선 사람과 같이 지내라고 하면 레이가 어떻게 반응할까 상상해 봤다. 레이의 표정도 그레이스와 비슷할 것이다. "코는 절대 안 골 거야."

그레이스가 낮게 신음했다.

재스민은 니샤에게 수건을 건넸다. "쟤는 혼자 자는 거 싫어해요. 그러니까 서로 잘됐지."

그레이스가 문제가 아니었다. 니샤는 자신이 이 상황을 견딜 수 있을지 잠시 생각했다. 니샤는 칼과도 드레스룸과 욕실을 따로 썼다. 학교를 졸업한 이후로 타인과 그렇게 가까이 지낸 적이 없었다.

"참." 재스민이 말했다. "줄 게 있어요." 재스민은 작은 노란색 비치 타월을 들고 있는 니샤 뒤로 사라지더니 슈퍼마켓 비닐 봉투를 들고 돌아왔다. "티셔츠인가요?" 니샤가 물었다. 그날 밤엔 거기서 자고 다음 날 일찍 호텔에 물건을 가지러 돌아가자고 의논한 뒤였다.

"열어봐요." 재스민이 말했다.

니샤는 머뭇거리다가 봉투 안을 들여다봤다. 그리고 천천히 라펠라의 실크 팬티 세 개와 진청색 카린 길슨 레이스 브라를 꺼냈다. 그것을 가만히 보는 니샤의 손끝에 아는 물건, 자기 것이라는 느낌이 전해졌다. 자신의 속옷. 니샤는 실크를 쓰다듬으며 재스민을 올려다봤다.

"음, 남의 속옷을 입고는 당당해질 수 없잖아요?" 그 말에, 이 어처구니없는 일이 벌어진 뒤 처음으로 니샤는 울음을 터뜨렸다.

17

"이상해졌어요."

"이상해지다니 무슨 말씀입니까?"

"집에 있질 않아요. 그리고 집에 와도 저한테서 최대한 떨어져 있어요. 항상 개를 산책시키거나 2층에서 빨래를 개고 있어요."

"부인이 해야 하는 일이기 때문은 아닐까요? 필 씨가 안 하니까?"

"음, 그럴지도 모르죠. 하지만 보통 그 사람이 집에 있으면 훨씬 더⋯⋯." 필이 머리를 긁적였다. "⋯⋯ 존재감이 있었다고 할까? 그리고 화장도 해요."

코비츠 선생은 기다렸다.

"샘은 화장을 안 했어요. 아니, 마스카라를 약간 바르기는 하지만. 보통은 신경 쓰지 않아요. 그런 거 안 좋아해요. 그리고 저도 상관 안 했거든요? 어쨌든 보기 좋으니까요. 외모로는 빠지지 않거든요."

"근데 요즘은 화장을 하신다고요?"

필이 생각하더니 대답했다. "거의 매일 해요. 아니, 그 사람이 출근 준비하는 동안 함께 있었는데, 파운데이션이랑 아이섀도를 바르더니 블러셔도 발랐어요."

"하지만…… 그 문제에 대해 이야기는 안 해봤습니까?"

"네." 필은 자리에서 불편한 기색으로 몸을 움직였다. "음……
음…… 집사람이 제가 자는 줄 아는 편이 더…… 편하거든요."

"그럼 부인께서는 화장하는 걸 필 씨가 안다는 사실을 모르는군
요."

"네." 그렇게 말하니 참 멍청한 소리 같았다.

"구체적인 걱정거리가 있습니까? 그게 왜 그렇게 걱정스러운지
알고 있습니까?"

"그다지…… 샘답지 않아서요."

긴 침묵이 흘렀다.

"두 분 부부관계에 대해 질문해도 되겠습니까?"

"괜찮아요."

"'괜찮다'고요."

"아니, 늘 괜찮았어요. 하지만 제가…… 음…… 그게 당연한 거
겠죠, 제가……."

긴 침묵.

"좀 멀어졌다는 말씀입니까?"

필의 귓불이 달아오르기 시작했다. 그는 코를 훌쩍이며 끄덕였다.

"마지막으로…… 부인과 관계를 가진 것이 언제인지 기억합니
까?"

필은 죽고 싶었다. 다시 상담하러 온 것이 후회스러웠다.

"좀 됐어요. 그러니까…… 몇 달. 아마…… 1년이 다 되어가겠

네요."

"두 분 다 이 상태를 편안해하고 있습니까?"

필은 말할 수가 없었다. 며칠 전 샘이 등 뒤에서 끌어안았을 때, 자신을 필요로 하던 때 느꼈던 뜨거운 수치심. 하지만 필은…… 도저히 할 수 없었다. 원하지 않는 게 아니라고, 아무것도 안 될까 봐 두렵다고 말할 수 없었다. 그것이 끝이었다. 시도도 안 하는 편이 쉬웠다. 뭔지 몰라도 그것이 지나갈 때까지. 필은 그런 말을 할 수 없었다. 입 밖에 낼 수 없었다.

옛날에 샘은 필이 그 이야기를 할 수 있게, 심지어 그 일을 놓고 웃을 수 있게 해줬을 것이다. 하지만 그날 밤에는 돌아눕더니 실망스럽고 짜증 난다는 듯 한숨을 내쉬었다. 필은 쪼그라들어 사라지고 싶었다.

"지금은 그 사람이 저 때문에 조금 실망하는 걸 저도 알아요. 하지만 도저히…… 그냥 기분이…….."

"감당할 수 없군요."

"네." 필은 안도하며 말했다. "감당할 수 없어요. 전…… 도저히……."

긴 침묵이 흘렀다. 코비츠 선생은 긴 침묵을 좋아했다. 한참 뒤에 그가 말했다. "부인에게 지금 감정을 이야기하면 어떻게 될 것 같습니까?"

그렇게 생각하자마자 필은 푹 꺼지는 듯한 느낌을 받았다. "말할 수 없어요. 그 사람은 화가 많이 나 있어요. 아니, 소리를 지르지는 않아요. 나한테 고함치는 사람은 아니에요. 하지만 느낄 수 있어요.

나한테 실망한 거죠. 내가 자기한테 모든 걸 다 맡긴다고 생각해요. 그 생각이 틀린 것도 아니죠. 하지만 못 하겠어요. 그냥…… 너무…… 기운이 없어요. 물처럼 누워서 모든 게 흘러가도록 두고 싶어요. 그리고 그렇다고 말하면 샘은 그것도 자기가 감당해야 할 일이라고 생각할 거예요. 또 하나의 부담이라고."

"그럼…… 모든 게 지나가도록 기다리는 게 전략입니까?"

"그러게요."

코비츠 선생은 다시 기다렸다.

"아무것도 할 기력이 없어요."

"아버지가 돌아가셨을 때 어떤 감정이었습니까?"

필은 잘못된 질문을 받은 듯했다. "무슨 말씀이죠?"

"아버지가 돌아가셨을 때, 아버지를 실망시킨 것 같았다고 하셨죠."

"그 이야기는 하고 싶지 않아요." 필은 목이 메었다.

"좋습니다. 하지만 상담을 통해서 알게 된 사실은, 필 씨가 타인을 실망시키고 있다고 느낀다는 겁니다. 그 평가를 받아들일 수 있습니까?"

"그렇게 느끼는 게 아니에요. 그걸 알고 있는 거지."

"부인이 그런 표현을 썼습니까?"

"아뇨. 샘은 그런 말 안 해요."

"그럼 필 씨의 해석이군요."

"그 사람은 내 아내예요. 내가 알아요."

"그렇군요." 긴 침묵. "부인이 그렇게 느끼지 않으려면 필 씨가 어떻게 해야 할 것 같습니까?"

"뭐. 당연하잖아요? 직장을 구하고. 다시 남자가 되어야죠."

"본인이 남자가 아니라고 생각하세요?"

"남자다운 남자 말이에요."

"남자다운 남자가 뭘까요?"

"아. 이젠 선생님이 헛소리를 하시네."

필이 무슨 말을 해도 코비츠 선생은 기분 나빠하지 않았다. 그저 무표정으로 필을 가만히 보다가 빙긋 웃었다.

"자세히 설명해 줄 수 있습니까? 필 씨에게 남자다운 남자란 무엇인지?"

"당연한 거 아닌가요. 직장이 있는 사람. 가장 노릇을 하고. 일하고."

"그런 걸 안 하면 남자다운 남자가 아니라고 생각합니까?"

"아. 이건 다 말장난이에요." 필이 일어났다. "그만 가야 되겠어요."

코비츠 선생은 말리지 않았다. 아무 말도 하지 않았다. 필이 재킷을 입는 동안 기다리더니, 나가려고 문을 열자 이렇게 말했다. "다음 주에 뵙겠습니다."

니샤는 재스민의 아파트에서 사흘 밤을 보냈다. 그중 이틀 동안은 재스민과 버스를 타고 출근하며 길을 익혔다. 새벽 5시 30분, 잠이 덜 깬 두 사람은 말없이 커피로 그날 하루를 마주할 각오를 다졌다. 저녁이면 그들은 복잡한 버스에 함께 앉아 그날 누가 팁을 가장 많이 받았는지, 최근 손님들의 기괴한 행동은 무엇이 있었는지, 저녁은 무엇을 먹을지 다정하게 이야기했다. 니샤는 보통 잡담을 즐기지 않았지만, 재스민의 호의에 대한 대가라고 생각해서 피곤한 내색을 하지 않으려 최선을 다했다.

그들은 재스민의 어머니 집에서 그레이스를 데리고 왔다. 18개월 전 집에 도둑이 든 이후로 그레이스는 혼자 있기를 싫어했지만("내 세례 팔찌랑 그레이스의 노트북을 훔쳐 갔어요. 그거 갚느라 6개월이 걸렸죠."), 그레이스의 아버지는 딸을 데리고 있을 수 없어 저녁에는 길을 멀리 돌아가야 했다. 재스민은 저녁 식사 후에도 일했다. 스팀 다리미와 전기 재봉틀 소리가 끊이지 않았다. 니샤는 재스민의 일거리를 하나라도 덜어주려고 설거지와 정리를 했다.

마지못해 침대 위층을 내어준 그레이스는 꼭 필요한 때는 니샤에게 말을 했지만, 한방을 써야 하는 것에 이만저만 짜증을 내는 게 아니었다. 그레이스는 니샤와 눈을 마주치지 않았고, 니샤가 침대에서 내려오면 한숨을 푹 쉬면서 보란 듯이 귀에 이어폰을 끼웠다. 니샤는 그 애를 탓할 수 없었다. 그녀 역시 작은 아파트에서 두 사람과 함께 사는 것이 매우 피곤했다. 움직일 공간이 없었다. 소지품도 없었지만, 둘 곳도 없었다. 피할 공간이 없었다. 화장실에 앉아 있을 때도 둘 중 하나가 문을 두드리며 헤어 제품이나 칫솔, 변기를 써야 한다고 외쳐댔다. 소음이 끊이지 않았다. TV, 그레이스가 듣는 음악, 주방 라디오, (멈추지 않는) 세탁기, 세탁물을 가져가거나 맡기는 사람들이 밤낮으로 눌러대는 초인종. 가차 없이 몰아대며 평화가 없는 이런 생활이 그들에게는 일상이었다.

하지만 니샤는 감사해야 한다는 사실을 알았다. 그래도 그곳이 지독한 호텔 방보다는 훨씬 나았다. 솔직히 계획을 세우는 동안 구할 수 있는 그 어떤 것보다 나았다. 그리고 어떤 경우에도 미소를 짓고, 뱃사람처럼 심한 욕으로 불운을 저주하다가, 그래도 다행이라며 웃을 수 있는 재스민이 존경스러웠다. 재스민은 여성복 사업을 하고 싶어 했다. 하지만 벤틀리의 일을 즐겼으며 하루 종일 혼자 일하면 외로울까 봐 염려했다. "사실 작은 공간만 있으면 좋겠어요. 이것들을 다 갖다 놓을 작은 가게나." 재스민이 실내를 가리키며 말했다. "그래서 그레이스랑 내가 지낼 공간이 조금만 더 생기면." 그렇다, 재스민은 애인도 원했지만 여유 시간은 거의 없었고 '엄청 까다로웠다'. "그레이스가 부록으로 따라오잖아요? 날 좋아하는 사람은 그레이스의 승인을 받아야 해요(그레이스는 당분간은 그럴 일 없다는 듯, 눈썹을 치켜떴다)." 재스민이 농담을(보통 남자나 섹스에 관해) 시작하면 니샤는 저도 모르게 따라 웃다가 눈물을 흘리기도 했다. 평생 처음으로 니샤는 여자들 사이의 유대관계를 엿봤다. 그리고 그것이 좋아졌다.

바로 그때 샬럿 윌리스가 니샤의 코트를 입고 나타났다. 6700달러짜리 연갈색과 크림색, 그 사이즈로는 단 한 벌뿐인 클로에 무스탕 코트를. 니샤는 청소용 이동 카트를 밀고 가다가 그 코트가 중앙 복도로 다가오는 것을 알아보고 깜짝 놀랐다. 그리고 입고 있는 사람이 누군지 알아차렸다. 잘난 체하는 음흉한 미소를 머금고서 옆에 선 젊은 여자에게 뭐라고 말하려 고개를 돌린 샬럿을 본 니샤는 분노가 차올라 기절할 것 같았다. 니샤가 우뚝 서는 바람에 뒤에서 걷던 재스민이 니샤에게 부딪혔다. 재스민은 상황을 파악하고 니샤의 팔꿈치를 잡아 홱 돌리더니 호텔 내 의류 매장으로 향했다. 카트는 그 자리에 남았다.

"저 여자예요?" 재스민이 말했다.

"내 코트." 니샤가 과호흡을 일으키며 말했다. "내 코트를 입다니. 이런 빌어먹을 경우가. 대체 내가 뭘 본 거지? 뭘 본 거야?" 그들은 직원용 승강기 옆에 섰다. 니샤는 재스민 쪽으로 돌아서서 달리 방법이 없다는 듯, 몸을 세우고 어깨를 으쓱였다. "안 되겠어, 이제 저 여자를 죽여야겠어."

재스민은 한 번 웃더니 표정을 굳히고 그레이스에게나 지어 보일 표정을 지었다. "안 돼요, 니샤. 아무도 죽이지 말아요."

"내 코트라고요."

니샤는 참을 만큼 참았다. 세상에는 도저히 견딜 수 없는 일이었다. 그건 클로에 코트였다.

"놔둬요." 재스민이 단호하게 말했다. 니샤가 저항하자 다시 말했다. "놔. 둬. 요. 내 말 잘 들어요. 시간을 벌어야 해요."

"네? 무슨 소리예요?" 니샤의 음성이 높아지자 재스민은 그 모든 것이 직원 사이의 농담이라는 듯, 지나치는 손님에게 미소를 지어 보이며 니샤를 문 쪽으로 밀었다. "시간을 벌라고요? 난 그럴 시간 없어요."

"봐요, 니샤가 가진 건 그게 전부예요."

샬럿이 친구와 금빛 승강기에 탔다. 니샤는 뉴욕 매장에서 그 코트를 사던 날, 전용 탈의실에서 어깨에 걸쳤을 때의 그 감촉과 엷은 가죽 냄새가 기억났다. 거울에 비친 모습을 볼 때 미소 짓던 매장 직원들이 떠올랐다. 그 부드러움. 아름답고 고급스러운 부드러움을 잊을 수 없었다.

"미워요." 닫히는 금빛 문 뒤로 샬럿이 사라질 때 니샤가 재스민에게 말했다.

"알아요." 재스민이 말했다. "어서 와서 샌드위치 먹어요."

"빌어먹을 신데렐라가 된 기분이에요. 못생긴 언니가 내 빌어먹을 드레스랑 호박 마차, 빌어먹을 눈먼 생쥐까지 전부 다 가져가 버린 거지." 니샤는 알렉스가 만든 샌드위치를 한 입 먹고 접시를 치웠다.

"생쥐가 눈멀진 않은 것 같지만. 괜찮아요." 재스민이 차를 마셨다. "그 마음 알아요. 니샤. 그 마음 안다고. 아, 잠깐." 재스민이 휴대전화를 봤다. "샌드라가 사무실로 오라네. 2층인가 3층 카펫 자국 때문일 거예요. 여기 있어요. 금방 올게요."

니샤는 억울한 마음에 정신이 팔려 몇 분 후에야 재스민이 사라진 것을 알아차렸다. 새우와 망고를 넣은 맛있는 샌드위치도 배가 아파서 더 이상 먹을 수 없었다.

알렉스가 의자에서 천천히 일어났다. 그는 책(북유럽 고지대 슬로 쿠킹에 관한 내용이었다)을 내려놓고 주머니에서 담뱃갑을 꺼냈다. 그는 담배 한 개비를 니샤에게 건네고 편안한 손놀림으로 자신도 물었다.

"담배 안 피워요." 니샤가 짜증 내며 말했다.

"알아요." 그가 말했다.

그는 쓰레기통이 있는 뒷문으로 나갔고, 잠시 후 니샤도 뒤따랐다. 그와 함께 있고 싶어서가 아니었다. 자신이 겪는 일을 지켜봐주는 사람 없이는 있을 수 없어서였다. 알렉스는 담뱃불을 붙이고 낮은 담 옆에 서 있었다. 커다란 플라스틱 음식물 쓰레기통에서 희미한 양배추 냄새가 흘러나왔지만, 다른 직원들과 마찬가지로 니샤도 알아차리지 못했다.

"남편이." 니샤가 말했다. "날 배신했어요. 가진 걸 다 빼앗아 갔어요. 그런데 돌이킬 방법이 죽어도 없어요."

"좋지 않군요……." 알렉스는 생각에 잠겨 연기를 길게 내뿜었다. "영국에 이런 말이 있어요. '그자가 당신을 훈제 청어처럼 해치웠다.'"

니샤는 그 말에 너무 놀라 웃음이 나왔다. "농담하는 거예요? 훈제 청어? 그게 무슨 말이에요?"

알렉스도 웃었다. "나도 모릅니다. 영어 표현은 참 이상합니다. 지난주에 한 손님이 내가 자기 '사슬을 당긴다'°고 했어요. 그 사람 목걸이는 건드리지도 않았는데." 알렉스의 미소를 보면 진지하게 하는 말은 아닌 것 같았다.

그는 다시 담뱃갑을 내밀었고 니샤는 담배를 받았다. 라이터를 켜주면서, 알렉스는 라이터를 감싼 상처투성이 손이 니샤의 손에

◇　장난스럽게 속인다는 표현.

닿지 않도록 주의했다. 니샤는 담배를 필 때마다 늘 따라오는 염세적 쾌감을 느끼며 한 모금을 빨아들였다.

"그럼 어쩔 생각입니까?"

니샤는 풀이 죽었다. 담배를 한 모금 더 빨았다. 그리고 어깨를 으쓱인 뒤, 설명해야 하는 이유를 알지 못하면서도 이렇게 말했다. "모르겠어요. 지금은 재스민의 작은 아파트에서 지내요. 재스민의 아이는 날 싫어해요. 혼자서 쓰기도 작은 방을 같이 쓰니까요. 그리고 변기를 닦아요. 진짜 변기를. 모든 게 악몽 같은데 빠져나갈 방법이 없어요."

"그럼 남편과 대화는 못 했습니까?"

"그날 이후로 한 번도 못 했어요. 내 전화를 안 받아요."

알렉스는 알겠다는 듯 고개를 끄덕였다. 그들은 앉아서 잠시 말없이 담배를 피웠다.

"해결이 안 되면 말이죠." 그가 말했다. "다른 방식으로 봐야 할지도 모릅니다."

니샤가 눈살을 찌푸렸다. 알렉스는 계속 골목 쪽을 보고 있었다. 비둘기 두 마리가 닭 뼈 하나를 놓고 몸싸움을 벌이고 있었다. 뼈를 낚아챘다 내던지더니 기형이 된 발로 절뚝이며 다가갔다.

"예전 삶에서 즐겁지 않았던 것들을 전부 생각해 보고, 이렇게 말해야 할지도 모르죠. '좋아, 이제 새출발을 할 기회가 생겼어. 완벽한 자유다. 아무 조건도 없는. 꿈이 이뤄졌어.' 앞으로 전보다 더 행복해질지도 모르고요."

"돈도, 집도, 내 물건도 없는데요? 그런 크리스마스 카드에나 나올 법한 헛소리 조언은 처음 듣네요." 니샤는 화를 내며 담배 연기를 들이마셨다.

"그럴지도 모르죠. 하지만 상황을 바꿀 수 없으면, 어쩔 수 없습니다. 생각을 바꿔야죠."

"그럼 그쪽은 여기서 열여덟 시간씩 일하는 게 좋아요? 발에 감각이 없어질 때까지? 어느 손님이 베이컨 굽기가 알맞지 않다고 말해서 미셸에게 야단맞는 게? 밤늦게 버스 타고 집에 갔다가 다음 날 두 탕 뛰는 게 좋아요? 호텔에서 지난번에 일한 사람에게 봉급을 제대로 안 줘서 그 사람이 딴 데로 튀어버리는 것도?"

그러자 알렉스가 니샤와 눈을 마주쳤다. 눈이 재미있다는 듯 반짝였다. "좋습니다. 참고로, 난 항상 베이컨을 완벽하게 굽습니다."

니샤가 코웃음 소리를 냈다. "그런 거짓말 말아요."

"나는 음식으로 사람을 행복하게 만듭니다."

"손님이란 것들은 행복이 얼굴에 덤벨처럼 날아오지 않으면 그게 뭔지 모를 거예요. 이 호텔에서 음식을 먹는 사람들은 살기 위해서, 혹은 지위 때문에 먹는다고요. 여자들은 한 입 먹을 때마다 뇌세포 절반은 칼로리 계산에 쓰고 있어요. 그런 여자들에게 음식은 즐거우면서도 고역이에요. 절대 온전히 즐길 수 없어요. 그래서 절반은 남기는 거예요."

"손님 이야기가 아닙니다." 알렉스는 니샤에게 미소를 짓더니 담배를 껐다.

니샤가 그를 빤히 봤다. "그 사람에게 계속 전화해야겠죠?"

"해결 방법은 그것뿐인 것 같습니다."

"까짓것. 하죠." 니샤가 칼의 번호를 누르기 시작했다.

"아뇨." 알렉스가 말했다. "내 전화기를 써요. 지금 어디 있는지 알리면 안 되니까요."

일리가 있다고 생각한 니샤는 알렉스의 휴대전화를 받아 다시 번호를 눌렀다.

"자리 비켜줄까요?"

니샤는 저도 모르게 알렉스의 소매를 붙잡았다. "아뇨, 아뇨. 같이 있어줘요." 통화 연결음이 울렸다. 니샤는 떨고 있었다. 그때 칼이 전화를 받았다.

"드디어 받았네." 니샤는 떨지 않으려고 애쓰며 말했다.

"니샤! 어떻게 지내나, 여보?" 그의 음성에서 놀란 기색은 미미했다. 칼은 침착하고 평정심을 유지했다. 짧은 출장을 다녀온 것처럼.

"아, 잘 있어. 아주 잘 지내지. 내가 어떻게 지낼 것 같아? 꼼짝 못 하게 다 막아놓고선."

"좀 야단스럽군, 여보."

"아주 지랄 맞게 야단스러웠지. 뭐 하는 거야? 대체 어쩌자는 거냐고?"

"여보…… 여보. 품위 있게 대화하지."

"'여보'라고 부르지 마. 날(당신 아내를) 집에서 내쫓고 옷이랑 삶을 빼앗아 놓고. 동전 한 푼 안 주고 쫓아냈잖아. 거리에서 노숙할수도 있는 상황으로 말이야."

"어디 있어? 아리를 보내지. 연락하려던 참이었어."

니샤가 얼어붙었다. 알렉스가 지켜보고 있었다.

"지금…… 친구 전화기를 빌렸어. 돈이나 좀 보내. 알겠어? 변호사를 사서 해결하게."

"아니, 아니, 안 돼. 만나야지."

"좋아." 니샤가 숨을 들이쉬었다. "어디서?"

"창고에서. 새 건물을 샀어. 켄트의 도버에."

"켄트의 창고로 오라고?"

알렉스가 고개를 저었다.

"싫어." 니샤가 말했다. "호텔에서 봐. 로비로 내려와."

칼의 어조가 아주 조금 변했다. "원한다면 그러지."

"오늘." 니샤가 덧붙였다.

"회의 시간을 바꾸고 한 시간 뒤에 가지."

"좋아."

칼은 살짝 짜증 난 목소리였다. 니샤가 조건을 제시하는 것이 불편했던 것이다.

"그리고 아리는 데리고 오지 마. 샬럿도. 변호사도. 아무도 안 돼. 당신만 나와."

칼이 전화를 끊었다. 휴대전화를 내려놓고 알렉스를 빤히 보던 니샤는 현기증을 느꼈다.

"괜찮아요?" 알렉스가 니샤를 조심스레 살폈다.

"담배가 더 있어야 되겠어요." 니샤가 유니폼을 내려다보며 말했다. "아니, 아니. 입을 게 있어야 되겠어요."

세탁실 벽은 바닥부터 천장까지 비닐로 포장한 의류로 꽉 차 있었다. 빅토르와 재스민은 화학약품 냄새가 가득한 작은 공간에 나란히 서서 옷가지를 뒤지며 사이즈와 객실로 돌아가야 할 시간을 확인했다. 재스민은 고개를 젓거나 옷을 옷걸이째 들고 니샤에게 보여줬다. 그들은 빅토르가 금요일에 새로 세탁해서 고객에게 돌려줄 수 있는 산드로의 검은 정장과 흰색 실크 블라우스로 정했다. 구두가 없었다. 요즘은 구두를 닦으라고 내놓는 사람은 없어진 듯했다. 따라서 니샤는 그 사태가 벌어지던 날부터 신었던 지독한 구두를 신어야 했다. 우울했다. 그래도 당시 상황에 비하면 별것 아니었다. 빅토르가 인부를 시켜 구두를 닦게 하는 동안 니샤는 여자 화장실에서 머리를 매만졌다. 재스민은 고데기로 머리를 말아주고 마스카라와 립스틱도 빌려줬다. 니샤는 2주 만에 처음으로 거울 속에서 마주한 자기 모습이 조금 익숙하게 느껴졌다.

"멋지네." 니샤가 맡은 객실을 청소해 시간을 벌어주기로 한 재스민이 말했다. "준비됐어요?"

"됐어요." 니샤는 말했다. 하지만 확신은 없었다.

니샤가 호텔 입구를 가로질러 들어가자 칼이 일어섰다. 그만큼 떨어진 거리에서 보는 칼은 낯설었다. 튀어나온 턱과 빵틀에서 튀어나온 반죽처럼 벨트 위로 처진 뱃살이 불현듯 눈에 띄었다. 고급 정장부터 황갈색 피부색, 묵직한 시계와 이탈리아제 구두까지 모든 것이 부자라고 외쳤다. 그가 낯선 사람처럼 느껴져서 니샤는 놀랐다. 18년의 세월이 어떻게 그리 쉽게 지워졌을까? 그는 진심으로 반가운 척 따뜻하게 웃으며 뺨에 키스하려 했다. 니샤는 너무 놀란 나머지 가만히 있었다. 모르는 향수를 뿌린 것을 깨달은 니샤는 남은 분노가 치미는 것을 느꼈다. '도대체 다른 향수를 누가 사준 거지?'

"커피 두 잔이요." 둘이 앉자 어디선가 다가온 웨이터에게 칼이 말했다. "난 더블 에스프레소, 여성분은 아메리카노로. 크림은?"

니샤는 고개를 저었다.

떨지 않으려고 애썼다. 며칠간 수없이 상상한 순간이었다. 그가 잘못했다고 사과하는 것부터, 그 머리에 손도끼를 박아 피를 흩뿌리는 것까지. 그런데 그의 실물이 나타나더니 아무 일도 없었던 듯, 평소처럼 점심때 커피 한잔하는 것처럼 굴었다.

"그래서…… 멀리서 왔나?"

"아니." 니샤가 말했다.

니샤는 발목을 얌전히 포개고 그의 얼굴에 시선을 꽂은 채 꼼짝하지 않았다. 20년 가까이 한 침대를 쓰면서 온갖 요구와 변덕을 맞춰준 남자였다. 두통이 난다고 하면 머리를 만져주고, 스트레스가 심하다고 하면 어깨를 마사지해 줬다. 신체 치수를 외고 있어서 세계 어느 양복점에 가도 옷을 맞출 수 있었다. 그가 사랑하는 아이를 낳고, 짜증을 받아주고, 그의 적을 감시하고 폄하했으며, 그의 삶을 최대한 능률적이고 매끄러우며 편안하게 만들어줬다.

그는 니샤가 존재한 적도 없는 듯 잘라냈다. 비서와 붙어먹으며 내내 거짓말한 남자였다. 그 모든 것이 너무나 비현실적이라 니샤는 잠시 꿈인가 싶었다.

"그래, 어떻게 지내나?" 커피가 나오자 칼이 말했다.

"재밌으라고 하는 소리야?"

"좋아 보이는군."

니샤는 커피를 저으며 물었다.

"무슨 수작이야, 칼?" 칼이 웃었다. 니샤가 재미있는 이야기를 했다는 듯, 그는 정말로 웃어댔다.

"미안해, 여보." 한참 만에 그가 말했다. "지…… 지난 2주간 내가 세련되게 처리하지 못했군."

"세련? 진심이야?"

"변호사들의 조언이 나빴어. 이런 방법은 맞지 않아, 우리에겐."

그는 손을 뻗어 니샤의 손등 위에 얹었다. 그 친근한 무게에 놀라 잠시 가만히 있던 니샤는 곧 손을 빼냈다. 칼은 니샤를 보며 의자에 기댔다.

"상처받았군. 화가 났고. 이해해. 여기 나온 건…… 이 상황을 타개하기 위해서야."

"당신에겐 안 돌아가." 니샤는 선전포고를 하듯 말했다.

"알지. 우린 여기까지라고 생각해. 하지만 그동안 멋지게 살았지?" 칼이 기분 좋게 미소를 지었다.

니샤는 그를 향해 인상을 썼다. 칼이 맞긴 한가? 아니면 아리가 배우를 구해다 그 자리에 앉힌 건가?

"좋은 시절이었지. 좋은 시간도 있었고. 여행도 즐거웠어. 잘생긴 아들도 얻었지. 잘 지낸 것 같아. 앞으로도 친구 사이로 지낼 수 있겠지?"

"당신은 우리 아들이랑 아무런 관계도 없어. 직원을 통하지 않으면 그 애랑 18개월 동안 직접 말 한마디 한 적 없잖아."

타인의 구두

칼은 머리를 문질렀다. "내가 뭐라고 하겠어, 니샤? 난 완벽한 인간이 아니야. 노력하고 있어. 우리가…… 지난 2주간 연락해서……."

"당신이 한 짓을 말했어?"

"아니. 아니야. 이 일은 엄마가 전하는 게 낫지. 당신이 늘 그 애를 잘 다뤘잖아."

니샤는 고개를 저었다. 감정노동은 언제나 그녀 몫이었다.

칼이 진지한 표정으로 테이블 위로 몸을 당겼다. "저기, 니샤. 사과하러 나왔어. 모든 걸 제대로 처리하지 못했어. 당신을 존중하지 못했고. 하지만 그건 바꾸고 싶어. 우리 삶의 이번 장을 평화롭고 조화롭게 끝내도록 하지."

니샤는 아무 말도 하지 않았다. 지금 자신이 쥘 수 있는 최고의 권력은 침묵임을 본능적으로 알았다.

"당신에게 위자료를 주고 싶군."

니샤는 잠시 기다린 뒤 말했다. "좋아."

"내 변호사와 당신 변호사가 공정하고 평등한 액수를 정하도록 하자고."

"난 변호사가 없어, 칼. 당신이 그렇게 만들었잖아."

"내가 처리하지. 그리고 우리 측 변호사들이 당신이 편안하게 살아갈 방법을 찾도록 하겠어."

니샤는 그를 보며 궁금해졌다. 샬럿이 꾸민 짓인가? 이런 말을 하라는 조언을 들은 걸까? 칼은 진심으로 말하는 것 같았다. 니샤는 슬그머니 실내를 살폈지만 아리나 샬럿, 그 누구도 보이지 않았다. 재스민이 로비를 청소하며 흘끔거리는 건 보였다. 재스민은 괜찮아요? 라는 듯 눈썹을 치켜떴다. 니샤는 살짝 끄덕였다. 그러고는 등을 기대고 앉아 다리를 꼬았다.

"그럼 우린…….." 칼이 말했다. 그리고. "그…… 그 구두는 뭐지?" 칼이 니샤의 발을 뚫어져라 봤다.

"아. 이거. 이야기가 길어."

"루부탱은 어쩌고?"

"내 루부탱은 왜?" '그 여자는 발이 커서 그거 못 신는 거 몰라?' 니샤는 그렇게 말하고 싶었다. 하지만 그에게 자신이 알고 있다는 걸 알리기 싫었다.

칼은 커피를 홀짝이며 니샤의 눈을 피했다. "음. 그것도 합의 조건에 들어가니까."

니샤가 그를 노려봤다. "그놈의 구두를 벗겨 가겠다고?"

"내가 산 거야, 니샤. 법적으로 말하면 그건…… 내 구두지. 다른 것도 전부 마찬가지고."

"내게 줬잖아. 그럼 법적으로 내 물건이지. 구두는 왜 달래?" 니샤가 생각했다. '어서, 말해. 네 발 큰 애인한테 주고 싶다고.'

"특별 제작한 물건이야. 그건…… 값어치를 하잖아."

"이상한 소릴 하네, 칼. 그 구두보다 비싼 게 수도 없이 많으면서."

"그럼 감상적인 이유라고 해두지."

"당신의 감상이란 건 베를린장벽 수준이잖아. 그런 소리는 마."

"방해하지 마." 칼이 경고하듯 말했다. "너그러운 마음으로 하는 말이야."

"방해하려는 게 아냐. 당신은 너그럽지도 않고. 내가 가만있었으면 렌틸콩 넣은 가방 하나만 준다고 했을걸. 어쨌든, 그 구두는 없어."

"없다니, 무슨 말이야?"

"가방 안에 넣어놨는데, 누가 가져갔어."

"'가져갔다'니? 도둑맞았다고?"

"그런 건 아니야. 누가 가방을 착각해서 가져갔어. 당신이 내게 서류를 준 날."

"뭐? 누가? 왜 찾지 못했지?"

"그거 알아? 돈 한 푼, 옷가지 하나 못 챙기고 길거리로 내쫓긴 덕에 그놈의 하이힐 한 켤레 잃어버린 건 신경 쓸 겨를도 없었어."

칼은 항상 니샤에게 사준 물건에 이상하게 집착했다. 그것이 계속 자기 것인 양 굴었다. 니샤는 결혼 초에 구찌 핸드백을 레스토랑에 두고 나온 일이 기억났다. 칼은 나흘간 말도 붙이지 않았다.

"음, 언제 찾을 거지?"

"믿거나 말거나, 돈도 집도 없이 살 방법을 찾고 있었어. 당신이 얼마나 강한지 내게 아주 잘 보여줬으니까. 당신은 해냈어. 순식간에 내게서 모든 걸 빼앗았지. 무슨 말을 하는지 잘 알아들었어. 당신이 모든 패를 쥐고 있는 거지. 당신 물건을 잃어버린 건 미안해."

칼은 경악한 표정이었다. 자기가 한 짓에 놀란 걸까?

니샤는 잠시 기다린 뒤 말했다. "내가 어떻게 될 줄 알았어, 칼?"

칼은 어깨를 으쓱였다. "글쎄. 친구 집에서 지낼 줄 알았지."

"여기 친구 없어."

"누군가 당신을 미국으로 보내줄 거라고 생각했어. 왜 여기서 지내나?"

"난 여권도 없었어. 다른 소지품이랑 같이 펜트하우스에 있으니까."

"아." 칼이 멍하니 말했다. "아. 그렇군."

니샤는 자신이 바보처럼 느껴졌다. 이상하고 무의미하며 재미도 없는 게임에 갇혀서 벗어나지 못하는 느낌이 들었다.

"이것 봐." 니샤가 말했다. "당신이 변호사 구할 돈을 보내면 합의 조건을 정하자. 내 구두 중에서 원하는 건 가져. 난 내 물건만 받으면 다 잊고 살겠어. 응? 야단 떨지 말고. 소란 피우지 말고. 내 몫만 주면 돼."

칼의 표정이 갑자기 굳어졌다.

"그 구두 없이는 아무것도 못 줘." 그가 말했다. "1달러도."

"뭐?"

"내 물건을 잃어버리지 말라고! 알겠나? 내가 돈을 낸 물건을 잃어버리지 마! 그게…… 마치 아무것도 아니라는 듯이!"

"무슨 소리야? 도둑맞았다니까! 대체 내가 어떻게……."

냉혹한 눈빛을 한 칼이 이를 악물고 말했다. "그 구두를 가져오면 그때 이야기하지."

"칼? 아니……." 니샤가 외쳤다. "내 돈은? 변호사는? 칼! 내 옷이랑 물건은…… 칼!"

하지만 칼은 돌아서서 걸어가기 시작했다. 아리가 갑자기 나타났다. 그들은 니샤에게서 등을 돌린 채 나란히 서서 대화에 열중했다.

18

샘은 대기실에 앉아 3년 된 《우먼스 위클리》를 보고 있었다. 간
호사는 휠체어 탄 남자에게 열여섯 번째로 설명을 하는 중이었다.
말다툼을 하는 여자 넷과 시끄러운 아이들로 이뤄진 그의 가족이 함
께 들어갈 수는 없다고. 샘은 그곳이 싫었다. 두려움과 패배감이 만
연하고 소독약 냄새를 풍기는 대기실이 싫었다. 소리 죽인 대화도
이따금 멈추는 시간이 싫었다. 거기 있어야 하는 것이 가장 싫었다.
샘은 시간을 보내기 위해 전혀 모르는 오하이오 여자와 휴대전화로
'워즈 위드 프렌즈' 게임을 세 판 하고, 구두를 돌려주기 위해 스포
츠센터에 전화를 두 번 걸었으며(아무도 받지 않았다), 회사 이메일 열
네 통에 답장을 썼다. 그중 여덟 통이 사이먼에게서 온 것이었다.

"죄송하지만 규칙이에요. 면역력 약한 환자가 많아 감염의 위험
이 있어요."

샘은 콧물을 훌쩍이는 아이들을 보며 '쟤들은 세균 공장이나 다
름없어'라고 생각했다.

하지만 머리를 하나로 묶고 있는 나이 많은 여자는 알아듣지 못

했다. "아버지가 혼자 계시고 싶지 않대요. 가족을 보고 싶대요."

"나는 가족과 같이 들어가고 싶어요."

"이해하죠, 선생님. 하지만 잠시면 돼요."

"아버지는 가족과 함께 가고 싶대요. 그걸 존중해야죠."

아이가 샘 옆의 생수통을 마구 흔들기 시작했다. 위험하게 쓰러질 것처럼 보이자 샘이 한 손으로 생수통을 잡았다. 아이가 멈추더니 무표정으로 샘을 봤다. 샘이 생수통 쓰러뜨리는 일을 막은 것이 큰 실례라는 듯 여자가 노려봤다.

간호사는 여전히 살짝 지친 목소리로 설명했다. "선생님, 제겐 권한이 없어요. 병원은 환자를 보호해야 하고, 친구도 가족도 검사 중에는 들어갈 수 없는 게 규칙이에요. 식당에서 기다리고 계시면 알려드리죠."

"아버지는 혼자 안 가요."

"혼자는 안 가." 노인이 팔짱을 꼈다.

"그럼, 약을 드릴 수 없습니다."

"약이 필요해요! 의사가 그랬다고!"

"규칙을 설명했습니다."

"아니, 이건 차별이야. 환자 말을 안 듣고 환자가 원하는 걸 무시하는 거죠. 아버지도 감정이 있다고요."

"감정이 있지." 노인이 맞장구쳤다.

샘이 시계를 봤다. 1시간 40분째였고, 그사이 간호사들은 예약을 어긴 환자 두 명, 신경질적인 10대 환자, 이곳이 자기 요구에 따라 움직이지 않는 것을 개인적인 모욕으로 받아들이는 숱한 환자를 상대했다. 샘은 잠시 간호사와 눈을 맞추고 미소를 지어 보이려다가 머리를 묶은 여자가 쳐다보자 그만뒀다.

"뭘 보는 거죠?" 그 여자가 샘에게 내뱉듯이 말했다.

"안 봤어요." 샘이 얼굴을 붉혔다.

"남의 일에 참견 말아요."

"그래요." 동생인 듯한 여자가 말했다. 그녀는 어깨를 펴고 턱을 내밀고서 샘 쪽으로 다가왔다. "꺼져요."

샘은 뭐라고 대꾸할까 싶었지만 아무 말도 떠오르지 않아 잡지를 들고 달아오른 뺨을 감췄다. 그러는 사이 남자아이가 결국 생수통을 엎었다. 물이 쏟아져 나와 샘의 발을 적셨다. 간호사가 경비원을 불러 고함을 치고 물을 닦으려는 사이 누군가 울기 시작했다. 결국 휠체어에 탄 남자는 대가족과 함께 복도로 나가며 욕설을 했다. 그 시점에 앤드리아가 나타났다. 백지장처럼 하얀 얼굴로 입을 꾹 다문 모습이었다. 샘이 벌떡 일어나 마스크를 썼다.

"검사는 어땠어?"

"아주 끝내줬지. 어서 또 오고 싶다." 앤드리아가 말했다.

"뭐, 멋진 곳에 데려와 줘서 나도 고마워." 샘이 말했다.

"소문내지 마. 다들 오려고 난리 칠라."

앤드리아는 샘의 팔짱을 꼈다. 둘은 천천히 주차장으로 갔다.

차에서 앤드리아는 아무 말도 하지 않았다. 샘은 병원에 동행한 것도 여러 차례고, 친구도 잘 알아서 가만히 있어야 할 때와 용기를 북돋워야 할 때를 알았다. 하지만 반쯤 갔을 때 앤드리아가 손을 꽉 쥐고 있는 것을 보고 뒷자리에서 담요를 집었다. 그리고 신호가 바뀌기를 기다리는 동안 담요를 앤드리아의 무릎에 가만히 얹어줬다. 둘 다 아무 말이 없었지만, 몇 분 뒤 앤드리아가 손을 뻗어 샘의 손을 꼭 잡았다. 샘이 돌아보니 앤드리아가 눈물을 글썽거리고 있었다. 고맙다는 뜻인지, 살려달라는 뜻인지 알 수 없었다.

"괜찮을 거야." 샘이 말했다. "이번엔 느낌이 좋아."

샘은 앤드리아와 헤어지며 그달 치 주택 상환금 740파운드를 줬다. 앤드리아는 수표를 보더니 새하얀 손으로 입을 막고 아무 말 없이 고개만 저었다. 그리고 수표를 탁자에 조심스레 놓고 친구를 꼭 안았다.

앤드리아에게 돈이 없다는 것은 둘 다 잘 알고 있었다. 주택담보 대출사에서는 몇 주째 지불유예 여부에 대해 답을 주지 않았다. 보조금은 앤드리아의 얼마 안 되는 생활비로도 부족했다. 그 돈이 샘의 저축 전부라는 사실은 둘 중 한 명만 알고 있었다.

차를 몰고 떠나며 가슴에 차오르는 두려움을 누르기 위해, 샘은 달리 방법이 없었다고 되뇌었다. 샘이 그런 처지였다면 앤드리아도 똑같이 행동했을 거라고.

이튿날 아침 샘이 공사업자와 아직 그 자리에 캠핑카가 있다는 이야기를 하는데 사이먼이 찾아왔다. 통화 중이던 샘이 문득 누가 보고 있다는 느낌이 들어 돌아보니, 사이먼이 근엄한 표정으로 큰 손목시계를 손끝으로 톡톡 건드리며 몇 발자국 옆에 서 있었다.

"음, 혹시 그걸 치워주실 수 있나요?" 샘이 휴대전화에 대고 중얼거렸다. "필이 나오지 않는다면, 외출 중인가 봐요. 저기, 차 키는

핸들 안쪽에 있어요. 잠그지 않았어요. 알아요…… 알아요, 펑크
난 거. 하지만 거리로 후진만 하면…….

사이먼이 천천히 보란 듯이 걸어와 샘 바로 앞에 섰다. 샘은 휴대
전화기를 한 손으로 가리고 고개를 들었다.

"정말 죄송해요. 지금 직장이라서. 여기선 어떻게 할 수가 없네
요…… 그러지 말아주세요. 저기, 남편한테 연락해서 치울게요. 가
지 말아요. 그이가 알아서…… 여보세요? 여보세요?"

사이먼이 사무실로 오라고 손짓하더니 문을 닫았다. 그의 사무실
은 벽이 유리로 되어 있어 야단맞는 모습이 다 보였다. 샘이 돌아보
니 동료 둘이 어색하게 샘을 흘끔거렸다. 알고 있었다. 그들은 모두
알고 있었다.

사이먼은 그 대화가 고통스럽다는 듯 한숨을 쉬며 앉았다. "샘,
당신이 일을 제대로 못 하는 걸 더는 무시할 수 없는 지점에 도달한
것 같군요."

"네?"

사이먼은 샘에게 앉으라고 하지도 않았다.

"문제는, 당신이 팀으로서 작업을 못 한다는 겁니다."

"네? 어떻게……."

"줄 수 있는 기회는 다 줬어요. 하지만 속도가 붙지 않았죠. 신뢰
도 안 가고."

"잠시만요. 저도 남들만큼은 해요."

"남들에 대해선 불만 접수된 게 없어요." 사이먼은 샘과 눈을 마
주치지 않은 채 앉더니 볼펜을 딸각거리기 시작했다. 볼펜 옆에 그

의 이니셜이 새겨져 있었다. 볼펜에 이름을 새기다니? "게다가 여긴 활기찬 사람이 필요해요. 역동적인 사람. 당신은 우울한 분위기를 풍기죠. 빠릿빠릿하게 행동하세요."

"사이먼. 전 2만 1000파운드 계약을 따냈어요."

"당신 팀의 업적이죠. 그러면서 소중한 고객을 잃었고."

"그쪽에선 이미 다른 쪽과 계약 중이라고 했어요. 우리가 무슨 짓을 했어도 달라질 건 없었고……."

"변명에는 관심 없어요, 샘. 결과에만 관심이 있지."

샘은 눈물이 차오르는 것이 부끄러웠다. 억울했다. 열 살 때 화장실 문에 낙서를 했다고 선생님에게 혼났을 때만큼 억울했다. 샘은 그때 "불알"이란 글자를 쓸 줄도 몰랐다. "사이먼…… 전 여기서 12년 일했어요. 당신이 오기 전에는 한 번도 업무 능력으로 불평 들은 적이 없어요. 한 번도."

사이먼은 잠시 슬픈 표정을 짓더니 고개를 저었다. "음, 우버프린트의 기준이 높은가 보죠. 지금 도와주려는 겁니다. 샘. 좀 더 분발해야 한다는 얘기예요."

샘이 그를 노려봤다. "'아니면'이란 말이 나올 건가요?"

"음, 그건 당신에게 달렸죠. 하지만 조직의 능률을 위해서 삭감을 해야 하는 건 사실이에요. 그런 일이 있다면, 효율적인 직원을 남기고자 하겠죠."

잠시 무거운 침묵이 흘렀다.

샘이 사이먼을 노려봤다. "내가 직장을 잃게 된단 말인가요?"

사이먼은 미소를 지었다. 전혀 미소가 아닌 미소였다. "상황을 해결할 촉진제라고 보겠어요. 개선을 위한 자극제랄까. 그럴 수 없으면 말이죠, 샘⋯⋯." 그는 젤 바른 머리를 쓰다듬었다. "⋯⋯ 다른 곳을 찾는 게 우리 모두에게 좋겠죠."

사실상 해고 통보를 받은 것을 모두가 아는 와중에 상사 사무실에서 나서면 독특한 침묵을 마주하게 된다. 갑자기 모두가 할 일이 기억난 것처럼 희미한 잡음과 조용한 기계 소리만 들려온다. 사람들 뒤통수를 지나 자기 자리로 돌아가 앉은 샘은 모른 척하는 30여 명의 시선을 의식하며 허리를 곧게 세웠다.

샘은 빙빙 도는 머리로 아무것도 보이지 않는 화면을 노려보며 괜히 마우스만 클릭했다. 잘리면 어떻게 하나? 사이먼은 샘을 쓸모없는 존재로 만들어 퇴직금도 주지 않을 것이 분명했다. 집을 잃게 됐다. 모든 것을 잃게 됐다. 고개를 드니 사이먼이 프랭클린에게 들어오라고 손짓하고 있었다. 둘은 마주 앉았고, 사이먼은 책상에 발을 얹고서 들리지 않는 이야기를 하며 웃고 있었다. 무슨 음모가 진행되는지, 존 러카레이°가 아니라도 알 수 있었다.

메시지가 도착하는 소리에 샘은 화면을 봤다.

조엘: 괜찮아요?

샘: 아뇨.

조엘: 점심때 샌드위치 먹으러 갈래요?

◇　영국의 첩보 소설가.

샘: 못 갈 것 같아요. 그것도 해고 사유로 만들걸요.

조엘: 퇴근하고 한잔은요?

샘은 캠핑카를 직접 옮겨야 할 것 같았다.

샘: 안 될 것 같아요.

샘: 그래도 고마워요.

샘: 미안.

조엘: 그래도 생각해 봐요. 테드 말처럼, 고개 들고 가슴을 펴요.

조엘: 그리고 안 마시는 게 좋겠죠.

샘(다시 눈물을 글썽이며): 고마워요. x

조엘: 언제든지 말만 해요. x

샘은 어떻게 하루를 마칠지 알 수 없었다. 인쇄 스케줄과 코팅 페이지를 확인하는 자기 목소리가 멀리서 들리는 느낌이었다. 고객에게 전화를 걸 때 이상하리만치 목소리가 잘 나오지 않았다. 목이 메는 느낌이 사라지지 않았다. 사이먼의 사무실 쪽은 보지 않았다. 누군가 자기 쪽을 보는 것이 느껴지면 무표정을 유지했다.

샘은 6시 30분에 퇴근했다. 사이먼의 사무실을 지나치지 않도록 물류팀 앞을 지나갔다. 거기서 조엘이 기사 한 명과 그 주의 운송 노선을 확인하고 있었다. 조엘이 고개를 들었다. 샘은 미소를 지으려고 했지만 잘 안 됐다. 비가 오고 있었다. 당연히 그랬다. 차에 탄 샘은 드디어 한숨을 길게 내쉬었다. 운전을 시작하자 눈물이 줄줄 흘렀다. 샘은 빗방울이 두드리는 창문 너머로 자기 모습을 보는 이가 아무도 없기를 바랐다. 20분 후 집 앞 거리에 차를 세운 샘에게 캠핑카가 보였다. 필이 치우지 않아 인부들이 캠핑카 주위에서 작업을 시작해야 했다. 거실에는 불이 켜져 있었고 TV 화면이 깜빡였다. 필에게 그날 일을 이야기해야 했지만, 샘은 자신의 불안에 그의 불안까지 감당할 수 있을지 자신이 없었다. 샘은 차에 앉아서 조용히 웅얼거리는 라디오를 켰다. 그리고 천천히 운전대에 머리를 대고 숨 쉬는 법을 떠올렸다. 그 상태로 한참을 있었다.

휴대전화가 울렸다.

조엘: 괜찮길 바랄게요. 혹시 마음이 바뀔지 모르니 30분 더 기다릴게요. x

그리고 또 메시지가 왔다.

조엘: 누구나 들어줄 사람은 필요해요.

샘은 전화를 가만히 봤다. 잠시 망설이다가 답장을 적기 시작했다.

샘: 참 친절하네요. 하지만 괜찮아요. 고마워요. x

샘은 조금 더 잠자코 앉아 있었다. 그리고 옆자리에서 백을 들고 지친 한숨을 내쉬며 차에서 내렸다.

집은 따뜻했다. 전기료를 감안하면 지나치게 따뜻했다. 필이 집 안을 돌아다니며 난방 온도를 낮추던 예전과는 달랐다. 샘은 지나가 며 거실을 들여다봤다. 그는 소파에 누워 TV 화면을 보고 있었다. 샘이 문 앞에서 잠시 멈췄지만, 필은 알아차리지 못하는 눈치였다.

샘은 주방으로 가서 코트를 벗어 의자 등받이에 걸쳤다. 필이 점 심을 먹은 접시가 싱크대에 있었다. 스파게티가 눌어붙은 팬도 있 었다. 행주에 묻은 토마토소스 자국, 빈 찻잔이 보였다. 필의 글씨 체로 끼적인 쪽지도 있었다. '장모님이 이번 주엔 목요일에 청소하 러 오래.'

샘은 그 쪽지를 들고 작은 주방 가운데 서 있었다.

'못 해.' 이 말이 문득 떠올랐다. '아니, 못 해. 이제 못 해. 아무것 도.'

샘은 돌아서서 좁은 복도로 나오며 필이 인사를 건네기를 잠시 기다렸다. 하지만 그는 TV에 빠져 있었다. 샘은 재빠르게 위층으로 달려 올라갔다. 그리고 자기도 모르는 사이 사촌 샌드라의 두 번째 결혼식 때 입은 바지와 새 스웨터를 입고 침대 밑에서 루부탱 구두 를 꺼내 신었다. 스트랩을 잠그고 서자 곧바로 키가 커진 느낌, 강 해진 느낌이 들었다. 거울을 보고 진한 핑크색 립스틱과 마스카라 를 바른 뒤 턱을 들며 입술을 살짝 내밀어봤다. 머리에 드라이 샴푸 를 조금 뿌려 볼륨을 살렸다. 그리고 잠시 뒤 향수를 뿌렸다. 아래 층으로 내려가 코트를 다시 입고 가방을 챙기며 메시지를 보냈다.

아직 거기 있으면, 20분 뒤에 코치 앤드 호스즈요.

샘은 잠시 망설이다가 끝에 x를 덧붙였다.

도착하니 조엘은 이미 와 있었다. 그는 바에 서서 바텐더와 이야기를 나누고 있었다. 조엘은 그곳 사람들을 전부 아는 것 같았다. 어딜 가나 그가 따뜻하게 인사를 건네는 사람이 있었다. 문을 열자 그는 머릿속 나침반으로 샘의 도착을 알아차린 것처럼 몸을 빙글돌렸다.

"화이트와인이요?" 조엘이 미소를 지으며 물었다.

"네."

샘은 지저분한 펍에 차려입고 온 것이 갑자기 어색해져서 구석에 앉았다. 루부탱은 왜 신은 걸까? 낡은 부츠와 운동화 사이에서 어울리지 않는 구두였다. 샘은 남들 눈에 띄는 것 같아 테이블 밑에서 다리를 꼬았다. 조엘은 양손에 들고 온 술을 조심스레 놓았다. "멋지네요. 어디 가요?"

"음…… 아뇨. 그…… 그냥 기분 전환 좀 하려고." 샘은 그렇게 말하고 와인을 한 모금 쭉 마셨다. "바보 같은 짓이죠."

"아뇨. 잘했어요." 조엘이 미소를 지었다. "무기를 꺼냈네요."

샘은 구두를 보고 울적하게 웃었다. "그냥…… 이걸 신으면 딴사람이 된 것 같나 봐요. 할 수만 있다면 매일 신고 싶어요." 샘은 자기 발에서 눈을 떼지 않았다.

"사이먼 때문에요?" 조엘이 말했다. "그자는……."

"사이먼만이 아니에요. 전부 다 그래요." 샘이 말했다. 그러고는 부끄러워졌다. "아, 벌써 징징거리다니. 나온 걸 후회하는 건 아니죠?"

"실컷 징징거려요." 조엘이 말했다. "그러라고 만나는 거니까."

'그러라고 만난다고요?' 샘이 소리 없이 물었다. 그리고 마음을 다잡았다.

"그냥 술이나 마실래요." 샘의 말에 조엘이 잔을 들었다. 둘은 건배하고 술을 마시기 시작했다.

샘에게 제대로 눈을 맞추고 귀를 기울여 주는 상대가 생긴 것은 참 오랜만이었다. 둘은 대화를 하고 또 했고 사이사이 술을 사 왔다. 조엘은 마지막으로 헤어진 사람 이야기를 했다. 전 애인이 불가능한 요구를 해왔다고 했다. "결국에는 모든 감정적인 상황에서 빠져나올 수 없는 느낌이었어요…… 무슨 말인지 알아요?" 샘은 몰라도 고개를 끄덕였다. 만난 적도 없는 그 여자가 미웠다. 가엾기도 했다. 조엘처럼 귀여운 남자를 사귀다가 잃다니.

"그러니까, 좋은 여자긴 했어요. 하지만, 갈기갈기 찢기는 느낌이었어요. 갈기갈기. 그 여자를 만날 때마다. 그 여자는 내가 하는 행동에서 최악의 해석을 찾는 것 같았어요. 전처랑 왜 헤어졌느냐고 하도 꼬치꼬치 물어서 결국 내 성격 결함을 찾는구나 싶었죠."

"그 느낌 알아요." 샘이 말했다. '난 그러지 않을 텐데.' 샘은 떠오르는 생각을 차단했다.

"난 솔직했어요. 사람들 마음 가지고 장난치지 않아요. 하지만 지치더라고요. 진심을 알아주지 않으니까, 알죠?" 조엘은 고개를 젓더니 미소를 지었다. "샘도 알죠? 날마다 겪잖아요. 사이먼이 샘의 가치를 왜 모르는지."

'사이먼만일까?' 샘이 생각했다. 그러자 마음이 죄어왔다.

조엘은 정말 친절했다. 아주 가까운 한편처럼 느껴졌다. 그의 입술에 정신이 팔려 말소리가 들리지 않을 때도 있었다. 술을 세 잔 마신 뒤에 그는 샘 옆에 앉았다. 샘은 어깨에 닿는 그의 체온을 느끼며 강하고 검은 손을 봤다. 부모 이야기를 하던 샘이 아버지와 파란 알약 이야기를 하자 조엘은 웃다가 눈물까지 흘렸다. "우리 아버지는 그거 필요 없어요." 조엘이 말했다. "매일 오후 2시 30분에 시계를 톡톡 치면서 엄마한테 '낮잠' 시간이라고 해요. 우리가 모여서 TV를 보고 있어도 상관 안 해요." 그는 키득거리듯 웃었다.

"설마." 샘이 입을 딱 벌렸다.

"아뇨. 어렸을 때는 창피해서 죽는 줄 알았어요. 지금은 '와, 아직도 되다니 좋겠어요.'라는 식이죠. 하지만 좋은 일이잖아요? 70대가 되도록 그렇게 좋아하다니?" 조엘은 샘을 흘끔거렸고, 샘은 얼굴이 달아올랐다.

직장 이야기를 하던 샘이 사이먼의 이름을 말하자 조엘은 얼굴을 굳히며 주먹을 꽉 쥐었다. 회사로 돌아가 그를 한 대 치고 싶다는 표정이었다. 샘은 마음이 따뜻해졌다. 그들은 사이먼이 지독하다고, 그가 온 이후로 회사가 전 같지 않다고 이야기했다. 사이먼이 볼펜에 자기 이름을 새겼다는 샘의 말에 조엘이 웃음을 터뜨렸다. "볼펜에 이름을 새겼다고요?" 가만있지 말고 당당하게 받아치라는 조엘을 향해, 적당히 취한 샘은 "좋아요! 그러죠!" 하고 외쳤다. 고개를 푹 숙인 채 그 자리에서 사라지길 바라지 않겠다고 다짐했다.

"필은 뭐래요?" 조엘이 물었다. 그는 필의 이름을 말할 때 정면만 응시하며 술을 마셨다.

"사실 대화를 안 해요. 좀…… 사정이 좋지 않아서." 샘은 그렇게 말하면서도 배신을 한 것처럼 순간 양심이 찔렸지만, 어쩔 수 없었다. "우린 엉망이에요. 내게 말을 거는 사람은 딸뿐이고. 필은 우울증 때문에 말도 안 해요. 아무것도 안 해요. 병원에도 안 가고. 도움도 안 받으려고 해요. 약도 안 먹고. 유령이랑 사는 기분이에요. 내가 거기 있는 걸 아는지나 모르겠어요. 보통은 앤드리아에게 털어놓는데…… 제일 친한 친구거든요. 걔는 암에 걸려서 걱정시키고 싶지 않아요. 보통은 그냥 사는데, 오늘은 직장에서 자른다고 협박하니, 도저히…… 버틸 수가 없었어요." 샘은 갑자기 목이 메었다. 눈물을 참으려고 얼굴을 찡그렸다.

샘이 눈을 감고 있는데 조엘이 팔을 두르더니 샘을 끌어당겼다. 그에게서 처음 맡아보는 달콤한 애프터셰이브 향이 났다. 따뜻하고 깔끔한 피부가 느껴졌다. 필 말고는 어떤 남자도 샘에게 그렇게 팔을 두른 적이 없었다. 필을 만난 후로는. 샘은 긴장했지만 안아주는 느낌이 너무 포근하고 위로가 되어 서서히 긴장을 풀고 그의 어깨에 머리를 기댔다. '이렇게 영영 있으면 안 될까?' 샘이 생각했다.

"내가 있잖아요." 조엘이 샘의 귀에 대고 부드럽게 속삭였다.

"미안해요." 샘이 눈물을 닦으면서 말했다. "바보 같죠? 이런 건 혼자 감당할 일인데."

"아뇨. 쉬운 일이 아니에요. 샘은 내 친구예요. 이렇게 우울한 모습은 보기 싫어요."

샘은 조엘을 마주 봤다. 그의 입술이 다가왔다. 눈빛은 부드러웠지만 속내를 알 수 없었다. '우린 친구인가요?' 샘이 생각했다. 조엘의 눈이 샘을 살폈다. 샘의 마음이 흔들렸다. 몇 년간 잊지 못할 순간이었다. 샘이 벌떡 일어났다. "그럼…… 술 더 가져올까요?"

샘이 돌아오니 조엘이 자기 자리로 돌아가 있었다. 샘은 자신을 너무 드러낸 것 같아 어색했다. 하지만 샘이 다가가자 조엘은 미소를 지었다.

"생각해 봤어요." 조엘이 말했다.

"네." 샘이 대답했다.

"샘에게 필요한 게 뭔지 알아요?"

샘이 술을 한 모금 마셨다. 취한 게 확실했다.

"권투요."

"네?"

"권투요. 전부 에너지가 문제예요. 샘. 몸뿐만 아니라 정신력도. 그놈을 상대하려면 좀 더 단호한 모습을 보여야 해요. 아무도 얕보지 못하게 보여야 해요. 지금도 고개를 숙이고 걸어왔어요. 그놈에게 모든 걸 빼앗긴 것처럼. 기운을 되찾아야 해요. 펀치 날릴 수 있어요?"

샘은 웃고 있었다. "몰라요. 못 할걸요."

"내일 밤에. 체육관으로 와요. 그렇게 보지 말아요. 여자도 많아요. 여자들도 권투를 좋아해요. 샌드백을 사이면 얼굴이라고 생각해 봐요. 정말로요. 회사에서 힘든 날은 거기로 가서 글러브를 끼고 탁 탁 탁 탁." 조엘은 빠르게 펀치를 날리는 시늉을 했다. "한 시간 동안 그러고 나면 상쾌해요."

하지만 그러기 위해선 꽉 끼는 운동복을 당신 앞에서 입어야 하죠. 샘이 생각했다. 땀을 흘리고 화장도 지워지고. 당신이 보는 동안 서툴게 굴고. 샘은 문득 스포츠센터의 멋진 엄마들 앞에서 투명 인간이 된 듯한 느낌을 받았던 것이 기억났다. "난……."

조엘이 샘의 손을 꼭 잡았다. 따뜻하고 단단한 손이었다. "그러지 말고. 재미있을 거예요. 약속해요."

그의 미소에 샘은 어쩐지 거절할 수가 없었다. 조엘을 봤다.

"날 믿죠?"

샘은 말문이 막혔다.

"좋아요." 다시 말할 수 있게 되자, 샘이 대답했다.

조엘은 의자에 기대더니 술을 마셨다. "데이트예요. 7시에. 자세한 건 메시지로 보낼게요."

19

그 후 이틀간 니샤는 계속 구두를 생각했다. 문을 닫은 스포츠센터에 구두가 돌아왔는지 궁금했다. 그걸 가져간 여자가 고의로 그랬는지도 궁금했다. 자기 구두를 가져간 사람의 못난 검정색 구두를 신고서 경찰에게 도난 수사를 요청하는 것이 합법인지도 궁금했다. 구두 생각을 하지 않을 때는 칼의 이상한 점을 생각했다. 멀어졌을 때만 그런 게 확실히 느껴지는 걸까. 그는 늘 니샤의 옷차림에 까다로웠다. 옷이 "아줌마 같다"느니, "창녀 같다"느니, "뚱뚱해 보인다"느니. 칼은 납작한 구두가 다리를 "뭉툭해" 보이게 한다면서 싫어했다. 니샤는 늘 자신이 가장 멋지게 보이게 하려고 그러는 것이라고 여겼다. 하지만 그가 그렇게까지 원한 것은 옷 자체를 위한 것이었을까? 아니면 이상한 집착이었을까? 그쯤 되니 뭐든 가능할 것 같았다. 아니면 샬럿에게 주려는 걸까? 그 구두가 모종의 상징이 된 걸까? 그가 그 구두를 주던 날 꼭 신으라고 했던 것, 그것만 보면 유난히 흥분하던 것이 떠올랐다. 생각이 불편해진 니샤는 기억을 밀어냈다.

재스민이 야간 근무라 니샤는 마음 편하게 혼자 일했다. 그 아파트가 조금 불편해지기 시작했던 것이다. 공간이 줄어드는 것처럼 셋이 자꾸만 부딪쳤다. 욕실 쓰는 시간을 두고 다투게 됐다. 냉장고나 주전자 쪽으로 가느라 부엌에서 서로 몸을 피하기도 했다. 재스민이 다림질 일거리를 더 받아오는 바람에 복도에 세탁물 더미가 쌓여서 더 비좁아졌다. 그 모든 부담과 피로 탓에 성격 좋은 재스민도 예민해졌다. 그레이스는 자기 방을 함께 쓰는 니샤에게 늘 화가 나 있었다. 니샤도 이해했지만, 그레이스의 어이없다는 표정과 한숨을 가볍게 넘기기가 조금 힘들어졌다. 적어도 재스민과 당번이 다른 날은 혼자 있을 수 있었다. 기분과 달리 명랑한 척, 아무렇지 않은 척 행동할 필요가 없었다. 명랑한 기분이 들 때는 거의 없었으니까.

그놈의 구두는 어떻게 된 걸까? 시간이 지날수록 그 생각이 머릿속에서 떠나지 않았다. 구두를 찾아야 했다. 구두를 빨리 찾을수록 더 빨리 칼에게서 돈을 받아 작은 아파트를 나오고 인생을 되찾을 수 있었다. 레이도 눈치를 챘을 것이다. 전날 통화할 때 레이는 굉장히 조용하더니 엄마와 아빠가 왜 돌아오지 않는지 물었다. 니샤는 칼에게 갑자기 일이 생겼다는 헛소리를 지어내야 했다. 그럴듯한 변명이었지만 예민한 레이를 계속 속일 순 없었다. "엄마, 보고 싶어." 레이가 전화를 끊기 전에 말했다. 니샤는 몇 분간 목이 메어 어쩔 줄 몰랐다.

"알아, 아들. 나도 보고 싶어. 곧 갈게."

점심시간, 니샤는 쓰레기통 쪽으로 갔다. 호텔 와이파이가 연결되는 창가에 서서 담배를 피우며 마그다에게 전화했다.

"사모님! 왜 메시지에 답이 없어요? 잘 지내세요? 너무 걱정됐지 뭐예요." 자동차 차체에서 바퀴를 떼어내는 기계 소리가 들려왔다.

"바빴어요. 저기, 물어볼 게 있어요. 칼이 내 구두를 왜 찾는지 혹시 알아요?"

"구두요?"

"루부탱 말이에요. 좀 알아봐 주겠어요? 그 사람에게 그 바에서 그 구두를 신고 있던 여자가 어떻게 생겼는지 물어볼 수 있어요? 칼이랑 협상을 하려면 그 구두가 필요해요."

"물어볼게요, 사모님. 그 사람이 같은 전화번호를 계속 쓴다면요. 번호를 바꾸기도 하잖아요? 그리고 제 일자리 소식은 없나요? 제가 타이어 일에는 재주가 없어서……."

"마그다를 채용하려면 그 구두가 필요해요. 알겠어요? 굉장히 중요한 일이에요. 우리 모두에게."

"알겠어요. '아니, 미쉐린 타이어는 필요 없어! 그 사이즈의 굿이어 타이어만 찾으라고.' 저만 믿으세요, 사모님."

그 말이 더 믿음직하게 들렸으면 좋겠다고 느끼며, 니샤는 전화를 끊은 다음 담뱃불을 끄고 주방을 통해서 안으로 들어갔다. 점심 식사 시간이라 가스레인지에서는 불꽃이 튀고 냄비와 금속 거품기 소리 위로 욕설과 고함이 난무했다. 음식이 튄 옷을 입고 일하는 조리사 사이로 지나가던 니샤에게 관자를 굽는 알렉스가 보였다. 니샤를 본 그는 여기로 오라고 손짓했다. 그러더니 니샤의 귀에 대고 큰 소리로 말했다. "나중에 와요. 줄 게 있어요."

니샤가 그를 노려봤다.

"마음에 들 겁니다."

"네?" 니샤가 외쳤다. 그렇게 계속 받기만 하는 게 불편했다. 갚지도 못할 빚을 자꾸 지는 느낌이었다. 니샤는 누구에게도 다시는 빚지기 싫었다.

"먹는 겁니다."

"뭔데요? 그리고 뭘 줘야 하죠? 그걸 먹은 대가로?" 알렉스가 대답하지 않자, 니샤가 덧붙였다. "그러니까, 난 뭘 내놓으란 거예요?"

니샤의 말을 알아듣지 못하겠다는 듯, 알렉스는 인상을 찌푸렸다. 그리고 짜증스럽게 고개를 젓더니 다시 관자 요리에 집중했다.

오리였다. 알렉스가 오리를 줬다. 공급사에서 너무 많이 보냈다고 하면서 퇴근하려는 니샤에게 건넸다. 위에서는 모를 거라고 했다. 천으로 싼 묵직한 새였다. 유기농으로 키운 맛있는 오리였다. 재스민과 딸에게 맛있는 요리를 해줄 재료였다.

"오리 요리하는 법은 알죠?" 니샤가 멍한 표정을 짓자 알렉스는 창고에 가서 팔각과 침, 녹색 허브와 오렌지 리큐어 작은 병을 하나 챙겨 오더니 가방에 넣고는 묵묵히 조리법을 적었다. 알렉스의 글씨체는 아름다웠다. 그것이 놀랍게 느껴지는 까닭을 니샤는 알 수 없었다.

"어렵지 않습니다. 중요한 건 다 구운 뒤에 고기를 10분 이상 레스팅하는 겁니다. 최소 10분. 그래야 고기가 아주 부드러워지니까."

니샤는 이 상황이 어딘가 불편해졌다. 알렉스에게는 틀림없이 원하는 것이 있었다. 그렇지 않고서야 왜 이런 행동을 할까? 날마다 맛있는 식사를 만들어주고 요리 재료까지 챙겨 주다니. 하지만 니샤는 그를 모욕하지 않고 다시 묻는 방법을 알지 못했다. 그런 혼란은 처음이었다. 니샤는 가방을 받으며 무뚝뚝하게 건성으로 대답했다. 영문을 모르겠다는 알렉스의 표정에, 탈의실로 돌아온 니샤는 자신에게 화가 났다.

복잡한 감정이 들 때 니샤의 대처법은 하나였다. 무시하는 것. 객실 여섯 개를 로봇처럼 맹렬하고 철저하게 청소했다. 청소에 집중할 수 있어서 감사했다. 달리기나 운동을 못 하는 상황이라 그런지 이상하게도 청소라는 육체 활동이 마음을 진정시켜 줬다. 침구를 벗기고 교체하고, 먼지와 오염을 찾는 적당한 정신 활동이 윙윙거리는 머릿속을 달랬다. 그로 인한 육체 피로가 필요했다. 하루를 마치고 커피잔을 들고 탈의실에 앉아 있는데 재스민이 메시지를 보냈다.

전남편이 그레이스를 못 데리고 온대요. 퇴근길에 엄마 집에 가서 애 좀 데려와 줄래요? 애 혼자 오는 건 마음이 안 놓여서요.

니샤는 사물함에 든 오리를 떠올렸다. 아무 생각 없이 조리법만 따라 하면 맛있는 저녁 식사를 할 수 있을 것 같았다. 그러면 재스민에게 도움을 받기만 하는 부담감이 조금 줄어들 것 같았다.

물론이죠. 오늘 식사하지 말고 와요. 깜짝 요리를 할 거니까!

니샤는 주방으로 돌아가 알렉스에게 제대로 고맙다고 인사할까 싫었다. 하지만 어쩐지 망설여졌다. 너무 어색했다. 오리를 대단하게 여기면 빚졌다는 마음이 더 커질 것 같았다. 이 상황에서 오리한 마리가 무슨 대수라고?

버스가 꽉 찼다. 재스민은 몇 번 버스를 타야 하는지 다시 메시지로 알려왔다. 니샤는 런던의 미로 같은 교통 시스템과 크게 펼쳐진구역에 도저히 익숙해질 수 없을 것 같았다. 니샤 눈에는 모든 곳이똑같아 보였다. 버스에 타면 으레 생각에 잠겼다. 실내는 어두웠지만, 승객들의 기침 소리나 신경이 거슬리는 통화 소리를 듣는 것보다는 나았다. 그래서 어떤 여자가 말을 걸었을 때 처음에는 알아차리지 못했다. 그 여자가 자기 무릎에 앉다시피 했을 때에서야 고개를 들었다.

"저기요?" 여자의 코트가 다리에 닿자 니샤가 말했다.

"비키라고 했잖아요. 자리가 좁아서." 커다란 패치워크 벨벳 코트를 입은 덩치 큰 여자는 니샤를 방해물 취급하며 쳐다보지도 않고 말했다.

"더 비킬 자리는 없어요. 저기요, 저기요! 날 깔고 앉았잖아요."

여자는 흠 소리를 내더니 더 밀었다. 이상한 색으로 머리를 염색했고 파촐리 향을 풍기는 여자였다.

"이봐요!" 니샤가 말했다. "남의 자리를 너무 침범하고 있네요. 저쪽으로 좀 가요."

"내가 점잖게 요청했는데. 당신이 안 움직였잖아요." 여자가 코웃음을 쳤다.

"당신 코트에 닿는 거 싫어요." 니샤가 코트 자락을 두 손가락으로 집어 다리에서 떼어냈다.

"뭐, 옆으로 비키면 건드리지 않겠죠?"

니샤는 피가 머리로 솟구치는 것을 느꼈다. "저기요, 당신 덩치가 그렇게 큰 건 내 잘못이 아니에요. 그리고 난 당신이 그 끈적거리는 코트를 입고 내 무릎에 앉는 걸 견딜 의무가 없단 말이에요."

여자는 니샤를 의자에 깔아뭉개듯 했다. 여자가 너무 가까이 다가오자 니샤는 데오도런트 냄새에 헛구역질이 났다. '세상에, 저 여자가 너무 가까워서 세포들이 내 콧속으로 들어올 것 같아.'

"비키라니까요!" 니샤가 외쳤다.

다른 승객들이 쳐다보기 시작했다. 주위에서 관심을 가지고 웅성거리는 소리가 들렸다. 버스 기사는 경계하며 백미러를 확인하고 있었다.

"싫으면 당신이 비켜요." 여자가 무표정하게 말했다.

"내가 먼저 앉았어요."

"이 버스가 당신 거야? 여기가 싫으면 당신 나라로 돌아가든지."

"내 나라? 당신이나 비켜." 니샤는 믿을 수가 없었다. 그 뻔뻔한 태도라니. 여자는 바윗덩어리처럼 꿈쩍도 안 했다. 니샤는 힘으로 여자를 움직일 수 없었다. 팔꿈치로 세게 밀치니, 여자도 밀었다. 그 여자가 앞만 보자 니샤는 손을 뻗어 여자 핸드백을 무릎에서 들고는 버스 앞으로 던졌다. 가방 안에 있던 립스틱과 종이쪽지가 다른 의자 밑으로 굴러갔다. 놀란 여자가 니샤를 노려봤다.

"내 가방 가져와!"

둘은 일어섰다. 니샤는 여자가 밀치는 것을 느꼈지만 그다지 힘이 실린 것 같지 않았다. 양팔로 여자를 힘껏 밀었다. 여자가 균형을 잃고 비명을 지르며 반대편 의자로 쿵 쓰러졌다. 버스 안에서 다 같이 어어어! 하고 외치는 소리가 들렸다. 버스가 갑자기 멈추자 그 여자는 비틀거리며 일어났다. 기사가 운전석과 통로 사이 문을 열더니 그들을 봤다. "어이! 거기 둘! 내려요!"

"난 안 내려!" 여자가 가방을 챙기며 말했다. "저 여자가 날 밀었어요!"

"저 여자가 내 무릎에 앉았어요! 숨 막혀 죽는 줄 알았다고요!"

"내려요!" 기사가 말했다. "안 내리면 경찰을 부를 거예요!"

"난 아무 데도 안 가요." 니샤가 버티고 앉아서 말했다. "내리는 곳까지 갈 거예요."

"경찰이라면 겁낼 줄 알아? 다시 생각해 봐. 이년 머리를……."

10분 뒤, 니샤를 남겨두고 버스는 떠났다. 그때까지 버스에서 기다렸던 승객들의 방사능 같은 따가운 눈초리에 니샤는 얼굴이 뜨거웠다. 경찰관의 경고가 귓전에 울렸다. 그들은 누구 탓인지에는 관심이 없는 듯, 버스 좌석 자리를 놓고 싸우는 두 여자에게 지루한 (하지만 조금은 재미있어하는) 표정을 던졌다. 니샤는 다음 버스가 오면 그레이스를 데리고 오는 데 얼마나 걸릴지 계산 중이었다. 망할 놈의 영국 같으니.

22분 뒤, 화를 내며 다음 버스(물론 붐볐기에 서서 가야 했다)에 타고 나서야 니샤는 아름다운 유기농 오리를 비롯해 세심하게 고른 양념과 드레싱이, 떠나버린 버스 좌석 밑에 있다는 사실을 깨달았다.

그레이스는 집까지 가는 길에 아무 말도 하지 않았다. 니샤는 대화를 시도하지도 않았다. 그레이스는 이어폰을 끼더니 말없이 버스를 갈아탔다. 두 사람은 서로의 존재를 무시하고 나란히 걸었다. 아파트에 도착하자 그레이스는 배가 안 고프다고, 할머니 집에서 뭘 먹었다고 중얼거리더니 자기 방으로 들어가 문을 쾅 닫았다.

니샤는 지쳐버렸다. 남은 빵으로 치즈 샌드위치를 만들었다. 아마 종점으로 가고 있을 오리를 생각하지 않으려고 애쓰며 맛없는 빵을 삼켰다. 온수가 나오지 않기에 20분 정도 전기 히터를 켜둔 뒤 욕실에 들어가 배스 오일이나 입욕제 대신 샴푸를 욕조에 넣었다.

니샤는 한 시간 반 동안 턱까지 온몸을 물에 담그고 누워 사라진 오리와 루부탱 구두, 짜증 나는 수수께끼 같은 알렉스를 생각했다. 세상을 멸망시킬 여러 가지 방법을 궁리했다. 평생 화내면서 살아왔던 니샤지만, 여자라는 이유만으로 훨씬 더 다양하게 형편없는 취급을 받는다는 것을 깨닫게 됐다. 게다가 아무도 그것을 인정하지 않았다. 10대 시절, 날마다 끊임없이 자신을 만지려고 하거나 힐끔거리던 남자들이 떠올랐다. 원치 않는 관심 속에서 일상을 보내야만 했던 것. 열두 살 때 사료 가게 남자가 상의 속에 손을 넣게 해주면 1달러를 주겠다고 한 것. 휘발유를 넣으러 갈 때마다 외설적인 손짓을 하던 주유소 남자. 지하철의 변태들, 공용 아파트까지 따라오던 남자들, 갤러리에서 일할 때 니샤의 엉덩이에 닿던 더 미묘

하고 더 값비싼 손길들. 결혼을 유지하기 위해서 끝없이 노력하며 모종의 기준에 부합해야 했던 것을 떠올렸다. 외모를 가꾸고, 완벽한 가정을 꾸리고, 흥미로운 사람이 되고, 매일 머리를 멋지게 꾸미고(다른 곳도 마찬가지였다), 발이 아픈 구두를 신고, 거길 갈라놓는 레이스 속옷을 입고, 포르노 스타 수준의 침실 기술을 발휘하고(남편은 발기만 하면 제 할 일을 다했다고 생각했지만). 니샤는 칼이 자신에게 매력을 발휘하려고 생식기 털을 레이저로 제모하는 상상을 하며 실소를 터뜨렸다. 그런데 여성인 니샤는 모든 기대에 부합했는데도 더 젊고 더 달콤한 모델 때문에 버림받고 말았다.

그리고 물론, 이 억울한 상황을 웃어넘기지 않으면 재미없는 마녀 취급을 받을 터였다.

몇 년째 억눌렀던 그 생각(그것을 인정해 봤자 무슨 소용이냐고 생각했었다)이 욕조 속의 거품처럼 자꾸 수면 위로 올라왔다.

문밖에서 그레이스가 끈덕지게 틀어놓은 음악을 들으며 누워 있으니 니샤의 손가락과 발가락이 쪼글쪼글해졌다. 작은 거울에 김이 서리고 물이 차가워졌다. 니샤가 욕실에서 나오는데 재스민이 돌아왔다. 문이 쾅 닫히더니 재스민이 좁은 복도로 걸어오며 목도리를 풀고는 곧장 부엌으로 들어갔다.

"니샤! 저녁은 어디 있어요? 배가 너무 고파서 집에 오는 내내 군침을 삼켰지 뭐야."

니샤는 우뚝 멈췄다. "아." 표정이 굳었다. "참, 버스에서 일이 있었어요. 어떤 멍청한 여자가 내 무릎에 앉는 바람에……."

"뭘 만들었어요? 저녁 먹지 말라면서." 재스민이 오븐 문을 열어

보고, 조리대에 놓인 빈 냄비 뚜껑도 열었다.

니샤는 마음이 무거워졌다. "미안해요. 그…… 음식을 못 만들었어요."

짧은 침묵이 흘렀다.

"그…… 그럼…… 아무것도 없어요?"

재스민은 니샤를 노려보더니 폭발을 힘겹게 억누르는 듯 눈을 감았다. "이것 때문에 코코넛 커리 치킨을 거절하고 왔는데."

재스민이 숨을 크게 들이쉬었다. "알겠어요. 뭐, 토스트에 콩을 얹어 먹으면 되지. 어서 먹어야지. 혈당 떨어졌어."

니샤는 가슴이 철렁했다. "저…… 남은 빵은 내가 먹었어요."

"설마."

"미안해요."

"그리고…… 더 사다 놓을 생각은 안 했어요?"

"목욕하고 싶었어요. 정말 힘든 하루였거든요. 저기, 옷 입고 사올게요."

재스민의 눈빛이 유리라도 자를 판이었다. "그럼, 그레이스는 뭘 먹었어요?"

"할머니 댁에서 먹었대요."

"엄마는 아무것도 안 먹었다던데."

재스민은 눈을 감고 한숨을 내쉬었다. 그리고 눈을 뜨더니 니샤 앞을 지나 캐비닛을 열고 세탁한 시트 더미를 밀어 넣었다. 그러다 그녀가 멈췄다. "잠깐만. 히터를 누가 켰지?"

"내가요." 니샤가 말했다.

"얼마나 켜둔 거예요?"

"모르겠어요. 두어 시간? 잊어버렸네."

재스민은 반짝이는 스위치를 탁 쳐서 껐다. "세상에. 그럼 돈이 얼만지 알아요? 이봐요, 이런 건 잊어버리면 안 돼요. 세상에." 재스민은 문을 닫더니 휙 돌아섰다. "먹을 것도 없고, 온수도 없고, 전기세만 엄청나겠네. 여기가 무슨 호텔인 줄 알아요? 아직 벤틀리에서 지내는 줄 알아요? 니샤, 당신이 돈 걱정 해본 적 없다고 우리도 다 그런 건 아니에요! 지금 장난하는 거예요? 세상에!"

재스민은 쿵쿵거리며 부엌으로 들어갔다. 니샤는 몸에 타월을 감은 채 혼자 남았다.

니샤는 그레이스의 곁눈질을 무시하며 지독한 바지와 티셔츠를 입었다. 쿵쾅거리며 싱크대 문을 여닫는 소리를 못 들은 체하면서 아파트에서 빠져나와 10분 거리의 24시간 편의점으로 향했다. 자신에게 너무 화가 나서 추위도, 모퉁이에 모인 남자들의 야유 소리도, 당구장 앞에서 어정거리는 남자도 신경 쓸 겨를이 없었다. 20분 뒤에 돌아오니 재스민은 거실 소파에 앉아 라면처럼 보이는 것을 먹고 있었다.

"자요." 니샤가 장 본 것을 건네며 말했다.

"뭐예요?" 재스민이 TV에서 시선을 돌렸다.

"빵이랑 우유, 달걀, 초콜릿이요. 저기, 미…… 미안해요."

재스민이 장바구니를 슬쩍 봤다. "알겠어요." 그리고 다시 화면에 눈길을 주었다.

"그리고 여기."

재스민은 한숨을 쉬더니 다시 고개를 돌려 니샤가 건네는 지폐를 내려다봤다. "이게 뭐예요?"

"빚진 돈이요. 여기서 지낸 값. 더 주고 싶지만, 아들을 데려오려면 돈이 필요해요."

"무슨 빚이요?"

"얼만지는 몰라도. 지난 2주 동안 든 돈이요. 30분 뒤에 짐 싸서 나갈게요." 이상하고 낯선 느낌에 목이 메었다.

재스민이 니샤의 손을 한 번 더 내려다보고 나서 물었다. "미쳤어요?"

"음······." 니샤는 차분한 목소리로 고개를 들고 말했다. "······이제 내가 여기 있는 게 지겨워진 거잖아요."

재스민은 조금 더 빤히 보더니 시무룩한 표정을 지었다. "니샤. 내가 열받아서 그랬어요. 배가 고팠거든요. 맞아요. 하지만 니샤는 내 친구예요. 뜨거운 물 때문에 친구를 길거리로 내쫓을 순 없어요." 재스민은 고개를 절레절레 저었다. "어서 앉아요. 불편하니까."

니샤는 그대로 서 있었다. "하지만 빵은······."

"그래봤자 빵이죠. 전에 누구랑 다퉈본 적 없어요? 음식을 나눠야 했던 적은요? 한 공간에 살다 보면 행동을 하기 전에 먼저 생각을 해야 하죠. 하지만 이럴 것까진 없어요. 나 원 참."

재스민은 고개를 저었다. 니샤는 조심스레 소파에 앉았다. 재스민은 남은 라면을 먹으면서 말없이 몇 분간 TV를 봤다. 한참 뒤 그녀는 허리를 숙이더니 비닐 봉투를 가리켰다. "근데, 무슨 초콜릿

사 왔어요?"

"그린 앤 블랙 초콜릿이요. 다크 초콜릿."

"그렇지! 날 잘 아네!" 재스민이 느닷없이 짓는 미소에는 전염성이 있었다. "아이고, 긴장 풀어요. 내가 속이 상할 때마다 눈치를 봐야 하면, 우린 함께 못 지내요. 알겠어요? 자, 어서 물 끓여요. 차랑 같이 이거 먹게."

예전의 니샤는 자정 전에 잠든 적이 없었다. 일 관련 전화를 받고 컴퓨터를 확인하느라 늦게 자는 칼이 침실에 들어왔을 때 니샤가 자고 있으면 싫어했기 때문이다. 하지만 호텔에서 일하기 시작한 뒤 니샤는 10시만 되면 녹초가 됐다. 감정노동이 심했던 그날 밤, 니샤는 기절하다시피 했다. 힘없이 2층 침대로 올라가 차가운 금속 가로대에 발끝을 대고 누우니 온몸의 뼈가 싸구려 싱글 매트리스 속으로 내려앉는 것 같았다.

밑에 있던 그레이스는 책 읽기를 마치고 스탠드를 껐다. 니샤는 근처에 다른 사람이 있는 느낌이, 그날 저녁에 함께 웃었던 것이, 칼과 구두 이야기를 하자 재스민이 믿을 수 없다는 얼굴로 웃어대던 모습이 문득 좋아졌다.

"세상에, 니샤, 그런 남자랑 어떻게 살았어요?"

"끓는 물에 넣은 개구리랑 비슷한 것 같아요." 니샤가 말했다. "처음부터 나쁜 결혼은 없어요. 얼마나 이상한지 깨닫고 보면, 이미 끓는 물에 푹 빠져 있는 거죠."

재스민이 웃었다. 재스민은 칼 이야기에 진심으로 웃어댔다. 칼을 비웃는 사람, 괴상하다고 하는 사람은 처음이었다. 니샤가 그와 헤어져서 잘됐다는 재스민의 의견은 확고했다. 그 순간에도 거실에서 재스민은 다림질을 더 하고 있었다. 니샤가 돕겠다고 했지만, 재스민은 손사래를 쳤다. "괜찮아요, 니샤. TV 보면서 할 거예요. 조금만 하고 잘게요."

"니샤 아줌마?"

생각에 잠겨 있던 니샤가 정신을 차렸다.

"응?"

그레이스가 뒤척이는 소리가 들렸다.

"미안해요."

"뭐가?"

"여기서 지내는 거 싫어한 거요. 엄마가 니샤 아줌마에게 무슨 일이 있었는지 알려줬어요. 난 몰랐어요. 방 함께 쓰는 거 상관없어요. 못되게 굴어서 미안해요."

니샤는 목이 메었다. "참…… 착하다, 그레이스. 고마워."

침묵 속에서 다리미가 쉭쉭거리는 소리, TV가 웅얼거리는 소리가 들려왔다. 그레이스의 목소리가 어둠 속에서 갈라졌다. "엄마는 늘 남들에게 여기서 지내라고 해요. 좀 짜증이 났어요. 엄마가 다른 사람들한테 너무 잘해주니까요. 그러니까…… 이용하는 사람들도 있어요."

"알아. 난 그런 사람이 아니야, 그레이스."

"엄마도 그렇게 말했어요."

니샤는 어둠 속에서 눈을 뜨고 있었다. 실은 자신도 그런 사람이 아닐까 싶어 마음이 불편했다.

"아줌마 아들은 어때요?"

"레이? 멋진 아이야. 친절하고. 똑똑하고. 재미있어."

"몇 살이에요?"

"음…… 열여섯."

"어디 살아요?"

"음, 지금은…… 기숙사 학교에 있어. 미국에."

"미국이요?" 그레이스가 믿지 못하겠다는 목소리로 말했다. "외국에 있다고요?"

"지금 당장은 그래."

"걔가 보고 싶지 않아요?"

그 말에 다시 목이 메었다. 눈물이 차오르는 것을 느낀 니샤는 어두워서 자기 모습이 보이지 않는 것에 감사했다.

"굉장히 보고 싶지."

"그럼 왜 아들을 다른 나라에 두고 왔어요?"

니샤는 망설였다. "음…… 레이는 전에 좀 힘든 일이 있었어. 그런데 걔 아빠가…… 아니, 우리가 그 애가 계속 함께 다니는 게 좋지 않다고 생각했어. 레이 아빠 일 때문에 우리가…… 여행을 많이 다녔거든. 그 애가 기숙사 학교에 있으면 더 안정적으로 잘 지낼 거라고 생각했어." 니샤가 덧붙였다. "아주 좋은 기숙사 학교야. 애를 잘 돌봐줘. 좋은 시설도 많고."

긴 침묵이 흘렀다.

"수영장도 있어. 음식도 잘 나오고…… 댄스 스튜디오도 있어.

그 애 방도 굉장히 좋아…… 크고, TV랑 미니 부엌도 따로 있어
서……."

또 다시 침묵이 흘렀다.

"걔가 거길 더 좋아해요?"

니샤는 천장만 봤다. 거실에서 재스민이 콧노래를 부르기 시작
했다. 부엌에서는 세탁기가 가차 없는 탈수 과정으로 넘어가고 있
었다.

"음." 니샤가 눈을 닦고 침을 삼켰다. "그건…… 음…… 있잖아,
그건 물어본 적 없는 것 같아."

20

콜린의 방에 앉은 캣은 콜린이 머리를 고데기로 말아주는 동안 엄지손톱에 발린 진녹색으로 반짝이는 매니큐어 조각을 뜯고 있었다. 아래층에서 콜린 엄마가 피트니스 동영상을 따라 운동을 하는 중이었다. 간간이 쿵쿵 소리와 욕설이 들려왔다.

"너네 엄마가 확실해? 아닌 것 같아." 콜린이 머리카락을 길게 말아 올리며 거울에 비친 캣의 얼굴을 빤히 봤다.

"엄마 코트였어. 털모자 달린 거. 그게 보여서 다시 한번 확인했는데 엄마였어. 그 남자를 끌어안고 있었어. 게다가 엄마가 권투 체육관 앞에는 왜 갔겠어? 누굴 만나러 간 게 아니면?"

"근데 바람이 확실해?"

"음, 그럼 이렇게 말해볼까. 엄마가 그 남자를 아주 꽉 껴안았고, 그 남자는 엄마 어깨에 얼굴을 파묻었어."

캣은 2층 버스를 타고 그 앞을 지나가다 고개를 돌려 그 모습을 본 순간, 가슴이 철렁하던 그 느낌이 아직도 생생했다. 옆자리 여자가 미친 사람 보듯이 했지만, 캣은 더 보려고 벌떡 일어나기까지 했다.

"엄마는 7월 이후로 머리를 한 적이 없어. 흰머리가 보였다고. 그리고 핸드백도 없었고. 제일 괴로운 건…… 엄마가 신는 하이힐이야. 진짜…… 야한 구두를."

"야한 구두." 콜린이 따라 말하면서 고데기로 감았던 머리칼을 풀었다.

"알잖아. 섹시하게 보이려고 신는 거. 빨간 끈 달리고. 높이가 10센티는 돼. 엄마는 그런 구두를 절대 안 신는 사람이야. 죽어도. 보통 때는 말이야."

그 남자가 끌어안자 캣의 엄마는 발뒤꿈치를 들며 바짝 다가갔는데, 힐이 땅에서 떨어질 정도였다. 그리고 남자는 엄마를 향해 환히 웃었다. 비밀을 나누는 상대에게만 짓는 미소였다. 체육관 주차장의 회색 바닥에 대비되어 구두 색깔이 선명하게 보였다. 버스가 달리는 바람에 그다음은 보지 못했지만, 캣은 그 끔찍한 일로 인한 충격에 머리가 빙빙 돌았다.

엄마가. 아빠가 아닌 남자를 끌어안다니. 캣이 알던 엄마가 맞나 싶었다.

콜린이 고데기를 내려놓고 거울에서 고개를 돌렸다. "그럼 이제 어쩔 거야? 엄마한테 뭐라고 할 거야?"

그것이 가장 괴로운 부분이었다. 캣은 알 수가 없었다. 상냥하고 한결같고 조금 기력 없던 엄마가 섹시한 여자로 변신하다니. 캣은 아빠는 고사하고 자신에게도 그 사실을 설명할 수 없었다. 캣은 늘 엄마가 좀 겁이 많다고, 호구라고 여겼다. 자신에게 가해지는 온갖 부당한 일을 그저 받아들이는 엄마에게 짜증이 난 적도 있었다. 아빠도 사실 다를 바 없었다. 캣은 그 사실을 납득하는 데 이틀 밤을 보냈다. 늦은 퇴근, 날마다 하는 화장, 캣이 마지막으로 안겼을 때 엄마가 풍긴 향수 냄새. 캣은 엄마를 눈여겨보기 시작했다. TV를 보면서 더 많이 웃는지? 아빠를 아직 사랑하는 척, 더 상냥하게 구는지? 보통 우유 대신 저지방 우유를 사는 까닭은? 살을 빼려는 걸까? '어떻게 사람을 그렇게 기만할 수가 있지? 어떻게 다른 사람이랑 자면서 집에서는 아무 일도 없는 척할 수 있지?' 캣은 그때 엄마를 본 뒤로 엄마와 대화하지 않았다. 엄마가 다가오면 피했고, 질문에는 무뚝뚝하게 "응"이나 "아니"로만 대답했다. 엄마가 영문을 몰라 쳐다보는 시선이 등에 꽂혔지만, 캣은 개의치 않았다. 엄마가 한 짓을 생각하면 예의를 갖출 필요도 느끼지 못했다. 모든 게 어긋나고 틀어졌다. 자신이 알던 세상이 어그러진 느낌에 캣은 비참했다.

캣은 남은 매니큐어를 벗겨냈다. 그 아래로 드러난 엄지손톱은 창백한 조개껍질처럼 연약해 보였다.

"모르겠어. 아빠한테 말해야 할 것 같지만, 아빠는 우울증이 너무 심해. 상태가 더 나빠질 것 같아."

"나라면 말할 거야." 콜린이 말했다. "아니, 나라면 알고 싶을 거야." 콜린이 다시 거울을 보며 고데기를 집어 들었다. "세상에, 어른들은 왜 저렇게 복잡할까? 40대가 되면 모든 게 안정되어 있어야 하는 거 아니야?"

필은 의자에 앉아 코비츠 선생이 늘 테이블에 놓아두는 물을 마셨다. 지난 세 번의 상담을 하는 동안에는 물을 건드리지 않았지만,

어떻게 대답해야 할지 모르는 질문이 나왔을 때 생각을 정리하는 동안에는 물이 쓸모 있었다.

"그러니까 그 사람에게 분명 무슨 일이 있긴 해요. 도무지…… 집에 있질 않아요. 이번 주에 지난 이틀 동안은 늦게 퇴근했는데…… 얼굴이 빛나더군요."

"빛나요?"

"정말…… 행복한 사람처럼 말이에요. 얼굴이 환해요." 그렇게 소리 내어 말하는 것만으로도 마음이 아팠다.

"어디 갔었는지 물어보셨습니까?"

필은 물을 한 모금 마셨다. "음…… 아뇨."

"왜 안 물어보셨습니까? 대답을 알고 싶지 않았습니까?"

필은 고개를 저었다. 아니라기보다는 '모르겠어요'에 가까운 대답이었다. 긴 침묵이 이어졌다. 필은 카펫을 뚫어져라 봤다. 코비츠 선생이 말했다. "필 씨는 의욕 부진이 심합니다. 아무것도 할 수 없는 것처럼 보입니다. 부인뿐 아니라, 전반적인 일에 대해서요. 평생 그런 느낌으로 사셨습니까?"

필이 회상했다. 지금의 자신과 상당히 달랐던 시절, 계획과 활력이 가득했던 시절이 기억났다. 캠핑카를 사고 함께할 미래를 구상하던 시절이 기억났다.

"아뇨."

"지금은 왜 그런 느낌이라고 생각하십니까?"

필은 또 물을 한 모금 마셨다. 달리 할 말이 생각나지 않아 아무 말도 안 하기로 했다. 그렇게 한동안 말없이 앉아 있었다.

"아버님 병환 이야기로 돌아가도 될지 모르겠습니다. 그것이 필씨에게 깊은 영향을 준 듯합니다."

"그 이야기는 정말 하고 싶지 않아요."

"음…… 그럼 몇 가지 일반적인 질문만 하죠. 아버님에 대해서. 아버님과 사이가 좋았습니까?"

"물론이죠!" 필은 너무 크게 강조하는 자기 목소리를 들었다. 코비츠 선생도 그렇게 들었을 것이다. 그는 아무것도 놓치지 않으니까.

"그러시군요. 어린 시절 아버님과 많은 시간을 보내셨습니까?"

"일을 안 하실 때는요. 하지만 아버지는 일을 많이 하셨어요. 언제나 일하셨죠. 그렇지만, 좋은 아버지셨어요."

"직업관이 강한 분이셨군요."

"네. 저희에게 그걸 가르치셨어요. 일에 모든 걸 쏟아부어야 한다고."

"그렇게 사셨습니까?"

"네. 아니, 전 아버지와 좀 달랐어요. 가족에게 더 집중했어요. 세대가 다르니까요. 그 시절 남자들은 그랬잖아요? 게다가…… 캣이 태어날 때까지 샘과 둘만 살던 기간이 있어서, 좀 달랐어요. 샘이…… 유산을 했거든요. 그래서 그 사람이……."

코비츠 선생이 기다렸다.

"음. 샘은 결함이 있는 느낌이라고 했어요. 전 그렇게 생각한 적 없었지만요. 샘이 참 힘들어했어요. 아무것도 할 수 없는 느낌이었어요. 샘은 여러 번 임신하고, 이번에는 괜찮겠다 싶어지는 순간…… 아이를 잃었어요."

"몇 번이었습니까?"

"네 번이요." 필이 말했다. "네 번. 마지막은 5개월 때였어요."

"힘드셨겠습니다." 코비츠 선생이 말했다. "굉장히 힘드셨겠어요."

"음. 당연히 샘이 가장 힘들었죠. 아이를 가진 건 샘이었으니까."

"하지만 필 씨도 힘드셨죠."

"뭐라고 말해야 할지 알 수 없었어요. 샘이 욕실에서 울면서 너무 슬퍼하고 있으면 어째야 할지 알 수 없었어요."

"어떻게 하셨습니까?"

"괜찮을 거라고 했어요. 우린 해낼 거라고."

"그리고 해내셨군요."

"그랬죠." 필이 문득 미소를 지었다. "샘이 시술을 받았어요. 봉합하는 거 말예요. 그리고 몇 달 뒤에 캣을 가졌어요. 그리고 캣이 태어났는데 제 평생 본 중 가장 예쁜 아이였죠……."

그때가 필 인생 최고의 시기였다. 직장 동료들은 잠을 못 잔다고, 아내가 아기만 보느라 무시한다고, 집 안 꼴이 엉망이라고 불평하곤 했지만, 필은 한밤중에도 캣이 울면 벌떡 일어나 샘을 쉬게 했다. 캣을 안고 어르며 아기 냄새를 맡고 눈을 맞추는 것이 좋았다. 캣은 너무나 소중하고 연약했다. 평생 처음으로 기적 같은 일을, 스스로에 대한 기대를 뛰어넘는 일을 해낸 느낌이라 아이를 생각만 해도 눈물이 고였다. 내 아이. 우리 아이. 더 이상 아이를 가지려고 하지 않았다. 둘째는 자연의 섭리에 맡겼다. 아이가 생기지 않자 아름다운 딸을 얻은 것만으로도 다행이라고 여겼다. 그간 겪은 일을 감안해 볼 때 더 바라는 것은 과욕이라고 판단했다. 아니, 욕심이

나더라도 마음속에 간직할 뿐 입 밖에 내지 않았다.

"그럼…… 참 훌륭한 일을 하셨습니다. 아버님보다 가족에게 더 집중하신 것은 당연한 일이죠. 아이를 가지려고 많은 고생을 하셨으니까요."

"네, 네." 필이 고개를 끄덕이며 말했다.

"가족이 굉장히 중요한 분이군요. 그리고 가족이 행복에 필수적이고. 그렇다면, 중요한 가족을 잃고, 어머님께서는 가족 속에서 맡은 역할이 바뀌어 갑자기 독립적인 존재가 되시고, 부인은 함께하는 데서 행복을 느끼지 못하는 것처럼 보인다면, 모든 게 참…… 불안정하게 느껴지시겠군요? 그렇게 요약해도 되겠습니까?"

그런 설명을 듣고 있자니 기분이 이상했다. "음. 네. 그런 것 같아요."

"하지만 아버님 이야기가 그렇게 힘든 이유를 아직 잘 모르겠습니다."

"돌아가셨잖아요. 제가 있는데 돌아가셨어요. 그러면 어려운 거 아닌가요?"

"그럴 수 있죠. 하지만 임종 때 같이 있으면서, 사랑하는 사람이…… 다음 세계로 들어갈 때 함께하는 것을 좋은 일로 여기는 사람들도 있습니다."

필은 속이 죄어드는 익숙한 느낌을 받았다. 도저히 말할 수가 없었다. 상담실에서 나오고 싶었다. 일어나서 나와도 될지, 주위를 둘러봤다.

"필 씨?"

"제겐…… 그렇지 않았어요."

"아버님의 칭찬에 크게 의존하셨다면, 아버님이 돌아가신 뒤에는 삶의 목적이 사라진 느낌이 들 수도 있었을 겁니다."

"아뇨…… 그런 건 아니에요."

"하지만 아버님께서 필 씨를 사랑하셨습니다. 다른 상담 때 아버님과 어머님께서 매우 가까우셨고, 외아들인 필 씨는 관심을 많이 받았다고 하셨죠. 그렇게 집중적인 관심을 받는 데는 장단점이 모두 있습니다."

필은 머리를 감싸쥐었다. 그 상태로 너무 오래 있어 코비츠 선생이 함께 있다는 사실을 깜빡 잊기도 했다. 그는 다시 입을 열었을 때, 자신도 알아들을 수 없을 정도로 작은 목소리로 말했다.

"아버지가 저더러 끝내길 바라셨어요."

"네?"

"아버지가 저더러 죽여달라고 하셨어요. 끝내달라고. 임종이 가까워지자, 날마다 아버지는 숨이 가쁜 채로 누워 계셨어요. 어머니가 병실에서 나가면 내 손목을 잡고 머리를 베개로 눌러달라고 하셨어요. 너무 고통스러우셨던 거죠. 견디지 못하셨어요. 아버지는 어머니 앞에서 약해지는 걸, 그런 모습을 보이는 걸 싫어하셨어요. 살기 싫어하셨어요."

코비츠 선생이 필을 보고 있었다. 빤히 보는 눈길에 필은 문득 아버지의 꿈쩍 않던 시선이, 앙상한 손아귀가 자기 손목을 잡던 느낌이 떠올랐다.

해.

해라, 필.

"그래서 어떻게 됐습니까?"

"참…… 힘들었어요. 병실에 가는 게 무서웠어요. 정말 무서웠어요. 병실에 들어가기 전에 토한 적도 있어요."

작은 병실의 냄새, 소독약과 들척지근한 썩은 내, 곧 부패할 것 같은 느낌, 아버지의 힘겨운 숨소리 외에는 아무 소리도 나지 않던 정체된 시간들, 문밖에서 조용히 지나가는 의료진의 발소리. "어머니께 좀 쉬고 오시라고, 아래층에 내려가 차 한잔하고 오시라고 말씀드리곤 했어요. 어머니는 병실에 늘 계셨으니까요. 지쳐가고 계셨어요."

"그럼 어머님께서 필 씨를 병실에 혼자 두셨습니까?"

필이 고개를 끄덕이며 얼굴을 문질렀다. "아버지가 눈물을 흘리기도 하셨어요. 그러고는 화를 내셨죠. 진심으로 화를 내셨어요. 아버지가 평생 우시는 걸 보이지 못했어요. 강한 분이셨거든요. 가장이셨죠. 바위 같은. 아버지는…… 약한 모습을 보이고 싶지 않아 하셨어요."

"몇 번이나…… 끝내라고 하셨습니까?"

"마지막엔, 제가 찾아갈 때마다 그러셨어요. 그러니까 3주 동안 매일? 그리고 전 직장을 잃었어요……. '구조조정'이라고 했지만, 자꾸 휴가를 쓰니까 그랬을 거예요. 어머니가 혼자 감당하시게 둘 수 없었어요."

또 긴 침묵이 흘렀다. 밖에서 누가 시동을 거는지 차가 요란하게 부르릉거렸다.

"필 씨…… 아버님께서 두 분만 계실 때 돌아가셨습니까?"

필이 코비츠 선생을 보지 않고 천천히 고개를 끄덕였다.

코비츠 선생은 잠시 기다리다 부드러운 목소리로 말했다. "아버님을 도와드렸다고 말씀하신다 해도, 제겐 필 씨가 타인에게 위협이 된다고 느끼지 않는 한 신고를 할 법적 의무가 없습니다. 그런 염려는 안 하셔도 됩니다."

필은 아무 말도 하지 않았다.

"이…… 이 일로 계속 힘들어하신 겁니까?" 코비츠 선생이 노트를 내려놓았다. "전 비밀엄수의무가 있습니다. 제겐 뭐든지 말씀하셔도 됩니다. 마음의 짐이 몹시 크셨을 겁니다. 털어놓으면 도움이 될 수도 있습니다."

"아뇨."

필이 고개를 들었다. 말문이 한번 터지자 멈출 수 없었다.

"어머니가 차를 마시러 나가셨어요. 5시 15분이었어요. 아버지가…… 또 하라고 하셨어요. 또. 그리고 전…… 할 수 없었어요. 울음이 터졌어요. 너무 지쳤거든요. 날마다 무슨 일을 겪을 줄 알면서 병원에 갔어요. 아버지 눈빛을 보면. 아버지가 내는 소리와 그 표정…… 울음이 나왔어요. 그리고 아버지는 저더러 쓸모없다고 하셨어요. 그것도 안 해주다니 아무 쓸모 없는 놈이라고 하셨어요. 그래도 못 했어요. 제가 해드리면 아버지가 더 편해진다는 걸 알았지만 못 했어요. 사람을 죽일 수는 없었어요. 전 너무 약했어요. 아버지는 돌아가시면서 제가 얼마나 실망스러웠는지 말씀하셨어요. 아무 쓸모 없는 아들이라고 늘 생각하셨다고. 아버지의…… 쉰 목소리에…… 분노가 서려 있었어요. 제 손목을 붙잡은 아버지 손이 너무 강해서 꼼짝할 수 없었어요. 움직이지 못했어요. 아버지는 눈을 크게 뜨고 절 봤는데…… 증오 가득한 눈빛이 제가 쓸모없는 존재라고, 절 경멸한다고, 제가 멍청하고 나약한 놈이라고 말하고 있었어요. 절 사랑한 적 없다고. 전 나약했어요. 너무 나약했어요." 필은 흐느끼고 있었다. "그리고 갑자기 기계에서 소리가 났어요. 간호사들이 달려오더니 아버지는 돌아가셨어요. 그렇게 돌아가신 거예요."

필은 얼마나 울었는지 알 수 없었다. 그렇게 큰 소리로, 온몸을 떨며, 손이 다 젖도록 운 것은 처음이었다. 2분쯤 뒤, 코비츠 선생이 등을 두드렸다. 필은 티슈를 뽑아 얼굴을 닦고 또 닦았다. 티슈가 계속 젖어 더 필요했기에 미안하다고 사과하면서.

한참 뒤, 폭풍우가 지나가듯 눈물이 멈췄다. 숨을 몰아쉬던 필은 놀라고 지친 상태로 묵묵히 앉아 있었다. 코비츠 선생은 잠깐 기다리더니 천천히 일어나 반대편 자리로 돌아갔다.

"필 씨." 그가 입을 열었다. "드릴 말씀이 있습니다. 아버님께서 마지막 순간에 하신 말씀이 진심이었는지, 아니면 그저 많이 아프고 힘든 사람의 투정이었는지 저는 모릅니다. 하지만 이렇게 생각해 보시면 어떨까 싶습니다. 필 씨께서 겪은 일을 쉽게 이겨낼 사람은 많지 않습니다. 강인함. 진정한 강인함은 반드시 남의 요청을 들어주는 것만 뜻하지 않습니다. 강인함은 견딜 수 없는, 참을 수 없는 상황에서도 사랑하는 사람들을 돕기 위해 날마다 찾아가는 겁니다. 강인함은 온몸의 세포가 견디기 힘들다고 외쳐도 그 병실에서 시간을 보내는 겁니다."

필은 다시 엉엉 울었지만, 자신이 몰아쉬는 숨소리 사이로 코비
츠 선생의 마지막 말을 들을 수 있었다.

"그런 기준으로 따지면, 필 씨는 참 용감한 일을 해낸 겁니다."

니샤에게 이상한 일이 벌어졌다. 알렉스가 자꾸 생각나는 것이었
다. 점심을 먹으러 갈 때마다 그의 존재를 굉장히 의식했다. 그의
예사로운 시선에도 등이 따가웠다. 밤이면 그의 목과 어깨가 만나
는 지점, 그가 니샤의 말을 진지하게 경청할 때 가늘어지는 눈매가
자꾸 생각났다. 알렉스는 니샤가 본 사람 중에서 가장 평정심이 강
했다. 칼처럼 갑자기 짜증을 부리거나 감정이 변하지도 않았고, 웃
음을 터뜨리거나 분노를 폭발시키지도 않았다. 그는 니샤를 볼 때,
음식을 건넬 때 미소를 지었다. 손을 조금 흔들거나 고개를 끄덕이
며 인사했다. 그는 늘 편안했고 상냥했으며 속내를 전혀 드러내지
않았다. 솔직히, 니샤는 화가 났다.

점심시간에 니샤는 알렉스에게 궁금한 것을 물었다. 그가 일할
때 근처에 앉거나 골목길에서 함께 담배를 피웠다. 알렉스는 폴란
드 사람이지만 16년간 산 영국을 고향으로 여겼다. 그는 전처와 헤
어졌지만 잘 지냈다. 처음부터 요리사 일을 했으며 다른 직업은 원
하지 않았다. 그는 벤틀리 호텔 경영진이 그다지 훌륭하지는 않지
만 그보다 나쁜 곳도 겪어봤으며 여기가 편하다고 했다. 가치를 인
정받는 곳에서 일하는 것이 좋다고 했다. 그는 언젠가 식당을 열고
싶지만 자금을 어떻게 마련할지 모르겠다고 말했다. 그는 런던을
좋아했고, 돌아가신 아버지 덕분에 작은 아파트를 갖고 있었으며,

12월 31일에 담배를 끊을 것이라고 했다. 본인이 마음만 먹으면 할 수 있다는 듯 말했고 니샤는 그럴 것이라고 믿었다. 그는 열한 살짜리 딸이 있었고, 일을 쉴 때는 딸과 함께 지냈다. 딸 이야기를 할 때는 표정이 부드러워졌고 니샤가 알 수 없는 깊은 사연이 있는 듯, 먼 곳을 응시했다. 주방의 모두가 알렉스를 좋아했지만 그는 쉬는 시간 동안 다른 사람들처럼 잡담을 나누거나, 탈의실에서 빈둥거리거나, 고된 근무 스케줄이나 미셸의 감정 폭발을 놓고 징징거리지 않았다. 그는 일에 만족하는 듯 말 없이 어딘가 아무도 모르는 곳으로 사라졌다. 그는 끊임없이 요리책을 읽었다. 휴대전화를 보는 일도 드물었고 스포츠나 술에도 관심이 없었다. 그는 니샤에게 잘 보이려고도, 니샤를 진정시키려고도, 추근대거나 질문을 던지지도 않았다. 니샤는 그를 이해할 수 없었다.

"그때 준 오리를 버스에 두고 내렸어요." 니샤가 어느 날 그를 도발해 보려고 말했다.

"그럼 다시 구해줄게요." 알렉스가 말했다.

"내 이야기는 한 번도 안 물어보는군요." 샌드위치를 먹는 니샤 앞에 그가 앉자 니샤가 말했다. 니샤의 입에서 나온 그 말은 꼭 불평처럼 들렸다. 그것이 짜증스러웠다. 알렉스는 잠시 있다가 대답했다.

"내게 알려주고 싶은 건 말해줄 거라고 생각합니다."

"어떻게 데이트하잔 말을 한 번도 안 하죠?" 어느 날 저녁, 일이 끝나고 함께 나가다가 니샤가 물었다. 알렉스는 조리대를 깨끗이 청소하느라 늦게까지 있었다. 어두운 밤, 강둑을 따라 자동차들이

요란하게 달렸다.

"하길 원합니까?" 알렉스가 고개를 돌리며 물었다.

"아뇨."

"그거 봐요."

"그게 무슨 소리예요?" 니샤는 걸음을 멈추고 그를 보며 인상을 썼다.

"지각 있는 남자라면 여자가 다가와 주길 원하는지 알 수 있다는 말입니다."

"대부분의 남자는 그냥 다가와요."

"놀랍지 않습니다. 당신은 아주 아름다우니까."

니샤는 그를 노려봤다. "지금 다가오는 거예요?"

"아뇨. 사실을 말하는 겁니다."

알렉스는 정말 성가신 사람이었다. 지구상의 모든 남자 속을 읽을 줄 아는 니샤는 그의 속마음을 읽지 못하자 불안하고 속이 상했다. 그래서 그에게 말을 걸 때는 이상하게 도전적인 말투를 썼다. 알렉스는 아예 피하기도 했다.

그리고 문제가 있었다. 니샤는 섹스가 그리웠다. 칼이 그리운 건 아니었다. 칼의 눈에서 그걸 원하는 기색을 알아차리면 소리 없이 한숨을 쉬기도 했다. 하지만 몸이 닿는 게 그리웠다. 안기고, 손길을 느끼고, 욕망의 대상이 되는 게 그리웠다. 남자를 육체적으로 통제하며 경험하던 권력이 그리웠다. 열네 살짜리 아이가 밑에 있는 2층 침대에서 자느라, 니샤는 욕구를 혼자서 처리할 수도 없었다.

"저 사람을 좋아하네." 샌드위치를 먹던 재스민이 니샤의 눈길을 보고 말했다.

"아니에요."

재스민이 한쪽 눈썹을 치켜떴다. "아님 말고."

"저 사람은 돈도 장래도 없는 계약직 요리사예요. 그런 사람을 왜 좋아해요?"

재스민은 샌드위치를 삼키더니 손수건으로 입술을 문지르고는 말했다. "내가 니샤라면 저 남자한테 올라타서 안 내려올 거예요."

5개월 전쯤부터 캣은 집 앞에서 혼자만의 게임을 했다. 대문을 닫고 현관문까지 좁은 길을 따라 걸어가면서 아빠가 어떤 자세로 있을지 맞히는 것이었다. 대부분 머리를 사이드 테이블 쪽으로 향하고 소파에 누워 있는 자세였다. 이따금 아빠는 반대로, 사이드 테이블 쪽으로 발을 뻗고 소파 쿠션 두 개를 베고서 눕기도 했다. 캣은 짐작이 맞으면 '나무늘보 빙고' 상을 스스로에게 줬다. 그날 히피 스타일의 큰 해바라기가 그려진 채로 썩어가는 캠핑카(솔직히 그건 환경 파괴의 주범이자 동네 망신거리였다)를 지나쳐 열쇠로 문을 열고 들어가던 캣은 평소와 같을 거라고 짐작했다. 아빠는 테이블 쪽으로 머리를 향하고 누워 있을 거라고. 틀림없었다. 캣은 문을 열고 들어가 거실 안을 들여다봤다. 하지만 TV는 꺼져 있었고 아빠는 보이지 않았다.

캣은 코트를 걸고 부엌으로 들어갔다. 7시 15분이었지만, 엄마는 또 퇴근하지 않고 있었다. 1년 반 전에는 분위기가 어땠는지 떠올리자 캣은 가슴이 아팠다. 집에 오면 엄마가 요리를 하고 있었고 아빠는 싱크대에 기대서서 잡담을 나누고 있었다. 구석에서 라디오 소리가 들려왔다. 그때는 그 광경이 주는 안정감이 얼마나 소중한지 알지 못했다. 묵직한 적막말고는 아무것도 없는 그곳을 보기 전까지는.

캣은 (거의 텅 빈) 찬장에서 라이스 케이크를 두 개 꺼내 먹은 다음 2층 방으로 향했다. 그때 그가 보였다. 침대에 누워 벽을 뚫어져라 보고 있는 아빠가.

캣이 열린 침실 문 앞에 섰다.

"……아빠?"

필이 고개를 돌렸다. 지친 모습이었다. 늘 지친 모습이었다.

"아. 캣. 왔니." 필은 힘없이 미소를 지었다.

"뭐 해?"

"좀 쉬러 왔어. 오늘 좀…… 피곤해서."

"엄마는 어디 있어?"

필은 그제야 생각났다는 듯 눈을 껌뻑였다. "글쎄. 회사에 있나?"

"전화해 봤어?"

"어…… 오늘은 안 했네. 안 했어."

"지금 7시 15분이야." 캣이 필을 노려봤다. 수동적인 모습, 주위가 온통 무너지는데도 꼼짝 않는 태도. 캣은 불현듯 더 견딜 수 없어졌다. "아빠, 제발 좀. 일어나!"

필의 놀란 표정을 본 캣은 이상하게 후련했다.

"엄마가 어디 있을 거 같아?"

필은 고개를 저었다. "그…… 모르겠다."

"엄마는 남자랑 있어. 그런데 아빠는…… 망할 감자처럼 여기 앉아 있어. 엄마가 떠나는데 보고만 있어. 이제 어떻게 될 것 같아, 아빠? 가만히 앉아 있으면 모든 게 정상으로 돌아갈 것 같아? 뭐라도 해야 해. 일어나서 상황이 어떤지 좀 보라고!"

"남자?"

"내가 봤어." 캣은 눈물이 차오르고 얼굴이 달아오르는 것을 느꼈지만, 상관하지 않았다. "버스에서 엄마를 봤어. 그 남자랑 끌어안고 있는 걸. 그리고 엄마가 매일 화장하고서 늦게 퇴근하는데 아빠는 아무 일도 없는 것처럼 살잖아."

필은 망연자실한 표정이었다. 캣은 상관하지 않았다. 캣은 아빠가 충격받았으면 했다. 아빠를 뒤흔들어 깨우고 싶었다.

"그건…… 그렇다고……."

캣이 옷장을 열어젖혀 뒤지기 시작하더니 가방을 꺼냈다. "이거 보여?"

"가방?" 필이 당황한 표정으로 물었다.

캣이 가방을 열었다. 거기 들어 있었다. 이틀 전 발견했을 때와 똑같이. 모든 것이 잘못되었다는 확실한 증거였다.

캣은 구두 한 짝을 집어 들었다. "이거 엄마 거야. 아빠 부인 거. 엄마가 애인 만나러 갈 때 신는 구두라고. 아빠가…… 아빠가 구덩이에 처박혀 있는 대신 조금이라도 정신을 차렸으면, 뭐라도 해야 한다는 걸 알았을 거야!"

"그게 네 엄마 거라고?" 필은 믿을 수 없는 심정으로 구두를 빤히 처다봤다.

"세상에. 내가 일일이 다 설명해야 해? 으. 엄마 아빠는 어른이잖아! 그런데 내가 엄마 아빠 결혼 생활에 뭐가 잘못됐다며 알려줘야 하냐고! 제발 좀! 아빠! 정신 차려! 정신 좀 차리라고! 다 싫어! 싫다고!"

캣은 더 이상 아빠를 볼 수 없었다. 울음을 터뜨린 캣은 구두를 내던지고 걸어 나간 뒤 문을 쾅 닫았다.

샘은 집까지 빠른 걸음으로 걸어오느라 몸이 더워진 것을 느끼며 현관에 들어섰다. 어딜 가나 전보다 빠르게 걷느라 얼굴이 붉게 달아올랐다. 갑자기 목적의식이 뚜렷해진 것 같았다.

그날 밤 체육관은 굉장했다. 사이먼은 뭐가 못마땅한지 온종일 샘을 자극했다. 눈에 띌 때마다 경멸하는 눈초리로 흘겨보는 사이먼 때문에 샘은 너무 초조하고 기운이 빠져 체육관에 가지 않으려고 했다. 하지만 조엘이 샘의 마음을 아는 것처럼 메시지를 보냈다. 이럴 때 가야 해요. 그래서 그들은 6시에 함께 그곳에 갔다. 그리고 두 시간 뒤, 샘은 세상을 정복할 수 있을 것 같았다. 트레이너 시드가 상대를 때리는 여러 가지 방법과 코어 근육에 힘주는 법, 잽과 스윙을 하는 법, 약하고 힘없는 펀치 대신 충격을 제대로 가하는 법을 가르쳐줬다. 마지막에 그는 그렇지! 잘한다! 하고 외쳤다. 온몸의 근육이 비명을 질렀다. 하지만 샘은 그의 패드에 글러브(원 투, 원 투)가 닿을 때마다 내가 내 자신의 주인이라는 느낌, 온갖 감정이 붉은 글러브를 통해 쏟아져 나가는 느낌을 받았다. 주먹이 기분 좋게 얼얼해지자 샘은 전보다 훨씬 강한 사람이 된 것 같았다.

"바로 그거예요!" 처음 체육관에 간 날, 밖에서 만난 조엘이 말했다. 샘은 웃음을 멈출 수 없었다. 그 구두를 신은 채였다. 조엘이 보이지 않으면 운동화로 갈아 신을 생각이었지만, 그때만큼은 그 구두가 샘의 들뜬 마음을 표현해 줬다. "기분이…… 날아갈 것 같아요." 샘이 말했다. 조엘이 샘을 꼭 안더니 정말 잘했다고 칭찬했다.

샘은 체육관에 네 번 갔다. 갈 때마다 근육은 고통을 호소했지만 그래도 조금은 예전으로 돌아가는 느낌이 들었다. 샘은 그곳이 화려하지 않아도 좋았다. 매번 땀이 흘러 눈을 가리고, 머리는 하나로 질끈 묶고, 얼굴이 붉어진 채 화장이 지워져도 상관없었다. 샘은 조그맣고 마른 파티마, 커다란 운동복 바지에 엉덩이가 다 들어가지 않는 애넷 등 다른 여자들을 지켜봤다. 그들은 샘의 외모나 휴가 계획, 체지방과 근육 비율에 관심이 없었다. 그들은 힘든 워밍업 때 슬쩍 미소를 교환했고, 상대의 훅과 잽에 기분 좋게 웃었으며, 멋진 펀치를 날리면 응원했다. 시드는 모두를 진지한 운동선수로 대했다. 결과를 요구하고, 열심히 안 하면 농담처럼 위협을 날렸다. 그리고 연습하다가 고개를 돌려보면 구석에 조엘이 있었다. 탄탄한 팔로 샌드백에 주먹을 날리다, 팔꿈치로 이마의 땀을 닦고서 샘을 보고 웃고 있었다.

그리고 뭔가 변했다. 네 번째 수업을 듣고 난 샘은 벌써 직장에서 더 꼿꼿이 섰다. 코어가 더 강해진 것처럼 걸었다. 사이먼이 샘의 실수라면서 야단치기 시작하면 고개를 끄덕이고 받아들였지만, 속으로는 훅과 어퍼컷을 그의 턱에 (셋 넷 다섯 여섯!) 날리는 상상을 했다. 샘이 무너지지 않자 사이먼이 짜증을 내고 당황하는 듯했다.

"아무도 없어?" 샘이 현관문을 열고 코트를 벗었다. TV가 꺼져 있는 것을 보고 필이 집에 없나 싶었지만, 곧 당연히 있겠지 생각했다. 필이 가긴 어딜 가겠어? 샘은 체념으로 마음이 살짝 무거워지는 것을 느끼다가 그러지 말자고, 권투 연습 후의 들뜬 기분을 유지하자고 생각했다. 하나 둘 셋 넷. 강하게. 발에 힘 딱 주고.

필과 캣은 부엌에 있었다. 그들은 테이블에 앉아 말없이 라사냐를 먹고 있었다.

"안녕!" 문 앞에 선 샘이 놀라서 말했다. 그들은 샘 없이 식사 준비를 하는 일이 없었으니까. "먼저 시작했네!"

"엄마가 언제 올지 몰라서." 캣이 고개도 안 들고 말했다.

"아. 미안. 저…… 전화를 하려고 했는데, 바빴어. 라사냐는 누가 샀어?"

"나." 캣이 라사냐를 작게 잘라 입에 넣으며 말했다.

조금 지나서야 샘은 이상한 분위기를 감지했다. 필은 접시에서 고개를 들지 않았다. 몸에 연료를 공급하는 것뿐이라는 듯, 무표정하게 포크질을 하고 있었다.

"잘했어, 딸. 고마워." 샘이 싱크대에 가방을 올려놓았다. "내 접시도 있니?"

"찬장에서 꺼내." 캣이 멍하니 말했다. 샘은 캣에게서 아무 낌새도 알아차릴 수 없었다.

샘은 접시를 들고 앉아서 라사냐 한 조각을 덜었다. 배가 몹시 고팠다. 칼로리를 얼마나 태웠는지 생각하니 기뻤다. 샘은 접시에다 야채도 덜어서 먹기 시작했다. 필은 샘을 보지 않았다. 그저 천천히 음식을 떠서 입에 넣을 뿐이었다. 샘이 식탁 주위를 둘러봤다.

"그래서 어떻게 지냈어? 잘 있었어?"

"응." 캣이 말했다.

"오늘 뭐 했니?"

"별로."

"당신은?" 샘이 말했다.

"그럭저럭."

샘은 라사냐를 한 입 먹었다. 맛있었다. 이상한 분위기보다는 음식에 집중하기로 했다.

"뭐, 잘됐네." 샘이 기다렸지만 아무도 말이 없었다. "이거 맛있다."

"그냥 테스코에서 산 거야." 캣이 말하더니 벌떡 일어나 빈 접시를 식기세척기로 가져가서 넣고는 문 쪽으로 걸어갔다. "콜린네 갈 거야. 일찍 올게."

미처 대답도 하기 전에 딸은 이미 나가버렸다.

샘이 필에게 물었다. "캣 왜 저래?"

필은 우물거리기만 했다.

"애가 며칠째 이상하네. 당신 보기엔 어때?"

필은 음식을 씹느라 말을 못 한다는 듯 고개만 저었다.

그는 아마 알아차리지도 못했을 거라고 생각하며 샘은 한숨을 참았다. "오늘 좋은 소식이 있어." 샘이 명랑하게 말했다. "음, 정말 좋은 소식인지는 모르겠지만, 미리엄 프라이스라고 큰 계약을 해준 사람이 이번 주에 점심을 같이 먹자고 했어. 일은 끝났고, 만족한다

했으니까 날 만나자고 할 이유가 없거든. 의논할 게 있대. 뭐, 별것
아닐 수도 있지만 말이야. 그냥 조언을 원하는 것일 수도 있고. 하
지만 기분 좋아……. 그 사람은 정말…… 멋진 사람이거든? 그런
사람이 점심을 같이 먹자고만 해도 기분이 좋아져."

필은 고개를 끄덕이며 라사냐를 한 번 더 입에 넣었다.

"그런데 혹시…… 있잖아, 할런 앤드 루이스에서 매니저를 더 뽑
고 있거든. 그러니까 마음을 단단히 먹고 거기 혹시 공석이 있는지
물어보면 어떨까 싶어. 그러면 사이먼에게서 벗어날 수 있잖아?"

"그러게." 필이 말했다.

"연봉도 더 받을 수 있고." 샘은 해고당할 수도 있다는 말을 필에
게는 아직 하지 않았다. 그런 대화조차 필은 원하지 않을 것 같았다.

필은 아무 대꾸도 없었다.

"아니, 직장 사람들은 다 좋아." 그렇게 말하는 샘은 얼굴이 달아
오르는 것을 느꼈다. 속마음이 드러나지 않기를 바랐다. "하지만 사
이먼이 딴 데로 가지 않는다면, 내가 가야 할 것 같아. 어쨌든 시도
는 해봐도 좋겠지?"

필은 잠시 샘을 봤다. 멍한 표정이었다. 그러더니 접시로 시선을
떨궜다.

"필? …… 왜 그래?" 결국 샘이 말했다.

"아냐." 식사를 마친 필은 샘이 앉아 있는데 식탁에서 힘겹게 일
어나더니 접시를 식기세척기에 넣고 거실로 나갔다. 샘은 식탁에
혼자 남았다.

꽤 오래전부터 필은 샘에게 자는 척 눈을 감고는, 아버지와 씨름하며 그 앙상한 손에 손목을 꽉 잡힌 느낌과 그 강렬하고 분노에 찬 시선과 사투를 벌여 왔다. 필은 온몸이 마비된 것처럼 꼬리에 꼬리를 무는 생각에서 벗어나지 못했다. '넌 나약하고 쓸모없는 놈이야. 어서 해! 하라고!' 몇 달 만에 처음으로 아버지가 나타나지 않았지만, 마음은 조금도 편하지 않았다. 대신 필은 옆에 누운 여자가 다른 남자의 몸을 만지는 상상에, 그 남자의 존재에 얼굴이 환해지는 상상에 시달렸다. 얼마나 된 걸까? 몰래 빠져나가려고 샘은 어떤 거짓말을 한 걸까? 지난 2주 동안 샘은 자주 얼굴이 상기된 채 살짝 숨을 헐떡이며 퇴근했다. 그 미지의 애인과 무엇을 했는지 생각하자 필은 속이 쓰린 나머지 무릎을 끌어당겨 안을 수밖에 없었다. 샘이, 함께 웃고 20년 넘게 함께 잔 여자가 필을 쓸모없는 가구 취급을 하고 있었다. 불현듯 샘이 남처럼 느껴졌다. 어떻게 그런 일을 모를 수 있었을까? 필은 내심 뭔가 달라졌다고, 둘 사이가 어딘가 어색해졌다고 느꼈었다. 하지만 그 사실을 직면할 자신이 없어서 딸이 화가 나서 말할 때까지 회피하고 있었다.

필이 묻지 않은 것이 있다면 이유였다. 이유는 명백했으니까. 그가 샘에게 해줄 수 있는 게 뭘까? 몇 달째 제구실을 못 하는 텅 빈 존재로 살았다. 샘에게 아무것도 해주지 못했다. 쓸모없는 존재였다. 결국 샘이 다른 사람을 찾는 건 당연했다.

그런 생각이 밤새 머릿속에서 꼬리를 물었고, 새벽 무렵 필은 눈이 아파 어쩔 줄 모르는 상태가 됐다. 속이 메슥거리고, 가만히 있을 수 없는 동시에 꼼짝도 할 수 없었다. 샘이 일어나 샤워하고 옷을 입는 소리가 들렸다. 그 남자를 위해 뭘 입을지 생각하는 걸까? 그 남자가 좋아하는 특별한 속옷이나 옷차림을? 그리고 샘은 가벼운 발걸음으로 아래층으로 내려갔다. 더 이상은 나가기 전에 누운 필에게 키스하지 않았다. 깨우지 않으려고 그러는 줄 알았지만, 알고 보니 샘은 필과 아무것도 하고 싶지 않은 거였다. 샘은 필을 경멸하는 모양이었다. 현관문이 닫히더니 샘이 차에 시동 거는 소리가 들렸다. 필은 주먹으로 눈을 꾹 눌렀다. 모든 것이 멈췄으면 싶었다. 그 몸뚱이, 그 삶에서 벗어나 아무것도 상대하지 않아도 되는 어딘가로 떠나고 싶었다.

필은 그렇게 얼마 동안 누워 있었다. 30분? 두 시간? 손과 팔이 이상하게 느껴졌다. 몸이 정신에서 분리된 희한한 느낌이었다. 그 감각을 더 이상 견딜 수 없어지자 필은 침대에서 일어나 방 안을 서성였다. 침실 창 밖의 거리를 내다봤다. 전과 같은 광경이 펼쳐져 있었지만 모든 것이 영원히 변했다는 느낌이 들었다. 필은 옷장으로 가서 문을 열고 딸이 전날 보여준 검정 가방을 내려다봤다. 그것을 가만히 보던 필은 그 안에서 방사능이라도 나오는 것처럼 숨이 막혔다. 천천히 앉아서 가방을 열었다. 열린 입구에서 그것, 섹시한 빨간 하이힐이 튀어나왔다. 전혀 모르는 사람의 물건 같았다. 필은 그것을 들어 빤히 보다가 알 수 없는 충동에 구두를 코에 갖다 댔다. 그러고 있으니 저도 모르게 얼굴이 일그러지면서 울음이, 소리 없는 울음이 터져 나왔다. 샘이 그 남자를 위해서 이런 구두를 신다니. 이 구두는 샘과 애인이 나누는 비밀이었다. 아마 이 자식은 그걸 신은 샘과 붙어먹었을 것이다. 필이 절대 입에 담지 않는 상스러운 말이 떠올랐다. 두 손이 떨리기 시작했다. 필은 구두를 가방에 쑤셔 넣고 방 안을 서성이며 낮게 신음했다. 그러다 다시 앉아 머리를 감싸쥐었다. 결국 필은 일어나 가방으로 가서 구두를 들고는 옷장 밑에 있던 빈 비닐 봉투에 넣었다. 이 비닐 봉투가 왜 거기 있는지 알 수 없었다. 그 집의 많은 물건이 그렇듯, 그것도 그 자리에 이유 없이 아주 오랫동안 방치되어 있었다. 그것을 집어 든 필은 일그러진 얼굴로 빠르게 아래층으로 내려갔다. 더러운 기저귀나 개똥을 버리러 가는 사람처럼. 잠시 동안 필은 어떻게 할까 생각하며 복도에 서 있었다. 그 구두를 집에 둘 수는 없었다. 그것의 존재가 필이 알고 사랑한 모든 것을 오염시켰으므로. 필은 자신도 모르게 현관문을 열고 밖으로 나가 캠핑카 문을 열고(몇 달 전부터 문이 잠기지 않자, 샘은 내심 누가 그걸 훔쳐 가기를 바랐다) 올라탔다. 관리 소홀로 인한 곰팡이 냄새와 서서히 부패하는 냄새가 났다. 필은 작고 푹신한 소파 벤치 위에서 반짝이는 찬장 문을 열고 구두를 밀어 넣은 뒤 쾅 닫았다. 그리고 벤치에 앉아 숨을 몰아쉬며 눈앞을 가로막는 붉은 안개를 걷어내려고 애썼다.

필이 감정을 편안하게 이야기하는 성격이라 해도 이런 문제를 의논하거나 조언을 구할 친구는 세상에 없었다. 그는 코비츠 선생을 떠올렸다. 뭐라고 할까? 이전 상담 내용에 미루어 짐작하자면, 그는 놀라지 않을 것 같았다. 아내에게 따지라고 할까? 아내에게 화를 내라고? 그게 더 남자다운 행동일까? 자신이 알고 있다고, 그러니까 선택하라고 말하는 것이? 하지만 필은 두려웠다. 샘에게 말하려면 자신이 무엇을 원하는지 결정해야 했다. 하지만 그는 여전히 무엇을 원하는지 알 수 없었다. 그뿐만 아니라, 샘에게 말하면 샘이 구두와 짐을 챙겨 그 남자에게 가버릴 수도 있었다.

간헐적으로 떨리는 손을 보며 꼼짝 못 하고 앉아 있던 필은 파자마 바지와 티셔츠 차림에 몸이 차가워졌다는 걸 깨달았다. 팔을 문지르며 일어나던 중, 누군가가 재활용품 수거일이 올 때까지 이곳으로 옮겨다 놓은 헌 잡지 더미가 눈에 들어왔다. 아마 쓰레기통이 꽉 찬 모양이었다. 정확한 이유는 기억나지 않았다. 그 잡지 더미를 보던 필은 한참 만에 두어 걸음 다가가 절반 부분을 들어 올렸다. 묵직한 잡지를 가슴으로 받치고 문을 어깨로 밀어 열고서 계단을 내려갔다. 그리고 재활용품 쓰레기통까지 걸어가서 그것을 버렸다. 돌아와서 나머지 절반을 옮기고 나니 먼지 쌓인 공간이 보였다. 그 뒤에 있는 쓰레기봉투 안을 들여다봤다. 아버지의 집 옛 창고에서 가져온 쓰레기, 어머니가 도저히 없애지 못했지만 아무도 원하지 않는 잡동사니가 거기 있었다. 무뎌진 연장, 자동차 사용 설명서, 전구와 열쇠 등. 필은 어머니를 생각해서 그 봉투를 가져다 놓았다. 왜 그랬을까? 그 쓰레기로 뭘 하려고? 필은 다시 캠핑카에 올라가 아무 생각 없이 혹은 알 수 없는 충동에 이끌려 안에 든 물건을 뒤졌다. 방치해 둔 내부를 하나씩 정리했다. 당분간이라고 생각하며 그 안에 넣어둔 물건을 전부 꺼내 쓰레기통 안이나 옆에 쌓았다. 두 시간 뒤, 차 안을 다 치우고 나니 온몸에 땀이 났다. 파자마

바지에는 먼지와 흙이 잔뜩 묻어 있었다.

필은 입을 꾹 다문 채 집으로 들어가 2층으로 올라갔다. 옷가지에 파묻힌 운동복 상의를 찾아 그것을 티셔츠 위에 입고 양말과 부츠를 신은 뒤 다시 밖으로 나갔다. 샘이 퇴근할 때까지 그곳에서 엔진 내부와 씨름하다가, 샘이 잠든 뒤에 집으로 들어갈 작정이었다.

21

니샤는 심각한 폭력을 겪어본 적은 없지만, 호텔에서 자기 옷을 입은 샬럿을 볼 때마다 칼에 찔리는 것 같은 느낌을 받았다. 샬럿은 클로에 무스탕 코트를 두 번이나 입었다. 처음엔 복도를 거닐었고, 다음 토요일에는 제 것이라는 양 그 코트를 입고 로비를 활보했다. 이틀 뒤, 샬럿은 니샤의 은빛 알렉산더 맥퀸 드레스를 입고 만찬 행사에 참석했다. 니샤와 재스민은 일을 마치고 골목에서 나가다가 샬럿이 차에 타는 모습을 우연히 보게 됐다. 니샤는 괴로워서 터져 나오는 비명을 참는 것 말고는 아무것도 할 수가 없었다.

하지만 그것만으로는 부족했던 모양이다. 화요일 점심시간, 힘없이 샌드위치 접시로 다가가던 니샤는 열린 주방 문을 통해 샬럿이 레스토랑에 앉는 모습을 봤다. 그 여자는 니샤의 새하얀 입생로랑 정장을 입고 있었다.

"안 돼!" 니샤가 외치며 우뚝 멈추자 뒤에서 부딪힐 뻔한 웨이터가 욕을 했다.

알렉스가 다가왔다. 점심시간 근무를 거의 마쳐 행주에 손을 닦고 있던 그가 니샤의 시선이 향한 곳을 봤다. "정부입니까?"

"저 여자가 저 옷에다 뭘 흘릴 거예요." 니샤는 숨을 쉴 수 없었다. "나라면 저 정장을 입고는 절대, 절대로 식사하지 않을 거예요."

알렉스는 잠시 문밖을 내다보더니 한숨을 쉬었다. 그의 손이 니샤의 어깨에 닿더니 부드럽게 밀었다.

"아니, 아니, 아니." 니샤가 그의 손을 밀어내며 말했다. "당신은 이해 못 해요. 저 정장은 식사용이 아니란 말이에요. 이건 마치……「모나리자」옆에서 스파게티를 먹는 것과 같다고요. 흰색이잖아요. 입. 생. 로랑이라고요. 1971년작. 전 세계에 하나 남은 옷이라고요. 플로리다의 대부호가 사망한 뒤에 남긴 것을 입수한 컬렉터에게서 산 거예요. 그 여자는 저 정장을 에어컨 달린 옷장에 보관했고, 가격표도 아직 붙어 있었어요. 진짜 가격표가. 아무도 안 입은 옷이었다고요! 알겠어요? 저 옷은 걸작이고 신품이에요. 완전히 새것. 손도 대면 안 되는 물건이란 말이에요. 손도. 그런데 저걸 입고…… 식사를 하다니." 울분이 서린 목소리였다. 문이 닫히는 사이, 귀에 휴대전화기를 댄 칼이 살럿 맞은편에 털썩 앉는 모습이 보였다.

"안 돼." 니샤가 말했다. "이런 꼴을 두고 볼 수 없어. 도저히……."

"경호원이 주변에 있을 겁니다." 알렉스가 니샤의 귀에 속삭였다. "근처에 못 갑니다. 알지 않습니까." 니샤가 돌아서서 알렉스를 봤다. 동정 어린 표정이었지만, 물러나야 한다고 분명히 말하고 있었다.

"어떻게 이럴 수가 있죠, 알렉스?" 알렉스에게 밀려 주방 뒤쪽으로 돌아가며 니샤가 말했다. "어떻게? 어떻게 저런 짓을 하고도 안

망하고 잘 살 수 있죠?"

알렉스는 니샤의 어깨에 팔을 두르고 담배를 건넨 뒤 니샤가 과호흡을 멈출 때까지 기다렸다. 하지만 니샤가 그 상황을 어떻게 받아들일까 생각하기도 전에, 알렉스는 재스민을 데리고 올 테니 그 자리에 가만히 있으라고 하고는 돌아갔다.

재스민이 오더니 니샤를 끌어안고 중얼거렸다. "오, 니샤. 가엾은 니샤." 니샤는 싫지 않았다.

니샤는 그날 저녁 재스민의 집에서 칼에게 전화했다. 온종일 분노로 똘똘 뭉친 상태였다.

"칼. 난⋯⋯."

"그거 찾았나?"

"찾다니, 뭘?"

"구두!" 칼이 짜증을 내며 말했다.

"구두." 재스민이 앞서 말했었다. "그 구두를 핑계로 그 사람이 니샤를 쥐고 흔들려는 거, 알죠? 아마 니샤가 그 구두만은 내놓지 못할 걸 알아서 그걸 조건으로 내거는 거예요. 여자 구두에 그렇게 집착하는 남자가 어디 있어요?" 일리 있는 말이었다. 아마 양쪽이 모두 요청에 응해야 한다는 괴상한 법적 조건이 있는 모양이었다. 니샤는 그 구두를 찾아야 했다. 안 그러면 돈이 없으니 빌어먹을 변호사를 구할 수 없었다.

"장난치지 마, 칼." 니샤가 말했다. "내 옷이랑 위자료나 내놓으라고, 이 쓰레기 같은 놈아."

"아. 시궁창 언어. 당신이 원래대로 돌아가는 데 얼마나 걸릴지 궁금하더군."

니샤는 잠시 입을 다물었다. 건너편에서 다림질하며 염려하는 표정을 짓는 재스민이 보였다. 재스민은 니샤에게 칼에게 전화하지 말라고, 기다리며 초조하게 만들라고 했지만 니샤는 그날 저녁 점점 화가 끓어올라서 참을 수가 없었다.

"시궁창에 빠진 건 당신이야, 칼." 니샤가 외쳤다. "내게 돈을 안 주려고 그놈의 구두 가지고 장난치는 거 다 알아. 하지만 마음대로 못 할걸. 세상 어떤 판사도 당신이 나를 이딴 식으로 취급하게 두지 않을 거야."

"그런 판사 잘 찾아봐." 칼은 냉정하게 말하고 웃었다. 정말로 웃었다.

"내가 받아야 할 몫만 내놔! 칼, 이럴 순 없어! 난 당신 부인이라고!"

"구두를 내놓고 이야기하지."

"구두는 도둑맞았다니까! 세상에, 나한테 아무것도 안 주려고 당신이 훔친 거 아니야? 대체 무슨 유치한 장난이야, 이게?"

"이제 지루해지는군." 칼이 차갑게 말했다. "구두가 없으면 돈도 없어."

그리고 칼은 전화를 끊었다. 니샤는 입도 다물지 못한 채 전화를 들고 있었다.

재스민이 다가오더니 말없이 쿠션을 내밀었다.

니샤는 쿠션을 봤다. "응? 왜요?"

"여기 대고 소리 질러요. 너무 시끄럽게 하면 이웃에서 또 신고할 테니까."

니샤는 구두를 가지고 간 사람을 생각하면 알렉스가 준 오리가 떠올랐다. 아직도 천으로 싸인 채 배터시와 페컴 주위를 의자 밑에서 돌고 있을 그 오리처럼, 니샤의 구두는 화장을 짙게 하고 나이트클럽에 가기 좋아하는 누군가의 옷장에 있거나, 중고 매장에서 티슈페이퍼로 포장되어 두바이에 사는 인플루언서에게 팔려 가기를 기다리고 있을 것 같았다. 니샤가 그 구두를 되찾지 못하면 칼이 좋아할 것 같았다. 칼이 죽도록 증오스러웠다.

"니샤가 남편보다 옷을 더 그리워한다고 농담했었는데." 재스민이 TV 앞에서 니샤의 붙임머리를 떼어내며 말했다. 두피에 붙인 머리카락이 떨어지기 시작했는데, 니샤는 그것을 떼어낸 머리가 이상하게 가볍고 개운했다. "정말 그래요? 맞죠? 농담 아니고. 그 여자가 남편을 훔쳐 갔다고 울고불고 미워하는 게 아니라, 그 옷 때문에 화를 내고 있으니까."

처음에는 놀라웠다. 니샤는 잠시 대답을 생각하며 재스민을 봤다. 그리고 재스민이 그릇에서 토르티야 칩을 하나 들어 입에 넣고 삼킬 때까지 기다렸다. "옷이 상징하는 게 있나 봐요. 죽도록 싸워서 얻은 내 모습이거든요."

"니샤의 모습?"

"내가 어디 출신인지 모르죠?" 니샤가 말했다.

"고향이요?"

니샤는 잠시 TV를 응시하다 결국 입을 열었다. "내가 살던 중서부의 작은 도시에서는 보통 옷을 달러세이브에서 샀어요. 재수가 좋으면 새옷이었죠."

"어디라고요?"

"할인점 같은 곳이에요. 영국의 프라이마크 같은 곳. 거기만큼 멋있지도 않아요."

재스민이 웃음을 터뜨렸다. "놀리지 말아요."

니샤는 고개를 저었다. 아무에게도 한 적 없는 이야기였다. 열아홉 살 때 그레이하운드 버스를 타고 떠난 이후로. "두 살 때 엄마가 집을 나갔어요. 아빠와 할아버지 밑에서 자랐는데, 옷은 허영이며 허영은 악마가 주는 거라고 믿는 사람들이었어요. 적어도 말은 그렇게 했어요. 지금 생각해 보니 돈을 싸구려 버번 사는 데 쓰려고 그랬던 것 같아요. 그래서 필요한 걸 사려면 그 둘을 졸라야 했고, 그나마도 전부 달러세이브에서 샀죠. 거기서 파는 물건에서는 전부 싸구려 냄새가 났어요. 난 항상 두 사이즈 큰 걸 사서 입었죠. 아빠와 할아버지는 고약하고 인색했어요. 거기 없으면 굿윌°에서 구제 옷을 사줬죠."

재스민은 열심히 들었다.

"우리 집 근처의 굿윌은 어찌나 극악했는지, 정말 가난한 이웃도 거긴 안 갔어요. 그리고 학교 애들은 굿윌 옷을 입으면 다 알았어요. 멀리서도 그걸 보면 달려와서 놀렸죠. 그런 차림새가 싫었어요.

◇ 기부받은 물품을 재판매한 수익으로 장애인 등에게 도움을 주는 가게.

내가 입는 옷은 다 마음에 안 들었어요. 키가 자란 다음에는 아빠 작업복을 입었어요. 그 싸구려 여자애 옷보다는 그게 나았으니까요. 작업복은 적어도 오래갔어요. 질긴 옷감이라서. 그리고 내가 살던 곳에서는 남자처럼 보이면 나쁜 일이 덜 일어났어요." 니샤는 담뱃불을 붙였다. 재스민은 보통 아파트 안에서 담배를 못 피우게 했지만 니샤의 떨리는 손을 보자 말리지 않았다.

눈을 휘둥그렇게 뜬 재스민이 니샤를 보았다. "그럼 어쩌다가 갑부랑 결혼하게 된 거예요?"

니샤는 연기를 들이쉬었다가 길게 내뿜고 어깨를 으쓱였다. "다들 하는 일을 했죠. 돈을 좀 모을 때까지 동네 바에서 일했어요. 꽤 예쁘장했으니까. 아니면 남자들한테서 팁을 많이 받아내는 재주가 있었는데, 그걸 이용하는 법을 알아낸 거죠. 대도시로 가서 청소, 가사도우미, 술집, 닥치는 대로 일하다가 니샤가 됐어요. 잡지에서 그 이름을 보고 세련된 이름이라고 생각했죠. 갤러리에 인맥이 있는 사람 집에서 일하다가 갤러리에 취직한 뒤 그 2년 동안 날 개조했어요. 사투리 없이 말하는 법을 익혔죠. 가슴이 파인 옷을 버리고 책장에 책을 잔뜩 꽂아놓는 남자들을 만났죠. 함부로 할 수 없는 사람이 됐어요. 그때 그림을 사러 온 칼과 만났어요. 한참 높은 가격을 붙인 칸딘스키의 작품이었죠. 그 사람의 자신감이 마음에 들었어요. 이미 자기가 주인이라는 듯이 당당하게 걸어 들어오는 모습이 좋았어요. 매력적이었고, 돈 냄새를 풍겼죠. 그리고 안정감이 느껴졌어요. 날 보는 시선도 좋았어요. 내가 자기 세상 사람이라는 것처럼 보는 시선이."

"그 사람이 니샤 과거를 몰랐어요?"

"아, 몇 가지는 이야기했어요. 처음에는 믿지 않더니, 나중에는 흥미로워했어요. 그것 때문에 나를 좀 자랑스러워한 것 같아요. 칼은 자수성가한 사람을 좋아하니까. 하지만 가끔 기분이 나쁘면 내 과거를 들먹이며 공격하곤 했어요. 쓰레기라는 둥, 촌뜨기라는 둥 무시했죠. 하지만 솔직히 그 사람은 다른 사람처럼 날 함부로 대하지 않는다고 생각했어요. 그 사람과 살면서 겪은 것보다 훨씬 더 힘든 삶을 내가 이미 살아봤단 걸 알고 있었으니까요. 난 두려울 게 없단 걸 그 사람도 알았거든요."

니샤는 마지막으로 길게 빨아들인 담배를 접시 가장자리에 짓눌러 껐다. "내 착각이었던 모양이죠."

"잠깐." 재스민이 말했다. "그럼 변기 청소도 해본 거네!"

니샤가 고개를 들고 키득거렸다. "이 이야기를 듣고 든 생각이 그거예요? 스물두 살 때 이후론 안 했다고요. 어니타가 변기 청소를 했지. 니샤는 여기 오기 전까지는 손에 변기 솔이 닿은 적도 없어요."

"세상에. 그 남자가 미운 것도 당연하네."

"상상 이상일걸요."

니샤는 문득 줄리애나가 떠올랐다. 칼을 만나기 몇 달 전, 무더운 뉴욕의 여름날 저녁. 비상구에 둘이서 앉아 담배 한 개비를 나눠 피우며 웃고 상사를 욕하고 일을 마친 공사 인부들에게 야유를 보냈다. 인부들이 그들에게 소리치며 화답할 때마다 줄리애나의 웃음소리가 울려 퍼졌다. 줄리애나가 고개를 젖히면 갈색 곱슬머리가 어깨 위에서 튀어 올랐다. 줄리애나도 재스민을 좋아할 것 같았다.

또 한 가지 기억이 떠올랐다. 줄리애나를 마지막으로 본 날이었다. 줄리애나는 턱을 치켜들고서 울먹였고, 니샤는 칼의 널찍한 고급 아파트에 서서 칼이 시킨 대로 말했다. 그들이 가까이 지내면 어떤 문제가 일어날지. "그럼 네가 선택한 게 이거니? 이게 정말 너한테 그만큼 중요해? 난 너랑 제일 친한 친구야! 네 아들의 대모라고!" 줄리애나는 얼굴을 일그러뜨리고 물러섰다. "너 대체 누구니, 니샤? 솔직히, 어니타가 훨씬 더 좋았어."

재스민의 목소리에 니샤는 정신을 차렸다. "니샤. 자수성가한 건 알았지만, 이제 이해가 되네요. 니샤 몫을 되찾을 거예요. 그건 확실해. 우리 같이 방법만 생각해 내요."

"우리?"

재스민이 눈을 떴다. "칼이란 작자는 여자 전체를 모욕하고 있어요. 니샤가 이 일을 혼자 알아서 하라고 둘 줄 알아요? 우린 이제 자매라고요. 그건 알고 있죠? 어쨌든, 할 이야기가 있어요."

"뭔데요?"

"음." 재스민이 미소를 지었다. "그레이스의 옛날 장난감을 치우고 있었는데…… 여기가 너무 좁잖아요. 그런데 걔 장난감이 나왔어요. 그 애가 어릴 때 좋아했던 거요. 방귀 쿠션, 집으면 탁 소리 나는 가짜 껌, 그런 거 알아요? 어쨌든, 가려움 가루 두 팩도 있었어요. 그래서……." 재스민이 손가락 끝을 서로 맞대며 말했다. "……이틀 동안 펜트하우스를 청소하면서 칼 속옷에다 선물을 좀 넣어뒀죠."

니샤의 눈이 동그래졌다.

"니샤, 오늘 아침에 복도에서 그 사람 뒤를 따라갔어요. 아이고, 우스워서 오줌 쌀 뻔했네. 그 아래가 불편한 모양인지." 재스민은 일어나더니 엉덩이를 움찔거리며 불편하게 걷는 흉내를 냈다. 그 모습을 떠올린 재스민은 눈을 감더니 양손으로 코를 누르고 웃기 시작했다. 그리고 웃음이 멈추자 니샤에게 말했다. "알았죠. 우리가 같이하는 거예요."

니샤는 눈을 깜빡였다. 만약 니샤가 다른 사람이었다면, 그 순간 재스민을 얼싸안고 울면서 고맙다고, 사랑한다고 말하며 영원한 절친 사이가 됐을 것이다. 하지만 니샤는 그런 사람이 아니었다. 어니타가 아니었다. 니샤는 잠시 재스민의 얼굴을 보다가 고개를 끄덕였다.

"꼭 갚을게요." 니샤가 말했다. "전부 다요."

"알아요." 재스민이 말했다.

"재스민은 천재예요."

"얼마나 걸려야 니샤가 알게 될지 궁금했어요." 재스민은 그렇게 말하고 콧노래를 부르며 방을 나갔다.

22

그날 밤, 그레이스가 침대에 누워 노이즈 캔슬링 이어폰을 끼고 있을 때, 위로 올라간 니샤는 누워서(천장이 너무 낮아 앉을 수가 없었다) 레이에게 전화를 걸었다.

"엄마?"

"잘 있었어, 아들." 니샤는 레이에게 그날 어떻게 지냈는지 들려달라고 했다.

레이는 잠을 못 자서 힘들어했다. 레이가 좋아하는 기숙사 관리인 빅 마이크가 행정실장과 싸우고 나가버렸다. 빅 마이크도 사샤도 없으니 레이에게는 대화 상대가 없었다. 아래층에 새로 들어온 여학생이 식사만 하면 몰래 토하는데 직원들도 모르고, 아래층 화장실에서 계속 토사물 냄새가 나는데도 다들 모르는 눈치라고 했다.

"엄마? 언제 와?"

니샤는 눈을 감고 숨을 들이쉬었다. "곧 갈게."

"언제? 왜 아직도 영국에 있는 거야."

"할 이야기가 있어, 아들. 만나서 이야기하고 싶었는데, 지금은 그러기가 어렵네."

레이가 입을 다물었다. 니샤는 털어놓을 이야기가 두려워져 눈살을 찡그렸다.

"음…… 있잖아, 아빠랑 내가…… 우리는…… 사실, 우린…… 음, 한동안 우리 사이가 좀 불편했던 거 알지……."

"엄마가 아빠랑 헤어지는 거야?"

니샤는 침을 삼켰다. "그런 셈이야. 음, 정확힌 그게 아니라. 아빠가…… 아빠가 다른 사람이랑 사는 게 더 행복하다고 판단했고 나는…… 나는 우리 둘에게 그게 최선이겠다고 동의했어. 그래서 너한테 가장 편하게 이 문제를 해결할 방법을 찾는 중이야."

레이는 다시 입을 다물었다.

니샤는 손을 뺨에 대고 목소리를 낮췄다. "정말 미안하다, 레이. 네가 이런 일을 겪게 하고 싶지 않았어. 하지만 괜찮을 거야. 약속해. 우린 계속 가족일 거야. 전과는 다르겠지만."

레이는 여전히 입을 다물고 있었다. 그 애 숨소리만 들려왔다.

"레이? …… 아들? 괜찮아?"

"아빠가 떠나도 상관없어."

"…… 그래?"

잠시 침묵. "아빠는 어차피 몇 년 동안은 나랑 잘 지내고 싶어 하지도 않았는걸."

"어머, 아냐. 아빠는 너랑 잘 지내고 싶어 해. 다만 너무 바빠서 그랬던 거지."

"엄마, 그게 거짓말인 건 엄마도 알고 나도 알아. 솔직히. 상담 선생님이 솔직함이라는 게 뭔지, 상황을 있는 그대로 보는 게 뭔지 알려줬어. 아빠가 떠나고 싶으면 난 상관없어. 아빠만 손해지."

침묵이 흘렀다.

"사실 이틀 전에 아빠랑 통화했어. 집에 가고 싶다고 했더니 아빠가 나더러 그렇게 멍청하게 굴지 말랬어. 그리고 내가…… 골칫거리라고. 날 믿을 수 없댔어."

"'골칫거리'?"

"괜찮아. 내가 꺼지라고 했으니까."

그 애 목소리가 무덤덤해서 니샤의 마음이 쓰라렸다. 몇 년간 레이는 용감하게 버텼지만, 칼에게 거부당한 경험이 남긴 상처가 쉬이 나을 리 없었다. "정말 괜찮니, 아들?"

긴 침묵.

"레이?"

"요즘 별로 좋지 않아."

"얼마나 안 좋아?"

레이는 대답하지 않았다.

"그래. 얼마나 슬픈지 1부터 10 중에서 말해봐." 감정을 이야기하기가 너무 힘들면 그렇게 해보라고 지난번 정신과 의사가 알려줬다.

잠시 침묵이 흐르더니 레이가 말했다. "한, 8 정도?"

니샤는 가슴이 철렁했다.

"엄마랑 아빠 사이에 무슨 일이 있는 것 같아서 말하고 싶지 않았어…… 엄마가 신경 쓸까 봐."

"레이? 레이. 엄마는 괜찮아. 진짜야. 그리고 최대한 빨리 그 학교에서 꺼내줄게, 알겠지? 함께 살 곳을 장만하면 너랑 둘이서 살 거야. 네가 좋다는 곳이면 어디든지."

"정말이야?"

"네가 원하면."

"그럼 여기 안 살아도 돼?"

"그럼. 우리 둘이 함께 살 수 있도록 돈을 모으고 있어. 문제는, 네가 지낼 곳이 지금은 없단 거야. 엄마는 친구랑 사는데, 집이 좀 좁아서 아빠랑 재정 문제를 해결해야 함께 살 수 있어."

"엄마, 부탁이야. 빨리해 줘. 여기가 싫어. 진짜 싫어. 여기 있기만 해도 내가 뭔가 잘못되는 거 같아."

"넌 잘못된 거 없어." 니샤의 눈에 눈물이 글썽거렸다. "넌 지금 그대로도 완벽해. 항상 완벽했어."

니샤는 뺨을 닦았다. "그럼 아빠 때문에 속상한 건 아니지?"

"내가 왜 속상해? 아빠는 나쁜 놈이야. 엄마한테도 지독하게 굴었고 나는 본 척도 안 했어. 엄마는 아빠가 신이라도 되는 것처럼 항상 쩔쩔맸잖아. 아빠가 다른 사람에게 또 그런다면, 솔직히 잘된 거야. 자기들끼리 잘 살고 우린 내버려두라고 해."

아이가 부모에 관해 그렇게 냉담하게 말하는 것을 듣고 있으려니 니샤는 온몸이 아팠다. "세상에, 레이. 그런 아빠를 두게 해서 정말 미안하다."

"상관없어." 레이가 훌쩍였다. "말했잖아. 아빠 손해라고…… 그럼 엄마는 언제 와?"

그것이 문제였다. 니샤는 재정문제를 해결하기 전까지는 영국을 떠날 수 없다고 말했다. 하지만 레이가 한 번에 감당할 수 있는 양에는 한계가 있었다. "엄마가 해결하는 중이니까 조금만 참으면 돼. 아빠가 까다롭게 구는 거 알잖니."

"재정문제가 뭐야?" 레이의 상담의가 분명 열심히 가르친 모양이었다.

"음…… 음…… 음, 아빠가…… 위자료를 주기 전에 달라는 물건이 있어. 그냥 장난 같은 거야. 엄마가 해결하고 있어."

"뭐? 뭔데?"

"지금 엄마한테 없는 물건."

"엄마."

"구두야."

"구두라고?"

"말도 안 되지."

"왜 엄마 구두를 달래?"

"음, 엄마 친구 재스민은 일부러 그러는 거래. 엄마가 스포츠센터에서 그걸 도둑맞은 걸 아니까. 아빠가 돈 계산을 하는 동안 괜히 그러는 거라고."

"어느 구두 말이야?"

레이다운 질문이었다.

"크리스찬 루부탱, 핸드메이드. 빨간색 악어가죽."

레이가 놀라 소리를 지를 줄 알았다. 하지만 아무 말도 없었다.

"엄마가 해결할게, 아들. 엄마만 믿어. 꼭 그래야 한다면 가짜라도 찾아볼게. 아빠가 좀 성가시게 굴고 있어."

"하지만 그거 가짜잖아."

"뭐?"

"그 구두 말이야. 그거…… 그거 진짜 루부탱은 아닐걸."

"아들, 아빠가 엄마를 위해서 특별 제작한 거야. 당연히 진짜지."

"3월에 집에 갔을 때, 아빠 서재 옆 응접실에 있는데 아빠가 통화하는 거 들었어. '루부탱으론 안 돼. 만들어야 할 거야.' 그리고 2주 뒤에 아빠가 엄마한테 그 구두를 줬어. 아빠가 엄마한테 선물한 게 엄청 오랜만이라 기억해. 나중에 내가 한번 봤는데 똑같이 생기긴 했지만 어딘가 이상했어. 밑창의 사인이 좀 달랐어. 그리고 밑창이 루부탱의 빨강이랑 조금 다른 것 같아. 조금…… 요란하다고 할까."

"뭐? 말도 안 돼. 아빠가 왜 가짜 구두를 주겠니?"

"난 모르지. 나도 이상하다고 생각했어. 하지만 엄마가 그걸 좋아했고 아빠도 엄마한테 계속 신으라고 하는데 내가 분위기 망치기 싫어서 그냥 묻어뒀지."

문득 니샤는 칼이 그 구두를 줬을 때 뭔가 이상했던 게 떠올랐다. 티슈페이퍼로 감싼 상자가 없었다. 다른 루부탱들처럼 부드러운 천 가방에 들어 있지도 않았다. 검정 실크 주머니에 로고도 없이 들어 있었다. 특별 제작이라서 그런 줄 알았다.

"아들, 말도 안 되는 소리야. 네 아빠가 왜 가짜 루부탱을 사주겠니? 원하면 루부탱을 매장째로 살 수도 있는데. 게다가 가짜라면 왜 그걸 돌려달라고 하겠어?"

"난 모르지, 엄마. 나 좀 데려갈 수 없을까?" 아이 음성이 낮아졌다. "부탁이야. 엄마가 정말 보고 싶어."

"나도 보고 싶어, 아들. 얼른 해결할게. 약속해. 넌…… 건강하게 잘 지내기만 해. 사랑해."

"엄마……."

"응?"

잠시 침묵.

"엄마는 괜찮아?"

니샤는 손으로 입을 눌러 흐느낌을 막았다. 그렇게 잠시 기다렸다가 차분한 목소리로 말했다. "아들, 엄마는 완전 괜찮아."

달러세이브. 매장 절반은 가축 사료와 관리용품에 할당되어 호스, 스트립라이트 조명, 고무매트 등이 진열되어 있었다. 나머지 절반에는 생필품이 있었다. 큼지막한 수프와 쌀, 멸균우유 팩, 집채만큼 쌓인 키친타월. 화학약품과 절망의 냄새를 풍기는 곳이었다. 니샤는 일곱 살이었다. 아버지가 처음 그 일을 시켰던 때였다. 니샤는 커다란 9~11세용 녹색 롱패딩을 입고 들어갔다. 나올 때도 같은 차림이었지만 그 안에는 스웨터 서너 벌과 짐 빔 위스키가 감춰져 있었다. 아무도 귀여운 아이가 훔친 물건을 나를 거라고 의심하지 않았다. 아버지가 니샤에게 잘했다고 칭찬한 것은 그때가 유일했다.

그 지역에 있는 달러세이브 매장 세 곳을 일주일에 한두 번씩 번갈아 가며 찾아갔다. 니샤가 딱 한 번 걸렸을 때(훔친 물건을 시리얼 진열대 앞에서 실수로 떨어뜨렸다) 울음을 터뜨리며 아버지에게 깜짝 생일 파티를 열어주고 싶었다고 하자 경비원이 웃으며 말했다. "아빠가 버번을 좋아하는구나?" 그리고 초콜릿을 건네면서 다음부터는 꼭 계산대에서 계산하라고 일렀다. 트럭에 앉아 기다리던 아버지는 웃었다. 특히 니샤가 등 쪽에 감춘 작은 버번을 꺼내자 더욱 크게 웃었다. "알겠니, 어니타?" 아버지가 병뚜껑을 열어 마시며 말했다. "사람들은 원하는 것만 본다. 계속 귀엽게 보이면 사람들은 네가 나쁜 짓을 할 거라고는 생각도 못 할 거다."

니샤는 작은 2층 침대에 누운 채 그레이스의 이어폰에서 흘러나오는 작은 음악 소리를 듣고 있었다. 일요일부터 나흘마다 한 번, 어떤 날에는 교대근무를 두 번이나 했는데도 그 구두가 떠오르자 잠이 싹 달아났다.

화이트호스는 대낮에 보니 더욱 우중충했다. 말라서 다 죽어가는 식물이 천장에 걸린 바구니에서 삐져나와 있었고, 간판은 금이 가고 벗겨져 있었다. 니샤는 이곳이 11시에 문을 열면(대체 누가 11시에 술을 마실까? 영국인들은 대체 뭐가 문제인 걸까?) 찾아오려고 재스민과 근무시간을 바꿨다. 니샤는 바텐더가 문을 열자마자 밀고 들어가 곧바로 CCTV를 보여달라고 했다.

"잠깐만요. 아직 금전출납기를 켜지도 않았거든요."

"내가 술을 마실 것 같아요?"

"음, 아니면 펍에 왜 오는 걸까요?" 그는 세련된 젊은이 같았다. 검은 머리를 뒤로 넘겨 하나로 묶었는데 얼굴에는 이미 짜증이 서려 있었다.

니샤는 전략을 바꿨다. "귀찮게 해서 정말 미안해요." 이렇게 말하고 미소를 지었다. "도움을 받고 싶어서 왔어요. 몇 주 전에 도둑맞은 물건이 있는데, CCTV를 볼 수 있을까 해서요."

"뭘 원해요?"

니샤가 고개를 들었다. 천장에 카메라가 여러 대 붙어 있었다. "CCTV 있죠?" 니샤가 위를 가리켰다.

"네." 청년은 니샤가 가리키는 쪽을 보며 말했다. "하지만 아무에게나 보여줄 순······."

"딱 5분밖에 안 걸릴 거예요." 니샤는 그의 팔을 잡고서 가볍게 힘을 줬다. "사람 목숨 살리는 셈 치고."

청년은 니샤를 보고 잠시 고민했다. 니샤는 상냥하고 희망 어린 미소를 지었다. "저기요, 제 설명 좀 들어봐요. 저 진짜 어려운 상황이에요. 정말 힘들었어요. 이 나라에 혼자 뚝 떨어져서, 다 설명할 순 없는 문제가 생겨서 도움이 필요해요. 폐가 되는 건 알아요. 다른 방법이 있었다면 당신을 방해하지 않았을 거예요. 바쁜 거 알아요. 하지만 도움이 꼭 필요해요."

그는 착했다. 얼굴에서 망설임이 보였다. "그래도······."

"날짜랑 시간, 다 알려줄게요. 5분이면 돼요."

"좋아요. 하지만 사생활 보호 때문에······."

"이름이나 주소를 달라는 게 아니에요. 거기 뭐가 있는지만 보여주세요."

"6주 분량만 보관해요."

"그럼 돼요."

청년은 눈살을 찡그리며 신발만 내려다봤다. 니샤가 고개를 들자 그는 수상하다는 표정을 짓고 있었다. "누구라고 했죠? 경찰은 아니죠?"

니샤는 예쁘게 웃었다. "어머, 아니에요. 내가 경찰 같아요? 어니타라고 해요. 그냥…… 애 엄마예요."

"남편이 바람을 피워서 여기서 패싸움을 하려는 건 아니죠?"

"어머, 남편이 바람을 피우면 CCTV는 필요도 없어요."

바에 둘뿐인데도 청년은 등 뒤를 흘끔거렸다.

"여기서 보여드려야 해요. 바에서. 손님은 사무실에 못 들어가요."

"알겠어요. 조심해야 하는 거죠."

그가 다시 머뭇거리자 니샤는 그의 명찰을 봤다.

"마일로. 마일로 맞죠? 정말 제 목숨을 살려주는 거나 마찬가지예요. 제 물건만 확인하면 돼요. 누가 그걸 신은 모습이 찍혔을 거예요."

그가 다시 뒤를 흘끔거렸다.

"언제 어딘지 확실히 안다고 하셨죠."

"7일 금요일이요. 그날 저녁 한 시간 분량만 보면 돼요. 그러니까…… 8시에서 9시 사이?"

"거기 있어요." 마일로가 말했다. "아이패드에 저장해서 가지고 나올게요."

"정말 좋은 사람이네요!" 니샤가 외치며 그의 팔을 다시 토닥였다. "정말 고마워요."

니샤는 그의 표정이 누그러지는 것을 보고, 만족스럽게 생각했다. '좋아, 아직 살아 있네.'

10분 뒤, 니샤는 카푸치노 한 잔을 들고 바에 앉아서 마일로가 능숙하게 손끝으로 넘기는 CCTV 녹화 내용을 보고 있었다.

　"전부 흑백인가요?" 니샤가 말했다.

　"네. 뭐가 보이면 확대할 수 있어요. 선명한 편이에요. 구두라고 했죠?"

　"15센티 굽에 끈으로 묶는 거예요. 루부탱 구두. 여기서 보통 보는 신발보다 좋은 거예요."

　"그런데 누가 그걸 훔쳐갔다고요?"

　"그러고는 여기 신고 온 거 같아요."

　마일로는 화면을 봤다. "구두는 구두죠. 하이힐 신은 여자는 엄청 많아요. 어떻게 구별하죠?"

　"아, 보면 알아요." 니샤는 마일로가 만들어준 카푸치노를 한 모금 마셨다. 뭉툭한 싸구려 구두가 숱하게 많았다. 술에 취해 휘청거리는 여자들과 얼간이 남자들도 수없이 많았다. 문득 불안이 엄습했다. 이곳이 마지막 화이트호스였다. 여기서도 아무것도 나오지 않으면 더 이상 실마리가 없었다. 그때 그것이 나왔다.

　"여기!" 니샤가 느닷없이 외치며 화면을 가리켰다. "멈춰요! 확대할 수 있어요? 저기 여자?"

　금요일 저녁 9시 17분. 댄스플로어에서 못난 커트 머리를 한 여자가 병이 가득한 테이블로 다른 여자와 팔짱을 끼고 걸어가다가 휘청거릴 때 잠시 다리와 발이 보였다. 마일로가 동영상을 뒤로 감고는 손가락을 움직여 여자의 발이 또렷이 보이도록 확대했다. 흐릿하게 보일 때까지 확대했지만, 니샤의 구두가 맞았다. 확실했다.

구두를 알아본 니샤는 깜짝 놀랐다.

"저거예요! 확실해요! 위로 올릴 수 있어요? 얼굴이 보이게?"

그 여자, 구두 도둑이 나왔다. 평범한 중년 여자, 눈을 반쯤 감고 땀에 젖은 머리카락이 얼굴에 붙어 있었다. 여자는 휘청거리며 화면을 가로질러 자기 자리로 갔다. 한번은 발목이 살짝 꺾이기도 했다.

"저 여자예요. 내 구두를 훔쳐 간 여자." 니샤는 확대한 이미지를 빤히 보며 숨을 몰아쉬었다.

"참 이상하네." 마일로가 고개를 저었다.

니샤가 고개를 들었다. "혹시 누군지 알아요?"

마일로는 그 이미지를 보고 이맛살을 찌푸리더니 앞뒤로 훑어보며 주위 사람들을 확인했다.

"어…… 우버프린트 사람들 같은데."

"뭐요?"

"저기 인쇄 회사요. 맞아요. 저…… 저 여자 뒤에 조엘이 보여요. 머리 땋은 사람. 그리고 테드도. 금요일에 항상 오는 단골이거든요."

"우버프린트." 니샤가 되풀이해 말했다. "적어줄 수 있어요?"

마일로가 종이를 건네자 니샤는 진심으로 기쁘고 고마운 마음에 활짝 웃었다. 니샤가 평소에는 잘 짓지 않는 미소였다. 그러자 마일로는 좋은지 곧바로 마주 웃었다. 그들은 잠시 서로 마주 봤다.

"혹시……."

"꿈도 꾸지 말아요." 니샤가 말하며 바 의자에서 내려왔다.

니샤가 들어갔을 때 그는 주방에서 혼자 저녁 근무를 위해 작업대를 치우고 있었다. 허리를 숙이고 스토브의 얼룩을 닦는 중이었다.

"안녕! 알렉스!" 알렉스가 자기 이름을 듣고 돌아보니 니샤가 달려오고 있었다. "내 구두를 훔쳐 간 사람을 찾았어요!" 니샤가 가쁜 숨을 쉬며 말했다. 주체할 수 없었다. 함박웃음을 지으며 양손을 살짝 들어 올렸다.

"잘됐습니다!" 알렉스가 말했다. "이제 예전으로 돌아가는 거군요." 그는 불쑥, 얼굴 가득 기쁜 미소를 지으면서 행주를 내려놓더니 니샤의 허리를 잡고 안아 올렸다. 니샤는 놀라서 비명을 질렀다. 그러다 갑자기, 저도 모르게 양손으로 그의 얼굴을 잡고 키스했다. 알렉스는 잠시 머뭇거리더니 니샤를 당겨 안으며 입술을 겹쳤다. 그리고 따뜻하고 부드럽게 키스했다. 니샤는 그 키스에 빠져들어 모든 것을 잊었다. 오로지 알렉스의 입술과 강한 팔 힘만 느꼈다. 그에게서 따뜻한 빵, 비누와 샴푸 냄새가 났다. 그에게서 너무 좋은 맛이 나서 정말 먹어버리고 싶었다. 니샤는 그의 아랫입술을 깨물었다. 그가 쾌감에 내는 낮은 신음 소리는 니샤가 들어본 것 중 가장 섹시했다. 니샤의 손이 그의 목덜미를 쥐었고, 몸은 그의 몸을 눌렀다. 시간이 멈추고 빙빙 도는 것 같았다. 그러다 제빵실 맞은편에 있는 문이 열리는 소리에 둘은 얼른 떨어졌다. 니샤는 손으로 머리를 매만지며 어색하게 한 걸음 물러났다.

미넷이 반죽을 담은 알루미늄 쟁반 두 개를 높이 들고 콧노래를 부르며 등으로 문을 밀고서 들어왔다. 알렉스는 그쪽을 본 뒤 다시 니샤에게로 시선을 돌렸다. 그리고 참고 있었던 것처럼 숨을 내쉬었다.

"음." 미넷이 제빵실로 다시 들어가자 니샤가 말했다.

"음." 알렉스도 따라 했다. 그는 조금 당황한 표정으로 구두를 내려다봤다. 니샤는 희미한 만족감을 느꼈다. 그가 다시 고개를 들자 둘의 눈이 마주쳤다. 알렉스의 뺨이 살짝 붉어진 것 같았다.

"당신은…… 만만한 여자가 아니군요."

알렉스를 마주 본 니샤의 미소에 장난기가 서려 있었다. "알아두는 게 좋을걸요." 니샤가 말했다. 그리고 바지에서 먼지를 털고 그에게 한 번 눈길을 던지고는 주방에서 곧장 걸어 나갔다.

23

차가 사망했다. 당연한 일이었다. 사이먼이 지각하면 안 된다고 네 차례 경고한 다음 날이었다. 9시에 전략 회의, 10시에 판매 회의, 11시에 계획 수립 회의가 있었고 본사에서 나온 사람들이 이 모든 회의에 참석할 예정이었다. 사이먼은 그것을 경고하듯이, 샘에게 나쁜 소식을 전하는 듯이 말했었다.

"필? ……필?" 캣은 부엌에서 토스트를 먹으면서 휴대전화를 보고 있었다. "아빠 어디 있니? 2층에 없는데."

캣은 어깨를 으쓱였다.

"캣? 아빠 어디 있니? 아빠 봤을 거 아냐."

"캠핑카에 있을걸."

딸이 냉정한 태도로 일관하고 말하면서 눈을 보지 않는 게 서운해 전날 밤 눈물을 흘렸지만, 그때만큼은 그것을 생각할 겨를이 없었다. 가방을 들고 밖으로 달려 나갔다. 캠핑카 보닛이 올라가 있었고 그 밑에서 일하는 필의 상체는 보이지 않았다.

"차 시동이 안 걸려."

"배터리 때문일 거야. 바꿔야 해."

샘이 기다려도 필은 보닛 밑에서 나오지 않았다. "필?"

"뭐?"

"음, 도와줄 수 있어? 점프선 있어? 9시까지 출근 못 하면 큰일 나."

"그럼 택시를 잡는 게 나을걸."

샘은 그 자리에 서서 남편 다리만 보고 있었다. 그는 며칠째 온종일 거기 나와 있었다. 처음에는 내심 기뻤다. 필이 TV 시청 말고 뭐든지 한다니 기적 같았다. 하지만 그가 그곳에서 시간을 보내는 데는 확실히 샘을 배제하려는 의도가 있었다. 샘과 시간을 보내느니 뭐라도 하겠다는 거였다.

"도와주지도 않을 거야?"

드디어 보닛 아래에서 나온 필이 몸을 바로 세운다. 샘을 보는 얼굴이 이상하게 무표정했다.

"음, 갑자기 배터리를 만들어낼 순 없잖아?"

그들은 잠시 눈이 마주쳤다. 샘은 그의 싸늘한 표정에 몸이 떨렸다. "음, 고마워." 샘이 말했다. "아주 고마워."

필은 말없이 엔진 옆에서 기름걸레를 집어 들더니 다시 사라졌다.

택시에서 어머니 전화를 받았다. 출근 시각 18분 전. 샘은 다급한 심정으로 핑곗거리를 궁리 중이었다. 차가 말썽이라고 하면 사이먼은 준비성이 부족하다고 비난할 게 분명했다. 배터리가 죽는 시점을 아는 사람이 있다는 듯이. 교통사고가 났다고 할까? 그는 샘의 말이 틀렸다는 것을 증명하기 위해 사고가 정말 났는지 확인해 볼 사람이었다. 거짓말은 안 하는 편이 나았다. 들어가는 길에 파일을 들고 추가 자료를 가지러 나갔었다고 할 수 있을 것 같았다.

"지난주에 와서 청소를 안 했더구나. 그리고 사회주의 내용의 찬송가 좀 찾아줘야 되겠다."

"네?"

"사회주의 찬송가." 어머니가 짜증을 내며 다시 말했다. "네 아빠가 마리아 성당에서 「예루살렘」°의 역사에 대해 강연을 한다는데, 더럼의 주교가 '어두운 사탄의 방앗간'이 제분소가 아니라 교회를 가리킨다고 했으니 그 곡은 부적절하다고 내가 지적했다. 펠프리 부인이 얼마나 쉽게 기분이 상하는지 잘 알잖니. 그 사람은 주교님에게는 알랑거리면서 불쌍한 테스 빌리에가 지난주 제단에 악한 꽃을 꽂았다고 마오이스트°°라고 했다."

"악한 꽃이요?"

"안스리움 말이다. 꼭 페니스 같지. 우리 모두 놀라서 입을 딱 벌렸어. 어쨌든, 네 아빠가 와이파이 공유기를 어떻게 했는지 인터넷이 안 되니까 네가 좀 더 적절한 사회주의 찬송가를 찾아주렴. 오늘 오후까지면 좋겠어. 오후 늦게 안과 예약이 있거든."

샘은 화장품을 찾아 가방을 뒤졌다. 캣이 욕실을 차지해서 화장할 시간이 없었다.

° 영국 시인 윌리엄 블레이크가 쓴 시에 작곡가 휴버트 패리가 곡을 붙인 합창곡으로, 영국의 노동당 당 대회에서도 자주 부르는 노래.
°° 마오쩌둥을 추종하는 마르크스주의의 한 분파.

"참, 그리고 집에 난민을 받기로 했다. 서류 쓸 게 꽤 많아서 네가 좀 도와줘야겠어. 남는 방에서 짐을 꺼내야 침대를 넣을 수 있거든. 사실, 그 안에 침대가 있을지도 모르겠구나. 상자 때문에 잘 모르겠어."

"난민이요?" 샘은 어머니 말을 따라갈 수가 없었다.

"우리 생각만 하면 안 되지, 서맨사. 아빠와 나는 사회를 위해 우리 몫을 하고 싶어 하잖니. 난민 중에는 아주 좋은 사람들도 있는 모양이더라. 로저스 부인이 아프간 사람을 받았는데 실내에선 항상 구두를 벗는대."

"엄마. 끊어야겠어요. 지금 너무 바빠요."

어머니의 어조에는 모욕감과 상처가 섞여 있었다. "아. 그래. 가끔은 우리도 생각해 주면 고맙겠구나."

샘은 어깨에 휴대전화를 끼우고 틴티드 모이스처라이저를 발랐다. "엄마 생각은 해요. 가끔보다 자주요. 저기, 난민을 받고 싶다는 건, 좋은 일이에요. 하지만 지금은 엄마 집을 치울 시간도, 사회주의 찬송가를 찾을 시간도 없어요. 할 일이 너무 많아요. 화요일에 슈퍼마켓에서 식료품 배달시키고 시간이 되면 가서 도와드릴게요."

"슈퍼마켓 배달이라고." 어머니의 어조에서 짜증이 느껴졌다. "음, 불쌍한 아프간 사람들에게 우리 딸이 할 일이 많아 침대를 못 찾아준다고 해야겠구나."

"엄마, 엄마 집 빈방에서 2002년 이후로 침대를 본 사람은 없어요. 그때부터 아빠가 그 위에다 이베이에서 산 기차 장난감 세트를 올려놓기 시작했잖아요. 저기, 시간 되면 갈게요. 지금은 너무 바빠요."

타인의 구두

"누구나 다 바쁘다, 서맨사. 우리 가족 중에 너만 바쁜 건 아니야. 세상에, 네가 필에게도 이런 식으로 말하는 건 아니길 바란다. 필이 그렇게 무시한다고 느끼는 것도 당연하구나."

샘은 4분 30초 늦었다. 회의실로 들어가는데 사이먼이 지은 표정만 보면 네 시간이라도 늦은 것 같았다.

"와줘서 고맙군요." 시계를 보고 눈썹을 치켜뜬 사이먼이 동료들이 다 알도록 돌아보며 말했다.

샘은 두 번째 회의 내내 미리엄 프라이스와의 점심 약속을 취소할까 생각했다. 사이먼은 가차없이 굴었다. 샘이 내놓은 수치에 대해 집요하게 따져 묻고 딴 데 정신을 팔거나 지루한 표정을 지었으며, 샘이 말할 때마다 노트에다 이름을 새긴 볼펜을 톡톡 쳤다. 우버프린트의 매니저들(전부 그와 같은 생김새와 그와 같은 옷차림에 그와 같은 말투였다)은 그 행동을 보고 샘의 약점을 관찰한 뒤 먹잇감으로 찍었다. 판매 회의가 끝나자 샘은 화장실에 들어가 우는 소리가 들리지 않게 양손으로 얼굴을 꾹 눌렀다.

샘이 변기에 앉아 필에게 메시지를 보냈지만, 그는 답장하지 않았다. 필은 메시지를 세 번 보내야 한 번 답했다. 우울증 탓인지도 알 수 없어졌다. 캣에게 메시지를 보내니 "아빠 괜찮아"라고만 답했다. 끝에 x도 없었다. 엄마는 잘 지내냐는 질문도 없었다. 샘의 존재에 아무도 관심이 없었다. 조엘에게 메시지를 보내고 싶었지만, 어쩐지 과한 행동 같았다. 그런 욕구를 인정하기가 불편했다. 망설이던 샘은 누가 옆 화장실로 들어오는 소리에 휴대전화를 주머니에 넣었다.

화장실에서 나오니 이미 12시 15분이었다. 취소하기엔 너무 늦었다. 그래서 샘은 세수하고 화장을 다시 한 뒤 창문으로 노려보는 사이먼의 시선을 무시하고 약속 장소로 나갔다.

"샘! 안녕하세요!" 미리엄은 이미 레스토랑에 와서 창가 테이블에 앉아 있었다. 웨이터가 샘을 안내하자 미리엄은 잠시 일어서더니 따뜻한 미소를 지었다.

인쇄 일은 잘 끝났다. 미리엄은 모든 면에서 만족해 샘에게 직접 전화를 걸어 세세히 신경 써준 것에 감사를 표했다. 다른 때라면 샘이 그 일을 상사에게 알렸을 테지만, 사이먼에게는 의미 없는 일이었다. 그는 문젯거리를 찾거나 왜 가격을 더 올리지 않았냐고 추궁만 할 테니까.

"반가워요." 샘은 이렇게 말하고 살짝 어색하게 악수를 청했다. 미리엄은 무지갯빛 줄무늬 스웨터에 꼭 붙는 스커트를 입고 굽이 있는 앵클부츠를 신고 있었다. 샘이 출근할 때는 꿈도 꾸지 못할 옷차림이었지만 미리엄은 독특한 권위를 풍겼다. 샘은 보통 출근 복장인 검은 바지와 회색 스웨터 대신 (살짝 죄책감을 느끼며) 샤넬 재킷을 입었다. 상대가 미리엄이었다. 힘을 얻어야 했다.

"샘을 기억하며 루부탱을 신었어요!" 미리엄이 샘에게 발을 보여주며 말했다. 샘의 발을 내려다보는 미리엄의 눈에서 평범한 검정 구두에 대한 실망감이 살짝 느껴졌다. 샘은 자기도 루부탱을 신지 않은 것이 후회됐다.

"멋지네요." 샘이 말했다.

그들은 날씨와 딸들에 대해서 잠시 이야기를 나누고 메뉴 선택을 비교했다. 미리엄은 샐러드와 생선을 골랐고 샘은 같은 샐러드와 채식 타르트를 주문했다. 메인 코스 중에서는 가장 저렴한 요리였다. 사이먼이 식사 비용 청구를 엄격히 단속해서, 샘은 이 점심을 자신이 계산해야 할까 봐 조금 염려하며 가격이 얼마나 될지 이미 계산 중이었다.

"자, 자기 이야기 좀 해봐요, 샘." 미리엄이 말했다. "어떻게 그레이사이드에 들어갔는지. 아니, 이제 우버프린트라고 불러야겠죠?" 미리엄은 자기가 하는 말은 뭐든지 옳다는 듯 자신감 있게 말했다.

"별로 이야깃거리는 없어요." 샘이 머뭇거리다가 기다리는 미리엄의 눈빛을 보고 미소를 지으며 말했다. "저, 원래 인쇄 일을 할 생각은 없었어요. 하지만 딸이 어릴 때 거기서 임시직을 얻었고, 그때 상사였던 헨리가 참 좋은 분이었는데 제가 일을 잘한다고 생각하신 것 같아요. 지금은 은퇴하셨어요." 여기서 샘은 잘난 척하는 것처럼 보일까 봐 초조해서 살짝 웃었다. "2년이 지나고 헨리가 저를 프로젝트 관리팀에 넣어줬어요. 거기서부터 제 역할을 만들어냈죠. 헨리는…… 참 친절한 분이었어요. 좋은 분이었죠."

"아, 나도 헨리를 두어 번 만났어요." 미리엄이 말했다. "굉장히 좋아했죠. 그럼 가족은요?"

"남편이랑 아시다시피 10대 딸이 하나 있어요. 이렇게 셋이에요. 그리고 요구가 많은 부모님이 계시고."

"아, 우리 나이가 그렇죠?" 미리엄이 말했다. "제 부모님은 솔리

헐의 요양원에 계세요. 고속도로를 달리거나 지친 요양사를 달래며 인생을 보내는 것 같네요."

"정말요? 유감이네요. 아니, 그분들이 좋아하지 않으신다면 유감이네요. 미리엄에게도 말이에요." 샘은 재빨리 말을 고쳤다. "하지만, 글쎄요. 좋은 곳이겠죠. 좋은 곳에 보내드렸을 거예요."

"좋은 곳이에요. 하지만 요양원에서 인생을 마치고 싶은 사람은 없겠죠?"

웨이터가 물을 가지고 오자 샘은 잠시 말을 멈췄다. "제 부모님은 요양원에 가느니 죽겠다고 하세요. 그래서 제가 집안일을 다 하게 되죠. 장보기랑 청소도."

미리엄이 잘 안다는 표정으로 끄덕였다. 그 연령대 여자들끼리는 길게 말하지 않아도 통했다. 20대와 30대처럼 서로 밀치며 앞으로 나아가려는 경쟁심은 사라진 후였다. 40대 후반에서 50대가 되면 모두가 생존자였다. 죽음과 이혼, 질병과 트라우마, 무엇이든 겪기 마련이니까.

"힘들겠네요." 미리엄이 말했다.

샘의 휴대전화가 울리기 시작했다. "정말 죄송해요." 샘이 얼굴을 붉히며 가방에 손을 넣었다. 미리엄은 괜찮다고 손을 흔들었다.

이름을 보고 샘은 가슴이 철렁했다. "사이먼?" 미소를 지으려고 애쓰며 전화를 받았다.

"어디 있죠?" 퉁명스러운 목소리였다.

"미리엄 프라이스를 만나고 있어요. 캘린더에 적어뒀어요. 제너비브에게 두 번 전달했고."

"네덜란드어 교과서 쪽에서 일정을 나흘 당겨달라는데. 이메일을 보냈는데 답이 없다고."

"네? 잠시만요."

샘은 미리엄에게 '죄송해요'라고 다시 한번 소리 없이 말하고 스피커폰으로 돌린 뒤 메일함을 열었다. 15분 전에 네덜란드어 교과서 회사에서 보낸 독촉 메일이 와 있었다.

"사이먼…… 15분 전에 온 메일이에요."

"그래서요?"

샘은 재빨리 스피커 모드를 끄고 전화를 귀에 댔다.

"그래서 못 봤어요. 당연히 답장하죠. 돌아가자마자요."

"메일에는 빠르게 답장해요, 샘. 말했잖습니까. 우리 우버프린트는 신속한 대응으로 유명합니다. 이걸로는 충분치 않다고요."

"저…… 1시 15분에 점심을 먹을 수 있다는 것 정도는 이해해 주리라……."

"여긴 빌어먹을 방학 캠프가 아니라고요, 샘. 대체 어떻게 해야 이 일을 진지하게 받아들일지 모르겠군요. 돌아와요. 아니, 안 되겠죠? 미리엄 프라이스에게 프로답지 못한 꼴을 보이게 되니까요. 그리고 우린 그 일이 필요하고. 프랭클린에게 맡기죠."

"하지만 그건 제가 맡은 일이에요. 제가 따 온 거라고요."

"상관없어요." 사이먼이 말을 잘랐다. "일을 따 오는 것만으로는 부족합니다. 전 과정을 담당할 사람이 필요하지. 돌아와서 봅시다. 점심 맛있게 먹은 뒤에." 그렇게 말하는 사이먼 주위에 사람들이 모여 있는 모습, 그리고 그가 눈을 굴리며 어이없다는 표정을 짓는 모습이 눈에 선했다. 그는 전화를 끊었다. 샘은 당황한 채로 앉아 있었다.

"괜찮아요?" 메뉴를 살펴던 미리엄이 말했다.

"네, 괜찮아요." 샘은 마음을 다잡았다. "일 때문에요. 어…… 떤지 아시잖아요."

"사이먼이 어떤지는 알죠." 미리엄이 메뉴 위로 고개를 들었다. "사이먼 스톡웰 맞죠?"

샘은 미리엄을 빤히 봤다.

"지독한 인간. 몇 년 전에 우리 회사에서 일했었죠. 초짜일 때. 내가 바로 제압했어요. 그 사람이 힘들게 해요?"

샘은 얼어붙었다. 뭐라고 대답해야 할지 알 수 없었다. "아뇨! 아뇨. 괜찮아요. 괜찮죠. 일이 많아서. 전…… 음, 그냥 좀……." 느닷없이, 불쑥, 샘은 흐느끼고 있었다. 찝찔한 굵은 눈물이 줄줄 흘렀다. 어깨를 들썩이며, 딸꾹질하며, 손으로 눈을 눌렀다. "저…… 정말 죄송해요." 샘은 부끄러워 냅킨으로 얼굴을 닦으며 말했다. "왜 이러는지 모르겠네요."

세상에. 이젠 점심까지 망쳤다. 그리고 미리엄 프라이스는 생각할 것이다. 아니, 알 것이다. 사이먼 생각대로 샘은 패배자란 사실을. 샘은 달아나려고 화장실을 다급하게 찾았다. 하지만 위치를 묻고 싶지 않았다. 그러면 일어나서 엉뚱한 방향으로 가게 될까 봐 두려웠다. 다시 돌아보니 미리엄이 가만히 보고 있었다.

"저…… 정말 죄송해요." 샘은 눈물을 닦으면서 다시 말했다.

미리엄은 진지한 표정을 짓고 있었다.

"좀 힘든 시기라서 그래요. 차…… 창피하네요. 보통은 이렇게……."

미리엄이 가방에 손을 넣어 티슈를 꺼내더니 테이블 위로 건넸다. "엄마 가방 필수품이죠." 미리엄이 말했다. "이 안에 또 뭐가 있는지 알고 싶지도 않을걸요. 자동차 키 두 개, 내 아내가 쓰는 인후 스프레이, 딸이 가져가지 않은 약, 호르몬제…… 강아지 간식…… 끝도 없죠?"

미리엄은 미소를 지으며 괜한 소리를 늘어놓아 샘이 진정할 시간을 줬다. 샘은 가방에서 거울을 찾았지만, 미리엄이 말렸다. "괜찮아요. 번진 곳 없어요."

"정말요?"

흐느낌이 잦아들며 이따금 딸꾹질만 났다. 샘은 부끄러워 어깨가 굽었다.

"있잖아요." 미리엄이 물을 다시 따르며 말했다. "이런 말 좀 부적절한 것 같지만, 여기 들어오는 샘을 보고 껍데기만 남았나 싶었어요. 전에 만난 사람과 완전히 달라 보였거든요." 미리엄은 샘에게 잔을 건네고 마시기를 기다렸다. "그리고 적어도 50퍼센트는 사이먼 스톡웰 탓이지 싶군요." 미리엄이 다가와서 말했다. "저, 혹시 아직 아닐까 봐 하는 말이에요. 갱년기의 가장 좋은 점은, 그런 남자를 상대할 때 눈곱만큼도 신경 안 쓰게 된다는 거예요. 그들도 그걸 알죠. 당신이 주눅 들지 않는 걸 알면, 그들은 힘을 싹 잃어요."

샘은 기운 없이 미소 지었다. "직장이 달려 있는 경우가 아니면 그렇죠."

"샘은 일을 썩 잘하잖아요. 왜 그 사람에게 직장이 달려 있어요?"

"저…… 전……." 샘은 사이먼이 자신을 쓸모없고 불필요한 존재라고 여기게 만드는 숱한 방법, 하루에도 몇 번씩 자신을 무시하고 폄하하는 방법을 설명하고 싶었다. 하지만 고객에게 우버프린트의 합병 이후 상황을 전하는 것은 프로답지 못한 행동 같았다. 게다가 중년 백인 여자가 직장에서 얼마나 힘든지 징징거리는 소리를 듣고 싶어 하는 동성애자 혹인 여자가 어디 있을까?

샘은 겨우 미소를 지었다. "아, 그 사람뿐만이 아니에요. 정말요. 힘든 한 주였어요."

미리엄이 가만히 지켜봤다. "존경스러울 정도로 조심스럽군요."

"일이 많아요."

"이 나이 땐 늘 그렇죠. 아, 잘됐다. 음식이 나왔네요. 먹고 나면 기분이 나아질 거예요."

식사 시간 내내 미리엄은 조금 일방적인 대화를 계속하며 10대 소녀는 변덕스럽고 노부모는 피곤하다고, 스스로를 잘 챙겨야 한다고(샘은 여기서 고개를 끄덕였지만, 뭐든 자기 자신을 챙긴 게 언제였는지 기억나지 않았다) 말했다. 샘은 머릿속으로 이 일이 자신에게 얼마나 나쁜 영향을 줄지 분석했다. 고객과의 점심 식사에서 울음을 터뜨린 여자가 있다고 미리엄 프라이스가 폭로할 것인지, 아니면 돌아가면 사이먼이 유리 벽 사무실에서 모두가 보는 가운데 야단을 칠 것인지. 무엇보다 미리엄과 처음 만난 날의 기억을 망친 것이 가장 속상했다. 샤넬 재킷과 하이힐을 신은 자신의 모습은 증발해 버리고, 짓밟히고 패배한, 가련한 진짜 샘이 그 자리에 남았다. 샘은 교과서

건을 처리하지 못했다고 화가 난 사이먼이 줄줄이 보낸 메시지가 와 있을 휴대전화를 확인할 용기가 나지 않았다. 그래서 예의 바르게 미소를 짓고 바보 같은 소리를 하지 않으려고 노력하며 음식을 깨작거렸다. 놀랍게도 아무런 식욕이 없다는 사실을 느끼면서.

"디저트 먹을까요?"

샘은 정신을 차렸다. "아, 아뇨. 맛있게 잘 먹었어요. 하지만 이 일이 어떻게 된 건지 알아보러 이제 돌아가야겠어요." 샘은 메뉴를 사양하며 한 손으로 얼굴을 부채질했다. "정말 죄송해요……."

긴 침묵이 흘렀다.

"샘." 미리엄이 말했다. "이런 식으로 일할 순 없어요."

"알아요." 샘이 얼굴을 붉혔다. "제가 해결할 거예요. 그럴 거예요. 보통은 이렇게……."

"내 말을 오해했네요." 미리엄이 말을 이었다. "내 말은 그러니까, 자길 괴롭히는 상사 밑에서는 일을 못 한다는 말이에요. 샘은 유능해요. 드레이크스의 아이번에게 샘 이야기를 했더니 언제나 굉장히 철저했다고 하더군요. 그리고 만나면 기분 좋고."

샘은 천천히 고개를 들었다.

"우린 항상 사람을 찾는데, 샘의 작업에 감동받았어요. 들어와서 우리 팀을 만나보면 좋겠어요."

"……팀을 만나요?"

"좋은 기운을 받을 수 있는 곳에 있어야죠. 거기가 어디든." 웨이터에게 손짓한 미리엄이 샘이 뭐라고 하기도 전에 신용카드를 꺼냈다. "우리랑 만나볼 의향 있어요?"

샘은 너무 놀라서 말도 제대로 할 수 없었다. "……어, 네. 네……
그러고 싶어요."

"좋아요. 날짜 잡아서 메일 보낼게요." 미리엄이 일어섰다. 아직
앉아 있던 샘이 상황을 이해하는 사이, 미리엄은 웨이트리스가 내
민 카드단말기로 계산을 마치고는 지갑을 가방에 넣고 다가왔다.

"그 전에 우선 그 재킷에 진짜 멋진 구두를 신고 빨간 립스틱을 바
른 뒤, 사이먼 스톡웰에게 샘이 만만한 상대가 아니란 걸 보여줘요."

24

그곳 카페에서는 인쇄 회사 뒤쪽이 아주 잘 보였다. 코업 슈퍼마켓과 화이트호스 펍 사이에 쓰레기가 굴러다니는 작은 공간이 있었다. 지저분한 창문과 낙서가 가득한 벽으로 봐서 몇 년 전에 빈 사무실 구역 같았다. 그날 오후 근무 직전에 근로시간이 없어졌다는 통보를 받은(근로시간이 보장되지 않는 '제로 아워 계약'이라며 재스민은 한숨을 쉬었다) 니샤는 미지근한 카푸치노를 홀짝이며 그 회사를 지켜보고 있었다. 찌그러진 흰색 밴이 우버프린트 간판 아래로 드나들었다. 후문에 모인 남자들은 화물을 싣고 내리는 동안 잡담을 나누거나 차를 마시기도 하고 쌀쌀한 공기 속으로 입김을 내뿜으면서 웃어댔다. 니샤는 정신을 바짝 차렸다. 가능성이 희박하다는 것을 알면서도 그 여자가 자기 구두를 신고 나오기를 기다렸다.

니샤는 그곳에 한 시간 가까이 앉아서 열두 가지 가능성을 상상했다. 도둑의 뒤를 밟아 집까지 가서 따지고 구두를 벗겨 온다거나(그렇다면 그 여자가 그 구두를 신고 있어야 하는데, 남의 발을 만지는 것이 께름칙했다). 경찰에 신고하는 방법도 있지만, 그들이 미국 경찰과 비숫하다면 하나 마나 한 짓이었다. 여자가 잘 때 그 집에 몰래 들어가 구두를 찾아서 나온다거나. 마스크를 쓰고. 그 집에 또 누가 있을지도 모르니 위험한 전략이었다. 게다가 마스크를 쓰면 가려웠다. 최고의 방법은 항상 똑같았다. 칼에게 말해서 아리를 보내 구두를 가져오는 것이다. 하지만 아리가 사실대로 말할까? 그를 믿을 수 없었다. 그는 구두만 챙기고서 니샤를 전보다 못한 처지로 떨어뜨릴 수 있었다. 그리고 아리와 그 구두에는 뭔가 석연치 않은 점이 있었다.

니샤는 앉아서 온갖 변수를 생각했다. 그사이 남은 커피는 식어만 갔다. 결국 바리스타가 세 번째 다가와 커피를 더 마실 것인지 물었을 때, 니샤는 코트와 가방을 들고 일어섰다.

샘이 도착했을 때 사이먼은 동료들과 잡담을 나누고 있었다. 옆문으로 들어간 샘은 화장실에 가서 남들보다 먼저 얼굴을 확인했다. 사이먼의 책상 주위에 모인 젊은 남자들이 그의 휴대전화에서 뭔가 보고는 동시에 웃음을 터뜨렸다. 터무니없이 가슴이 큰 젊은 여자가 나오는 망측한 인터넷 밈일 것 같았다. 샘은 그가 자기 자리에 걸터앉아 염려스러운 표정을 짓고 있지 않아 마음이 놓였다. 샘은 잠시 서서 그들을 보다가 가방을 내려놓고 크림색 샤넬 재킷을 의자에 걸었다. 그리고 밖으로 나갔다. 회계팀을 가로지르고 리셉션을 지나 좁은 복도를 거쳐 화물 출입구에 도착했다.

차량은 전부 나갔다. 조엘은 중앙 셔터 옆 작은 사무실에 혼자 앉아 있었다. 샘을 등진 그는 양손 깍지를 껴 머리를 받치고 창밖 마

당을 내다보며 생각에 잠긴 듯했다. 어깨가 너무 넓어 파란색 회사
티셔츠가 꽉 끼었다. 사무실 뒤에는 검정과 노랑 샌드백이 매달려
있었다. 샘은 잠시 서서 그를 봤다. 문득 조엘이 자기 허리를 잡고
춤을 추던 기억이 났다. 그 구두를 신고 걷는 샘의 모습을, 그는 즐
거운 표정으로 지켜보며 눈썹을 치켜떴었다.

구석에 설치한 오래된 히터 덕분에 기사 사무실은 따뜻하고 푸근
했다. 벽에는 운행 기록표와 그날 할 일이 적힌 화이트보드, 빛바랜
생일 카드와 새로운 우버프린트 메모지가 있었다. 거기서 일한 세
월 동안 샘이 들어간 적이 거의 없는 곳이었다. 문득 사무실이 생각
보다 좁게 느껴졌다. 아니면 그가 큰 것일지도 몰랐다. 조엘이 의자
에 앉은 채 돌아봤다.

"샘. 왔는지 몰랐……."

"글러브 있어요?"

조엘이 눈을 깜빡였다. "네?"

"글러브요." 샘이 말했다. "권투 글러브. 여기 혹시 있어요?"

조엘은 샘의 시선을 따라 샌드백을 봤다. "아…… 내 건 있어요.
클걸요."

"어디 봐요."

조엘이 책상 밑에서 운동용품 가방을 꺼내더니 낡은 검정 글러브
를 내밀었다. 잠시 살핀 샘은 손에 끼더니 벨크로를 치아로 물어 손
목에 최대한 단단하게 붙였다. 샘은 사무실에서 나가 샌드백으로
향했다. 그 앞에 잠시 선 샘은 숨을 들이쉬고 코어근육에 힘을 준
다음 머릿속을 빙빙 돌던 모든 것을 가라앉혔다. 그리고 팔을 뒤로

젖혀 온 힘을 다해 오른손을 날렸다. 그 충격에 샌드백이 뒤로 밀려났다. 샘은 두 발에 힘을 주고 서서 어깨 힘을 이용해 왼주먹을 날렸다. 계속해서 샌드백 가죽을 쳤다. 하나로 묶었던 머리카락이 삐져나왔다. 충격을 줄 때마다 숨이 가빠왔다. 누가 보든지 말든지, 아끼는 바지와 블라우스 차림으로 샌드백을 공격하는 자기 모습이 멋지든지 말든지, 샘은 치고 또 쳤다.

처음에는 놀라서 뒷걸음질 치던 조엘은 이제 반대편으로 걸어가 샘이 더 세게 때릴 수 있도록 샌드백을 잡아줬다. 조엘이 충격을 받을 때마다 흠칫거리며 왼발을 앞으로 밀어 힘을 주는 모습에 샘은 만족감을 느꼈다. 샘은 마음이 풀릴 때까지 치고 또 쳤다. 그러다 불쑥 양손을 늘어뜨리고 멈췄다. 심장이 두근거렸다. 갑자기 땀이 등줄기를 타고 허리로 내려가는 것이 느껴졌다. 침묵을 깬 건 사슬에 매달린 채 서서히 흔들리는 샌드백 소리뿐이었다. 샘이 고개를 들자 조엘이 자신을 지켜보며 양손으로 샌드백을 잡고 있었다. 또 칠 수도 있으니까.

"괜찮아요?" 조엘이 말했다.

"미리엄 프라이스가 와서 이야기 좀 하재요." 샘이 헐떡이며 말했다.

조엘이 놀란 표정을 지었다.

"일자리를 준다고." 샘이 덧붙였다. 둘은 가만히 마주 봤다. 샘은 눈에 땀이 흐르는 것을 느끼고 팔등으로 닦아내려 했다.

둘 다 아무 말도 하지 않았다.

"가지 말았으면 좋겠어요." 한참 만에 조엘이 샌드백에서 손을 떼며 말했다.

"나도 가고 싶지 않아요." 샘이 말했다. 둘은 서로 빤히 봤다. 그리고 아무 생각 없이 샘은 글러브를 낀 채로 그의 얼굴을 잡고 키스했다.

조엘의 입술이 처음 닿을 때 샘의 몸은 충격에 빠졌다. 25년 이상 필 이외에는 누구와도 키스한 적 없었다. 필과도 그렇게 키스한 적이 있었는지 기억나지 않았다. 조엘의 모든 것이 낯설고 달콤했다. 향기도 달랐고, 입술은 부드러웠으며, 몸은 단단했다. 샘의 머리칼을 만지는 그의 손에서 압도적인 힘이 느껴졌다. 조엘의 팔이 샘을 끌어안자 샘의 몸이 그에게 녹아들었고, 키스는 더 깊고 다급해졌다. 샘은 글러브 낀 손으로 그의 목을 잡고 숨을 몰아쉬었다. 시간이 멈췄다. 주위 모든 것이 사라지고 그의 입술, 그의 살갗, 몸에 닿는 그의 체온만 남았다. 샘의 온몸이 녹아서 그의 몸에 달라붙은 것 같았다. 오랫동안 잠들어 있던 감각이 깨어났다. 샘은 글러브를 벗고 싶었다. 그의 매끄럽고 따뜻한 살갗을 느끼고 싶었다. 그에게 완전히 뒤덮이고 싶었다. 그의 바지 속에 손을 넣고 싶었고……. 그리고 샘은 물러섰다. 글러브로 얼굴을 가리고 숨을 참고서.

그리고 테드가 보였다. 테드가 입을 살짝 벌린 채 문 옆에 서 있었다. 친절하고 통통한 얼굴에 경악과 실망이라고 부를 수밖에 없는 표정을 짓고서 그들을 보고 있었다.

"조엘, 나…… 난……." 샘이 말을 더듬었다. 그러고는 돌아서서 글러브를 벗어 던지며 사무실로 달려갔다.

샘은 빠른 걸음으로 자기 자리로 돌아갔다. 얼굴이 붉어진 채 앞만 보면서. 방금 일어난 일을 모두가 아는 것 같았다. 온몸이 점화된 것처럼 열기를 발산하는 듯했고 머릿속 생각은 빙빙 돌며 뒤죽박죽이 됐다.

샘은 살짝 비틀거리며 의자에 앉아 화면을 응시했지만 아무것도 눈에 들어오지 않았다. '조엘과 키스했다. 조엘과 방금 키스했다. 조엘과 키스 말고도 많은 것을 하고 싶었다.' 조엘의 입술, 탄탄한 근육질의 몸이 여전히 느껴졌다. 테드의 질겁한 표정이 떠오르자 끽소리를 내며 웃었지만 곧바로 부끄러워져 양손으로 얼굴을 감쌌다. 대체 무슨 짓을 한 걸까? 내가 어떻게 된 걸까? 켕기는 마음으로 뒤를 돌아봤지만 아무도 눈치채지 못한 듯했다. 모두 고개를 숙이고 있었다. 마리나가 커피잔을 들고 지나갔다. 비상구 옆 복사기가 또 고장난 듯했다. 휴대전화가 울리자 샘은 흠칫했다. 조엘이었다.

괜찮아요?

샘이 메시지를 빤히 봤다.

그런 것 같아요. 테드가 뭐래요?

떨리는 손으로 입력했다.

자기 알 바 아니래요. 바로 다시 나갔어요.

내가 테드를 따라가야 할 것 같아요?

아뇨. 아뇨. 모르겠어요. 내가 가야 할까요. 방금 무슨 일이 있었던 걸까요.

샘은 누가 알아차렸나 싶어서 고개를 들고 주위를 살폈다. 샘 켐프가 몰래 나가서 직장 동료와 키스했다는 것을 누가 알아차렸나 싶어서. 그것이 외도일까? 샘의 삶이 그렇게 나아가고 있을까? 테드는 샘이 나쁘다고 생각할까? '도와줘요.' 샘은 누구에게 하는 말인지 알지도 못한 채 생각했다. 그러다 놀라 기절할 뻔했다. 검은 머리 여자가 성큼성큼 다가오더니 샘을 노려보며 미국 억양으로 외쳤기 때문이다. "내 구두 어쨌어, 이 도둑년아!"

25

 니샤는 아주 쉽게 우버프린트 사무실로 걸어 들어갔다. 밴 주위에 모인 남자들이 니샤를 봤지만, 아무도 이상하게 여기지 않았다. 다리만 슬쩍 훔쳐본 뒤 그들은 곧장 대화로 돌아갔다. 사무실은 우중충했다. 반려동물 보험이나 배수구 세정제 등을 팔 것 같은 곳이었다. 오래된 카펫과 커피머신 냄새에 중앙 사무실로 연결된 것처럼 보이는 복도를 걸어가던 니샤는 콧잔등을 찡그렸다. 젊은 여자가 안내 데스크에서 휴대전화를 보다가 고개를 들었지만 막지는 않았다. 니샤는 문을 밀고 회색 개인용 책상으로 이루어진 넓쩍한 공간에 들어섰다.

 한쪽 구석에는 젊은 남자들이 싸구려 정장을 입고서 모여 있는 유리벽으로 된 큰 사무실이 있었다. 주위에서는 각 책상에서 의욕 없이 작업하며 내는 소리가 희미하게 들려왔다. 사람들이 타자 치는 소리, 작은 소리로 통화하거나 복사기 앞에서 잡담을 나누는 소리. 니샤는 가방을 옆에 꼭 끼고 실내를 살폈다. 멀찍이서 자리에 앉는 여자가 눈에 들어왔다. 허접하게 염색한 머리칼이 파티션 위로 보였다. 니샤는 걸음을 멈추고 유심히 봤다.

그렇게 많은 말썽을 일으킨 장본인이자 동시에 미래의 열쇠를 쥔 도둑을 만나면 어떻게 해야 할지 니샤는 알 수 없었다. 하지만 그 허름한 모습, 우울하게 축 처진 어깨를 보자마자 화가 치밀었다. 저런 것에게 당했다고? 니샤는 사무실을 가로질러 걸어가며 그렇게 생각했다. 귓전에서 맥박이 쿵쿵 울려댔다. 니샤는 그 자리에 섰고, 그 여자는 휴대전화를 힘없이 쥐고서 충격에 굳은 표정으로 돌아봤다.

"네…… 네?" 여자가 더듬었다. "무슨 말씀인가요?"

진심 겁에 질린 여자의 표정에 니샤는 내심 만족감을 느꼈다.

"내 구두 훔쳐 갔잖아! 스포츠센터에서. 구두를 훔쳐 가서 신고 다녔지. CCTV에서 확인했어. 어머나, 저거 내 샤넬 재킷 맞아?"

여자는 머리까지 새빨개진 채로 사무실 의자에 걸쳐놓은 크림색 재킷을 흘끔거렸다.

"도대체 무슨……." 니샤는 의자에서 재킷을 걸어 상표를 확인했다. "내 구두는 어디 있어? 내 가방은? 내 물건을 어떻게 한 거야? 경찰에 신고하겠어."

"훔친 게 아니에요! 사고였어요!"

"아, 사고! 그럼 물건을 주인에게 돌려주는 대신에 내 구두를 신고 술집에 갔어? 그리고 내 샤넬 재킷을 직장에 입고 오고? 그렇지! 사고 맞네."

주위에 사람들이 모였다. 여자는 양손을 흔들며 니샤를 보고 있었다. "저기요, 설명할게요, 스포츠센터가……."

"내가 얼마나 고생했는지 모를 거야. 내가 못 찾을 줄 알았지? 사람을 뭘로 보고."

남자 한 명이 다가왔다. 젤을 바른 머리칼, 값싼 정장, 권위 있는 척하는 분위기.

"무슨 일이죠?"

"무슨 일이냐고요? 이 여자에게 물어요, 구두 도둑에게."

"말했잖아요! 누구 구두인지 몰랐다고! 가방을 착각해서 가져갔는데, 돌려주려고 갔더니……."

"내 구두 내놔요."

남자가 샘에게 말했다. "샘? 무슨 일이죠?"

여자가 그에게 말했다. "사이먼…… 설명할 수 있어요. 스포츠센터에 갔을 때, 내가 슬리퍼를 신고 온 날 있잖아요, 가방이 바뀌어서……."

"그래서 훔쳤잖아요!"

"됐어요."

"뭐가 돼요?"

"당신은 해고입니다."

사방이 조용해졌다.

"네?"

"해고라고요." 그는 모인 사람들이 전부 자기가 내린 결정을 들을 수 있도록 언성을 조금 높였다. "오늘부로. 회사에 절도범을 둘 순 없습니다. 당신은 계속 우버프린트의 명성에 먹칠을 하고 있어요. 경고를 여러 번 한 걸로 아는데, 그만합시다. 물건 챙겨서 나가요."

그는 보란 듯이 가슴을 내밀고 지켜보는 사람들에게서 찬성 표시라도 기다리는 듯 주위를 흘끔거렸다. 니샤는 당황스러웠지만(그런 남자들이 싫었으니까) 그 여자가 자초한 일이니 할 수 없었다.

"사이먼. 저기요." 머리를 땋은 남자가 앞으로 나왔다. "그냥 착각한 걸 가지고 직원을 해고할 순 없어요. 우리가 샘을 태웠을 때, 차에서 가방을 잘못 가지고 나왔다고 했는데 우리가……."

"관심 없어요." 사이먼이 입을 꾹 다물었지만 즐거운 기색을 감추지는 못했다. "관심. 없어요. 여기 여성분이 어떻게 된 일인지 분명하게 알려줬습니다. 그리고 이런 일은 묵인할 수 없습니다. 샘과는 지난 몇 주 동안도 문제가 많았고, 이게 마지막입니다."

"하지만……."

"그만하죠. 모두 자리로 돌아가요. 쇼는 끝났어요. 샘, 물건 챙겨요. 경비를 부를 테니. 인사팀에서 퇴직 서류를 정리할 겁니다."

그 상황에 니샤마저 조금 놀랐다. 다른 직원들 사이에서 낮게 웅성거리는 소리가 들렸다. 그들은 머뭇거리며 서로 눈치를 봤지만 아무도 그 남자의 권위에 도전할 생각은 하지 못했다. 결국 모든 이들이 마지못해서 흩어졌다. 머리를 땋은 남자가 마지막까지 남았다. 그는 여자에게 뭐라고 속삭였지만, 여자는 제대로 듣지도 못했다. 충격에 잿빛이 된 얼굴로 묵묵히 물건을 챙기기 시작할 뿐이었다. 니샤는 그때 일어난 일로 불편해하지 않을 생각이었다. 그녀가 옳았으니까! 남의 물건을 훔친 건 그녀가 아니었다. 니샤는 그냥 자기 물건을 되찾으려던 것뿐이었다.

"밖에서 기다리겠어요." 남자가 값싼 정장을 입은 다른 남자 서너 명과 자리를 뜬 뒤 니샤가 말했다. "그 구두랑 가방이 필요해요, 샘."

*

샘은 액자를 챙겨 마리나가 가져다준 상자에 넣었다. 그중 하나
가 미끄러져 떨어지자 쨍그랑 소리가 사무실 전체에 울렸다. 마리
나가 상자를 책상에 올리며 "정말 속상하네요"라고 중얼거렸지만,
"도둑"이라는 비난이 영향을 준 듯 조금 경계하는, 혼란스러운 표
정을 지으면서 자리로 돌아갔다. 샘 주위의 동료들은 아무 말도 하
지 않았다. 샘은 고개를 들 수 없었다. 사이먼과 그 친구들이 사무
실에서 지켜보며 서로 중얼거리고 있을 것이 분명했다. 동료들끼리
뭐라고 속삭일지 상상할 수 있었다. 샘은 수치스러웠다. 그 여자가
한 말이 귀에 쟁쟁거렸다. 샘은 남은 물건을 챙겼다. 경비원 루이스
가 아래층에서 올라왔다. 그는 뒤통수를 긁적이면서 어째야 할지
모르는 사람처럼 어정거렸다. 샘이 고개를 들자 루이스는 어색해하
며 살짝 당황한 표정을 짓더니 복도를 가리켰다.

문이 열리고 차가운 공기가 얼굴에 닿았다. 담배를 비벼 끄는 미
국인 여자가 보이자 샘은 드디어 실감이 났다. 직장을 잃었다. 정말
로 직장을 잃었다. 샘은 상자를 바닥에 내려놓고 그 상황을 이겨내
는 데 도움을 줄 수 있는 유일한 사람에게 전화를 걸었다.

"앤드리아?"

샘은 차도 없는 데다가 무섭고 난폭한 분위기를 풍기는 그 미친
여자와 함께 택시를 타고 싶지 않았다. 그래서 걷기 시작했다. 그
여자는 정확히 두 발자국 뒤에서 따라왔다. 그 여자는 샤넬 재킷을
입더니 뭐가 묻거나 상한 곳이 있는지 보란 듯이 확인하며 소맷부

리를 살폈다.

"난 아무 데도 안 가요. 알아둬요."

"알아요." 샘이 앞만 보며 말했다. "집에 걸어가는 거예요."

샘의 머릿속에 사이먼이 한 말과 샘에 대해 알고 있던 사실이 전부 틀렸다는 것을 깨달은 동료들의 표정이 맴돌았다. 샘은 기계적으로 걸었다. 구두를 돌려줄 노력을 더 열심히 하지 않은 것이 후회스러웠다. 그걸 최우선으로 여겼어야 했는데. 그러지 않아서 모든 것을 잃었다.

"내 물건이 당신 집에 없으면 가만 안 있을 거예요."

"집에 있어요. 저기, 가방 돌려주려고 했어요. 스포츠센터가 무기한 문을 닫는 바람에."

"관심 없어요."

"알겠어요. 그냥 알아달란 거예요. 난 도둑이 아니란 걸."

"내 샤넬 재킷을 의자에 걸어둔 여자가 할 말은 아니죠."

샘은 눈물을 글썽이며 홱 돌아섰다. "오늘 중요한 회의가 있었어요, 알겠어요? 멋지게 보이고 싶은 사람을 만나야 해서, 한 번 입는다고 큰일 날 건 없겠지 했어요. 미안해요."

"그래요, 알았어요. 그래서 마더 테레사 나셨네요."

"네?"

"내 구두나 내놔요. 당신이 뭐라든 상관없어요. 증거가 있으니까 하는 소리예요."

증거. 자신을 도둑이라고 부르면서 기분이 좋아 비뚤어진 미소를 짓던 사이먼의 표정을 샘은 잊을 수가 없었다. 샘은 직장을 잃었다. 정말로 직장을 잃었다. 사이먼에게서 추천서를 받지 못하리라는 생각에 샘은 속이 쓰리기 시작했다. 다시는 취업할 수 없을 것 같았다. 필과 캣을 데리고 거리에 나앉게 될 터였다. 그들은 좁아터진 원룸에, 정부에서 난민에게 주는 전기 레인지 한 칸과 공동 화장실이 딸린 곳에 살게 될지 몰랐다. 아니면 부모님 집에서 살게 될지도. 그리고 모두가 샘을 탓할 것이다. 당연하다. 어떻게 이 정도로 엉망진창이 될 수 있을까?

말없이 두 블록을 더 걷다가 샘이 걸음을 멈추고 돌아섰다. "최소한 그렇게 경비원처럼 바짝 따라붙지 않으면 안 되나요? 불안해서 그래요. 정말 내가 달아날 것 같아요? 이놈의 상자를 들고?"

"난 당신이 누군지 모르잖아요. 무슨 짓을 할 수 있을지 알 수 없죠. 혹시 알아요, 단거리 선수일지?"

"내가 단거리 선수처럼 보여요?"

"도둑처럼 생기지도 않았어요. 하지만 이렇게 됐죠."

"아, 제발 좀." 샘은 상자를 내려놓았다. 손바닥으로 눈을 잠시 누르고 가슴을 짓누르는 당혹감에서 벗어나려고 애썼다. 다시 눈을 뜨자 여자가 노려보고 있었다.

그러나 잠시 후, 여자는 샘 곁에서 걷기 시작했다.

그렇게 한참을 걸었다. 샘은 튼튼한 구두가 고마웠지만 가족사진 액자가 잔뜩 든 상자가 무거워 자꾸 걸음을 멈춰야 했다. 팔도 허리도 아팠다. 미국 여자는 힘들이지 않고 성큼성큼 걸었다. 샘은 그여자가 자기 검정 구두를 신고 있는 것을 보고 깜짝 놀랐다. 앤드리아가 필요했다. 앤드리아의 얼굴을 보고 그 품에 안겨 세상에는 변치 않는 좋은 것도 있다는 사실을 느끼고 싶었다. 누군가는 자신이 나쁜 사람이 아니란 걸 알아준다는 사실을 느끼고 싶었다. 드디어 집에 다다른 뒤, 앤드리아의 파란색 닛산 마이크라가 서 있는 것을 보고 마음이 놓인 샘은 큰 소리로 흐느꼈다. 미국 여자가 놀란 표정으로 노려봤다.

"여기예요. 다 왔어요." 샘이 중얼거리며 캠핑카를 지나쳐 들어갔다. 필이 길가에서 플라스틱 보안경을 쓰고 요란하게 범퍼를 고치고 있었지만 아는 척도 안 했다.

샘은 문을 열었다. 복도에 상자를 내려놓고 반가워하는 개를 무시하고는 곧바로 위층으로 올라갔다. 그 여자가 집에 1분이라도 있는 게 싫었다. 침실 문을 밀어 열고 옷장으로 가서 검정 마크 제이콥스 가방을 꺼냈다. 손잡이를 어깨에 메고 아래층으로 내려갔다. 여자는 현관문 옆에 서서 팔짱을 끼고 필을 보고 있었다. 샘이 나타나자 여자는 고개를 들더니 곧바로 가방을 확인했다.

"드디어." 여자가 말하며 샘의 팔에서 가방을 당겼다. "전부 들어 있어요?"

"물론이죠." 샘이 말했다.

여자는 잠시 샘을 봤다. "확인할 거예요."

"그러세요." 샘은 부엌으로 들어갔다. 앤드리아가 새로 산 밝은 핑크색 페이즐리 무늬 스카프로 머리를 감싸고서 앉아 있었다. 샘을 보더니 앤드리아는 힘겹게 일어났다. "무슨 일이니?"

샘은 곧바로 앤드리아에게 안겨 목덜미에 머리를 파묻고 흐느꼈다. 그러는 와중에도 앤드리아가 얼마나 연약한지, 그녀의 어깨가 얼마나 앙상한지 느낀 샘은 더욱 슬퍼졌다.

"회사에서 잘렸어." 샘이 말했다. 앤드리아가 물러나더니 샘의 얼굴을 봤다.

"농담이지."

"사이먼이 날 잘랐어. 결국 잘렸어. 전부 다 바보 같은 착각 때문이야. 하지만 어째야 할지 모르겠어……. 필은 내게 말도 안 붙이는데, 알게 되면 뭐라고 할지 모르겠어."

앤드리아는 동정심에 인상을 찌푸리면서 샘의 머리칼을 쓰다듬었다. "우리가 해결하자. 걱정 마, 샘. 우리가 해결할 거야. 괜찮아."

그러다 미국 여자가 분노에 들끓는 모습으로 부엌으로 들어오는 것을 본 앤드리아는 놀라서 흠칫했다.

"내 구두는 대체 어쨌어요?"

샘이 돌아섰다. "네?"

"내 구두는 어디 있죠?"

"가방 안에 있어요. 아까 말했잖아요."

"누구시죠?" 갑자기 앤드리아가 연약해 보이지 않았다.

"이년한테서 구두를 도둑맞은 사람이에요." 미국 여자가 말했다.

"내 친구 집에서 그런 식으로 말하지 말아요. 좋게 말해요." 앤드리아의 목소리는 얼음처럼 차가웠다. 샘은 미국 여자가 한풀 꺾이는 것을 느꼈다.

"거기 있을 거예요." 샘이 눈물을 닦으며 말했다.

여자는 지퍼를 연 가방을 내밀었다. "그래요? 보여줄래요?"

샘은 눈을 깜빡였다. 구두가 사라졌다. 한 걸음 다가가 가방 바닥에 깔려 있던 티셔츠를 조심스레 꺼냈다. 그 말이 옳았다. 구두는 거기 없었다.

샘의 머릿속이 빙빙 돌았다. "이상하네. 계속 여기 있었는데."

필이 보안경을 벗으며 들어왔다. 그는 샘을 봤지만 미소 짓지 않았다. 그러다 미국 여자와 앤드리아를 보고 이상한 분위기를 감지한 것 같았다.

"안녕." 필이 미국 여자를 보면서 설명을 기다렸다.

"필? 빨간 구두 봤어? 이 가방 안에 있었는데."

필의 얼굴이 굳었다. "새 하이힐? 야한 거?"

"야한 거? 그건 크리스찬 루부탱이라고요." 미국 여자가 말했다. "그리고 내 거예요."

필이 샘을 봤다. "당신 구두가 아니었어?"

"응. 잠깐…… 그 구두를 어떻게 알았어?"

"캣이 당신이 신은 걸 봤다던데." 필이 고개를 들고 샘을 노려봤다. "당신이 애인 만날 때."

샘이 마주 봤다. 부엌 안이 조용해졌다. 그러자 샘은 필의 냉랭한 태도와 함께 있지 않으려 했던 행동을 납득할 수 있었다. 샘은 얼굴을 붉혔다. "애……애인 같은 거 없어."

"샘에겐 애인 따위 없어요. 필이 상대를 해주지 않아서 몇 달째 힘들어했죠. 말도 안 되는 소리 말아요, 필." 앤드리아가 샘을 봤다. 짧은 침묵과 함께 샘의 목덜미가 서서히 붉어지는 것을 알아차린 앤드리아는 두 사람을 번갈아 봤다. "어머, 이거 흥미롭네."

"난 구두 안 건드렸어." 필이 말했다. "아니, 건드렸다. 집에 두기 싫어서 캠핑카에 갖다 놨어. 하지만 캣이 어디 있냐고 물었어. 빌려 신고 싶었나 봐."

"아주 잘들 한다." 니샤가 말했다. "이제 내 구두를 이 사람 저 사람 번갈아 신고 있네. 아주 신났어."

샘은 계속 남편을 노려봤다. "나 바람 안 피워."

"그래?"

"그럼! 왜 그런 생각을 해?"

"음, 우선 당신은 변했어. 나랑 있는 시간이 없잖아."

"필, 당신은 몇 달 동안 소파에 들러붙어 있었어. 내가 살았는지 죽었는지 상관도 안 했잖아."

"그리고 얼굴이 벌게져서 땀을 흘리면서 퇴근했잖아."

"권투를 했어! 일주일에 세 번 권투를 했다고."

"권투? 그 하이힐을 신고? 장하네."

"뭐?"

"저기요? 본론으로 돌아가면 안 될까요? 이 여자가 누구랑 바람을 피우든 상관없어요. 내 구두나 내놔요."

샘이 니샤에게 말했다. "구둣값을 줄게요. 미안해요."

"돈은 필요 없어요! 이래도 못 알아듣겠어요? 그 구두가 필요하다니까요!"

앤드리아가 휴대전화를 꺼냈다. "그냥 캣에게 전화하면 안 될까?"

샘이 얼어붙어 있자 앤드리아가 캣에게 전화했다. 샘은 필에게서 눈을 떼지 못했다. 그는 시선을 피했다. 필이 샘의 말이 사실인지 궁리하면서 확신 없는 표정을 짓는 걸 보자 샘은 한 대 맞은 느낌이

들었다.

"여보세요, 캣. 잘 있니? 그래······ 다행이다. 있잖아, 집에 일이
좀 있는데, 물어볼 게 있어······ 엄마 옷장에 있던 빨간 구두 어디
있니?"

앤드리아가 침착하고 차분한 목소리로 묻고 캣의 대답을 듣는 동안
실내는 조용해졌다. "나도 알아, 캣. 오해가 좀 있었어. 그래서 그걸
어디다 뒀니? ······ 알아, 알지······ 그랬어? 메모할게······ 그래."

앤드리아는 더욱 차분한 목소리로 전화를 끊었다. "그래, 사랑해.
곧 만나자." 그리고 한숨을 내쉬더니 기다리는 사람들에게로 고개
를 돌렸다. "캣이······ 네가 바람을 피우는 줄 알고 그걸 신는 게 싫
었대. 게다가 그건 가부장제의 압박을 나타내는 불쾌한 상징이라서
집에 두기 싫었대."

"그래서요?" 미국 여자의 목소리가 다급했다.

"그래서 중고 물품 매장에 가져갔대요. 그 애 학교 근처에 있대요."

"내 구두를 '중고 물품 매장'에 가져갔다고?" 미국 여자가 양손을
들고 흔들었다. "아, 정말 미치겠네."

"언제?" 샘이 힘없이 물었다.

"어제 오후에. 자, 당황하지 말자. 지금 가면 도로 찾을 수 있을지
도 몰라."

26

샘과 그 친구가 말없이 차를 몰아 런던을 가로지르는 사이, 니샤는 조그만 차 뒷자리에 끼어 앉아 있었다. 앤드리아라는 친구는 두건과 잿빛 피부색으로 보아 중병을 앓는 모양이었지만 이상하게 명랑했다. "그 '바람' 이야기는 언제 할 거니?" 앤드리아가 샘에게 물었다.

샘은 니샤를 흘끔 보더니 "나중에"라고 대답했다.

"그래서 바람을 피우긴 한 거야? 대체 무슨……."

"바람피우진 않았어." 샘이 얼굴을 붉혔다. "누구랑 키스는 했을지 몰라도. 그것뿐이야."

"뭐라고, 샘? 나쁜 짓은 안 했다며."

"그건 그 전에 한 말이고."

"난 신경 쓰지 말아요." 니샤가 뒷자리에서 말했다. "런던 인구 절반이랑 놀아나도 상관없으니까."

하지만 정지신호 때 샘의 손이 앤드리아의 손을 살그머니 쥐는 것을 본 니샤는 그 다정함에 마음이 조금 누그러졌다. 레이를 학교에 데려다줄 때도 그렇게 했었다. 손을 잡는 작은 행동이 말보다 훨씬 더 많은 감정을 전했다.

니샤는 구두 때문에 화가 났었다. 샘이란 여자가 그걸 빌려 갔다고 생각한 것, 그 여자 딸이 중고 매장에 갖다준 것에 화가 났다. 하지만 차를 타고 런던의 정체된 도로를 지나고 있으니, 그렇게 맹목적인 분노를 계속 유지하기가 어려웠다. 샘이란 사람은 도둑처럼 보이지 않았다. 자기보호본능도, 충동적으로 거짓말하는 능력도 없는 사람이었다. 그녀는 그저, 슬퍼 보였다. 이런 생각 때문에 니샤는 마음이 불편했다.

어쩌면 실수일 수도 있었다. 그날 탈의실에서 다른 가방을 바닥에 밀어 떨어뜨린 기억이 어렴풋이 났다. 우연히 일어난 일일 수도 있었다. 그러나 니샤는 그 여자가 펍에서 그 구두를 신고 있던 CCTV 영상을 떠올렸다. 자신의 샤넬 재킷이 사무실 의자에 걸려 있던 것을 떠올린 니샤는 다시 마음이 굳어졌다. 사람들은 생김새와 별개로 별별 짓을 다 했다. 니샤는 누구보다 그 사실을 잘 알았다.

"여기인 것 같다." 앤드리아가 큰길에 차를 세우고 휴대전화를 보더니 창밖을 확인했다.

샘이 간판을 소리 내어 읽었다. "세계 고양이 재단."

"설마." 그제야 그곳이 어디인지 깨달은 니샤가 말했다.

"아뇨, 맞아요. 학교 바로 옆이라고 했어요."

니샤는 한숨을 쉬었다. 이놈의 도시에 수없이 많은 중고 매장 중에서 하필이면 이곳이라니.

"내가 갈게요." 샘이 기운 없이 차에서 내리며 말했다.

"오, 아뇨." 니샤가 내리려고 앞좌석을 밀며 말했다. "혼자서는 아무 데도 못 가요. 나도 가요."

샘이 문을 열자 히터를 과하게 켠 중고 매장의 퀴퀴한 냄새가 풍겨왔다. 니샤는 잠시 눈을 감고 곧바로 뒤돌아서 나가고 싶은 충동을 눌렀다. 숨을 한 번 쉬고 마음을 다잡은 니샤는 샘을 따라 매장 안으로 향했다. 구겨진 부츠가 먼지 가득한 선반에 처량하게 진열되어 있었고, 그 옆에 땀 난 발바닥으로 얼마나 신었는지 상표가 다 닳아서 보이지 않는 구두가 줄지어 있었다. 샘은 선반을 하나씩 살피며 고개를 저었다. "아직 꺼내놓지 않았을지도 몰라요." 샘이 말했다. "친구가 워킹의 암 연구소 후원 매장에서 일하는데, 가게에 꺼내놓기 전에 물건을 자루에 넣은 채로 몇 주씩 보관한다고 했어요. 그걸 뒤져야 할 수도 있어요."

"오늘 일이 점점 더 잘 풀리네." 니샤가 중얼거렸다.

그들은 가게를 돌아봤다. 니샤는 구석구석 살피며 매장 창가의 진열품(그걸 진열품이라고 부를 수 있을까?)을 확인했다. 짝이 안 맞는 신부 어머니 복장. 원수에게 던지기에도 민망한 그릇들. 도자기 고양이. 녹슨 양념통 세트. 구두는 어디에도 없었다. 니샤가 돌아보니 샘이 카운터에 서 있었다. 파란 머리 여자가 니샤를 지켜보고 있었다.

"안녕하세요…… 혹시 도움 좀 받을 수 있을까요?" 샘은 몹시 소심한 말투로 끝을 얼버무렸다. "죄송한데요. 이런 일이 자주 있겠죠? 딸이 구두를 한 켤레 가지고 왔는데, 사실 그 애가 여기 내놓을

수 있는 물건이 아니라서 도로 가져가야 하거든요. 혹시 도와주실
수 있는지…….."

니샤가 앞에 나섰다. "됐고요. 어제 들어온 구두 전부 보여줘요."

"그 전에 목욕 가운 돌려줄까요?" 파란 머리 여자가 슬쩍 비웃으
며 말했다.

니샤는 등을 좀 더 꼿꼿이 폈다. "구두만 있으면 돼요. 어디 있죠?"

여자가 콧방귀를 뀌었다. "어제 들어온 건 전부 내놨어요."

샘과 니샤가 시선을 교환했다.

"내놔요? 어디에? 빨간 크리스찬 루부탱이에요. 굽이 15센티 정
도 되는 하이힐. 하나밖에 없는 거예요."

"선반에서 찾아봐요."

"선반은 봤어요."

여자가 장부를 내려다봤다. "그럼 나간 거예요." 여자는 한 페이
지를 뒤로 넘겨 손으로 쓴 목록을 훑었다. "아. 빨간색 크리스찬 볼
튼 구두. 오늘 아침에 팔았어요." 냉랭한 표정을 지은 여자가 의자
에 등을 기댔다.

니샤는 가슴이 철렁했다. "벌써 팔렸을 리 없어요."

"확실한가요?" 샘이 말했다.

"그걸 팔면 안 되죠. 내 구두가 꼭 있어야 한단 말이에요."

"팔린 물건에 대해 우린 책임이 없어요. 여기 들어오는 건 판매
허가를 받았다고 생각하죠." 여자는 무표정한 얼굴로 니샤를 보더
니 슬며시 미소를 지었다. "좋은 일을 위해서예요. 구두가 필요하면
저 뒤에서…….."

"세상에!" 니샤가 외치며 밖으로 걸어 나갔다.

샘이 잠시 후 따라 나와서 연신 사과했다. "어떻게든 해결해 볼게요." 그렇게 말하는 샘은 기운이 하나도 없었다. 니샤는 그나마 남아 있던 인내심조차 바닥났다.

"뭐, 이제 어쩔 거예요." 담뱃불을 붙인 니샤는 화난 표정으로 한 모금을 빨며 말했다. "당신 때문에 몇백만 달러를 날렸어요."

"그래도 찾을 수 있을지 몰라요." 풀 죽은 샘이 말했다.

"어떻게요? 이곳 가게 CCTV를 다 구해서 대체 누가 이 가게에 들어갔다 나왔는지 확인하고 싶어요? 저기 파란 머리 여자 목을 졸라서 어느 이름 없는 사람이 들어와 구두를 사 갔는지 불게 만들고 싶어요?"

"저기. 내…… 내가 구두 한 켤레 다시 사줄게요." 샘이 보도에 앉으며 말했다. "아니면 돈으로 줄게요. 얼마였어요?"

"다른 구두는 필요 없어." 니샤가 외쳤다. "문제는 그거예요. 그 구두가 필요하다고. 몇 번을 설명해야 알아듣겠어요?"

"이봐요!" 언제 쓰러져도 이상하지 않을 모습의 여자가 그렇게 호통을 치다니 참 대단했다고 니샤는 나중에 회상했다. 키가 152센티미터밖에 안 되는 앤드리아가 운전석에서 달려 나오더니 앙상한 손으로 니샤를 밀어 친구를 보호했다. 어찌나 세게 밀쳤는지, 앤드리아의 머리에서 두건이 벗겨지며 살짝 자란 솜털이 드러났다.

"샘한테 그런 식으로 말하지 말아요. 사고라고 했고, 사고였어요. 샘은 도와주려는데 그런 식으로 말하면 안 되죠."

니샤는 한 걸음 물러섰다. 앤드리아의 새파랗게 번득이는 눈이 위협적이었다. 두건을 고쳐 쓰는 동안에도 앤드리아는 니샤에게서 눈을 떼지 않았다. 니샤는 조금 물러서기로 했다.

"그 구두가 꼭 필요해서 그래요. 정말 중요해요. 남편이…… 전 남편이 멍청한 장난을 쳐서 그게 없으면 이혼 위자료를 못 받아요."

"뭐, 그건 샘의 잘못이 아니잖아요? 구두일 뿐인데. 알고 그런 것도 아니잖아요."

"기프트 에이드." 샘이 불쑥 말했다. 그리고 긴 잠에서 깨어난 사람처럼 느릿느릿 말을 이었다. "그 구두를 산 여자 말이야. 기프트 에이드 신청서를 썼을 거야. 대부분 그러잖아?"

"천잰데." 앤드리아가 활짝 웃으며 말했다. "가자!"

니샤는 무슨 영문인지 몰라도 두 사람을 따라서 가게로 다시 들어갔다. 샘은 카운터 뒤의 직원에게 그 구두가 정말 중요하며, 물건을 사는 사람들에게서 서류를 받아놓았을 테니 누가 가져갔는지 알려달라고 부탁했다.

"아마 기프트 에이드 서류를 썼겠죠." 샘이 기대에 찬 표정으로 말했다.

"왜죠?"

"그럼 구매한 사람 이름과 주소가 있을 테니까요. 보통은 이런 부탁을 드리진 않겠지만, 그 구두가 꼭 필요해서 그래요. 아주 소중한 물건이에요. 정말 중요한 일이에요."

잠시 침묵이 흘렀다. 니샤가 카운터로 조금 더 다가갔다. 여자가 샘과 니샤를 번갈아 보더니 다시 팔짱을 꼈다.

"그 정보는 줄 수 없어요." 여자가 말했다. "사생활 보호법 때문에." 여자는 니샤를 봤다. "게다가 당신이 누군지 알고. 살인자일 수도 있잖아요."

"내가 사람을 죽일 것 같아요?"

"정말로 대답이 궁금해요?" 여자가 말했다.

그때 가게에 있던 손님들이 니샤 쪽을 흘끔거렸다.

"좀 알려주세요, 네? 그러면 귀찮게 안 할게요. 참, 머리가 참 예쁘네요. 영국인 피부색에 잘 어울려요."

니샤의 말에 샘은 눈을 감았다.

"안 돼요." 여자가 말했다. "이런 식으로 행동하면……."

니샤가 대답하려는데, 가게 뒤쪽에서 쿵 소리와 놀란 비명이 들려왔다. 앤드리아가 남성용 바지 옷걸이를 붙잡고 쓰러졌다. 옷걸이 사이로 밝은 핑크색 두건과 흩어진 지그소 퍼즐, 근처에서 염려스러운 얼굴로 에워싸고 지켜보는 손님들이 겨우 보였다.

"어머, 앤드리아." 니샤가 공포에 질려 지켜봤다. 샘이 냅다 달려가 앤드리아를 조심스레 일으켜 앉혔다. 니샤와 눈이 마주치는 순간 앤드리아가 눈을 찡긋했다.

"잠깐!" 파란 머리 여자가 카운터에서 급하게 뛰어나왔다. "물러서요. 물러서. 나는 응급처치 자격증이 있어요." 여자가 카운터 밑에서 빨간 플라스틱 통을 꺼내 들고는 손님들이 모인 가게 안쪽으로 달려갔다. "회복 자세를 취하게 해요!" 니샤는 재빨리 책상 위로 엎드려 장부를 자기 쪽으로 돌리고 전날 들어온 물건 목록을 얼른 훑어 내려가다 발견했다. 빨강 악어가죽 크리스찬 볼튼 샌들. 그 옆에 파란 볼펜으로 적혀 있었다. 기프트 에이드: 리즈 프로비셔, 앨린 로드 14번지, SE1.

니샤가 장부에서 그 페이지를 찢어 주머니에 넣는 순간 앤드리아의 말소리가 들려왔다. "아니, 괜찮아요. 항암치료 때문에 힘이 없어서 이래요. 아뇨, 아뇨, 체온은 잴 필요 없어요. 물 좀 주시면 바로 괜찮아질 거예요. 정말 고마워요……."

앤드리아가 차 시동을 걸고 도로로 나설 때까지 여자 셋은 아무 말도 하지 않았다. 그들은 두 블록을 가로지른 뒤 신호등을 지났다. 그제야 니샤가 앞좌석 사이로 몸을 당겼다.

"저기, 두건 쓰신 분, 정말 괜찮아요?"

"괜찮고말고요." 앤드리아는 회전교차로에서 좌회전 방향지시등을 켜더니 웃었다. "9개월 만에 제일 재미있었네요. 내 연기력에 둘다 감동했죠?"

"오스카상 감이네요." 니샤가 말했다. "놀라서 기절하는 줄 알았네."

"아까 봤죠. 그 여자가 내 무릎에 석고붕대 감으려는 거! 그게 무슨 상관이라고."

"회복 자세로 있어야 해요." 샘이 가게 점원의 흉내를 냈다. "적어도 30분 동안은. 내 사촌이 구조대원이랑 결혼했다고요."

니샤는 웃음을 참을 수 없었다. "그래서 어디로 가는 거죠?" 이내 마음을 가라앉힌 니샤가 물었다. "앨린 로드가 어디예요?"

"모르죠." 앤드리아가 말했다. "그래도 가고 있어요."

*

앨린 로드 14번지는 70년대 초쯤에 지은 뒤 리모델링을 하지 않은 똑같은 주택 사이에 있었다. 주소를 얻고 들뜬 분위기는 자동차를 타고 가는 동안 가라앉았다. 샘은 집에서 일어난 일에 정신이 팔렸다. 조엘과 한 일이 외도에 해당할까? 분명 배신이기는 했다. 몰래 메시지를 주고받은 것? 함께 자동차에 앉아 있었던 것? 남편이 아닌 사람에게 키스한 것? 조엘의 입술을 떠올리니 좋아서인지 부끄러워서인지 얼굴이 뜨거워졌다. 딸이 봤다. 캣은 샘이 바람을 피웠다고 미워했다. 필이 거리를 두고 쳐다보던 얼굴이 자꾸 생각났다. 우울증이 그렇게 심할 때도 필이 그렇게 냉랭하게 바라본 적은 없었다. 집에 돌아가 나눌 대화를 생각하니 속이 쓰렸다. 샘은 표정을 감추지 못했다. 외도를 안 했다 하더라도, 그 이야기가 나오면 샘의 얼굴에는 죄책감이 또렷이 드러날 터였다.

"그럼 이제 어쩌지?" 앤드리아가 시동을 끄며 물었다.

"물론 쳐들어가야죠." 니샤가 말했다.

"남의 집에 그냥 쳐들어갈 순 없어요." 샘의 말이었다.

니샤가 생각해 봤다. 그 말이 옳았다. 저 집에 또 누가 있는지도 알 수 없었다. 그 여자가 안에 있는지도.

"문을 두드리고 이야기해 볼까요? 구두를 사겠다고?" 샘이 말했다.

"안 된다고 하면요? 그렇게 말하면 뭔가 있구나 싶을 거예요. 거래에 대해서 알긴 해요?"

"거래는 잘 알죠. 내 직업이 그건데."

"뭐, 거래를 잘한다면 적에게 소중한 걸 알리면 안 된다는 것도 알 텐데. 게다가 우린 돈도 없잖아요. 기분 나쁘게 듣진 말아요." 두 여자가 노려보자 니샤가 말했다. "하지만 당신들도 부자처럼 보이진 않아요. 그냥 들어가자니까요."

니샤는 앞쪽으로 다가가더니 건물 앞쪽을 살피며 입구를 찾았다. "그리고 구두가 어디 있는지 말할 때까지 여자를 괴롭혀요."

니샤는 달러세이브 매장에 서서 무슨 술을 코트 밑에 숨길지 궁리하던 어린아이 시절로 돌아가 있었다. 구두가 그 집에서 자신을 부르고 있었다. 잠재적인 위험을 예상하고 빠져나갈 핑계를 준비하는데 예전 기분이 떠올랐다. 니샤가 지켜보는 동안 붉은 고양이 한 마리가 집 바깥의 벽을 따라 걸어오더니 욕심이 넘치는 노란 눈으로 그들을 빤히 봤다.

"왼쪽 창문이 썩은 것 같네. 저기로 들어갈 수 있을 것 같아요."

샘이 자리에서 돌아앉아 니샤를 노려봤다. "왜 그러는 거예요?"

"왜 그러냐니, 무슨 소리죠?"

"여기 사는 사람은 고양이 보호 자선단체를 소중히 여기고 멋진 구두를, 합법적으로라고 덧붙이죠, 합법적으로 사서 기뻐하는 선량한 사람일 거예요. 그런데 무작정 들어가서 그 사람을 겁주고 도둑질하자뇨? 지금 진심이에요? 대체 어떻게 된 사람이죠?"

니샤는 창문을 내리고 샘의 짜증 나는, 불안해하는 얼굴을 보지 않아도 되도록 몸을 뒤로 기댔다. "그놈의 구두가 필요한 사람이죠."

그 순간, 현관문이 열리더니 집에서 여자 한 명이 나왔다. 대화가 뚝 끊어졌다. 그들은 차창 밖에 나타난 청록색 블라우스와 청바지 차림의 인물을 응시했다. 서른다섯쯤 되어 보이는 여자는 붉은 머리를 매만지고 외출 준비를 한 듯했다. 손에는 검정 쓰레기봉투를 들고 있었다.

니샤가 그 여자를 살폈다. "쓰레기 버리러 나오는데 내 구두를 신었어? 목을 그어버릴 거야."

"그렇게 끔찍한 소리 좀 그만하면 안 되나요?" 샘이 머리를 감싸 쥐었다.

앤드리아가 곧바로 휴대전화를 들더니 그 여자를 촬영하기 시작했다.

"뭐 해?" 샘이 물었다.

"글쎄. 뭐랄까…… 증거가 필요하지 않을까?" 요즘 앤드리아는 매사에 반사작용처럼 그렇게 했다. 확실하지 않으면, 촬영하라.

루부탱을 본 니샤는 가슴이 철렁했다. 샘이 옆에서 중얼거렸다. "저기, 저 사람이랑 대화하면서 상황을 설명하면 분명히……."

그들이 지켜보는 사이, 그 여자는 검정 쓰레기통을 열더니 쓰레기봉투를 넣었다. 정말 가깝다고 니샤는 생각했다. 예닐곱 걸음만 걸어가면 여자 앞에 설 수 있었다. 크라브 마가 동작으로 여자를 제압하고 구두를 빼앗아 몇 초 만에 차로 돌아올 수 있었다. 문을 열려고 손을 뻗으며 니샤는 숨을 멈췄다. 그 순간 그 여자는 머뭇거리더니 고양이에게 다가갔다. 여자는 고양이를 쓰다듬는 척하면서 길거리를 슬쩍 살피더니 고양이 목덜미를 잡아 갈색 쓰레기통에 던진 뒤 문을 쾅 닫았다. 그리고 다시 주위를 둘러본 뒤, 손을 털고 안으로 들어가 문을 잠갔다.

세 사람은 차에 앉은 채 입을 딱 벌리고 보기만 했다.

"이게 뭐야?" 니샤가 잠시 후 말했다.

"방금…… 저 여자가 고양이를 쓰레기통에 버린 거야?" 앤드리아가 차창 밖을 내다봤다.

"그랬어." 샘이 혼잣말처럼 중얼거렸다. "고양이를 쓰레기통에 넣었어."

니샤가 미처 뭐라 말하기도 전에 샘이 차에서 내렸다. 샘은 집이 있던 방향으로 몇 발자국 다가가더니 차 쪽을 봤다. 얼굴이 붉게 달아올라 있었다. "봤죠? 이게 바로 우리가 싸울 상대예요. 고양이는 그냥 착하게 살고 있었어요. 아마 조용한 삶을 살았겠죠. 그런데 어떤 몹쓸 인간이 다가와서 이유도 없이 모든 걸 망치기로 했어요. 고양이를 까닭도 없이 쓰레기통에 던졌다고요. 정말로 쓰레기가 가득한 쓰레기통에. 아무 상관 없다는 듯이."

샘은 누가 들을지도 모른다는 사실도 까맣게 잊고서 고함을 지르고 있었다. 고통스러운 얼굴로, 울먹이고 있었다. "저 고양이는 나쁜 짓도 안 했다고! 저 여자한테 아무 짓도 안 했다고! 아무 짓도! 그냥 고양이로 살고 있었던 것뿐인데. 그런데 저 여자는 고양이의 삶을 망치려고 했어! 왜 사람들은 저렇게까지 지독할까? 어째서 지독한 짓을 안 하고는 못 견디는 걸까?"

니샤가 앤드리아에게 물었다. "어…… 괜찮은 건가요?"

"아뇨, 나 안 괜찮아요!"

샘이 돌아서더니 쓰레기통을 향해 달려갔다. 니샤와 앤드리아가 놀라서 말없이 보는 사이, 샘은 양손을 쓰레기통에 넣었다. 더 아래쪽으로 내려가려고 두 발을 잠시 띄우고는 고양이를 들고 일어섰다. 고양이는 조금 화난 표정이었고, 국수 가닥으로 덮이긴 했지만 대체로 멀쩡했다. 샘은 고양이를 끌어안고 국수 가닥을 떼어낸 뒤 쓰다듬으며 뭐라고 중얼거렸다. 샘은 눈을 감고 떨리는 숨을 길게, 깊이 들이쉬었다. 잠시 후 눈을 뜬 샘이 고양이를 보도에 조심스레 내려놓았다. 고양이는 몸을 흔들고 앞발을 잠시 정리하고는 천천히 길을 따라서, 뒤도 안 돌아보고 걸어갔다.

"참 고양이답네." 니샤가 중얼거렸다.

"그런 거 같네요." 앤드리아가 말했다.

샘이 하늘을 올려다보고 바지에 손을 닦았다. 그리고 차로 돌아가서 눈물을 글썽이며 올라탔다. 잠시 침묵이 흐른 뒤 샘이 말했다.

"까짓것. 하고 싶은 대로 해요. 그 구두를 찾아요."

그들이 도착했을 때 재스민은 다림질 중이었다. 아무 말 없이 증기가 나는 다리미를 세워둔 재스민은 차를 끓이면서 니샤의 설명에 귀 기울였다. 샘은 낯선 사람의 부엌 구석에 서서 세탁물 더미와 깔끔한 싱크대를 살피며 앤드리아를 흘끔거렸다. 그렇게 명랑하고 활기찬 앤드리아는 몇 달 만이었다. 재스민은 차를 네 잔 준비했고, 그들은 거실로 가서 앉았다.

"다시 정리해 볼게요. 그 여자에게서 구두를 찾아야 한다는 거죠. 그 사람은 중고 매장에서 그 구두를 샀고. 실제로 잘못한 건 없는 사람이고."

"그 여자가 고양이를 쓰레기통에 버렸다니까요." 샘은 물러서지 않겠다는 표정이었다. 10대 여자아이의 눈이 휘둥그레졌다. 분위기가 이상한 것을 감지한 듯, 그 애는 여자들이 도착하자 문 쪽에 서 있었다. "고양이를 쓰레기통에 버렸다고요?"

앤드리아가 휴대전화를 들더니 그 영상을 보여줬다. 단 몇 초 만에 재스민의 얼굴에 서너 가지 표정이 스쳐 지나가더니 마지막으로 흥미롭다는 표정이 떠올랐다.

앤드리아는 고개를 저었다. "그레이스, 넌 숙제해라." 재스민의 말에 여자아이는 혀를 차더니 마지못해 들어갔다. 재스민이 샘과 앤드리아에게 물었다. "그런데 두 분은 누구세요? 이 일과 관련해서?"

"전 샘이라고 해요. 처음에 그 구두를 가져간 사람이에요. 착각해서." 샘은 그렇게 말하면서 니샤의 눈치를 봤다. 처음으로 니샤는 어이없다거나 못 믿겠다는 표정을 짓지 않았다.

"앤드리아라고 해요. 샘의 친구. 솔직히 뭐가 어떻게 돌아가는 건지 모르겠지만, 집에 있는 것보다는 훨씬 재미있네요."

재스민은 그 말이 충분히 이해된다는 표정이었다.

"정리하면, 강도 짓을 하거나 누굴 때려눕히지 않고 구두를 어떻게 찾아올지 방법을 찾고 있어요." 샘이 말했다.

"하지만 그런 방법도 배제하진 않겠어요." 니샤가 말했다.

"그 여자에게 구두를 달라고 말할 순 없어요?"

"쓰레기통에 고양이를 버린 여자라니까요." 샘이 그다지 똑똑하지 못한 사람에게 설명하듯 말했다.

재스민이 조금 경계하는 표정으로 끄덕였다. "그…… 렇군요."

"구두를 달라고 했는데 싫다고 하면 그걸로 끝이에요." 니샤가 몸을 당기며 말했다. "재스민? 펜트하우스에서 내 옷을 가지고 나왔을 때가 기억났어요. 재스민이 얼마나 빨리 그것들을 도로 갖다 놨는지. 그럼 혹시……."

재스민은 니샤를 보더니 반지를 낀 손으로 얼굴에서 머리칼을 치웠다. 입가가 살짝 올라가며 미소가 떠올랐다.

"왜 그래요?" 니샤가 말했다.

"니샤 캔터, 나한테 도움을 청하는 건가요?"

그때 처음으로 니샤의 얼굴이 누그러졌다. 니샤는 잠시 재스민을 똑바로 봤다. 얼굴에 묘한 표정이 떠올랐다. 백만 가지의 복잡한 감정이 솟아나는 것 같았다. 한참 만에 니샤가 말했다. "이럴 때 꼭 그걸 짚고 넘어가야겠어요?"

재스민은 믿을 수 없다는 표정을 지었다. "어…… 그렇다면요?"

그 모습을 지켜보던 앤드리아는 작은 커피 테이블에 잔을 내려놓고 두 손을 문질렀다. "합시다."

네 사람은 그날 밤 10시까지 작은 거실에 모여 이야기하고, 계획을 세우고, 웃어댔다. 계획을 세우는 사이사이에 경험담과 왁자한 웃음, 친근한 미소가 자주 껴들었다. 7시가 지나자 차는 와인으로 바뀌었다. 니샤가 가게로 달려가 간식과 한 달 전이라면 싱크대에 부어버리기도 아깝다고 여겼을 와인을 두 병 사 왔다. 술기운에 대담해진 니샤는 칼 이야기를 꺼냈고(원하는 양말이 없다고 분노를 터뜨린 이야기도 있었다) 세 사람이 동정하고 재미있어하는 모습을 보자, 전과 달리 아무렇지 않았다. 니샤는 공감의 뜻으로 팔을 쓰다듬는 손길이 좋았다. 복수 방법을 알려주는 농담에 웃음이 나왔다.

재스민이 칼의 바지에 가려움 가루를 넣은 이야기를 하자, 앤드리아는 기침을 하며 무릎 위로 와인을 뿜었다. 그녀는 그날 저녁 기운을 되찾은 것 같았다. 언성을 높이고 저속한 소리를 하다가 사람들이 지닌 동기에 관해 우스갯소리를 하고, 연약해 보이는 몸과는 어울리지 않게 행동했다. 니샤는 자신이 느끼는 낯선 감정이 존경심이라는 것을 깨달았다. 앤드리아는 영국인이 감정의 지뢰밭을 걸을 때 으레 그러듯이 자기 병을 우스갯소리처럼 거리를 두고 이야기했다. 짧은 침묵이 이어지다가, 재스민이 일어나 앤드리아를 얼싸안았다. 재스민이 한 말은 "저런……"뿐이었지만 앤드리아는 그 말이면 모든 의미가 통한다는 듯, 자신을 감싸안은 팔을 토닥였다.

우울하던 샘도 껍질 속에서 조금 나온 것 같았다. 언제든지 울음을 터뜨릴 것 같은 표정이 사라졌다. 샘은 이 모든 사태의 책임을 느끼는 것이 분명했다. 그녀는 대화하고 계획을 세우려 계속 노력했다. 9시가 되자 재스민은 다림질하는 걸 잊었다며 경악했다. 부업을 한다는 말에 앤드리아가 다 같이 하자고, 함께하면 금방이라고 했다. 나머지 의논은 재스민이 다림질하고, 샘과 니샤가 세탁물을 개어 포장하고, 앤드리아가 소파에 앉아 재스민의 커다란 반짇고리에서 꺼낸 바늘로 바짓단을 수선하는 동안 진행됐다. 그 일을 넘기는 것을 불안해했던 재스민은 완성된 바느질을 보고는 앤드리아를 끌어안으며 크게 감탄했다.

샘과 앤드리아가 돌아간 뒤, 니샤와 재스민은 창가에 서서 그들을 지켜봤다. 두 사람이 팔짱을 끼고 가는 뒷모습을 가로등의 주황색 불빛이 비췄다. 차에 다다르자, 앤드리아는 지친 듯 샘의 어깨에 머리를 기댔다. 샘은 앤드리아를 꼭 끌어당겼다. 샘과 샘의 슬픈 남편과 일자리가 어떻게 된 영문인지에 대해서는 아무도 말하지 않았다. 누구나 삶에서 잠시 휴식을 취해야 할 때가 있는 법이니까.

"저 사람들 마음에 들어요. 또 모이면 좋겠네!" 재스민이 말했다.

니샤가 말했다. "진담은 아니겠죠?"

반쯤 농담으로 한 말이었다. 하지만 재스민은 니샤의 팔을 잡았다. "니샤. 가끔은 긴장을 풀어도 되는 거, 알죠?"

니샤는 삐딱하지 않은 미소를 지어 보이고 자러 갔다.

샘이 귀가했을 때 필은 자고 있었다. 샘은 살그머니 어두운 침실로 들어가 구석 의자에 옷가지를 벗어놓았다. 그리고 그를 깨우지 않도록 조심하며 침대에 누웠다. 무슨 말을 해야 할지 알 수 없었다. 그가 다시 캠핑카에 숨어 있지 않아서 다행이다 싶긴 했다.

샘은 이불 밑으로 들어가 좁은 길을 달리는 자동차 소리, 멀리서 들려오는 개 짖는 소리를 들으며 그 이상한 저녁 시간, 자신이 발을 들이게 된 이 이상한 신세계를 곱씹었다.

"난 아직 그 이야기 할 준비가 안 됐어." 필이 어둠 속에서 말했다.

샘이 눈을 깜빡였다. "알았어."

샘은 남편을 만지려고 손을 뻗었지만 도중에 머뭇거리다가 손을 거두었다. 그리고 오지 않을 잠을 기다리면서 어둠 속을 응시했다.

27

샘은 니샤와 현관문으로 다가갔다. 샘은 가장 좋은 출근용 정장, 한참 만에 다시 맞는 옷을 입고 있었다. 샤넬 재킷을 입은 니샤는 샘이 볼 때마다 괜히 먼지를 터는 척했다. 길 건너편, 자동차가 세 대쯤 떨어진 곳에 재스민과 앤드리아가 닛산 마이크라를 타고 있었다. 멀리 떨어져 있었지만, 샘은 그들의 시선을 느낄 수 있었다. 샘은 심호흡하면서 그 일을 해낼 수 있을지 몰라 가슴에 차오르는 두려움을 억눌렀다. 샘은 거짓말하는 재주가 없었다. 하지만 쓰레기통과 살짝 흔들리는 뚜껑을 보니 결심이 굳어졌다.

니샤가 샘에게 고개를 끄덕였다. 샘이 문을 두드렸다.

30초 가까이 기다리고 나서야 한 남자가 문을 열었다. 목이 머리만큼 굵은 남자는 달리기하러 나가는 사람처럼 모자 달린 점퍼와 운동복 바지를 입고 있었다. 하지만 달리기를 자주 하는 사람의 몸집은 아니었다. 그는 두 사람을, 샘이 들고 있는 서류철을 쓱 보고 말했다. "우린 종교 없어요." 남자는 문을 닫으려고 했다.

"찾는 사람이 있는데요⋯⋯." 샘이 서류철을 훑어보며 말했다.

"······리즈 프로비셔 씨? 계신가요?"

"누구시죠?"

"세계 고양이 재단에서 나왔어요." 니샤가 매끄럽게 말했다.

"후원금은 다 냈어요." 남자가 다시 문을 닫으려고 했다.

하지만 니샤의 발이 이미 가로막은 뒤였다. "뭘 내시란 건 아니에요. 사실, 부인께······ 프로비셔 씨 맞죠? 상품 당첨을 알리러 왔답니다."

남자는 경계하는 표정을 지었다.

"무슨 상품이요?"

"부인께서 최근에 세계 고양이 재단에서 물건을 사셨는데, 그곳의 백만 번째 고객이셨어요. 그래서 상품을 드리러 왔어요!"

"돈을 내는 건가요?"

"전혀요." 샘이 미소를 지으며 말했다. "상품만 받으시면 됩니다."

"뭔데요?"

"부인이 안에 계신가요, 선생님? 물건······ 구두를 사신 분께 말씀드려야 하는 사안이라서요. 구두였죠."

남자는 그들을 다시 잠시 보더니 복도를 향해 돌아섰다. "리즈?"

그가 다시 부르자 복도 안쪽에서 목소리가 들려왔다. "응?"

"누가 찾아왔어. 당신이 상품을 받게 됐다는데."

잠시 침묵이 흐르는 사이, 니샤와 샘은 남자에게 미소를 지었다. 남자의 표정이 점점 불편해지자, 너무 밝게 웃었던 모양이라고 샘은 생각했다. 그들이 어색하게 기다리고 있는 동안 리즈 프로비셔가 나왔다. 딱 붙는 청바지와 티셔츠, 털 슬리퍼 차림이었다. 니샤는 리즈의 발을 보고 다행이라 여기는 듯했다. 리즈가 문 앞에 다가 오더니 남편 바로 뒤에 섰다.

"리즈 프로비셔 씨 되시나요?" 샘이 명랑하게 말했다.

"그런데요?"

"세계 고양이 재단의 백만 번째 고객으로서 런던의 최고급 벤틀리 호텔 하루 숙박권을 얻으신 것을 축하드립니다."

리즈 프로비셔는 이맛살을 찌푸리며 둘을 번갈아 봤다. "네? 정말요?"

"돈은 안 내도 된대." 남편이 말했다.

"상품이 뭐라고 했죠?"

샘은 얼굴에 미소를 딱 붙이고 설명했다. 이번 일요일, 리즈와 동반 1인("아마 이 멋진 남자분이겠죠? 하-하-하-하")은 재단의 손님 자격으로 호텔 이그제큐티브룸에 묵게 됐다고. 그러면서 5성급 벤틀리 호텔은 최고급 서비스와 시설로 셀럽 사이에서 정평이 난 곳이라고 말했다.

"이번 주에 세계 고양이 재단에서 구두를 사셨죠, 프로비셔 씨?"

"네, 그랬어요."

"그런 말 안 했잖아." 남자가 말했다.

"사는 것마다 보고할 필요는 없잖아."

"고양이를 좋아하지도 않으면서."

"자선사업을 위한 거였어." 리즈 프로비셔가 서류철 너머로 샘을 봤다. "그럼 어떻게 해야 하죠?"

"아무것도 안 하셔도 됩니다." 니샤가 미소를 지으며 말했다. "오시기만 하면 돼요! 참, 잠시만요……. 홍보용 사진을 찍어야 하니 매장에서 구매하신 구두를 가져오시라는 요청이 있군요. 그 사진을 인스타그램 등에 올릴 겁니다. 가능하실까요?"

"홍보용 사진이요?" 유명해질 거라는 말에 리즈 프로비셔의 얼굴이 환해졌다. "인스타그램 좀 볼 수 있을까요?"

"사실 오늘은 점검 중이랍니다. 전부 백만 번째 고객 상품 준비로 바빠서요." 니샤가 재빨리 말했다. "하지만…… 네, 여기 화면을 캡처한 사진이 있네요." 니샤는 앤드리아가 전날 만들어놓은 가짜 인스타그램 페이지를 내보였다.

두 사람이 그것을 봤다. "그…… 그거야 할 수 있어요. 할 수 있지, 대런?"

"일요일엔 엄마 집에 갈 건데."

"음, 당신 엄마 집에 갔다가 가면 되잖아."

"저녁 먹으러 간다고 했는데."

"점심에 간다고 말씀드리면 되지." 리즈 프로비셔는 샘에게 미소를 지었다. "꼭 이번 일요일이어야 하나요?"

"그렇습니다." 샘이 말했다. "이 호텔 예약이 워낙 어려워서 이 룸은 일요일 밤에만 구할 수 있었어요……." 샘이 잠시 멈추더니 서류철을 봤다. "……안 되시면 리스트의 다음 고객에게 드려야 되겠네요."

"아, 아뇨. 우리가 갈 수 있어요." 리즈 프로비셔가 반대하는 남편을 팔꿈치로 찌르며 말했다.

"잘됐네요! 3시 이후 언제든지 도착하시고 나서 체크인하시면,

직원이 사진 촬영 시간을 의논드릴 겁니다."

"헤어와 메이크업도 있나요?" 리즈가 물었다.

니샤가 어이없다는 표정을 짓는 것을 보고 샘이 나섰다. "확실하진 않지만, 확인해 보겠습니다. 어쨌든 사진 찍을 준비를 하고 오시는 편이 좋을 거예요. 로비에서 누굴 만날지 알 수 없는 곳이니까요." 샘이 능청스럽게 말했다. "파파라치 말이에요! 그들이 얼마나 지독한지 아시잖아요."

지독하다고, 모두 맞장구쳤다. 지독하고말고.

"감사합니다!" 샘이 말했다. "그럼 일요일에 뵙겠습니다! 이건 호텔 명함입니다. 안내 데스크에서 이 사람을 찾으세요. 그때 뵙겠습니다. 축하드려요!"

"구두 잊지 마세요!" 니샤가 외쳤다.

"알겠어요!" 리즈 프로비셔는 남편이 문을 닫을 때까지도 명함을 보고 있었다.

둘은 도로로 걸어 나갔다. 샘은 저도 모르게 한숨을 푹 내쉬었다.

니샤는 뒤를 흘끔거리더니 조용히 말했다. "잘했어요."

샘은 너무 긴장한 나머지 대답도 못 했다. 들어갈 때보다 나올 때 시간이 두 배는 더 걸리는 느낌이었다. 재스민과 앤드리아가 차에 앉아 기대하는 표정이 창문을 통해서도 보였다. 샘은 문득 뒷걸음을 치더니 쓰레기통을 열고 안을 들여다봤다. 뚜껑을 덮고는 자신을 빤히 보는 셋을 향해 말했다.

"뭐? 그냥 확인해 본 건데."

니샤와 알렉스는 일주일에 세 번쯤 버스 정류장까지 함께 걸어갔다. 근무시간이 우연히 함께 끝나기도 했고, 직원 휴게실 앞에서 마주치기도 했다. 그들은 한 정거장을, 그리고 두 정거장, 세 정거장을 더 걸어갔다. 두 사람은 암묵적으로 합의를 했기에 부슬부슬 내리는 우중충한 비나, 진흙탕이 된 템스강을 따라 끊임없이 이어지는 차량 행렬에도 아랑곳하지 않고 대화를 이어나갈 수 있었다. 이따금 알렉스는 니샤에게 이런저런 것을 가리켰다. 오래된 영국 보안국 건물, 가로등을 장식한 물고기 모양의 가고일, 수면 위로 머리를 살짝 내민 물개. 니샤는 그것들이 기묘하게 환상적이라고 느꼈다. 이 지독한 도시가 알렉스의 눈에는 그렇게 칙칙해 보이지 않는 모양이었다. 니샤는 온종일 그 시간을 기다리게 됐다.

"예전엔 친구가 많지 않았던 모양이군요."

보통 때라면 이 말을 비난으로 여겼을 니샤는 잠시 생각해 보고 이렇게 대답했다. "그래요. 다른 여자는 별로 좋아하지 않았어요. 하지만 이 친구들은…… 괜찮아요." 니샤는 그런 말을 했다는 걸 믿을 수 없다는 표정으로 고개를 저었다. "내 구두를 가져간 사람도."

알렉스는 지난 이틀간의 이야기를 듣다가 앤드리아가 가게 안에서 쓰러진 척한 대목과, 루부탱을 사 간 여자가 허영심을 드러내는 부분에서 웃음을 터뜨렸다. "재스민은 좋은 사람입니다. 힘든 시절을 겪었죠. 하지만 마음씨가 좋습니다. 늘 남을 돕거든요."

"맞아요. 나도 도와줬어요."

그 말투에 알렉스는 니샤를 슬쩍 봤다. 옷깃을 세운 그는 털모자를 귀까지 눌러쓰고 있었다. 모자가 작은 빗방울로 반짝였다. 주방의 불빛에서 벗어나니 피부가 덜 창백해 보였다. 갈색 곱슬머리를 이마 위로 넘기고 있었다. "왜 그렇게 불편해합니까? 남의 도움을 받는 것에?"

"글쎄요." 니샤는 콧잔등을 문질렀다. "동정이 싫어요. 그리고 난 갚을 능력이 없는데 남이 도와주는 게 좀 힘들어요." 니샤는 자전거를 타는 사람을 피하려고 살짝 옆으로 비켜섰다. "다른 친구와의 사이는 대부분…… 거래 관계였던 것 같아요. 내가 이 모임에 들어가면, 너는 나를 이 리스트에 올려주고. 네 남편과 내 남편이 만나게 해주고. 코모호나 칼라바사스에 있는 너네 멋진 저택으로 휴가 때 초대해 주고. 나는 네게서 비싼 옷을 사고. 너는 나를 멋지게 꾸며주고 내 남편이 못 가는 행사에 나를 데려가 주고."

"그건 친구 사이가 아니죠."

"하지만 생각해 보면 모든 게 거래 아닌가요?" 니샤가 물었다. "대부분의 결혼은, 결국 '내가 널 돌봐주고 애를 낳아주면 너는 나를 재정적으로 지원해 준다'잖아요? '내가 예쁘게 꾸미고 섹스를 많이 해줄 테니 너는 딴 사람에게 눈길 주지 마'라든가?"

알렉스가 돌아섰다. "결혼을 그렇게 보는 겁니까?"

니샤는 살짝 더듬었다. "음…… 모든 게 그 변주 아닌가요? 모든 인간관계는 어떤 면에서는 거래예요."

그때 줄리애나가 떠올랐다. 거래 관계가 아니었던 친구. 알렉스는 눈썹을 치켜떴지만 아무 말도 하지 않았다. 잠시 후 니샤가 입을 열었다.

"그러니까, 친구 사이도 마찬가지죠. 넌 내 고민을 들어주고, 난

네 고민을 들어주고. 네가 의리를 지키고 날 기분 좋게 해주면 나도 의리를 지키고 널 기분 좋게 해주고. 보기 좋을 뿐, 그것도 일종의 거래잖아요?"

알렉스는 설득된 것 같지 않았다. "진정한 따스함은요? 애정은? 타인을 소중히 여기기 때문에 해주고 싶은 마음이라든가?"

"음, 그것도요. 물론이죠. 그러니까…… 내가 말을 잘못했나 봐요." 니샤는 드러내기 싫은 것을 밝힌 것처럼 어색했다. 곤경에 빠진 느낌이었다.

알렉스는 교차로에 멈춰 섰다. 니샤는 그의 시선을 느끼고 정면만 응시했다. 그가 비난할 거라고, 자신이 인간관계를 보는 방식에 대해 뭐라 할 거라고 생각했다. 하지만 신호가 바뀌자 알렉스는 이렇게 말했다. "오늘은 좀 달라 보이는군요."

니샤의 손이 머리로 갔다. "으. 알아요. 머리를 잘라야 하고, 마스카라만 발라서……."

"아뇨. 당신은 화장할 필요가 없습니다. 더…… 아름다워요. 더 행복해 보이고."

니샤는 입고 있던 재킷을 한 번 보고 살짝 발끈했다. "이유를 모르겠네요. 지금은 가진 게 하나도 없는데."

"자존감을 가졌잖습니까. 친구도 있고. 날마다 일을 열심히 하고 만족하죠. 자기 삶의 주도권을 가진 거죠. 그건 작은 게 아닙니다."

"카드 문구 같은 소리는 언제 그만둘 셈이죠?"

알렉스가 씩 웃었다. "그럴 생각 없습니다."

니샤는 말없이 성큼성큼 걷다가 작은 목소리로 말했다. "아들이 없잖아요."

알렉스가 걸음을 멈췄다.

"솔직히…… 15분쯤 행복하다가도 아들이 없단 게 기억나요. 그 애는 너무 오래 혼자 있었어요. 그 애 아빠…… 그 애 아빠는 그 애가……." 니샤는 입을 다물고 숨을 들이쉬었다. "문제는, 내 아들 레이에겐 심리적인 문제가 있다는 거예요. 아마 부모에게서 떨어져서 지낸 시간이 너무 길었기 때문일 거예요."

니샤가 양옆을 흘끔거렸다. 알렉스는 고개를 옆으로 기울이고 경청하고 있었다. "레이는 사실…… 아주 좋은 아이예요. 정말로. 당신이 그 애를 만나면 이해할 거예요. 똑똑하고, 재미있고, 멋지고, 친절해요. 그 애는 내가 모르는 것도 많이 알아요. 남에게 잘해주고 사람을 이해하죠. 하지만 그 애 아빠는 레이의 감수성을, 뭐랄까, 그 애의 성적 지향을 부정적인 걸로 봐요. 칼은 원시인 같아요. 남자는 강한 마초, 이성애자여야 한다고 믿는 사람이죠. 레이를 데리고 다니지 않았어요. 지난 2년 동안 한 번도. 전에…… 일이 좀 있었거든요. 레이가 사귀던 아이랑 힘들게 헤어지고는…… 첫사랑이었으니, 알 만하죠? ……지난번 학교에서 괴롭힘을 당했는데, 그 일과 그 애가 아빠와 겪는 온갖 문제가 한꺼번에 터졌어요. 아무 일이 없어도 열다섯 살에는 힘들잖아요? 하지만 레이는 완전히 바닥을 쳤어요. 그게 칼에게는 결정타였던 거죠. 칼은 그걸 약점으로 봤어요. 그는 약점을 용납하지 못하죠."

니샤는 몇 달이 지났는데도 그것, 그 사건을 여전히 말할 수 없었다. 칼은 그 일을 언급하는 것 자체를 금지시켰다. 구급차와 위세

척. 남편이 모든 날카로운 물건과 약품을 금지한 것. 니샤는 말하면 서도 알렉스의 얼굴을 볼 수 없었다. 목구멍을 커다란 덩어리가 막 는 것 같은데도 말이 쏟아지듯 계속 나왔다. 니샤는 비가 내리는 것 도, 날씨가 추워진 것도, 꽉 막힌 도로에서 차들이 매연을 뿜어내는 것도 모르고 있었다. 평생 처음으로 니샤는 말을 멈출 수가 없었다. 정신을 차리고 보니 알렉스가 손을 잡고 있었다.

"두려웠어요. 정말 겁이 났어요. 그리고 레이는 시설로 들어갔 어요. 문제 있는 아이들이 가는 학교, 알아요? 아주 좋은 곳이었어 요. 정신과 의사와 전문의, 그런 아이를 돕는 활동이 많은 시설이었 어요. 강력 추천하는 곳이죠. 굉장히 비쌌고. 5번가에 사는 애들 절 반은 그곳에 다녔어요. 아이들 가족은 아니라고 하지만 다들 수군 대는 곳이죠. 그런데 난 그 애를 혼자 두고 싶지 않았어요. 정말로. 그 애에게 최선이지 않을까 싶어서 동의한 것뿐이죠. 내가 부모 노 릇에 대해 뭘 알겠어요? 엉망진창인 집안에서 태어났는데. 난 친구 도 사귈 줄 몰라요. 그 애가 거기 가면 날마다 칼의 무시와 변덕을 겪지 않아도 될 거라고 여겼어요. 차츰 칼의 마음을 바꾼 다음 함께 지내면서 우리 아들이 얼마나 좋은 아이인지 알리겠다고 생각했죠. 하지만 아이를 보낸 뒤로 칼은 레이 이야기는 꺼내지도 않았어요. 입에도 올리지 않았죠. 레이가 계속 게이로 살겠다고 하니, 칼에게 아들은 죽은 셈이었어요. 그리고 사는 게 정말 복잡해져서, 정작 중 요한 걸 제대로 보지 못했던 것 같아요. 너무 바빴죠. 이곳저곳을 돌아다니면서 칼과의 사이를 유지하느라 힘들었으니까요.

지나가면 괜찮을 줄 알았거든요? 중년의 위기, 그런 건 줄 알았죠. 결혼 생활이 깨지는 걸 너무 많이 봐서 그 사람 옆에 딱 붙어서 이겨나가야 한다고 생각했어요. 그래야 레이에게 안정감을 줄 수 있다고요. 그래야…… 레이에게…… 안정감을 줄 수 있다고 생각했어요."

조잘거리는 어린 학생들이 줄지어 지나가고 선생님이 빨간 막대를 높이 들고 가는 모습에 니샤는 걸음을 멈췄다. 그들이 길을 건너는 모습을 지켜보던 니샤는 고개를 살짝 저었다.

"그런데요, 그렇지 않았어요. 나만의 생각이었죠. 이제 아주 정떨어지는 소리를 할 거예요. 정말 정떨어지는 소리를. 이 이야기를 듣고 나면 나랑 만나고 싶지 않을 거예요."

그 말에, 알렉스는 잡고 있던 니샤의 손을 양손으로 감쌌다.

"솔직히 말하면, 그런 삶이 멈추지 않기를 원했던 것 같아요. 레이의 문제가 그냥 사라지길 바랐어요. 내가 감당할 수 없을 것 같았죠. 내가 일군 삶을 살고 싶었어요. 이미 너무 많은 대가를 치렀으니까요. 칼을 잃어버리면 처음으로 돌아가게 될 것 같아서 두려웠어요. 다시 그 처량하고 힘없던 시절로 돌아갈까 봐. 그래서 그들이 내 가족을 고쳐주길 바랐어요. 레이를 고쳐주길.

아이에게 매일 전화를 걸어요. 빠짐없이 걸어요. 하지만 이제 확실히 알겠어요. 고쳐야 할 상대는 칼이란 걸. 그리고 레이에게 정말 필요한 건…… 나뿐이란 걸. 그 애한테 나만 있으면 된다는 걸 알고 나니 정말 미안해요. 그런데 이제는 이 모든 상황 때문에, 그 애한테 갈 수조차 없어요."

알렉스는 부드러운 눈빛으로 니샤를 보고 있었다. "참 몹쓸 엄마죠?"

알렉스는 고개를 저었다.

'날 껴안기만 해봐요.' 니샤가 생각했다. '느글거리는, 동정하는 말을 하거나 카드 문구 같은 말을 하기만 해봐요.' 니샤는 이미 자신의 약점을 드러낸 것이 불편해졌다. 슬금슬금 다가오는 그에게서 튀어 나가고 싶은 충동을 느끼고 있었다.

하지만 그는 끌어안지 않았다. 달콤하거나 들척지근한 말을 하지도 않았다. 알렉스는 한 손으로 니샤의 손을 잡고 걷기 시작하며, 이렇게 말할 뿐이었다. "아들과 합치게 될 겁니다. 곧."

"그럴까요?"

"그럼요. 난……." 알렉스는 무슨 말을 할지 고민하는 듯 미간을 찌푸렸다. "…… 당신처럼 장애물을 두려워하지 않는 사람은 본 적이 없습니다. 곧 아들을 되찾게 될 겁니다. 그리고 레이는 당신이 어머니라니 참 행복할 겁니다."

마지막 말에 니샤는 눈시울이 뜨거워졌다. "왜 이렇게 잘해주는 거죠?" 니샤가 도로 가운데 멈춰 섰다. "다시는 키스하지 않을 거예요."

"내가 당신에게 키스하려고 잘해줄 것 같습니까? 난…… 뭐라고 했죠? 거래 관계는 맺지 않아요."

알렉스는 어깨를 으쓱이고 고개를 살짝 젖혔다. "키스하고 싶으면 그냥 하지."

그는 니샤의 손을 놓았다. 니샤는 한동안 달리는 자동차 사이 도로 중간에 서 있었다. 그러나 어떤 말도 떠오르지 않았다.

28

잠이 안 오는 것은 충분히 예상한 일이었다. 샘은 6시에 침침한 눈으로 살짝 메스꺼움을 느끼며 일어났다. 더 이상 남편이 아닐지도 모르는 남편을 두고, 없어진 직장에 입고 다니던 옷은 무시하고서 운동화를 신은 채 권투 체육관으로 향했다. 그 시각에는 진지한 운동 중독자들이 펀치를 날리는 소리만이 빈 실내에 울리고 있었다. 구석에서 라디오가 웅얼거리듯 흘러나오지만 아무도 귀 기울이지 않았다. 샘은 낡아빠진 러닝머신에서 다리가 아프고 숨이 가빠지도록 준비운동을 했다. 그리고 시드가 가르쳐준 대로 웨이트트레이닝을 하면서 근육을 움직이고 젖산이 흐를 때까지 덤벨의 무게를 버텨냈다. 샘은 구석으로 가서 손에 붕대를 감았다. 그 위에 구겨지고 시큼한 냄새가 나는 권투 글러브를 낀 뒤 벨크로를 치아로 물어쥐고는 샌드백에 다가갔다.

샌드백은 너무 멀리 흔들리지 않도록 바닥에 고정되어 있었고 원투, 원 투 펀치를 시작하자 몸이 달아오르고 코어근육에 힘이 들어가는 것이 느껴졌다. 남자 한 명이 흘끔 보더니 돌아섰다. 샘은 그 표정을 알았다. 여자가 왜 이런 곳에 왔냐고 무시하는 시선, 성적으로 매력이 없는 여자를 보는 멍한 눈빛. 샘은 그의 뒤통수를 잠시 보다가 세게 펀치를 날렸다. 그 충격이 날갯죽지까지 전해졌다. 기분이 좋았다. 다시 강한 펀치를 정확하게 날리던 샘은 문득 사이먼의 얼굴과 상체를 떠올렸다. 갈라진 붉은 가죽에 주먹이 닿는 순간, 샘은 더 세게 주먹을 날렸다. 어깨와 발이 당겼다. 원 투. 샘은 잽과 크로스를 날리면서 힘이 들어 얼굴을 일그러뜨렸다. 눈으로 흘러든 땀을 팔뚝으로 닦아내면서 헉헉거렸다. 누가 보든지, 누가 서툴다고 여기든지 상관하지 않았다. 샘은 자신의 상냥한 성격을 이용한 사람, 자신을 깔본 사람, 자신을 비웃고 무시한 사람 모두에게 주먹을 날렸다. 자신을 실직자로 만든 운명의 여신들에게, 딸의 경멸에, 결혼 생활의 파탄에 주먹을 날리는 동안 펀치는 더욱 강해졌다. 어머니가 남긴 세 개의 수동 공격형 메시지에, 아버지가 아프간 난민을 위해 두 번째 빈방을 직접 치우다가 쓰러져서 물건에 깔리면 어쩔 거냐고 한 마지막 메시지에 주먹을 날렸다. '넌 필의 감정을 무시하듯이 우리 감정도 무시하기로 한 모양이구나.'

샘은 미리엄 프라이스의 유령을 향해, 잘린 사람이 된 수치심을 향해, 더 이상 기대할 수 없어진 새 일자리를 향해 주먹을 날렸다. 미리엄에게 사이먼의 전화번호가 있다 해도, 샘이 해직당한 이유와 추천서를 얻지 못한다는 사실을 무시할 리는 없었다. 샘은 자신의 실패와 약점에, 피로와 슬픔에 주먹을 날렸다. 그리고 어깨가 아프고 심장이 터질 것 같으며 온몸의 근육이 그만하라고 애원하고 있다는 사실을 받아들였다. 마침내 온몸에서 힘이 빠져나갔을 때, 티셔츠와 스포츠브라가 땀에 흠뻑 젖었을 때, 샘은 글러브를 벗고 붕대를 풀어 바구니에 던졌다. 멍든 주먹을 보고 후련함을 느낀 샘은 샤워실로 향했다.

샘은 금요일 약속에 앤드리아를 데리고 갔다. 앤드리아는 함께 가자는 말에 순순히 따랐다. 샘은 차를 아직 고치지 못해서 캠핑카를 타고 갔다. 필이 며칠간 전력을 다한 결과, 캠핑카는 움직였다. 필에게 차 배터리를 갈아달라고 부탁하기 싫었다. 당분간은 필에게 아무것도 부탁하기 싫었다. 그의 냉랭한 시선도, 더 이상 샘의 삶과 관련된 일은 자신의 문제가 아니라는 듯 으쓱이는 어깨도 견딜 수 없었다.

둘은 거의 말없이 갔다. 샘이 좁은 거리에서 덩치 큰 캠핑카를 몰고 있어서 더 집중해야 하고, 주차할 때 신경도 곤두서 있기 때문만은 아니었다. 샘은 모든 것이 잘될 거라고, 앤드리아는 당연히 나아질 거라고 말하고 싶지 않았다. '넌 싸워낼 거야! 넌 이길 수 있어!' 중병에 걸린 사람에게 이런 식으로 말해서는 안 된다는 것을 샘은 일찍이 깨달았다. 장담할 수 없는 일임을 그 어느 때보다 잘 알았다.

앤드리아는 평소보다 창백했다. 안전띠를 매면서 손가락이 살짝 떨렸지만 샘은 그것이 끔찍한 일의 전조가 아니기를 바랐다. 몇 달 동안 샘은 앤드리아를 만날 때마다 얼굴을 살피며 체중이 더 빠졌는지, 동작이 더 힘들어졌는지, 불길한 징조가 있는지 확인했다.

샘이 병원 대기실에서 블랙커피를 마시며 잡지를 보지도 않고 넘기고 있는데 앤드리아의 이름이 불렸다. 앤드리아가 같이 들어가자고 손짓했다. 샘은 두렵기도 했지만, 혼자 이런저런 생각을 하면서 기다리지 않아도 되니 마음이 놓이기도 했다.

그들은 좁은 진료실에 앉아서 웃어볼 노력도 하지 않았다. 샘을 소개한 앤드리아는 손을 잡았다. 샘은 친구의 손을 꼭 잡고 자신이 가진 모든 애정을 전달하려고 노력했다. 다음 순간 어떤 일이 일어날 것인지, 삶이 어떻게 결정될 것인지 생각하지 않으려고 애썼다. 앤드리아를 치료한 싱 의사가 상담을 맡았다. 앤드리아가 진단받은 이후 그가 보여준 권위 있으면서 살짝 거리를 두는 태도는 수천 명의 생사를 담당한 사람다웠다. 멋진 콧수염을 기르고 흠 하나 없이 풀 먹여 다림질한 셔츠를 입은 싱 의사는 새끼손가락에 커다란 루비 반지를 끼고 있었다. 샘은 의자에 앉은 그가 앞에 놓인 검사 결과지를 꼼꼼히 살피는 모습을 지켜보며 무슨 말을 할까 추리했다.

"기분이 어떤가요?" 의사는 서류철을 덮고 의자에 기대며 말했다.

"조금 피곤한데, 괜찮아요." 앤드리아가 말했다. 샘이 친구를 슬쩍 봤다. 앤드리아는 두 다리를 상어에게 물려도 "조금 피곤한데, 괜찮아요"라고 말할 사람이었다.

"새로운 통증은 없나요?"

앤드리아가 끄덕였다.

"다행이군요. 잘됐어요."

어서 말해요. 샘이 소리 없이 재촉했다. 그의 얼굴에서 눈을 뗄 수 없었다. 긴장해서 토할 것 같았다.

의사는 턱을 살짝 내렸다. "음, 결과를 보니 깨끗한 것 같습니다. 수술은 잘됐어요. 그리고 림프 전이는 없어 보이는군요. 그게 걱정이었는데."

"무슨 말씀이세요?" 샘이 말했다.

"속단하고 싶진 않습니다. 하지만 아주 좋은 신호예요. 수술과 적절한 항암치료로 고무적인 결과를 낸 것 같습니다."

"고무적인 결과요?"

샘이 묻자 의사는 부드러운 표정으로 대답했다. "이건 완전무결한 과학이 아닙니다. 절대적인 결과를 말하기 힘들어요. 하지만 암은 잘 제거된 것 같고, 전이된 곳도 없는 듯합니다. 계속해서 관찰해야 하지만, 지금으로선 나올 수 있는 가장 좋은 결과입니다."

앤드리아가 조심스레 물었다. "그럼…… 진짜 없어진 거예요?"

싱 의사가 양손을 맞잡았다. 갑자기 루비 반지가 블라인드를 통해 들어온 햇빛에 반짝였다. "그런 것으로 보입니다."

"뭐…… 해야 할 일이 있나요?"

"당분간은 없어요. 치료는 끝났습니다. 앞으로 지켜봐야 합니다. 그리고 유방 재건 수술을 하고 싶을 수도 있죠. 하지만 지금은 기력을 차리고 일상생활로 돌아가는 데 집중하는 편이 좋겠습니다."

아무도 말이 없었다. 앤드리아는 긴장감과 안도감에 깊은 주름이 새겨진 얼굴로 샘을 바라봤다. 뺨에 눈물이 흘렀다. 둘은 일어났다. 샘이 저도 모르게 앤드리아를 꼭 껴안았다. 자신들에게 닥칠지도 모른다고 여겼던 일이 얼마나 두려웠는지 그제야 실감할 수 있었다. "세상에." 둘이 함께 말했다. "세상에, 다행이야, 감사합니다, 감사합니다."

"네가 죽을까 봐 정말 무서웠어." 샘이 앤드리아의 앙상한 어깨에 대고 흐느꼈다. "너 없이는 못 살아. 너 없이는 내가 뭐가 될지도 모르겠어. 그런 생각을 하는 게 바보 같고 이기적인 거 알아. 힘든 건 너인데 말이야."

"나 없으면 넌 진창에 빠져서 허우적거릴 거야." 앤드리아는 우는 동시에 웃으면서 샘을 끌어안았다. 샘은 앤드리아의 뜨거운 눈물을 느꼈다. "아무짝에도 쓸모없고."

"그럴 거야. 너 나한테 정말 너무했단 걸 알아둬. 정말 너무했어." 샘이 말했다.

앤드리아가 웃으면서 창백한 손으로 눈물을 닦았다. "정말 너무했지. 널 너무 힘들게 했어."

"솔직히 우리가 왜 친구인지도 모르겠어."

둘은 다시 울고 웃으며 서로를 끌어안았다. 그러다가 떨어져 옆에 앉아 있는 싱 의사를 봤다. 그는 계속 웃고 있었지만, 무슨 영문인지 알 수 없어 살짝 경계하는 표정을 짓고 있었다.

"사랑해요, 싱 선생님!" 앤드리아가 외쳤다. 두 사람 모두 의사를 얼싸안고 인사하며 놓아달라는 그의 부탁에 웃어댔다.

돌아오는 길에 생각에 너무 빠진 나머지 신호가 바뀌는 것도 보지 못했다. 샘과 앤드리아는 동네 카페의 흔들거리는 야외 테이블에 앉아 커피를 마셨다. 샘은 1년 만에 처음으로 친구의 모습을 보면서도 감기에 걸릴까 봐, 식욕이 없는 것이 전이를 의미할까 봐, 떠다니는 박테리아를 들이마시고 몸이 약해 쓰러질까 봐 염려하지 않을 수 있었다. 그들은 말없이 앉아서 끈적이는 빵을 먹고 계절답지 않게 따뜻한 햇볕을 즐겼다.

샘의 결혼 생활, 앤드리아의 재정 상태, 구두를 되찾는 일 따위는 전부 미뤄뒀다. 대신 빵과 커피가 맛있고 날씨가 따뜻해 행복하다면서 기뻐하기로 했다. 그날 앤드리아는 건강했고 다른 모든 일은 작고 사소했다. 샘이 기억하기에 최고의 커피였다.

그러다가 샘이 빨간불인데도 액셀을 밟았다. 성난 경적과 다른 운전자가 브레이크를 밟아서 내는 끼익 소리를 듣고서야 그 사실을 깨달았다.

"어머." 앤드리아가 안전띠를 붙잡고 말했다. "지금 날 죽이면 안 되지, 샘."

샘의 가슴이 두근거렸다. 그녀는 교차로에 서서 다른 운전자에게 사과의 뜻으로 한 손을 들었다.

"미안해." 방금 일어난 일의 충격에 온몸이 뜨거워졌다 차게 식는 것을 느끼며 샘이 말했다. "그냥…… 정신을……."

"하루는 건강하게 살려둘 수 있잖아."

그들은 겁에 질린 표정으로 웃었다.

그때 백미러를 통해 경광등이 보였다. "아이고, 못 살아."

샘은 캠핑카를 적당한 자리로 몰고 가서 어렵게 세웠다가, 경찰관이 주차도 위험하게 했다고 할까 봐 조금 더 후진했다. 백미러로 경찰차가 경광등을 번쩍이며 다가와 멈춰 서는 게 보였다. 경찰관이 내렸다. 창문에 햇빛이 반사되어 잘 보이지 않는 다른 경찰관은 조수석에 앉아 있었다.

여자 경찰관이 다가오자 샘은 창문을 내렸다. 50대의 땅딸한 경찰관은 천천히 확고한 발걸음으로 다가왔다. 그날 오전에만도 일흔 가지 별별 꼴을 다 봤으니 허튼수작 말라는 표정이었다.

"정말 죄송해요." 샘이 먼저 말했다. "제 실수였어요."

"적색 신호등에 그냥 지나오셨죠. 굉장히 큰 사고가 날 뻔했어요."

"알아요. 정말 죄송합니다."

경찰관이 앤드리아를 봤다. 숙련된 눈빛으로 샘과 차 안을 훑어 보더니 뒤로 살짝 물러나 옆에 그려진 커다란 해바라기를 봤다. "선생님 차인가요?"

"네." 샘이 말했다. "음. 저랑 남편 차예요."

"보험은 들었나요? 운행해도 되는 차인가요?"

"지난주에 들었어요." 필이 알려준 건 아니었다. 부엌 한쪽에 서류를 놔둔 것을 보고 알았다.

"브레이크는 작동하죠?"

"네."

"시력도 좋고요?"

"네…… 네."

"그럼 왜 빨간불에 그냥 달렸는지 설명해 주시겠어요?"

"변명의 여지가 없네요." 샘이 고개를 저으며 말했다. "여기 제 친구가 방금 암 치료를 끝냈고…… 결과가 걱정돼서 어젯밤에 잠을 못 자는 바람에. 아마 너무 기쁘고 조금 피곤해서 그런 것 같아요……. 잠시 집중력을 잃었어요."

경찰관이 앤드리아의 두건과 창백한 피부를 봤다.

"제 잘못도 있는 것 같네요." 앤드리아가 말했다. "제가 이야기를 너무 많이 했거든요. 늘 말이 많아요."

"있잖아요?" 샘이 말했다. "그냥 벌금을 낼게요. 당연히 내야죠. 제가 정신을 바짝 차렸어야 하는데. 딱지 떼어주세요."

경찰관이 이맛살을 찌푸렸다. "딱지를 떼어달라고 부탁하는 건가요?"

샘은 어떻게 되는지 알 수 없어서 두 손을 들고 경찰관을 똑바로 보면서 그렇게 말했다. "네."

아무도 말이 없자, 샘이 말했다. "있잖아요? 제 상관이 저를 쓸모없다고 생각해서 어제 직장을 잃었어요. 딸은 저랑 말도 안 해요. 남편은 제가 애인이 있다고 생각해서 헤어지자고 하고. 솔직히 애인이라도 있었음 싶네요. 그리고 아마 갱년기가 온 것 같아요. 갱년기가 아니라면 큰일이에요. 거의 매일 우니까요. 월경을 두 번 건너뛰었는데, 아침마다 일어날 때 가슴을 돌덩이가 누르는 기분이에요. 하지만 지금은 다 괜찮아요. 내 가장 친한 친구가 암을 이겨냈으니까요. 다른 건 다 상관없어요. 그냥 딱지 떼어주세요. 벌금 낼게요."

경찰관은 둘을 번갈아 봤다. 그리고 바닥을 잠시 내려다보더니 다시 고개를 들었다. "갱년기라고요?"

"그래도 안전하게 운전해요." 샘이 급히 덧붙였다. "아니, 대체로 안전하게 운전해요. 제 기록 보셔도 돼요. 그냥…… 요 며칠 좀 이상했어요."

경찰관은 샘을 빤히 봤다.

"죄송해요." 샘이 재차 말했다.

경찰관이 차창 쪽으로 다가왔다. "좀 있으면 자다가 땀이 날 거에요." 경찰관이 목소리를 낮췄다. "그건 진짜 괴롭죠."

샘이 눈을 깜빡였다.

"그리고 저 친구들은 도움이 안 돼요." 그녀는 고갯짓으로 순찰차를 가리키더니 물러나서 수첩을 주머니에 넣었다. "한 번 봐드리죠. 이번만이에요. 전방 주시 잘하세요, 알겠죠?"

"정말요?" 샘이 말했다.

경찰관은 이미 돌아서서 가고 있었다. 그러다 걸음을 멈추고 돌아서더니 허리를 낮추고 앤드리아에게 손을 흔들었다. "그리고 잘했어요. 그…… 암 말이에요." 그리고 덧붙였다. "다음번에는 택시 타고 귀가하세요."

경찰관은 천천히 순찰차로 돌아가면서 무전기에 대고 뭐라 중얼거렸다.

케빈이 복도 카펫에 똥을 싸놓았다. 샘이 현관문을 열자 녀석이 고개를 숙이고 절뚝이면서 다가와 사과하듯 눈의 흰자를 드러냈다. 필도 캣도 집에 없었다. 샘은 케빈에게 화를 낼 수 없었다. 집에 몇 시간이나 혼자 있었을지 모르니까. "괜찮아. 네 잘못이 아니야." 샘은 세제와 뜨거운 물을 챙기고 고무장갑을 꼈다.

샘이 엎드려서 카펫을 닦는데 캣이 들어왔다. 캣은 들어올지 나갈지 갈등하듯 문간에서 머뭇거렸다. 베이지색 카펫에 묻은 개똥을 치우는 엄마를 두고 나가기는 어려웠는지, 캣은 인사를 하고서 도와준다는 듯 문제의 자리를 살그머니 피해 지나갔다.

"아빠 있어?"

"아니." 샘은 이를 악물고 말했다. 좋은 카펫 샴푸가 떨어져 주방 세제를 쓰고 있었다. 샘은 뒤로 물러나 헛구역질하지 않으려고 고개를 돌렸다. 개가 실수하면 늘 샘이 치웠지만, 적응이 되지는 않았다. 언제부터 그 일이 자기 몫이 되었는지 궁금했다. 바빠서 산책을 놓친 날부터였을 것이다.

그때 샘은 캣이 뒤에 서 있는 것을 알았다. 샘이 몸을 비틀어 딸을 봤다. 침울한 표정이었다.

"왜 그래?" 샘은 답을 알 것 같았지만 그렇게 물었다.

"구두 미안해."

샘이 스펀지를 내려놓고 말했다. "괜찮아. 몰랐잖니."

"엄마가 바람피우는 줄 알았어."

"정말이니?"

"엄마랑 아빠가 너무 불행한 것 같았어. 이제 함께하는 일도 없고. 둘이…… 즐겁지 않은 것 같았어." 캣의 말은 연달아 타격을 가했다. 캣이 콧잔등을 문지르더니 샘의 눈을 보지 않고 말했다. "그러다가 엄마가 그 남자랑 있는 걸 봤어."

"조엘은 그냥 친구야."

"하지만 구두…….."

"그 구두를 신었던 건…… 다른 모습이 되어야 할 때가 있어서야."

그녀를 보는 캣의 시선에, 샘은 딸이 이해한 건지 의심하는 건지 알 수 없었다.

"나는 불행했어. 네 말이 맞아. 아주 오랫동안 그랬어. 네 아빠는 이제 날 보지 않아. 내가 존재하지도 않는 느낌이 들 때가 많아. 지금은 상상하기 어렵겠지. 젊고 아름답고 움직일 때마다 사람들이 봐주는 동안에는. 하지만 요즘 나는 투명 인간이 된 것 같아. 사랑하는 사람마저 봐주지 않으면…… 영혼이 망가지는 느낌이거든. 또 다른 내가 되어야 했어. 그 구두도 그래서 신었던 것 같아. 설명하기 어렵구나. 내 스스로도 납득하기 어려우니까. 하지만 네가 그것 때문에 염려했다면 미안하다."

"엄마 정체성을 결정하는 데 왜 남자가 필요해?"

"뭐?"

캣은 카펫의 검은 얼룩을 빙 돌아서 움직였다. "왜 남의 확인이 필요해? 맞아, 아빠는 쓰레기통에 떨어져 있었지만 그렇다고 엄마도 무너질 필요는 없잖아. 엄마는 엄마야. 나는 내 자신에게 느끼는 감정을 남자가 결정하게 하진 않을 거야."

"그래. 뭐, 너는 항상 확고했지. 넌 세 살 때부터 네가 누군지 알았을 거다." 딸의 세대는 그 모든 것이 다 정리되어 있었다. 늘 주체성이니, 여성비하니, 연대니, 자기 몸 긍정주의니 하는 말을 했다. 곧 그 애도 자기 삶을 찾아 떠날 것이고, 그 투박한 부츠를 신고 뚜벅뚜벅 들어오는 일조차 없어질 거라는 사실을 생각하면 반사적으로 슬퍼지며 가슴이 죄어왔다.

캣이 계단에 털썩 앉아 부츠 끈을 다시 묶더니 잠시 뒤에 말했다.

"콜린 엄마가 지난달에 아빠랑 헤어졌대. '각자 길이 다르다'고 했대."

샘은 그 말에 뭐라고 해야 할지 몰라 어정쩡한 표정을 지었다.

캣은 불쑥, 아이처럼 슬픈 표정을 지었다. "엄마 아빠도 헤어질 거야?"

"조엘에게 감정이 있어?" 그 전날, 샘이 이를 닦는데 필이 물었다. 솔직히 어떻게 대답해야 할지 알 수 없었던 샘은 몇 초 더 이를 닦고는 거품을 뱉은 뒤에 말했다. "당신을 향한 감정이랑은 달라." 필은 거울에 비친 샘의 모습을 잠시 보더니 침대로 갔다.

"그럴 것 같진 않아." 샘은 딸을 안고 잠시 가까워진 느낌을 즐겼다. 마음보다는 더 확신이 느껴지는 대답이었길 바랐다.

조엘이 메시지를 두 번 보냈다. 길고 두서없는 메시지로 회사의 모두에게 상황을 전했고 상황을 바로잡기 위해 노력 중이라고 했다. 마리나가 슬퍼한다고. 프랭클린은 더치사의 주문을 이미 망쳐버린 상태이니 염려 말라고 했다. 뭐든지 필요한 것이 있으면 전화하라고 체육관에 돌아오길 바란다고도 했다. 잘하고 있었다고! 24시간 뒤에 온 두 번째 메시지는 단 한 마디였다. '보고 싶어요.' 샘은 하루에도 서너 번씩 혼자일 때 그것을 봤다. 볼 때마다 매번 심장이 철렁했다. 시동이 걸리는 엔진처럼.

29

 필은 앉을 수가 없었다. 작은 소파에 앉을 때마다 감전된 것처럼, 단순한 가구에 몸을 의지할 수 없는 것처럼 벌떡 일어났다. 그는 좁은 실내를 서성거리며 말을 뱉어냈다.

 "그 사람이 인정한 거나 다름없다니까요! 외도가 아니라 해도, 감정은 있었다고 했어요. 그건 어째야 합니까? 알려줄 수 있습니까? 전 모르겠으니까요. 머릿속에서 그 말이 자꾸만 뱅뱅 도는데 답이 안 나와요."

 코비츠 선생은 무릎에 노트를 두고 앉아 영원히 인내하는 표정을 짓고 있었다. 필은 그 표정을 보면 펀치를 날리고 싶었다.

 "아니라고 하지도 않았어요. 그놈에 대한 감정이 저에 대한 감정과는 다르다고만 했어요."

 "그 말을 어떻게 받아들이셨습니까?"

 필은 믿을 수 없다는 표정으로 선생을 봤다. "어떻게 받아들였을 것 같으세요? 아내가 딴 남자에게 감정이 있다는데!"

 "저는 많은 사람에게 감정을 갖고 있습니다. 그렇다고 그들과 함께 달아난다는 뜻은 아닙니다."

"오늘 말장난은 좀 참아주세요."

"말장난이 아닙니다. 부인께선 외도가 아니란 말을 한 겁니다. 그리고 부인은 정직한 분이라고 하셨으니, 사실로 봐야죠. 부인께서는 다른 사람에게 감정이 있었습니다. 이전 상담 때는 부인께서 다른 사람을 만나도 솔직히 이해한다고 하셨는데요."

"하지만 그건 사실을 알기 전이었죠!"

필은 손바닥으로 눈을 꾹 눌렀다. 눈앞에서 작은 점들이 터져 나왔다. 그걸 보며 빙빙 도는 생각이 멈추기를 바랐다.

"부인께서 뭐라고 했습니까? 뭘 원한다고 했습니까?"

필이 털썩 앉았다. "그 이야긴 안 했어요."

코비츠 선생이 눈썹을 치켜떴다.

"아니, 이런 식으로는 이야기하지 않았어요. 그냥…… 그 사람한테 뭐라고 해야 할지 모르겠어요. 이젠 아내가 전혀 모르는 남 같아요."

"음, 실제로 부인을 모르실 수도 있습니다. 우린 모두 변하니까요. 항상 말이죠. 필 씨는 오랫동안 부인이 모든 것을 혼자 처리하게끔 두셨다고 하셨죠. 그러면 사람은 변합니다. 결혼 생활도 변합니다."

팔짱을 낀 필은 상체를 숙여 가슴을 무릎 위로 올렸다. 가슴이 너무 답답해 몸으로 눌러야 할 때가 있었다.

"결혼은 해마다 같지 않습니다. 결혼하신 지 오래되셨죠. 아실 겁니다. 결혼은 유기적인 거예요. 양쪽이 변하면서 결혼도 변합니다.

우리가 그저……."

"그 사람은 아직도 뭘 숨겨요." 필이 불쑥 말했다.

코비츠 선생이 의자에 기댔다. "그렇군요."

"이틀 전에 공사업체에서 보험에 대해 묻기에 그 사람 회사로 전화했는데…… 거기서 일을 안 한다더군요."

긴 침묵이 흘렀다.

"이제 내게 아무 이야기도 하고 싶지 않은 거겠죠?" 필은 긴 한숨을 푹 쉬었다. "그 사람 삶에서 믿을 게 더 이상 없어요." 샘과 함께 사는 삶은 믿음직했었다. 필이 감당해야 하는 모든 일을 받쳐주었다. 그런 삶이 작은 폭발의 연속처럼, 무슨 일이 일어날지 알 수 없는 것처럼 변했다.

"필 씨." 코비츠 선생이 부드럽게 말했다. "우울할 때는 모든 것을 부정적인 시각으로 보기 쉽습니다. 인간은 타인의 동기를 이해하는 능력이 매우 떨어집니다. 아주 잘 아는 상대일 때도 그렇죠. 머릿속으로 온갖 부정확한 이야기를 씁니다." 코비츠 선생은 손가락을 모았다. "다른 버전의 이야기를 해봐도 되겠습니까?"

필은 기다렸다.

"앞서 이야기를 들어봤을 때, 부인은 싫어하는 직장을 그만둔 것일 수도 있습니다. 아니면 정리해고를 당한 것일 수도 있죠. 알 수 없습니다. 혹시 부인께서 그 일을 알리지 않은 것이 남편에게 말하기가 염려되어서는 아닐까요? 두 분에게 미칠 영향 등, 힘든 대화로부터 자신을 보호하기 위함이었다면 어떨까요?"

코비츠 선생이 잠시 기다렸다가 재차 입을 열었다. "부인께서 필

씨가 정신적으로 힘든 것을 한동안 잘 알고 계셨다고 하셨죠. 아무 것도 말하지 않음으로써, 부인이 필 씨를 보호하려 했을 가능성은 생각해 보셨습니까?"

필은 휴대전화가 울리고 상사 이름이 뜨면 샘이 늘 흠칫하던 게 떠올랐다. "그럼 이 모든 걸 무시해야 한다는 말씀인가요? 아무 일도 없었던 것처럼?"

"아닙니다. 이제 부인과 대화할 때라고 생각합니다."

30

깊은 생각에 잠겨 있던 니샤는 재스민이 다가오자 깜짝 놀랐다. 추위에 재스민의 가운을 걸친 니샤는 피우고 싶지도 않은 담배를 물고 작은 발코니에 서서 어둠과 반짝이는 도시를 내다보고 있었다. 아침 6시에 흡연이라도 해야, 지금 모든 게 얼마나 지독한 상태에 빠져 있는지 확인할 수 있다는 듯이. 어느 날 아침이면 아들이 너무 멀리 있는 것 같았다. 니샤의 심장과 아들 심장 사이에 실 한 가닥이 팽팽히 연결되어 있어서 겨우 견딜 만한 통증이 계속되는 느낌이었다. 간밤에 아들은 너무 우울해했다. 구두를 반드시 찾아서 데리러 갈 거라는 니샤의 말을 전혀 믿지 못하는 것 같았다. 니샤가 계획을 설명하려고 하자 레이가 말을 잘랐다. 수학 시험을 망쳐서 아버지가 용돈을 끊을 것이고, 친구 조에는 레이만 빼고 여자아이들을 불러서 파티를 하고는 인스타그램에 사진을 잔뜩 올렸다고 했다. 너무나 외롭고 기운 없는 목소리였다. 약은 계속 먹고 있으며 배는 고프지 않다고 했다. 잠은 못 잔다고 했다. 모든 것이 잘 될 거라는 걸 알고 있느냐고 묻자, 안다고 했다. 건성으로. "언제 데리러 올 거야?"

"곧 갈게, 아들. 그 구두를 네 아빠한테 가져가야 돈을 받을 수 있어."

"아빠가 싫어." 레이가 거칠게·말했다. 그런 생각을 하면 안 된다고 니샤가 마음에도 없는 말을 하자 레이는 이유를 물었다. 자기 아버지가 어떤 면에서 자길 사랑하는지. 레이가 어떤 면에서 아버지를 좋아해야 하는지. 니샤는 적당한 대답을 찾을 수 없었다.

길고 불편한 침묵이 흘렀고, 레이가 조용한 목소리로 말했다.

"엄마? 전에 불러주던 노래 기억나? 그거 지금 불러줄래?"

노래를 부르는 니샤의 음성이 떨렸다.

너는 내 햇살, 내 유일한 햇살⋯⋯.

하늘이 잿빛일 때 넌 나를 행복하게 해주지⋯⋯.

"못 잤구나." 재스민이 커피를 건네며 말했다.

경찰 헬기가 몇 시간째 선회 중이었다. 프로펠러의 그 진동이 밤하늘로 보낸 충격파가 어딘지 모르게 위협적인 느낌을 퍼뜨리고 있었다. 니샤는 잔을 들고 고개를 끄덕였다.

재스민이 발코니에 두는 작은 접이식 의자에 앉아 무릎 위로 가운을 덮었다. "나도 못 잤어요. 이런 짓을 하다니 미쳤나 싶은 생각이 자꾸 들어서."

재스민은 일자리를 잃을 수도 있다는 말을 하고 있었다. 모든 면면이 해고 사유가 되는 범죄였다. 재스민이 계획을 설명하자, 니샤는 만화 속 캐릭터처럼 입을 딱 벌렸다. 니샤는 재스민을 보호할 방법을 계속 고민했다. 카드 키를 받는 사람은 니샤, 구두를 가져오는 사람도 니샤. 최악의 경우 두 손 들고 모든 게 자기가 한 짓이며, 재스민은 협박당한 것뿐이라고 털어놓을 사람도 니샤였다. 그렇다고 해도 재스민이 위험하게 느껴졌다.

"재스민은 같이할 필요 없어요." 니샤가 열다섯 번째로 말했다. "이미 정말 많이 도와준걸요. 재스민을 위험하게……."

"니샤. 내가 하기 싫은 일을 할 사람으로 보여요? 아니죠. 나도 수없이 생각해 봤어요. 이 일은 정당한 일이에요. 니샤의 정당한 몫을 찾는 일이에요. 도와줄게요. 난 친구니까 도와줄 거예요." 재스민이 니샤를 흘끔 봤다. "게다가, 니샤를 제자리로 보내지 않으면 그레이스가 가만있지 않을 거라고요."

그들은 미소를 지었다. 그러다가 재스민이 얼굴을 굳히고 커피를 마셨다. "걱정하는 건 구두를 넘긴 뒤예요. 그 남자가 과연 약속을 지킬 것인지."

"맞아요. 그 생각도 하고 있어요."

칼은 이기기 위해 무슨 짓이라도 할 사람이었다. 그에게 그것이 게임이라면(그럴 가능성은 충분했다) 니샤에게 위자료를 주는 대신 다른 조건을 찾을 것이다. 니샤는 그게 가장 두려웠다. 그 낯선 도시에서 돈도 힘도 없이 계속해서 이리 뛰고 저리 뛰는 동안 아들은 수천 킬로미터 떨어져 있는 학교에 혼자 앉아 점점 더 우울해지는 것이 아닐지. 니샤는 지위가 자신을 보호한다고 생각했었다. 법이 보호해 준다고 생각했었다. 그런데 알고 보니 그녀는 모든 것을 잃을 수 있었다. 남은 것은 자신의 능력뿐이었다. 그것으로 버텨야 했다.

그들은 말없이 커피를 마시며 도시의 불빛이 서서히 밝아지는 것을, 자동차의 붉은 불빛이 어둠 속으로 나아가는 것을 지켜봤다.

내가 얼마나 사랑하는지 넌 모를 거야.

내 햇살을 빼앗아가지 말아줘.

니샤는 눈을 감았다. 실이 더욱 팽팽하게 당겨졌다.

"음, 그거 알죠? 한 번에 한 걸음씩." 재스민이 남은 커피를 마시고 자는 동안 머리에 감았던 수건을 두드렸다. "들어와요. 일하러 가야지. 그리고 구두도 찾고. 다른 건 나중에 걱정해요. 그리고 첫 걸음은 토스트를 굽는 거예요."

재스민이 안으로 사라졌다. 니샤는 앉아서 하늘을 바라보다 휴대전화를 꺼내 메시지를 적었다.

줄리애나? 이거 아직 네 번호 맞니?

그리고 망설이다가 덧붙였다. 어니타야.

니샤는 잠시 기다린 뒤 전송 버튼을 눌러 짧은 메시지가 깜빡이며 떠나는 모습을 지켜봤다.

어둠 속에서 개를 산책시키던 샘은 그때만큼은 가로등이 비추는 거리 속 낯선 이들을 신경 쓰는 것을 잊었다. 그날 있을 일, 하겠다고 한 이상한 일을 생각했다. 평생 해본 적 없는 일이었다. 서맨사 켐프는 중년의 기혼 여성으로서 인쇄 회사 매니저였고 한 아이를 키우면서 어린 시절에 자랐던 동네에서 여전히 살고 있었다. 그런 그녀가 자신을 좋아하지도 않는 여자에게 구두를 되돌려주기 위해서 완전히 터무니없는 일을 할 참이었다. 그 사실이 머릿속에서 빙빙 돌았다. 하지만 사실 삶의 모든 부분이 생소하고 비현실적으로 느껴졌다. 그날도 그렇게 다를 것은 없었다. 게다가, 최악의 상황은 이미 벌어진 뒤였다. 앤드리아를 제외한 모든 중요한 것을 잃었다. 아니, 잃은 셈이었다.

케빈이 나무와 가로등마다 가서 흥미로운 듯 킁킁거리는 동안, 샘은 재스민과 앤드리아가 금세 친해진 것을 떠올렸다. 앤드리아는 그런 재주가 있었다. 어색함을 느낄 틈도 없이 곧바로 편안하게 친해져 사람들을 행복하게 만들었다. 어릴 적에는 앤드리아가 자신 같은 사람과 왜 친한지 이해할 수 없었다. 샘에게는 그런 카리스마가, 늘 사람들을 끌어모으는 정체불명의 아우라가 없었다. 샘은 앤드리아와 함께 가고 싶었지만 그날 앤드리아는 빠지기로 했다.

"너무 눈에 띄어요."

재스민의 판단에 니샤가 말했다.

"젠장. 필요하면 열연을 할 수 있을 텐데."

샘이 흠칫했지만, 앤드리아는 웃으면서 맞장구쳤다.

"맞아요, 골룸은 너무 눈에 띄지. 눈썹이 자랄 때까지만 기다려주면, 「미션 임파서블」의 톰 크루즈처럼 활약할게요."

니샤와 샘은 서로 눈치를 봤다. 니샤는 선을 긋지 않는 사람이었다. 두려움이 없다는 뜻이므로 샘은 긴장했다. 샘은 언제나 자신처럼 규칙을 지키는 사람이 편했다. 니샤도 샘이 불편한 것 같았다. 그들은 예의를 깍듯이 지켰지만, 만난 과정이 너무 이상하고 응어리가 남다 보니 친해지기 어려웠다.

상관없었다. 샘은 니샤의 구두를 잃어버렸다. 그러니 되찾는 일을 도와야 했다. 다른 모든 게 불확실해도, 그것 하나는 옳은 행동이었다. 샘이 할 수 있는 유일한 일이었다. 그 일을 해결한 뒤에 구직 걱정을 할 생각이었다.

샘이 케빈을 데리고 돌아왔는데 문이 열려 있었다. 도로는 차츰 붐비고 있었다. 일요일에 쇼핑하려는 사람들이 벌써 일어나 나오는 중이었다. 부엌으로 들어간 샘은 필이 일어나 후드티셔츠와 낡은 운동복 바지를 입고 등을 돌린 채 커피를 끓이는 모습을 보고 흠칫 놀랐다. 샘이 들어가자 필은 아주 조금 돌아서서 고개를 까닥였다. 그가 할 수 있는 인사는 그 정도였다. 가슴이 철렁할 정도로 당황한 것을 감추기 위해 샘은 샤워하겠다고 중얼거리고는 케빈의 아침을 필에게 맡겼다.

샘은 샤워하고 머리를 말린 뒤 로션을 바르면서 입가의 팔자주름을 의식했다. 전에는 없던 것이었다. 확대 거울로 얼굴 보는 것을 그만뒀다. 솔직히, 30세 이상 여자에게는 확대 거울을 금지해야 했다. 샘은 재스민의 지시대로 검정 티셔츠와 검정 진을 입고 회색 스웨터와 진청색 파카를 걸쳤다.

계단 마지막 두 칸을 내려가는데 필이 복도에 나왔다.

"이야기…… 좀 할까?"

샘이 눈을 깜빡였다.

"지금?"

"응. 지금."

샘이 시계를 봤다. "지…… 지금은 안 되겠어, 필. 이…… 일하러 가야 해."

"일." 필이 말했다. 그는 무표정한 얼굴로 말했다. "일요일인데."

"트…… 특별한 일이야. 사실…… 있잖아, 돌아와서 이야기할 수 있을까? 오늘 저녁에 좀 늦을 테지만, 확실히……."

필은 낯선 사람처럼 샘을 빤히 봤다. 그때 샘의 전화가 울렸다. 니샤나 재스민일 줄 알고 확인하니, 조엘이었다. 그의 이름이 수류탄 터지듯 번쩍였다. 얼굴을 붉힌 샘은 조엘이 그만 끊기를 바라면서 휴대전화를 보고 있었다.

"받아." 모든 걸 다 본 필이 말했다.

"난 정말……."

"받으라고."

샘은 필에게서 돌아서서 전화를 받았다. 그의 시선에 뒤통수가 따끔거려서, 너무 높고 너무 가식적인 목소리로 "조엘!"이라고 외치고 말았다.

조엘은 낮은 목소리로 조심스레 말했다. "주말에 전화를 걸어 미안해요, 샘. 하지만 있잖아요, 좀 이상한 일이 있었는데 어떤 이스라엘 사람이 금요일에 회사에 왔어요. 샘에 대해 이런저런 걸 물었어요."

"네? …… 이스라엘이요?"

"네. 사실 잘 모르겠어요. 마틴과 이야기했는데, 샘이 그만뒀다는 말을 듣자 돌아갔어요. 무슨 질문을 했는지는 모르는데…… 분위기가 심상치 않았어요. 마틴이 방금 이야기해 줬는데, 놀라게 하고 싶진 않지만 어딘가 이상하대요. 샘이 알아둬야 할 것 같아서요."

"그것 참 이상하네요. 알겠어요. 고마워요."

짧은 침묵이 흘렀다.

"그리고 혹시……."

"지금 바빠서요." 샘이 밝게 말했다. "회사에서 봐요! 알려줘서 고마워요!"

조엘이 다른 말을 하기 전에 전화를 끊은 샘은 휴대전화를 주머니에 넣고 켕기거나 살짝 당황한 표정을 지우려고 노력했다.

"그럼, 우…… 우리 나중에 이야기할까?"

필은 샘을 보면서 견딜 수 없는 짐을 진 사람 같은 얼굴을 했다.

"그러자, 필. 돌아와서 이야기하자. 지…… 지금은 꼭 가야 해."

"난 나갈래." 필이 돌아서서 부엌으로 들어가며 말했다.

샘이 꼼짝하지 않았다. "뭐?"

"난 나갈 거야. 이…… 이건 더 못 견디겠어. 생각 좀 정리해야겠어."

샘은 복도를 걸어가 싱크대에 등을 기대고 서 있는 필을 마주 봤다. "뭐…… 어디로 가는데?"

"몰라."

"필, 말도 안 돼! 그냥 나가버릴 순 없어. 그러지 마. 우린…… 있잖아, 나중에 와서 이야기하자, 응? 오늘만 지나면 의논하자."

필은 고개를 저었다. 그는 정말 어쩔 줄 모르겠다는 표정으로 말했다. "23년이야, 샘. 더 할 이야기가 뭐가 있어?"

프런트의 미셸은 항상 재스민을 좋아했다. 그렇기에 10분간 프런트를 맡아줄 테니 담배를 피우고 오라는 재스민의 말에도 미셸은 벤틀리 직원들을 향한 재스민의 친절이나 너그러움이라고 여겼다. 어차피 미셸이 프런트를 비우는 날도 많았다. 그렇게 해도 프레데릭에게 혼나지 않았다. 프런트는 로비 안에서 CCTV가 감시하지 않는 몇 안 되는 구역이니까.

니샤가 샘과 함께 조금 떨어진 곳에서 망을 보는 동안 재스민은 예약 목록을 뒤졌다. 방 하나를 골라 예약 사항을 재빨리 입력하고 카드 키를 하나 챙긴 다음 일어났다. 미셸이 담배 냄새를 희미하게 풍기며 돌아오자 재스민은 붙임성 있는 미소를 지었다. 미셸은 손거울로 립스틱을 확인하고는 자리로 돌아가서 거울을 탁 닫았다.

"정말 고마워요, 재스민. 리나가 아직도 출근을 안 했다니 믿을 수가 없네요. 또 근무하라고 시키면 난 그만둘래요."

"언제든지 불러요. 언제든지." 재스민은 책상에서 나오며 말했다. 미셸은 이상하다는 표정을 지었다. "어머, 오늘 근무가 아닌 줄⋯⋯."

"향수 뿌려요. 프레데릭이 담배 냄새 맡겠다." 재스민이 핸드백에서 이름 모를 향수병을 꺼내더니 미셸에게 숙숙 뿌렸다. 그 행동에 정신이 팔린 미셸이 콜록거리면서 "고마워요"라고 중얼거리자 재스민은 향수를 백에 넣고 사라졌다.

니샤와 재스민은 샘을 이끌고 옆문으로 나와 뒤쪽 계단을 통해 직원 탈의실로 들어갔다. 검은 셔츠와 바지 유니폼을 입는 곳이었다. 샘은 창백하고 긴장된 얼굴로 내내 말이 없었다. 니샤는 초조해서 그런가 했다. 이 일을 마치려면 샘이 정신을 바짝 차려야 했다. 샘은 여차하면 갑자기 거짓말을 못 하겠다고 나오거나 울음을 터뜨릴 수도 있었다. '부디 저 여자가 망치지 않게 해주세요.' 니샤는 이름 모를 신에게 기도했다.

"괜찮아요?" 니샤는 바지를 입으며 샘에게 퉁명스럽게 물었다.

"괜찮아요." 벤치에 앉아 무릎 위에 두 손을 모으고 있는 샘이 말했다. 손이 하얘지도록 꼭 쥐고 있었다.

"우릴 배신하진 않겠죠?"

"배신 안 해요."

"화장 좀 하지 그래요? 창백해 보이는데." 할 일이 필요했던 재스민이 샘을 거울 앞으로 안내하곤 커다란 화장품 가방을 꺼내 샘에게 불러셔와 마스카라를 바르기 시작했다. 샘은 알 수 없는 일 때문에 완전히 무표정한 좀비가 되어 있었다. '왜 저러지?' 니샤는 생각했다. 따지고 보면 이 모든 일을 책임지는 사람은 니샤였다. 잃을 것이 가장 많은 것도 니샤였다.

"됐네." 재스민이 한참 만에 입을 열었다. "이제 좀 살아났네!" 이렇게 말한 재스민은 친절하게 웃으며 샘의 뺨을 쓰다듬었다.

샘은 거울 속의 자기 모습을 봤다. "고마워요." 멍한 반응이었다. 눈매가 또렷해지고 피부도 빛났다. 보통은 화장을 거의 안 했기에 변화가 놀라울 정도였다.

"체크인은 3시죠." 재스민이 말했다. "뭐 좀 먹자고요. 빈속으로 싸울 순 없잖아요?"

셋은 주방 구석에 서 있었다. 재스민은 팬케이크를 먹었지만 샘은 음식에 손도 대지 않았다. 알렉스는 안절부절못했다. 그는 자신이 만든 식사를 좋아하지 않는 사람을 보면 실제로 불안을 느꼈다. 그는 문에 달린 창문을 통해 밖을 내다보며 손님들이 오믈렛이나 에그베네딕트를 얼마나 먹었는지 말없이 감시했고, 절반 이상 남긴 것이 보이면 속이 상해 등이 뻣뻣히 굳었다.

"입에 안 맞습니까?" 그는 샘이 건드리지 않은 접시를 가리키며 물었다. "다른 걸 만들어볼까요?".

"아, 아뇨. 맛있어요." 샘이 겨우 웃어 보이며 말했다. "별로 배가 안 고파서요."

"알렉스가 만든 음식은 먹어야 해요. 최고거든요." 니샤도 샘이 거절하자 어쩐지 속이 상했다.

"배가 안 고프다니까요." 그들은 아침 내내 서로에게 쏘아붙였다. 긴장으로 인해 두 사람이 억눌러 왔던 이상한 반감이 수면 위로 떠올랐던 것이다.

니샤는 몹시 시장했다. 온갖 변수를 생각하고 메시지가 오는지 확인하느라 정신이 팔려 아침을 걸렀다. 알렉스가 메이플시럽을 듬뿍 뿌리고 블루베리를 곁들인 팬케이크 접시를 내려놓자, 니샤는 그에게 키스하고 싶은 충동을 참아야 했다. 순식간에 그것을 먹어치운 니샤는 완벽하게 폭신한 식감과 달콤한 시럽, 바삭한 베이컨이 주는 만족감에 작은 신음을 냈다.

"준비됐습니까?" 알렉스가 하얀 행주를 허리춤에 끼우며 물었다.

"준비 완료죠." 니샤는 빈 접시를 건넸다. "잘 먹었어요."

"근무가 4시에 끝납니다. 하지만 남아 있을 겁니다. 내가 필요할지 모르니까."

"필요 없을 거예요." 니샤가 말했다. 냉정하게 느껴질까 봐 덧붙였다. "아니, 필요 없길 바랄게요. 하지만 고마워요."

알렉스는 끄떡도 안 했다. 항상 그랬다.

"그래도 남아 있겠습니다." 그는 샘에게 정말 팬케이크를 먹지 않을 것인지 확인하고 한숨을 겨우 참은 뒤 접시를 치웠다.

3시 15분, 샘은 호텔 프런트에서 기다렸다. 30분째 고요한 대리석 요새 안에 어색한 느낌으로 앉아 있었다. 손님들은 짐가방을 가득 실은 커다란 황동 카트를 미는 유니폼 입은 직원을 이끌거나 작은 가방을 끌면서 지나갔다. 푹신한 소파 사이사이 하얀 난꽃이 꽂힌 커다란 화병이 놓여 있었다. 베티베르 향이 은은히 풍겼다. 샘은 그런 고급 호텔은 고사하고, 일반 호텔에 마지막으로 간 게 언제였는지조차 기억나지 않았다. 아마 헨리 밑에서 일할 때, 대규모 축구 프로그램 제작 홍보 기간 동안 폼비에서 묵은 것이 마지막이었을 것이다. 트래블로지 호텔의 카드 키가 작동되지 않았던 것과 사방에서 비린내가 나던 것이 어렴풋이 기억났다.

시계를 확인한 샘은 니샤가 긴장되고 결연한 표정으로 기다리고 있을 문 쪽을 봤다. 니샤는 샘이 끝까지 해내지 못할 거라고 생각했다. 샘은 그런 추측이 짜증 났다. 그렇지만 그 생각이 옳을지 모른다는 의심이 자꾸 고개를 들었다. 온몸의 세포가 돌아가라고 외쳤다. 하지만 집에 가도 아무것도 없었다. 달리 할 일도 없었다. 그때 거리 쪽 유리문이 열렸다. 그들이 보였다. 리즈 프로비셔와 대런 프로비셔 부부는 처음 온 곳에서 사람들이 흔히 그렇듯 두리번거리고 있었다. 샘은 "도착"이라고 메시지를 보낸 뒤 숨을 한 번 들이쉬고 일어나 그들이 프런트에 닿기 전에 다가갔다.

"안녕하세요! 프로비셔 씨와 부인이시군요! 반갑습니다."

미리 여러 차례 연습한 일이었다. 프런트의 미셸은 로비에서 다른 손님이 인사하는 부부에게 관심을 갖지 않을 것이므로, 샘은 그들을 정해진 방으로 손쉽게 안내할 수 있었다. 사람들은 호텔에서 묵지 않아도 로비를 비공식적 만남의 장소로 사용했다. 그곳은 아름답고, 조용하고, 도심에 위치하고 있으며, 고급 호텔에 다니는 삶을 산다는 것을 보여주고 싶은 사람들이 인스타그램에 올릴 사진을 찍기에도 좋았다. 끊임없이 떠들던 리즈 프로비셔는 호화로운 대리석 인테리어에 잠시 입을 다물었고, 부부는 샘을 따라 승강기로 갔다. 샘은 그들에게 오는 길은 편했는지 물었고, 날씨가 참 좋으며 두 사람이 정말 멋지다고 했다. 리즈 프로비셔는 그 구두를 신고 있진 않았지만, 남편이 끄는 가방에서 구두의 존재감이 뚜렷이 느껴졌다. 마치 방사선이라도 뿜어내는 것 같았다.

232호실에 도착하자 문이 열려 있었다. 재스민은 이미 안에서 베개를 매만지고 있었다.

"상품을 수령하신 분들인가요?" 재스민이 활짝 웃으며 말했고, 리즈 프로비셔는 백성에게 인사하는 여왕처럼 손등을 내밀었다. 재스민은 어이없다는 표정을 간신히 참고 눈썹 한쪽만 살짝 치켜떴다. 중간급 이그제큐티브 컴퍼트 룸은 42제곱미터 넓이에 퀸 사이즈 침대와 작은 테이블이 있었다.

"자." 샘이 말했다. "여기가 방입니다. 호텔의 최고급 룸이죠. 편안하게 지내시길 바랍니다."

리즈 프로비셔가 침대 가장자리를 천천히 돌아보며 이불과 커튼을 검사하듯이 쓰다듬었다. 그녀는 화려한 실내장식을 올려다보며 어딘지 실망한 기색을 내비쳤다. 자신은 상품을 받아서 온 사람이라는 입장이 떠오른 듯했다.

"그럼 사진은 언제 찍나요?" 리즈가 샘에게 물었다.

"곧 찍을 수 있으면 좋겠습니다." 샘이 말했다. "해가 지기 전에 말이죠."

"이 복장 괜찮나요?"

리즈 프로비셔는 일부러 단의 올을 뜯어낸 붉은색 가짜 샤넬 정장을 입고서 스카프를 매고 있었다. 다시 보니 염색한 붉은 머리칼이 파도처럼 구불거렸고 얼굴에는 한 시간은 들였을 법한 화장을 하고 있었다.

"멋지세요." 재스민과 샘이 동시에 말했고, 리즈는 당연하다는 듯 살짝 으스댔다.

"그런데 공짜 술도 줍니까?" 대런이 물었다.

"대런, 우리 술 안 마시잖아." 리즈가 날카롭게 말하더니 덧붙였다. "저기…… 방만 받는 게 아니라, 저녁에 포함된 서비스가 있는지 궁금했어요." 리즈의 말이 어쩐지 위협으로 느껴져 재스민과 샘은 잠시 침묵했다.

"수상자분들께 뭘 드릴 수 있는지 알아볼게요." 재스민이 매끄럽게 말하며 수첩에 자기 번호를 적은 뒤에 건넸다. "뭐든지 문제가 있으면 이 번호로 전화하세요. 제가 담당 수석 하우스키퍼니까요. 직접 전화하세요. 언제든지 도와드릴게요."

니샤가 분실물 센터에 남아 있었지만 아무도 쓰는 법을 몰라서 남아 있던 카메라를 들고 문을 똑똑 두드렸다. 니샤는 미국인들에게는 익숙한 듯 친절한 태도로 부부에게 인사하더니 리즈가 가방을 열 때까지 기다렸다. 그리고 빨간 루부탱 구두가 흰색 스웨터 위에 놓인 모습에 눈을 크게 떴다. 리즈는 그 구두를 조심스레 꺼내 신었다. 바로 앞에 놓인 구두를 본 샘은 니샤가 계획을 버리고 여자의 발에서 구두를 벗기려고 달려드는 건 아닌지 경계하며 흘끔거렸다. 하지만 니샤는 평정심을 지키는 듯했다. 갑자기 니샤의 미소가 조금 싸늘해졌지만 그건 샘만 알아차린 것 같았다.

대런과 재스민, 샘이 어색하게 기다리는 동안 니샤는 리즈에게 창가에서, 작은 테이블 앞에서 대런과 함께 포즈를 취하도록 지시했다. 리즈는 대런이 그날 아침 면도를 하지 않았으니 사진을 찍으면 안 된다고 했다. "어쨌든 구두를 산 건 이 사람이 아니잖아요." 대런은 카메라 앞에서 해방되자 리모컨을 들고 TV를 켰다.

"그럼 오늘 밤엔 뭘 하시나요?" 니샤가 카메라를 찰칵거리는 동안 샘이 말했다. "호텔 레스토랑에서 저녁을 드실 건가요?"

"아, 대런이 메뉴를 보더니 마음에 안 든대요. 다른 곳에 가고 싶대요." 리즈는 턱을 치켜들고 입을 살짝 내밀었다.

"아무것도요? 햄버거도 싫으세요?" 샘이 물었다.

"중식 먹으러 갈 거예요. 바삭한 오리 팬케이크를 좋아해서요." 대런이 말했다.

"그 구두는 안 신고 가시겠네요." 샘이 아무렇지 않게 말했다. "너무 높잖아요?"

리즈는 발을 내려다봤다. "아, 하이힐엔 익숙해요."

"하지만 레스터 스퀘어까지 그걸 신고 걸어가시긴 힘들 텐데요."

리즈는 어깨를 으쓱였다. "글쎄요. 비만 안 오면 상관없죠, 그렇지, 대런?"

"저것도 예뻤어요." 샘이 구두를 가리키며 말했다. "들어오실 때 신은 구두요. 저라면 저걸 신겠어요."

니샤는 말없이 리즈의 발을 봤다. 눈빛으로 루부탱을 태울 수 있다면, 스트랩에서 가느다란 연기가 솟아날 것 같았다.

"아, 저건 러셀 앤드 브롬리 구두예요." 리즈가 말했다. "하지만 이 정장에 잘 어울리는지 잘 모르겠어요."

"어울려요! 아주 잘 어울려요. 참 예뻤어요." 샘이 말했다.

"레스터 스퀘어 주위 보도가 울퉁불퉁하거든요." 재스민이 쿠션을 또 두드리며 말했다. "하이힐을 신으실 거면 발목 접질리지 않도록 조심하세요. 지난주에 심하게 다친 손님이 계시거든요." 고개를 끄덕인 재스민이 어두운 표정으로 덧붙였다. "아주 심하게 다치셨더랬죠."

리즈는 침대 가장자리에 앉았다. "아뇨, 이걸 신을래요. 행운의 구두잖아요, 그렇지, 대런?" 그리고 그녀는 발목을 빙글 돌리며 자기 발을 감상했다.

재스민과 샘은 말없이 당황한 눈빛을 교환했다.

"네." 샘이 문 쪽으로 물러나며 말했다. "네. 그러면, 고객님 결정에 맡기죠."

"잊지 마세요." 재스민이 말했다. "필요한 게 있으시면 제게 직접 전화하세요. 컨시어지를 통하는 것보다 제가 훨씬 빠르니까요."

"사진 좀 볼 수 있을까요?" 니샤가 문 쪽으로 걸어가는데 리즈가 말했다.

니샤는 카메라를 뒤로 돌렸다. "현상한 뒤에요. 인화지를 보내드리죠."

"인화지"란 말에 리즈는 만족한 표정이었다. 세 사람이 잠시 문 앞에 섰다.

"그럼!" 재스민이 말했다. "즐거운 시간 되세요."

"정말 기쁘네요." 샘이 참지 못하고 불쑥 말했다. "고양이에 대한 애정 때문에 여기 오게 되셔서요." 니샤가 옆구리를 세게 찌르자 샘이 비명을 꾹 참았다. 모두 복도로 나온 뒤 재스민이 문을 닫았다.

"이런 날씨에 오픈토 구두를 신을 사람은 없어요." 재스민이 희망을 버리지 않고 말했다. "아무리 저 사람이라고 해도."

"꽤 쌀쌀한걸요." 샘이 맞장구쳤다.

"행운의 구두를 신는다잖아요." 니샤가 내뱉듯이 말했다. "눈이

와도."

"술을 안 마시다니 믿을 수가 없네." 재스민이 쓸모없어진 샴페인 병을 쥐었다. "대체 왜 술을 안 마시지? 취하면 훨씬 간단할 텐데."

5시 15분. 재스민의 이론에 따르면 프로비셔 부부는 저녁을 일찍 먹는 편이었다. 대런의 식욕이 왕성한 것은 분명했다. 부부가 외출하기를 기다린 뒤 니샤가 방에 들어가 구두를 가져오는 게 원래 계획이었다. 하지만 그들은 탈의실에 앉아 작은 창문 밖을 내다보며 리즈 프로비셔의 선택이 모든 것을 뒤바꿀 것인지 기다리고 있었다.

"망할 비 같으니." 니샤는 잿빛 하늘을 내다보며 중얼거렸다. "이놈의 나라에선 비가 매일 오면서. 오늘 좀 내리면 어디가 덧나나?"

줄리애나에게 보낸 메시지에 '읽음' 표시가 떴다. 하지만 답장은 오지 않았다.

31

6시 15분. 프로비셔 부부가 드디어 232호실을 나왔다. 모두 계획이 실패할 거라고 판단하고 좌절로 빠져든 지 한 시간쯤 지난 뒤였다. 재스민은 프런트 뒤 사무실을 '정리'하는 동안 미셸이 끝없이 늘어놓는 근무표에 대한 불만에 애매하게 맞장구를 치면서 로비의 움직임을 살폈다. 샘과 니샤는 비좁은 탈의실에 말없이 앉아서 물건을 챙기거나 옷을 갈아입으러 들어오는 직원들의 호기심 어린 시선을 무시하고 있었다. 그들은 말을 걸거나 알아볼 필요가 없는 무명의 직원처럼 행동했다. 둘은 각자 생각에 잠겨 조용히 있었다. 니샤는 샘의 시무룩한 표정과 인생 실패자라도 된 듯한 분위기에 짜증이 났다. 그때 휴대전화에서 알림음이 울리며 생각에 잠긴 니샤를 깨웠다. 니샤는 깜짝 놀라 메시지를 확인했다.

"움직이고 있어요." 다음 메시지가 도착했다. "어머나." 니샤는 자신의 눈을 믿을 수 없었다. "그 구두 안 신었대요."

"정말요?" 샘이 기대에 차 물었다.

"비가 온대요." 니샤가 말했다. "정말로 비가 온대요. 다행이다."

니샤가 일어섰다. "좋아요. 정해둔 것 잊지 말아요. 그들을 따라가서 돌아오지 않는지 확인해 줘요. 그럼 난 올라가서 구두를 가져올게요."

니샤는 검은 셔츠와 바지를 입었다. 명찰을 착용하면 직원으로, 명찰을 주머니에 감추면 유난히 지루한 옷차림을 한 손님으로 보이기 위해서였다. 새로 프로그래밍한 손님용 카드 키를 쥔 니샤는 가슴이 두근거렸다. 때가 왔다. 구두를 되찾을 때가 왔다. 드디어.

니샤와 샘은 복도를 조용히 걸어가 옆문에 다다랐다. 샘은 휴대전화를 귀에 대고 재스민이 알려준 방향으로 걸어갔다. "오른쪽, 리젠트 스트리트 방향으로 가요. 아직 빨간 정장을 입고 있어요. 코트는 안 입고. 바보처럼 얼어 죽겠네."

니샤는 승강기에 타고 2층 버튼을 눌렀다. 샘의 검정 플랫슈즈를 신은 자기 발을 내려다보며 카드 키를 만지작거렸다. 때가 왔다. 승강기가 2층에 도착해 문이 열렸고 니샤가 내렸다. 승리에 대한 기대감이 온몸의 혈관에 가득 차면서 머리가 빙빙 돌았다. 스무 발자국, 열 발자국, 그러면 구두는 그녀의 것이었다.

바로 그때 아리가 보였다. 복도 중간쯤에서 정장을 입은 남자 둘과 대화 중이었다.

니샤는 홱 돌아서서 재빨리 승강기로 들어선 뒤 '문 열림' 버튼 위에 손가락을 얹고는 어떻게 해야 할지 궁리했다. 고개를 조심스레 들어 정말 아리인지 확인한 뒤 물러났다. 그가 어떤 사람에게 서류 한 장을 보여주고 있었다. 거기 서서 갈 곳도, 갈 생각도 없다는 듯 느긋이 이야기하고 있었다. 그를 지나쳐야만 방에 들어갈 수 있었다. 또다시 눈에 띄지 않고 지나칠 수 있을지 니샤는 자신이 없었다.

승강기에서 내린 니샤는 창고로 들어갔다. 직원이 열어둔 곳이었다. 타월과 시트 선반 옆에 선 채로, 니샤는 재스민에게 메시지를 보냈다.

들어갈 수 없어요. 아리가 있어요.

재스민이 곧바로 대답했다.

당황하지 말아요. 내가 가서 가져올게요.

또 메시지가 왔다.

우린 할 수 있어요. 침착해요.

런던 거리에서 사람 뒤를 밟고 있으니 어지러운 상념이 사라지는 것이 느껴졌다. 샘은 리젠트 스트리트를 따라 움직이는 사람들 사이로 걸었다. 새빨간 정장을 빛내며 몇 발자국마다 멈춰 서서 상점을 가리키는 리즈와 대런을 놓치지 않는 데 집중력을 다 써야 했다. 이상하게도 샘은 1킬로미터 뒤에서 입김을 뿜으며 뒤를 밟는 것에 감사함을 느꼈다. 집중해야 하므로 다른 생각을 떠올릴 여유가 없었으니까.

리즈 프로비셔는 분명 즐거워했다. '세계 고양이 재단' 자선 매장 상품 수상자인 자신의 모습을 뽐내듯 살짝 으스대며 걸었다. 자주 손을 들어 머리칼을 매만지거나 유리창에 비친 모습을 확인했다. 반대로 대런 프로비셔는 침울하고 지겨운 표정으로 몰래 휴대전화를 확인했고 걸음을 멈출 때마다 보란 듯이 한숨을 쉬었다.

샘의 휴대전화가 울렸다. 곧바로 받았다. "아직 살아 있다니 다행이구나."

리젠트 스트리트를 걷던 프로비셔 부부는 10대 청소년 무리 사이로 잠시 사라졌다가 다시 나타났다. "무슨 일이에요, 엄마?" 샘이 말했다.

"무슨 일이냐고? 참 듣기 좋은 인사로구나. 찬송가를 안 찾아줬잖니!"

"네?"

"네 아빠가 이제 「바다 위에서 위험에 처한 이들에게」를 보고 있다. 다른 건 너무 종교적이라고. 난 그건 너무 우울하다고 했다. 생각만 해도 뱃멀미가 날 거 같아."

"지금 좀 바빠요. 나중에 전화해도 될까요?"

"그리고 너무 가부장적이지! 찬송가들이란!" 어머니가 노래하기 시작했다. "영원하신 아버지, 강한 팔로 구해주시고, 가차 없는 파도를 그 팔로 붙잡아 주시고…… 솔직히 말이다. 차라리 헐크를 부르는 게 낫지 않니? 하지만 내가 그렇게 말했더니 네 아빠가 부루퉁해졌어."

부부가 걸음을 멈추더니 머리를 맞대고 대화했다. 대런은 동쪽,

아마도 차이나타운 쪽을 가리키고는 시무룩한 표정을 지었다. 리즈
는 비가 내리는 것을 알아차린 듯 손을 들었다.

"어쨌든, 네가 찬송가 찾는 걸 안 도와줄 모양이구나. 그래서 언
제 집 정리를 하러 올지 물어보려고 전화했다. 지금 정말 엉망이다.
아래층 변기가 막힌 채로 며칠째인지 몰라. 네 아빠는 아주 외로워
한다. 네가 왜 이러는지 모르겠지만……."

"지금은 못 해요, 엄마."

"그리고 네 아빠가 2층 변기를 쓰는 것도 싫다. 그것도 막힐까 봐
그래. 네 아빠가 프룬을 먹고 어떻게 됐는지 알잖니."

"엄마…… 다시 전화할게요."

"그럼 언제……."

샘은 전화를 끊고 나서 부부에게 들킬까 봐 상점 입구로 숨었다.
무슨 이야기를 했는지 몰라도 대런은 더욱 침울해졌다. 그들이 잠
시 서서 열띤 대화를 나누는 사이 주위로 보행자들이 몰려들었다.
그러다가 그들 목소리가 높아지자 시끄러운 자동차 소리에도 불구
하고 대화 내용이 조금씩 들렸다.

"나도 이렇게 추울지는 몰랐거든?"

"배가 고파 죽겠어, 리즈. 그리고 비도 오잖아. 다시 돌아가고 싶
지……."

샘은 나머지 말을 듣지 못했지만, 리즈의 동작과 짜증 난 대런이
두 팔을 드는 모습은 보았다. 리즈가 돌아서서 샘 쪽으로 걸어오기
시작했다. 샘은 휙 돌아섰다. 둘은 말다툼을 계속하며 호텔 쪽으로
돌아가고 있었다. 샘은 휴대전화에서 니샤의 번호를 찾았다. 바로

그때 화면이 꺼졌다. 심장이 잠시 멎었다. 샘은 망연자실해 휴대전화를 봤다. 방전이었다. 정신이 없어서 충전하는 걸 잊은 것이었다.

샘이 고개를 들었다. 그들은 이미 20미터쯤 앞에서 벤틀리 호텔로 빠르게 향하고 있었다. 리즈의 말에 대런은 고개를 저었다.

"세상에, 오, 세상에."

이런 변수를 대비한 계획은 없었다. 아무것도 없었다. 샘은 모자를 쓰고 달리기 시작했다.

재스민이 승강기로 걸어가는 순간, 호텔 매니저 프레데릭이 등 뒤쪽의 웅성거리는 로비에서 큰 소리로 재스민을 불렀다.

"아, 재스민. 마침 잘 만났네요."

그가 프런트에 서서 오라고 손짓했다.

재스민은 소리 죽여 욕을 하면서도 얼굴에 바로 미소를 장착하고 돌아섰다.

"217호실에서 와인을 흘렸답니다. 시트를 바꿔야 해요. 당장 가줄 수 있을까요? 방에서 기다리는데."

재스민은 지금은 근무시간이 아니라고 하려다가, 그러면 거기서 뭘 하고 있는지 해명할 수 없다는 사실을 깨달았다. 그래서 고개를 끄덕였다. "물론이죠." 그리고 빠른 발걸음으로 2층으로 향하며 니샤에게 메시지를 보냈다.

미안해요. 일이. 5분만요. x

샘은 복잡한 거리에서 사람들을 밀치고, 우산을 피하고, 자신을 욕하는 사람들에게 사과하며, 갑작스러운 운동에 숨이 차 헉헉거리면서 7분 만에 호텔에 도착했다. 옆문으로 들어가 좁은 통로를 달려 작은 탈의실에 들어섰다. 벤치에서 한 남자가 앉아 반짝이는 검정 구두를 닦고 있었다.

"재스민?" 샘이 숨을 몰아쉬며 불렀다.

남자가 고개를 저었다.

샘은 좁은 복도를 따라 달리며 재스민의 이름을 외쳤다. 객실 담당 직원 둘이 쳐다봤지만, 아무도 대답하지 않았다. 샘은 입속으로 욕을 하다 걸음을 멈추고 생각을 가다듬었다. 재스민은 호텔 내 어디나 갈 수 있었다. 그곳은 미로였다. 로비. 재스민은 로비에 있었다. 당연히 그랬다. 샘은 직원용 승강기 위치를 떠올려보며 복도를 다시 내달렸다. 맞은편 끝에서 승강기를 발견하고 버튼을 누른 샘은 4층에서 승강기가 천천히 내려오는 동안 초조해서 발을 동동거렸다. 문이 느릿느릿 열렸다. 샘은 로비층 버튼을 한 번, 두 번, 세 번 두드렸다. "아, 제발." 덜컥거리는 승강기는 심술 굳은 노인처럼 한참을 기다리다 마지못해 명령을 알아듣고는 비틀비틀 올라갔다.

아리가 여전히 복도에서 깊고 단조로운 음성을 이따금 높여가며 이야기하는 동안 니샤는 리넨실에서 기다렸다. 하지만 아리와의 거리가 너무나 가까웠다. 온몸이 긴장했다. 아리가 움직이는 소리에 근육이 팽팽해졌다. '괜찮아.' 니샤는 생각했다. '재스민이 곧 올 거야. 심호흡해.' 그리고 드디어, 수십 년처럼 느껴지는 시간이 흐른 뒤, 카펫을 밟는 소리가 들렸다. 그들이 다가와서 니샤는 가만히 문 쪽을 등지고 선반에 꼭 붙어 섰다. 어쩐지 문이 열리고 아리가 자신을 찾아낼 것 같았다. 그러나 발걸음 소리가 멀어졌다. 니샤는 숨을 참은 채로 조심스레 돌아서서 문을 열고 밖을 내다봤다. 검은 정장을 입은 아리의 떡 벌어진 등이 복도를 따라 사라지고 있었다. 이어폰을 통해 누군가와 한창 대화 중이었다. 니샤는 다른 쪽을 봤다. 그가 대화하던 남자 둘이 반대쪽, 즉 승강기를 향해 걸어가고 있었다.

니샤는 눈을 감고 심호흡하며 떨리는 손을 무시했다. 그리고 조용해진 것을 확인한 뒤 리넨실에서 나와 232호실 쪽으로 당당하고 빠른 걸음으로 걸어갔다. 카드 키를 대자 기분 좋은 달칵 소리와 함께 문이 열렸다. 마침내 니샤는 방 안에 들어갔다.

샘이 로비에 닿자마자 재스민의 등이 반대쪽 문 안쪽으로 사라졌다. 넓은 대리석 바닥을 가로지르던 샘은 속도를 줄여 눈에 띄지 않게 잰걸음으로 걸었다. 문 안으로 들어서자마자 달리기 시작했다. "재스민!" 샘이 부르는 소리에 재스민은 가슴에 손을 얹고 돌아섰다. "구두 찾았어요?"

"모르겠어요. 니샤 남편이 부리는 사람이 복도에 있대요. 내가 올라가서 구두를 찾기로 했는데, 시트를 갈러 가야 했어요."

그때 재스민의 휴대전화에서 알림음이 울렸다.

그녀는 샘을 보더니 환히 웃었다. "됐다! 들어갔대요!"

"아뇨, 아뇨, 안 돼요! 돌아오고 있어요!"

"네?"

"프로비셔 부부요. 다투더니 코트를 가지러 돌아오고 있어요. 어서 나오라고 하세요."

"젠장. 멍청한 여자 같으니. 그 정장만 입고는 추울 것 같더니만." 재스민이 중얼거리더니 니샤에게 메시지를 보냈다.

나와요! 돌아온대요!

니샤는 숨을 몰아쉬며 방 안을 살폈다. 리즈 프로비셔의 들척지근한 향수 냄새가 여전히 실내에 가득했다. 구두는 거기 있었다. 분명 거기 있었다. 가방 선반에서 짐 가방을 본 니샤는 윗부분을 열어젖힌 뒤 위생 문제를 생각하지 않으려고 애쓰며 남의 속옷을 손끝으로 조심스레 뒤졌다. 없었다. 옷장 문을 열었다. 거기도 없었다. 니샤는 서서 궁리했다. 리즈 프로비셔는 그 구두를 신지 않았다. 재스민이 확실히 말했다. 그리고 샘도 메시지를 보냈을 것이다. 그 부부의 뒤를 밟았으니까. 니샤는 침대 장식용 천을 치우고 아래를 살폈다. 구두를 발로 차서 그 밑으로 들어갔을 수도 있으니까. 리즈 프로비셔가 목적지에서 신을 생각으로 구두를 가져갔을 가능성을 떠올리고 니샤는 욕을 중얼거렸다. 누가 중식당에 가면서 굳이 하이힐을 챙긴단 말인가? 마지막으로 욕실을 들여다본 니샤는 안도의 한숨을 내쉬었다. 구두는 거기, 타일 바닥에 놓인 채 대리석에서 붉은 밑창을 빛내고 있었다. 구두를 보자 전신이 짜릿했다. 모든 말

초신경이 갑자기 살아난 듯했다. 니샤는 허리를 숙이고 구두를 잡은 뒤 그제야 숨을 내쉬었다. 좋았어! 그때 휴대전화가 울렸다. 메시지를 확인했다.

나와요! 돌아온대요!

니샤는 방 안을 360도 회전하며 모든 것이 가지런한지 확인한 뒤 문으로 달려갔다. 손잡이를 돌리려는 순간, 복도에서 목소리가 들려왔다.

"난 12월 초에 여름 파티 차림으로는 외출을 안 하기 때문이야, 젠장."

"왜 그렇게 고약하게 굴어? 내가 감기 걸리길 바라는 거야?"

"아니, 리즈. 난 그냥 저녁이 먹고 싶어. 내가 못 먹으면 어떻게 되는지 알면서. 그냥 코트를 갖고 나갔으면 여기까지 돌아올 필요가 없었잖아."

문 앞에서 음성이 멈췄다. 니샤는 공포에 질려 문을 노려봤다. 방 안을 돌아보는 순간, 달칵. 문이 열리기 시작했다.

"대답이 없어요."

"승강기로 내려오는 중일지도 몰라요. 거기선 신호가 안 잡히잖아요." 샘이 중얼거리자 재스민이 고개를 끄덕였다. 그들은 로비 구석에 서 있었다. 모르는 사이인 두 사람은 말없이 승강기만 노려보고 있었다. 문이 열릴 때마다 손님들이 내렸지만, 니샤는 없었다.

그때 재스민의 휴대전화가 울렸다.

방에 있어요. 저들이 돌아왔어요. 날 꺼내줘요.

재스민이 미친 듯이 메시지를 보냈다. 샘이 어깨 너머로 지켜봤다.

저들이 돌아왔다니? 어디 있는 거예요?

침대 밑. 저들이 싸워요.

"이런, 세상에." 재스민이 겁에 질려 중얼거렸다.
"어쩌죠?" 샘이 말했다.
"침착해요. 코트를 가지러 왔으면 곧 다시 나갈 거예요. 괜찮을 거예요." 재스민은 자신을 설득하듯이 두 번 말했다. "코트 가지러 온 거 맞죠?"
"네." 샘이 답했다. "네, 맞아요. 괜찮을 거예요."

니샤는 퀸 사이즈 침대 밑에 누워 두려움에 온몸의 세포 하나하나가 긴장해 있었다. 니샤와 재스민은 늘 침대를 밀고 청소하지만, 2층 담당자가 누군지 몰라도 그 사람은 그런 수고를 하지 않았다. 침대 아래의 양쪽에 먼지 뭉치와 모르는 사람의 머리카락, 각질, 신체가 남긴 온갖 구역질 나는 미세 물질이 굴러다녔다. 니샤는 그 속에 누워 있었다. 그렇게 생각하니 소리 내어 울고 싶었다. 오른쪽도 왼쪽도 돌아볼 수 없었다. 그러면 무엇이 있는지 보여서 헛구역질이 날 테니까. 그래서 니샤는 눈을 꼭 감고, 바닥에 닿는 피부 면적을 최대한 줄이기 위해 양손을 배에 올린 채로 꼼짝하지 않았다.

"우린 안 늦었어. 예약 같은 것도 안 했잖아, 대런! 당신이 예약할 생각도 안 했으니까. 당신답게 말이야. 당신이 또 그 입에다 음식을 꾸역꾸역 집어넣는 게 좀 늦어질 뿐이라고!"

침대를 빙 도는 발소리가 들렸다.

"혹시 당신 엄마 집에 못 가서 이러는 거야? 세상에."

"난 일요일에 엄마 집 가는 게 좋아! 당신은 그걸 왜 그렇게 싫어하는데?"

"당신 엄마가 시중을 다 들어줘서 당신은 손 하나 까딱 안 해도 되니까 좋아하는 거잖아! 그러니 집에서 그렇게 아무짝에도 쓸모가 없지."

그냥 좀 가라. 니샤가 생각했다. 부끄러운 싸움은 식당에 가서 하라고. 이 방에서 제발 나가줘.

"그거 알아? 나가기 싫어졌어. 룸서비스 시킬래."

"뭐?" 리즈 프로비셔가 못 믿겠다는 목소리로 말했다.

"들었잖아."

침대가 푹 꺼지자 니샤가 인상을 썼다. 침대 바닥에서 코까지의 거리가 3센티도 안 되게 좁혀졌다. 대런이(분명 대런일 테니까) 리모컨을 들어 호텔 TV를 켜는 소리가 들렸다. 축구 경기 중계 소리가 방 안에 퍼졌다.

"그럼 그냥 여기 있을 거야? 나 혼자 먹으러 가라고?"

"마음대로 해. 여기 오자고 한 것도 당신이니까, 당신이 알아서 해."

"언니가 당신을 보고 한 말이 옳았어."

"아, 당신 언니. 그래. 처형까지 들먹여 봐."

니샤의 코가 근질거렸다. 덩치 큰 대런이 움직여서 먼지 입자가 들썩인 모양이었다. 니샤는 손을 코로 가져가 꾹 막았다. 재채기가 날 것 같았다. 오, 세상에. 참을 수가 없었다. 터질 것 같았다. 도저히…….

재채기하는 순간, 방 안에서 갑자기 소리가 터져 나왔다.

"골! 케인의 엄청난 골입니다. 골키퍼도 막을 수 없는 골입니다!"

TV 해설자가 외치더니 소음이 잦아들기 시작했다. 니샤는 눈물이 났다. 소리를 지를 것만 같았다. 위에서 대런이 움직이더니 호텔 전화기를 드는 소리가 들렸다.

"정말 여기 있을 거야?"

"응." 대런이 말했다. "너무 춥다. 그냥 여기서 먹자."

"난 나가고 싶어. 좋은 데서 외식 한번을 안 하잖아."

"지난 토요일에 외식했잖아."

"그래. 하지만 당신 동생이랑 같이했지."

니샤는 어딘가에서 들은 대로 몸에서 자신을 분리하려고 노력했다. 호흡에 집중하려다가 심호흡을 하면 침대 밑의 부스러기를 더 많이 들이마시게 된다는 사실을 깨달았다. 그저 눈을 꼭 감고 손으로 입을 막는 수밖에 없었다.

발소리가 들리더니, TV 속 축구 관중 함성만이 들려왔다.

니샤가 눈을 떴다. 방 모서리의 안락의자에서 흐느끼는 소리가 들려왔다. 머리 위의 침대가 조금 움직이더니 대런의 발이 니샤의 머리 쪽 카펫을 밟았다. 오른쪽 양말에 구멍이 나서 허연 뒤꿈치가 동그랗게 드러나 있었다.

"울어?"

"저리 가."

긴 침묵이 흘렀다. 소리 죽인 울음소리가 더 들려왔다.

"특별한 날이 되길 바랐어. 난 상을 탔다고, 대런! 정말 신났는데. 당신이 다 망쳤어."

한숨 소리.

"망친 거 없어. 자, 그러지 마. 배가 고파서 그래."

갑자기 휴대전화가 반짝였다.

나왔어요?

아뇨!

니샤가 답장했다.

그 사람들이 안 나가요?

모르겠어요. 침대 밑에서 정말 죽겠어요. 도와줘요.

메시지 입력 신호가 잠시 깜빡였지만, 아무 말도 오지 않았다. 재스민과 샘이 해결 방법을 찾는 모습이 떠올랐다. 재스민이 뭔가 생각해 낼 것이라고 믿었다. 그래야만 했다.

"알겠어, 여보, 나가자. 코트 입어." 대런이 자기 재킷 소매에 팔을 끼우는 소리와 열쇠가 짤랑거리는 소리가 들렸다.

"내가 지갑을 옆에 뒀나?"

'가.' 니샤가 생각했다. '어서 가서 먹어. 제발.'

그때 리즈의 우울한 목소리가 들려왔다.

"이제 나가기 싫어."

니샤의 눈이 동그래졌다. '이 여자가 장난하나?'

"당신 때문에 망쳤어."

대런은 그런 상황에 아주 익숙한 듯 회유했다.

"어, 울지 마, 여보. 당신이 울면 내가 못 견디는 거 알잖아."

니샤가 알아들을 수 없는 대화가 오갔다.

"이리 와. 침대에 앉자. 안아줄게."

니샤는 숨을 꾹 참았지만 두 사람의 무게에 침대가 살짝 삐걱거리자 눈살을 찌푸렸다.

"이리 와. 우리 아기. 이리 와."

훌쩍이는 소리가 멈췄다. 그리고…… 세상에. 안 돼. 니샤의 목덜미 털이 곤두섰다. 키스 소리가 들려왔다.

"요즘은 날 그렇게 안 부르잖아."

"우리 아기. 그 정장 입으니까 멋있어. 정말 멋있어."

"말로만 그러는 거잖아."

"당신이 베이징 덕보다 훨씬 더 맛있어 보여."

머뭇거리다 키득대는 소리가 들렸다.

'오, 제발, 이러지 마. 안 돼, 안 돼, 안 돼.'

"어! 내가 좋아하는 브라네! 그거 알면서."

키스하고 키득거리는 소리가 더 들려왔다. 그리고 작은 신음 소리. 그리고 더 큰, 남자의 신음 소리.

니샤는 소리 없이 다급하게 메시지를 보냈다.

제발 나 좀 빨리 꺼내줘.

니샤는 지난 한 달간 여러 가지 비참한 일을 겪었지만, 그 모든 것은 그저 전채 요리에 불과했다. 그때가 최악의 절정이었다. 니샤의 악몽이 전부 현실이 된 것 같았다. 그것도 통통한 몸집의 부부가 얼굴 바로 위에서 정열을 과시하는 형태로. 니샤는 마음속에서 그 상황에서 벗어나 비명을 지르지 않고 숨 쉬는 것에, 구역질 나는 카펫에서 소리 지르며 기어 나가지 않고 조금 더 버티는 것에 전력을 다해 집중했다. 눈을 감고 레이를 생각하려고 했지만, 그 지독한 상황 속에서 그 애의 귀여운 얼굴을 떠올리는 행동은 그릇된 일이라고 느껴졌다. 대신 니샤는 입을 막고 위에서 나는 소리를 차단하려 노력하며 누워 있었다. '이거구나.' 니샤가 생각했다. '난 이렇게 죽는구나. 저 인간들이 섹스하고 잠들면 나는 밤새 여기서 못 빠져나가겠지. 2층 객실 담당이 이놈의 가구를 옮기고 침대 밑을 청소하기로 마음먹는 날 내 불쌍한 시체가 발견될 거야.'

한순간도 못 견디겠다 싶을 때마다 니샤는 그 순간을 견뎌냈다. 악몽 같은 순간을 한 번씩. 그리고 대런이 본격적으로 하기로 마음을 먹었다. 침대가 움직이기 시작했다. 침대 바닥이 오르내리며 니샤의 얼굴을 자꾸 건드렸다. 쾌락의 숨소리와 비명 소리가 점점 더 커졌다. 니샤는 통제력을 잃기 시작했다. 온몸이 떨렸다. 머릿속이 멍해졌다. 감당할 수 없었다. 견딜 수 없었다. 이건…….

샘과 재스민이 2층 복도 끝에 있었다. 재스민은 청소용 이동 카트 옆에, 모자를 쓴 샘은 거기서 몇 발자국 떨어진 곳에 서 있었다. 재스민은 수건 더미 위에 올려둔 휴대전화로 들어오는 메시지를 낮은 목소리로 샘에게 전했다.

재스민이 휴대전화기를 들어 조심스레 적었다. 괜찮아요?

아니 안 괜찮아요 내 위에서 진짜로 섹스하고 있어.

재스민의 눈이 휘둥그레졌다. 이 내용을 샘에게 전달한 재스민은 긴장한 웃음소리를 냈다. 그들은 232호실 쪽으로 몸을 기울였다. 침묵 속에서 그 소리가 겨우 들려왔다. 지나가던 사람도 소름 끼치게 만드는 소리였다.

"니샤 죽겠네." 재스민이 바로 서면서 고개를 끄덕였다. "정말로 죽겠어."

전화가 다시 울렸다.

먼지가 많아서 재채기 나요.

"저런." 재스민이 메시지를 적으며 중얼거렸다. '재채기 참아요. 절대로 참아요.'

공황발작이 왔어요.

알림음이 계속 울렸다.

숨 막혀 도와줘.

"어쩌면 좋죠?" 재스민이 걱정스러운 표정을 지으며 소리를 낮춰서 물었다.

샘은 더 이상 견딜 수 없었다. 손을 맞잡고 궁리하던 샘은 눈을 감았다가 떴다. 그리고 복도를 따라 걸어가 찾던 것을 발견했다. 재스민을 다시 보고, 마크스 앤드 스펜서에서 산 진청색 구두를 벗어들고는 화재경보기를 때려서(두 번, 세 번) 유리를 깼다. 그리고 손바닥으로 버튼을 눌렀다. 곧바로 귀청이 찢어지는 소리가 났다.

"뭐 하는 거예요?" 재스민이 외쳤다.

"달려요!" 샘이 외치더니 비상구를 향해 돌진했다.

32

녹음된 메시지가 벤틀리 호텔의 310개 객실 전체에 울렸다. 당황
하지 마십시오. 화재경보가 울렸습니다. 가까운 비상구로 탈출하십
시오.

아마도 가장 곤란한 순간에 멈춘 탓에 대런은 상황 파악에 리
즈보다 1초쯤 더 걸렸다. 리즈는 이미 맨발로 침대에서 일어선 뒤
였다.

"화재? 대런, 불이 났대! 불!"

대런이 헉헉거리며 말했다. "착오일 거야."

"사람들이 복도로 나오는 소리가 들려. 대런, 일어나! 나가야 해!"

"아닐 것 같은데." 양말을 신은 대런의 발이 니샤의 머리 옆 바닥
을 밟았다. 소리에 귀가 먹먹한 채로 얼어붙었던 니샤는 오른쪽 허
벅지 옆에 둔 구두에 손을 뻗은 뒤, 스트랩을 손가락에 감았다. 프
로비셔 부부가 다투면서 옷을 입고 물건을 챙기는 소리, 복도 밖의
다급한 목소리와 발소리가 들렸다. 그 외중에 귀를 찢는 화재경보
가 간헐적으로 들려왔다.

"가방. 내 가방 어디 있지?"

"아래층에 내려가면 경보는 멈출 거야."

"구두는 어디 있어?"

"그놈의 구두는 놔둬. 당신……."

"대런. 모두 다 호텔에서 나가고 있어. 어서."

리즈 프로비셔의 음성에서 당혹감이 느껴졌다. 니샤는 화재가 진짜인지, 제때 탈출할 수 있을지, 침대 밑에서 타 죽은 뒤 폼페이의 인간 유적처럼 나중에 발견되게 될지 알 수 없었다.

문이 열리는 소리와 함께 수많은 사람이 잠에서 덜 깬 채 어리둥절해하며 나오는 소리, 아기가 우는 소리가 쏟아져 들어왔다. 문이 닫히자 소리는 다시 줄어들었고 잠깐 동안 고요해졌다. 니샤는 조금 더 기다린 뒤 침대 밑에서 나왔다. 기침을 하고 옷에서 먼지를 털어냈다. 헛구역질에 눈물이 나왔다. 사진. 사진을 잊지 말아야 했다. 니샤는 인쇄한 사진을 꺼내 침대 옆 테이블에 올려두고 문으로 살그머니 가서 밖을 살폈다. 그리고 구두를 가슴에 끌어안은 채 비상구로 향하는 긴장한 손님 대열에 합류했다. 불길에 휩싸일까 하는 염려도 사라진 뒤였다.

그 방에 계속 있는 것보다는 그편이 나았으니까.

샘과 재스민이 후문에 모여 있었다. 자리를 이탈해도 되는지 갈팡질팡하던 직원들이 몇 명씩 무리를 지어 나왔다. 담뱃불을 붙이며 아이러니한 상황을 깨닫지 못하는 이들도 있었다. 흰색 조리사 복을 입은 조리사들은 떨면서 수플레를 망치고, 생선 요리를 태워

지배인이 분노할 거라고 걱정을 늘어놓았다.

"메시지에 답이 없어요. 전화해야 할까요?"

"5분만 더 기다려봐요. 혹시 모르니."

"알렉스에게 전화할게요. 그 사람은 알지도 몰라요."

샘의 가슴이 세차게 두근거렸다. 환희와 공포가 동시에 느껴졌다. 샘 자신이 저지른 일이었다. 그 엄청난 혼돈과 난리를 혼자서 만들어냈다. 울려대는 경보와 화재 발생 지역을 찾으려는 매니저들의 목소리가 들렸다. 수백 명이 중앙 입구에서 보도로 쏟아져 나왔다. 울어대는 아이들을 이끄는 부모들, 시차 적응이 안 된 여행객들은 가로등 불빛에 눈을 껌뻑이며 호텔을 비우고 있었다. 삶이 온통 혼돈으로 변했고 나아가 샘은 혼돈을 직접 일으켰다. 그 거대한 기계를 한 손으로 멈춰버렸다. 요란한 소음 위로 재스민이 전화를 꼭 쥐고 통화하는 소리가 들렸다. 가운이나 급하게 집어 든 코트 차림으로 도로로 흘러나오는 손님들 때문에 주위 도로는 마비 상태였다. 어둠 속에서 길을 찾는 택시 경적이 들려왔다.

샘은 믿을 수 없는 심정으로 그 광경을 지켜보다가 희한한 경험을 했다. 가슴속에서 낯선 무언가가 위로 솟아오르는데, 막을 수가 없었다. 샘은 웃기 시작했다. 머리를 젖혀 벽에 기대고서, 두피에 차가운 벽돌의 온도를, 손에 거친 감촉을 느끼며, 그 모든 미친 혼돈을 보면서 웃기 시작했다. 웃고 또 웃다가 보니 눈물이 흐르고 옆구리가 결렸다. 재스민이 믿을 수 없다는 표정으로 눈살을 찌푸리며 자신을 보는 모습에, 샘은 더욱 크게 웃었다.

"정신 나갔어요?" 재스민이 휴대전화를 주머니에 넣으며 말했다.

샘은 눈물을 닦고, 웃으면서 끄덕였다. "그런가 봐요. 네. 맞아요. 그럴 거예요."

사람들 사이에서 복도를 따라 걷던 니샤는 문에서 병목현상이 일어나자 비상계단 입구에서 걸음을 멈췄다. 젊은이들이 웃으며 농담하고 있었고, 등 뒤에서는 노부부가 시끄럽다고 불평하며 마른손으로 귀를 막고 있었다. 니샤는 해냈다는 사실을 믿을 수 없어 구두를 꼭 끌어안았다. 사람들이 좁은 계단을 천천히 내려가는 광경을 보면서, 니샤는 재스민이나 샘이 근처에 있는지 뒤를 돌아봤다. 그때 그가 보였다. 아리였다.

아리는 니샤가 든 구두에 시선을 꽂고 있다가, 그것을 든 사람이 누구인지 깨닫고는 깜짝 놀란 표정을 지었다. 그는 곧바로 항의하는 사람들을 비집고 니샤 앞으로 다가왔다. 가슴이 철렁했다. 서서히 계단을 내려가는 사람들 사이를 헤치고 나와 문을 통과해 계단으로 들어섰다. 그가 바짝 뒤쫓고 있었다.

"조심해요! 넘어질 뻔했잖아요!"

니샤는 사과할 겨를이 없었다. 말이 목에 걸려 나오지 않았다. 사람들 사이를 헤치고, 계단을 세 개씩 건너뛰었다. 사람들이 외치는 소리에 아리도 똑같이 하며 오고 있다는 사실을 알 수 있었다. 니샤는 재빨리 계산해 1층 출구로 몸을 틀어 빠져나오다, 누군가가 팔꿈치로 가슴을 세게 쳐서 얼굴을 찌푸렸다. 사람들이 너무 많아 다른 이들의 체취를 맡을 수 있었다. 희미한 공포가 느껴졌다. 니샤는 정장 차림의 덩치 큰 남자 둘 사이에 껴들어, 마침내 비상구로 밀고 나가는 사람들의 흐름을 거슬러 직원용 승강기 쪽으로 달려갈 수 있었다.

화재 시 첫 번째 수칙은 승강기를 쓰지 않는 것이었지만, 니샤는 안으로 들어가 로비 층 버튼을 눌렀다. 문이 닫히는 순간 아리가 니샤를 알아봤다. 니샤는 뭐라고 외치는지도 모르면서 고함을 쳤고, 그 소리에 갑자기 승강기가 살아나더니 서서히 아래로 내려갔다. 그가 부하에게 연락할 것이 분명했다. 몇 명이나 있을까? 그는 어디로 갈까? 문이 다시 열리자 사람이 가득한 로비를 내달리던 니샤는 레스토랑 문을 봤다. 그것을 밀고 들어가 빈 식당의 가장자리로 내달렸다. 놀란 손님 몇 명이 바에서 코트를 내놓으라고 직원과 다투고 있었다. 니샤는 주방에 들어갔다.

일요일 밤 벤틀리의 주방은 보통 시끌벅적했다. 냄비 부딪히는 소리, 증기를 내뿜는 소리, 엄청난 온도로 무언가 튀기는 소리. 흰색 옷을 입고 지친 표정을 한 남자들이 서로 소리를 지르며 접시에 튄 것을 행주로 닦았다. 웨이터들이 접시를 안팎으로 나르는 동안 문이 여닫혔다. 하지만 그때는 주방 직원 몇 명이 물건을 챙기고 있을 뿐이었고, 타는 음식 냄새만 가득했다. 니샤가 그를 발견했다. "알렉스!"

알렉스는 돌아서더니 니샤의 표정에서 뭔가 알아차린 듯 달려오기 시작했다.

"그 사람이 날 쫓아요! 도와줘요!" 니샤가 뒤를 돌아보며 외쳤다. 알렉스는 망설임 없이 니샤의 팔꿈치를 잡더니 싱크대 앞을 달려갔다.

"여기로." 알렉스는 금속 문 옆 패널에 비밀번호를 입력한 뒤 니샤를 데리고 냉장실로 들어갔다. 그리고 묵직한 문을 닫은 뒤 안쪽 비닐 쪽으로 향했다. 그들이 움직이자 전등이 자동으로 켜졌다. 니샤는 거대한 고기 트레이와 타일 벽 앞에 걸려 있는 동물의 사체, 야채와 대용량 우유를 둘러봤다.

"저쪽으로 가요." 알렉스가 말했다. "선반 끝으로."

니샤는 그가 말한 곳, 끝없이 쌓인 달걀 뒤로 몸을 숙이고 들어갔다. 그들은 높다란 스테인리스스틸 용기 뒤쪽에 숨었다.

냉장고의 기계음 말고는 조용했다. 니샤는 숨을 몰아쉬고 있었다. 바깥 소음이 잦아들자 귓전에 자신의 맥박 소리가 울렸다. 눈을 감을 때마다 아리가 놀랐다가 곧이어 결의에 찬 얼굴로 뒤쫓던 모습이 떠올랐다.

"찾았군요." 알렉스가 말했다. 니샤는 아직 손에 들고 있는 구두를 한 번 내려다보고 말없이 고개를 끄덕였다. 정말 찾았다는 실감이 들어 니샤는 구두를 더 꼭 끌어안았다. 밖에서는 경보가 계속 울렸지만 안에서는 소리가 크게 들리지 않아서 니샤는 차츰 진정됐다. 알렉스는 바로 옆에서 미소를 지었고, 니샤도 긴장된 표정으로 미소를 지었다. 그러나 마음 한구석에서는 아직도 아리가 뛰어들어와 구두를 빼앗아 갈까 봐 두려웠다.

"못 들어와요." 알렉스가 니샤의 마음을 읽은 것처럼 말했다. "문을 열려면 비밀번호가 있어야 합니다."

"정말 불이 났어요?"

"아뇨. 당신 친구 샘이 화재 경보를 울렸어요. 재스민이 말해줬습니다."

"샘이요?" 믿을 수 없었다. 니샤가 전화를 확인하니 부재중 전화
와 메시지가 연달아 와 있었다.

"재스민이 당신이 공황발작을 일으켰다고 했더니 샘이 특단의 조
치를 취했답니다." 알렉스가 손을 뻗어 니샤의 머리카락 한 올을 걷
어냈다. "괜찮습니까? 어떻게 된 겁니까?"

"말해도 안 믿을 거예요."

알렉스는 미소를 지었다. 그의 팔은 니샤의 머리 옆에 있었다. 손
으로 벽을 짚고 있어서 이두박근과 찬 공기에 곤두선 금빛 잔털이
보였다. 가만히 있던 니샤는 문득 온도를 의식했다. "얼마나 여기
있어야 할까요?"

"모두 돌아올 때까지요."

"이제 몰래 나가야 하지 않을까요? 모두 밖에 있을 때?"

알렉스가 시무룩한 표정을 지었다. "그게 좀 어렵습니다. 문이 안
에서는 안 열리거든요."

"네?"

"고장이 났습니다. 안쪽 문제는 고쳐주질 않거든요. 괜찮습니다.
기껏해야 20분이면 모두 들어올 겁니다. 얼어 죽진 않을 거예요."

"난 그럴 수도 있어요." 니샤는 검정 블라우스와 바지만 입은 것
을 이미 후회하고 있었다. 그곳에는 추위를 막아줄 것이 하나도 없
었다. 니샤는 팔로 몸을 감싼 채 떨기 시작했다.

그 모습을 본 알렉스가 요리사복 재킷을 벗어 니샤의 어깨에 걸
친 뒤 윗단추를 잠가줬다. "좀 낫습니까?"

"조금요."

알렉스가 정말 가까이 있었다. 그의 냄새, 좋은 요리의 희미한 내음과 레몬 향 비누 냄새가 났다. 니샤는 문득 그의 키스를, 그에게 녹아들어 가 모든 것을 잊고 싶었던 기억을 떠올렸다.

"자요." 알렉스가 니샤를 품으로 끌어들이더니 양팔로 안았다. 니샤는 그의 티셔츠를 통해 체온을 느꼈다. 머리를 기대자 심장 뛰는 소리가 조그맣게 들려왔다. 눈을 감고서 멀리서 문 여닫히는 소리, 끝없이 윙윙대는 경보를 들었다. 그는 니샤가 본 사람 중에서 가장 침착했다…… 그리고 그 사실이 니샤를 위로했다. 아무 일도 없을 것 같았다. 그들은 그곳에서 안전했다. 아리는 니샤를 찾을 수 없었다. 구두도 손에 넣었다.

하지만.

냉장고 기계음만 들리는 적막에 가까운 상태 속에서 니샤는 그의 심장박동을 의식하게 됐다. 분명히 정상 박동보다 빨랐다. 니샤는 손이 시렸다. 알렉스가 니샤의 한 손을 잡아 입에 대고 따뜻한 입김을 불더니 꼭 쥐었다. 심장박동이 조금 더 빨라졌다. 니샤는 다른 쪽 손을 그의 티셔츠 속에 넣었다. "따뜻하니까." 니샤가 중얼거리자 알렉스의 심장박동은 조금 더 빨라졌다. 그때 니샤의 마음이 바뀌었다. 니샤가 고개를 들자 그는 니샤를 똑바로 보고 있었다. 두 사람 사이가 조금 흔들렸다.

"여기 너무 추워요." 니샤가 조용히 말했다. 침묵. 그리고 니샤의 입술이 그의 입술에 닿았다. 그의 손이 니샤의 머리칼을 쓰다듬었다. 그들은 선반에 기대서 뜨겁고 끝없는 키스를 나눴다. 알렉스의 손이 니샤를 꽉 잡아당겼다. 니샤는 온도에 대해서는 완전히 잊고 말았다.

28분 뒤 문이 열렸다. 화재경보가 꺼졌고, 직원들이 중얼거리고 농담하면서 밀려들어 와 각자의 자리로 돌아갔다. 니샤와 알렉스는 문 옆에서 기다렸다. 니샤는 알렉스의 요리사복을 입고 있었으며, 둘 다 이상하게 멍한 표정이었다. 앙드레가 문을 열고 두 사람을 뚫어져라 쳐다봤다.

"따뜻하게 해주려고." 앙드레가 계속 보자 알렉스가 말했다.

"그렇겠지." 앙드레가 말했다.

호텔 옆 골목길을 반쯤 지나가고 나서야 알렉스는 벨트를 두고 왔고 니샤는 등에 깨진 달걀 두 개가 묻어 있다는 사실을 깨달았다.

그들은 연회용 의자와 테이블을 보관하는 대형 창고에서 옆쪽 출구를 통해 호텔을 빠져나갔다. 그리고 호텔 반대쪽, 사람들이 밀려나와 난리가 난 곳과 멀찍이 떨어진 골목길에 들어섰다. 그들은 팔짱을 끼고 말없이 재스민의 아파트까지 800미터쯤 걸어갔지만 이렇게 긴 침묵이 니샤를 불안하거나 불편하게 만들지 않았다. 평생 처음으로 니샤는 깊은 평화, 약에 취한 것과도 같은 낯선 평정을 경험하고 있었다. 온몸이 격앙되어 옆에서 걷고 있는 남자를 강렬하게 의식하는 동시에 꿀에 젖은 듯 긴장이 풀려 있었다. 알렉스는 구두를 안전하게 배낭에 넣어 한쪽 어깨에 메고 있었다. 그는 니샤와 보조를 맞추어 밤거리를 빠르게 걸었다. 니샤는 방향만 알려줬다. "여기서 꺾어야 해요. 저 모퉁이 바로 옆이에요." 이따금 그는 니샤를 살짝 끌어당겼다.

그 손길은 기분 좋았다. 소유욕은 없이 그저 편안한, 그의 존재를 상기시키는 손길이었다. 또한 냉장실에서 보낸 30분을 기억나게 해주는 일이었다. 그때를 생각하면 니샤의 마음속 무언가가 녹아내렸다. 이게 그 느낌이구나. 생각해 보면 서글프기도 했다. 지난 20년간 니샤가 당연하다 여겨왔던 칼의 행동은 그녀를 전부 무시하는 행위였는데도 니샤는 두 사람이 동등하고 존중하는 관계라 생각했던 것이 서글펐다. 칼은 니샤를 바라보고, 그렇다, 종종 욕망하기도 했다. 하지만 사랑했을까? 아니다. 칼이 그런 감정을 가질 수 있는 지조차 알 수 없었다. "함께해요." 알렉스는 얼굴을 바짝 대고 중얼거렸고, 그 생생한 순간 니샤는 평생의 절반을 자신에게 전혀 공감하지 못하는 남자와 보냈음을 깨달았다. 난 소유물이었구나. 니샤는 생각했다. 난 물건이었어. 상품, 부록, 그리고 성가신 존재. 니샤는 눈을 감은 채 몰려드는 수치와 슬픔을 밀어냈다.

"왔다!"

재스민이 문을 활짝 열자 따뜻하고 향기로운 공기가 훅 흘러나왔다. 니샤가 안으로 들어가니 샘과 앤드리아, 그레이스가 기쁘고 들뜬 표정으로 부엌에서 기다리고 있었다.

"해냈군요!" 재스민이 웃으면서 니샤를 끌어안자 알렉스는 옆으로 비켜섰다. "진짜 해냈어! 대단해! 세상에, 마지막 30분이 어떻게 지나갔는지 모르겠어요. 내 심장! 나한테 무슨 짓을 한 건지 알아요? 50번은 기절하는 줄 알았어." 재스민은 모두 부엌에 앉으라고 하고 현관문을 잠갔다. "솔직히 니샤, 그 메시지를 받고 웃어야 할지 공황발작을 일으켜야 할지 헷갈렸어요."

니샤는 알렉스와 조용히 걷던 즐거움에 빠져 있어서 평소의 주파수로 돌아오는 데 조금 시간이 걸렸다.

"샴페인 마시고 있어." 앤드리아가 병마개를 따며 말했다. "아니, 사실 스파클링 와인 프로세코야. 샴페인 살 돈은 없었어. 하지만 어차피 같은 거잖아." 펑 소리가 났다. 재스민이 잔을 꺼내는 사이 그레이스는 큰 그릇에 대용량 감자칩을 담았다.

"접시 하나 더 가져오렴. 토르티야 칩도 꺼내고. 치즈 맛으로. 딥소스도 꺼낼까요? 딥소스 먹을 사람?"

재스민이 틀어놓은 음악이 흐르는 가운데 알렉스와 앤드리아는 인사를 나눴다. 그레이스가 감자칩 그릇을 돌리면서 자기 몫도 슬그머니 챙겼다. 재스민은 알렉스를 두 번, 세 번 끌어안았고 어디 숨어 있었냐고 물으면서 다 안다는 듯 니샤를 흘끔거렸다. 왁자지껄한 작은 부엌에 안도감과 웃음이 가득했다. 니샤는 프로세코를 한 모금 마셨다. 싸고, 너무 달고, 완벽하게 맛있는 술이었다. 어딜 가나 습관처럼 구석에 서 있는 샘이 보였다. 샘은 희미한 미소를 지으며 모두를 보고 있었지만, 눈가에서 슬픔과 피로가 느껴졌다.

니샤는 테이블을 돌아서 샘에게 다가갔다. 갑자기 모두 조용해졌다. 또 무슨 비난의 미사일이 자신에게 발사될지 각오하며 샘은 살짝 굳었다. 둘의 눈이 마주쳤다.

"고마워요." 니샤가 말했다. "덕분에 살았어요."

그리고 모두가 믿기 어려운 심정으로 지켜보는 동안, 니샤가 한 걸음 다가가 샘을 끌어안더니 힘을 줬다. 샘이 누그러지며 조심스레, 하지만 놀라울 만큼 꼭 안을 때까지.

　최고의 즉석 파티가 그렇듯이 그날의 파티도 준비한 건 거의 없었다. 프로세코가 떨어지자 알렉스가 와인을 더 사러 나갔다. 그날 저녁 9시 30분에는 음악과 대화가 흘렀다. 작은 아파트에는 온기와 웃음이 가득했다. 병원에 다녀온 뒤로 빠르게 회복한 앤드리아는 니샤에게 232호실에서 있었던 일을 전부 이야기해 달라더니, 웃다가 흘린 눈물을 닦느라 두건이 벗겨지기도 했다. 재스민은 매 순간 어떤 느낌이었는지 하나하나 설명했고, 화재경보를 누른 사람을 찾아내려는 매니저들을 흉내 냈다. 거리를 지나가던 사람의 장난으로 잠정 결론이 났다. 시내 한복판에 있는 호텔에서 가끔 일어나는 일이었다. 재스민이 샘에게 호텔 안에서 모자를 잘 썼다고 칭찬해서 샘은 모자를 쓴 것을 잊고 있어서 벗지 않았다는 말은 못 했다. 섹스 중에 갑자기 뛰쳐나간("니샤, 그 이야기 그만해요. 정말로 바지를 적실 것 같아.") 프로비셔 부부는 그때쯤에는 니샤가 방에 두고 온 사진을 발견했을 것이다. 리즈 프로비셔가 쓰레기통에 고양이를 버리는 사진이었다. "고양이 보호 동호회인 줄 알겠네!" 그레이스는 웃느라 정신없었다.
　"그러고도 뻔뻔하게 구두가 없어졌다고 신고했다면 손님으로 등록도 안 되어 있는 걸 알게 될 거예요." 재스민이 말했다. 어느 호텔이 불법으로 투숙한 사람의 도난신고를 진지하게 받아들이겠는가? 누군가가 나가서 감자칩을 사 왔고, 그들은 감자칩을 플라스틱 그

룻에 담아 토마토케첩을 찍어 먹었다.

구석의 의자에 앉아 지켜보던 샘은 니샤의 변화에 놀랐다. 니샤는 어딘가 달라졌다. 부드럽고 편안해졌다. 그녀는 알렉스와 작은 소파에 앉았는데, 이따금 아무도 안 보는 줄 알고서 그와 손깍지를 끼곤 했다. 그 모습에 샘은 슬퍼졌다. 그런 관계를 영영 잃어버린 느낌이었다. 약속한 일을 마치고 난 샘은 차츰 의욕과 결심을 잃었다. 니샤는 구두를 되찾았지만 샘은 모든 것을 잃었다. 시간이 흐릿하게 흘러갔다. 순식간에 몇 시간이 지났다. 모두 꽤 취했지만 샘은 신경 쓰지 않았다. 캣은 콜린 집에서 지낼 거라고 한 시간 전에 메시지만 하나 달랑 보내더니 "엄마가 개를 잊었을지 몰라"서 데려간다고 했다. 필립은 떠났고, 집에는 아무도 없었다.

샘은 앤드리아가 팔을 잡는 것을 느꼈다. "괜찮아?"

"응." 샘이 웃어 보이려고 애쓰며 말했다.

앤드리아가 샘의 표정을 살폈다. "나중에 이야기하자." 그렇게 말하더니 위로하듯 토닥였다.

"구두 좀 볼 수 있어요?" 그레이스가 물었다.

"응?"

"뭐가 그렇게 대단한지 궁금해서요." 음악 소리 사이로 그레이스가 다시 말했다.

알렉스가 미소를 지으며 가방을 집어 들었다. "그럼." 그가 말했다. "직접 보면서 축하하자."

니샤는 갑자기 불안한 표정을 지었다. 알렉스가 구두를 꺼낸 뒤 조심스레 니샤에게 건넸다. 니샤는 앞에 놓인 커피 테이블에 구두를 가지런히 놓았다.

"정말 예쁘다." 그레이스가 말했다. 재스민이 딸의 어깨를 꼭 쥐었다.

"미쳤네." 앤드리아가 말했다. "구두 한 켤레에 그 난리라니."

샘은 잠시 후 니샤가 그 구두를 보는 눈빛을 알아차렸다.

"이상한 게 뭔지 알아요?" 니샤가 말했다. "난 어차피 신경 안써요."

"뭘 신경 안 써요?" 재스민이 음악 소리를 낮췄다.

"구두요. 저거 봐요."

그들은 구두를 보고는 영문을 모르겠다는 표정으로 다시 니샤를 봤다.

"저건 칼의 장난이에요. 날 이리 뛰고 저리 뛰게 만들 방법. 그 사람이 정말 미워요. 저게 우리 결혼 생활을 완벽하게 요약한 거죠. 온통 보여주기뿐. 나는 쇼에 나가는 조랑말처럼 차려입고 광대처럼 뛰어다니며 그 사람 뒤치다꺼리를 했어요. 그 사람이 날 조련했죠. 내 아들은 저게 진짜 루부탱도 아니라던데요?"

"하지만 이제 가져왔잖아요." 앤드리아가 위로하듯 말했다. "그럼 그 사람은 니샤가 해달라는 대로 해줘야 하고. 위자료를 줘야죠."

"아뇨." 니샤가 말했다. "뭔가 이상해요. 그 사람이 구두 한 켤레에 왜 그렇게 집착하는지 모르겠어요."

"원하는 이유는 뭐라도 상관없습니다." 알렉스가 말을 받았다. "어차피 거래니까. 구두를 찾았으면 됐습니다."

니샤는 불쑥 화가 나서 구두 한 짝을 들었다가 내려놓았다. "아니, 대체 이게 뭐죠? 그 남자랑 결혼해서 20년 가까이 살면서 아들을 낳고, 내 인생을 바쳐서 원하는 건 다 해줬어요. 가장 친한 친구도 잃었어요. 그 남자가 그런 사람이랑 사귀지 말래서요. 그 말도 들어줬다니까요. 만날 상대까지 그 남자가 정했어요. 그렇게 살았는데, 내 구두 한 켤레를 찾아 여기저기 뛰어다니게 만들다니, 너무 창피해요."

샘이 반짝이는 구두와 니샤의 일그러진 얼굴을 봤다. 갑자기 분위기가 바뀌면서 몇 시간 동안 느끼던 기쁨은 증발해 버렸다. 재스민과 앤드리아는 눈치만 살폈다. 뭐라고 대꾸해야 할지 알 수 없었다.

"그 여자한테 이 구두를 주려는 거라면, 맞지도 않거든요. 그 여자는 왕발이라고요. 진짜 왕발. 꼴도 보기 싫어." 니샤가 말했다. "그 남자만큼 싫어요."

"니샤. 앉아요." 재스민이 팔을 뻗었다. "넘어지겠어요. 진정하고 앉아요."

니샤는 앉아 있는 알렉스를 내려다봤다. 니샤를 동정하고 이해한다는 표정이었다.

"구두는 아무 의미 없어요." 알렉스가 달래듯이 말했다. "아무것도 아니에요. 끝을 내는 수단일 뿐이죠. 미래를 생각해요. 구두가 가져다줄 것을. 중요한 건 그거예요."

"니샤에게 한 잔 더 따라줘요, 알렉스." 앤드리아가 요청했다.

"술은 됐어요." 니샤는 커피 테이블에 놓인 구두를 빤히 봤다. 그리고 충동적으로 한 짝을 집어 들더니 조심스레 뒤집어서 어두운 표정으로 그것을 들여다봤다.

"니샤. 있잖아요⋯⋯." 재스민이 말했다.

"구두를 꼭 가져와야 한댔어요. 그게 거래 조건이었어요. 하지만 구두를 온전히 가져오라고는 안 했죠." 모두가 말리기 전에("하지 마! 그러지 마!"라고 외치는 고함 속에서) 니샤는 구두를 양손으로 꽉 쥐고 무릎에 대더니 힘을 줬다. 굽이 '딱' 소리를 내며 떨어졌다. 그리고 반짝이는 다이아몬드가 우르르 쏟아졌다.

완벽한 침묵이 흘렀다.

"이게 뭐야?" 재스민이 먼저 입을 열었다. 니샤는 충격받은 표정으로 빈 굽과 바닥을 봤다.

알렉스가 무릎을 꿇고 조심스레 작은 보석을 주워 테이블에 하나씩 올렸다. 그 위에 놓인 다이아몬드는 카펫 보풀과 토르티야 가루 사이에서 천장의 전등 불빛을 받아 반짝였다. 니샤는 입만 뻥긋거릴 뿐 아무 말도 하지 못했다.

"이거였구나." 고개를 기울인 니샤가 겨우 말했다. "이 구두를 왜 그렇게 찾는지 이제 알겠네."

재스민의 아파트 앞에서는 아이들이 자전거를 타면서 장난치며 길바닥에 폭죽을 던지고 있었다. 한 아이가 전기자전거를 갖고 있었는데, 그 엔진이 부르릉거리는 소리, 그걸 타고 낮은 콘크리트 계단을 내려갈 때 나는 탁탁탁 소리, 이따금 여자아이들이 지나가다가 지르는 비명 소리가 들려왔다. 보통 때라면 니샤는 그 소리에 화가 났을 것이다. 하지만 그날 밤에는 소리를 듣지도 못했다. 좁은 2층 침대에 누워있기만 했다. 구두 안에 들어 있던 물건의 의미와 모두 헤어지기 전 맨정신으로 나눈 이야기가 머릿속에서 빙빙 돌았다.

그제야 모든 것이 무시무시하게 명백해졌다. 칼이 해외 출장을 갈 때마다 비행기에서 신기에는 불편한 그 구두를 굳이 신으라고 한 까닭이. 그 구두를 잃어버렸다고 하자 그렇게 분노한 까닭이. 칼은 니샤를 노새처럼 이용했다. 아무것도 모른 채 그를 위해 보석을 날라준 것이 몇 번이나 되었을까? 왼쪽 구두도 분해해 보니 역시 다이아몬드가 들어 있었다. 아무도 그 값어치를 알지 못했지만 수십만 달러, 아니, 그 이상 될 것 같았다. 사이즈도 크고 아름답게 세공한 다이아몬드였다. 가장 큰 것은 니샤의 엄지손톱만 했다. 작은 아파트에 확대경은 없었지만, 등급도 높은 것이 분명했다.

"세상에, 니샤. 위자료가 여기 있었네요." 무릎에 손을 얹은 재스민이 다이아몬드를 보려고 몸을 굽히며 말했다. "바로. 이거네. 위자료가."

앤드리아는 혼잣말로 중얼거렸다. "소설의 한 장면 같아요. 그 남자는 이제 꺼지라고 해요."

니샤는 지난 몇 년간 다녔던 아프리카 출장과 칼이 사 준 다른 구두를 떠올렸다. 진청색 구찌 구두, 크림색 프라다 구두. 그 구두도 똑같이 손을 봤던 것일까? 매번 니샤는 저도 모르게 노새 노릇을 했던 것일까? 불법 다이아몬드일까? 훔친 것? 밀수품? 무엇보다 가장 끔찍한 사실은 이것이었다. 아무것도 모르고 다이아몬드를 나르던 니샤는 언제든지 붙잡힐 수 있었다는 사실. 그러면 구속되었을 것이다. 니샤는 그에게 그런 존재였다. 아내를 소중히 여기는 남편이라면 과연 그런 식으로 이용할 수 있을까?

니샤는 그레이스가 깨는 것도 신경 쓰지 않고 침대에서 내려와 낡은 연보라색 가운을 걸쳤다. 재스민의 집, 재스민이 쓰는 섬유유연제 향이 편안했다. 새벽 2시였다. 니샤는 거실로 나가 발코니 문을 조용히 열고 담뱃불을 붙였다. 그리고 시간을 확인한 뒤 전화를 걸었다.

"레이니?"

"엄마."

아이의 목소리가 낮았다. 불길할 만큼 조용했다.

"잘 있니?"

잠시 침묵이 흘렀다. 니샤는 초조한 마음으로 담배 연기를 길게 들이마셨다. "레이? 괜찮니?"

레이는 한동안 대답하지 않았다. "응."

"괜찮은 목소리가 아닌데."

"이제 여기 있기 싫어, 엄마."

"조금만 기다리렴. 약속할게."

"에밀리랑 사샤가 떠나서 나랑 섭식장애 있는 애만 남았어. 다른 애들은 전부 주말에 집에 가. 난 혼자서 TV만 보고."

"알지."

레이가 한숨을 푹 쉬었다. "엄마, 아직 못 온다고 할 거지?"

니샤는 눈을 감았다. "금방 갈게, 아들. 구두 찾았어. 구두를 찾았으니까. 이제 잘될 거야. 네 아빠와…… 위자료에 대해 의논할 게 있어. 그리고 나서 널 데리러 갈게."

"꼭⋯⋯." 아이 목소리가 체념한 듯 잦아들었다. "⋯⋯ 엄마가 안 올 것 같아."

"왜 그런 소릴 하니?"

"내가 아팠을 때, 그때 엄마가 온다고 했는데 아빠가 엄마를 토론토에 보냈잖아. 정말 슬펐어, 엄마. 그리고 엄마는 토론토에 그냥 갔어. 엄마는 아빠 편을 들었어."

니샤는 그때를 기억했다. 비행기에서 니샤가 울자 칼은 점점 더 짜증을 내며 10대 아이들은 다 우울해한다고 했다. 니샤와 레이는 예민한 성격을 고쳐야 하며, 아이는 정신과 의사나 그런 문제를 처리할 수 있는 사람들과 좋은 곳에 있다고 했다. 칼은 첫 아내와 아들 둘을 이미 키워봤다고 했다. 그 애들도 똑같았고, 자라서 괜찮아졌으며, 주위에서 요란을 떠는 게 가장 좋지 않다고 했다. 니샤는 그 말을 믿었다. 성인이 된 그의 아들들은 돈이 필요할 때가 아니면 그를 경멸하는 것 같았지만, 니샤는 진심으로 그 말을 믿었다. 따지고 보면 자신은 육아에 대해 아는 것이 없었으니까.

"레이, 레이. 엄마 말 들어봐. 이틀만 더 기다려줘, 응? 약속해. 네 아빠랑 이야기하고 모든 게 틀어져도, 여권을 새로 발급받고 직장 사람들에게 돈을 빌려서 비행기표를 사야 한다 해도 말이야. 저놈의 태평양을 헤엄쳐서 건너야 한다 해도, 널 꼭 데리러 갈게."

"대서양이야."

"그것도."

레이는 마지못해 웃었다.

"그리고 나 수영 잘하는 거, 너도 알지?"

"사는 게 싫어. 이렇게 사는 게 싫어. 날 아무도 원하지 않아서 여기다 버린 느낌이야."

"절대 그렇지 않아. 엄마가 갈게, 아들."

긴 침묵이 흘렀다. 니샤는 눈을 감고 무릎 위로 머리를 숙였다. "아들, 정말 사랑해. 거기서 조금만 더 버텨줘. 다시는 널 실망시키지 않을게. 약속해. 이제부터 너랑 나랑 둘이서 살자."

백만 가지 달갑지 않은 생각에 시달리며 레이는 한숨을 쉬었다.

"또 노래 불러줄까?" 니샤는 침묵을 더 견딜 수 없어서 말했다. "너는 내 햇살……."

"아니." 레이는 전화를 끊었다.

그리고 니샤가 미처 당혹감을 느끼기도 전에 휴대전화가 울렸다.

응 아직 내 번호야.

줄리애나였다.

33

"여보세요."

"여보세요." 니샤는 침을 삼켰다. "전화 받아줘서 고마워."

"아냐. 그냥…… 놀랐어. 잘 지냈니?"

줄리애나의 목소리는 점잖고 조심스러웠다. 예전에 고용주에게나 쓰던 말투였다. 브루클린 출신인 그녀의 개성은 모두 지워버리고, 프로답고 괜찮은 직원처럼. 칼이 줄리애나에 대해서 했던 말, 결혼했으니 파출부와 어울리면 안 된다고, 줄리애나는 촌스럽고, 무식하며, 나쁜 영향을 끼친다고 했던 말이 떠올랐다. 니샤가 돈 많은 친구들 대신 줄리애나가 레이의 대모가 되어야 한다고 우기자 칼이 얼마나 화를 냈는지도 떠올랐다. 알고 보니 줄리애나는 너무 가난하다는 뜻이었다.

"나…… 있잖아. 이 전화기에 돈이 얼마나 남아 있는지 모르겠어. 하지만 부탁이 하나 있어."

줄리애나의 목소리가 굳었다. "그래."

"있잖아, 네게 무슨 부탁을 할 자격이 없는 거 알지만, 네 대자 일이야. 레이."

"레이? 개한테 무슨 일 있어?" 줄리애나의 음성이 곧바로 바뀌었다.

"아니. 정말 오랜만에 전화해서 너무 큰일을 부탁하고 있지만, 그 애를 봐줄 사람이 필요해. 나는 영국에서 갈 수가 없는데, 이야기가 길어. 그 애가…… 줄리애나, 레이가 너무 우울해해. 애한테 큰 문제가 있었는데, 그중엔 내 탓도 있고 난…… 난 그 애를 봐줄 사람이 필요해. 그냥, 뭐랄까. 내가 꼭 갈 거라고 말해줄 사람. 괜찮을 거라고 달래줄 사람."

긴 침묵이 흘렀다.

"애 어디 있는지 알려줘."

"해줄래?"

"당연하지."

그 순간 니샤는 울음을 터뜨렸다. 어디선가 눈물이, 안도와 죄책감, 후련함의 눈물이 흘러나왔다. 니샤는 손으로 얼굴을 가리고서 눈물을 닦고 흐느낌을 감추려 했다. "정말? 그래줄래? 내가 그런 짓을 했는데도?"

"주소 보내줘. 일 끝나면 바로 찾아갈게."

"고마워. 정말 고마워." 니샤는 진정할 수가 없었다. 온몸이 떨렸다.

"내가 누군지 레이가 알까?"

"응. 우린 아직도 네 이야기를 해."

"나도 아직 개 생각을 해. 늘. 착한 녀석."

니샤는 눈을 꼭 감고 어깨를 들썩이며 진정하려고, 목소리에서 감정을 감추려고 애썼다. 줄리애나가 어떤 상황인지 알도록 몇 가지 사항을 전달했다. 니샤는 칼과 헤어졌다고(봇물 터지듯) 말했다. 아들에게 돌아가기 위해 뭐든지 하고 있다고. 줄리애나는 결혼했다고 했다. 아이는 둘, 열한 살과 열세 살이라고. 줄리애나의 삶에 그런 큰일이 있었는데 전혀 모르고 있었다니 니샤는 가슴이 저렸다. 곧 전화 요금을 다 썼다는 녹음 메시지가 들려왔다.

"메시지 보낼게, 응?" 줄리애나가 말했다. "아이 만나고 나서."

안도감이 밀려왔다. 줄리애나는 부탁대로 해줄 게 분명했다. 니샤가 아는 사람 중 가장 정직하고 솔직했으니까. 다시 눈물이 흘렀다.

"정말 미안해." 니샤가 불쑥 말했다. "네 말이 맞았어. 모든 말이. 내가 다 망쳤어. 네가 너무 보고 싶었어. 온갖 일에 휘말려서 정신이 없었어. 네게 전화하고 싶을 때가 너무 많았어. 정말, 너무 미안해."

긴 침묵이 흘렀다. 말실수를 한 걸까. 니샤는 잠시 그 이야기를 꺼내지 말았어야 했나 하는 생각이 스친다. 줄리애나에게 무슨 자격으로 부탁할 수 있을까? 하지만 다시 말문을 연 줄리애나의 목소리가 잠겨 있었다. "나도. 걱정 마, 응? 네 아들 꼭 만나러 갈게."

앤드리아의 집에서 잔 샘은 조용한 새벽에 나와 집까지 짧은 거리를 걸어갔다. 전날 저녁 앤드리아와 나눈 대화가 떠올랐다. 발밑에 밟고 다니던 것을 깨닫고 나서 느낀 충격에 머리는 여전히 빙빙 돌았다. 둘은 황당해서 깔깔 웃었다. "구두 밑창에 다이아몬드라니!" 하지만 니샤가 어떤 남자와 결혼했는지 회고할 때마다 샘은 필이 떠올랐다. 필이 얼마나 친절한지. 얼마나 다정한지. 필이 자신에게 그런 짓을 시킬 리는 절대 없다는 생각도 들었다. 모두가 다이아몬드를 보고 흥분했을 때, 자기 남편이 무슨 짓을 했는지 서서히 깨달은 니샤가 짓던 표정. 다른 사람은 놓쳤을지 몰라도 샘은 봤다. 서글픈 표정이었다. 이미 곪을 대로 곪은 상처에 날린 최후의 일격이었다.

그들과 헤어진 뒤 샘과 앤드리아는 앤드리아네 집 작은 거실에 새벽녘까지 앉아서 아드레날린에 취해 대화를 나눴다. 샘은 그제야 앤드리아에게 필이 집을 나갔단 이야기를 했다. 앤드리아는 샘을 안아주며 필은 돌아올 거라고, 당연히 올 거라고 했다. 샘은 전화기를 다시 확인하고 그에게 메시지를 보낼까 했지만, 이른 새벽이었고 뭐라 해야 할지도 알 수 없었다. 혹은 얼마나 정직하게 말해야 할지도. 샘은 예전으로, 둘이 한마음이었던 시절로 돌아가고 싶었다. 가장 친한 친구와 결혼한 느낌이었던 시절. 그의 아버지가 병들기 전, 그가 직장을 잃기 전, 자신이 자기 말을 경청해 주는 단 한 사람에게 반하기 전으로. 그런 소망이 합리적이긴 할까? 그렇게 큰 상처를 입었는데 결혼 생활을 회복할 수 있을까?

"물론이지." 앤드리아는 단호하게 말했다. 하지만 두 번 이혼당한 앤드리아는 와인을 네 잔째 마신 상태였다. 앤드리아는 샘을 사랑하는 나머지 다 잘되기를 너무나 간절히 바라고 있었다.

샘은 집 앞에 섰다. 빈집으로 들어간다고 생각하니 기분이 너무 이상했다. 앞으로는 이렇게 사는 건가 멍하니 생각했다. 필은 떠났고. 캣 역시 둥지를 완전히 떠나기 전까지 점점 더 집을 자주 비울 것이며, 케빈마저 곧 떠날 터였다. 녀석은 열세 살이었으니 개로 치면 노년이었다. 그 작은 집에 샘만 혼자 남아 드라마를 보고 지역신문에서 허접한 일자리를 찾으며 점점 더 까탈을 부려대는 부모님 집에 일주일에 두 번 찾아가 청소나 하면서 살 것이 분명했다.

'그만.' 샘은 단호하게 생각했다. 가만히 서서 숨을 내쉬었다. '하나를 세면서 들이쉬고, 넷을 세면서 참다가, 일곱을 세면서 내쉬기. 일곱을 세면서 내쉬기였나? 일곱을 세면서 참는 거였나?' 너무 오랜만이라 기억이 나지 않았다. 샘은 새로 생긴 친구들, 따스한 재스민과 자신을 끌어안던 니샤를 생각하려고 애썼다. 니샤가 구두를 되찾도록 도와줬다. 호텔 전체를 멈춰버렸고 그 결과 한 사람의 인생을 바꿔놓았다. 샘은 뭔가 이룰 수 있었다. 비록 그것이 혼돈뿐이라 해도.

샘은 집 앞에서 걸음을 멈췄다가, 대문을 열기 전에 고개를 들었다. 2층에서 불빛이 보이기를, 필이 돌아와 있기를 내심 바랐다. 그때 보였다. 2층 계단참의 희미한 불빛이. 그들은 외출할 때는 그 불을 켜두지 않았다. 샘은 문득 희망을 느끼며 집으로 걸어가 현관문을 열었다. 그리고 반짝이는 유리 파편과 부서진 의자, 거실 바닥에 쓰러진 박살 난 TV를 보고 놀라 눈을 깜빡였다.

34

"캣?" 샘은 정원에서 떨고 있었다. 부엌을 가로질러 밖으로 나왔다. 쏟아진 시리얼과 콩, 깨진 그릇을 밟았다가 재빨리 돌아섰다. 침입자가 집 안에 여전히 있을까 봐 겁이 났다. 샘은 밖에서 10분째 기다리고 있었다. 집 안에서는 아무것도 움직이지 않았지만 그래도 들어가기가 께름칙했다.

"엄마?" 잠에 취한 목소리로 캣이 말했다.

샘은 손으로 입을 막았다. "아, 다행이다."

"왜…… 아침 9시 30분에 전화했어?"

"도둑이 들었어, 딸. 그냥, 네가 여기 와서 보지 않았으면 해서." 샘은 사실을 말하지 않았다. 캣이 집에 있었던 것은 아닐까 하는 두려움이 문득 덮쳐왔었다. 그러면 절도보다 훨씬 더 끔찍한 일이 일어났을 것이다.

"뭐?"

"그래. 좀…… 엉망이야. 걱정 마. 정리하면 돼. 케빈 데리고 있니?"

"응. 으. 방금 방귀 꼈어. 케빈."

샘은 또 한숨을 내쉬었다. 캣이 일어나 앉으려고 끙끙거리는 소리가 들렸다.

"뭘 훔쳐 갔어? 내가 갈까?"

"모르겠어. 경찰에 신고했어. 아니, 오지 마. 당분간 거기 있어. 네가 이런 꼴 보는 거 싫어."

"아빠한테 전화했어?"

샘은 여전히 살짝 열린 현관문을 봤다. "아…… 아빠가 내 전화를 받고 싶을지 모르겠어. 괜찮아. 내가 알아서 할게."

"엄마……."

"끊어야 되겠다, 딸. 나중에 이야기해. 전화할 때까지 오지 마, 알았지?"

결국 샘은 캠핑카에 앉아 있었다. 집보다는 그곳이 나았다. 조수석에 앉아 어쩔 줄 몰라 하며 창밖만 내다봤다. 경찰에서는 경찰관을 보낸다고 했지만 매우 바쁘기 때문에 열쇠 수리공을 불러 문을 고치는 편이 좋을 거라고 덧붙였다. 지문을 채취하겠다거나 수사를 하겠다는 말은 없었다. "최근 그 지역에 도난 사건이 빈발하고 있습니다." 신고 접수 담당관은 체념한 목소리로 말했다.

'당신이 있으면 좋겠어.' 샘은 소리 없이 필에게 말했다. 앤드리아에게 전화하니 오고 있다고 했다. 친구에게 집이 엉망이 되었다고, 피해를 입었다고 말하고 나니 비로소 그것이 열에 들떠 꾸는 꿈이 아니라 현실이라는 게 실감 났다. 샘의 집은 전쟁터 꼴이었다.

무슨 돈으로 새 TV를 사야 하나 난감했다. 전화를 끊기 전에 앤드리아가 말했다. "구두 때문은 아니겠지?"

"무슨 말이야?"

"침입자들 말이야. 구두를 찾는 사람 아닐까?"

샘은 온몸이 싸늘해지는 것 같았다. 갑자기 정신이 확 들어서 안으로 다시 들어갔다. 새로운 시각으로 집 안을 돌아본 샘은 보통 도둑이 가져가는 TV와 아이패드가, 망가지긴 했지만 그 자리에 있다는 사실을 깨달았다. 하지만 그들은 온 집을 완전히 뒤졌다. 상자 하나 남김없이 뒤집어서 비우고 모든 서랍을 엎어놓았다.

앤드리아가 도착했을 때, 샘은 롱패딩을 어깨에 걸치고 현관 계단에 앉아서 보석 상자를 들고 있었다. 모두 그대로였다. 작은 금붙이가 값진 것은 아니었지만(대부분 도금 목걸이와 캣이 태어나기 전 필이 사준 귀걸이였다) 그곳에 온 사람이 우발적으로 침입한 사람이거나 1회분의 마약을 구하려는 중독자가 아니라는 증거기도 했다. 침입자들은 찾는 물건이 있었다.

"샘." 보통 쓰던 두건 대신 부드러운 털모자를 쓴 앤드리아는 엔진이 멎기도 전에 차에서 내렸다. 달리다시피 다가온 앤드리아를 보고 샘이 일어나서 끌어안았다. 그제야 눈물이 흘렀다. 앤드리아의 단단한 포옹에 샘은 마음이 놓였다. "안이 엉망이야. 완전히 난리가 났어." 샘은 친구의 어깨에 대고 말했다. "어디부터 시작해야 할지 모르겠어."

"그럼 우리가 와서 다행이네요, 응?" 샘이 고개를 드니 앤드리아 뒤에 청소 도구를 넣은 큰 가방을 든 재스민이 까만 쓰레기봉투를 겨드랑이에 끼고 서 있었다. "경찰 기다릴 것 없어요, 샘. 요즘 도둑 들었다고 경찰 부르려면 집권층이나 정치가는 돼야죠. 내 말 믿어 요. 겪어봐서 아니까."

니샤가 빗자루와 양동이를 들고서 뒷자리에서 내렸다. 반대편에 서는 그레이스가 양손에 커피를 조심스레 들고 뒤따라 내렸다. "앤 드리아가 전화했어요." 재스민이 말했다. "당번을 바꿔서 오후에 출근하기로 했어요. 이런 일은 혼자 감당해선 안 되죠."

샘은 말문이 막혔다. 그들의 모습에 마음이 얼마나 놓이던지, 무 릎이 후들거렸다. 니샤가 걸음을 멈추고 현관문 안을 들여다보며 잠시 안을 살피더니 샘에게 말했다.

"그 인간을 죽이고 싶네요. 정말, 너무 미안해요."

니샤는 정리와 청소 전문가였지만 그 일만큼은 쉽지 않았다. 쓸 고 닦는 동안 니샤는 이를 악물었다. 깨진 유리와 박살 난 물건 사 이로 그 작은 집의 뼈대, 사랑으로 지은 한 가족의 가정이 보였다. 못난 액자에 넣은 결혼사진과 가족사진이 어떤 스타일 같은 건 전 혀 무관하다는 듯 점점이 놓여 있었다. 그 사진들은 그들이 함께했 다는 사실만을 보여줬다. 낡은 소파는 수없이 편안하게 껴안고 보 낸 저녁 시간을 증명했다. 벽에는 아무도 떼어내지 못한 빛바랜 아 이 그림이 걸려 있었다. 쪼그리고 앉아 작은 유리 조각을 치우고 부 엌 바닥에 흐른 잼을 닦던 니샤는 칼이 그보다 더 미운 적은 없었 다. 칼에 대한 증오가 절정에 다다랐다. 그가 사업상의 적들, 심지 어 니샤 자신을 공격하는 건 별개의 일이었다. 그들은 맞설 수 있는 적이었다. 하지만 아무것도 없는(미안하지만 취향도 별로 없는) 작은 가족을 부숴놓다니, 그건 비열한 짓이었다. 새하얗게 질린 얼굴을 보니 샘은 이제 그 집에서 마음 편히 쉴 수 없어진 게 분명했다. 부서진 것은 쉽게 대체할 수 없었다. 칼은 세상에서 가장 연약한 것을 부숴놓았다. 바로 가정이 제공하는 평온함과 안식처라는 감각이었다.

"어머."

니샤가 고개를 드니 샘이 쓰레기봉투를 든 채 휴대전화를 보고 있었다. 재스민과 앤드리아는 2층에서 청소 중이라 진공청소기 소리가 들렸다.

"왜요?"

"미리엄 프라이스라고, 일을 해준 사람이 있는데 방금 연락을 했어요. 왜 취업 인터뷰를 하자는 말에 답이 없냐고."

"그래요. 뭐라고 했어요?"

"해고를 당해서 내키지 않았다고 했어요. 그리고, 그, 도둑질했다는 말 때문에요. 그 사람이 저랑 이야기하고 싶지 않을 줄 알았어요. 아니, 오라고는 했지만 그런 일이 있은 뒤라서 무슨 의미가 있나 싶어서……."

"그래요, 그런데요? 그 사람이 뭐래요?"

"어쨌든 인터뷰하러 오래요."

니샤가 시무룩한 표정을 지었다. "아니, 그럼 잘됐잖아요? 직장이 필요하니까."

샘은 괴로운 표정을 지었다. "하지만 오늘이에요. 오늘 낮. 그런데 내 꼴 좀 봐요! 집에 도둑이 들었어요. 집은 엉망이 됐어요. 남편은 집을 나갔고. 이틀 동안 잠도 못 잤어요. 대체 오늘 어떻게 인터뷰를 하죠?"

니샤는 소맷부리로 얼굴을 닦고 빗자루를 내려놓았다. "그 사람에게 전화해요. 기꺼이 달려가겠다고 해요."

재스민과 니샤가 옷을 고르는 동안 샘은 샤워를 했다. 젖은 머리에 수건을 감고 나온 샘은 어색해서 어쩔 줄 몰랐다. 재스민이 침실로 들어가 새로 다린 하늘색 블라우스를 옷걸이에 걸고서 들고 나왔다.

"이거 사이즈 맞아요?" 니샤가 검은 바지를 들고 물었다.

"그럴걸요." 샘은 며칠간 거의 먹지 못했으니 맞겠지 싶어서 대답했다.

"좋아요. 검은 바지에 하늘색 블라우스는 언제나 옳죠. 딸 방에 이 재킷이 있던데. 맞을 거예요."

"하지만……."

"샘 재킷은 다 너무하던데요. 기분 상하진 말아요. 이 재킷은 자라에서 산 거지만 고급스러워 보여요. 아뇨, 아뇨, 아뇨! 스웨터는 내려놓아요. 권위 있는 모습으로 가야죠. 방금 요양원에서 탈출한 모습이 아니라."

니샤는 샘이 3년 전 사촌 결혼식에 신고 간 구두를 들었다. "그리고 이거요."

"하지만 그건 파란색이잖아요. 그리고…… 하이힐이고."

"튀는 게 필요해요. 이 복장은 정석적이잖아요. 비즈니스를 우선하는 사람이란 걸 보여주죠. 구두는 조금 더 흥미로운 구석이 있다는 걸 넌지시 보여줘요. 자신감을 말해주고 있죠. 자, 샘. 생각을 바꿔요! 그 사람들은 당신이 들어서는 순간 평가할 거예요. 이건 당신의 갑옷, 당신의 명함이라고요. 튀어야 해요."

샘이 망설이는 표정을 짓자 니샤는 짜증이 난 듯했다. 침대에 재킷을 내려놓은 니샤가 말했다. "내 구두를 신었을 때 어떤 기분이었죠?"

샘은 함정 질문인가 싶었다. 하지만 니샤는 답을 기다리고 있었다. "음…… 좀 어색했어요."

"또요?"

"또…… 강해진 느낌?"

"맞아요. 강해진 느낌. 인정받는 힘. 그럼 지금은 어때요? 자기 모습을 봐요. 누가 보이죠?"

"음…… 나 아닌 딴사람이요?"

"인쇄회사 세일즈 담당 임원이 보이잖아요. 샘이 하는 일이 그거 맞죠? 만만치 않은 여자. 뭐든지 해내는 여자."

샘이 앉자 재스민이 수건으로 머리를 말리기 시작했다.

"화장품은 어디 있어요?"

"욕실 캐비닛에요. 이 방 옆이에요."

"아. 그건 봤어요. 그거 말고. 진짜 화장품이요."

"그게 전부예요."

둘은 하던 일을 멈추고 샘을 빤히 봤다.

"샘." 니샤는 단호했다. "그 물건들은 늙어서 제 발로 욕실에서 걸어 나가게 생겼어요. 야만인이에요?"

"그러게요?"

"하지만 피부가 좋잖아요. 관리를 잘했구먼." 재스민은 샘의 머리에 캣의 헤어로션을 바른 뒤 빗기 시작했다.

"니베아 크림만 조금 발라요."

두 사람이 웃었다. 그러다 니샤가 쿡 찔렀다. "그럼요. 그렇겠죠. 슈퍼모델들이 늘 그렇게 말하잖아요."

"그리고 애들 따라 뛰어다니면 살찔 새가 없죠."

둘은 웃느라 주저앉았다. 정말로 니베아 크림만 바르는 샘은 힘없이 웃으며 더 이상 말하지 않기로 했다.

30분 뒤, 샘은 정돈이 끝난 방 안에 있는 거울 앞에 섰다.

"어깨는 뒤로 젖히고." 니샤가 지시했다.

샘은 허리를 펴고 턱을 들었다. 재스민의 드라이 덕분에 머리칼이 풍성하고 살짝 빛나 보였다. 화장은 니샤가 맡았다. 눈 밑의 그늘을 마법처럼 지웠고, 눈꺼풀에 무슨 짓을 했는지 눈이 더 크고 또렷하게 보였다. 샘 같지 않았다. 취직에 성공할 사람 같았다. 샘은 살짝 웃었다.

"그거죠!" 니샤가 말했다. "잘하네. 우리 선수."

"턱 들고, 가슴 내밀고?" 샘이 돌아서며 말했다.

"너무 내밀진 말아요. 브라가 너무하네. 뭐? ……왜요?" 재스민이 찰싹 때리자 니샤가 대꾸했다.

"이것만 기억해요, 샘!" 재스민이 말했다. "샘은 최고급 호텔 전체를 멈춘 사람이란 걸! 그 손에 그런 힘이 있다는 걸!" 재스민이 손을 가리켰다.

"그렇죠. 그거예요." 니샤가 맞은 팔을 문지르며 말했다.

"내가 태워다 줄게." 앤드리아가 말했다. "이분들은 여기서 청소를 마치고."

샘은 도저히 어울리지 않는 세 사람을 보며 서 있었다. 문득 자신감이 사라졌다.

"긴장하지 마." 앤드리아가 말했다. "이번에 취직 못 해도 상관없어. 인터뷰에 다시 적응하는 연습이라고 생각해."

하지만 샘은 여전히 고민하는 표정이었다. "왜 나한테 이렇게 해주는 거예요?" 샘이 불쑥 물었다.

니샤가 샘의 옷깃을 펴며 말했다. "왜냐면…… 왜냐면 날 도와줬으니까요. 그리고, 알잖아요, 괜찮은 사람이니까. 샘은 괜찮은 사람이에요."

샘이 눈물을 글썽였다. "하지만 너무 많이 도와줬잖아요. 모두 다. 오늘 덕분에 모든 게 바뀌었어요. 청소도. 옷도. 누가 이렇게…… 이렇게……."

"됐어요." 니샤가 샘의 팔꿈치를 꽉 잡아 문 쪽으로 밀었다. "감정에 휘둘리지 말아요. 내 완벽한 화장을 울어서 망치지 말아요. 그 아이라이너는 못 고쳐요. 가요, 앤드리아. 어서 샘 데려가요. 그놈의 직장 꼭 잡아요. 여기서 딱 기다리고 있을 테니까."

앤드리아의 조그만 차가 출발하는 소리가 들렸다. 차가 떠난 것이 확실해지자, 니샤는 허리를 숙여 샘 침대에 흩어져 있는 화장품 튜브와 팔레트를 집어 들었다. 세상에, 침대 시트도 참 끔찍했다. 대체 영국 여자들은 왜 이런 꽃무늬를 좋아할까? 니샤가 고개를 드니 재스민이 다 안다는 듯, 살짝 장난기를 띤 미소를 짓고 있었다.

"왜요?

재스민은 딸을 한 번 보더니 고개를 끄덕였다. "니샤는 좋은 사람이에요."

"뭐요? 아뇨, 아니에요. 나가요." 니샤는 마지막 작은 튜브를 챙겨 캣의 방으로 가져가려고 했다. 샘과 캣을 위해선 전부 쓰레기통에 버리는 편이 나았지만.

"좋은 일을 했어요. 좋은 마음씨로. 그런 건 드러날 수밖에 없죠."

"으. 그냥…… 내가 저지른 일이니까 치우는 것뿐이에요."

"좋은 사람이래요. 니샤는 좋은 사람." 그레이스와 재스민이 노래하듯 놀려댔다. 니샤는 시끄럽다고 했지만, 그들은 아래층까지 계속 노래하며 내려갔다.

한 시간 반 뒤, 샘은 할런 앤드 루이스 사무실에서 걸어 나왔다. 앤드리아는 주차장에서 기다리고 있었다. 샘은 낯선 구두를 신고 가방을 겨드랑이에 낀 채 천천히 아스팔트 바닥을 걸었다. 앤드리아는 졸고 있었던 모양이었다. 샘이 차 문을 열고 올라탄 뒤 탁 닫자 앤드리아가 살짝 놀랐다.

"어땠어?"

샘은 구두를 벗어 던졌다. 멍하니 앞을 보다가 앤드리아 쪽으로 고개를 돌렸다. 서너 번쯤 감전된 사람 같은 표정이었다.

"됐어." 살짝 떨리는 목소리였다. "취직했어."

둘은 아무 말도 못 하고 마주 보기만 했다.

"미리엄 프라이스와 일하기로 했어. 우버프린트보다 연봉도 높아. 일주일 뒤에 출근해."

미리엄 프라이스는 5분 뒤 회사에서 나왔다. 자기 차로 가다가 파란색 마이크라 자동차를 지나쳤는데, 중년 여자 둘이 앞자리에서 뛰어오르며 얼싸안고 아이들처럼 소리를 지르는 모습을 봤다. 걸음을 멈추고 지켜보던 미리엄은 씩 웃고 돌아서서 자동차 키를 찾았다.

35

칼이 니샤에게 열일곱 번째로 전화를 걸었다. 니샤는 그 이름을 볼 때마다 온몸이 싸늘하게 식는 것인지, 확 달아오르는 것인지 알 수 없는 경험을 반복했다. 니샤는 2층 침대에 누워서 끈덕지게 진동하는 휴대전화기를 손에 쥐고 멈출 때까지 기다렸다. 전화를 받지 않으면 칼이 화를 낼 게 분명했다. 칼을 무시하는 사람은 없었으니까. 아리가 이미 봤으니 그는 니샤가 구두를 손에 넣은 것을 알고 있을 거였다. 알렉스는 전화를 받지 말라고, 받으면 위치추적을 할 수 있을지 모른다고 했다. 하지만 아리가 니샤를 찾아내는 것은 어차피 시간문제였다. 결국 샘의 집도 찾아냈으니까.

하지만 니샤는 마음을 정하기 전까지는 칼과 통화하고 싶지 않았다. 다른 사람들은 니샤에게 다이아몬드를 가지고 다른 곳으로 가서 새출발을 하라고 했다. 평생 먹고살 수 있을 거예요! 그 사람이 줄 위자료보다 훨씬 더 큰돈이 분명해요! 하지만 니샤는 칼이 어떤 사람인지 알았다. 문제는 보석의 가치가 아니었다. 니샤가 어떤 의미에서든지 이겼다는 사실을 견딜 수 없는 사람이었다. 그리고 니샤의 고민거리는 이것이었다. 다이아몬드가 있으면 적어도 어느 정도의 재정적인 안정은 얻을 수 있다. 칼이 약속을 깨고 위자료를 주지 않을 가능성이 여전히 있으니까. 하지만 다이아몬드를 가지고 있으면 칼이 니샤를 그냥 둘 리 없었다. 평생 복수할 사람이었다.

니샤는 로즈메리라는 여자를 기억했다. 냉정한 눈빛의 로즈메리는 남편에게 배신당한 뒤 법정에서 싸워 1년에 75만 달러의 이혼 수당을 위자료로 받아냈다. 그녀의 전남편은 그 돈을 쉽게 줄 수 있었다. 그에게는 점심값도 안 되는 돈이었다. 하지만 그는 판사의 결정에 화를 내며 지불을 거절했고, 전 세계를 돌아다니며 자산을 옮겼으며, 매년 법정 비용을 대면서 이의를 제기했다. 그 결과 10년 뒤 로즈메리는 지쳐버렸고, 둘 다 파산했다. 지고는 못 사는 남자들이 있었다. 니샤는 그날 오후 해턴 가든의 보석상을 찾아갔었다. 그곳 사장은 안쪽 사무실에서 이야기하자고 하더니 다이아몬드가 어디서 났는지는 묻지 않고 전부 8만 파운드에 사겠다고 했다. 니샤는 그렇다면 적어도 열 배 값어치는 되겠다고 짐작했다. 그는 니샤의 싸구려 재킷을 보고 장물로 판단한 게 분명했다.

"두 개씩 팔 수도 있어요. 그게 편하다면." 니샤가 나올 때 남자가 말했다.

휴대전화가 다시 울렸다. 니샤가 빤히 보다가 결국 전화를 받았다.

"구두는 갖고 있어." 니샤가 말했다. "내 위자료를 보내주면 줄게."

"조건은 당신이 정하는 게 아냐."

"그건 당신 조건이었어, 칼. 기억하는지 모르겠지만."

칼은 잠시 조용했다. 그가 분노를 겨우 참고 있는 것이 느껴지자, 니샤는 온몸이 약간 떨렸다.

"어디지?"

"내일 가져갈게." 니샤가 말했다. "호텔 로비로."

"정오에 보지. 난 곧바로 공항으로 갈 거야. 그러니까 장난칠 생각 마. 당신 안 나타나면 위자료 한 푼 못 받고 여기서 썩게 될 거야."

칼은 니샤가 대답도 하기 전에 전화를 끊었다.

니샤는 여전히 칼의 목소리를 들으면 조금 떨렸다. 니샤는 잠시 숨을 고른 뒤 모로 누웠다. 그날 저녁 레이에게 두 번 전화를 걸었지만 아이는 받지 않았다. 또 메시지를 보내려는데, 그레이스가 거울 앞에 모아둔 장신구가 보였다. 구슬 목걸이와 가짜 크리스털이 걸려 있었다. 니샤는 궁리를 하기 시작했다.

샘은 부모님 집 싱크대를 닦고 있었다. 집에서처럼 간단한 일이 아니었다. 낡아빠진 흠집투성이 포마이카 39제곱센티미터를 닦으려면 유리병과 서류 더미, 쓸데없는 우유팩과 쓸 수 있을지 없을지 모르지만 '매립지에 버리면 환경에 나쁘기 때문'에 버리지 않는 건전지를 치워야 했다. 지금까지 그 집을 어느 정도 정리하는 데 네 시간이 걸렸지만, 부엌은 아직 난장판이었다.

"캣은 왜 앤드리아랑 지내는 거니? 집이 안전하지 않니? 굉장히 걱정되는구나. 내가 오래전에 네 아빠에게 경보기를 달아야 한다고 했었잖니."

아버지의 목소리는 거실에서 들려왔다. 그는 위에 놓인 상자의 퍼즐 조각과 섞였는지 아닌지 알 수 없는 2000조각짜리 지그소 퍼즐을 완성하는 중이었다. "경보가 울려서 시끄럽다며 달지 말라고 했잖아."

"말도 안 되는 소리. 난 경보기를 달자고 했어. 당신이 구두쇠라 돈을 안 썼지."

샘의 어머니는 도둑이 들었다는 말에 두 손으로 얼굴을 가렸다. 더 큰 범죄가 일어났다는 말에 몇 주째 집 청소를 하지 않은 비행 정도는 잠시 잊은 것 같았다. 어머니는 모든 것을 확인했다. 훔쳐 간 물건이 있는지(없었다), 이웃도 같은 일을 당했는지(당하지 않았다), 경찰이 대처했는지(아직 와보지도 않았다). 그리고 모든 대답에 살짝 실망한 기색이었다.

"하지만 집이 다시 안전해졌다면, 캣은 왜 앤드리아의 집에 있지?"

샘은 싱크대에서 더러운 행주를 빨았다. "필이 지금 집에 없는데, 캣을 혼자 두고 싶지 않아서요." 실은 니샤의 생각이었다. 니샤는 둘 다 당분간 집에서 지내지 말라고 했다. 아리는 험한 사람들을 알았다. 니샤는 그렇게 말하며 미안한 표정을 지었다.

"그런데 필은 어디 있니? 어머나, 필이 다친 건 아니지? 병원에 있니?"

"아뇨, 엄마." 샘은 병을 옮기고 나서 체더치즈 덩어리에 곰팡이가 피어 있는 것을 보고 눈살을 찌푸렸다. "피…… 필은 어디 좀 갔어요."

강력범죄가 일어날 수도 있는 상황에 정신이 팔렸음에도, 샘의 어머니는 가정 제일주의자답게 예민했다. "너희 둘은 아직도 안 좋니?"

　샘은 치즈를 쓰레기통에 버리고 손을 씻으면서 어머니를 등지고 섰다. "생각 좀 정리한대요."

　"내가 그랬지, 샘. 말 안 했니? 너처럼 여자가 일을 하면 이렇게 된다. 여자가 직장을 다니면 결혼 생활에 아무 도움이 안 돼. 남자에겐 자존심이 필요한데, 네가 혼자 돈을 버니까 필이 자존심을 잃었어. 주디 갈런드가 어찌 됐는지 봐라."

　샘이 행주를 내려놓고 싱크대 가장자리에 두 손을 올렸다. "「스타 탄생」 말이죠. 엄마, 사실 그 사람은 내가 직장 동료랑 바람을 피운다고 생각해서 나간 거예요."

　"말도 안 되는 소리. 방금 그 치즈를 쓰레기통에 버렸니? 아깝게. 끝을 잘라내고 먹으면 되는데."

　샘은 잠시 가만히 있었다. 그리고 쓰레기통을 열어 치즈를 쓰레기 속에서 꺼내 엄마 손에 쥐여줬다.

　"엄마." 샘이 앞치마를 벗었다. "엄마 집을 청소하는 건 이게 마지막이에요. 엄마랑 아빠를 많이 사랑하지만, 이제 새 직장에서 일할 건데 굉장히 힘들 거예요. 부족한 제 시간에는 제 가족에게, 아니 남은 제 가족에게 집중할 거예요. 엄마가 그러라고 하셨잖아요. 청소회사 세 곳에 전화했더니, 모두 사람을 보내줄 수 있다고 했어요. 이제 집 정리가 끝났으니까 엄마를 잘 도와줄 거예요. 여기 번호 있어요. 참, 두 번째가 가장 싸요. 불법이주노동자를 쓸 수도 있어요. 아마 아프간 사람이겠죠. 확인해 보세요. 그럼 가볼게요."

샘은 놀란 어머니의 얼굴에 키스하고, 아버지의 팔을 꼭 쥔 뒤 의자에 걸어둔 코트를 집어 들었다. 부모 중 한 사람이 샘이 왔을 때 받아 거기 던져놓은 것이었다.

"두 분 다 만나서 즐거웠어요. 저도 잘 있어요, 고마워요. 아직 좀 놀란 상태고, 솔직히 너무 피곤해요. 결혼 생활이 끝난 건 아주, 굉장히 슬프고요. 하지만 네 시간이나 돈도 못 받는 채 청소를 해주고 나면 뭐든지 괜찮아지죠. 좋아요! 전 그만 가볼게요. 새 직장이 어떤지는 나중에 연락해서 얘기할게요."

샘은 그들이 짜증 나도록 문을 쾅 닫은 후 뒤도 안 돌아보고 떠났다.

샘이 카페에 도착하자 조엘이 먼저 와서 기다리고 있었다. 휴대 전화를 보며 고개를 숙이고 있다가, 문소리에 고개를 든 그의 미소는 조심스럽고 아름다웠다. 샘은 잠시 머뭇거리다가 들어가서 그 앞 나무 테이블에 앉았다.

"카푸치노를 시켰어요." 조엘이 커피를 밀어놓으며 말했다. "뭘 마시고 싶을지 몰라서."

샘은 미소를 지으며 한 모금 마셨다. 조엘은 샘을 보며 손가락으로 테이블을 가볍게 톡톡 쳤다. 손톱이 가지런하고 단정하며 완벽하게 깔끔했다. 샘은 문득 그가 손톱을 다듬는지 궁금했다. 캣의 친구 벤처럼 관리를 받을 수도 있었다. 샘은 사실 그를 전혀 알지 못했다. 그에게 온갖 생각을 투사한 것일 수도 있었다. 조엘이 비잔틴

시대의 류트 음악을 좋아하거나, 빈방에 앤티크 인형을 모아놓았을 수도 있었지만, 샘은 아무것도 몰랐다. 그렇게 생각하니 웃음이 나온 샘은 참다가 이상한 딸꾹질 소리를 냈다. 두 사람은 서로에 대해 아무것도 몰랐다.

"괜찮아요?"

샘은 아무렇지 않은 표정을 지었다. "그런 거 같아요. 조엘은요?"

"좋아요. 네."

샘은 카푸치노를 한 모금 더 마셨다.

"마리나랑 이야기를 했어요." 조엘이 말을 꺼냈다. "샘을 복직시킬 수 있을 것 같아요. 인사팀 친구에게 지침을 알아봤는데, 사이먼이 샘에게 정식 경고도 안 했고, 샘이 구두를 훔친 게 아니라는 증거도 댈 수 있으니까, 그 여자분에게……."

"조엘, 난 안 돌아가요." 샘이 말했다. "직장 구했어요. 미리엄 프라이스의 회사에."

조엘의 눈이 휘둥그레졌다. "할런 앤드 루이스 말이죠. 와." 그가 의자에 기대며 잠시 생각했다. 샘이 처음 보는 조엘의 셔츠는 넓은 어깨 때문에 조금 당겨졌다.

"도…… 돌아갈 수 없어요." 샘이 고개를 저었다. "이젠 거기가 좋지 않아요. 그……." 샘의 목소리가 잦아들었다.

곰곰이 생각하던 조엘은 입을 꾹 다물더니 고개를 끄덕였다. "그래도 체육관에서 만날 수 있겠죠?"

카페 맞은편에서 한 아빠가 아이를 무릎에 앉히고 장난을 치고 있었다. 아이는 신이 나서 고개를 흔들었고, 엄마는 혀로 소리를 내며 아이를 얼렀다.

"글쎄요." 샘은 조엘의 손을 잡고 싶었다. 아무 생각 없이 손을 내밀지 않으려고 머그잔을 쥔 손끝에 힘을 줬다. "내 결혼 생활이 어떻게 되어가는지 모르겠어요. 하지만 노력은 해야죠. 그러니…… 이럴 수 없어요." 샘은 머그잔을 더 꽉 쥐었다. "조엘을 만날 수 없을 것 같아요. 좋은 사람이 되고 싶은데 이건…… 이건 기분은 좋지만, 좋은 사람이 할 일은 아닌 것 같아요. 이해가 되나요?"

그렇게 그 말을 꺼내놓았다. 샘이 잠을 이루지 못하고 계속 생각하던 것을. 그들 사이에 무언가 있었으며, 그것이 무엇이든 계속할 수는 없다는 걸 인정해야 한다는 것을. 샘이 유일하게 의지할 수 있는 것은 자신이 다시 좋은 사람이 될 수 있다는 생각이었다. 샘은 조엘의 눈을 똑바로 봤다. 슬프지만 이해한다는 눈빛에 샘의 마음이 조금 가라앉았다.

"다시…… 합치나요?"

"아뇨. 모르겠어요." 샘은 한숨을 쉬었다. "함께 산 지 오래됐잖아요. 그냥 헤어질…… 아니, 그 사람은 나쁜 사람은 아니에요. 뒤도 한 번 안 돌아보고 그 세월을 그냥 버릴 수가 없어요. 글쎄요. 그 사람은 이미 버렸을지도 모르죠. 혼자 살며 그 사람이 없으면 내가 어떤 사람인지 알아봐야 할 수도 있어요. 그…… 사람 없이 살아본 적이 없으니, 그냥 힘드네요." 그들은 잠시 가만히 앉아만 있었다. "복잡하죠?"

조엘이 고개를 끄덕였다. "정말 그러네요."

"이 나이가 되면 다 정리될 줄 알았는데."

조엘이 짧게 웃었다. 그리고 다시 진지한 표정을 지었다. "필이 샘의 가치를 알면 좋겠어요. 당신은…… 당신은 특별해요."

"아니에요. 정말로. 다른 사람을 만나는 게 조엘에게도 아마 좋을 거예요. 덜…… 복잡한 사람을. 하지만 고마워요. 나한테……."

조엘이 몸을 일으키더니 샘의 뺨에 손을 살짝 얹었다. 그는 그녀에게 가볍게 키스했고, 아주 잠시 샘의 이마에 이마를 얹었다. 샘은 그의 따스한 살결을 느꼈다. 두 사람의 숨결이 섞였다. 그들은 커피 머신 소리도, 의자를 끄는 소리와 옆자리 아기가 내는 소리도 모두 잊고 그렇게 가만히 있었다. 한숨 비슷한 소리가 들렸다.

샘은 조엘의 손을 잡아 부드럽게 자기 뺨에서 떼어낸 뒤 천천히 의자에 등을 기댔다. 자신이 잡은 조엘의 손을 뒤집어 손등의 흉터와 살갗보다 조금 밝은 색의 손톱을 가만히 봤다. 샘이 고개를 들었을 때, 두 사람이 주고받은 미소는 슬프지만 진실했고 뭐라 말할 수 없는 감정으로 가득 차 있었다.

조엘이 그 순간 침묵을 깼다. 그는 샘의 손을 잠시 꼭 쥔 뒤 내려놓으며 일어섰다. 그의 표정이 무슨 의미인지, 샘은 알 수 없었다. 자존심? 실망? 체념? 조엘은 돌아서더니 말없이 의자 등받이에서 재킷을 집어 들고 샘에게 목례한 뒤 떠났다.

샘은 캠핑카를 몰아 집으로 돌아가서 주차했다. 담 공사가 드디어 끝난 것을 확인했다. 자신과 하루에 세 번은 옷을 갈아입는 캣을 위해 옷가지를 더 챙겨야 했다. 니샤가 칼과 이야기를 마치면 다음 날 집으로 돌아올 생각이었다. 하지만 그렇게 생각하니 집에서 지내는 느낌을 짐작하기 어려웠다. 답답한 집 안에는 아직도 침입의 흔적이 남아 있었다. 이따금 부서진 조각이 카펫에 박혀 있다가 발에 밟혔다. 눈을 감으면 작은 집에 벌어졌던 난장판이 선연히 떠올랐다. 밤에 자다가 벌떡 일어났다. "적어도 맹견이 집을 지키잖아." 앤드리아가 바다에서 발 뻗고 코를 고는 케빈을 보며 말했다.

상실한 예전의 삶이 상처처럼 느껴지는 경험은 처음이 아니었다. 세상에는 마지막이 가득하다고, 샘은 생각했다. 아이를 마지막으로 안아 올린 날. 마지막으로 부모님과 포옹한 날. 사랑하는 사람들이 가득한 집에서 마지막으로 저녁 식사를 요리한 날. 좋아했던 남편과 마지막으로 사랑을 나눈 날. 호르몬 탓에 증오에 사로잡힌 미치광이 바보가 되는 바람에 남편이 떠난 날. 그 모든 순간마다 그것이 마지막이라는 사실을 알지 못했다. 그렇지 않았다면 그 아픔에 압도되어 그 순간을 붙들고, 얼굴을 파묻고, 손을 계속 잡고 있었을 것이다. 샘은 마지막으로 필의 온몸을 끌어안았던 적이 언제인지 떠올렸다. 그것이 마지막인 줄 알았다면 다르게 행동했을까? 좀 더 인내심을 가졌을까? 화도 덜 내고? 그를 다시 안을 수 없을지도 모른다고 생각하자, 가슴에 구멍이 뻥 뚫려 붕괴될 것만 같았다.

'여섯을 세면서 들이쉬고, 셋을 세면서 참다가, 일곱을 세면서 내쉬기.'

샘은 마음을 단단히 다잡고 현관문을 잡았다. 니샤라면 어떻게 할까? 마음을 강하게 먹고, 현실적인 전략을 세울 것이다. 샘은 다음 날 백화점에 가서 망가진 물건을 새로 사기로 마음먹었다. 적어도 한 달 뒤에 돈은 다시 들어오니까. 그때까지는 신용카드로 살면

된다고 생각했다. 좀 있으면 앤드리아를 도와줄 돈도 조금 생길 것이다. 그때, 안에서 달칵 소리가 들렸다. 샘은 흠칫하며 걸음을 멈췄다. 두근거리는 가슴으로 안을 들여다봤다. 칼 캔터가 보낸 자들이 왔다. 심장이 목구멍까지 뛰어 오르는 것 같았다. 진땀이 났다.

샘은 뒷문 쪽으로 돌아가서 열쇠를 감춰놓은 요정 장식 뒤로 천천히 손을 뻗었다. 그들은 분명 문을 부수고 들어갔을 텐데, 부서진 곳이 보이지 않았다. 침입한 흔적이 없었다. 물론 없는 것이 당연했다. 니샤 말대로 그들은 프로였다. 하지만 그렇다고 그냥 들어갈 수는 없었다. 혈관에 아드레날린이 돌기 시작했다. 무슨 소리가 들리는지 귀 기울이던 샘은 두려움 대신 싸늘한 분노만을 느꼈다. 누가 집에 들어갔다. 멋대로 짓밟고 아무거나 가져가도 된다는 듯이. 아무것도 가져가지 못하게 할 작정이었다. 더 이상 짓밟히지도 않을 생각이었다. 쓰레기통 속의 고양이, 사이먼의 비웃음, 산산조각 나며 부서지고 엉망이 된 부엌, 바닥에 밟힌 소중한 가족사진. 그것을 정리하는 데 든 시간이 떠올랐다. 샘 켐프는 참을 만큼 참았다.

샘은 소리 없이 손잡이를 잡다가 유리문 뒤 그림자를 봤다. 그 남자가 거기서 허리를 숙이고 있었다. 무슨 짓을 하려고? 이미 다 뒤집어엎은 곳을 다시 뒤지나? 끝장을 보려고?

샘에게는 계획이 없었다. 집에 들어온 침입자를 막으려는 행동이 현명하지 못한 까닭은 백만 가지도 더 됐지만, 샘은 저도 모르게 단전에서 우러나는 함성을 지르며 오른쪽 주먹을 꽉 쥐고 시드가 환호할 만한 잽으로 침입자의 얼굴을 갈겨 쓰러뜨렸다.

"하지만 뭐…… 뭐 하던 거였어?"

"정리." 필은 기어드는 소리로 말했다. 그는 왼손에 나사를 쥔 채였다. 샘이 아이스 팩을 코에 대주자 나사를 커피 테이블에 가만히 내려놓았다. 나사를 너무 꽉 쥐었는지 손바닥에 자국이 나 있었다. "캣이 알려줬어. 도와주러 왔지."

샘은 캣이 또 무슨 이야기를 했는지 궁금했지만 묻고 싶지는 않았다. 아이스 팩을 잠시 떼고 자줏빛 멍이 퍼지기 시작한 콧잔등과 연고를 조심스레 발라놓은 작은 상처를 만졌다. 그의 얼굴은 너무나 익숙한 동시에 낯설었다. 샘은 손을 그냥 두기가 너무 어색해서 아이스 팩에 다시 댔다. 그제야 TV가 구석에 세워져 있는 것이 보였다.

"아. 맞아. 캣이 우리 TV가 박살 났다고 해서 친구들에게 전화를 해 빌릴 TV를 알아봤어. 짐이 빌려줬어. 차고에 TV를 뒀대. 아내가 경마는 거기서 보라고 해서. 아마 말이 들어오면 좀 시끄럽게 굴었나 보지."

"친구들에게 뭐 부탁하는 거 싫어하잖아."

"아무것도 안 하자니 바보 같았어. 그…… 상당히 엉망이 된 것 같아서."

"응." 샘이 말했다. "그랬어."

필이 어딘지 달라 보였다. 아이스 팩을 대고 있는데도. 면도를 했다. 운동복 바지 대신 청바지와 새 셔츠를 입고 있었다. 하지만 그 것뿐만이 아니었다. 그는 좀 더 자신 있고, 덜 쫓기는 표정이었다.

"권투 연습이 효과가 있었네." 필이 자기 코를 조심스레 만지며 말했다.

"정말 미안해." 샘이 말했다. "조금만 생각했으면 당신인 줄 알고……."

"굉장한 펀치였어."

아드레날린이 잦아들면서 몸에 힘이 빠진 샘은 소파에 털썩 주저앉았다. 그들은 어색한 미소를 지었다. 샘은 자기 주먹을 봤다. 가운데에 자줏빛으로 멍이 들어 있었고, 필의 치아가 닿은 곳은 살갗이 벗겨져 있었다.

"나…… 나도 그렇게 세게 칠 줄은 몰랐어."

필이 서글픈 표정으로 샘을 봤다. "응. 뭐, 당신은 언제나 당신 생각보다 강했어."

둘은 어색한 침묵 속에 앉아 있었다. 필이 샘 옆에서 등을 기댔다. 그가 남은 한 손으로 정수리를 쓰다듬었다. 둘 다 앞만 보았다.

"내가 다 망쳤지, 샘." 필이 말문을 열었다.

"당신이 망친 거 없어. 난……."

"부탁이야. 내 말 들어줘. 내가 망쳤어. 난 완전히…… 내 자신을 잃어버렸어. 그리고 그걸 인정하지도 않았고. 하지만 우울증 약을 먹기 시작했어. 곧 약효가 있을 거래." 필이 조금 웃었다. "그리고 상담도 받고 있어. 정신과 의사랑. 그래. 내가." 샘의 놀란 표정을 보고 필이 말했다. "말했어야 하는데, 당신이 돈 걱정을 할 것 같아서, 뭐, 그냥 안 했어. 말 안 한 게 많아." 필은 한숨을 쉬었다. "왜 그랬는지 모르겠지만, 이제 말할게. 이제 다 할게."

"필……."

"샘. 지금 그 이야기를 하고 싶은지 모르겠어. 알고 싶은지도 모르겠어. 하지만…… 하지만 당신이랑 캣이 내겐 목숨 같은 존재야. 엄마 집에서 며칠 지내면서 둘과 떨어져 있으니, 내가 얼마나 큰 잘못을 했는지 알겠더라. 당신 탓 안 해, 샘. 무슨 일이 있었어도, 당신 탓 안 해. 내가 더 잘할게. 내 아내를 되찾고 싶어. 우리 가족을 되찾고 싶어. 난…… 다시 우리 가정을 갖고 싶어." 필이 침을 꿀꺽 삼켰다. "아…… 아직 우리 가정이 남아 있다면 말이야."

그때 샘이 필을 끌어안았다. 그의 말을 들으며 샘은 속마음을 드러내지 말고 자신의 입장을 항변해야 한다고 생각했지만, 필이 다정한 표정으로 기대를 담아 솔직하게 말하는 모습에 그만 무너져 버렸다. 샘은 그의 탄탄한 허리에 팔을 감고서 그가 마주 안는 것을, 머리카락에 키스하는 것을 느꼈다. '여기가 내가 있을 곳이야.'

"당신을 정말 사랑해, 샘. 다시는 잃지 않을 거야. 약속해." 필의 목소리가 갈라졌다.

"안 그러면 죽어." 샘이 그의 셔츠에 대고 말했다. 손을 놓을 수 없었다. 다시는 그를 놓을 수 없을 것 같았다. 둘은 서로를 꽉 붙들었다. 샘은 문득 감사와 희망이라는, 너무나도 낯선 두 감정이 솟아나는 것을 느꼈다. 가끔은 일이 잘될 때도 있다는 생각이 들었다. 그게 굉장히 파격적으로 느껴졌다.

그들이 그렇게 있을 때 문이 열렸다. 케빈이 짖는 소리가 들리더니 캣이 보였다. 캣은 복도에서 조심스레, 거실 문을 통해 그들을 봤다. 필이 물러나려고 했지만 샘이 손을 놓지 않았다. 샘은 평생 그렇게 있을 수 있었다.

"TV 구해왔어." 달리 할 말이 떠오르지 않자, 필이 말했다. 그리고 TV를 가리켰다.

"아빠가 다 고치고 있어." 샘이 그의 셔츠에 대고 말했다.

잠깐 침묵이 흘렀다.

"아, 안 돼. 그럼 이제 크리스마스 파티 두 번 못 한다는 뜻이야? 아쉽네." 하지만 캣은 미소를 지으며 짧은 복도를 지나 부엌으로 들어갔다.

36

줄리애나가 새벽 1시 43분에 메시지를 보냈다.

애는 잘 있어. 네가 온다고 했어. 그리고 올 때까지 내가 매일 가볼게.

몇 분 뒤 또 메시지가 왔다.

그 앨 보니까 네가 정말 많이 생각나더라. x

알렉스에게서는 니샤가 영원히 맡고 싶은 향이 났다. 애프터셰이브가 아니었다. 칼이 쓰던 비싸고 강한 향수는 나간 뒤 30분이 지나도 그가 어느 방에 있었는지 알려줬다. 알렉스의 향은 정확히 알 수 없었지만 편안했다. 니샤는 그의 목덜미에 얼굴을 파묻고 숨을 들이쉬고 싶었다.

"안 잡니까?" 알렉스의 목소리가 어둠 속에서 들려왔다.

"네."

"괜찮아요?"

"그런 것 같아요."

그의 손이 니샤의 옆구리를 쓰다듬었다. 니샤는 그 따뜻한 손의 부드럽고 조심스러운 무게를 즐기며 눈을 감았다. 그는 템스강에서 두 블록 떨어진 곳에 있는 건물에 살았다. 예전 시 위원회가 있던 자리인데, 대부분의 주민이 세 들던 집을 매입했다는 자부심이 느껴지는 지역이었다. 흰색으로 칠한 그의 아파트에는 빈 공간이 많았다. 주인의 미적 감각을 반영하는 듯했다. 직접 마룻바닥을 깔고 방음장치를 했다고, 알렉스는 조용히 만족스러운 목소리로 말했다. 색색으로 꾸며놓고 알록달록한 장난감이 선반 가득한 딸 방을 제외하면, 방마다 눈길을 끄는 것이 별로 없었다. 바깥 소음이 전혀 들리지 않아서 런던 시내라는 사실을 떠올리기 어려웠다. 그의 침실에 있는 것은 헤드보드도 없는 낮은 침대 하나와 앤티크 서랍장, 옛날 폴란드 영화 포스터 두 장뿐이었다. 거실에는 소파 두 개와 커다란 빌트인 수납장 외에 아무것도 없었다. 니샤는 그곳의 차분함이 온몸에 스며드는 것 같았다. 들어서는 순간, 그 분위기가 삼투압을 일으키듯 몸에 흡수되는 것 같았다.

"물건이 별로 없네요." 니샤가 말했다.

"많은 게 필요 없어요."

니샤가 다른 남자 침대에서 잔 것은 근 20년 만의 일이었다. 더블베드에서 자는 건 몇 주 만의 일이었다. 넓은 공간과 갓 세탁한 면 시트, 알렉스의 탄탄한 몸을 끌어안을 자유가 합쳐지자 최고의 호사처럼 느껴졌다. 알렉스는 그녀에게서 원하는 것이 없었다. 질문을 던지지도, 반응을 요구하지도 않았다. 자신과 함께할 때 니샤가 어때야 한다는 기대치가 아예 없었다. 그저 조용히 니샤의 기분과 니샤가 원하는 것을 알아보고 어떻게 맞출지 결정했다. 물론 니샤는 그를 원했다. 그를 보기만 해도 원했다. 니샤의 몸이 자석처럼 그에게 끌리는 것 같았다. 그의 살갗에, 따뜻한 입술에 닿아야 했다. 근처에 있어도 떨어져 있는 것을 견딜 수 없었다. 알렉스가 원하지 않는 것처럼 보일수록 니샤는 그를 더 원했다. 하지만 키스할 때는 그 구도가 변했다. 니샤는 뭔가 다른 존재가 등장하는 것을 느꼈다. 그는 조용하고 조심스러운 태도를 버렸다. 굶주린 사람처럼 니샤를 마셨고, 손으로 니샤를 쓰다듬고, 움켜쥐고, 안고, 숭배했다. 그의 온몸이 니샤에게 떨어지지 말라고 간청했다. 그의 눈은 니샤의 눈을 봤다. 그렇게 거칠고도 깊은 친밀감이 니샤는 두렵기까지 했다.

"내일 일을 생각해요?" 알렉스가 니샤를 끌어당기며 말했다.

"글쎄요."

"아들?"

"늘 하죠. 하지만…… 좀 안심이 돼요."

"좋은 사람 같군요, 줄리애나라는 사람. 다시 찾아서 다행입니다."

알렉스는 니샤의 이마에 키스하고 머리칼을 손가락으로 감았다. 칼이 그랬다면 공격의 시작이었을 것이다. 하지만 알렉스의 손길은 풀 수 없는 매듭을 짓듯이 기분 좋게 느껴졌다. 니샤는 그의 허리에 다리를 감아서 더 가까이 당겼다.

"아직도 머리가 윙윙 돌고 있군요." 알렉스가 졸린 목소리로 말했다. "다 들립니다."

"정말요?"

"엔진처럼."

알렉스의 음성에서 미소가 느껴졌다. 니샤는 고개를 들고 그를 보며 골반을 그쪽으로 돌렸다.

"당신이 신사라면 내가 그 생각에서 벗어나게 할 방법을 찾겠죠."

"아." 알렉스가 재미있다는 듯 말했다. "그렇군. 난 신사가 아니라고 생각하는군요."

"바라는 바가 아니네요." 니샤의 말에 알렉스는 니샤 위에 자리를 잡고 그녀의 몸에 입술을 댔다. 니샤는 그의 체취를 들이마셨다. 조금 지나자 니샤는 아무것도 생각하지 못하게 되었다.

"그럼 그냥 다 넘길 생각이군요."

앤드리아는 팔짱을 끼고 고개를 젓더니 찻잔을 들고 못마땅하다는 듯 낮은 한숨을 쉬었다.

"다른 방법이 없어요. 안 그러면 그 사람이 날 쫓아올 거예요. 여러분도 찾을지 몰라요. 모두가 이 일에 휘말리는 건 싫어요. 이젠 단순히 이혼 위자료 문제가 아니잖아요?"

"하지만 그 사람이 위자료를 안 주면요? 그럼 아무것도 없잖아요. 협상 카드도 없고."

니샤는 머리칼을 뒤로 넘기고 옆에 있는 알렉스를 봤다. "24시간 내내 그 생각만 했어요. 칼이 내가 다이아몬드에 관해 모른다고 알고 있어야 우리가 안전해요. 그 사람이 더 피해를 주기 전에 구두를 넘기고, 약속을 지키기를 바라야죠. 그다음은…… 잘 모르겠어요. 아마 난 자유로워지겠죠."

앤드리아는 어깨를 으쓱였다. "아마 그 남자는 다른 여자랑 결혼할 생각이겠죠. 그러면 니샤를 빠르고 깨끗이 치워버리는 게 그 사람의 최우선 목표일 거예요."

"글쎄요." 샘이 말했다. "니샤에게 들은 이야기를 종합하면, 그 남자가 올바른 일을 할 것 같지 않아요."

그들은 샘의 부엌에 모여 있었다. 필이 블라인드를 교체하고 선반을 고친 덕분에, 주말에는 전쟁터 같던 그곳이 몰라보게 달라져 있었다. 찻물을 끓이던 필은 싱크대에 등을 기대고 서서 테이블에 모인 사람들을 지켜보고 있었다. 필은 샘에게 갑자기 생긴 친구와 그들의 이야기에 흥미를 보였다. 필과 샘의 눈이 마주쳤고, 둘은 아무도 모르게 미소를 주고받았다.

"구두를 넘기기 전에 이혼 합의서에 서명을 받아야 해요." 앤드리아가 말했다. "방법은 그것뿐이에요."

"사람들이 있는 곳에서 만나요. 그 사람이 구두를 억지로 빼앗지 못하게."

"참, 구두는 어디 있죠?" 앤드리아가 물었다. 그제야 궁금해진 것이다.

"안전한 곳에 있어요." 니샤가 더 이상 묻지 말라는 투로 이야기했다.

"어쩐지 찜찜한데." 앤드리아가 다시 말했다. "재스민이 오전 근무를 안 했으면 좋겠네. 니샤가 혼자 나가는 게 찜찜해요."

"내가 주방에 있을 겁니다." 알렉스가 조용히 말했다. "내가 필요해지는 경우엔 가까이 있을 겁니다."

"니샤가 혼자 나가진 않을 거예요." 샘의 말에 모두 돌아봤다. "내가 갈게요. 함께 갈 거예요."

그들은 캠핑카를 타고 말없이 벤틀리로 향했다. 필이 배터리를 교체한 차를 캣이 빌려 갔기 때문이다. 샘이 코너를 돌 때 뒤쪽 선반에서 물건이 떨어져도 니샤는 불평하지 않았다. 그만큼 긴장했기 때문이었다. 샘은 호텔 옆 임시 신호등 앞에서 갱년기에 접어든 교통경찰을 보고는 니샤에게 신호위반으로 걸렸던 이야기를 들려줬다. 니샤는 제대로 듣지 않는 듯했다. 결국 샘은 대화를 포기했다.

샘은 작은 나라의 국민총생산에 가까운 액수를 징수하는 주차장에 차를 세웠다. 벤틀리 호텔로 걸어간 그들은 직원 휴게실에서 조용히 기다릴 생각으로 옆문으로 들어갔다.

출발한 이후 니샤는 깊은 생각에 잠겨 있었다. 호텔에 한 시간쯤 일찍 도착하자는 것도 니샤의 제안이었다. 재스민은 샘에게 니샤의 아들 이야기를 조금 들려줬다. 아이가 불행해하고 외로워하고 있으니, 니샤는 아이에게 돌아가기 위해서라도 이 일을 해결해야 한다고 했다. 샘은 니샤 곁에 앉아서, 연약한 아이와 그렇게 멀리 떨어져 있으면 어떤 마음일까 생각했다.

니샤가 고개를 들었다. "괜찮아요? 나보다 더 초조해하는 것 같은데."

"이상하죠? 이 남자가 무슨 짓을 했는지 아니까요. 무슨 일이 있

었는지 말예요. 그런데 니샤가 그 사람과 함께 앉아 있을 거라고 생
각하니 마음이 안 놓여요."

"그 사람은 더한 짓도 했을 거예요."

"그렇게 생각하면 기분이 좀 나을까요?"

30분이 지났다. 강박적으로 시계를 확인하던 니샤는 담배를 피워
야겠다며 샘을 데리고 밖으로 나갔다. "나쁜 습관이죠." 쓰레기통
옆에 선 니샤가 연기를 깊이 들이쉬며 말했다. "끊는 중이에요."

니샤는 아리가 두려운 듯 골목길을 자꾸 흘끔거렸다. "한 대만 더
피울게요." 그리고 이렇게 덧붙였다. "로비로 들어가 볼까요? 어디
앉을지 정하게?"

니샤의 마음속에서 큰 갈등이 일어난 듯했다. 샘은 그저 맞춰주는
것이야말로 가장 큰 도움일 거라고 판단했다. 샘은 니샤를 따라 옆
문으로 들어가 로비로 갔다. 누가 자신을 알아보지 않을까 걱정했
다. 프런트에서는 화장을 짙게 한 금발의 미셸이 통화 중이었다. 컨
시어지 옆에 있던 재스민이 그들을 보더니 한쪽 눈썹을 치켜떴다.
재스민이 방 끝을 향해 고갯짓하자 니샤가 돌아서서 그쪽을 봤다.

"앗. 벌써 왔네."

샘은 온몸이 굳는 것을 느꼈다. 낮은 테이블 주위에 푹신한 소파
가 세 개 놓여 있었는데, 정장 차림의 비즈니스맨들이 그 자리에 모
여서 커피를 마시고 있었다. 젊은 금발의 여자가 칼 옆에 앉아 아이
패드로 말하는 내용을 받아 적고 있었다. 날씬하고 반짝이며 뭔가
소유권을 주장하는 느낌을 주는 여자였다. 샘이 니샤를 보니 그쪽
을 뚫어져라 바라보며 딴생각을 하고 있었다.

샘은 가운데 남자를 다시 봤다. 멀찍이서 봐도 누가 칼인지 알 수 있었다. 더 크고, 더 다부지고, 더 나이가 많은 그는 궁전의 왕처럼 권위를 발산했다. 그보다 덩치가 더 큰 남자는 한 명뿐이었다. 이어 폰을 끼고 뒤에 서 있는 남자였다.

"어디서 봤더라."

"비즈니스 잡지에 여러 번 나왔어요. 사진 찍길 좋아하죠. 놀랍죠?"

샘은 그에게서 눈을 뗄 수 없었다. 희끗희끗한 머리칼을 귀 뒤로 넘기고, 배가 툭 튀어나온 남자. 그 순간 샘은 깨달았다. 니샤의 팔을 얼른 잡았다. "니샤. 잠깐만요."

"네?"

"뭐 좀 가져와야 해요. 금방 올게요."

니샤는 믿을 수 없다는 눈빛으로 샘을 봤다. "지금…… 날 버리는 건가요?"

샘은 직원용 복도로 향했다.

"정말요? 정말 그냥 가기예요?"

니샤의 말이 들렸다. "나 혼자 알아서 하라고 가버리는 거예요?" 그래도 샘은 사라졌다. 캠핑카를 향해 있는 힘껏 달려갔다.

"달아났다니, 무슨 말입니까?" 알렉스는 어깨에 흰 행주를 걸치고서 요리 중이었지만, 몸을 돌려 니샤에게 물었다.

니샤는 수셰프들의 성난 눈빛을 무시한 채, 조리대 앞을 서성였다. "그 사람이랑 주위 남자들을 한 번 보더니 가버렸어요. 그냥 도

망쳤어요. 솔직히 말해봐요? 이럴 줄 모른 내가 바보죠. 정말 소심한 사람이니까요. 도둑 든 것 때문에 완전 겁을 먹었어요. 차라리 앤드리아에게 부탁했어야 하는데."

알렉스는 팬을 세게 흔들었다. 그의 등 뒤로 주방 전체가 분주히 움직이고 있었다. 팬이 부딪히고 지시를 외치는 소리로 가득했다. "재스민에게 로비에 와달라고 할 수 있습니까? 당신을 봐달라고? 나는 한 시간 동안은 자리를 못 비웁니다."

"괜찮아요." 니샤는 발을 들어 그의 뺨에 키스했다. "정말이에요. 그냥…… 샘에게 화가 나서 왔어요. 하소연 좀 하려고. 그거 가져와도 될까요?"

알렉스는 주머니에서 사물함 열쇠를 꺼냈다. 열쇠를 받아 든 니샤는 직원 휴게실로 갔다. 퀴퀴하고 작은 방에서 42번 사물함을 찾아 문을 열었다. 안에는 청바지와 깨끗한 티셔츠(일을 마친 요리사에게서는 항상 기름 냄새가 났다)가 있었다. 니샤는 티셔츠를 조심스레 들어 그에게서 풍기는 세제 냄새를 한 번 맡았다. 잠시 전날 저녁으로 되돌아간 듯한 기분이 들었다. 티셔츠를 내려놓던 니샤는 문에 붙은 사진을 봤다. 조그맣고 낡은 사진 속에서 알렉스가 어린 금발 소녀에게 팔을 두르고 있었고, 소녀는 그를 애정 가득한 눈빛으로 바라보고 있었다. 니샤는 그 사진을 잠시 보다가 그 나이 때 레이를 떠올렸다. '아들, 엄마가 데리러 간다.' 니샤는 소리 없이 아이에게 말했다. 그리고 안쪽에 있던 검은 비닐 봉투에서 구두를 꺼낸 뒤 사물함을 닫았다.

"니샤, 난 여기 있을 겁니다." 니샤가 열쇠를 되돌려줄 때 알렉스가 말했다. "끝나면 전화해요." 팬을 내려놓은 그는 니샤를 끌어안고는 키스했다. 누가 보는지 신경 쓰지 않았다. "괜찮을 겁니다. 원하는 것을 얻을 거고. 당신은 보통 사람이 아니니까."

니샤는 잠시 눈을 감고서 그가 귀에 속삭이는 말을 들었다.

"고마워요." 니샤가 샤넬 재킷의 주름을 폈다.

니샤는 바깥 쓰레기통 옆에서 담배 두 개비를 더 피우고 직원 화장실에 두 번 간 뒤(긴장과 방광 사이에는 무슨 관계가 있을까?) 이를 닦고 머리를 위로 올렸다가 내리기를 서너 번쯤 반복했다. 전화를 확인하고 심호흡을 했다. 12시 5분 전이었다.

37

니샤가 테이블로 다가갈 때, 비즈니스맨 무리가 막 일어서고 있었다. 니샤는 칼이 자신을 볼 때까지 서너 발자국 거리에서 기다렸다. 그는 유난히 오랫동안 작별 인사를 나눴다. 힘을 과시하고 있었다. 니샤는 칼의 그런 행동을 수없이 지켜봤다. 기다리게 만드는 상대는 주눅이 들었다. 지난 만남에서 니샤에게 원동력이 됐던 분노는 사라진 듯, 마음이 조마조마하고 다리가 후들거렸다. 호기심 어린 표정으로 쳐다보는 남자들, 자신의 권력을 과시하기 위해서 혹은 니샤의 존재에 불안해져서 칼에게 가까이 다가서는 샬럿을 의식하며 니샤는 무표정을 유지했다. 끝없이 느껴지는 기다림 끝에 드디어 칼은 니샤에게 알은척을 했다.

"아, 니샤." 칼이 앉으라고 손짓했다. 일어나지는 않았다.

"저 여자는 가라고 해." 니샤가 말했다.

칼은 그 말에 따를지 견주는 듯, 니샤와 눈을 맞췄다. 그리고 샬럿에게 말했다. "잠깐만 자리를 비켜줘. 자기는 방에서 짐을 다 챙겼는지 확인해 보지."

"내 옷은 빼고." 니샤가 말했다. 그러고는 짓궂게 덧붙였다. "자기야."

승리의 순간을 빼앗긴 것에 화가 난 모양인지, 샬럿은 일어서며 니샤를 노려보더니 머리칼을 뒤로 홱 넘기며 엘리베이터로 걸어갔다.

"아리는 어디 있지?" 니샤가 앉으며 말했다.

"그게 왜 궁금하지?"

"남의 집에 또 침입하는 건 아니겠지 싶어서. 공익을 위해서 궁금하네."

"무슨 소린지 모르겠군." 칼은 무미건조한 미소를 지었다. 그리고 니샤의 발 옆에 놓인 비닐 봉투를 봤다.

"이제 샤넬 백 대신 비닐 봉투를 들고 다니는군. 고급스럽네."

"이 자리에 잘 어울리는 것 같아서."

칼이 웃었다. "니샤, 니샤. 당신 독설은 항상 좋았어. 그래서…… 구두는 거기 있나?"

칼이 손을 뻗었지만, 니샤는 발 뒤로 봉투를 밀었다.

"우선 이혼 합의서를 보여줘. 전부 작성해 놨겠지?"

"구두부터 받고."

"구두를 안 갖고 있는데 여기 내가 왜 왔겠어?"

"글쎄, 여보. 당신은 늘 미스터리였으니까."

"이혼 합의서를 보고 나서 구두를 줄게."

칼은 고개를 저으며 한숨을 쉬고는 정장 차림의 안경 쓴 남자에게 손짓했다. 니샤는 그를 못 봤지만 근처에서 대기하고 있던 모양이었다. 남자가 서둘러 다가와 니샤에게 서류를 내밀었다. 니샤는 서류를 내려다봤다. 서너 페이지의 서류 표지에는 "이혼 합의서"라고 적혀 있었다.

"어때?" 칼이 말했다.

"읽어봐야지." 니샤가 말했다. 한쪽 구석에서 아리가 니샤를 지켜보고 있었다. 실내를 훑어봤다. 프레데릭 매니저가 프런트에서 처음 보는 직원과 대화 중이었다. 그는 이야기하며 니샤 쪽을 두 번 흘끔거렸다. 그도 이미 설명을 들었을 것이다. 재스민이 보이지 않았다. 니샤는 혼자라서 불안한 심정을 들키지 않으려고 허리를 꼿꼿이 세웠다.

이 합의서는 뉴욕주 법에 따라 원고와 피고 관계가 최소 6개월간 결렬되었으며, 원고가 그렇게 증언함을 진술하는 바이다.

"잠깐만." 니샤가 말했다. "이 서류의 작성 날짜가 6개월 전으로 되어 있는데."

"그렇지. 당신이 그때 서명했잖아."

니샤가 페이지를 넘기니 자신의 서명이 보였다. 조금 불안정하긴 해도 확실히 니샤의 글씨체였다. "뭐? 난 서명한 적 없어. 여기 우리가 헤어진 지 여러 달 됐다고 나와 있잖아. 재정 문제도 전부 합의했고. 우린 이미 이혼한 상태라고 하는데."

"먼저 시작하는 게 낫다고 생각했어. 앨리스터가 미리 서류를 준비했지."

니샤는 재정 합의사항을 확인했다. 니샤가 원하는 도시에 방 두 개짜리 아파트를 얻을 비용으로 50만 달러. 레이의 학비. 레이가 대학을 졸업할 때까지 매달 1만 달러.

"난 이런 내용에 합의한 적 없어. 당신이…… 내 서명을 위조한 거야."

"아냐, 여보. 당신이 기억을 못 하는 거지. 당신 머리에는 헛생각이 늘 가득했잖아."

니샤가 쳐다보니 앨리스터는 조금 어색한 표정으로 외면했다.

"제대로 된 위자료의 5퍼센트도 안 되는 액수잖아."

"아주 정당한 액수야. 회사 재정 상황이 몇 년간 아주 안 좋았다는 걸 당신도 알 거야. 빚 갚느라 재산을 다 팔았어. 이게…… 이게 남은 자산의 절반이야. 판사도 아주 공정한 분할이라고 판단했지."

니샤는 변호사의 말을, 칼이 해외의 온갖 비밀 장소에 자산을 감추느라 바빴을 거라는 말을 떠올렸다. 런던의 집을 말없이 판 것이 생각났다. 몇 달간 계획한 일이 분명했다.

"이건 공정한 위자료가 아냐, 칼. 당신도 알 거야."

"오하이오 힉스빌이었다면 이 절반밖에 못 받았을걸."

칼이 소파 쿠션에 몸을 기댔다. "그건 그렇고. 생트로페에서 서명할 땐 아주 만족하는 것 같더니."

니샤는 문득 호텔 뒤캡에서의 하룻밤이 떠올랐다. 니샤가 술을 못 마시는 걸 알면서도 칼은 칵테일을 마시자고 우겼다. 그날 저녁, 어지러워 그만 자러 가야겠다는 니샤에게 칼은 서명을 시켰다. 니샤는 서류를 제대로 보지도 않고 서명했다. 드문 일이 아니었다. 니샤는 그의 사업을 돕기 위해 여러 가지 서류에 서명하는 일에 익숙했다. 니샤는 이사, 배우자, 회사 비서 역할과 탈세하는 역할을 동시에 담당했다. 그의 회계사가 하는 조언에 따라 다양한 역할을 맡았다. 니샤는 그렇게 살았다. 회사 대표의 완벽한 부인으로서.

"날 속여서 이혼 서류에 서명하게 했다고?"

칼은 시계를 봤다. "제안은 10분간 유효해. 그다음에는 뭘 얻어내든 싸워야 할 거야. 그럼 난 오줌을 누고 오겠어."

그는 천천히 일어났다. 아리가 다가오더니 로비 화장실까지 동행했다. 로비 바닥을 천천히 청소하며 기다리던 재스민이 소파 쪽으로 달려와 니샤 옆에 앉았다.

"뭐래요?" 청소 담당 직원이 극비 재정 서류를 집어 들자 앨리스터가 작은 목소리로 만류했다. 재스민은 그의 말을 무시하고 서류 뭉치를 들었다.

"아니지." 재스민이 서류를 훑어보고 내려놓으며 말했다. "안 돼요, 니샤. 이건 저 사람이 펜트하우스를 언제든지 쓰려고 내는 호텔비도 안 되는 돈이에요. 전에 얼마인지 봤거든." 니샤가 고개를 들자, 재스민이 어깨를 으쓱였다. "겨우 이것 받고 놓아주면 안 돼요."

"하지만 한 푼도 못 받고 끝날 수도 있어요. 저 사람이 전부 계획한걸요."

"여기 서명하면 안 돼요. 알겠어요?" 재스민이 앨리스터에게 말했다. "나머지 서류에 서명하면, 이제 다른 요구는 못 하는 거죠?"

앨리스터가 눈을 껌뻑였다. "아, 네. 그렇습니다. 그 순간부터 공식적으로 이혼한 겁니다."

재스민과 니샤가 서로 마주 봤다. 니샤는 복잡한 심정으로 앉아 있었다.

재스민이 니샤의 팔을 붙잡았다. "니샤. 이럴 순 없어요."

"날 호구로 봤네." 니샤가 나직이 말했다.

칼이 아리의 말을 들으며 화장실에서 돌아왔다. 그는 웃기 시작하더니, 맛있는 점심을 먹고 나오는 사람처럼 편안하고 명랑한 표정을 지었다. 승강기에서 내린 샬럿이 칼을 뒤쫓아 종종걸음을 쳤다. 샬럿이 그에게 뭐라고 다급하게 말하자, 칼은 그녀의 배에 잠시 손을 얹더니 고개를 끄덕였다. 니샤가 그 모습을 지켜보는 동안 샬럿은 입가에 미소를 띠고서 칼을 뒤따라왔다.

칼은 한 번 더 니샤의 허를 찔렀다. 너무나도 다양한 방법으로. 승산이 없었다. 샬럿이 말도 안 되게 긴 다리를 칼의 다리 옆에 붙이며 앉자 니샤는 턱을 들고 평정심을 유지했다.

바로 그때, 로비에서 작은 소란이 일어났다. 오른쪽을 보니 샘이 대리석 바닥을 살짝 미끄러지듯 달려오는 중이었다.

"니샤! 니샤!" 샘이 손을 들고 있었다. 칼을 보더니 걸음을 멈추고 미친 듯이 손짓했다.

칼은 방수 파카와 헐렁한 청바지, 낡은 운동화 차림의 샘을 보더니 니샤를 비웃었다. '이제 이런 사람과 어울리나?'

"니샤. 부탁이에요. 잠깐만 얘기 좀."

니샤는 샘의 애원하는 표정을 봤다. "잠깐만."

"우린 5분 뒤에 출발해." 칼이 앉더니 아리에게 물을 가져오라고 손짓했다. 샬럿은 완벽하게 가꾼 손으로 그의 허벅지를 쓰다듬었다.

"저 사람을 어디서 봤나 했어요." 샘이 헐떡이며 니샤를 이끌고

로비 한쪽으로 갔다. "어디서 본 게 분명했거든요. 당신 남편 말이에요. 원본은 안전한 곳에 보관했지만, 필에게 내 휴대전화로도 보내달라고 했어요."

니샤는 무슨 말인가 싶어 샘을 빤히 봤다. 샘이 급한 손놀림으로 작은 동영상을 재생했다. 그러자 그가 나왔다. 작은 흑백 동영상속, 벌거벗은 칼이 있었고 샬럿이 그 위에 엎드려 있었다.

"이게 뭐예요?" 재스민이 어깨 너머로 들여다봤다.

"어…… 어머." 니샤가 잠시 눈을 떼지 못하고 말했다. "어머. 어머, 저런." 니샤는 눈을 깜빡이다가 눈살을 찡그렸다. 샘은 니샤를 가만히 들여다봤다.

"그 구두를 신었던 날. 어떤 남자가 펍에서 이걸 줬어요. 앤드리아랑 이걸 잠깐 보고는…… 그냥, '윽' 하고 말았죠. 장난인 줄 알았어요. 미안해요."

"그럴 만하네." 재스민이 말했다.

"그러고 서랍 안에 넣어둔 다음에 완전히 잊고 있었어요. 그러다가 아까 들어와서 생각이 났어요. 이 사람, 남편 맞죠? 이 사람이요! 영상 속의."

니샤가 샘을 보며 중얼거렸다. "내 보험. 잊고 있었네."

"메시지로 보내놨어요. 복사본이 필요할 것 같아서."

니샤가 휴대전화를 확인했다. 동영상이 도착했다는 알림이 보였다.

"알겠어요." 니샤가 숨을 들이쉬었다. "알겠어요."

"이제 저놈에게 한 방 먹일 수 있겠네." 재스민이 말했다. "앗싸!"

샘이 행복하고 당당하게 미소를 지었다. "그럴 수 있어요. 이게 협상 카드예요. 새로운 위자료죠." 샘은 이렇게 덧붙이지 않을 수 없었다. "내가 그랬죠? 협상할 줄 안다고."

여자 둘이 소파에 앉자 칼은 잠시 어리둥절한 표정을 지었다. 그는 샘의 흐트러진 모습과 살짝 들뜬 태도를 경멸하는 모습을 감추려 하지도 않았다. 그리고 보란 듯이 지루해했다. 한숨을 쉬고, 시계를 확인하더니, 느릿느릿 말했다. "이제 됐나?"

니샤는 상체를 숙이고 서류를 살폈다. "그럼, 이 문서에 따르면 우린 6개월 전에 갈라선 거지. 사실이 아니란 건 당신도 나도 알지만."

"그렇지." 칼은 물을 한 모금 마시더니 의자에 등을 기댔다.

"그리고 위자료는…… 언제 송금할 거야? 지금?"

"니샤…… 잠깐만." 샘이 입을 열었지만, 니샤가 손을 들어서 막았다.

칼이 고개를 끄덕였다. "앨리스터가 송금할 거야. 하지만 구두부터 확인하고."

니샤가 손을 뻗었다. 봉투를 무릎 위에 올려두고 악어가죽 하이힐 한 짝을 꺼냈다. 전날 밤 그레이스의 미술용 글루건으로 굽을 잘 붙여두었다. 구두를 돌려가며 확인시킨 니샤는 다른 한 짝도 꺼내 보인 뒤에 봉투에 넣었다.

"그래서…… 구두 찾으러 이리저리 뛰어다니게 한 건 그냥 장난이었네. 이걸 준비하는 동안 날 떼어놓으려고."

칼의 표정에는 미동도 없었다. "그럴지도. 그게 무슨 상관 있나?"

"저 여자 발이 커서 이 구두는 안 맞는 거 알아? 저 여자 발이 얼마나 큰데." 니샤가 샬럿 쪽으로 고갯짓하자, 샬럿은 뭐라고 쏘아붙이려다가 칼에게 상냥하게 미소 지었다. "이 구두를 정말로 갖고 싶어요?"

서로를 빤히 보던 그들은 문득 깨달았다. 그들은 서로 경멸했다. 니샤는 그 남자와 함께 살았다는 사실을 믿을 수 없었다.

"구두 내놔." 칼이 낮고 위험한 목소리로 말했다.

"샘…… 은행 계좌 좀 알려줘요." 니샤가 말했다.

"네?"

"여기서는 내 계좌에 접근할 수 없어요. 이 사람도 잘 알죠. 샘의 계좌번호를 줘요."

샘이 휴대전화에 숫자를 천천히 입력하더니 넘겼다. 니샤는 그 전화기를 앨리스터에게 건넸다.

"니샤……." 샘이 다시 반대했지만 니샤는 한 손을 들어 저지했다.

"그 계좌에 입금되는 걸 확인하고 싶어. 아, 제발 좀, 칼." 칼이 망설이자 니샤가 말했다. "이제 도망 안 가. 아리가 입구마다 사람을 세워둔 거 다 알아. 누굴 바보로 아나."

"이러면 안 돼요." 샘이 다급하게 속삭였다. "니샤. 이러지 말아요."

"보내지." 칼이 말했다. 온라인 송금이 끝날 때까지 그들은 기다렸다. 샘은 내키지 않는 심정으로 니샤에게 은행 계좌 잔고를 확인시켜 주었다. 니샤는 근처에서 기다리던 재스민에게 손짓했다.

"펜트하우스에서 내 물건 좀 가져다줄래요? 입구 쪽으로?"

"손님 물건 말이죠. 물론입니다!" 재스민이 승강기로 달려가며 말했다. 니샤는 재스민이 승강기에 탈 때까지 기다리다 펜을 들었다.

"좋아. 서명할게."

"니샤." 샘이 니샤의 팔을 붙잡았다. "이럴 필요 없어요. 이젠 그게 있잖아요. 자기 몫을 다 받을 수 있다고요!"

하지만 니샤는 샘을 뿌리쳤다. 한 페이지마다 공들여 서명하고 돌려준 뒤, 앨리스터가 공증하는 동안 기다렸다. 그는 완성한 서류를 니샤에게 건넸다. 니샤는 서류를 깔끔하게 접어 재킷 안주머니에 넣고, 숨을 길게 내쉬었다.

"그럼 됐네. 전부. 서명 끝났어."

"끝났군." 칼이 말했다.

니샤는 일어서서 구두가 든 봉투를 내밀었다. 칼은 비닐 봉투를 들고 싶지 않았다…… 체면을 구기는 일이었으니까. 그래서 샘의 지시를 받은 아리가 봉투를 받아 안을 들여다봤다. 옆에서 샘이 입을 딱 벌린 채 니샤를 보고 있었다. 괴로운 표정이었다.

아리가 고개를 끄덕였다. 칼은 니샤에게 다시 말했다. "그럼. 결국 처음처럼 마지막도 저렴하게 끝나는군."

"좋겠네, 칼." 니샤가 말했다. 테이블에서 일어난 니샤는 몇 발자국 걸어가다가 멈췄다.

"참. 잊을 뻔했네. 방금 뭐 하나 보냈어." 니샤가 살짝 미소 지으며 말했다. "작별 선물이랄까."

칼은 일어서서 재킷의 주름을 폈다. 니샤는 그의 휴대전화에서 알림음이 들릴 때까지 기다렸다.

"지금부터 우린 남남이야. 건드리지 마. 당신 또는 당신 부하가 나나 레이를 찾아오거나, 내 친구에게 또 무슨 일이 생기면, 그걸

인터넷에 올릴 거야. 아니면, 타블로이드 신문사에 보내거나. 어디
든 더…… 적절한 쪽으로. 복사본도 여러 개 있으니까 허튼 생각은
하지 마."

"무슨 소리야?"

"귀국길에 너희 사랑꾼들 보라고 작은 거 하나 준비했어." 니샤
가 말했다. "참, 샬럿? 한마디만 할게. 세상에는 입생로랑이 어울리
지 않는 여자가 있어. 넌 그걸 꼭…… 뭐라고 했죠?" 니샤는 샘에
게 묻더니 뱉듯이 말했다. "아, 프라이마크처럼 만들어."

그리고 니샤는 로비를 가로질러 흐릿한 겨울 햇볕이 내리쬐는 거
리로 나섰다. 문이 열리는 순간, 분노한 칼이 고함치는 소리가 들려
왔다.

니샤의 걸음이 너무 빨라서 샘은 달리다시피 해서 따라잡았다.
테이블에서 멀찍이 떨어지자, 머릿속이 복잡하던 샘이 저도 모르게
따졌다.

"대체 방금 무슨 짓을 한 거예요? 제대로 된 위자료를 받을 수 있
었는데. 새 삶을 꾸릴 수 있었잖아요. 필요한 걸 줬는데!"

"상관없어요." 니샤가 호텔에서 성큼성큼 걸어가며 말했다. "필
요 없다고요. 차는 어디 있죠?" 니샤는 뒷문 쪽을 향해 돌아섰다.

샘이 니샤를 붙잡아 마주 보았다. "하지만 모든 게 있었잖아요.
모든 게! 그 영상만 있으면 그 사람에게 뭐든 받아낼 수 있었어요."

"그럼 나도 그 사람이랑 똑같은 인간 말종이 되겠죠. 재스민은 어
디 갔죠?" 니샤는 고개를 들고 입구를 살폈다.

잠시 후 재스민이 옆문에서 나왔다. 니샤의 옷을 전부 실은 커다란 이동 카트를 빅토르와 함께 밀고 있었다. 그들을 발견한 재스민과 빅토르는 방향을 바꿔 그쪽으로 밀고 왔다.

"차로 가져가 줄래요?" 샘이 말했다. "모퉁이만 돌면 있어요."

"어떻게 된 거예요, 니샤?" 재스민이 숨을 조금 몰아쉬며 말했다. 니샤가 카트 한쪽을 잡자, 재스민은 핸드백 줄을 어깨에 걸쳤다.

"대체 왜 이러는지 알 수가 없네." 샘이 탄식했다. 하지만 니샤는 신경 쓰지 않았다. 캠핑카로 가는 데만 집중할 뿐, 뒤도 돌아보지 않았다. 샘은 재스민과 마주 봤지만 재스민은 자기도 모르겠다는 듯 고개를 저었다.

캠핑카에 도착했을 때, 모두 숨을 헐떡이고 있었다. 옷을 차에 싣는 것을 도와준 빅토르는 니샤가 10파운드 지폐를 건네자 악수를 청했다. "됐다." 그가 빈 카트를 밀고 호텔로 가는 것을 보며 니샤가 말했다. "가요."

샘이 마침내 폭발했다. "미쳤어요? 위자료를 제대로 받아야 한다고 그렇게 난리더니. 그래서 우리도 그렇게 믿었잖아요. 자기 뜻을 굽혀서는 안 된다고도 했고. 그런데, 자기 일에선…… 그냥 굽히고 포기해 버렸잖아요! 세상에, 니샤. 앞으로 난 시든 양상추처럼 기운이 빠질 거예요. 당신이 한 말을 왜 들었을까요?"

샘이 앞에 탔다. 재스민이 그들 사이에 앉았고, 니샤가 마지막으로 타더니 문을 닫았다.

"제발…… 다이아몬드를 어디다 숨겨놨다고 말해줘요." 샘이 말했다.

"아뇨. 전부 그 구두 굽에 넣었어요."

"그거라도 챙기지!"

"그럼 나도 그 사람과 똑같은 인간이죠."

"그 사람이 내 집을 망가뜨렸어요. 우리 모두 두려움에 떨게 했잖아요. 당신에게서 20년을 앗아가고, 당신 아들을 무시했어요. 그런데 원하는 걸 주고 그냥 놓아줘요? 그리고 나더러 그 꼴을 보라고? 이해가 안 돼요, 니샤. 도무지."

"이제 말문이 터졌네." 재스민이 중얼거렸다.

"이거면 됐어요." 니샤가 말했다. "지낼 곳이 있고, 아들이랑 친구가 있으면, 그걸로 충분해요. 전보다 행복해요. 됐어요? 이러는 편이 더 좋아요."

샘이 모는 캠핑카가 도로로 접어들었다. 다른 두 명은 말이 없었다. 니샤는 생각에 잠긴 듯했고 재스민은 그 상황에 잠시 말문이 막힌 모양이었다. 큰 차를 모는 데 집중하기 위해서 샘은 당분간 그 생각은 접기로 했다. 계속 그렇게 화를 낼 수는 없었다. 그간의 며칠이 너무나 혼란스러웠다. 그저 집에 가서 필과 함께 있고 싶은 마음뿐이었다. 샘은 이해할 수 있는 사람과 함께하고 싶었다.

"그 교통경찰 어디 있죠?" 니샤가 말했다.

"네?"

"오는 길에 얘기한 경찰관. 어디 있어요?"

샘이 재스민을 보자, 재스민 역시 '나도 모르겠어'라는 만국 공통의 표정을 지었다.

"또 신호위반은 안 해요." 샘이 짜증을 냈다. "아주 조심해서 돌아갈 거라고요."

"그 교통경찰 앞으로 지나가요. 저기. 저기 있네."

샘이 좌회전 신호를 넣고 제한속도보다 훨씬 낮은 시속 30킬로로 달리다가 경찰관을 봤다.

"속도 낮춰요." 니샤가 말했다. "이제 멈춰요."

샘은 영문도 모른 채, 뒤에서 빵빵거리는 소리를 무시하고 캠핑카를 세웠다. 니샤는 창밖으로 손을 열심히 흔들었다. 교통경찰이 고개를 들더니 어리둥절한 표정을 지었다. 그녀가 캠핑카로 다가오며 옆에 그려진 커다란 해바라기를 확인했다.

"또 만났군요." 경찰관이 샘에게 말했다.

"정말 죄송해요." 샘이 말했다. "제 친구가 왜……."

니샤가 창밖으로 몸을 내밀었다.

"엄청난 제보가 있어요. 이 번호판을 단 차를 잡아요. PYF 483V. 이 차에 가짜 크리스찬 루부탱 구두를 가진 남자가 있을 거예요. 그 구두 굽 속에 백만 달러가 넘는 다이아몬드가 있어요. 밀수한 거예요. 이런 밀수가 처음도 아니고요."

경찰관이 니샤와 샘을 봤다. "장난치는 건가요?"

"아뇨." 니샤가 말했다. "장난이랑은 거리가 멀어요."

"제가 왜 그 말을 믿어야 하죠?"

"제가 농담하는 것 같아요?"

두 사람은 한동안 서로 노려봤다. 그 순간 특정 나이의 여자끼리만 가능한 모종의 이해가 이뤄진 듯했다.

"불법 다이아몬드라고요."

"그걸로 엄청난 특진을 못 하면, 제가 돌아올 테니까 체포해요."

재스민과 샘은 아무 말도 하지 않았다. 교통경찰이 니샤의 얼굴을 가만히 봤다. "차량 번호가 뭐라고 했죠?"

"PYF 483V요. 벤틀리 호텔에서 출발해서 런던 공항으로 향할 거예요. 5분쯤 뒤에."

경찰관이 눈을 가늘게 떴다.

"사실이에요." 샘이 말했다.

"친구는 잘 있어요?" 경찰관이 불쑥 물었다.

"아주 잘 있어요. 고마워요." 샘이 대답했다. "머리도 다시 자라고."

"아, 잘됐네." 경찰관이 만족한 표정으로 끄덕였다.

"5분이에요." 니샤가 말했다. "길어야."

경찰관은 세 사람을 번갈아 보며 고민했다. 그들이 기다리는 사이, 그녀는 니샤에게서 눈을 떼지 않은 채 무전기를 들었다.

"관제실? 네, 밀수 다이아몬드를 싣고 있다는 차량이 있습니다. 등록번호 PYF 483V. 네. 최대한 빨리. 벤틀리 호텔에서 출발, 공항으로. 네, 다량의 불법 다이아몬드를 싣고."

경찰관이 무전기를 내렸다.

"제보자는?"

"아, 그냥 익명의 시민이요."

경찰관이 니샤의 왼손을 봤다. "익명의 열받은 아내 시민인가요?"

"마음에 드네요, 43555번 경찰관. 탐정이 될걸 그랬어요."

"마저리라고 해요." 경찰관이 말했다. "그리고 5년간 승진 심사에서 네 번 떨어졌죠."

"이번엔 아닐 거예요. 좋은 하루 보내세요, 마저리." 니샤의 말에 경찰관은 다시 무전기를 들었다. 샘은 차를 출발시켰다.

샘은 복잡한 마음으로 몇 분간 계속 운전했다. 커다란 갈등이 드디어 해결된 듯, 옆에서 눈을 감고 손을 무릎에 얹고 있는 니샤를 계속 흘끔거렸다. "이제 알겠어요. 니샤가 그 사람을 앞지른 거군요."

"그 사람은 날 가만두지 않았을 거예요. 샘도. 레이도." 니샤는 눈을 뜨고 차창 밖을 응시하며 말했다. "하지만 우리가 다이아몬드에 대해 아무것도 모르는 줄 알고 있죠. 그러니까 앞으로 일어날 일을 우리랑 연결시키지 않을 거예요."

니샤는 담뱃불을 붙였다. "아버지가 내게 가르쳐준 것 중에 쓸모 있는 건 이거 하나뿐이에요. 사람들은 겉모습을 보고 사람 능력을 판단해요. 여자라면 특히 더 그러죠. 게다가 어느 정도 나이 든 여자라면, 아무것도 할 줄 모른다고 생각해요. 나 같은 경우엔, 칼이 내가 자기 옷장 말고는 아무 데도 관심 없는, 분해서 어쩔 줄 모르는 전처라고 여기죠."

샘은 고개를 저었다. "와, 대단해요."

니샤는 연기를 길게 뿜었다. "또, 이제 이혼한 상태니까 내가 그에게 불리한 증언을 법적으로 얼마든지 할 수 있고요."

잠시 침묵이 흐르다가, 재스민이 환호성을 올렸다. 샘이 웃기 시작했다. 어쩔 수 없었다. 웃느라 정신이 없던 샘은 차량 진입 방지용 볼라드를 피하려고 차를 홱 돌려야 했다.

니샤는 괜히 바지를 툭툭 털고는 재스민을 향해 상냥하게 미소 지었다. "이제 알겠죠? 난 착하지 않다니까."

38

히스로공항 5터미널에서 항공사 파업이 있었다. 마음 급한 사람들이 공항 출입문 앞까지 줄을 길게 서 있다는 뜻이었다. 보안 검색대에 늘어선 줄이 천천히 줄어들면서 뒤에 선 아이의 짐 가방이 다리에 자꾸 부딪혔지만 니샤는 개의치 않았다. 옆에 선 알렉스가 니샤의 등허리에 손을 얹고 있었다. 다른 손에는 커다란 프라다 핸드백을 들고 있었다. 그가 처음 그 핸드백을 들어주겠다고 했을 때, 니샤는 믿을 수가 없어서 깔깔 웃었다. 칼이라면 여자 핸드백을 들어주느니 죽는 편을 택했겠지만, 알렉스는 아무렇지 않은 듯했다.
"무거워 보여서. 내가 들죠."

니샤는 미국의 겨울 날씨에 대비해 클로에 무스탕 코트를 입고 있었다. 자신이 그렇게 천박하지 않다고 생각하려 해도, 고급스러운 코트 깃의 부드러운 감촉을 느낄 때마다 니샤는 즐거워서 마음이 녹아내릴 것 같았다. 사람이 변하긴 하지만, 변화에는 한계가 있는 모양이었다.

니샤는 샘의 집에서 보낸 전날 저녁을 떠올렸다. 샘이 모두를 위해 요리를 했다. 로스트치킨과 곁들이는 야채까지 준비한 성대한 작별 파티였다. 작은 식탁에 모여 앉은 그들은 새벽까지 이야기하고 술을 마시며 웃었다. 샘은 얼굴이 환했다. 니샤가 가르쳐준 대로 화장한(비록 눈 화장은 완벽하게 습득하지 못했지만) 샘은 편안하게 미소 짓고 웃었으며 남편을 자주 바라봤다. 새 직장 때문에 들떠 있었다. 미리엄이 두 번 전화를 걸어 중요한 사항이 모두 전달되었는지 확인했고 첫날 퇴근 후에 한잔하자고 했다. 주차장에 샘의 자리도 생겼다. "내 이름이 붙을 거래요! 주차장에 내 이름이!" 니샤는 화이트 시티 주차장에 30센티미터짜리 플라스틱 이름표를 붙이는 것이 그다지 거창한 꿈은 아니라고 생각했지만, 샘이 행복하다니 미소를 지으며 멋지다고 말해줬다.

앤드리아는 그날 저녁 내내 두건을 쓰지 않았다. 커다란 귀걸이와 부드러운 붉은 스카프를 해서 여윈 목을 가린 그녀는 식욕을 되찾은 덕에 닭고기를 두 번 요청해 먹었다. 앤드리아는 직장이 없었다. 파트너도 없었다. "하지만 당장은 괜찮아요." 앤드리아가 달관한 듯 말했다. "뭘 더 바라겠어요? 당장 괜찮은데." 지혜로운 말에 그들은 건배했다. 와인 세 병을 마시고 들으면 들을수록 더 현명해 보이는 말이었다.

그레이스는 식탁 끝에 캣과 나란히 앉았다. 그들은 서로를 몰랐지만 어른 틈에 낀 10대답게 조심스레 대화했다. 니샤는 그들을 보며 레이가 그들과 함께하면 어떨까 싶었다. 레이는 세련되고 재미있는 캣을 좋아할 것 같았다. 캣은 자기 엄마처럼 만만하지 않았다. 하지만 레이의 진짜 친구는 그레이스가 될 것 같았다. 눈썰미 좋고 살짝 짓궂었으니까.

"기대됩니까?" 생각에 잠긴 니샤에게 알렉스가 물었다.

아들을 생각하던 니샤는 곧바로 대답할 수 없었다. 알렉스를 올려다보며 미소를 짓자 알렉스는 니샤를 부드럽게 끌어안았다.

알렉스는 그날 저녁 내내 니샤 곁에서 떨어지지 않았다. 그는 함께하기 참 쉬운 상대였다. 필과 구직에 관해 이야기했고, 영문학을 전공하려는 그레이스와 문학에 대해 토론했으며, 소스 만들기를 돕고서 샘의 요리를 근사하다고 칭찬했다. 그는 새로운 동시에 낯익었다. 함께하기가 너무나 편안한 나머지 니샤는 이따금 그가 현실에 존재하는 게 맞나 의아할 지경이었다. 그날 밤, 두 사람은 함께 어두운 방에 누워 있었다. 니샤는 와인 탓에 조금 어지러웠다. 그때 알렉스가 니샤의 손을 잡더니 손등의 관절에 하나씩 키스하며, 니샤는 특별하고 아름다우며 용감하고 재미있다고 매우 엄숙하게 말했다. 그리고 눈을 감으면 니샤가 자신의 모든 부분에 자리를 잡고 있어서, 그녀로 인해 자신이 완전히 변한 것을 느낀다고 했다. 니샤는 그를 빤히 봤다. "누가 해준 말 중에서 가장 좋은 말 같네요." 니샤답지 않게 떨리는 목소리였다.

"아, 그렇지 않아요." 알렉스가 말하더니 니샤의 엄지 관절에 키스했다. "더 좋은 말도 많이 듣게 될 거예요."

"그냥 섹스 때문일 수도 있어요." 니샤가 조심스레 말했다. "아니, 난 오랫동안 아내로 살았잖아요. 사실…… 아직은 거기서 벗어난 내가 누군지 잘 몰라요. 음, 당신을 성적인 만족을 위해서 이용하는 걸지도 몰라요."

"그렇다면 나는 참 괴롭겠군요." 그가 말하고는 재미있다는 듯 눈을 가늘게 뜨고 니샤를 봤다.

그들은 장래를 이야기하지 않았다. 무엇을 계획하든 틀어지게 되어 있다는 사실을 니샤는 알게 됐으니까.

재스민은 샘의 집 현관에서 30분간 울며 니샤를 놓아주지 않았다. "돌아올 거죠, 응? 연락할 거죠? 우릴 그냥 잊어버리진 않을 거죠?"

"도착하자마자 전화할게요."

"이제 돈이 생겼다고 거들먹거리면서 우릴 버리는 건 아니죠?"

니샤는 고개를 갸우뚱하면서 히터 스위치를 켜놓았을 때 재스민이 짓던 표정을 지었다. 재스민은 손사래를 쳤다.

"알아요, 니샤. 알아. 그냥 너무 보고 싶을 거라서."

두 사람은 꼭 끌어안았다. 니샤가 속삭였다. "너무 슬퍼하지 말아요. 잠깐 다녀오는 거니까, 알겠죠? 앞으로 함께할 일이 아주 많아요. 우선 재스민이 맞춤복 사업을 시작하는 걸 보고 싶어요."

"여권 주세요." 출국심사대 직원이 지루한 표정으로 손을 내밀었다. 니샤는 그가 티켓을 확인하는 동안 여권을 건넸다. 도장을 찍은 여권을 돌려받은 다음, 줄 옆으로 비켜섰다. 알렉스가 진지한 표정으로 핸드백을 건넸다.

"그럼." 그가 말했다.

"도착하면 전화할게요."

알렉스가 고개를 끄덕였다.

"참." 니샤가 말했다. "깜빡했네. 이것 좀 전해줄래요? 우체통에 넣고 싶지 않아서."

알렉스가 작은 갈색 봉투에 적힌 주소를 보더니 말했다. "그러죠. 어젯밤에 하려다가 잊은 건가요?"

"그런 셈이에요."

알렉스는 니샤를 끌어당기더니 뒤에 선 사람들의 불평이나 밀치고 지나가는 인파에 아랑곳하지 않고 꼭 껴안았다. 니샤는 눈을 감고 그의 가슴에 얼굴을 파묻었다. 소음 속에서도 그의 심장박동을 느낄 수 있었다.

"언제든지 전화해요." 알렉스가 니샤의 머리칼에 대고 중얼거렸다. "기다리고 있을게요."

진심일 거라고, 니샤는 생각했다. 그렇게 생각한 니샤는 드디어 몸을 떼어낼 결단이 섰다. 니샤는 백을 들고서 공항 직원의 손짓에 따라 앞으로 나아갔다. 그리고 다른 출국자들을 따라서 반투명 유리문을 지난 뒤, 보안 구역으로 들어갔다.

아홉 시간 뒤, 니샤는 노란 택시를 타고서 흐릿한 12월의 햇빛을 뚫고 웨스트체스터 카운티로 향하고 있었다. 텅 빈 고속도로를 달리는 차가 덜컹거리며 흔들렸다. 금전적으로 여유롭지 못한 상황에 익숙해진 니샤도 비행기 일반석은 적응하기 어려웠다. 뒷자리에서 잠시 잠들었다가 깨어나 등을 펴고 목을 문지르던 그녀는 유난히 아픈 곳에 엄지가 닿자 저도 모르게 "아야" 소리를 냈다. 비행기는 만석이었고 많이 흔들렸으며 앞좌석은 끝없이 젖혀졌다 다시 세워졌고 오른쪽에 앉은 승객 둘은 말다툼을 했다. 그 탓에 니샤는 상쾌하게 반짝이는 모습 대신 지치고 구겨져서, 짜증 가득한 상태로 도착했다.

"여긴가요, 손님?" 기사가 두툼한 손으로 뒷좌석과의 사이를 가로막은 유리를 톡톡 쳤다.

니샤가 표지판을 확인했다. "맞아요. 기다려주시겠어요?"

"돈만 내시면 기다리죠." 웃지도 않고 말한 기사는 속도를 조금 높여 건물 앞 긴 도로로 접어들었다.

건물까지 400미터쯤 남았을 때 니샤는 계단에 있는 두 사람을 발견했다. 뒷자리에서 몸을 당겨 차창 밖을 자세히 봤다. 택시가 길을 따라 다가가자 마른 사람이 일어났다. 고급스러운 흰색 벽돌로 지은 학교 건물을 뒤로한 사람의 검은 머리와 긴 팔다리가 멀리서도 보였다. 그리고 무언가가 니샤의 온몸에 번졌다. 지난 몇 년간 잊고 있던 에너지가, 끊어질 듯 팽팽하게 당긴 실처럼 전신에 퍼져 나갔다. 줄리애나가 아이 옆에 서서 뭐라고 귓속말하더니 아이 어깨에 손을 얹었다. 니샤는 택시가 주차장에 서기도 전에 기사가 외치는 소리를 무시하고 뛰어내렸다. 하이힐을 신은 발을 접질린 것도, 핸드백을 길에 떨어뜨린 것도, 그 내용물이 흰 자갈 위로 쏟아진 것도 모두 개의치 않았다.

아이가 거기 있었다. 아이는 10대의 몸을 어색하게 펼쳤다. 처음에는 조심스럽더니 곧 팔다리를 마구 흔들며 계단을 뛰어 내려왔다. 아이도 니샤도 있는 힘껏 달렸다. 커다란 사자 조각상 앞에서 니샤는 아들을 품에 안았다. 아름답고 영리하고 상냥한 아이를 안고서 그 팔이 자기 몸을 감싸는 것을 느끼자, 결코 울지 않는 니샤 캔터가 흐느끼기 시작했다. 아이의 머리를 감싸쥐고 그 애 얼굴에

얼굴을 붙인 채로. 아이가 얼마나 그리웠는지, 니샤도 드디어 인정
한 것이다.

"엄마." 레이도 울면서 니샤가 숨 쉬기 어려울 정도로 꼭 끌어안
았다.

니샤는 눈을 꼭 감고 아이의 냄새만 맡았다. 드디어, 드디어 집에
왔다는 기쁨을 느끼며. "아들, 엄마 왔어."

에필로그

    영국 국세청 대 칼 캔터의 재판은 놀랍도록 간단히 진행됐다. 그가 2100만 파운드에 해당하는 불법 보석을 소유하고 있다는 사실이 밝혀지며 시작된 법적 절차에 맞서 싸우기 위해 칼은 변호사 수십 명을 고용했지만 결과는 마찬가지였다. 보안 책임자 아리 페레츠가 증거를 넘겨주어 입수된 기록에 따르면, 캔터는 다이아몬드 원석을 불법으로 영국에 들여와 가공한 뒤 미국으로 돌아가 남아공과 러시아 보석상을 통해 판매하는 밀수 작전을 5년 사이 열네 번 시행했다. 캔터는 무죄를 주장했음에도 유죄 판결을 받았고, 용의자 인도 협정에 따라 미국에서 금고형을 선고받았다. 형기는 미정이었다.

    타블로이드 신문에서는 캔터가 지인에게 속은 것 같다는 판사의 말에 유난히 큰 관심을 가졌다. 그의 몰락을 가져온 밀수 작전 기록에는 오류가 있는 듯했다. 특별 제작한 여성 구두 한 켤레 안에서 꺼낸 커다란 쿠션형 컷 다이아몬드 중에는 하나에 수백만 파운드를 호가하는 것도 많았지만, 아이 장난감 목걸이에나 쓸 가짜 보석도 세 개 발견됐다. 기자들은 캔터가 긴 교도소 생활을 하게 된 것(변호사의 만류에도 그는 꿋꿋이 이 가능성을 부인했다)만큼이나 이 사기에도 화가 난 듯하다고 전했다.

숙취에 절어 일어난 앤드리아는 친구들과 와인을 한 병씩 들이켜고 나서 드는 죽을 것 같은 기분이나 그냥 죽을 것 같은 기분이나 별반 다르지 않다고 생각했다. 그 생각에 씩 웃으며 앤드리아는 아주 맛있는 커피를 한잔 끓일 생각으로 천천히 아래층으로 내려갔다. 바닥난 잔고를 인정하고 슈퍼마켓 자체 브랜드의 인스턴트커피로 바꾸기 전에 마실 마지막 커피 캡슐이 남아 있었으니까. 앤드리아는 다리에 감겨드는 고양이에게 아침을 주고, 커피머신이 돌아가는 동안 제일 좋아하는 줄무늬 머그를 꺼내려고 찬장에 손을 뻗었다. 그때 현관문 앞에 놓인 봉투가 보였다. 보통 우편물이 오는 시각(오기나 한다면)보다 서너 시간 정도 일렀다. 앤드리아가 다가가 보니 봉투에 우표도 없었다.

적어도 또 청구서는 아닐 거라는 생각에 안심한 앤드리아는 모르는 글씨체를 확인한 뒤 커피를 한 모금 마시며 조심스레 봉투를 열었다. 그리고 아직 침침한 눈으로 내용을 찬찬히 읽었다.

안에 든 내용을 제대로 이해하기 위해서 두 번 읽어야 했다.

이걸 해턴 가든의 다음 주소로 가져가요. 본래 값보다는 적게 받겠지만, 다시 일어설 때까지는 지낼 수 있을 거예요.

N x

PS. 샘이나 재스민에게 말하지 말아요. 괜히 이상한 소리나 할 거니까.

*

카드에 적힌 주소 밑에는 아주 크고 반짝이는 쿠션 컷 다이아몬드가 셀로판테이프로 붙어 있었다.

3주가 지난 뒤 니샤가 아들과 돌아와 반가운 재회를 하며 새 삶을 시작했다. 석 달 그리고 열한 번의 저녁 모임(마지막은 재스민의 새 가게 개점을 축하하는 자리였다)을 마치고 샘, 재스민, 앤드리아는 조심스레 이야기를 꺼냈다. 그리고 세 사람 모두 똑같은 카드를 받은 것을 알고 깜짝 놀랐다.

"재킷 멋지네요." 미리엄은 늦게 도착해서 숨도 못 돌린 채 회의실에 들어섰다. 그녀는 샘에게 전화해서 햄스터 비상사태를 알렸었다. 딸의 햄스터를 데리고 소동물 수의사를 만나러 런던의 반대편까지 다녀와야 했던 것이다. 미리엄은 이유가 어떻든 탄력근무제를 지지했다. 일만 하고 결과만 내면 언제 일하든 상관없다고 했다. 샘은 회의실 자기 자리에 앉아 있었다. 샘이 미리 사둔 커피를 건네자 미리엄은 고마워하며 받고는 자리에 앉았다.

"감사합니다. 자라에서 산 건데요." 샘이 말했다. "하지만 좋아 보이죠."

"잘 어울려요. 당신은 밝은색을 더 많이 입어야 해요. 참, 이번 일요일에 필이랑 점심 같이할래요? 집 공사가 끝나서 첫 손님을 부르려고요. 샘이 좋아할 사람들도 올 거예요. 일 이야기는 안 할게요."

"좋아요. 감사합니다!"

샘과 필은 주말마다 새로운 일을 시도하려고 노력 중이었다. 샘이 잡지 기사에서 결혼 생활의 즐거움을 되찾는 방법을 읽었었다. 샘은 그 전주에 필이 제안한 실내 암벽등반보다는 미리엄과 이리나와 함께하는 점심이 더 즐거울 것 같았다. 그들은 암벽등반을 마치고 난 뒤, 울적한 마음으로 욱신거리는 중년의 팔다리를 주무르며 이건 아닌 것 같다는 데 의견을 모았었다.

"자. 이거 받아요." 미리엄이 앞에 놓인 서류를 가지런히 정리하고 고개를 들더니 샘에게 미소를 지었다. "이 회사를 인수하려고 해요. 법적 문제가 해결되기 전까지는 이야기할 수 없었거든요. 이 회사를 샘이 맡아주면 좋겠어요. 우선 인원 정리를 좀 해야 할 거예요. 거기로 나가서 일하는 덴 문제없겠죠? 샘 같은 사람이 맡아야 할 것 같아요."

"맡아요?"

"네. 이사회에서는 샘이 이 회사를 맡아주길 원해요. 아니, 할런 앤드 루이스의 지사라고 할까?"

문 쪽을 보니 접수 담당 에마가 서류철을 든 두 남자를 안내하고 있었다. 샘은 앞이 살짝 뾰족한 낯익은 구두를 보고는 눈을 깜빡였다. 번쩍이는 정장과 갑자기 불편한 표정을 짓는 사이먼이 보였다.

샘은 입을 살짝 벌린 채 미리엄에게 눈길을 돌렸다.

미리엄이 눈썹을 치켜뜨고는 미소를 지었다. "말했다시피, 이 첫 회의에 샘이 참석하기를 원할 것 같았어요. 공식적인 직책은 나중에 이야기하죠."

샘은 테이블에 손을 올려둔 채 잠시 가만히 있었다. 그러다 펜을 들고 심호흡했다.

"네." 샘은 그들에게 들어오라고 손짓하며 말했다. "재미있겠네요."

감사의 글

모든 책은 모두의 노력을 통해 세상에 나옵니다. 그러므로 나의 놀라운 편집자들에게 항상 감사드립니다. 펭귄 출판사의 루이스 무어, 맥신 히치콕. 미국 펭귄랜덤하우스 산하 패멀라 도먼 출판사의 패멀라 도먼. 독일 로볼트 출판사의 카타리나 도른호퍼. 전 세계에서 저를 지원하고 도와주고 안내해 준 모든 편집자에게 감사를 전합니다. 이처럼 훌륭한 출판사에서 책을 낼 수 있어서 얼마나 큰 영광인지 늘 기억하고 있습니다.

커티스 브라운의 지칠 줄 모르는 에이전트 실라 크롤리. 케이티 맥가원과 그레이스 로빈슨, 클레어 노지어리스 등, 현재와 과거 번역 저작권팀 여러분. 그리고 에이전시의 조니 겔러와 닉 마스턴, 그밖의 모든 분께 감사합니다. 끝없는 에너지로 날 지원하고 내 예산을 훨씬 넘어서는 와인을 맛보게 해준 밥 북먼에게도 감사드립니다.

자신만의 이야기를 사람들 앞에 선보이는 기술로 도움을 준 클레어 파커, 리즈 스미스, 마리 미셸스와 북미와 유럽 팀 전원에게 다시금 감사드립니다. 또한 톰 웰던과 브라이언 타트, 독일의 아누크 페르크에게도 감사 인사를 전합니다.

슈퍼리치의 이혼에 대해 값진 이야기를 들려준(물론 모든 이야기는 익명으로 들었습니다) 하보틀 앤드 루이스의 캐서린 베드퍼드에게 큰 감사를 드립니다. 들었던 이야기가 아직도 (공포와 함께) 떠오릅니다. 정상적인 법률 행위에서 벗어난 부분은 플롯의 필요에 의한 것이며, 착오가 있다면 모두 전적으로 제 몫입니다.

지난 몇 년간 행정적으로 도움을 주고 좋은 친구가 되어준 재키 턴, 커피를 마시며 스토리보드를 만들어준 세라 펠프스, 지원해 준 에밀리 화이트, 나를 지탱해 준 캐시 런시먼, 앨리스 로스, 리트믹스의 매디 위컴, 제니 콜건, 리사 주얼, 글레니스 플러머, 리디아 톰슨, 가장 필요한 때 소중한 조언을 해준 리 차일드와 올 파커, 이 책을 집필하는 동안 힘든 시기를 함께하며 응원을 아끼지 않았던 베키 맥그래스, 그리고 그보다 훨씬 더 많은 시간 동안 응원해 준 존 홉킨스에게 고마움을 전합니다.

내 가족, 짐 모예스, 브라이언 샌더스, 특히 사스키아, 해리, 루에게 이 일을 하는 동안 이해해 준 것에 끝없는 감사를 드립니다.

모두 진심으로 사랑해요.

옮긴이 이나경

이화여자대학교 물리학과를 졸업하고 서울대학교 영문학과에서 르네상스 로맨스를 연구해 박사 학위를 받았다. 역서로 『메리, 마리아, 마틸다』, 『어떤 강아지의 시간』, 스티븐 킹의 『샤이닝』, 『피버 피치』, 조조 모예스의 『애프터 유』, 제프리 디버의 『XO』, 제시 버튼의 『뮤즈』, 『살아요』, 『배반』, 『좋았던 7년』, 『내가 혼자 달리는 이유』, 『세이디』, N. K. 제미신의 『검은 미래의 달까지 얼마나 걸릴까?』, 『햇살을 향해 헤엄치기』 등이 있다.

타인의 구두

초판 1쇄 인쇄 2026년 2월 12일
초판 1쇄 발행 2026년 2월 25일

지은이 조조 모예스
옮긴이 이나경
펴낸이 김선식

부사장 김은영
콘텐츠사업본부장 임보윤
책임편집 김보람 **디자인** 박영롱 **책임마케터** 최민경
콘텐츠사업2팀장 김보람 **콘텐츠사업2팀** 박하빈, 채윤지, 김영훈, 박영롱
마케팅사업1팀 이고은, 지석배, 최민경, 김은지 **홍보1팀** 김민정, 홍수경, 변승주
브랜드사업본부장 정명찬
브랜드홍보팀 오수미, 서가을, 박장미, 박주현 **영상홍보팀** 이수인, 염아라, 이지연, 노경은
저작권팀 성민경, 이슬 **편집관리팀** 조세현, 김호주, 백설희
재무관리팀 하미선, 임혜정, 이슬기, 김주영, 오지수
인사관리팀 강미숙, 김재경, 김혜진, 김주립, 황종원
제작관리팀 이소현, 김소영, 유미애, 이지우, 이승협
물류관리팀 김형기, 김선진, 주정훈, 양문현, 채원석, 박재연, 이준희, 최대식

펴낸곳 다산북스 **출판등록** 2005년 12월 23일 제313-2005-00277호
주소 경기도 파주시 회동길 490
대표전화 02-704-1724 **팩스** 02-703-2219 **이메일** dasanbooks@dasanbooks.com
홈페이지 www.dasanbooks.com **블로그** blog.naver.com/dasan_books
종이 한솔PNS **인쇄** 민언프린텍 **코팅 및 후가공** 제이오엘앤피 **제본** 다온바인텍

ISBN 979-11-306-7474-2 (03840)

다산북스(DASANBOOKS)는 책에 관한 독자 여러분의 아이디어와 원고를 기쁜 마음으로 기다리고 있습니다.
출간을 원하는 분은 다산북스 홈페이지 '원고 투고' 항목에 출간 기획서와 원고 샘플 등을 보내주세요.
머뭇거리지 말고 문을 두드리세요.